SFV

Joseph Heller

Was geschah mit Slocum?

Roman

S. Fischer Verlag

Aus dem Amerikanischen übersetzt
von G. Danehl

Die amerikanische Originalausgabe erschien 1974
unter dem Titel »Something happened«
bei Alfred A. Knopf Inc., New York
Umschlagentwurf Hannes Jähn
Satz und Druck E. C. Baumann KG, Kulmbach
Einband Hans Klotz, Augsburg
Printed in Germany
ISBN 3 10 031402 6

Mir ist nicht geheuer

Mir ist nicht geheuer, wenn ich geschlossene Türen sehe. Selbst in der Firma, wo ich mich derzeit so glänzend bewähre, läßt mich der Anblick geschlossener Türen manchmal fürchten, daß dahinter Gräßliches geschieht, was für mich üble Folgen zeitigt; wenn Lügen, Liebe, Alkohol oder auch nur Schlaflosigkeit und Nervosität mich nachts zuvor wachgehalten haben, wittere ich förmlich die Katastrophe, die unsichtbar hinter den Riffelglasscheiben Gestalt annimmt. Meine Hände sind dann naß von Schweiß, und meine Stimme klingt mir fremd. Warum wohl?
Irgendwann muß etwas geschehen sein.
Vielleicht damals, als ich mit dickem Hals und hohem Fieber vorzeitig aus der Schule kam und meine Eltern miteinander im Bett überraschte; vielleicht geht meine Angst, Türen zu öffnen, meine Angst vor geschlossenen Türen auf jenen Tag zurück. Vielleicht hat die erst gegen Ende der Kindheit dämmernde Erkenntnis, daß wir arm waren, mich zu dem gemacht, was ich bin. Vielleicht war es der Tod meines Vaters; ich fühlte mich schuldig, und zugleich genierte ich mich, denn ich meinte damals, weit und breit das einzige vaterlose Kind zu sein. Es kann aber auch geschehen sein, als ich begriff, daß ich nie breite Schultern und einen mächtigen Bizeps haben, nie tüchtig, groß, stark und kühn genug sein würde, Bundesligaspieler oder Berufsboxer zu werden, als ich mich betrübt und entmutigt damit abfand, daß einerlei, was ich im Leben vollbringen mochte, der nächste beste mich darin übertreffen würde. Vielleicht geht meine Angst vor Türen auch auf jenen Tag zurück, als ich wirklich eine aufmachte und meine erwachsene Schwester nackt auf den weißen Fliesen des Badezimmers stehen und sich abtrocknen sah. Obschon ihr klar war, daß sie die Tür nicht abgesperrt hatte und daß ich unabsichtlich hereintapste, kreischte sie mich an. Das ängstigte mich.
Auch erinnere ich mich – belustigt, denn es ist lange her – des heißen Sommertages, als ich ganz zufällig im Kohlenschuppen hinter unserem Wohnblock meinen großen Bruder mit Billy Fosters dürrer Schwester überraschte, ein Mädchen in meinem Alter und aus meiner Klasse. Ich

wollte dort Räder und Achsen von einem kaputten Kinderwagen abschlagen, den ich bei den Mülltonnen gefunden hatte, und mit Hilfe eines Brettes und einer Melonenkiste einen Rennwagen daraus bauen.
Kaum hatte ich den düsteren Schuppen betreten, hörte ich leises, heftiges Rascheln und meinte, auf etwas Lebendiges getreten zu sein. Ich erschrak und atmete Staub ein. Als ich erkannte, daß da mein Bruder mit irgendwem im Halbdunkel des schmutzigen Winkels lag, grinste ich erleichtert. Ich fühlte mich sicher und sagte: »He, Eddi. Bist du's, Eddi? Was machst du denn da, Eddi?«
Und er brüllte: »Scher dich raus hier, du Miststück!« und warf einen Klumpen Kohle nach mir.
Ich entwich mit einem unterdrückten Schluchzen, Tränen in den Augen und rannte ums liebe Leben hinaus auf die Straße, in das dampfende, grelle Tageslicht vor dem Haus. Ratlos trabte ich auf dem Bürgersteig hin und her. Was hatte ich nur getan, um meinen Bruder so wütend zu machen, daß er mich derart beschimpfte und einen Klumpen Kohle nach mir warf? Sollte ich weglaufen oder abwarten? Weglaufen konnte ich nicht, weil ich mich schuldig fühlte, und bleiben konnte ich auch nicht, aus Furcht vor der Strafe, die ich bestimmt verdiente, wenn ich auch nicht wußte wofür. Unentschlossen hing ich bibbernd vor dem Haus herum, bis die beiden endlich aus der gähnenden Dunkelheit hinter der knarrenden Schuppentür zum Vorschein kamen, mein Bruder als letzter mit selbstzufriedenem Gesicht. Als er mich sah, grinste er, und mir wurde wohler. Erst als ich ihn grinsen sah, wurde mir klar, daß das ja Billy Fosters dürre Schwester war, die eine vorbildliche Handschrift hatte, aber weder in Geographie noch Rechtschreibung noch Geometrie jemals gute Zensuren erhielt, auch wenn sie noch so sehr mogelte. Es überraschte mich, sie beisammen zu sehen; mir war gar nicht eingefallen, daß er sie kennen könnte. Sie ging mit niedergeschlagenen Augen und tat, als sähe sie mich nicht. Langsam kamen die beiden näher. Alles dauerte ziemlich lange. Sie war wütend und sagte nichts. Auch ich sagte nichts. Mein Bruder blinzelte mir über ihren Kopf hinweg zu und zog ostentativ den Hosenbund hoch. Er stolzierte daher wie ein Gockel; ich hatte diesen Gang nie zuvor an ihm bemerkt, und er mißfiel mir gleich. Daß mein Bruder ganz verändert war, machte mich beklommen. Immerhin stimmte mich sein Blinzeln so dankbar, daß ich vor Glück und Aufregung zu zappeln begann und hemmungslos kicherte. Mir war ganz schwach vor Erleichterung und ich babbelte los, ohne mich bremsen zu können: »He, Eddi. Was war denn los da drin, Eddi? Ist was passiert, Eddi?«
Er antwortete lachend: »Ja, ja, es ist was passiert. Stimmt's, Geraldine?« Dabei grinste er breit und stieß sie neckisch mit dem Ellenbogen an.

Geraldine machte sich mit einem flüchtigen, gereizten Lächeln von ihm los und ging an uns vorbei ohne aufzusehen. Als sie weg war, sagte mein Bruder: »Sag Mama nichts.«
Er wußte, ich würde schweigen, wenn er mich darum bat.
Als ich mir später vorstellte und ausmalte – ich male mir diese Episode auch heute noch gelegentlich aus, wenn ich zurückdenke, und das tue ich jetzt immer häufiger –, was da im Kohlenschuppen an raschelnden, intimen, verstohlenen Dingen sehr wahrscheinlich vorgegangen ist, verwunderte ich mich außerordentlich bei dem Gedanken, mein großer Bruder könnte dort mit Billy Fosters dürrer Schwester Sex gehabt haben, die doch ein paar Monate jünger war als ich und mit den großen Vorderzähnen nicht mal hübsch aussah.
Früher hätte ich gerne viel mehr über ihn und sie in jenem Schuppen gewußt, doch traute ich mich nicht zu fragen, obschon mein Bruder für gewöhnlich ein freundlicher, umgänglicher Mensch und zeit seines Lebens immer gut zu mir war.

Heute hingegen gibt es unzählige Dinge, von denen ich nichts wissen möchte. So möchte ich beispielsweise nicht wissen, obschon meine Frau und ich uns verpflichtet fühlen, gelegentlich zu sondieren, was für Spiele auf jenen Parties gespielt werden, die meine halbwüchsige Tochter frequentiert, was da für Zigaretten geraucht, was für Pillen geschluckt, welche Art Kapseln beschnüffelt werden. Stehen irgendwo Streifenwagen beisammen, will ich nicht wissen warum, obschon ich froh bin, daß sie dort sind und hoffe, daß sie rechtzeitig genug eintrafen, um zu tun, weshalb man sie gerufen hat. Kommt ein Krankenwagen, will ich nicht wissen, wen er holt, und wenn Kinder ertrinken, ersticken oder von Autos und Eisenbahnen überfahren werden, möchte ich nicht hören, wessen Kinder es sind, weil ich stets zu hören fürchte, es seien meine eigenen.
Gegen Krankenhäuser habe ich ebenfalls eine Abneigung, auch keinerlei Geschmack an Bekannten, die krank werden. Falls es sich irgend vermeiden läßt, mache ich keine Krankenbesuche, denn ich riskiere dabei, hinter der geöffneten Tür völlig unvorbereitet auf einen gräßlichen Anblick zu stoßen. (Ich werde nie den Schreck vergessen, den mir ein Schlauch einjagte, der durch ein noch blutverschmiertes Nasenloch eingeführt worden war. Er war sandfarben, dieser Schlauch, und halb durchsichtig.) Wenn jetzt Bekannte, Verwandte oder Geschäftsfreunde von einem Herzanfall niedergestreckt werden, erkundige ich mich weder im Hospital noch im Krankenzimmer telefonisch nach ihrem Befinden, denn schließlich besteht immer die Gefahr, daß ich höre, sie seien ge-

storben. Ich vermeide nach Möglichkeit, mit der Frau oder den Kindern solcher Menschen zu sprechen, wenn mir nicht jemand, der es weiß, zuvor versichert, daß es nicht schlimmer steht. Dies belastet gelegentlich meine zwischenmenschlichen Beziehungen (sogar die zu meiner Frau, die alle Leute unablässig fragt, wie es ihnen geht und Geschenke ins Krankenhaus schleppt), doch mir ist das einerlei. Ich lehne es ab, mit Leuten zu sprechen, deren Vater, Frau, Mutter, Mann oder Kind im Sterben liegt, auch wenn der Sterbende jemand ist, an dem ich sehr hänge. Ich will nichts davon hören, daß Leute gestorben sind, die ich kenne.

Einmal allerdings (ha ha), als ein Bekannter von mir zuverlässig gestorben war, nahm ich all meinen Mut zusammen und rief, mich unwissend stellend, noch am selben Tag im Hospital an, um nach seinem Befinden zu fragen. Ich war neugierig: ich wollte wissen, wie es ist, wenn ich aus dem Krankenhaus erfahre, daß ein Bekannter verstorben ist. Wie wird so etwas wohl gemacht? Die Frage der Technik beschäftigte mich ausschließlich, sie faszinierte mich geradezu. Würde es heißen, er sei gestorben, verschieden, entschlafen, verblichen? Oder gar erloschen (wie ein verjährter Rechtsanspruch etwa)? Die Frauenstimme aus dem Krankenhaus überraschte mich. Sie sagte nämlich: »Mr. – wird hier nicht mehr als Patient geführt.«

Es verlangte Mut, einen solchen Anruf zu tätigen, es verlangte all meinen Mut. Ich zitterte daher wie Espenlaub, als ich auflegte. Das Herz pochte mir gewaltig vor Freude und Aufregung, war ich doch um Haaresbreite entwischt. Schon beim ersten Wort des Gespräches, ja schon als ich die erste Zahl der Nummer wählte, hatte ich mir eingebildet, jene Telefonistin im Hospital wisse genau, worauf ich aus sei, sie durchschaue mich mittels der Telefonverbindung, sie könne meine Gedanken lesen und werde aussprechen, was sie da las. Doch sie tat es nicht. Sie sagte, was man ihr aufgetragen hatte und ließ mich ungeschoren davonkommen. (War es vielleicht eine Bandaufnahme?) Und ich habe ihre taktvolle Auskunft nicht vergessen.

»Mr. – wird hier nicht mehr als Patient geführt.«

Mr. – war tot. Er befand sich nicht mehr unter den Lebenden.

Mr. – wurde nicht mehr als Patient geführt, und drei Tage später mußte ich an seiner Beerdigung teilnehmen.

Ich verabscheue Beerdigungen – ich verabscheue Beerdigungen aus tiefstem Herzen, denn sie haben nun mal was Morbides, und ich bemühe mich nach Kräften, ihnen fernzubleiben (besonders meiner eigenen, ha ha). Muß ich doch einmal teilnehmen, spreche ich mit niemandem; ich drücke Hände und versuche, erschüttert dreinzusehen. Gelegentlich murmele ich Unverständliches, und stets schlage ich die Augen nieder, wie ich

es im Kino gesehen habe. Mehr zu tun, traue ich mich nicht. Da ich nicht weiß, was ich dazu sagen soll, daß jemand gestorben ist, fürchte ich, daß alles, was ich sagen könnte, falsch ist. Ich habe einfach kein Selbstvertrauen mehr in kitzligen Situationen, deren Ablauf ich nicht vorhersehen, geschweige denn bestimmen kann. Ich habe sogar Beklemmungen, wenn ich eine Glühbirne oder eine Sicherung auswechseln muß.
Ganz gewiß ist irgendeinmal etwas geschehen, das mir Mut und Selbstvertrauen geraubt, mir Angst vor Enthüllungen, Veränderungen und besonders ein Grauen vor allem Unbekannten eingeflößt hat. Unerwartetes finde ich gräßlich. Werden ohne mein Vorwissen die Möbel (sogar in meinem Büro) auch nur geringfügig verstellt, empfinde ich das wie einen Schlag ins Gesicht oder einen Dolchstoß in den Rücken. Alles Plötzliche mißfällt mir. Überraschungen jeder Art reizen und verletzen mich; auch solche, die eigens zu meinem Vergnügen veranstaltet werden, hinterlassen in mir einen faden Geschmack von Selbstmitleid und den Verdacht, man habe etwas gegen mich ersonnen, sich auf meine Kosten belustigt, mir die Auflösung eines Rätsels vorenthalten, eine Verschwörung angezettelt, von der ich ausgeschlossen blieb. (Es lebt sich nicht gerade leicht mit mir.) Ich verabscheue Konflikte (ausgenommen solche mit Frau und Kindern). Viele kleine Alltagskonflikte bewältige ich nur noch mit äußerster Mühe und unter Hinnahme von Demütigungen: den Streit mit einem Handwerker, der mich um die Garantie betrügt, oder um einen kleinen Geldbetrag; den Versuch, eine Beschwerde bei jenen leeren Visagen anzubringen, die in den Büros der Telefongesellschaft sitzen. (Lieber lasse ich mich beschwindeln.) Zu schweigen von den Mäusen, die in unserer Wohnung auftauchten, als ich noch nicht leitender Angestellter war und genug verdiente, um von der Stadtwohnung in unser neues Haus in Connecticut zu übersiedeln (das ich scheußlich finde).
Ich wußte nicht, was anfangen mit diesen Mäusen. Ich hab' nie welche gesehen. Gesehen hat sie nur die Putzfrau, jedenfalls behauptete sie das, und einmal hat auch meine Frau geglaubt, sie sieht eine. Ein andermal war meine Schwiegermutter ziemlich sicher, daß sie eine gesehen hat. Die Mäuse sind dann nach einer Weile verschwunden. Sie verzogen sich. Sie kamen nicht mehr zum Vorschein. Ob überhaupt welche dagewesen sind? Wir haben nicht mehr von den Mäusen geredet; sie blieben anscheinend aus, und es war, als hätten sie nie existiert. Es müssen winzige Mausekinder gewesen sein (allen verläßlichen Berichten zufolge), die sich durch die schmalen Schlitze der Heizkörperabdeckung quetschten. Solange ich die Mäuse weder hören noch sehen mußte, beeinträchtigten sie mich wenig, wenn ich mich auch häufig dabei ertappte, daß ich lauschte und gelegentlich sogar glaubte, sie zu hören. Meine Frau aber machten sie ganz

krank vor Angst. Ich sollte unbedingt was gegen die Mäuse unternehmen.

So mußte ich ihnen denn Abend für Abend Fallen stellen. Und jeden Morgen mußte ich unter den angstvollen Blicken der dicht hinter mir stehenden Familie alle Schrank- und Kammertüren öffnen, hinter Sofa, Betten, Sessel spähen, ob dort nicht eine häßliche Überraschung darauf lauerte, uns den neuen Tag recht schmackhaft zu machen. Auch keine Überraschung war eine schreckschwangere Überraschung. Ich mochte nicht, daß Frau und Kinder mich in gespannter Erwartung anstarrten, denn zwei meiner Kinder sind übernervös und unsicher, also ohnedies verängstigt genug. Mein jüngster Sohn hat einen Hirnschaden. Der weiß von nichts. Schon damals bezweifelte ich, daß die Familie als Gruppe mir lieb genug war, sie in einer so spannungsgeladenen, intimen Situation so nahe um mich zu haben.

Ich wußte nie, was mich erwartete, wenn ich die Türen öffnete, um meine Fallen zu besichtigen, oder hinter Möbel, Herd und Kühlschrank schaute. Ich fürchtete, tote Mäuse in den Fallen zu finden, die ich sodann würde beseitigen müssen. Ich fürchtete, es könnte mir mißlingen, die Mäuse zu fangen, und ich müßte auf unabsehbare Zeit Abend für Abend und Morgen für Morgen Fallen aufstellen und inspizieren. Am meisten aber fürchtete ich, eines Tages hinter der Küchentür eine lebendige Maus im Winkel kauern zu sehen, die, kaum erblickt, an mir und der zusammengerollten schweren Zeitschrift vorbeiflitzen würde, die ich stets als Waffe in schwitzender Faust hielt. O Gott, falls das je geschähe! Falls das je geschähe, müßte ich mich zwingen, so fest wie möglich zuzuschlagen. Ich müßte mich zwingen, aus Leibeskräften zuzuschlagen, mit einem gewaltigen Hieb das arme Ding zu zerschmettern, und ich würde dabei versagen und die Maus nur zum Krüppel schlagen. Wenn sie dann vor mir läge, mit den zerschmetterten Beinchen zuckend, würde ich ganz gegen meinen Willen gezwungen sein, neuerlich mit der schweren Zeitschrift zuzuschlagen, wieder und wieder und dann noch einmal, bis ich sie endgültig getötet hätte.

Daß jeden Morgen hinter allen Türen, die ich öffnete, eine lebende Maus auf mich warten könnte, machte mir übel und ließ mich zittern. Nicht daß ich mich vor der Maus als solcher gefürchtet hätte (so albern bin ich nicht), doch ich wußte: falls du je eine findest, mußt du was unternehmen.

Mein Büro in der Firma

In meinem Büro gibt es fünf Personen, vor denen ich mich fürchte. Von diesen fünfen fürchtet jeder vier andere Personen (Überschneidungen nicht gerechnet), was zusammen zwanzig macht; jeder von diesen zwanzig wiederum fürchtet sechs weitere Personen, das macht insgesamt einhundertzwanzig Personen, die von mindestens je einer Person gefürchtet werden. Jeder von diesen einhundertzwanzig fürchtet sich vor den restlichen einhundertneunzehn Personen, und alle diese einhundertfünfundvierzig Personen fürchten sich vor den zwölf Männern an der Spitze, den Gründern und derzeitigen Eigentümern des Unternehmens.
Diese zwölf Männer sind nun allesamt ältlich; die Jahre und der Erfolg haben ihre Energien und ihren Ehrgeiz aufgezehrt. Manche haben ihr ganzes Leben in der Firma verbracht. Wenn ich ihnen auf dem Korridor begegne, wirken sie freundlich, gesetzt und zufrieden (sie wirken tot), und in den für die Allgemeinheit bestimmten Aufzügen verhalten sie sich höflich und still. Schwerer Arbeit enthoben, veranstalten sie Sitzungen, sprechen Beförderungen aus und gestatten, daß man ihren Namen unter Verlautbarungen setzt, die von anderen vorbereitet und herausgegeben werden. Wer die Firma wirklich leitet, weiß niemand genau (nicht einmal jene Leute, die es angeblich tun), die Firma läuft aber. Gelegentlich übernehmen die zwölf Männer an der Spitze einen befristeten Staatsauftrag. Allem Anschein nach genügt ihnen das. Zwei von diesen zwölf kennen mich von Ansehen, denn ich habe gelegentlich bei ihnen ausgeholfen; freundlicherweise erinnern sie sich meiner, wenn auch gewiß nicht bei Namen. So oft sie mich treffen, erkundigen sie sich liebenswürdig lächelnd nach meinem Befinden (ich erwidere stets mit einem Nicken und der Auskunft, es gehe mir gut). Da ich den Zwölfen an der Spitze nur selten begegne und kaum je mit ihnen zu tun habe, fürchte ich sie nicht eigentlich. Aber die Mehrzahl der Angestellten, die ich in der Firma fürchte, fürchten sich vor ihnen.
So gut wie jeder in der Firma fürchtet irgend jemand anderen in der Firma,

und manchmal komme ich mir wieder vor wie der ängstliche Junge, der vor Jahren im Archiv der Haftpflichtversicherungsgesellschaft Unfallberichte ablegte, nachdem Mrs. Yerger das Archiv übernommen hatte und uns täglich mit fristloser Entlassung drohte. Sie war eine selbstherrliche, füllige Person von erdrückendem Selbstvertrauen und bösartiger Leutseligkeit, die niemals an der Gültigkeit ihrer Vorurteile zweifelte. Unter der großen Uhr von Western Union hatte eine glattzüngige junge Dame ihren Schreibtisch, die mich durch zweideutige Bemerkungen zu verwirren liebte. (»Ich heiße Virginia, also Jungfrau – aber bestimmt nicht mehr lange.«) Sie war munter und geradezu, sie lachte mit mir und neckte mich, und ich war zu jung und zu blöd um zu begreifen, daß sie nicht nur scherzte. (Gütiger Himmel – sie forderte mich mehr als einmal auf, ein Hotelzimmer für uns beide zu nehmen, aber ich wußte nicht, wie man das anstellt. In meiner Erinnerung ist sie außergewöhnlich hübsch, aber ich weiß nicht mehr, ob ich das damals ebenso empfand; aber ich mochte sie sehr, und sie heizte mir mächtig ein. Ihr Vater hatte einige Jahre zuvor Selbstmord begangen.) Auch in jener Firma ging vieles vor, wovon ich nichts ahnte. (Virginia erzählte mir, einer der verheirateten Schadensbegutachter sei einmal, als er sie im Wagen heimbrachte, zudringlich geworden, habe sie mit Vergewaltigung oder sofortiger Aussetzung in Friedhofsnähe bedroht und sich nur von einem Tränenstrom erweichen lassen.) Auch in jener Firma fürchtete ich mich, Türen zu öffnen, daran erinnere ich mich gut, sogar dann, wenn einer der Juristen oder Gutachter mich um einen Vorgang oder belegte Brote geschickt hatte. Ich wußte nie, sollte ich anklopfen oder einfach eintreten, sollte ich behutsam pochen oder laut klopfen und Zutritt fordern? Wie ich es auch machte, ich stieß oft genug auf gereizte oder ungeduldige Mienen. (Mindestens schien mir das so. Ich kam entweder zu früh oder zu spät.)

Mrs. Yerger tyrannisierte ausnahmslos alle. Bald schon kündigten die meisten Sachbearbeiter, die älteren gingen zum Heer oder zur Marine, die übrigen suchten sich bessere Arbeit. Ich fand eine schlechtere Arbeit. Es brauchte Mut, die Kündigung auszusprechen, das war immer so bei mir. (Tagelang probierte ich die kleine Ansprache, von der die Kündigung begleitet sein sollte; ich sammelte systematisch Kraft dafür, formulierte gewichtige, selbstgerechte Antworten auf Einwände gegen meine Kündigung, die dann weder Mrs. Yerger noch sonstwer vorbrachte.) So halte ich es mit der Obrigkeit; ihr direkt gegenüberzutreten, fest ins Auge zu blicken und frei heraus zu reden ist meine Sache nicht, nicht einmal wenn ich weiß, daß ich im Recht bin und mir nichts geschehen wird. (Ich kann mir niemals einreden, daß mir nichts geschehen wird.) Ich traue ihr einfach nicht.

Das also war mein erster Job nach der Schule. Siebzehn war ich damals, und jenes schlagfertige, kokette Mädchen unter der Uhr von Western Union, jene Virginia, war bloße einundzwanzig (heute selbst für mich mindestens um ein, zwei Jahre zu jung). Seither habe ich in jedem Job eine Kündigung befürchtet, bin in Wirklichkeit aber niemals entlassen worden, bekomme vielmehr großzügige Gehaltserhöhungen und werde rasch befördert, denn für gewöhnlich bin ich ungemein alert (zu Anfang) und fasse rasch auf. Doch das Gefühl des Versagens, die niederdrückende Vorahnung einer drohenden Katastrophe und öffentlicher Demütigung verläßt mich auch hier nicht, wo ich doch stetig gute Leistungen erbringe und bemüht bin, mir keine Feinde zu machen. Nur weiß ich eben nie genau, was hinter den geschlossenen Türen aller Büros vorgeht, wo die Angehörigen meiner Firma und überhaupt aller Firmen sitzen, die etwas tun oder sagen könnten, absichtlich oder unbeabsichtigt, was meinen Untergang herbeiführen kann. Gelegentlich quäle ich mich mit der bedrohlichen Einbildung, CIA, FBI oder die Steuerfahndung säßen mir seit Jahren unbemerkt auf den Fersen, sie würden demnächst das Netz zuziehen und mich verhaften, bloß weil ich insgeheim den Liberalen zuneige und meist demokratisch wähle.

Mir ist so, als würde schon bald irgendwer ganz in meiner Nähe etwas über mich herausbringen, was das Ende bedeutet, kann mir aber nicht vorstellen, was dies Etwas sein mag.

An einem normalen Arbeitstag fürchte ich Green und Green fürchtet mich. Ich fürchte Jack Green, weil meine Abteilung zu seinem Ressort gehört und er mein Vorgesetzter ist; Green fürchtet mich, weil meine Abteilung vorwiegend für die Verkaufsabteilung tätig ist und weil ich mit Andy Kagle und seinen Leuten in der Verkaufsabteilung viel engeren Kontakt habe als er.

Green mißtraut mir anfallsweise. Hin und wieder schärft er mir ein, daß er unbedingt alles sehen will, was aus meiner Abteilung herausgeht, ehe es andere Abteilungen zu Gesicht bekommen. Ich weiß, daß er es nicht so meint: Er hat selber zu viel zu tun, als daß er sich gründlich um meine Sachen kümmern könnte. In den meisten Fällen übergehe ich ihn lieber, nehme nicht seine Zeit in Anspruch und lasse nicht jene Leute warten, die meine Sachen dringend brauchen (oder sich das einbilden). Das meiste, was in meiner Abteilung gemacht wird, ist am Ende belanglos. Green gerät aber immer aus dem Häuschen, wenn jemand aus einer anderen Abteilung anerkennend von der Arbeit meiner Abteilung spricht. Falls er davon nichts weiß, läuft er vor Wut und Verlegenheit rot an. (Er wird nicht weniger giftig, wenn er den Vorgang kennt, ihn aber vergessen hat.)

Die Leute in der Verkaufsabteilung mögen mich (oder tun jedenfalls so). Green mögen sie nicht. Er weiß das. Sie beklagen sich bei mir über ihn und machen abfällige Bemerkungen, und auch das weiß er. Er tut, als wisse er es nicht. Er stellt sich gleichgültig, denn er mag die Leute von der Verkaufsabteilung nicht. Auch ich mag sie im Grunde nicht (tue aber, als möge ich sie). Im allgemeinen bemüht Green sich nicht, mit den Leuten von der Verkaufsabteilung gut auszukommen; er ist fühlbar distanziert und herablassend. Es bedrückt ihn jedoch, daß er sich dort Feinde macht. Green wird von der Vorstellung verfolgt, die Geschäftsleitung werde ihm demnächst meine Abteilung wegnehmen und sie der Verkaufsabteilung eingliedern. Diese Angst quält ihn seit achtzehn Jahren.

In meiner Abteilung sind sechs Personen, die mich fürchten und eine winzige Sekretärin, die uns allesamt fürchtet. Ferner habe ich einen Menschen unter mir, der sich vor überhaupt niemand fürchtet, auch vor mir nicht, und den ich darum gern rausschmeißen würde, wenn ich mich nicht vor ihm fürchtete.

Ich denke häufig, es müsse im Lager, in der Expedition, in den Büros undsoweiter Angestellte jeder Art und jeden Alters geben, die praktisch sämtliche Angestellten der Firma fürchten; in unserer Abteilung gibt es eine Schreibkraft, die allmählich den Verstand verliert und die wir allesamt fürchten.

Sie heißt Martha. Unsere größte Angst ist, sie könnte an einem Wochentag zwischen neun und fünf überschnappen. Wir hoffen, sie wird es an einem Wochenende tun, wenn wir nicht dabei sind. Man müßte sie entlassen, solange noch Zeit dazu ist, aber keiner tut es. Man müßte sie auf die Straße setzen, aber keiner rührt einen Finger. Selbst Green, der für gewöhnlich am Rausschmeißen Genuß findet, weist es weit von sich, die Verantwortung für ein Vorgehen zu übernehmen, das den irreparablen Zusammenbruch herbeiführen könnte, obschon er Martha nicht ausstehen kann, ihre Erscheinung verabscheut und in Rage gerät, wenn er daran erinnert wird, daß sie immer noch in seiner Abteilung ist. (Dabei hat er sie selbst nach flüchtiger Begutachtung eingestellt, weil die Dame von der Personalabteilung, die für den Nachschub an Schreibkräften sorgt, sie ausdrücklich empfahl.) Nun tut er gleich uns übrigen so, als sei sie nicht vorhanden.

Wir beobachten sie, wir warten ab, wir umschleichen sie auf Katzenpfötchen und fragen uns, wie viel Zeit wohl bis zu jenem letzten, entscheidenden Moment vergeht, da sie endgültig den Verstand verliert –

kreischend oder lautlos, wild um sich schlagend oder heiter eingestehend, daß sie nun leider verrückt geworden ist und abtransportiert werden muß, vielleicht aber auch außer sich vor Angst, unwissend und verwirrt.
Sonderbarerweise ist sie im Büro viel glücklicher als wir. Ihre Gedanken wandern von der Arbeit zu erfreulicheren Gegenständen, sie lächelt und flüstert zufrieden vor sich hin, während sie über die Walze der Schreibmaschine hinweg die leere Wand vor sich anstarrt und ganz ihre Schreibvorlage vergißt und was und wo sie ist. Dann hofft jeder von uns, einer der anderen möge doch etwas sagen oder tun, das ihrem Lächeln und dem Selbstgespräch ein Ende macht. Läßt es sich gar nicht mehr vermeiden, führen wir sie zurück ins Büro und an ihre Arbeit mit sanften Hinweisen, die keine Spur von Tadel oder Vorwurf enthalten. Wir meinen nämlich, es würde sie überraschen und bestürzen, wenn sie erführe, was sie da treibt und daß sie vermutlich dem Wahnsinn zusteuert. Gelegentlich ist sie hochgradig zerfahren, man kann sie weder ansehen noch ihre Anwesenheit ertragen. Alle behandeln sie rücksichtsvoll und behutsam. Green klagt häufig in der Personalabteilung über sie, doch will man ihr dort ebenfalls nicht kündigen, ist vielmehr mit ihren Angehörigen in Iowa in Verbindung getreten. Die Mutter ist zum zweiten Mal verheiratet und will die Tochter nicht. Martha hat einen schlechten Teint. Keiner mag sie, und alle wünschen sie weg.

Die Firma ist gutartig, das Betriebsklima im wesentlichen heiter, die Angestellten sind großenteils nett. Die Büros, insbesondere die Empfangsräume und Vorzimmer wirken hell und farbenfroh, mit viel Orange und Seegrün. Kleine Festlichkeiten sind in den Büros an der Tagesordnung. Die gesetzlichen Feiertage werden strikt eingehalten, und wer einen freien Tag braucht, nimmt unbezahlten Urlaub. Oft hat unser Wochenende drei oder gar vier Tage. (Ich ertrage diese langen Wochenenden nicht mehr, ich weiß nicht, wie ich sie überstehe. Vielleicht muß ich noch Skilaufen lernen.)
Alle vierzehn Tage bekommen wir aus der Lohnbuchhaltung einen maschinell ausgefüllten Scheck aus festem Papier (Pappe kann man es nicht nennen, dazu ist es nicht dick genug) mit hübschen rechteckigen Löchern, auf dem in kleiner schwarzer Blockschrift vermerkt ist, dieser Scheck dürfe weder gefaltet, gelocht, geknickt, geheftet oder sonstwie beschädigt werden. (Er darf nur eingelöst werden.) Ohne diese Mahnung wäre ich nie auf einen anderen Gedanken gekommen, doch jetzt gerate ich manchmal in Versuchung. Wenn ich etwa alle vierzehn Tage den unbedruckten Umschlag aufmache und stumpf die Löcher, Zahlen und Wörter auf die-

sem Lochkartenscheck betrachte, ohne jemals den erhofften ungeheuerlichen Fehler zu meinen Gunsten zu entdecken, so frage ich mich: was geschieht wohl, wenn ich diesen Scheck falte, loche, knicke, hefte oder sonstwie beschädige? (Schließlich ist es mein Scheck – oder? Oder?) Was würde wohl geschehen, wenn ich vorsätzlich und mit voller Absicht ungehorsam wäre?

Ich weiß, was passieren würde: nichts. Nichts würde passieren. Und dieses Wissen ist niederdrückend. Ein Mädchen unten im Haus, mir völlig unbekannt (vermutlich ebenfalls mit schlechtem Teint), drückt irgendwo ein paar Tasten. Damit ist alles wieder im Lot, mein Ungehorsam wie nie gewesen. Mein Aufmucken würde verschluckt wie Regen vom Ozean und keine Spur hinterlassen. Nicht einmal ein Kräuseln der Oberfläche könnte ich bewirken.

Ich meine, für jemand wie mich ist es nahezu unmöglich, noch aufzubegehren und damit etwas Bleibendes auszurichten. Die Macht, Unordnung zu stiften, die ich als Kind besaß, habe ich verloren; ich kann meine Umgebung nicht mehr verändern, noch merklich aufstören. Machte ich den Versuch, man würde mich blitzschnell rausschmeißen und vergessen. Ich würde abgelegt. So wird es auch Martha der Schreibkraft ergehen, wenn sie endlich überschnappt. Man wird sie rausschmeißen und vergessen. Sie ablegen. Sie bekommt Krankengeld, Urlaubsgeld und schließlich eine Abfindung. Sie bekommt Geld aus der Pensionskasse, sowie ihren aufgelaufenen Anteil am Gewinn, danach aber verschwindet sie spurlos in einem alten grünen Aktenschrank irgendwo auf dem Korridor oder in einem verstaubten Lagerraum, der höchstens ein- bis zweimal im Jahr betreten wird, und von dessen Vorhandensein nur wenige Leute in der Firma wissen. Solche Aktenschränke standen im Archiv unterhalb des Hauptbüros jener Haftpflichtversicherungsgesellschaft, in der ich als junger Mensch beschäftigt war. Sobald sie den Verstand verliert, wird ihre Akte geschlossen.

Ich hatte mir nicht vorgestellt, daß es so viele tote Akten geben könnte, wie dort aufbewahrt wurden. (Und in einem Lagerhaus, das ich im Laufe des Jahres hin und wieder aufsuchte, wenn schon vor Jahren abgeschlossene Akten gebraucht wurden, gab es weitere Tausende von Akten, noch toter als die anderen.) Ich erinnere mich genau daran. Ich erinnere mich, daß mir die in blauer Tinte auf den Ordnern angebrachten Vermerke geradezu frivol vorkamen: Zahl, Name, Adresse, Datum und eine Abkürzung, die anzeigte, ob es sich um Sachschaden oder Personenschaden handelte. Im Archiv unterhalb des Büros verzehrte ich in der Mittagspause häufig meine Brote (belegt mit Wurst, mit gehacktem Fleisch und viel Ketchup, Thunfisch oder Lachs und Tomate), und falls

ich dort allein blieb, las ich erst den *Mirror* (unterdessen ebenso tot wie jene Akten) und blätterte anschließend zum Zeitvertreib in willkürlich herausgegriffenen Vorgängen. Ich suchte darin Tragödien, Aktion, dramatische Detektivarbeit und spannende Gerichtsprotokolle, doch vergeblich. Jene Akten blieben tot, und keine Namen, Gutachten, Untersuchungsergebnisse, Augenzeugenberichte machten sie lebendig. (Der *Mirror* war da schon besser, seine Berichte über Staats- oder Familientragödien lasen sich wie Comics.) Am meisten Eindruck machte mir die schiere Masse all jener gestorbenen Akten, diese unfaßliche Fülle von verstaubten, durchhängenden Aktenregalen, die wie alterslose, miteinander verbundene Türme vom Fußboden fast bis zur Decke reichten, eine endlose Folge unzusammenhängender Unfälle, die Menschen und Autos zugestoßen waren, lange bevor ich meine Stelle antrat, Unfälle, die sich damals ereigneten und auch heute noch ereignen.
Auch in jener Firma gab es zu meiner Zeit eine Person, die den Verstand verlor. Man legte sie ab. Und ein mittlerer Angestellter der Firma, in der ich arbeitete, bevor ich hierherkam, stürzte sich aus einem Hotelfenster zu Tode; er schrieb auf einen Zettel, es tue ihm leid, daß er aus dem Fenster springen müsse, lieber hätte er sich erschossen, doch wisse er weder, woher eine Pistole nehmen, noch wie sie handhaben. Man (vermutlich die Polizei) sammelte die Reste auf und legte sie ab.
Ich meine, es gibt heute wohl in jeder Firma zumindest eine Person, die langsam verrückt wird.

Die Firma erwartet auch für dieses Jahr gute Erträge. Es geht aufwärts, und in vieler Hinsicht sind wir auf unserem Gebiet führend. Den neuesten Daten zufolge ist alles noch größer und noch besser als im vergangenen Jahr.
Wir haben jetzt neunundzwanzig Niederlassungen, zwölf im Inland, zwei in Kanada, vier in Südamerika und elf in Übersee. Früher gab es auch auf Kuba eine, doch die ging verloren. Im Jahresdurchschnitt verzeichnet die Firma drei Selbstmorde: alle zwölf Monate bringen sich zwei Männer um, meist aus dem Kreis der Abteilungsleiter, fast immer mit einer Schußwaffe. Eine weibliche Angestellte, höchstwahrscheinlich ledig, getrennt lebend oder geschieden, besorgt es mit Schlaftabletten. Unsere Gehälter sind gut, der Urlaub großzügig bemessen.
Unsere Angestellten sind an ein angenehmes Leben gewöhnt und sehr anfällig für Nervenzusammenbrüche. Im allgemeinen haben sie Geschmack und erfreuen sich eines hohen Lebensstandards. Wir sind gebildet und stehen weit über dem Durchschnitt, was Leistung und Intelligenz angeht. Alle geben ihr Geld aus, sparen tut keiner. Die Zahl der Nerven-

zusammenbrüche ist nicht so leicht auszumachen wie die der Selbstmorde, denn Nervenzusammenbrüche erkennt man nicht ohne weiteres, auch lassen sie sich vertuschen. (Ein Selbstmord ist schließlich und endlich ein Selbstmord; er ist etwas Endgültiges. Er ist die letzte Handlung der betroffenen Person. Aber wie erkennt man einen Nervenzusammenbruch?) Und doch kommen Nervenzusammenbrüche immer wieder in allen Alters- und Berufsgruppen und bei jeder Sorte Mensch vor – bei Dicken und Mageren, bei Schlanken und Stämmigen, bei Guten und Bösen. Seit ich die Abteilung leite – seit wenigen Jahren also –, sind eine männliche und eine weibliche Arbeitskraft für längere Zeit beurlaubt gewesen, weil sie zusammengebrochen waren. (Der Mann ist, wie mir scheint, nicht ordentlich repariert worden und dürfte demnächst erneut zusammenbrechen. Mir und allen, die er in Gespräche verwickelt, kommt er bereits verdächtig vor. Er redet zu viel.)
In einem durchschnittlichen Jahr sterben vier mir bekannte Angestellte der Firma aus natürlicher Ursache, zweieinhalb (im einen Jahr zwei, im nächsten drei) lassen sich beurlauben, weil sie an Krankheiten leiden, die sich später als Krebs entpuppen. Ungefähr zwei Angestellte verunglücken pro Jahr, einer mit dem Auto, der andere verbrennt oder ertrinkt. Noch haben wir keinen Todesfall im Luftverkehr zu beklagen, was mir rätselhaft ist, denn wir fliegen viel, um Niederlassungen zu besuchen oder Kunden oder mögliche Kunden oder Lieferanten, und zwar im Inland wie im Ausland. Wenn reguläre Ganzzeitbeschäftigte sich krank melden, bekommen sie für gewöhnlich ihr volles Gehalt weitergezahlt, einerlei wie lange die Krankheit dauert (auch wenn sie bis zu ihrem Ableben dauert. Ha ha), denn unsere Firma ist in Sozialleistungen vorbildlich. Alle sind geschieden (ich allerdings nicht), alle trinken, alle dehnen die Mittagspause auf zwei Stunden oder länger aus. Die Männer flirten ausnahmslos, und die Frauen machen dabei mit, bis auf einige, die sehr religiös sind oder sehr bieder und die wenigen ganz jungen Mädchen, die zum ersten Mal unter Leute gehen und noch nicht wissen, wie der Hase läuft.
Die meisten von uns arbeiten gern in der Firma, auch wenn wir uns fürchten, und möchten nicht zu einer anderen Firma überwechseln. Wir verdienen gut und wir amüsieren uns. Wir lesen, wir gehen ins Theater. Und irgendwie verstreicht die Zeit.

In diesem Bilanzjahr flirte ich mit Jane. Jane ist noch nicht lange in der Werbeabteilung und weiß nicht recht, wie ich es meine. Vor ein paar Jahren studierte sie noch auf dem College die Schönen Künste. Sie findet das Leben in der Großstadt gewagt, raffiniert und anregend, sie geht

häufig ins Kino. Ich vermute, daß sie bislang noch nicht mit einem verheirateten Mann geschlafen hat.
Jane ist Werbeassistentin bei Green. Zu seiner Werbeabteilung gehören nur drei Personen. Wie wir alle hat auch Jane reichlich Zeit, vor sich hin zu brüten, Luftschlösser zu bauen, Privatgespräche am Telefon zu führen und mit jedem zu albern, der darauf eingeht (ich). Sie ist groß und schlank und hat einen verstopften Tränenkanal, weshalb eines ihrer Augen häufig tropft. Sie trägt lose Pullover, welche die langen Warzen der kleinen Brüste schön hervortreten lassen. (Häufig möchten meine Fingerspitzen nur allzugerne diese Warzen ihrer kleinen Brüste halten und streicheln, ich weiß aber aus Erfahrung, daß mein Begehren sich nicht sehr lange bei den Brüsten aufhalten würde. Sie sind ein brauchbarer Ausgangspunkt.) Ihre gute Figur, die höchst sichtbaren Brustwarzen und der verstopfte Tränenkanal bieten gute Anknüpfungspunkte für anzügliche Scherze von der Art, wie ich sie mit jener Virginia unter der Uhr von Western Union in der Haftpflichtversicherungsgesellschaft zu wechseln pflegte (die Gesellschaft betreibt immer noch ihre Geschäfte und vermutlich hängt auch die Uhr noch dort und geht wie eh und je, allerdings ist das ganze Gebäude jetzt zum Abbruch vorgemerkt), nur daß jetzt ich der Ältere, Erfahrene (Übersättigte) bin und den Dingen so ziemlich genau den Verlauf geben kann, der mir vorschwebt. Mir ist jetzt so, als könnte ich mit Jane machen was ich will, besonders wenn sie statt des gewohnten einen Wodka-Martini zum Mittagessen zwei getrunken hat (ich selber mag Wodka-Martini nicht und mißtraue dem Charakter von Leuten, die ihn trinken), oder drei Whiskey sour statt zwei. Wenn ich wollte, könnte ich ihr bestimmt nach Büroschluß drei Wodka-Martini eintrichtern, sie in die nahegelegene Wohnung von Red Parker schleppen, und das übrige wäre dann so einfach wie's Brezelbacken (und wahrscheinlich nicht aufregender). Ich kann Jane zum Lachen bringen, sobald es mir paßt, und damit ist, wie ich weiß, das Spiel schon mehr als halb gewonnen, falls ich mich darauf einlassen sollte, aber ich weiß inzwischen nicht mehr, ob ich das eigentlich will oder nicht.
Vermutlich sollte ich mich schämen, denn sie ist schließlich eine anständige junge Dame von vierundzwanzig Jahren. Vielleicht sollte ich aber auch stolz auf mich sein, denn schließlich ist sie eine anständige und sehr hübsche junge Dame von nur vierundzwanzig Jahren, und ich, ich könnte sie vermutlich jederzeit haben, wenn ich wollte. (Ich habe sie vage in meinen Terminkalender eingebaut, so etwa drei Wochen vor der Großen Tagung, weil ich dann die ganze Werbeabteilung dringend benötige.) Ich weiß wirklich nicht, was ich empfinden müßte. Bekannt ist

mir, daß Mädchen Anfang der Zwanzig reizend und zugänglich sind. (Endzwanzigerinnen sind noch zugänglicher, sie sind aber schon traurig und darum weniger reizend.) Sie sind wohl zugänglich, weil sie so reizend sind, und reizend sind sie wegen ihrer Dummheit.

Habe ich zum Essen zwei Martini getrunken, dann treiben Janes Brüste und Schenkel mich schier zum Wahnsinn, wenn sie im Korridor unweit der Werbeabteilung ihren kleinen Popo gegen die Wand stemmt und ich stehen bleibe, um mit ihr zu albern. Jane lächelt viel und ist überhaupt arglos (so hält sie z. B. mich für einen sehr netten Menschen), obwohl ihr selbstverständlich nicht alle sexuelle Erfahrung fehlt, mit der sie prahlt, sobald ich sie mit ihrer Jungfräulichkeit necke, und die sie lachend verleugnet, wenn ich ihr Hurerei vorwerfe. Ich ziehe sie mit mehr oder weniger mechanischen und kindischen Scherzen auf (die ich samt und sonders in der einen oder anderen Form schon an jungen und älteren Damen erprobt habe), die ihrem Auge, ihrem Pullover oder dem guten bis schlechten Lebenswandel gelten, den ich ihr unterstelle, beuge mich dabei schier sabbernd auf sie herunter (wie sie mich in diesen ekelhaften Augenblicken erträgt, ahne ich nicht, doch sie tut es) und werfe wollüstige Blicke auf ihre Schenkel, obwohl ich doch bereits ahne, daß ihre Beine unter dem Rock ein wenig dünn sind und daß ich sie wahrscheinlich als etwas zu mager beschreiben würde, falls ich hinterher jemandem von Jane erzählte.

Ich habe Jane wirklich gern, glaube ich. Sie ist heiter, aufgeschlossen, vertrauensvoll, optimistisch – und von der Sorte begegnen mir nicht mehr viele. Bislang habe ich mich auf den schlüpfrigen Wortwechsel mit ihr beschränkt, der uns beide belustigt, kitzelt, antreibt. Ihr Gesicht und ihre Figur sind vielleicht ein bißchen zu gut. Früher schwärmte ich für große, aber kräftige, ja sogar ein bißchen grobkörnige Mädchen, und vielleicht tue ich es ja auch heute noch, doch fast immer finde ich mich mit schlanken, hübschen und sehr jungen Mädchen im Bett. Meine Frau ist groß und schlank und war in jungen Jahren ebenfalls sehr hübsch.

Die Vertreter fürchten sich am meisten vor den meisten anderen Leuten in der Firma. Sie leben und arbeiten unter einem unvorstellbaren Druck. (Ich könnte ihn nicht ertragen.) Gehen die Geschäfte schlecht, so gehen sie für die Vertreter noch schlechter; gehen sie gut, sind die Vertreter kaum besser dran.

Sie müssen sich unablässig bewähren, sie stehen gemeinsam und jeder für sich immer kurz vor dem Schiffbruch. Alle, auch die Spitzenverdiener und die restlos von sich Überzeugten, geben sich die größte Mühe, auf dem Papier einen guten Eindruck zu machen, und es gibt reichlich Pa-

pier, auf dem sie einen guten Eindruck machen können. So werden beispielsweise wöchentlich die Verkaufszahlen sämtlicher Vertretungen und der Verkaufsabteilungen aller Niederlassungen ermittelt und mit der entsprechenden Woche des Vorjahres verglichen. Die Zahlen werden auf dem jeweils modernsten Gerät kopiert und an sämtliche Abteilungen und Angestellten verteilt, die mit dem Verkauf zu tun haben. Ferner werden die Verkaufsergebnisse aller Vertretungen sowie sämtlicher Niederlassungen und die Verkaufszahlen für die gesamte Firma vierteljährlich ermittelt und mit den entsprechenden Vorjahreszahlen verglichen; nebenher werden auch die Verkaufszahlen der aufeinanderfolgenden Vierteljahre aufgezeichnet, kopiert und verteilt. Darüberhinaus werden die so ermittelten Verkaufszahlen mit den Verkaufszahlen * (* geschätzt) der Konkurrenz verglichen, und auch diese Zahlen werden kopiert und verteilt. Die anfallenden Zahlen sind in Kolumnen und parallelen Reihen so angeordnet, daß jeder, der es wünscht, auf einen Blick gewisse Vergleiche anstellen und ein Urteil fällen kann. All dieses Kopieren und Verteilen hat zur Folge, daß in der Firma unentwegt erörtert wird, wie gut oder wie schlecht die Vertreter in den Verkaufsabteilungen aller Niederlassungen zu jedem beliebigen Zeitpunkt gearbeitet haben.
Machen die Vertreter ihre Sache gut, fühlen sie den Drang, sich zu verbessern, aus Angst, sie könnten sich verschlechtern. Machen sie ihre Sache mäßig, ist es eine Katastrophe. Zieht ein Vertreter einen großen Auftrag an Land oder gewinnt er einen wichtigen Kunden, so hält die Freude darüber nicht lange vor, denn schon droht die Gefahr, daß der große Auftrag oder der wichtige Kunde von einem Vertreter der Konkurrenz weggeschnappt wird (oder von dem Vertreter einer konkurrierenden Niederlassung des eigenen Hauses, woraus zu ersehen ist, wie komplex und wohlgeordnet die Firma ist). Der Auftrag wird vielleicht storniert, und in solch einem Fall weiß niemand zu sagen, ob ein Verlust eingetreten ist oder ein Gewinn. So sind denn auch die Triumphe der Vertreter nicht frei von Krisen und Schrecken.
Und doch lieben die Vertreter ihre Arbeit; sie wünschen sich keine andere. Es sind muntere, spaßhafte Kerle, wenn sie nicht gerade an Magengeschwüren leiden oder schwarz in die Zukunft sehen; manchmal werden sie aber auch unversehens bösartig, nörgeln und zanken. Manche sind mürrisch, manche tyrannisch; manche sind erst tyrannisch und hinterher mürrisch. Alle sind schwere Trinker, bis sie einen Leberschaden bekommen oder einen Herzanfall, oder das Trinken aus anderen wichtigen Gründen aufgeben müssen, und alle ohne Ausnahme bilden sich früher oder später ein, daß ihnen grundlos alle Mißerfolge angelastet werden. Jeder argwöhnt, daß mindestens einer seiner Vorgesetzten was gegen ihn hat und ihn zugrunderichten will.

Die Vertreter schuften und werden gut dafür bezahlt. Außerdem dürfen sie Spesen machen, was ihnen erlaubt, Angestellte der Firma (auch mich) und Fremde großzügig zu bewirten. Sie bewohnen anständige Häuser in anständigen Wohngegenden, sie spielen recht anständig Golf auf anständigen Plätzen. Die Firma begünstigt das. Die Firma übernimmt die gesamten Kosten, die den Vertretern durch die Mitgliedschaft im Club entstehen, vorausgesetzt es handelt sich um einen anständigen Club. Die Firma bevorzugt und belohnt Vertreter, die auf dem Golfplatz einen anständigen Eindruck machen.

Junggesellen sind bei der Verkaufsabteilung nicht gefragt, auch Witwer nicht, denn die Firma weiß aus Erfahrung, daß es für alleinstehende Vertreter schwierig und gefährlich ist, gesellschaftlich mit prominenten Geschäftsleuten und deren Gattinnen zu verkehren oder gemeinsam mit ihnen an Bürgerinitiativen teilzunehmen. (Zu viele Gattinnen dieser prominenten und erfolgreichen Männer sind mit dem Zustand ihrer Ehen ebenso unzufrieden wie die Gatten. Falls die Frau eines Vertreters stirbt und er nicht bereit ist, wieder zu heiraten, wird er nach einer angemessenen mehrmonatigen Trauerperiode in die Verwaltung versetzt. Junggesellen werden als Vertreter überhaupt nicht eingestellt, und ein Vertreter, dessen Frau sich scheiden läßt oder stirbt, weiß, daß er gleich wieder heiraten oder sich auf eine andere Tätigkeit vorbereiten muß.

(Red Parker, bereits zu lange verwitwet und überdies schwerer Trinker, ist derzeit in Schwulitäten. Er amüsiert sich zu gut.)

Befremdlicherweise reagieren die Vertreter, von Natur aus aggressive, selbstbezogene und individualistische Personen, positiv auf den nie nachlassenden Druck und die scharfe Aufsicht, welcher sie unterworfen sind. Disziplin und Anleitung wirken auf sie stimulierend. Wenn man ihnen ein Ziel klar vor Augen stellt, fühlen sie sich am wohlsten. (Vielleicht spielen sie deshalb so gerne Golf.) Meistens sind sie munter, zuversichtlich und gesellig, wenn sie nicht gerade gereizt, deprimiert oder verängstigt sind. Im Charakter dieser Menschen muß es etwas Besonderes geben, das ihnen nicht nur möglich macht Vertreter zu sein, sondern sogar sein zu wollen. Unseren jedenfalls macht es Spaß zu verkaufen, obwohl anscheinend viele an Gastritis, Leistenbruch, Hämorrhoiden und chronischem Durchfall leiden (ich habe eine einzige Hämorrhoide, die kommt und geht, wie es ihr paßt und die mich überhaupt nicht mehr ärgert, seit der Arzt mir versichert hat, es sei kein Krebs), gar nicht zu reden von den häufigen Zusammenbrüchen dank innerer Spannungszustände und Überarbeitung, die in der Verkaufsabteilung ebenso häufig sind wie in anderen Abteilungen, nicht zu vergessen den gelegentlichen Selbstmord, den die Vertreter etwa alle zwei Jahre aufzuweisen haben.

Die Vertreter sind stolz auf ihre Position, ihren Status innerhalb der Firma und auf die Bedeutung, die ihnen zugeschrieben wird, denn es ist die Aufgabe beispielsweise meiner Abteilung sowie der meisten anderen Abteilungen, die Vertreter beim Verkauf zu unterstützen. Die Firma ist da, um zu verkaufen. Zu diesem Zweck sind wir angestellt, und nur zu diesem Zweck werden wir bezahlt.

Am wenigsten fürchten sich die Angestellten in der kleinen Marktforschungsabteilung, die an gar nichts glauben und damit befaßt sind, statistische Informationen über die Verbraucher, den Markt, Amerika und die ganze Welt zu sammeln, aufzubereiten, zu bewerten und umzuordnen. Sie fürchten sich nicht, weil sie wenig verdienen und wissen, daß sie ohne viel Mühe anderswo ebenso schlecht bezahlte Arbeit finden können, falls sie ihre Stellung bei uns verlieren. Auch ist ihr Budget klein, denn sie dürfen keine großen Projekte mehr entwerfen.
Unsere Informationen stammen zum größten Teil vom Statistischen Bundesamt, der Handelskammer, dem Unternehmerverband, den Berufsgenossenschaften und dem Pentagon. Wir bekommen sie gratis und niemand könnte sagen, ob die Informationen, auf welchen die von uns herausgegebenen Informationen beruhen, richtig sind oder falsch. Darauf scheint es indessen nicht anzukommen; es kommt einzig darauf an, daß die Informationen aus geachteten Quellen stammen. Unseren Marktforschern wird nie ein Vorwurf gemacht, wenn sie auf Verhältnisse außerhalb der Firma hinweisen, die sich zum Vorteil unserer Konkurrenz auswirken. Was ist, das ist – man erwartet nicht von den Leuten, daß sie die Wirklichkeit verändern, sie sollen nur die Wirklichkeit erkennen und vorschlagen, wie man sie möglichst raffiniert verschleiern kann. Darin besteht übrigens zum großen Teil auch meine eigene Arbeit, und wir alle bemühen uns unter Greens Anleitung und in enger Zusammenarbeit mit der Verkaufsabteilung und der Abteilung für Öffentlichkeitsarbeit ganze Wahrheiten in halbe zu verwandeln und halbe Wahrheiten in ganze.
Ich verstehe mich sehr gut auf diese Täuschungsmanöver, bin aber nicht mehr imstande, mich in jedem Fall selbst zu täuschen (könnte ich es, dann würde ich das nicht wissen, nicht wahr? Ha ha). Tatsächlich erstaunt mich immer wieder, daß die Leute in der Firma auf ihre eigene (auf unsere) Propaganda hereinfallen. Sehr viele glauben schon daran, daß unsere Arbeit wirklich wichtig ist. Dies gilt nicht nur für die Vertreter, die ihr Verkaufsgespräch so lange laut aufsagen, bis sie sich die Logik und die Autorität von Priestern eines Hokus-Pokus-Kultes angeeignet haben, sondern auch für unsere blitzgescheiten, begabten leiten-

den Angestellten, denen sämtliche Unterlagen zugänglich sind und die es darum besser wissen müßten. Es gilt für Leute in meiner Stellung und auch in niedrigerer Stellung. Es gilt für fast alle Angestellten, die mit Auszeichnung eine höhere Handelsschule absolviert haben; es sind dies durchwegs die tüchtigsten und gewissenhaftesten Leute in der Firma und zugleich die naivsten und leichtgläubigsten. Wenn wir einen neuen Werbefeldzug starten, gehen als erste die Angestellten der Firma auf unseren Leim. Bringen wir ein neues Produkt auf den Markt, oder auch ein altes in anderer Farbe und Verpackung mit anderem Namen, das wir aber als Neuheit anpreisen, so stürzen als erste unsere Angestellten in die Geschäfte, um es zu kaufen – auch wenn es nichts taugt.

Wenn Vertreter und Sprecher der Firma ihre eigenen Behauptungen für wahr halten, muß das nicht immer üble Folgen haben, entwickeln sie dabei doch eine von Loyalität, Eifer und Gläubigkeit bestimmte Haltung, die als solche bereits sehr überzeugend wirkt. Dieser Haltung entspringen jene Hingabe und jener Fanatismus, die den guten Staatsbürger und den guten Arbeitnehmer ausmachen. Geschieht das allerdings einem Angestellten in meiner Abteilung, so kann es schlimme Folgen haben; er verläßt sich dann allzusehr auf das, was er jetzt für die Wahrheit hält und verliert die Fähigkeit, brauchbare Lügen zu erdenken. Er überzeugt nicht mehr. Genau dies ist Holloway passiert, dem Mann aus meiner Abteilung, der den Nervenzusammenbruch gehabt hat (und bald wieder haben dürfte).

»Aber verstehen Sie denn nicht, es stimmt wirklich«, pflegte er sanft und mit wissendem Lächeln zu den Vertretern, den Sekretärinnen, ja sogar zu mir zu sagen, so als müsse, was er da sagte, jedermann ebenso einleuchten wie ihm. »Wir sind wirklich die Besten.« (Dabei entging ihm allerdings der Umstand, daß es gar nicht darauf ankam, ob das stimmte; wichtig war nur, daß die Leute glaubten, es stimme.) Nun fängt er wieder an, so zu lächeln und zu insistieren, er wendet mehr Zeit daran, mit uns zu sprechen, als wir daran wenden wollen, ihm zuzuhören. Packt er mich beim Rockaufschlag, redet er anderen in der Abteilung die Ohren voll, so verspüre ich einzig den Wunsch, er möge endlich seinen Nervenzusammenbruch haben, wenn es denn sein soll, und sich aus dem Weg räumen. Er ist der einzige, der mit Martha, der überschnappenden Schreibkraft, spricht, und sie ist die einzige, die ihn geduldig und sanftmütig anhört. Sie hört ihm sehr aufmerksam zu, denn sie achtet nicht im geringsten auf ihn.

Wir verloren allesamt die Geduld mit ihm. Und er, er konnte nicht begreifen (so wie er auch jetzt wieder nicht begreift), warum die Vertreter, die von ihm Material verlangten, um ihre Übertreibungen und Verdrehungen zu untermauern, skeptisch wurden, ihm auswichen, sich auf seine Auskünfte nicht verlassen wollten und ihn nicht mehr zum Essen einluden. Er mutete ihnen doch wirklich zu, allein mit der »Wahrheit« auszukommen.

Ich fürchte, nur der Weise erkennt, daß er dumm ist, und nur ein ehrlicher Mensch weiß, daß er lügt. Und für weise kann sich wohl nur ein Dummer halten, schließe ich (weise), während wir weisen Erwachsenen hier in der Firma den ganzen Tag durch die Korridore streichen, uns gegenseitig an unseren Schreibtischen, am Eiswasserbehälter auf dem Gang und in unseren kleinen Bürozellen erschrecken und jenen Leuten auszuweichen trachten, die uns Furcht einflößen. Wir kommen zur Arbeit, machen Mittagspause, gehen heim. Wir stolzieren herein, stolzieren hinaus, wechseln den Partner, streunen herum, machen Männchen für einen freundlichen Klaps auf den Kopf und schlendern heim, bis wir allesamt tot umfallen.

Kann ich, so frage ich mich hin und wieder und je nachdem, wie gut oder schlecht ich gerade mit Green im Büro stehe, oder daheim mit meiner Frau, oder mit meinem zurückgebliebenen Sohn, oder mit meinem anderen Sohn, oder mit meiner Tochter, mit der farbigen Putzfrau, oder der Pflegerin meines zurückgebliebenen Sohnes, kann ich, so frage ich mich, wirklich gar nichts anderes tun? Kann ich den wenigen Jahren, die mir in diesem Leben noch bleiben, wirklich nicht mehr abgewinnen als dies? Und die Antwort lautet selbstverständlich jedesmal: ... Nein!

Denn ich habe ja meine Stellung, bekomme mein Gehalt, habe was zu lachen und kann wohl immer, wenn mir der Sinn danach steht, das eine oder andere Mädchen in mein Bett locken; denn Nachbarn und Kollegen mit kleinerem Gehalt, blasserer Persönlichkeit und unansehnlicheren Frauen schauen zu mir auf und beneiden mich; denn es sieht wirklich so aus, als hätte ich alles, was ich mir wünsche, wenngleich ich mir oft einen anderen Vorgesetzten wünsche als Green, der mich gerne mag und der meine Arbeit schätzt, der mich aber auf der Großen Tagung in Portoriko voriges Jahr keine Rede halten ließ und auf der Großen Tagung in Florida im Jahr davor ebenfalls nicht, und der wohl weiß, daß ich ihn dafür hasse und es ihm nie vergeben und vergessen werde.

(Ich habe Träume, unangenehme Träume, die, so glaube ich, von meinem Wunsch herrühren, auf einer Großen Tagung zu sprechen, und immer sind es frustrierende und demütigende Träume, in denen es mir einfach unmöglich ist, von einem Ort zum anderen zu gelangen.)

Green glaubt jetzt, daß ich seinen Sturz betreibe. Da täuscht er sich. Zum einen fehlt mir dazu die Initiative; zum anderen habe ich den Mut nicht, und zum dritten schätze und bewundere ich Green aus mancherlei Gründen (wenn ich ihn auch aus anderen Gründen verabscheue), und ich weiß, daß ich in meiner Stellung unter ihm weniger gefährdet bin als anderswo, auch nicht bei Andy Kagle in der Verkaufsabteilung, falls man mich wirklich samt meiner Abteilung Green wegnehmen und Kagle zuschlagen würde.

In vieler Hinsicht und bei vielen Gelegenheiten handeln Green und ich als Freunde und Verbündete, helfen einander aus, erweisen einer dem anderen kleine Aufmerksamkeiten. Ich trete für ihn ein, wenn er mit seiner Arbeit im Rückstand ist oder was verschwitzt hat, und ich sorge häufig dafür, daß das Lob für die gute Arbeit meiner Abteilung ihm angerechnet wird, auch wenn er es nicht verdient. Ich sage ihm aber kein Wort davon; ich sage ihm auch nicht, wenn ich ihn anderswo loben höre. Sehe ich, daß Green Angst hat, so genieße ich das. Es freut mich, daß er mir mißtraut (das stärkt mein Selbstgefühl ganz wunderbar), und ich beschwichtige ihn nur, soweit unbedingt erforderlich.

Und ich bin der beste Freund, den er in der Firma hat.

So ängstige ich denn Green, und Green ängstigt White, und White ängstigt Black, und Black ängstigt Brown und Green, und Brown ängstigt mich und Green und Andy Kagle, und das alles stimmt aufs Wort, denn Horace White geht wirklich jeder Unterhaltung mit Jack Green aus dem Wege, und Johnny Brown, der mit seinen breiten Schultern, seinem gesunden Menschenverstand und seiner unverblümten Sprache alle Welt überfährt, fürchtet sich vor Lester Black, der ihn protegiert.

Ich weiß, daß das alles stimmt, weil ich an einem öden, verregneten Nachmittag die gesamte Palette – grün, weiß, schwarz, braun etc. – auf einer jener Organisationstafeln dargestellt habe, die ich immer dann entwerfe, wenn meine Arbeit mich besonders langweilt.

Derzeit befasse ich mich damit (mein Privatvergnügen), ein autarkes Gemeinwesen aus Betriebsangehörigen zusammenzustellen, deren Nachnamen sich von Berufen, Werkzeugen oder natürlichen Hilfsmitteln herleiten, denn die Müller, Bäcker, Schneider, Zimmermann, Feldmann, Bauer, Hammer und Fleischer sind reichlich im hauseigenen Telefonverzeichnis vertreten; vielleicht stünden wir besser da, wenn jeder täte, was sein Name sagt, allerdings wüßte ich dann nicht, wo ich bleiben sollte, denn mein Name hat keine mir bekannte Bedeutung, und ich weiß nicht, woher er sich ableitet.

Das Aufspüren wertvoller Informationen, die ohne jede Bedeutung sind, macht mir Spaß und lenkt mich ab. Wir haben elf Greens in der Firma (Greenes eingeschlossen), acht Whites, vier Browns und vier Blacks.

Slocum gibt es nur einen ... mich. Früher hat es mal zwei gegeben; in unserem Büro in Chicago saß eine Mary Slocum, eine zierliche, attraktive Person, frisch von der Handelsschule, mit wippendem Popo und hübschem großem Busen, doch die heiratete, wurde sehr bald schwanger und verschwand. Hier und dort trifft man in der Firma auf einen Farbigen, einen Neger in blütenweißem oder blauem Hemd mit stets korrekt geknotetem Schlips; noch haben sie keine wichtigen Positionen inne, und niemand weiß genau, weshalb sie eigentlich in die Firma eingetreten sind und was sie hier wollen. Wir alle (oder fast alle) benehmen uns gegen sie demonstrativ zuvorkommend und tun so, als wären sie nicht die Spur anders als wir. Hinter ihrem Rücken allerdings reißen die Vertreter Witze über sie.

Meine Arbeit langweilt mich jetzt häufig. Routinesachen gebe ich sofort weiter. Das verschlimmert meine Langeweile noch. Es ist nicht leicht zu sagen, ob es langweiliger ist, eine langweilige Arbeit zu erledigen oder alle anfallende langweilige Arbeit weiterzugeben und dann überhaupt nichts zu tun zu haben.
Bekomme ich dringende, größere Aufträge, die bei mir ein bißchen Angst und bei anderen viel Aufmerksamkeit erregen, macht mir meine Arbeit Spaß. Ich fürchte mich, ich kann nachts nicht schlafen, doch leiste ich unter solch stimulierendem Druck das Beste und genieße meine Arbeit am meisten. Alle wichtigen Aufträge übernehme ich selber, und ich bin außer mir vor Wonne und befriedigter Eitelkeit, wenn man mich beglückwünscht, weil ich wieder einmal sehr gute Arbeit geleistet habe (wie immer). Doch diese Gipfel der Bewährung und des Überschwanges ragen vereinzelt aus einer Niederung der Gleichförmigkeit und Verzweiflung. (Übrigens stelle ich fest, daß ich nicht viel Lust verspüre, auch künftig bei jemandem Eindruck zu machen, auf den ich schon einmal Eindruck gemacht habe; sobald ich eine Krise überstanden habe, folgt eine Art Leere, eine tragische Enttäuschung, ein Erschlaffen aller Emotionen, und was mir noch im vergangenen Jahr als Gefahr, Anregung Gelegenheit zur Bewährung erschien, empfinde ich dieses Jahr als ermüdende Qual. Immer häufiger fühle ich mich ausgenutzt, bloß weil man von mir die Arbeit erwartet, für die man mich bezahlt.)
In besonders melancholischer Stimmung entwerfe ich Organisationspläne auf der Basis purer Bosheit. Ich teile, unterteile und klassifiziere unsere Angestellten nach den Kriterien Neid, Hoffnung, Angst, Ehrgeiz, Frustration, Rivalität, Haß, Enttäuschungen. Diese Diagramme nenne ich meine Glücksdiagramme. Solche Fingerübungen in Bosheit verfehlen nie, mir Auftrieb zu geben – allerdings nur vorübergehend. Ich selber

rangiere ziemlich weit oben, wenn ich den Betrieb solcherart umorganisiere, denn weder bin ich neidisch noch enttäuscht, noch erwartungsfroh. Ganz oben stehen selbstverständlich jene – meist jung und ohne Anhang –, welche in der Firma noch nicht eine durch geheiligte Verdienste ausgezeichnete Institution sehen (sie nicht einmal besonders erhaltenswert finden), sondern nichts weiter als einen Arbeitsplatz, und die ihre derzeitige Bindung an das Haus als vorübergehend betrachten. Für sie ist das alles nur ein Job, einerlei ob Aufsichtsratsvorsitzender oder Portier; zwischen beiden sehen sie herzlich wenig Unterschied. Diese Leute also rangieren bei mir ganz oben, denn fragte man einen von ihnen, ob er den Rest seines Lebens in der Firma verbringen wolle, würde er mit einem lauten Nein antworten, einerlei mit welchen Vergünstigungen man ihn lockte. Auch ich habe mal da oben rangiert. Stellte man mir heute jene Frage, so würde auch ich laut Nein entgegnen und hinzufügen: »Lieber will ich auf der Stelle tot umfallen.«
Und doch habe ich nicht vor wegzugehen. Mir ist jetzt so, als gäbe es keinen anderen Platz mehr für mich.

Ziemlich weit unten auf meinem Glücksdiagramm rangieren jene Angestellten, die sich heftig abstrampeln, an die Spitze zu kommen. Ich bin besser dran als sie (ich nehme das an), zum einen, weil ich keine Feinde oder Rivalen habe (jedenfalls kenne ich keine) und fast überzeugt bin, meine Stellung nach Belieben halten zu können, und zum anderen, weil es in der Firma keinen anderen Job gibt, den ich mir mit Aussicht auf Erfolg wünschen könnte. Greens Stellung lockt mich nicht; ich wäre ihr nicht gewachsen und würde Angst haben, sie zu übernehmen, falls man sie mir anböte. Es ist zu viel Arbeit damit verbunden; daher bin ich froh, daß man sie mir vermutlich nicht anbietet (man wird sie mir gewiß nicht anbieten).
Ich gehöre folglich zu jenen meist viel älteren Menschen, die schon keinen Ehrgeiz mehr haben und nichts mehr hoffen, wenn ich auch weiterhin jedes Jahr eine Gehaltserhöhung haben möchte und zu Weihnachten eine gute Gratifikation. Und ganz besonders möchte ich bei der nächsten Großen Tagung der Firma in Portoriko (falls sie dieses Jahr wieder in Portoriko stattfindet) neben den anderen Managern aus Greens Abteilung auf der Tribüne sitzen und ebenfalls drei Minuten lang über die Arbeit meiner Abteilung berichten und Pläne für das kommende Jahr skizzieren.
Es demütigte mich zutiefst, als einziger von Greens Managern übergangen zu werden. Dieses Übergehen war auffällig, die Zurücksetzung geschah mit Absicht in aller Öffentlichkeit, und während die anderen in

den folgenden vier Tagen sich großartig bei Alkohol und Golfspiel amüsierten, wurde ich zum Gegenstand von Beileidsäußerungen und Bekundungen feierlichen, seichten Mitgefühls seitens mancher Leute, die ich verabscheue und am liebsten geprügelt oder angebrüllt hätte. Nur aus Eifersucht und purer Bosheit strich Green mich unversehens von der Rednerliste, nachdem wir bereits in Portoriko eingetroffen waren, die Große Tagung einen vielversprechenden Anfang genommen und ich mich so ausdauernd und nervös (ich probte fast jeden Abend zu Hause, was die Familie baß erstaunte) auf jene drei Minuten Redezeit vorbereitet hatte, die das Programm mir zugestand; eine sehr geistreiche Demonstration von achtzehn farbigen Lichtbildern hatte ich überdies vorgesehen.

»Schmollen Sie nicht«, befahl Green mir barsch und lächelte jenes forsche und selbstzufriedene Lächeln der Ahnungslosigkeit, das er immer dann vorgibt, wenn er weiß, daß er jemanden tief verletzt hat. »Sie sind ohnehin ein jämmerlicher Redner und fühlen sich bestimmt viel wohler, wenn Sie den Projektor bedienen und darauf achten dürfen, daß die Lichtbilder der anderen Redner nicht durcheinander geraten.«

»Ich will aber, Jack«, entgegnete ich, bemüht mit kraftvoller, fester Stimme zu sprechen. (Am liebsten wäre ich in Tränen ausgebrochen, und ich hatte Angst, ich würde es wirklich tun.) »Ich habe noch nie bei einer Großen Tagung gesprochen.«

»Und deshalb werden Sie es auch diesmal lassen.«

»Aber ich habe eine sehr gute Rede vorbereitet.«

»Die ist langweilig und interessiert keinen Menschen.«

»Und schöne Lichtbilder.«

»Die Sie ebenfalls nicht vorzeigen werden.«

»Letztes Jahr in Florida haben Sie mir schon einmal so übel mitgespielt.«

»Und nächstes Jahr tue ich es vielleicht wieder.«

»Anständig ist das nicht von Ihnen.«

»Nun, das mag schon sein.«

Ich wartete. Er fügte nichts hinzu. Er versteht sich so viel besser auf diese Art der Quälerei als ich. Es war an mir, etwas zu sagen, aber er hatte mir nichts zu sagen gelassen.

»Nun ja«, sagte ich schließlich achselzuckend und blickte zur Seite.

»Es ist mir einerlei, ob Sie das anständig finden oder nicht«, fuhr er nun fort. »Hier handelt es sich um eine wichtige Tagung der Firma, nicht um eine Schulfeier. Das bißchen Zeit, das uns im Programm zugestanden wird, muß ich so effektiv wie möglich nutzen.«

»Nur diese drei Minuten!« bettelte ich.

»Ich kann mit diesen drei Minuten mehr anfangen als Sie.«

Plötzlich lachte er ganz freundschaftlich, überhaupt nicht kränkend, so als wäre gar nichts gewesen, womit er mich auf seine arrogante, beleidigende Weise wissen ließ, daß er die Auseinandersetzung als beendet betrachtete. »Sehen Sie doch ein, Bob«, neckte er mich (und ich sah schon, wie er seinen Arm auf meine Schulter legte. Er rührt mich aber nie an), »daß Ihr Wunsch, eine kleine Ansprache zu halten, Ihrer seichten, kleinbürgerlichen Eitelkeit entspringt. Ich bin ebenso seicht wie Sie, und an Kleinbürgerlichkeit übertrifft mich keiner, deshalb nehme ich Ihnen Ihre drei Minuten weg und gehe in meiner Rede selber auf Sie und Ihre Abteilung ein.«

Du Schuft, dachte ich und sagte: »Sie sind der Chef.«

»Stimmt«, entgegnete er kalt. »Das bin ich. Und als mein Untergebener haben Sie hier bereits mehr als genug Aufmerksamkeit auf sich gezogen. Niemand soll auf den Gedanken kommen, Sie seien der Untergebene von Andy Kagle und nicht der meine. Oder Sie könnten auf Ihrem Posten bessere Leistungen erbringen, als ich auf meinem. Habe ich mich klar ausgedrückt?«

Oh ja, das hatte er. Green demonstrierte in aller Öffentlichkeit, daß ich sein Eigentum war, indem er für alle sichtbar von seinem Recht Gebrauch machte, mich verächtlich zu behandeln. In seinem langen (ziemlich befangenen und pedantischen) Referat erwähnte er mich und meine Abteilung mit einem einzigen Nebensatz: »Und wer wirklich meint, daß er Hilfe braucht, wird die bei Bob Slocum und seinen Mitarbeitern finden, vorausgesetzt er verlangt nichts Unmögliches.«

Und das war alles, obschon die beiden Projekte, die ich für das kommende Jahr vorbereitet hatte, die echten Höhepunkte der Großen Tagung bildeten. Alle waren begeistert, sogar leitende Angestellte anderer Niederlassungen, die als Beobachter und Gäste anwesend waren; mehrere nahmen mich beiseite und brachten zum Ausdruck, daß auch sie sich in ihrem Geschäftsbereich Arbeiten dieser Art und Qualität wünschten. Eine Woche voller Triumphe wäre das für mich gewesen, hätte nicht Green mich von der Rednerliste gestrichen. Die Vertreter, für deren Arbeit meine Projekte besonders wertvoll waren, beglückwünschten mich unaufhörlich und klopften mir wiederholt auf die Schulter, wenn sie abends beim Whiskey und morgens vor ihrer Bloody Mary saßen (obschon einige andeuteten, daß sie für ihre eigenen Zwecke die eine oder andere Änderung in New York mit mir besprechen wollten). Sogar Arthur Baron, der Chef unserer Niederlassung, schlenderte bei einer Cocktailparty auf der Hotelterrasse zu mir herüber, um meine beiden Projekte als die besten ihrer Art zu loben, die ihm je vor Augen gekommen, und gewiß seien sie äußerst nützlich.

Arthur Baron, ein taktvoller und leiser Mensch, richtete seine Bemerkungen an Green, der neben mir auf der Terrasse stand, denn er schätzt es nicht, wenn man ihn vereinsamt herumstehen sieht. (In jenem Augenblick diente ich ihm als Stützpunkt, von dem aus er sich orientierte, und ich wußte, er würde von mir weg und zu jemand Bedeutenderem hinstreben, sobald sich dazu Gelegenheit bot. Bei größeren gesellschaftlichen oder geschäftlichen Zusammenkünften löst Green sich niemals von seinem Gesprächspartner, bevor er nicht den nächsten ausgemacht hat.) Green lachte kurz und wies das gesamte Verdienst an den Projekten mir zu; dann setzte er sie prompt herab, indem er bemerkte, er habe sie diesen Nachmittag erstmals gesehen (eine Lüge, denn seine Kritik und seine Vorschläge hatten mir in den vorangegangenen zehn Wochen enorm geholfen, und ohne sein Wissen und seine Billigung war überhaupt nichts geschehen). Green bemerkte sodann, die begeisterte Aufnahme von Projekten, die ich ganz allein, ohne seine Mithilfe und Aufsicht ausgeführt habe, beweise schließlich nur, daß er ein glänzender Administrator sei. (Ich selber konnte nur ein halb gemurmeltes »Freut mich, daß es Ihnen zusagt« an Arthur Baron loswerden.)
»Ein wirklich guter Administrator«, fuhr Green wortreich fort, wobei er Arthur Baron zulächelte und mich überhaupt nicht mehr beachtete, »strebt mit Recht danach, sich selber so rasch wie möglich überflüssig zu machen und mit den Händen im Schoß zu warten, bis er zum Prokuristen ernannt wird oder in Pension geht. Finden Sie nicht?«
Arthur Baron beschränkte seine Erwiderung auf ein leises Lachen. Er wandte sich von Green ab und mir zu, legte flüchtig die Hand auf meine Schulter und schlenderte weiter. Green strahlte ihm hoffnungsvoll nach, verdüsterte sich sodann und überlegte (wie mir schien), ob es richtig gewesen war, Arthur Baron so deutlich merken zu lassen, daß er Prokurist werden wollte. Schon bereute er seine Worte. Green weiß, daß er sich häufig zu hart vordrängt – und er weiß es im gleichen Augenblick, da er es tut –, er kann sich aber nicht beherrschen. (Er hat keine Selbstbeherrschung.)
(Ich habe sie.) Ich bin abhängig von Green. Green hat mich engagiert und aufsteigen lassen, und auf Greens Empfehlung hin bekomme ich jedes Jahr eine schöne Gehaltserhöhung und eine sehenswerte Weihnachtsgratifikation.
»Als Sie bei mir anfingen, waren sie ein drittklassiger Werbeassistent«, sagt er gern, wenn wir gerade gut miteinander stehen. »Und ich habe einen drittklassigen Manager aus Ihnen gemacht.«
Ich bin Green dankbar dafür, daß er mir den Aufstieg geebnet hat, auch wenn er sich oft über mich lustig macht und mich verletzt.

Green ist ein gewiegter Taktiker und hat große Erfahrung in Bürointrigen. Er ist ein begabter, redegewandter, kluger Sechsundfünfziger und seit über dreißig Jahren in der Firma. Als junger Mann trat er hier ein, bald wird er alt sein. Vom ersten Tage an war es sein Wunsch, Prokurist zu werden, und er weiß nun, daß der ihm nicht erfüllt wird.
Er hegt diesen Wunsch immer noch, er plant und kämpft, manchmal listig, dann wieder verzweifelt, ungeschickt, sich erniedrigend, denn er mag vor sich selber weder zugeben noch abstreiten, daß er versagt hat. Kommt er mit Personen aus der obersten Geschäftsleitung zusammen oder mit Leuten, die ihr nahestehen, wird er zum hemmungslosen Schmeichler und unbeholfenen Kriecher. Er weiß das und schämt sich hinterher, er bereut von Herzen, daß er sich vergeblich erniedrigt hat; erniedrigen will er sich schon, nicht aber vergeblich. Deshalb gerät er dann häufig außer sich, beleidigt vorsätzlich eine Person von Rang, einzig um die Würde und Selbstachtung wiederzugewinnen, die er als Mensch verloren zu haben glaubt. Er ist ein Baby.
Green ist ein gewitzter Taktiker der Bürointrige, nur überschätzt er den Wert der Bürointrige für den Aufstieg im Betrieb. Er will einfach nicht einsehen, daß der Aufstieg innerhalb der Firma unweigerlich von gewissen Fähigkeiten und Begabungen abhängt. Er hat nie richtig begriffen, warum Leute von geringerem Wissen, schlechtem Geschmack und weniger Kenntnissen weiter aufsteigen konnten als er und Prokuristen geworden sind. Er sieht nicht, daß diese Leute unaufhörlich schwer arbeiten, daß sie an die Firma glauben, daß sie jede Aufgabe gewissenhaft und gut erledigen, daß sie alles tun, was man ihnen aufträgt und nur was man ihnen aufträgt, und daß es eben dies ist, was die Firma wünscht. Green will nicht zugeben, daß diese Leute sämtlich blendend für die höheren Posten qualifiziert sind, auf die sie befördert werden.
Zumindest scheinen sie im Augenblick der Beförderung für ihre neuen Posten qualifiziert. Doch kommen immer wieder Fehler vor: Man hat sich verschätzt und der Aufgestiegene versagt; er ermüdet vorzeitig, verliert seine Energie, geht unter der Last neuer Verantwortung im Büro oder neuer Schwierigkeiten im Privatleben in die Knie und schafft nicht mehr das ihm zugedachte Pensum. Dann haben wir Ausfälle im Personalsektor. Wir verzeichnen einen weiteren Nervenzusammenbruch, ein (von Untergebenen und Rivalen bewunderter) leitender Angestellter, der in Ungnade gefallen ist, kündigt und geht zur Konkurrenz oder vorzeitig in Pension, wird beiseite geschoben, um einem anderen Platz zu machen, oder schießt sich eine Kugel in den Kopf. Hin und wieder dürfte es wohl zur Häufung all dieser Phänomene im Einzelfall kommen: ein leitender Angestellter hat einen Nervenzusammenbruch, wird beiseite-

geschoben, kündigt oder geht vorzeitig in Pension und schießt sich sodann eine Kugel in den Kopf, wenn mir auch nicht gleich jemand einfällt, der den vollen Kreis der Niederlage ausgeschritten hat. Die Firma überlebt alle derartigen Mißgeschicke.

Während andere Männer in leitender Position schwer arbeiten und an die Firma glauben, überläßt Green sich nagenden Zweifeln und versucht trotz allem, an sich zu glauben. Er hat eine anfallsweise Schwäche für Mildred, eine junge, kürzlich geschiedene Frau in seiner Abteilung, die mit der Koordinierung der Produktion zu tun hat und die er im Büro oder vor den Fahrstühlen unversehens schmatzend auf den Mund küßt. Dazu macht er stets vernehmlich eine leichtfertige Bemerkung, um zu zeigen, daß es nicht ernst gemeint ist, und das alles nur vor Publikum, wie ich vermute. Dann wieder geht er an ihr vorbei, ohne von ihr Notiz zu nehmen, tadelt ihre Arbeit oder die Unordnung auf ihrem Schreibtisch, kurz, verletzt sie grundlos aufs Grausamste. Sie betet ihn selbstverständlich dafür an und zittert vor ihm. Ich glaube, Green möchte, daß alle ihn anbeten und vor ihm zittern.

Ich halte ihn für einen ebenso großen Feigling wie mich; doch hat er als einziger in der ganzen Firma den Mut, sich ungezogen aufzuführen. Darum beneide ich ihn, denn ich verhalte mich zu Leuten, die ich verabscheue, verbindlich und rücksichtsvoll (ich bin praktisch allen gegenüber verbindlich und rücksichtsvoll, ausgenommen abgelegte Freundinnen und nächste Angehörige); ich lasse mir von Vertretern Witze erzählen, die mich anöden und verschwende meine kostbare Zeit damit, ihre unausgegorenen, widerspruchsvollen Einfälle anzuhören; mit anderen Vertretern, die mich ebenfalls ärgern und anöden, betrinke ich mich und nehme an ihren Orgien mit Sekretärinnen, Kellnerinnen, Verkäuferinnen, Hausfrauen, Krankenschwestern, Mannequins aus Oklahoma und Stewardessen aus Pennsylvania und Texas teil; zwei männliche und eine weibliche Angestellte aus meiner Abteilung würde ich lieber heute als morgen rausschmeißen, doch ich lasse sie nichts davon merken und werde vermutlich in dieser Richtung nichts unternehmen, vielmehr nur mürrisch hoffen, daß sie von allein verschwinden; ich bin froh, daß Martha, die Schreibkraft, nicht in meiner Abteilung dem Wahnsinn zutreibt, denn ich weiß, daß ich weder den Mut, noch die Kompetenz besitze, das Nötige zu veranlassen, bevor sie durchdreht; und in der Verkaufsabteilung gibt es einen Kollegen, mit dem ich mich ein- oder zweimal im Monat zum Essen verabrede, obwohl ich ihm aufrichtig den Tod wünsche. (Einmal im Jahr lade ich ihn zum Abendbrot nach Hause ein, immer mit möglichst vielen anderen Gästen; er lädt uns jedes Frühjahr zum Lunch auf seine blöde Yacht ein.) Ich kenne unzählige Leute, die ich gemein behandeln möchte, doch fehlt es mir an Charakterstärke.

Green hingegen ist berüchtigt für seine unfreundliche Offenherzigkeit (ich nehme an, er ist offenherzig, um unfreundlich sein zu können). Lieber macht er einen schlechten Eindruck als gar keinen. Zu Gleichgestellten und zu Untergebenen ist er ganz besonders rücksichtslos. In einem Haus, das Wert legt auf Harmonie, das offene Meinungsverschiedenheiten scheut, Versagen zudeckt, Konflikte und persönliche Abneigungen nicht zur Kenntnis nimmt, verbreitet Green Angst und Schrekken. Er ist zugleich aggressiv und defensiv. Er greift die anderen an und bemitleidet sich selber.

Im Betrieb vermeiden wir peinlich alle Reibungen (wir sollen täglich acht Stunden wie die Kugeln eines selbstschmierenden Kugellagers umeinander rotieren, ohne anzustoßen oder einander zu kratzen) und offenen Streit. Man sieht es lieber, daß wir unsere Intrigen einer hinter dem Rücken des anderen spinnen, als daß wir einander offen mit unseren Beanstandungen konfrontieren. (Den verschleierten Angriff kann man abstreiten, man kann leugnen, kann ihn als Lappalie hinstellen, offener Streit hingegen findet vor Zeugen statt und verlangt nach einem Schiedsrichter, der alles höchst beklagenswert findet.) Wir verkehren allesamt auf das Gewinnendste miteinander, wir reden uns mit Vornamen an, besonders Leute, die wir verabscheuen (je mehr wir jemand verabscheuen, desto gewinnender versuchen wir uns zu geben), und wir erkundigen uns vertraulich – ebenfalls mit Vornamen – nach Frau und Kindern, auch wenn wir sie gar nicht oder nur ganz flüchtig kennen. Diese Pose behaglicher Intimität erstreckt sich allerdings nicht auf Sekretärinnen, Schreibkräfte oder Botenjungen, und nach oben auch nur zwei Stufen in der Hierarchie. Ich darf Jack Green einfach Jack nennen und Andy Kagle Andy, ja sogar Arthur Baron Art, doch die Vorgesetzten von Arthur Baron sind für mich allemal Mister. Alles andere wäre nicht nur riskant, sondern rundheraus taktlos, und Taktlosigkeiten, sogar ungefährliche, begehe ich ungern (außer gegen meine Angehörigen). Jane von der Werbeabteilung redet mich achtungsvoll mit Mr. Slocum an, wenn wir uns treffen (manchmal, in besonders leichtfertiger Laune, mache ich über Telefon ein Stelldichein auf dem Korridor aus) und miteinander turteln; dabei sind Jane und ich mit Worten bereits ziemlich weit gegangen. Früher durften die Mädchen, hinter denen ich her war, mich gern mit Vornamen anreden, doch die Erfahrung hat mich gelehrt, daß es ungefährlicher und auch wirkungsvoller ist, den Unterschied zwischen Arbeitgeber und Arbeitnehmer, zwischen Leitendem Angestellten und Untergebener auch im Bett nicht zu verwischen. (Besonders im Bett nicht.)

Entlassungen kommen in der Firma kaum vor. Wer unerwartet versagt oder überflüssig wird, dem legt man nahe, vorzeitig in den Ruhestand zu treten, oder man schiebt ihn auf eine unbedeutende, eigens für ihn geschaffene Position ab, wo er ohne jede Autorität seine restliche Zeit mißmutig und unglücklich absitzt; fast immer ist so ein Wechsel mit der Zuteilung eines kleineren, unbequemeren Büros verbunden, wo vielleicht schon jemand anders sitzt; jüngeren Leuten wird (wenn auch taktvoll) empfohlen, sich nach einer anderen Stellung umzusehen und dann von sich aus zu kündigen. Selbst der clevere junge Filialdirektor mit den glänzenden Aussichten, der vor zwei Jahren während der Großen Tagung in Florida eines Nachmittags betrunken ins Schwimmbecken des Hotels kotzte, wurde nicht entlassen, obschon jedermann wußte, daß seines Bleibens nicht sein konnte. Er wußte das selber. Man hat ihm vermutlich kein Wort gesagt, doch er wußte Bescheid. Vier Wochen nach Abschluß der Großen Tagung hatte er ein Angebot von einer anderen Firma und kündigte.

Green hingegen entläßt Mitarbeiter; mindestens zwei oder drei schmeißt er raus pro Jahr, und daraus macht er kein Geheimnis, nein, sobald er die Kündigung ausgesprochen hat, läßt er das jedermann wissen. Häufig kündigt er seinen Opfern nur, um wieder ins Gerede zu kommen oder um uns aufzustören, denn die meisten von uns, die es hier nie zu was bringen werden, Green eingeschlossen, neigen dazu, sich lethargisch von der nachlassenden Antriebskraft vorjähriger Einfälle durchs nächste Jahr schieben zu lassen. Allein darum schon werden wir es nie zu was bringen. Die meisten Aufsteiger sind zumindest unermüdliche Arbeiter (und wirklich nichts anderes, ha, ha).

Manchmal mag Green die Leute, die er rauswirft, persönlich gern und schätzt auch ihre Arbeit (vielleicht ist das gerade der Grund, warum er sie rausschmeißt – daß er keinen Grund hat). Hat er solch einem Mitarbeiter gekündigt, tut es ihm gleich leid, und er nimmt sich seiner Not aufs Innigste an (als sei nicht er deren Urheber). Er sieht sich in der Firma nach einer passenden Stellung für den Gekündigten um. Erfolg hat er dabei meist nicht, denn sein Hang zu boshaften Bemerkungen verdrängt sehr rasch seine ursprüngliche (ganz uncharakteristische) gute Absicht, und alle Bemühungen scheitern an seiner eigenen Heimtücke.

»Für Sie wäre das der geeignete Mann«, lautet die Formel, mit der Green jemand aus seiner Abteilung dem Leiter einer anderen Abteilung ans Herz zu legen pflegt. »Für mich reicht er nicht aus.«

Hat er genug solcher Bosheiten verspritzt, denkt er nicht mehr an die Leute, denen er gekündigt hat, und diese verschwinden denn auch bald.

Er ist einfach charmant (ha, ha). Bei den wichtigen Planungskonferenzen

– sie werden alle drei Monate irgendwo außerhalb der Stadt in einem Luxushotel abgehalten oder im Klubhaus eines größeren Golfplatzes – üben (so höre ich) die Leiter der Abteilungen und Niederlassungen keine Kritik an Praktiken oder Leistungen ihrer Kollegen und bringen auch keine Klagen vor. Green jedoch tut es. Green tadelt, macht herunter, gibt rücksichtslos der Lächerlichkeit preis und protestiert unfehlbar hitzig gegen die Beschneidung seines Budgets oder seiner Zuständigkeiten. Später bedauert er das. Green bringt tollkühn das Boot zum Wackeln und fürchtet gleich darauf, er könnte sinken. Er ist belesener als seine Kollegen und trägt eine lässige, intellektuelle Überlegenheit zur Schau, die selbst Arthur Baron mit leisem Unbehagen erfüllt und vor der Andy Kagle samt der Verkaufsabteilung als linkische Barbaren dastehen. (Ich bin gebildeter als Green und wohl auch intelligenter, er aber ist glattzüngig und vorlaut, was ich nicht bin.) Von Greens kühnen Reden und seinem verwegen schlechten Betragen auf den Planungskonferenzen (Green spielt nicht mal Golf) erfahren wir nach und nach (hauptsächlich durch Green selber), und dann sind wir stolz darauf, einen solchen Chef zu haben; ich weiß aber, daß ihn jedesmal der Argwohn peinigt, diesmal könne er zu weit gegangen sein. Er fürchtet, daß keiner der wirklich wichtigen Leute in der Firma ihn leiden mag, und damit hat er recht; unrecht allerdings hat er mit der Vermutung, es sei der schiere Neid. (Er ist eben nicht wirklich liebenswert.) Auch quälen ihn noch andere Sorgen, die Firma ist nämlich groß und beschäftigt in der Hauptsache Protestanten.

Zum Beispiel fürchtet Green sich vor Phillip Reeves, einem schüchternen, unterbezahlten jungen Angestellten in seiner eigenen Abteilung, und das belustigt mich außerordentlich, weil ich weiß, daß Phillip Reeves, ein Protestant englischer Abkunft und Absolvent von Yale, sich vor Green fürchtet; einer beklagt sich bei mir über den anderen. Reeves vertraut sich mir an, denn er hält mich für befähigt, aufrichtig und unprätentiös; er weiß, daß ich trinke, lüge und hure und findet mich daher vertrauenswürdig.

»Immer, wenn er mich in sein Büro bestellt, zittern mir die Knie«, beklagt sich Reeves bei mir über Green. »Kaum, daß ich hereinkomme, macht er eine sarkastische Bemerkung, auf die mir keine einzige brauchbare Antwort einfällt. Ich bin wie erstarrt, es ist, als wäre ich gelähmt und hätte die Sprache verloren. Mit Mühe und Not bringe ich ein Kopfschütteln oder ein Nicken zustande, bestenfalls eine genuschelte Antwort auf seine Fragen. Ich stehe sprachlos da, glotze wie ein Idiot, während er eine beißende Bemerkung nach der anderen macht. Ich nehme es ihm nicht mal übel. Hinterher könnte ich mich ohrfeigen, weil ich so dumm und hilflos gewesen bin.«

»Wenn ich mit ihm reden muß, zittern mir die Knie«, beklagt Green sich bei mir über Philipp Reeves. »Wahrscheinlich liegt es an seinen feinen Allüren oder an seiner ordinär guten Kinderstube. Mit feinen Allüren oder guter Kinderstube werde ich noch fertig, aber beides zusammen ist zuviel. Diese Kombination bringt mich aus der Fassung, und wenn ich mir beim Reden zuhöre, ist mir, als hörte ich einem Verrückten zu. Kommt er rein, begrüße ich ihn mit einem kleinen, harmlosen Witz, um uns beide ein bißchen aufzulockern, doch der Kerl steht da wie ein Stock und stiert mich an mit seinem eisigen, überheblichen Lächeln. Er reagiert überhaupt nicht. Das verstört mich so, daß ich eine eselhafte Bemerkung nach der anderen loslasse, bloß um freundlich zu erscheinen, doch er steht da, sieht hochnäsig auf mich herab und wartet darauf, daß ich endlich aufhöre. Vermutlich verachtet er mich bereits, und ich kann ihm das nicht mal übel nehmen. Er von sich aus tut jedenfalls nichts, mir die Sache zu erleichtern, das kann ich Ihnen sagen. Hinterher könnte ich mich ohrfeigen, weil ich so dumm und hilflos gewesen bin. Ich frage mich, warum ich ihn nicht rausschmeiße. Wohl, weil ich mir damit eine Niederlage eingestehen müßte. Dabei sind seine Leistungen jämmerlich.«
Ich sage keinem von beiden, was der andere mir erzählt (allerdings gebe ich mir Mühe, Reeves aufzumuntern). Beide würden mir nicht glauben, und es würde nichts nützen. Diese zwei können sich nicht riechen – das ist nicht zu verkennen –, und nichts kann etwas an dieser Antipathie ändern, die spontan zwischen zwei Menschen entsteht und meist ein ganzes Leben vorhält.
Green kann mich nicht riechen.
»Ich glaube, ich soll entlassen werden«, stößt er überraschend hervor. »Eigentlich müßte ja Kagle rausfliegen, aber er und Horace White haben durchgesetzt, daß ich entlassen werde. Ihr Busenfreund! Mit Ihnen redet er doch. Los, gehen Sie schon! Kriegen Sie bei Kagle oder bei Brown oder sonstwo heraus, was vorgeht, oder ich schmeiße Sie raus!«
Ich glaube nicht, daß Green die Absicht hat, mich rauszuschmeißen (aber bauen kann ich nicht darauf. Wenn er schlechte Laune hat und seine Tür längere Zeit geschlossen bleibt, schon gar nicht). Ich weiß, Green hat mich gern, wenn wir uns auch nicht nahe stehen, er spricht offen mit mir, er schätzt meine Arbeit und auch die Art, wie ich meine Abteilung unter ihm leite. Ich weiß, daß Green sich vor Andy Kagle fürchtet, der mich ebenfalls gut leiden mag und sich versucht fühlen könnte, mich zu protegieren, und daß Green Arthur Baron fürchtet, der mich ebenfalls gut leiden kann (wenigstens glaube ich das). Arthur Baron behandelt jeden, als könne er ihn gut leiden, auch Leute, von denen ich weiß, daß er sie nicht leiden kann, man ist also nie sicher, und er würde Green vielleicht

verbieten, mich rauszuwerfen. Kagle hat sogar geschworen, er wolle mich schützen, falls Green mich je loszuwerden trachte; er werde mich dann mit einem wesentlich höheren Gehalt in seiner Abteilung einstellen, allein schon um Green zu ärgern; es scheint, als könne mir überhaupt nichts passieren, bis ich zu ihm gehe, um zu erfahren, was denn eigentlich mit Green los ist und ihn, kaum daß ich in seinem Büro bin, sagen höre:
»Ich glaube, ich soll entlassen werden.«

Und was wird dann aus mir?
Andy Kagle, Chef der Verkaufsabteilung, hat in der Firma eine mächtige Position und fürchtet jetzt, sie zu verlieren.
Vielleicht vermutet er richtig? Er hat den falschen Namen. (Zur Hälfte falsch jedenfalls. Andrew ist schon richtig, aber Kagle?) Das Gleiche gilt für seine Anzüge. Farbe und Schnitt zeugen von schlechtem Urteil, die Stoffe ebenfalls. Anzüge, Mäntel, Hemden sitzen nicht gut. Während andere vor Monaten zu Baumwolle und Kaschmir übergegangen sind, trägt er noch Leinen oder Wolle, dazu gräßliche, perforierte braune Schuhe samt Knöchelsocken (und wenn ich seine nackten Schienbeine sehe, könnte ich schreien und möchte ihn treten). Kagle ist untersetzt, kaum mittelgroß und hat einen angeborenen Schaden am Hüftgelenk und am Bein (was ihn auch nicht gerade zu einer strahlenden Erscheinung macht); er hinkt etwas.
Kagle hat Talent und Erfahrung, doch das zählt nicht mehr. Jetzt zählt, daß er keine Spur von Eleganz besitzt. Seine Manieren sind nicht gut. Er hat keinen *esprit* (seine Kalauer sind scheußlich, seine Witze ebenfalls), er hat kein College absolviert und bewegt sich nicht lässig genug unter Collegeabsolventen. Er weiß, daß er linkisch ist. Er ist kein munterer Extravertierter, sondern ein verklemmter Extravertierter von der schlimmsten Sorte (besonders unangenehm für andere verklemmte Extravertierte), und das kann sein Verderben werden.
Kagle gehört zu jenen bedauernswerten Kerlen, die von der Pieke auf gedient haben, und man sieht es ihm an. Er ist ein Selfmademan und kann es nicht verbergen. Er weiß, daß er nicht mehr in die Firma paßt, weiß aber nicht, wann er nicht paßt und warum nicht, oder wie er sich so ändern könnte, daß er paßt, wie er soll. Er ist *gauche* und weiß, daß er *gauche* ist (allerdings ist er so *gauche*, daß er nicht weiß, was das Wort *gauche* bedeutet, aber Green weiß es und ich weiß es auch). Als Leiter der Verkaufsabteilung hat er sich glänzend bewährt, doch darauf kommt es kaum noch an. (Uns kann so gut wie nichts mehr passieren). Er meint allerdings, es käme darauf noch an. Er meint wirklich, was er tut sei

wichtiger als was er ist, doch ich weiß, daß er sich irrt, und daß die bildschöne Contessa Consuelo Crespi (falls es so was gibt) stets mehr Beachtung finden wird als Albert Einstein, Madame Curie, Thomas Alva Edison, Andy Kagle oder ich.

Kagle ist praktizierender Lutheraner und gegen Katholiken voller Vorurteile, denen er grinsend und erbittert Ausdruck gibt, wenn wir allein sind. Nehmen katholische Vertreter an Besprechungen im kleineren Kreis teil, beginnt er gern mit Witzen über den Papst, um eine aufgelockerte Atmosphäre zu schaffen. Seine Witze sind mies und keiner lacht. Ich habe ihm geraten, das zu lassen. Er sagt, er läßt es. Er läßt es nicht. Es sind Zwangshandlungen.

Mit Gleichgestellten oder Vorgesetzten fühlt Kagle sich nicht wohl. Er schwitzt dann auf Stirn und Oberlippe, in den Mundwinkeln erscheinen Speichelbläschen. Er findet, er gehört nicht dazu. Auch mit seinen Untergebenen ist er nicht unbefangen. Er biedert sich bei ihnen an. Dies ist ein schwerer Fehler (*gauche* ist er auch), denn Vertreter und Filialleiter wollen nicht, daß er sich mit ihnen verbrüdert. Für sie verkörpert er die Geschäftsleitung, und sie wissen, daß sie ihm auf Gnade und Ungnade ausgeliefert sind, ausgenommen einige wenige ihm untergeordnete Vertreter aus gutem, ihm übergeordneten Hause, die sich lässig in Gesellschaft von Kagles Vorgesetzten bewegen, denen wiederum Kagle auf Gnade und Ungnade ausgeliefert ist, was alles ihm das Gefühl vermittelt, zwischen sämtlichen Stühlen zu sitzen.

Durch Johnny Brown, den er fürchtet und dem er mißtraut, läßt Kagle seine Vertreter auf Vordermann bringen (mag doch Brown sich an seiner Statt bei ihnen unbeliebt machen). Brown erledigt das glänzend und mit Genuß. (Brown ist durch seine Ehe mit Blacks Nichte mit diesem verschwägert.) Daß Brown die Vertreter mühelos in der Furcht des Herrn hält, verstärkt noch Kagles Unsicherheit und nimmt ihm das Gefühl, Herr der Lage zu sein. Kagle ist überzeugt, Brown habe es auf seinen Job abgesehen, doch fehlt ihm der Mut, Brown zur Rede zu stellen, zu versetzen oder rauszuwerfen. Kagle vermeidet (klüglich) eine prinzipielle Aussprache mit Brown, der gern barsch und streitsüchtig tut, besonders nachmittags, wenn er zum Essen was getrunken hat. Lieber würde Kagle eine überflüssige Dienstreise antreten, als hier aus irgendeinem Grunde mit irgendwem in der Firma eine prinzipielle Aussprache führen, und es fällt ihm meist auch ein Vorwand für solche Reisen ein, wann immer seine Schwierigkeiten im Büro oder daheim mit Frau und Kindern einer Krise zutreiben, deren Bewältigung er anderen überlassen möchte. Er hofft, der Sturm werde bei seiner Rückkehr vorüber sein, und meist ist es auch so.

Abgesehen einmal von Brown (den Kagle verabscheut, fürchtet und dem er mißtraut, gegen den er aber nichts machen kann), müht Kagle sich, alle seine Untergebenen zu mögen und seinerseits bei ihnen gut angeschrieben zu sein. Nur ungern tadelt oder bestraft er seine Vertreter, wenn er (oder Brown) sie dabei ertappt, daß sie bei den Spesenabrechnungen mogeln oder über Kundenbesuche und Geschäftsreisen falsche Angaben machen. (Kagle macht falsche Angaben über Dienstreisen und betrügt die Firma maßvoll bei seinen Spesenabrechnungen – wie wir alle.) Entlassen mag er niemanden, nicht einmal notorische Trinker wie Red Parker oder Mitarbeiter, die in anderer Hinsicht unbrauchbar geworden sind.

Dies wird ihm häufig vorgeworfen. (Es wird ihm gelegentlich gerade von jenen Personen vorgeworfen, deren Entlassung durch Kagle von dritter Seite gefordert wird.) So sträubt Kagle sich, Ed Phelps in Pension zu schicken, der unbedingt bleiben möchte. (»Die Hälfte dieser verlogenen Lumpenhunde würde ich sofort auf die Straße setzen«, prahlt Brown genüßlich vor mir und Kagle; mit den Lumpenhunden meint er Kagles Vertreterschar, und es scheint, als wolle er Kagle herausfordern, es ihm gleichzutun. »Und der restlichen Hälfte von diesem faulen Gesindel würde ich vorsorglich kündigen.«)

Kagle jedoch wünscht sich verzweifelt, bei den »verlogenen Lumpenhunden« und dem »faulen Gesindel« beliebt zu sein, sogar bei dem untergeordneten Büropersonal, das er geradezu umschmeichelt. Dafür verachtet man ihn dort auch gehörig. Je mehr man ihn verachtet, desto mehr bemüht er sich um diese Leute, und je mehr er sich um sie bemüht, desto mehr verachten sie ihn. An manchen Tagen lastet die Verzweiflung so schwer auf ihm, daß er sich nicht aus seinem Büro entfernen und niemanden bei sich empfangen kann (mich ausgenommen). Seine Tür bleibt lange geschlossen, er verzichtet lieber aufs Mittagessen, als die Sekretärin mit dem Tablett hereinzulassen und erledigt alles soweit angängig durchs Telefon.

In meiner Gesellschaft fühlt Kagle sich wohl (auch an seinen schlimmsten Tagen), und ich fühle mich wohl in seiner Gesellschaft. Manchmal bestellt er mich zu sich, damit ich Gerüchte dementiere oder bestätige, die ihm zu Ohren gekommen sind (oder die er sich ausgedacht hat) und ihm über seine Ängste oder eine Beschämung hinweghelfe. Ich stelle ihm keine Fallen und bedrohe ihn nicht; über mich muß er nicht nachdenken, im Gegenteil, er weiß, daß ich ihm helfe, oder jedenfalls helfen möchte, mit Schwierigkeiten fertig zu werden, die andere ihm bereiten. Kagle vertraut mir und weiß, daß er sich nicht in acht zu nehmen braucht vor mir. Kagle erschreckt mich nicht mehr. (Ich habe vielmehr das Gefühl, als

könnte jederzeit ich ihn erschrecken, falls ich Lust dazu habe, daß er schwach ist im Verhältnis zu mir und ich stark im Verhältnis zu ihm, und immer mal wieder verspüre ich den häßlichen Drang, ihn, während er sich mir anvertraut, durch eine brutale, völlig unerwartete Beleidigung so zu schockieren, daß er endgültig hinwegtaumelt, oder gegen sein verkrüppeltes Bein zu treten. Es ist eine gespenstische Mischung von Erbitterung, Grausamkeit und Ekel, die dann in mir hochkommt und unterdrückt werden muß, und ich ahne nicht, woher sie stammt und wielange ich mich beherrschen kann.) Kagle hat sein Selbstvertrauen verloren, und das könnte verhängnisvoll werden, denn auch bei uns schätzt man, wie überall, die Versager nicht und hat kein Mitleid mit ihnen.
Ich bemitleide Kagle (als hätte ich ihn bereits beleidigt oder brutal gegen sein verkrüppeltes Bein getreten – ich weiß, dies wird früher oder später passieren, der Drang ist manchmal schon sehr mächtig), wie ich mich selber bemitleide. Er tut mir leid, denn er ist im Grunde ein anständiger Mensch, wenn auch nicht gerade brillant oder bewundernswert. Oft teile ich seine Sorgen und fühle mit ihm, denn seit ich hier im Hause bei Green angefangen habe, war er stets gut zu mir und ist es auch jetzt noch. Er macht mir die Arbeit leichter. Er traut meinem Urteil, glaubt mir aufs Wort und stärkt mir den Rücken, wenn ich mit seinen Vertretern Streit habe. Viele seiner Vertreter, insbesondere die neueren, betrachten mich geradezu ehrfürchtig, weil sie spüren, daß ich unter Kagles Schutz stehe. (Die Älteren, die nichts rechtes mehr vor sich bringen, werfen mir bestimmt vor, ihr Verderben zu wollen.) Bei Meinungsverschiedenheiten mit den Vertretern habe ich ausnahmslos recht und sie unrecht. Ich bin geduldig, praktisch, vernünftig, sie hingegen sind hartköpfig und von ihren Gefühlen beherrscht. Bei solchen Anlässen habe ich leicht praktisch und vernünftig sein, denn die Verkaufsprobleme, mit denen sie sich herumschlagen, gefährden mich nicht im geringsten.
Kagle sagt oft im Scherz zu Arthur Baron und anderen wichtigen Personen, manchmal sogar in meiner Gegenwart, daß ich mich auf Greens Stuhl sehr viel besser machen würde als Green; bin ich dabei, schwingt in Kagles Ton eine Spur Bosheit mit, denn ich habe ihn mehrfach gebeten, solche Äußerungen zu unterlassen. Ich weiß nicht recht, ob Kagle wirklich daran glaubt oder ob er nur eine freundliche Geste machen will, die mich, wie er meint, ehrt und Green zu dessen Verdruß hinterbracht wird. Weil Andy Kagle gut zu mir ist und ich ihn nicht mehr fürchte, verachte auch ich ihn ein wenig.

Ich suche das zu verbergen (überrascht höre ich, daß meine Sarkasmen und Ermahnungen schärfer klingen als beabsichtigt. In mir ist etwas

Bösartiges, Erschreckendes, das ausbrechen und ihn zerstören möchte, lahm und voller Mängel wie er ist). Unterdessen stütze und beschütze ich ihn so gut ich kann. Ich erbiete mich sogar, Johnny Brown Anweisungen oder auch Beanstandungen zu überbringen, die Kagle selber nicht auszusprechen wagt, riskiere aber wenn möglich keine Begegnung am Nachmittag. Wie alle, die Brown kennen, gehe ich ihm nach der Mittagspause aus dem Wege (es sei denn, ich brauche ihn in einer Auseinandersetzung auf meiner Seite), weil er dann vom Alkohol gereizt und streitsüchtig mit blutunterlaufenen Augen herumläuft. Ein übelgelaunter Brown, in dem der Whiskey rumort, vermittelt unmißverständlich den Eindruck, daß er scharf ist auf eine Prügelei. Kein Zweifel, mit seinem mächtigen Brustkasten, den gewaltigen Schultern und den fleischigen Pranken könnte er seinen Mann stehen. Kein Zweifel auch, daß Brown meistens im Recht ist.

Gegenstand des derzeitigen (und periodisch wiederkehrenden) Streits zwischen Kagle und Brown sind die Besucherberichte. Die Vertreter mögen diese kleinen vorgedruckten Formblätter in rosa, blauer und weißer Farbe nicht ausfüllen (rosa für mögliche Kunden, blau für schon gewonnene, weiß für abgesprungene, die mithin wiederum für mögliche gelten müssen, wenn die Aussichten auch nicht gerade vielversprechend sind), auf denen sie recht detailliert und optimistisch von den Besuchen berichten sollen, die sie gemacht (oder angeblich gemacht) haben. Die Vertreter möchten die Schreibarbeit auf das Ausfüllen von Bestellzetteln beschränken, und ganz besonders widersteht es ihnen, ihre Spesenabrechnungen niederzuschreiben; damit sind sie meist Wochen, manchmal Monate im Rückstand.

Die Vertreter wissen im vorhinein, daß die Besucherberichte im wesentlichen erlogen sein müssen. Brown behauptet nun, die Berichte seien reine Zeitverschwendung für alle Beteiligten und mag darum die Vertreter nicht drängen, sie abzufassen. Kagle fürchtet Brown und scheut sich, Brown zu drängen, die Vertreter zu drängen, die Berichte zu schreiben.

Doch Arthur Baron verlangt Besucherberichte. Arthur Baron hat nämlich keine andere Möglichkeit sich über das, was die Vertreter so treiben (oder angeblich treiben) auf dem Laufenden zu halten, und keine verläßlichere Informationsquelle, auf die er sich bei seinen eigenen Entscheidungen und Berichten stützen könnte, wenngleich er ganz sicher weiß, daß eben jene Erkenntnisse, auf welche er seine Entscheidungen stützen und von denen er in seinen Berichten ausgehen muß, im wesentlichen auf Lügen beruhen.

Ich trachte mich da rauszuhalten und allen Beteiligten mit argloser Miene und verständnisvollem Mitgefühl zu begegnen. Ich möchte da nicht hineingezogen werden, sondern will lieber in meinem Büro sitzen, schreiben, Männchen malen, am Telefon mit Jane flirten, mit einer langjährigen Freundin namens Penny plaudern oder die Betriebsangehörigen zwecks Erstellung eines Glücksdiagramms klassifizieren. Ich schere mich um die Besucherberichte keinen Deut, und ich brauche das auch nicht. Die Angelegenheit ist läppisch; und doch handelt es sich offenbar um eine von jenen Lappalien, die einen oder auch zwei Menschen ins Verderben reißen können, und ich sehe nicht, wie ich unter diesen Verhältnissen bei einem der Beteiligten an Wohlwollen gewinnen kann, ohne bei dem anderen an Wohlwollen zu verlieren. Ich halte mich da in weiser Vorsicht heraus so gut ich kann, bemerke allerdings gelegentlich zu einem Vertreter, mit dem ich ganz anderes zu besprechen habe, daß Kagle, Brown oder Arthur Baron nach seinen Besucherberichten gefragt haben und daß er sie unbedingt so bald wie möglich zur Auswertung vorlegen müsse. (Dabei bringe ich nicht über die Lippen – und werde es auch nie können –, daß ich diese Berichte für eine Verschwendung der Zeit aller Beteiligten halte – meine ausgenommen.)

Auf diese und ähnliche Weise helfe ich Kagle (und Brown) (und Arthur Baron) so gut ich kann. Ich berate ihn, setze ihn über Gerüchte, Vorzeichen und Ereignisse anderswo in der Firma ins Bild, von denen ich annehme, sie könnten wertvoll oder von Interesse für ihn sein.

»Was hört man so?« fragt er.

»Worüber?«

»Sie wissen schon.«

»Was meinen Sie?«

»Himmelherrgott«, klagt er, »Sie waren doch sonst immer aufrichtig zu mir. Jetzt kann ich Ihnen auch nicht mehr vertrauen.«

»Was meinen Sie damit?«

»Nach allem was ich höre, bin ich draußen und Brown ist drin, und Sie wissen es. Ich habe in Denver sowas läuten gehört.«

»Lauter Blödsinn.«

»Ihre Aufrichtigkeit lobe ich mir.«

»Und ich lobe mir die Ihrige.«

Kagle grinst mechanisch und bitter und hinkt durchs Büro zur Tür, die er schließt. Ich erwidere sein Grinsen und lasse mich selbstgefällig in seinem braunen Ledersessel nieder. Ich komme mir immer sehr geborgen und unangreifbar vor, wenn ich bei jemand im Büro sitze und die Tür ist geschlossen, während andere, Kagle vielleicht oder Green oder Brown, draußen stehen und sich verzweifelt fragen, was da drinnen vorgehen mag? Kagles Büro ist ein Eckzimmer, weitläufig und üppig dekoriert, und er paßt nicht recht hierher. Er wirkt nervös, und als er wieder hinter dem Schreibtisch Platz nimmt, quält er sich ein Lächeln ab.

»Nun mal im Ernst. Sie hören doch das Gras wachsen. Also was redet man?«
»Über wen?«
»Über mich.«
»Nichts.«
»Es heißt doch überall, ich sei fertig. Angeblich drängen Green und Horace White auf meine Entlassung. Brown ist praktisch schon mein Nachfolger.«
»Wer hat Ihnen das erzählt?«
»Namen kann ich schlecht nennen. Man hat es mir streng vertraulich in Denver gesagt. Es stimmt, Sie dürfen mir glauben.«
»Das ist doch wieder purer Blödsinn.«
»Nein.«
»In unserer Zweigstelle in Denver erfährt kein Mensch etwas Derartiges, und keiner würde Ihnen einen Wink geben, falls er davon erführe.«
»Im Hinblick auf Denver haben Sie recht. Das übrige stimmt.«
»Sie lügen wirklich miserabel«, sage ich. »In der ganzen Branche lügt keiner so miserabel wie Sie. Wie Sie je als Vertreter Erfolg haben konnten, ist mir unbegreiflich.«
Kagle grinst flüchtig, um zu zeigen, daß er meinen Humor schätzt, dann verdüstert er sich wieder.
»Sie stehen doch gut mit Brown«, fängt er wieder an. »Hat der nichts angedeutet?«
»Nein.« Ich schüttele den Kopf. (Alle scheinen mich für bestens informiert zu halten. »Sie sind doch bestens informiert«, sagt Brown zu mir. »Was geht eigentlich vor?« Worauf ich entgegne: »Mir ist ganz neu, daß überhaupt was vorgeht.« Jane fragt: »Was geht eigentlich vor? Soll die Werbeabteilung wirklich abgeschafft werden?« »Ich werde schon dafür sorgen, daß man Sie jedenfalls nicht abschafft, Süße«, sage ich darauf, »und wenn ich Ihr Gehalt aus meiner eigenen Tasche bezahlen müßte.«)
Ich schüttele wieder den Kopf. »Das alles ist doch abwegig. Man würde Brown nie Ihre Stellung geben, weil er mit allen Streit hat.«
»Sie haben also doch was gehört!« ruft Kagle aus.
»Nein, habe ich nicht.«
»Also, wer soll mein Nachfolger werden?«
»Niemand. Warum, zum Kuckuck, lassen Sie nicht diesen Quatsch, Andy, und kümmern sich endlich mal um Ihre Arbeit, wenn Sie sich wirklich so große Sorgen machen? Wenn Sie sich so große Sorgen machen, sollten Sie endlich tun, wofür Sie bezahlt werden.«

»Und das wäre?«
»Alles, wofür Sie bezahlt werden! Hören Sie auf, den Leuten in Ihrer Abteilung um den Bart zu gehen. Dabei kommt nichts raus und soll auch nichts rauskommen. Sie gehören nun mal zum Management. Die Vertreter sind Ihre Feinde, nicht Ihre Verbündeten. Und Sie sollen der Feind Ihrer Vertreter sein und ihr Sklaventreiber. Da hat Brown ganz recht.«
»Ich kann Brown nicht leiden.«
»Er versteht aber seine Sache. Sorgen Sie dafür, daß Ed Phelps aufhört.«
»Nein.«
»Horace White erwartet es von Ihnen.«
»Phelps ist jetzt alt. Er möchte noch bleiben.«
»Eben deshalb müssen Sie ihn loswerden.«
»Sein Sohn wurde vergangenes Jahr geschieden, und die Schwiegertochter hat die Enkelin nach Seattle mitgenommen. Er bekommt die Kleine vielleicht nie mehr zu Gesicht.«
»Das ist alles sehr traurig.«
»Was kostet es die Firma, ihn zu behalten, auch wenn er nichts mehr einbringt?«
»So gut wie nichts.«
»Warum sollte ich ihn dann pensionieren?« (Kagle hat da ganz recht, und ich rechne es ihm hoch an, daß er sich für Phelps so stark macht. Phelps ist alt, er wird ohnehin bald sterben oder jedenfalls zu krank sein, um weiter zu arbeiten.)
»Weil er über fünfundsechzig ist und weil Horace White es von Ihnen erwartet«, sage ich.
»Ich mag Horace White nicht leiden, und er mag mich auch nicht«, bemerkt Kagle leise und zerstreut.
»Auch er versteht seine Sache«, sage ich mit Nachdruck.
»Wie soll ich Ed Phelps das beibringen?« will Kagle wissen. »Was soll ich ihm sagen? Möchten Sie das vielleicht übernehmen? Einfach ist es nämlich nicht, oder?«
»Lassen Sie Brown das machen«, schlage ich vor.
»Nein.«
»Na schön. Es ist Ihre Sache, nicht meine.«
»Einfach ist es nicht, oder?«
»Dafür bekommen Sie ein hohes Gehalt.«
»So hoch auch wieder nicht«, wehrt er mechanisch ab, »denken Sie nur mal an die Steuern und so.«
»O doch. Und verreisen Sie nicht andauernd. Das schätzt niemand. Was

machen Sie überhaupt eine ganze Woche in Denver, wo nichts zu tun ist, während Sie hier die nächste Große Tagung vorbereiten und an Ihren Absatzprognosen basteln sollen?«

»Mit der Tagung beschäftigt sich Ed Phelps.«

»Na, das wird was werden.«

»Und meine Absatzprognosen sind immer verkehrt.«

»Das macht nichts. Hauptsache, sie liegen vor.«

»Noch was?«

»Spielen Sie öfter Golf. Reden Sie mal mit Red Parker, und kaufen Sie sich einen dunkelblauen Blazer. Ziehen Sie im Büro nicht die Jacke aus, lassen Sie den Kragen zu und den Schlips geknotet, wie es sich gehört. Schauen Sie sich doch mal an, Mann Gottes! Und das will ein leitender Angestellter sein!«

»Treiben Sie keinen Mißbrauch mit dem Namen des Herrn«, scherzt er.

»Gleichfalls.«

»Ich habe sehenswerte Verkaufserfolge aufzuweisen«, behauptet er.

»Haben Sie auch eine sehenswerte Sportjacke aufzuweisen?« will ich wissen.

»Herr im Himmel, kommt es denn auf eine Sportjacke an?«

»Mehr jedenfalls als auf Verkaufserfolge. Kein Mensch trägt im Büro Jacken mit Lederflecken auf den Ellenbogen, höchstens am Wochenende. Nehmen Sie schwarze Schuhe zu Ihren grauen und blauen Anzügen. Und fahren Sie nicht mehr mit dem Kombiwagen in die Stadt.«

»Na schön.« Er fügt sich düster und reuig lächelnd und stößt dabei einen leisen Pfiff aus – gespielte Überraschung, Resignation. »Sie sollen recht haben.« Er rutscht aus seinem Sessel und hinkt an den Kleiderständer in der Ecke, wo sein Jackett hängt. »Ich verspreche Ihnen, daß ich mir einen blauen Blazer kaufe.«

Bestimmt kauft er ihn zu groß, ich sehe es förmlich vor mir. Der Blazer wird zu breit sein in den Schultern, zu weit über der Brust und vermutlich kauft er seinen Kammgarnblazer gerade dann, wenn wir übrigen schon zu Mohair oder Shantung übergegangen sind oder wieder Baumwolle und Kaschmir tragen. Ich ahne, daß es bereits zu spät ist; ich ahne, daß es ihm nicht mehr möglich ist (falls es ihm überhaupt je möglich gewesen ist) sich zur Zufriedenheit aller zu verändern. Im Augenblick (solange ich anwesend bin) bemüht er sich: er knöpft den Kragen zu, zieht den Schlipsknoten straff, fährt in die Jackenärmel. Die Jacke ist selbstverständlich grauenhaft, imitierter Tweed, auf den Ellenbogen ovale Wildlederflicken.

»Besser so?« will er wissen.

»Viel nicht.«
»Die braunen Schuhe schmeiße ich weg.«
»Das könnte helfen.«
»Wie kommen Sie denn derzeit mit Green aus?« erkundigt er sich wie nebenbei.
»Recht gut. Warum fragen Sie?«
»Falls Sie in meiner Abteilung wären«, beginnt er vorsichtig, sieht schon wieder selbstbewußter drein, lächelt auch eine Spur boshaft, »dürften Sie bei der nächsten Großen Tagung so viele Referate halten wie Sie mögen. Die Vertreter sind nämlich an Ihrer Arbeit interessiert und hören Ihnen gerne zu.«
»Schluß für heute, Andy«, sage ich, »auf bald.«
Wir lachen beide, denn wir kennen jeder die Wünsche, Ängste und Schwächen des anderen. Kagle weiß, ich möchte meinen Job behalten und auf der nächsten Großen Tagung ein Referat halten. (Ja. Gottverdammich, das wäre eine Ehre und eine Anerkennung, auch wenn das Referat auf drei Minuten begrenzt ist, und ich habe mir das verdient, ich verlange es, was ist schon dabei!). Ich wiederum weiß, daß Kagle meine Hilfe in seinem Abwehrkampf gegen Green (und Brown) (und Black) (und White) (und Arthur Baron dazu) braucht.
Er bringt mich an die Tür und sagt dabei: »Falls Sie was hören, sagen Sie es mir, ja?«
»Bestimmt«, versichere ich ihm.
»Fragen Sie aber nicht eigens«, mahnt er mich und kichert dabei traurig, »sonst bringen Sie die Kerle auf Gedanken.«
Wir lachen.

Und wir lachen immer noch still vor uns hin, als Kagle die Tür seines Büros öffnet und im Vorzimmer meine Sekretärin mit seiner Sekretärin reden sieht. »Ah, Mr. Slocum!« zwitschert sie munter, denn das ist so ihre Art, und ich wollte, ich wäre sie los. »Mr. Baron bittet Sie sofort zu sich.«
Kagle nimmt mich beiseite. »Was kann er wollen?« fragt er erschreckt.
»Woher soll ich das wissen?«
»Na, gehen Sie schon.«
»Aber ja.«
»Und sagen Sie mir gleich Bescheid, falls er andeutet, daß er mich abschieben will.«
»Klar.«
»Ich kann mich darauf verlassen?«

»Aber selbstverständlich, Andy. Sie wissen doch, daß Sie mir vertrauen können.«
»Wo wollen Sie denn hin?« fragt Green, den ich unterwegs zu Arthur Baron auf dem Korridor treffe.
»Arthur Baron will mich sprechen.«
»Wieso denn ausgerechnet Sie?« will Green wissen.
»Keine Ahnung.«
»Na, dann lassen Sie sich nicht aufhalten.«
»Die Absicht hatte ich auch nicht.«
»Sparen Sie sich Ihren Sarkasmus«, kläfft er mich wütend an, und ich senke den Blick, eingeschüchtert und gedemütigt von seiner Heftigkeit. »Ich bezweifle, daß man Ihnen trauen kann.«
»Tut mir leid, Jack«, nuschele ich. »Ich wollte nicht unverschämt sein.«
»Wenn Sie bei ihm fertig sind, kommen Sie sofort zu mir«, ordnet er an. »Ich will wissen, was er gesagt hat. Ich muß wissen, ob er mich rausschmeißen will oder nicht.«
»Was wollte Kagle von Ihnen?« fragt Brown, dem ich ebenfalls begegne.
»Er wollte wissen, was Sie gemacht haben, als er in Denver war.«
»Ich habe seine Fehler ausgebügelt und ihm hier den Rücken gedeckt, was sonst«, antwortet Brown.
»Und genau das habe ich Kagle gesagt.«
»Sie sind ein Lügner«, versetzt Brown liebenswürdig.
»Naja, dafür werde ich doch bezahlt, Johnny.«
»Alle wissen es.«
»Und was weiter?«
»Nun, es spielt wohl keine Rolle.«
»Ich bin Diplomat, Johnny. Ein Diplomat, kein Lügner.«
»Ein Diplomat.« Brown lacht knurrend und herzlich.
»Ein verlogener Halunke sind Sie.«
»Gerade wollte ich zu Ihnen«, sagt Jane, »und Ihnen dies Layout zeigen.«
Ich stiere wie verhext auf ihre Titten. »Ich sehe Ihr Layout recht gut«, sage ich. Sie kichert und errötet ganz köstlich, doch nun werde ich ernst. »Jetzt nicht, Jane, jetzt muß ich zu Arthur Baron.«
»Da sind Sie ja, Mr. Slocum«, begrüßt mich Arthur Barons Sekretärin.
»Wie geht's denn immer?«
»Sie sehen jedenfalls glänzend aus.«
Die Tür zu Arthur Barons Zimmer ist geschlossen, und ich weiß nicht, wie ich mich verhalten soll, ob ich die Klinke drücken und eintreten soll

oder bescheiden klopfen und warten, bis man mich ruft. Arthur Barons achtundzwanzigjährige Sekretärin, die mich gern mag und mit ihrem Mann Schwierigkeiten hat (er ist vermutlich andersrum), nickt aufmunternd und bedeutet mir, ohne weiteres hineinzugehen. Also drücke ich die Klinke und mache die Tür behutsam auf. Arthur Baron ist allein im Zimmer und lächelt grüßend über seinen Schreibtisch hinweg. Er steht auf und kommt langsam auf mich zu, um mir die Hand zu reichen. Er ist zu mir (zu jedermann) stets sehr verbindlich, liebenswürdig und rücksichtsvoll. Und doch habe ich immer Angst vor ihm. Vermutlich kann er mich nicht riechen (wie jeder meiner Vorgesetzten zeit meines Lebens mich nicht riechen konnte), und daran wird sich wohl nichts mehr ändern.

»Guten Tag, Bob«, sagt er.

»Guten Tag, Art.«

»Nur herein.« Er zieht die Tür lautlos zu.

»Gern.«

»Wie geht's, Bob?«

»Glänzend, Art, danke. Und Ihnen?«

»Ich möchte, daß Sie sich darauf vorbereiten, den Posten von Andy Kagle zu übernehmen«, sagt er zu mir.

»Kagle?« frage ich.

»Ja.«

»Nicht Green?«

»Nein.« Arthur Baron lächelt verständnisvoll und beschwichtigend. »Für Greens Posten sind Sie unserer Meinung nach derzeit noch nicht reif genug.«

Ein Satz voll höflicher Ironie; wir wissen beide, der Posten von Kagle ist bedeutender als der von Green, und ein Kagle mit mehr Durchsetzungsvermögen könnte Green Weisungen erteilen. Der Vorschlag raubt mir die Sprache, und während einiger Momente völliger Ratlosigkeit weiß ich nicht, was sagen, was tun, was für ein Gesicht machen. Arthur Baron läßt mich nicht aus den Augen. Er wartet.

»Ich habe keinerlei Verkaufserfahrung«, sage ich schließlich schüchtern.

»Sie sollen auch nicht verkaufen«, lautet die Antwort. »Manager sollen Sie sein. Sie sind loyal und klug, Sie haben einen anständigen Charakter und gute Arbeitsgewohnheiten. Anscheinend verstehen Sie etwas von Strategie und Unternehmenspolitik, und Sie kommen mit den unterschiedlichsten Leuten gut aus. Sie haben diplomatische Begabung. Sie fassen rasch auf, sind sensitiv und kennen die Administration. Muß ich noch dicker auftragen?«

»Aber Kagle ist ein guter Mann, Art«, sage ich.
»Er ist ein guter Kaufmann, Bob«, erwidert Arthur Baron und betont den Unterschied. »Und als solchen dürfen Sie ihn wahrscheinlich weiterbeschäftigen, falls wir uns für die Umbesetzung entscheiden und Sie einverstanden sind.«
»Einverstanden wäre ich bestimmt.«
»Sie könnten ihn eventuell als Assistenten behalten oder als Berater für Sonderaufgaben, wo er mit Leuten zu tun hat, die ihm liegen. Ein guter Manager ist er nicht, und wir glauben nicht, daß er sich jetzt noch bessern kann. Kagle geht in zu vielen Dingen nicht mit der Geschäftsleitung konform, und das ist für einen Mann in seiner Position notwendig. Er lügt zu viel. Horace White verlangt von mir, ich solle Kagle allein schon aus diesem Grund abschieben. Er ist überdies zu oft unterwegs, obschon ich ihm ausdrücklich gesagt habe, er müsse mehr Zeit im Büro verbringen. Er zieht sich fürchterlich an. Er trägt immer noch braune Schuhe. Ich weiß, solche Dinge sollten nicht zählen, aber sie zählen eben doch, und er müßte das allmählich wissen. Er liefert auch die Besucherberichte nicht ab.«
»Die Berichte stimmen großenteils nicht.«
»Das weiß ich, ich brauche sie aber trotzdem.«
»Die Berichte sind Browns Angelegenheit«, muß ich ihm sagen.
»Dann hat Kagle ihn nicht streng genug an der Leine.«
»Das ist auch nicht einfach.«
»Er hat also Angst vor ihm?«
»Ich ebenfalls«, gestehe ich.
»Und ich ebenfalls«, gesteht er. »Aber wenn er mein Untergebener wäre, würde ich ihn an die Leine nehmen oder an die Luft setzen. Sie nicht?«
»Brown ist mit der Nichte von Black verheiratet.«
»Das sollte mir egal sein. Black würden wir da schon raushalten, falls man gegen Brown vorgehen muß.«
»Sie würden also zulassen, daß ich ihm kündige?«
»Falls das Ihre feste Absicht ist, ja, wenngleich wir ihn lieber innerhalb der Firma versetzen würden. Kagle hätte seine Kündigung durchsetzen können, doch Brown übertrifft ihn jetzt an Detailkenntnissen. Kagle will nie jemanden entlassen, auch nicht Leute die trinken, unehrlich oder aus anderen Gründen nicht brauchbar sind. Er will Parker nicht kündigen, Phelps nicht in Pension schicken, und mit Green verträgt er sich nicht. Bei Neueinstellungen läßt er seinen Vorurteilen freie Bahn, obwohl er auch in dieser Hinsicht schon verwarnt worden ist.«
»Es ist ein recht bedeutender Job«, sage ich.

»Wir meinen, Sie wären den Anforderungen gewachsen.«
»Und falls nicht?«
»Daran wollen wir jetzt nicht denken.«
»Ich muß aber«, sage ich mühsam lächelnd.
Er erwidert mein Lächeln verständnisinnig. »Tja – falls Sie dann noch bleiben wollen, ließe sich bestimmt ein anderer guter Posten in der Firma finden, es sei denn, Sie stellen etwas Fürchterliches an, aber das halte ich für ausgeschlossen. Sie müssen sich übrigens nicht gleich entscheiden. Es handelt sich vorerst um einen Einfall von mir, nichts Definitives. Reden Sie also zu niemand davon. Immerhin bemühen wir uns, an die Zukunft zu denken, und bis zur Großen Tagung möchten wir unsere Pläne fertig haben. Überlegen Sie in Ruhe und sagen Sie mir, ob Sie den Posten übernehmen würden, falls wir Kagle abschieben und seine Stelle Ihnen anbieten. Nachteile hätten Sie übrigens nicht zu befürchten, falls Sie ablehnen.« Er lächelt von neuem, erhebt sich und fährt in leichterem Ton fort: »Sie bekommen dieses Jahr auf alle Fälle Ihre Gehaltserhöhung und auch eine schöne Gratifikation. Wir meinen, Sie sollten zusagen. Und während Sie sich die Sache durch den Kopf gehen lassen, können Sie sich schon vorbereiten.«
»In welcher Weise?«
»Halten Sie sich zu Kagle und seinen Vertretern und gewinnen Sie ein noch besseres Bild der Vorgänge als Sie bereits haben. Überlegen Sie, welche Ziele Sie vernünftigerweise setzen und welche Änderungen Sie vornehmen müßten, um diese zu erreichen, falls wir Sie mit dem Posten betrauen.«
»Ich habe Andy Kagle richtig gerne.«
»Ich ebenfalls.«
»Er ist immer sehr gut zu mir gewesen.«
»Sie trifft keine Schuld. Er wird in jedem Fall abgeschoben. Sehr wahrscheinlich ist ihm viel wohler, wenn er unter Ihrer Leitung an Sonderaufträgen arbeitet. Wollen Sie es sich durch den Kopf gehen lassen?«
»Selbstverständlich.«
»Und – kein Wort über diese Sache, ja?«
»Kein Wort.«
»Nun, das wäre alles, Bob.«
»Ich danke Ihnen sehr, Art.«

»Was hat Arthur Baron gewollt?« will Green wissen, kaum daß ich den Fuß auf den Korridor gesetzt habe.
»Nichts«, antworte ich.
»Hat er etwas gesagt?«

»Nein.«
»Ich meine, etwas über mich?«
»Nein.«
»Zum Teufel, irgendwas muß er doch gesagt haben! Er bestellt Sie doch nicht für nichts und wieder nichts zu sich!«
»Ich soll ein Referat durchsehen, das sein Sohn in der Schule halten muß. Es mit ein paar Späßen anreichern.«
»Das war alles?« Green schnauft verächtlich, befriedigt. »Das könnte ich besser als Sie«, höhnt er.
Du kannst mich mal, denke ich, denn ich weiß: falls ich je auf Kagles Posten stünde, könnte ich Green zerschmettern, er würde vor mir auf dem Bauche kriechen müssen wie eine Raupe. Immerhin glaubt er mir. Oder?
»Was wollte Arthur Baron?« fragt Johnny Brown.
»Ich soll ein kleines Referat durchsehen, das sein Sohn in der Schule halten muß.«
»Immer der alte Lügner.«
»Der Diplomat, Johnny.«
»Ich komme schon dahinter.«
»Muß ich mir eine andere Stellung suchen?« fragt Jane.
»Ihre Stellung ist so, wie sie ist, aufreizend genug, die können Sie gleich beibehalten.«
»Sie sind wirklich schlimm, Mr. Slocum«, lacht sie, Verlegenheit und Lust treiben ihr das Blut ins Gesicht. Sie glüht verführerisch. »Sie sind schlimmer als ein kleiner Junge.«
»Ich bin viel besser als ein kleiner Junge. Kommen Sie mit in mein Zimmer, da beweise ich es Ihnen. Welcher von Ihren kleinen Jungen hat schon ein Büro mit Couch und die Pille im Aktenschrank?«
»Ich möchte schon«, sagt sie (und eine Sekunde lang glaube ich ihr voller Entsetzen), »aber Mr. Kagle erwartet Sie dort bereits.«
»Was hat Arthur Baron gewollt?« fragt Kagle, kaum daß ich mein Büro betreten habe, wo er in einem Winkel angstvoll auf mich lauert.
Ich schließe die Tür, ehe ich mich ihm zuwende. Er sieht schon wieder ganz verkommen aus, und ich bin wütend und verzweifelt. Den Kragen hat er von neuem aufgeknöpft, den Schlipsknoten eine Handbreit heruntergezogen. (Mich packt der Drang, ihn wütend mit beiden Händen am Hemd zu packen und Verstand in sein Hirn zu beuteln. Zugleich drängt es mich sehr, mit aller Kraft gegen sein verkrüppeltes Bein zu treten.) Er hat Schweißperlen auf der Stirn, die Lippen glänzen von Speichel und weisen Rückstände eines weißen Pulvers auf, das er vermutlich in Wasser aufgelöst gegen Übersäuerung geschluckt hat.

»Nichts«, sage ich zu ihm.
»Hat er nichts gesagt?«
»Nein, nichts Wichtiges jedenfalls.«
»Über mich?«
»Kein Wort.«
»Stimmt das?«
»Ich schwöre.«
»Da schlag doch einer lang hin!« Kagle staunt erleichtert. »Wovon war denn die Rede? Er muß doch was Bestimmtes gewollt haben.«
»Ich soll ein Referat durchsehen, das sein Sohn in der Schule halten muß. Ein paar Späße einbauen und so.«
»Wirklich?«
»Hm.«
»Und mich hat er nicht erwähnt? Mit keinem Wort?«
»Nein.«
»Auch nicht die Besucherberichte und meine Dienstreise nach Denver?«
»Nein.«
»Na, dann brauche ich keine Angst mehr zu haben. Vielleicht werde ich sogar noch Prokurist dieses Jahr. Worüber habt ihr denn gesprochen?«
»Über seinen Sohn. Über das Referat. Über die Witze, die ich einflicken soll.«
»Wahrscheinlich bilde ich mir das alles nur ein«, freut er sich. »Ihre Witze könnte ich vielleicht borgen, wenn meine eigenen Kinder eines Tages mit einem Referat drankommen.« Plötzlich umwölkt sich seine Miene wie unter einem feinen Schmerz. »Meine Kinder taugen beide nichts«, fällt ihm ein. »Mein Sohn schon gar nicht.«
Kagle glaubt mir also auch. Und ich weiß plötzlich nicht, ob mir das recht ist.
»Andy!« rufe ich ihm daher zu, »warum gehen Sie nicht auf Nummer Sicher, warum reißen Sie sich nicht zusammen? Warum tun Sie nicht endlich, was alle Welt von Ihnen erwartet?«
Er ist verdutzt. »Nanu?« ruft er. »Warum denn plötzlich so?«
»Damit Sie Ihre Stelle nicht verlieren, darum! Wenn es nicht überhaupt schon zu spät ist. Warum halten Sie sich nicht endlich ran? Hören Sie auf, Horace White anzulügen. Reisen Sie nicht grundlos in der Welt herum. Schieben Sie Parker in eine andere Abteilung ab, wenn Sie ihm das Trinken nicht abgewöhnen können, und schicken Sie Ed Phelps in Pension.«
»Davon war also die Rede.«
»Nein.«
»Woher wissen Sie denn das alles? Wer hat es Ihnen erzählt?«

»Sie selber!« blaffe ich ihn wütend und angewidert an. »Seit Monaten reden Sie von nichts anderem. Warum also tun Sie nicht endlich was, anstatt nur unentwegt darüber zu reden und Kopf und Kragen zu riskieren? Bleiben Sie auf Ihrem Hintern sitzen, nehmen Sie Brown an die Leine, arrangieren Sie sich mit Green und stellen Sie nächstens einen Juden ein und einen Neger.«

Kagle brütet mit finsterer Miene still vor sich hin. Ich frage mich, ob meine Rede zu ihm durchgedrungen ist.

»Was soll ich wohl mit einem Kaffer anfangen?« fragt er schließlich zerstreut, und es ist, als denke er laut.

»Das weiß ich auch nicht.«

»Einen Juden könnte ich schon eher gebrauchen.«

»Wissen Sie das so genau?«

»Wir haben jüdische Kundschaft.«

»Vielleicht nimmt gerade die Anstoß.«

»Aber was soll ich mit 'nem Kaffer?«

»Nun, zunächst einmal könnten Sie sich eine andere Bezeichnung für ihn ausdenken.«

»Was zum Beispiel?«

»Ein Schwarzer.«

»Putzig.«

»Hm.«

»Ich kenne bloß Kaffern. Wo ich herkomme, nennt man Nigger Kaffern.«

»Und wo ich herkomme, nannte man Neger so.«

»Was soll ich also machen?« fragt er. »Sagen Sie mir, was ich tun soll.«

»Werden Sie endlich erwachsen, Andy«, sage ich mit Nachdruck und gewillt, ihm nach Kräften beizustehen. »Sie sind ein Mann in mittlerem Alter mit zwei Kindern und einer wichtigen Stellung in einem ziemlich bedeutenden Unternehmen. Man erwartet von Ihnen allerhand. Es ist höchste Zeit, daß Sie erwachsen werden, höchste Zeit, ernst zu machen und zu tun, was von Ihnen erwartet wird. Was das ist, wissen Sie. Sie zählen es mir ja unentwegt auf.«

Kagle nickt gedankenvoll. Er runzelt die Stirn und denkt über meinen Ratschlag nach, nicht die Spur leichtfertig. Endlich bin ich bei ihm angekommen. Gespannt beobachte ich ihn, warte auf seine Antwort. Kagle, alter Halunke! möchte ich ihm verzweifelt zurufen, während er versunken grübelt, ich will dir doch helfen! Zieh ein einziges Mal in deinem vermurksten Leben eine gescheite Schlußfolgerung! Er scheint nicht zu hören, er faßt sichtlich einen Entschluß, und seine Miene heitert sich auf.

Er schaut mich verschmitzt an und sagt, während ich voller Hoffnung auf seine Einsicht warte:
»Kommen Sie mit, eine Nummer schieben.«

Die Firma hat auch für das Ins-Bett-Gehen feste Grundsätze. Es ist erlaubt.
Und das wissen offenbar alle (obschon das offiziell nirgendwo verlautbart wird). Davon zu reden, ist noch mehr erlaubt, als mit jemandem ins Bett zu gehen, doch auch mit jemandem ins Bett zu gehen ist erlaubt; nicht erlaubt ist allerdings darüber zu reden, wie man es mit der eigenen Frau getrieben hat. (Man stelle sich vor: »Mann, hat meine Frau es mir letzte Nacht aber besorgt!« Das wäre kein guter Ton im Umgang mit Herren, die man geschäftlich kennt und die man seiner Frau bei Gelegenheit vorstellt.) Hingegen ist es durchaus statthaft, mit fremden Ehefrauen ins Bett zu gehen und darüber zu reden, vorausgesetzt der Gatte gehört nicht zur Firma und wird nicht etwa von anwesenden Kollegen gekannt oder geschätzt. Die Firma ist sehr dafür, wenn dies mit einer Prise *élan*, Witz, Gewöhnlichkeit und Geschick praktiziert wird, ohne Gefühlsaufwand, mit hübschen jungen Mädchen, auch mit voll erblühten Frauen, Ausländerinnen oder sonstwie reizvollen Geschöpfen, solange das möglichst lautlos geschieht, und halbwegs diskret, ohne Skandal, Klatsch und die üblichen schweren Komplikationen romantischer Verhältnisse. So ist es auch unstatthaft, sich zu verlieben, obschon es statthaft ist, sich gleich nach der Scheidung wieder zu verheiraten, und auch »eine Affäre haben« ist nicht statthaft, mindestens für Männer nicht.
Mit jemandem ins Bett zu gehen (oder darüber zu reden) ist ein wesentlicher Bestandteil jeder Großen Tagung und muß bei der Auswahl des Tagungsortes berücksichtigt werden. Diejenigen Vertreter, die als erste am Tagungsort ins Bett gehen, haben Aussicht, die Helden der Tagung zu werden, was nicht notwendig bedeutet, daß man sie beneidet. (Das hängt von der Qualität der Frauen ab, die bereit sind, ins Bett zu gehen.) Während der Großen Tagung geht man in Gruppen von drei oder vier Personen ins Bett (zwei entschließen sich zu einem Erkundungsvorstoß und überreden einen oder zwei andere mitzukommen). Fast alle Teilnehmer an der Großen Tagung machen dabei mit, (mindestens scheint es so) oder geben vor, mitzumachen (oder mitgemacht zu haben). Tatsächlich ist es unterdessen *comme il faut* geworden, daß sogar die Herren aus den obersten Rängen, die ganz Alten, Impotenten – ja gerade diese – gelegentlich ihrer Begrüßungsansprachen, Einführungen, Dankadressen und informellen Einleitungen gewichtiger Referate ver-

schleiert oder gar prahlerisch auf ihr eigenes sexuelles Fehlverhalten oder dasjenige anderer hinweisen. Über das Ins-Bett-Gehen darf innerhalb der Firma auf allen Ebenen gescherzt werden, sogar mit Leuten wie Green und Horace White. Auf keinen Fall allerdings sollte Andy Kagle jetzt solche Witze machen.
»Andy, ich meine es ernst«, sage ich.
»Ich auch«, entgegnet er mir.

Ich schließe hinter Kagle die Tür zu meinem Büro, ich igele mich hier drinnen ein, ich schließe alle Welt aus und möchte mit mir darüber ins Reine kommen, wie ich mich nach dem Gespräch mit Arthur Baron verhalten soll. Ich sage meine Verabredung zum Essen ab und lege die Füße auf den Tisch.
Meine Füße taugen nichts. Mein Unterkiefer verrottet, und eines Tages muß ich mir sämtliche Zähne ziehen lassen. Das tut bestimmt weh. Ich muß eine unglückliche Ehefrau ernähren und mich um zwei unglückliche Kinder kümmern. (Ich habe noch jenes andere Kind mit dem unheilbaren Hirnschaden, das weder glücklich noch unglücklich ist, und was aus dem werden soll, wenn wir mal tot sind, ahne ich nicht.) In meiner Abteilung sind acht unglückliche Menschen für mich tätig, die ihrerseits Probleme und unglückliche Unterhaltsberechtigte haben. Ich leide an Beklemmungen, ich unterdrücke meine Hysterie. Politik, Rassenunruhen während der Sommermonate, Drogensucht, Gewalttätigkeit und die Sexualität der Halbwüchsigen setzen mir zu. Überall lauern Abartige, die eines meiner Kinder oder alle drei erwürgen oder verderben könnten. In meiner Gegend häufen sich die Verbrechen. Ich sehe dem Alter entgegen. Mein Junge ist zwar erst neun Jahre alt, leidet aber bereits darunter, daß er noch nicht weiß, was er werden soll, wenn er mal erwachsen ist. Meine Tochter lügt. Auf diesen meinen schwachen Schultern muß ich den Niedergang der amerikanischen Zivilisation sowie die sträfliche und ungeschickte Handlungsweise der Regierung der Vereinigten Staaten von Amerika mit mir herumschleppen.
Und dabei hat man mich für eine bessere Stellung ausersehen.
Und dabei muß ich bemerken, daß ich sie – Gott steh mir bei – haben will.

Meine Frau ist unglücklich

Meine Frau ist unglücklich. Sie gehört zu jenen Ehefrauen, die sich entsetzlich langweilen und allein fühlen, und ich weiß nicht, wie dem abhelfen. (Es sei denn, ich lasse mich scheiden und mache sie damit noch unglücklicher. Unlängst war ich mit einer verheirateten Frau zusammen, die mir erzählte, daß sie sich gelegentlich so einsam fühle, daß sie zu Eis erstarrt und buchstäblich fürchte, innerlich zu erfrieren, und ich meine zu verstehen, was sie sagen wollte.)
Meine Frau ist eine ordentliche Person, wirklich, oder sie war es doch mal, und gelegentlich tut sie mir leid. Tagsüber trinkt sie jetzt gern, und wenn wir abends eingeladen sind flirtet sie, oder versucht es doch, obwohl sie sich nicht darauf versteht. (Sie flirtet so schlecht – die Ärmste.) Sie ist selten fröhlich, höchstens bei ganz besonderen Anlässen, und dann meist, weil sie einen kleinen Schwips von Wein oder Whiskey hat. (Wir vertragen uns nicht gut miteinander.)
Sie glaubt, sie sei älter, fülliger und weniger attraktiv, als sie einmal war – und damit hat sie selbstverständlich recht. Sie glaubt, dies mache mir etwas aus, und da irrt sie. Ich glaube nicht, daß es mir was ausmacht. (Wüßte sie, daß es mir nichts ausmacht, sie wäre vermutlich noch unglücklicher.) Meine Frau sieht nicht übel aus; sie ist groß, zieht sich gut an, hat eine gute Figur und ich zeige mich sehr gerne mit ihr. (Sie glaubt, ich zeige mich nur ungern mit ihr.) Sie glaubt, ich liebe sie nicht mehr, und auch damit mag sie recht haben.
»Du warst heute bei Andy Kagle«, sagt sie.
»Wie willst du das wissen?«
»Du hinkst.«
Tatsächlich habe ich die unselige Angewohnheit, gewisse Eigentümlichkeiten anderer Leute anzunehmen. Ich lege mir solche Eigentümlichkeiten ganz wahllos zu, auch solche von Leuten, die ich nicht leiden mag. Bin ich in Gesellschaft eines Menschen, der laut, schnell und bestimmt redet, so fange ich ebenfalls an, laut und schnell zu reden (wenn auch keines-

wegs immer bestimmt). Nuschelt mein Gesprächspartner und dehnt die Vokale nach Art der Bewohner des Südens oder Westens, dann nuschele auch ich und dehne die Vokale wie ein Bewohner des Südens oder Westens; ich bediene mich sogar der dort üblichen Ausdrucksweise, als sei das meine Heimat und nicht die des anderen.

Dies tue ich nicht absichtlich. Dieser subtile, verstohlene, ja fast sklavische Drang, jedem zu gleichen, mit dem der Zufall mich zusammenführt, ist eine Schwäche, ich weiß es, ein charakterlicher Mangel. Ich beschränke mich übrigens nicht auf die Redeweise, ich ahme auch die Bewegungen des anderen nach, seine Art zu sitzen oder zu gehen, den Kopf seitlich zu neigen, Hände oder Arme aufzustützen. (Oft packt mich die Angst, der andere könnte auf die Idee kommen, ich äffe ihn nach, um ihn lächerlich zu machen und zu beleidigen. Ich bemühe mich nach Kräften, diesen Drang zu beherrschen.) Er ist in meinem Unbewußten (Unterbewußten?) rege, einerlei ob ich nüchtern bin oder angetrunken (im allgemeinen bin ich im Rausch glücklich, liebenswert und voller Humor), und zwar äußerst zielstrebig trotz meiner Wachsamkeit; meist merke ich erst nach meiner Verwandlung, daß ich in eine fremde Persönlichkeit geschlüpft bin. (Meine Frau berichtet mir, daß ich im Kino zugleich mit den Schauspielern grimassiere und gestikuliere, und ich kann es nicht bestreiten.)

Sitze ich nach der Bürozeit mit Johnny Brown beim Essen oder einem Drink (er ist eine Geißel Gottes, durch Zufall und durch Geburt), so fluche und schimpfe ich, reiße das Maul auf und fühle mich stark. In Gegenwart von Arthur Brown spreche ich leise, überlegt, gescheit und komme mir liebenswert vor, klug und würdig und weltgewandt, nicht nur während des Zusammenseins mit ihm, sondern auch noch eine Weile danach; sein Wesen wird mein Wesen, bis mir ein anderer begegnet, der eine stärkere Persönlichkeit hat als ich, oder eine überlegene gesellschaftliche oder geschäftliche Stellung. (Nur in Greens Gegenwart komme ich mir weder weltgewandt vor noch beredt; ich fühle mich linkisch und unfähig – bis ich wieder allein bin. Dann suche ich nach geistreichen Formulierungen, die ich im Gespräch anbringen könnte.) Ich frage mich oft, wie mein Charakter wirklich beschaffen ist.

Habe ich überhaupt einen?

Ich kleide mich stets gut, doch was ich auch anziehe, immer beunruhigt mich der Gedanke, ich sei nicht originell; immer fällt mir jemand ein, der sich ziemlich genau so kleidet. Daher denke ich oft, meine Anzüge gehörten gar nicht mir. (Es geschieht doch wahrhaftig, daß ich beim Anblick der im Kleiderschrank hängenden Anzüge total verblüfft bin. Selbstverständlich gehören die Anzüge alle mir, doch will mir momentan scheinen, als hätte ich viele davon noch nie gesehen.) Und manchmal vermute ich, daß ich viel weniger Zeit, Energie und Geld an die Jagd auf Weiber wenden würde, wäre ich nicht so häufig in Gesellschaft von Männern, die eben das tun oder mindestens so reden. Ich weiß immer noch nicht genau, ob es wirklich so viel Spaß macht (daß es mühsam ist, weiß ich allerdings genau). Und wenn ich es jetzt noch nicht weiß, werde ich es wohl nie wissen.

Spreche ich mit einem Stotterer, ergeht es mir übel, denn gelegentlich stottere auch ich, und so verwandelt das Gespräch sich sehr bald in einen ruckartigen Austausch sinnloser Silben. Ich fürchte mich entsetzlich vor dem Gespräch mit einem Stotterer, ich habe eine wahre Todesangst davor, daß ich dann ebenfalls stottern könnte, daß ich auf immer verloren wäre, wenn ich einem Stotterer für länger als zwei oder drei Sätze auf die Lippen schauen müßte. In Gesellschaft eines Stotterers kann ich, wenn ich mir das gestatte, beinahe spüren, wie ein köstlich peinigendes Bibbern auf meinen Lippen wächst und Form annimmt, sich hervorringt und endgültig allen Zwang abwirft. In Gegenwart von Homosexuellen fühle ich mich nicht unbefangen, wohl aus den gleichen Gründen (ich könnte versucht sein, zu werden wie sie). Ich gehe Leuten aus dem Weg, die schielen, an nervösen Tics oder Zuckungen leiden, denn deren Eigentümlichkeiten möchte ich keinesfalls annehmen. Die Schwierigkeit liegt darin, daß ich nicht weiß, wer oder was ich eigentlich bin.

In Gesellschaft von Obszönen rede ich obszön.

Wer bin ich? (Dreimal möchte ich raten.)

Meine Tochter ist nicht obszön, sie benutzt allerdings wie ihre Freundinnen schweinische Ausdrücke, und im Gespräch mit uns zeigt sie Ansätze dazu. (Ich rede ebenfalls unflätig.) Meine Tochter versucht offenbar, uns gegenüber feste Stellung zu beziehen oder eine Reaktion zu provozieren, doch ahnen meine Frau und ich nicht, welche oder warum. Vermutlich möchte sie wohl Teil dessen werden, was sie als ihre Umwelt begreift, und ich fürchte, sie verschmilzt bereits damit, löst sich gerade vor meinen Augen darin auf. Sie will so sein wie die Gleichaltrigen. Ich kann sie daran nicht hindern, kann sie nicht davor bewahren. Auch mit ihr ist etwas geschehen, ich weiß nicht was oder wann. Noch ist sie nicht sechzehn, und schon halte ich sie für verloren. Ihre Einzigartigkeit verblaßt. Als Kind fanden wir sie unverwechselbar. Heute wirkt sie nicht mehr so verschieden von den anderen.

Wer ist sie?

Es amüsiert und entmutigt mich zugleich, daß ich Eigenschafts-, Haupt- und Tätigkeitswörter, auch Redensarten von Bekannten übernehme und mich infolgedessen in ihren beschränkten Wortschatz eingesperrt finde wie der Hamster in den Käfig. Mein eigener Wortschatz (falls es wirklich der meine sein sollte) versagt sich mir, und es gelingt mir nicht, die vertrautesten Synonyme hervorzuziehen. Anstatt nun nach eigenen Wörtern zu suchen, halte ich mich an die Wörter anderer Leute und schleppe deren Ausdrucksweise mit mir herum zwecks Verwendung in späteren Unterhaltungen (auch wenn der von mir gestohlene Dialog keineswegs erstklassig ist).

Spreche ich mit einem Neger (einem Kaffer, falls ich zuvor mit einer ehrlichen weißen Haut zusammengesessen habe, die die Dinge beim Namen nennt), dann eigne ich mir, wenn ich nicht aufpasse, nicht nur seine Sprache an (militanter Hipster-Jargon oder ländlicher Onkel Tom-Dialekt), sondern auch seine Aussprache. Mit portorikanischen Taxifahrern geht es mir nicht anders. Rede ich überhaupt mit Taxifahrern (ich vermeide es nach Kräften, denn ich kann die ewig jammernden New Yorker Taxifahrer nicht ertragen – ausgenommen die Portorikaner), dann geschieht das nicht auf meinem Niveau, sondern auf dem ihren. (Was eigentlich mein Niveau ist, ahne ich nicht, ha, ha.) Ebenso ergeht es mir bei Gesprächen mit jungen Leuten. Ich überbrücke die Kluft zwischen den Generationen. Ich kopiere Teens und Twens. Ich benutze ihre Ausdrucksweise und gebe auch dann vor, mit ihrem Geschmack und ihren Ansichten übereinzustimmen, wenn das nicht der Fall ist. Früher habe ich geglaubt, ich täte das, um sie zu charmieren. Jetzt weiß ich, daß ich nicht anders kann. (Die Bekannten meiner Tochter, vor allem ihre Freundinnen, mögen mich gerne und bewundern mich. Meine Tochter tut es nicht.)

Und wenn ich mit Andy Kagle zusammen bin, dann hinke ich.

»Du warst heute bei Andy Kagle«, sagt meine Frau. Wir befinden uns in der Küche.

O ja, ich bin mit Andy Kagle zusammen gewesen; jetzt lege ich sein Hinken ab und suche mich zu erinnern, ob ich vielleicht zu meiner Frau mit spanischem Akzent gesprochen habe, denn die Mädchen, bei denen Andy Kagle und ich waren, stammten aus Kuba und waren beide wenig attraktiv. Es waren Prostituierte. Heutzutage mag niemand mehr eine Prostituierte eine Prostituierte nennen (ich schon gar nicht. Es sind Nutten, Strichmädchen, Callgirls). Aber das waren sie nun mal. Prostituierte. Und einmal mehr habe ich den edlen Schwur getan (als ich den Reißverschluß zuzog und mein Unterhemd überstreifte, dessen Ärmel schon nach dem Schweiß des Vormittags rochen), daß ich von nun an nie mehr mit Frauen verkehren will, die ich nicht leiden mag.

Kagle und ich haben mit unseren Huren schon besser abgeschnitten als heute Nachmittag, aber auch schon schlechter. Meine war die hübschere von beiden (Kagle schiebt mir immer die Hübschere zu); sie hatte ausgebleichte rote Haare mit schwarzem Ansatz. Gebildet war sie nicht, doch ihre Haut war glatt (keine Pickel, Zysten, Schorfe), und ihr Kleid war proper, ihr Charakter sanft, ihr Betragen zärtlich. Sie wünschte sich Geld, um damit einen Schönheitssalon zu eröffnen. Sie war freundlich und entgegenkommend (das sind nicht alle) und wollte mir gefällig sein.

»Möchtest du ein bißchen spielen?« fragte sie sanft.

Wenn Kagle seinem trauten Heim und seinem Büro nicht durch eine Dienstreise entrinnen kann (zum Beispiel so eine wie die nach Denver, von wo er soeben erst zurückkam), dann möchte er wenigstens zu den Huren von New York entrinnen, in ihre düsteren Absteigen oder die billigen Wohnungen mit den dünnen Wänden in Mietshäusern ohne Aufzug. Er fordert mich auf, mitzukommen, und ich lehne regelmäßig ab.

»Na, kommen Sie schon!« insistiert er. Und ich gehe regelmäßig mit.

Genuß verschafft es mir nicht. (Genuß verschaffen mir Besuche bei Callgirls für 200 Dollar, die mir von Zeit zu Zeit als kleine Aufmerksamkeit von einem unserer Lieferanten beschert werden. Ich erzähle Kagle davon, doch der grinst bloß. Ich glaube nicht, daß er sich ein wirklich hübsches Mädchen in gepflegter Umgebung wünscht. Ich glaube, er will eine Hure.) Ich komme mir schmutzig vor. (Wenn ich mein Unterhemd wieder anziehe, stößt mich jedesmal der Geruch ab, obgleich es mein eigener ist und überdies ein sehr schwacher. Trage ich mal kein Unterhemd, ist der Geruch in meinem Hemd, schwach aber unverkennbar, auch wenn ich ein Deodorant verwendet habe. Es riecht nach mir: offenbar kann ich mir nicht für lange entfliehen.) Zudem weiß ich genau, daß etwas Verruchtes, etwas Verderbtes und längst aus der Mode Gekommenes dabei ist, wenn erwachsene und im Beruf erfolgreiche Männer wie Kagle und ich kalt und nüchtern bei den Huren unserer Vaterstadt einkehren. Die Huren sind weder hübsch noch notwendig, und es macht auch keinen Spaß mit ihnen. Kagle genießt es, glaube ich, auch nicht; wir haben nie mehrmals die gleichen Mädchen besucht (obwohl wir mehrmals in den gleichen, schäbigen Hotels waren).

Zahlen tut immer Kagle, und er rechnet das mit der Firma über Spesen ab. (Immerhin genieße ich das Gefühl, zugleich mit der Hure die Firma aufs Kreuz zu legen.) Manchmal bezahle ich das Taxi, ich besorge auch die Flasche Whiskey, die Kagle auf diesen Ausflügen gern mitführt. Sind wir angelangt, wird mir wohler (ich bin am richtigen Platz); bin ich fertig, möchte ich aber auch schon weg sein. Meist bin ich vor Kagle fertig und gehe allein weg. Kagle geht höchst ungern nach Hause (noch weniger gern als ich). Amüsiert er sich gut (was nicht immer der Fall ist, seines verkrüppelten Beines wegen), überlasse ich ihn seinem Whiskey und seiner Hure. In Wahrheit habe ich eigentlich nie Lust, ihn zu begleiten. Er fordert mich auf. Und ich gehe mit.

Auf ähnliche Weise habe ich angefangen, meine Fingernägel abzukauen: man hat mich dazu aufgefordert. (Mein Einfall war das wahrlich nicht, das weiß der Himmel. Ich ahnte überhaupt nicht, daß man sowas tun kann. Genug Phantasie, mir das auszudenken, hatte ich bestimmt nicht.) Es geschah in der zweiten Hälfte meines ersten Schuljahres, ich war sieben Jahre alt und schon vaterlos. (An meinen Vater erinnere ich mich kaum. Betrauert habe ich ihn bei seinem Tode nicht, ich tat vielmehr, als wäre er nicht gestorben, was bedeutete, daß ich so tun mußte, als habe es ihn nie gegeben. Gefehlt hat er mir nicht, denn ich erinnere mich seiner nicht, und habe kaum je einen Gedanken an ihn gewendet. Außer bei solchen Gelegenheiten wie jetzt.) Alle meine Freunde in der ersten Klasse (ich hatte viele Freunde in der ersten Klasse; ich habe mich immer sehr darum bemüht, beliebt zu sein, und es ist mir stets gelungen) begannen in der gleichen Woche ihre Fingernägel abzukauen, einzig um die Lehrerin (sie hieß Miss Lamb; in der zweiten Klasse hatten wir dann eine Mrs. Wolf. Ich habe ein unheimliches Gedächtnis für Namen und ähnlich läppische Details), die Eltern und die größeren Schwestern zu ärgern. (Die Ursache war also eine kindliche Verschwörung.)

»Na los, kau schon deine Nägel ab«, wurde ich aufgefordert.

Das tat ich denn auch. Ich fing an, meine Nägel zu beißen. Nach einer Weile hörten die anderen auf. Ich aber nicht. (Sie wurden älter, sie gingen ihrer Wege und hinterließen mir ihre schlechte Angewohnheit.) Ich machte nicht mal den Versuch. (Heute weiß ich, daß ich keinen Versuch machte aufzuhören, weil ich es nicht wollte, und weil ich schon damals wußte, daß ich dazu nicht fähig sein würde.) Und durch all die Jahre habe ich aggressiv, schweinisch und rachsüchtig an meinen Fingern genagt und geknabbert und diesen winzigen Attacken enorme Befriedigung abgewonnen. (Es handelt sich selbstverständlich weniger um eine schlechte Angewohnheit als um eine Sucht, eine bösartige, ekelhafte und häufig Schmerzen verursachende Sucht, aber mir gefällt sie. Und in diesem Stadium möchte ich sie auch nicht mehr aufgeben, und niemand kann mir sagen warum.) Ganz gewiß werde ich fortfahren, meine Fingernägel und das Fleisch der Kuppe zu benagen bis ich sterbe (oder bis ich nicht mehr kann, weil mir sämtliche Zähne gezogen sind. Ha, ha).

Nicht mal meine Handschrift ist meine eigene!

Ich habe sie ausgeliehen (und nie zurückgegeben). Die Handschrift, die ich jetzt benutze, habe ich einem älteren Jüngling abgeschaut, der mit mir im Archiv der Haftpflichtversicherungsgesellschaft beschäftigt war und sich die Zeit damit vertrieb, eine funkelnagelneue Handschrift zu entwerfen, zu üben und zu vervollkommnen. (Seine eigene genügte ihm nicht.) Er hieß Tom oder auch Tommy, je nachdem, wer mit ihm sprach oder ihn rief. Er war einundzwanzig Jahre alt, sehr groß, selbstgefällig und frühreif. (Er hatte leicht selbstgefällig und frühreif sein, denn nicht nur erfand er eine funkelnagelneue Handschrift, er trieb es auch mit Marie Jencks, der stämmigsten Blondine in unserer Versicherungsgesellschaft.) Nach Büroschluß widmete er sich irgendwelchen künstlerischen Studien, und auch tagsüber riß er sich kein Bein aus, denn er wartete auf seine Einberufung. Wenn er nicht gerade Gänge erledigte oder im Waschraum rauchte, saß er ganz hinten in der Ablage an einem Schreibtisch (wo ihn Vorbeikommende nicht sehen konnten, denn die Ablage war ein Käfig aus dichtem Drahtgeflecht, das vom Boden bis zur Decke reichte), ganz hingegeben an seine Schreiberei. Und ich pflegte neben ihm zu sitzen, verborgen hinter einer Mauer aus grünen Karteikästen mit dem Namensverzeichnis jener Unfallakten, die, nach Zahlen geordnet, in größeren, noch grüneren Regalen im vorderen Teil des Archivs aufbewahrt wurden, und mühte mich zugleich mit ihm, mir die Handschrift einzuprägen und sie zu üben.

Das war nicht immer leicht. Tom experimentierte schweigend und unermüdlich mit den Schleifen, Bögen und Schnörkeln seiner großen R oder Y oder H oder J, bis er genau den beabsichtigten Effekt erreichte, worauf er zu sagen pflegte: »Ich glaube, so ist es richtig.« Und wenn er dann nicht innerhalb der folgenden zwei Minuten ernüchtert den Kopf schüttelte und seine Meinung änderte, zog ich das Blatt mit dem vollendeten Produkt näher heran und begann, mir den Buchstaben einzuprägen und ihn zu üben, während er sich bereits dem Entwurf eines anderen Buchstabens zuwandte. (Manchmal stieß er mit niedergeschlagenem Blick und enttäuschter Miene sein Urteil über einen bestimmten Buchstaben eine Woche oder vierzehn Tage später um und fing wieder ganz von vorn an.) Manche Buchstaben traf er leicht, andere hingegen machten unvermutet viel Mühe und bedurften langer Vorarbeiten. Wir waren ein eifriges Paar junger Kalligraphen, er und ich (ich selbstverständlich der Lehrling), wenn wir nicht, jeder für sich, insgeheim die Stillung unserer brodelnden Begierden förderten; wie ich später ganz zufällig herausbekam, unterhielt auch er ein feuriges Verhältnis zu einer unserer Damen im Büro. (Mir auch hier weit voraus. Trieb er es doch ausgerechnet mit der stämmigen, herrschsüchtigen Marie Jencks, achtundzwanzig Jahre alt und verheiratet, und zwar regelmäßig unten im Lager – ausgerechnet dort! Was für ein verwirrender Mahlstrom von Beziehungen, dachte ich, als ich endlich alles über uns herausbekommen hatte, da ich – im Gegensatz zu heute – nicht erkannte, daß das einzig Ungewöhnliche ich selber war.) Als die alte Mrs. Yerger quer durch die Firma ins Archiv versetzt wurde, um uns entweder zu größeren Leistungen anzuspornen oder uns auf die Straße zu setzen (obschon es im Archiv kaum mehr zu tun gab. Tom hat mir übrigens beigebracht, daß man seine Zeit mühelos untätig verbringen kann, wenn man mit einem leeren Blatt Papier in der Hand unentwegt umhergeht. Ich verbrachte die meiste Zeit in eifriger Tätigkeit – oder doch mit dem Versuch, mich eifrig zu betätigen – an der Kante jenes Schreibtisches unter der großen Uhr von Western Union, ganz nahe bei Virginia, jener naseweisen, schlagfertigen Einundzwanzigjährigen, die schon damals gelegentlich ihren runden Busen unter der Bluse entfesselte, weil sie wußte, wie hübsch das aussieht, wenn der Busen gut geformt ist, und die sich schläfrig gähnend reckte und streckte, um mir zuliebe ihren Busen zu wölben oder schwer von einer Seite auf die andere fallen zu lassen), da beherrschte ich Toms Handschrift perfekt und habe sie seither stets benutzt.

Was Tom und Marie Jencks trieben, bekam ich durch Zufall erst ungefähr fünf Wochen vor seiner Einberufung heraus. (Ich schied gleichzeitig mit ihm aus, weil ich in einer Maschinenfabrik Arbeit gefunden hatte, die mir dann nicht gefiel.)

Mrs. Marie Jencks (so lautete das Namensschild aus Messing auf ihrem Schreibtisch) war in der Abteilung Personenschaden Assistentin des sanften kleinen Len Lewis, des Chefs der Abteilung Personenschaden, der sich höflich, romantisch, begehrlich, idealistisch in meine eigene unverbesserliche Virginia verliebt hatte. (Sie ermutigte ihn.) Mich verblüfften diese Entdeckungen, besonders was Marie und Tom betraf (als ich vor aschgrauer Ewigkeit meinen großen Bruder mit Billy Fosters dürrer Schwester im Kohlenschuppen ertappt hatte, war ich weniger verblüfft gewesen. Mrs. Marie Jencks war ein viel fetterer Fang als Billy Fosters dürre Schwester mit ihren vorstehenden Schneidezähnen). Marie Jencks war sozusagen ein Walfisch, und ich staunte ehrfürchtig.

Seit ich Bescheid wußte, war sie für mich ein fleischgewordenes Phantasiegebilde (wenn auch fleischgeworden für einen anderen), ein pralles, mächtiges, blickefangendes, überwältigendes Wunder. (Ich konnte nicht aufhören sie anzustarren.) Sie war verheiratet. Sie war groß, blond und stramm. Sie war beinahe achtundzwanzig, auffallend und attraktiv (hübsch eigentlich nicht, da war Virginia hübscher). Und sie ließ sich von dem einundzwanzigjährigen Glückspilz Tom Johnson bürsten, wann immer sie die Lust ankam. (Für den einundzwanzigjährigen Glückspilz Tom Johnson eine prächtige Situation und für den kleinen, siebzehn-

jährigen Bobby Slocum Anlaß zu den schönsten Hoffnungen.) In Abwesenheit von Len Lewis kommandierte Marie die gesamte Abteilung Personenschaden. Manchmal war sie gutartig, manchmal abweisend; die Männer, die mit ihr zu tun hatten, fürchteten sie ebenso wie ich und die Sekretärinnen. Auch bei Tom kehrte sie die Vorgesetzte heraus; sie beorderte ihn zu längst gestorbenen Akten ins modrig riechende Untergeschoß und beorderte ihn wieder nach oben, sobald sie genug hatte.
Eben diesem modrigen Lagerraum mit den beiden nackten Glühbirnen, die wie glotzende Spinnen an schwarzen Drähten von der Decke baumelten, verdanke ich, daß ich Tom und Marie entlarvte. (Ich hatte den Schlüssel genommen, weil ich dort mit Virginia verabredet war, und er brauchte den Schlüssel, um Marie dort zu treffen.) Sie trieben es auf dem Tisch. Ich konnte das gar nicht glauben, obgleich Tom es mir mehrfach versicherte, und Virginia es bestätigte (als ich es vor ihr erwähnte), also mußte es wahr sein. Sonst wäre nur der Fußboden infrage gekommen, und da lag immer Schmutz. Gleichwohl konnte ich es mir auf dem Tisch nicht vorstellen. Der war für eine so üppige Person wie Marie doch zu klein! (Seither habe ich begriffen: wenn Frauen scharf darauf sind, bietet auch ein Fingerhut Platz genug, wenn nicht, ist ihnen der ganze Planet zu klein.)
Zum Lagerraum gab es nur einen Schlüssel (weshalb sich dieser Ort für das eignete, woran offenbar so mancher von uns den ganzen Arbeitstag über dachte), und ich weigerte mich, ihn Tom zu geben. Ich plante bereits selbst eine weitere jener zwei- bis dreiminütigen Zusammenkünfte mit Virginia, bei denen ich sie küßte und betastete (bis sie sich plötzlich verkrampfte, bis Wut und ein gräßlicher, geheimnisvoller Schreck sie packte, immer ohne vorherige Warnung; deshalb war ich nie darauf vorbereitet und begriff nichts. Sie wurde dann bleich, die Augen verdüsterten sich, irrten ängstlich umher wie erschreckte Mäuschen, sie riß sich von mir los und stieß gedämpft wilde, gereizte Ach- und Wehlaute aus, während sie angstgetrieben die Treppe hinauflief. Langte ich oben an, saß sie bereits wieder hinter ihrem Schreibtisch unter der großen Uhr, als wäre nichts geschehen, lächelte mir zu und blinzelte ebenso aufreizend wie zuvor. Ich weiß jetzt, daß sie heftiger fühlte als ich damals glaubte, und mindestens eine Spur irre war. Ich habe sie damals wohl geliebt, war aber zu naiv, um das zu erkennen. Ich glaubte, Liebe fühle sich anders an).
»Los, gib mir den Schlüssel«, sagte Tom.
»Ich kann nicht«, entgegnete ich.
»Ich brauch' ihn aber.«
»Ich auch.«
»Ich brauch' ihn jetzt«, sagte er.

»Ich auch.«
»Ich treff' mich da unten mit jemand.«
»Und ich ebenfalls!«
»Mit einer Frau«, erläuterte er.
»Ich auch.« (Ich lief rot an und grinste stolz.)
»Mit wem?« Er trat zurück, um mich besser mustern zu können.
»Darf ich das sagen?«
»Warum nicht? Ich bin schließlich dein Mentor, oder? Ist es Virginia?«
»Woher weißt du?«
»Ich bin doch nicht blind. Und taub auch nicht.«
»Merkt man mir was an?«
»Deutlich genug zwischen deinen Beinen, wenn du neben ihr stehst und mit ihr redest. Du solltest gelegentlich die Hand aus der Tasche nehmen, damit man was sieht. Da wäre ich wirklich mal gespannt. Halte dir lieber einen Aktenordner vor, für den Fall eines Falles. Das wäre dann ein toller Schadensfall. Macht ihr's schon miteinander?«
»Noch nicht.«
»Weißt du, wie's geht?«
»So ziemlich.«
»Sie kann's dir zeigen.«
»Woher weißt du das?« fragte ich eifersüchtig.
»Ich weiß es eben. Fang einfach an. So lernt man's am besten. Denk nicht weiter nach, steck ihn einfach rein. Am besten kommst du gleich mit runter und siehst zu, wie ich's mache.«
»Mit wem?«
»Du tratschst es ja gleich rum, wenn ich's dir sage!«
»Nein, bestimmt nicht.«
»Gib den Schlüssel.«
»Sag, mit wem?«
»Hältst du den Mund?«
»Mit Virginia?« (Eifersucht stach mich.)
»Mit Marie.«
»Marie Jencks?«
»Schrei nicht so!«
»Du pimperst Marie Jencks?«
»Was denn sonst. Dreh dich nicht um. Sie schaut zu uns her, weil sie darauf wartet, daß ich den Schlüssel von dir kriege, also mach schon, sonst reißt sie dir den Kopf ab.«
»Aber sie ist verheiratet!« staunte ich.
»Darf ich jetzt endlich den Schlüssel haben!«

Ich gab gehorsam den Schlüssel heraus, vor seiner überlegenen Leistung mußte ich zurücktreten. Kaum war er weg (sie gleich hinterher), eilte ich aufgeregt zu dem alten Schreibtisch unter der großen Uhr von Western Union, um mein eigenes tête à tête mit Virginia zu verschieben und ihr zu eröffnen, was ich eben herausbekommen hatte. (Weder in der Firma noch sonstwo stand mir jemand näher als sie. Fühlte ich mich unerklärlich traurig oder einsam oder hatte ich kein Geld, begriff sie sofort und versuchte gleich, mich aufzuheitern, oder sie drängte mir die zwei, drei Dollar auf, die ich bis zum Zahltag brauchte, auch wenn sie bei ihren Kolleginnen borgen mußte.)

»Warum?« fragte sie, als ich sagte, wir wollten uns auf der Treppe treffen und nicht im Lagerraum.

»Kannst du ein Geheimnis wahren?«

»Aber gewiß«, entgegnete sie strahlend. »Was hast du mit mir vor?«

»Nein, es handelt sich um Tom. Kannst du dir vorstellen, daß Tom Johnson und –«

»Aber ja.«

»Mit –«

»Gewiß doch.«

»Jetzt? Diesen Moment?«

»Je öfter desto besser, ist meine Devise.«

»Im Lagerraum?«

»Manchmal machen sie's auch in einer Wohnung in der 2. Avenue. Die gehört einer geschiedenen Freundin von ihr.«

»Und woher weißt du das?«

»Sie erzählt es mir.«

Das warf mich um. Virginias Wangen röteten sich vor Entzücken, und sie zwinkerte mir lustig zu, als sie meine Verlegenheit bemerkte.

»Wie können sie das bloß tun?« staunte ich.

»Nun – sie hat da so ein Ding und er hat ebenfalls so ein Ding, und er nimmt seines –«

»Ich meine – da unten! Wo legen sie sich hin?«

»Auf den Tisch«, versetzte sie. »Hast du das nie versucht?«

»Nein, aber ich probiere es, sobald die beiden fertig sind.«

»Mit mir nicht, oh nein. Ich brauche ein geräumiges Hotelzimmer. Ich muß mich ausbreiten können.«

»In dem Kanu hast du dich auch nicht ausbreiten können, damals im College, du weißt schon«, erinnerte ich sie.

»Damals war ich auch noch dumm«, lachte sie, »da wußte ich nicht, daß man Platz braucht. Aber soll ich dir mal ein Geheimnis anvertrauen?« Sie winkte mich näher. »Komm hinter den Tisch, damit ich dir ins Ohr flüstern und dich mit den Knien berühren kann.«

Ein leeres Blatt Papier vor mich haltend, trat ich neben sie hinter den Schreibtisch und machte mir in einem Ablagekorb zu schaffen, als suche ich nach einem bestimmten Vorgang. Kaum stand ich neben ihr, drehte sie sich seitwärts, rieb ihre Knie an meinem Bein und lächelte mich dabei wissend und ein bißchen spöttisch an.

»Was ist das für ein Geheimnis?« fragte ich.

»Nimm die Hand aus der Tasche.«

»Leck mich doch ...«

»Gern.«

»Unten auf dem Tisch?«

»Tu, als ob du arbeitest.«

»Tu ich ja. Also was ist das für ein Geheimnis?«

Mrs. Yerger stand vor dem Eingang zur Ablage (Mrs. Yerger hielt sich immer am Eingang zur Ablage auf) und musterte mich unheilverkündend.

Ich nahm die Hand aus der Tasche, ergriff einen Aktenordner für Sachschaden und verbarg dahinter meinen Ständer. Virginia bemerkte ihn selbstverständlich, sie lachte laut heraus und ließ zwischen hellroten Lippen und feuchten, weißen Zähnen eine winzige, glänzende Zungenspitze sehen. Auf ihren Wangen lag eine Spur Rot – damals legte man noch Rouge auf –, und sie hatte Grübchen. Ich fühlte mich wie von einem Sog zu ihr hingezogen, aber es war alles so schwer zu bewältigen; sie war einundzwanzig und ich siebzehn, und ich wünschte verzweifelt, so alt wie Tom zu sein und zu wissen, wie ich es anstellen sollte.

»Len Lewis und ich«, begann sie, »treffen uns jeden Donnerstag nach Büroschluß zum Abendessen. Er möchte seine Frau um die Scheidung bitten, doch ich lasse das nicht zu. Er behauptet, in seinem ganzen Leben habe ihn noch niemand so geküßt wie ich.«

Wieder war ich überrascht, aber auch erregt. Ihre Abenteuer mit anderen Männern regten mich nun mal auf. (Sie bevorzugte reinseidene Blusen, und wenn sie eine trug, hätte ich fürs Leben gern zärtlich ihre Schultern gestreichelt. Trug sie einen Pullover, hatte ich Lust, mit den Händen darunterzufahren und kräftig zuzudrücken.)

»Schläfst du mit ihm?« (Immer war ich gierig nach Einzelheiten.)

»Er hat Angst. Er ist zeitlebens verheiratet gewesen und hat es nie mit einer anderen probiert. Er tut mir leid. Was ich sage, wenn ich ihn endlich so weit habe, daß er mich darum bittet, ahne ich nicht. Ich mag ihn gern, aber ob ich das möchte, bezweifle ich.«

Auch ich hatte Len Lewis gern. Und ich zweifelte nicht daran, daß er nie so geküßt worden war wie von Virginia, denn bei der Weihnachtsfeier im Büro hatte ich seine Frau gesehen, eine kleine, reizlose, stille Person, alt und sanftmütig wie er, aber noch viel grauer und runzliger. Übrigens war auch ich nie im Leben so geküßt worden wie von Virginia und auch nicht so geschickt gestreichelt und befummelt wie von ihr, sei es unten im Lagerraum oder auf dem Treppenabsatz. Ich wollte mehr und mehr von ihr; nie habe ich alles bekommen, was ich mir wünschte. Sie mochte nicht, daß ich was mit ihr anstellte, sie wollte was mit mir anstellen. Auf dem Treppenabsatz zwischen den Stockwerken trafen wir uns mehrmals an jedem Arbeitstag und küßten und betätschelten uns wie die Verrückten während der wenigen Augenblicke die vergingen, bevor sie sich einbildete, jemand kommen zu hören und ausriß; oder wir trafen uns unten im Lagerraum auf drei, vier, fünf Minuten, bis sie kreidebleich wurde und von heftiger Angst gepackt flüchtete.

Ich war ihr darum nie böse, trug es ihr nicht nach und fühlte mich nicht gefoppt; vielmehr war ich immer sehr glücklich darüber, überhaupt etwas von ihr gehabt zu haben. (Und sie tat mir jedesmal leid, wenn ich sah, wie sie sich ängstigte. Ich habe mir immer gewünscht, ich könnte ihr helfen.) Einmal (mehr als einmal, denn ich wollte es immer wieder hören) erzählte sie, im ersten Semester (zwei Jahre ging sie auf die Duke University, bis zum Selbstmord des Vaters) sei sie in einem treibenden Kanu von einem Fußballer umgelegt worden. (Damals glaubte ich nicht daran, daß sowas wirklich passierte, daß ein Jüngling wie ich sein Ding nahm und in das Ding eines Mädchens steckte und dann alles übrige tat, obschon ich es auf Bildern und Photos gesehen und schmutzige Witze und Anekdoten gehört hatte.) Virginia forderte immer wieder, ich solle ein Hotelzimmer besorgen. Ich wußte aber nicht wie. Ich fragte Tom, wie man ein Hotelzimmer nimmt, und er erklärte es mir, aber auch nachdem er es mir erklärt hatte, glaubte ich, noch nicht Bescheid zu wissen. Ich fürchtete, man würde mich gleich am Empfang durchprügeln, falls ich je den Versuch machte, für Virginia und mich ein Zimmer zu nehmen. Außerdem fehlte mir das dafür erforderliche Geld. Ich war schließlich nur Bürogehilfe. (Ich war sogar zu dumm, sie zum Abendessen auszuführen!)

Wir haben es also nie miteinander gemacht (ich habe sie nie umgelegt), und ich bedauere das. Seit Tom und ich dort gleichzeitig kündigten, war ich nicht mehr da, habe Virginia nicht mehr gesehen, nicht mehr gesprochen. Versucht habe ich es. Ich bedauere es. Sie fehlt mir. Ich liebe sie. Ich will sie zurück haben. Ich erinnere mich ganz deutlich an sie, wenn ich mir jetzt alles Wichtige ins Gedächtnis zu rufen bemühe, das mir je zugestoßen ist. Ich denke oft an sie, wenn ich an meinem Schreibtisch im Büro sitze und keinerlei Arbeit für die Firma erledigen möchte. Auch abends denke ich oft an sie, wenn ich daheim bin, bei Frau und Kindern, dem Hausmädchen und der Pflegerin, wenn ich nichts Besseres zu tun habe, als süchtig an den Nägeln zu knabbern, wenn ich wie ein halbverhungerter Buckliger im Wohnzimmer oder Arbeitszimmer im Sessel kauere und mir wünsche, es möge sich was Unerwartetes ereignen, das mich wach hält bis zur Schlafenszeit. Es gefiel mir, daß sie klein war und ein bißchen mollig (wo meine Hände anstreiften, gab es was zu halten und zu befühlen). Ich weiß noch, wie rein, glatt und hell ihre Haut war; ihre Grübchen wurden tiefer, wenn sie lachte. Sie lachte oft. Ihre Fröhlichkeit fehlt mir. Jetzt weiß ich, wie es anzufangen wäre. Ich möchte es noch einmal versuchen dürfen. Dann fällt mir ein, wer ich bin; mir fällt ein, daß sie immer noch vier Jahre älter sein würde, als ich jetzt bin, klein, wahrscheinlich pummelig, wenn nicht sogar dick, möglicherweise eine schwatzhafte Langweilerin, nicht im geringsten das Mädchen, nach dem ich mich sehne. (Das gibt es nicht mehr.) Dann fällt mir ein, daß sie ja tot ist.

(Sie hat sich umgebracht, ebenso wie ihr Vater. Nach dem Krieg habe ich versucht, sie telefonisch im Büro zu erreichen. Nachdem ich einige Jahre verheiratet war, habe ich es wieder versucht. Schon damals hat sie mir gefehlt. Sie war aber nicht da. Die Vermögensschadenabteilung hatte einen anderen Chef. Ich sprach schließlich mit einem Krüppel namens Ben Zack von der Abteilung für Personenschäden.

»Virginia Markowitz?« wiederholte er. »Nein, nein. Die hat sich vor anderthalb Jahren das Leben genommen. Sie ist hier nicht mehr beschäftigt. Wußten Sie das nicht?«)

Der eigentliche Kampf begann, glaube ich, erst nach dem Krieg.

Dahin hatten wir es dank der ›Tin Lizzie‹ gebracht: Zur industriellen Revolution und zur drittgrößten Haftpflichtversicherungsgesellschaft der Welt, mit einer grobschlächtigen, verheirateten, gefärbten Blondine in der Personenschadenabteilung und einem koketten, schwarzhaarigen Mädchen mit dicken Brillengläsern vor schwachen Augen in der Vermögensschadenabteilung, allesamt von wollüstigen Vorstellungen heimgesucht, ausgenommen der arme alte Mr. Len Lewis, den idealische Phantasien betörten und standhaft machten, die beim besten Willen nicht Wirklichkeit werden konnten. (Er dürfte jetzt ebenfalls tot sein. Außer Virginias Küssen hatte er vom Leben nichts mehr zu erwarten.) Es war eine recht verworrene (und ulkige) (und trübselige) Situation dort in dieser Haftpflichtversicherungsgesellschaft, und Einblicke tat ich erst kurz bevor Mrs. Yerger wie ein schicksalträchtiges Ungetüm, verkleidet als

Chefin des Archivs, auf die Bühne stapfte und mich innerhalb weniger Wochen hinausgraulte. Es schien von staunenswerten Geheimnissen geradezu zu wimmeln, und alle Welt war eingeweiht, nur ich nicht. Heute meine ich, nichts, was ich noch über Menschen erfahren kann, würde mir mehr als eine milde Überraschung oder eine flüchtige Enttäuschung bereiten. Plötzliche Todesfälle erschüttern mich allerdings immer noch, vor allem bei Leuten, die zeitlebens kerngesund waren. (Wie mein Bruder.)
Seit ich über Tom und Marie Jencks im Bilde war, bedrängte ich Virginia hartnäckiger; es brachte mich um nichts weiter. (Ich meine fast, ich habe damals überhaupt nicht gewußt, wozu ich sie nötigen wollte.) Sonderbar war an beiden Frauen (Mädchen?) (Frauen) (Mädchen) daß sie weder Tom noch mir die Initiative überließen. Virginia gewährte mir mehr Freiheiten als Tom bei Marie Jencks genoß (dafür hatte ich weniger vorzuweisen). So oft ich wollte, durfte ich an ihren Schreibtisch unter der Großen Uhr treten und das schlüpfrigste Techtelmechtel anfangen, durfte sie auf die Treppe oder ins Lager bestellen. Meist ging sie darauf ein, manchmal kamen solche Vorschläge, von einem spitzbübischen Lächeln begleitet, gar von ihr. Doch nie ließ sie sich von mir auf den Tisch drücken, obschon sie mich immer wieder reizte, bis ich es versuchte – worauf sie sich losriß und flüchtete. (Warum tat sie das? Warum fürchtete sie sich ausgerechnet vor mir, nicht aber vor den zahllosen erwachsenen Männern, mit denen sie es, wie sie behauptete, schon seit Ewigkeiten trieb?) Ich glaube, alles wäre zu einem guten, ja wunderbaren Ende gekommen mit Virginia und mir, hätten wir jemals eine Wohnung oder ein Hotelzimmer für uns gehabt und reichlich Zeit. (Na, und?) Sie hätte mir gezeigt, daß es auch langsam geht. Und wäre ich langsam gewesen, hätte sie sich vielleicht nicht gefürchtet; und wenn sie sich nicht gefürchtet hätte, hätte sie mich alles mit ihr tun lassen und mir auch noch gezeigt, wie man es tut.
Und was soll das alles?
Früher oder später wäre auch das vergangen, so wie sie vergangen ist und ich gerade vergehe. (Scheiß drauf, sie ist tot.) Ihr Fall ist abgeschlossen. Hätte sie sich nicht umgebracht, sie wäre heute älter als ich jetzt bin und vermutlich unheimlich lästig. Sie wäre dick und voller Falten, litte an Verstopfung, Gallensteinen, klimakterischen Beschwerden und Hühneraugen, und sehr wahrscheinlich würde ich sie nicht sehen wollen. Alles vergeht. (Nur deshalb ist es erträglich.)

Doch die Erinnerung ist lebendig (nicht mehr für lange, ha, ha). Ihre Akte ist abgelegt, aber nicht begraben, und ich weiß noch, daß sie mich immer wieder auf Marie Jencks hetzte, nachdem sie bemerkt hatte, daß ich auch auf diese Biene lüstern war. Seit ich wußte, was es mit ihr und Tom und dem Tisch im Untergeschoß auf sich hatte, konnte ich einfach nicht aufhören, an Marie zu denken. (Schließlich aß ich an eben diesem Tisch zwei oder dreimal die Woche mittags meine Brote und las die Sportberichte in der *Daily News* und im *Mirror*.) Auch ich wollte Marie haben. Ich wußte nur nicht, wie das anstellen.

»Stoß sie um«, feuerte Virginia mich an. »Los, greif sie dir.«

»Wie denn?«

»Kneif sie in den Hintern.«

»Du bist verrückt.«

»Pack sie an den Titten.«

»Du bist irre.«

Ich konnte mich zu nichts weiter aufraffen, als Tom im Auge zu behalten und zu beobachten, was er bei ihr unternahm; und der unternahm nicht das geringste. Der übte seine Schrift. (Er war schlau genug, zu warten und nie von sich aus aktiv zu werden.) Tagelang probierte er ungerührt seine Schrift aus und wartete geduldig und taktvoll darauf, daß sie ihn per Klingel oder Telefon ins Büro bestellte oder durch einen anderen Bürogehilfen herbeizitierte (das konnte auch ich sein).

»Haben Sie gerade was zu tun?« fragte sie dann.

Worauf er erwiderte: »Nein.«

»Dann holen Sie den Schlüssel«, kommandierte sie.

Und schon stiegen sie hinab in den Lagerraum (wo die Akten der Unfallgeschädigten in den Regalen alterten).

Virginia und ich führten Buch über ihr Kommen (ha, ha) und Gehen. Marie war wahrlich ein toller Fang für einen jungen Mann (oder er für sie), wenn ich Virginia auch besser leiden mochte (Tom übrigens auch). Marie wirkte doppelt so groß wie Virginia und verfügte über das Vier- bis Achtfache an weiblicher Masse – ein hochragendes, sarkastisches, oft sympathisches, blondiertes, achtundzwanzig Jahre altes, verheiratetes Weib von der Personenschadenabteilung, das sich des kleinen alten Len Lewis annahm (der an ernsten Nierenbeschwerden und verwandten Symptomen litt und in Wahrheit gewiß nicht von seiner armen, kleinen, alten Frau geschieden sein wollte, mit der er zeitlebens verheiratet gewesen war und die er bestimmt noch sehr gern hatte) und ihm die Arbeit nach Kräften erleichterte. Sie war mit einem herzschwachen (vermutlich von ihr geschwächten) Buchhalter verheiratet und nahm Tom unverfroren nach Lust und Laune in Benutzung, ließ sich von ihm da unten im Lagerraum oder nach Büroschluß in der Wohnung einer Freundin vögeln und forderte diese Arbeit ebenso autokratisch, wie sie von ihm verlangte, Akten abzulegen.

(Tom wußte vorher nie, weshalb sie nach ihm schickte, doch war er willens, unbesehen zu gehorchen.)
Das Äußerste, was Tom an Annäherung wagte, war, daß er sich ihr in ihrem Büro präsentierte, angeblich auf der Suche nach einer Akte. Sie wußte allerdings genau, was er suchte. Manchmal runzelte sie die Stirne, und dann verzog er sich sogleich, wobei er zum Schein ganz versunken seine Jagd auf die Akte fortsetzte. Dann wieder reagierte sie in der von ihm erhofften Weise, lächelte spöttisch, fast grimassierend, und fragte barsch:
»Suchen Sie was Bestimmtes?«
»Ja.«
»Holen Sie den Schlüssel.«
Und schon stiegen sie hinab in den Unterstock.
»Ich weiß nicht mal genau, ob sie mich leiden mag«, eröffnete Tom mir eines Tages ganz unbeteiligt in der Ablage und konzentrierte seine Emotionen ausschließlich auf das Große P und das Q der einzuübenden Schrift. »Aber machen tut sie's jedenfalls gern mit mir.«
Ich fragte mich unwillkürlich, ob sie es nicht auch mit mir gern machen würde?
Also trachtete ich, sie zu verführen. (Was mißlang.) Ich wollte sie Tom wegnehmen – nicht eigentlich wegnehmen, ich wollte meinen gerechten Anteil an dieser nach Moschus riechenden, brünstigen, überwältigenden, strotzenden, sinnlichen, verheirateten blonden Wikingerin (in Wahrheit bloß eine übergroße, schwerknochige schottisch-irische Brünette aus Buffalo mit stark erweiterten Poren). Und ich erreichte nichts. Virginia peitschte mich unermüdlich mit skandalösen Ratschlägen vorwärts.
»Los, verpaß ihr jetzt gleich einen«, riet sie. »Gerade jetzt würde sie dafür sterben. Eine Frau weiß so was. Geh einfach rein und verpaß ihr einen.«
»Wie denn?«
»Das tut dir gut.«
»Wie denn bloß?«
»Sag's ihr einfach.«
»Was?«
»Egal was. Komm gleich zur Sache. Das ist immer am besten.«
»Was du nicht sagst.«
»Pack sie am Busen. Schieb ihr die Hand unters Kleid –«
»Sie bringt mich um.«
»Nein, bestimmt nicht. Schau – Mr. Lewis ist weg. Geh einfach rein und sag, du willst eine Nummer mit ihr schieben.«
»Sie läßt mich verhaften.«

»Sie wird sich in dich verlieben. Du nimmst sie im Sturm.«
»Sie drischt mir auf den Kopf. Und läßt mich einsperren.«
»Sie kann dir doch gar nicht widerstehen! Du siehst besser aus als Tom, du bist auch ulkiger. Und du hast hübsche Locken.«
»Sie sagt es bestimmt Len Lewis oder Mrs. Yerger, und dann fliege ich.«
»Ach was, sie zieht das Kleid hoch, macht Arme und Beine breit und singt: ›Mach's mir wie der Ida, imma auf und nieda . . .‹«
»Sing lieber selber und zieh dein eigenes Kleid hoch«, versetzte ich, »wenn du mich so unwiderstehlich findest. Dir möchte ich nämlich auch einen verpassen.«
»Dann besorg ein Hotelzimmer.«
»Marie macht es unten auf dem Tisch.«
»Marie hat auch einen feisten, runden Arsch.«
»Du etwa nicht?«
»Ich mag dich, Schatz«, sagte sie ganz unerwartet und schaute mir fest in die Augen. (Ich war vor Staunen baff.) »Ich mag dich ganz schrecklich gern. Wirklich. Auch wenn ich dabei lache, ich meine es ganz ernst.«
Mir verschlug es fast die Sprache. »Was soll das heißen?« flüsterte ich scharf.
»Wenn wir doch nur älter wären«, fuhr sie sehnsüchtig und ahnungsvoll klagend fort. »Das wäre schön. Weißt du, was schön wäre? Wenn du alt genug wärst, mich ein bißchen zu mißhandeln. Das wäre schön.«
Ich war entsetzt, zutiefst erschreckt und wütend auf sie vor lauter Verwirrung und Befangenheit. »Was redest du so?« fuhr ich sie an, schon in der Befürchtung, etwas Verhängnisvolles bahne sich an, das ich nicht begreifen und mit dem ich nicht fertig werden könnte. »Warum sagst du plötzlich sowas zu mir? Hier, mitten im Büro?«
»Weil keiner, der es hört, mir glaubt«, fuhr Virginia vergnügt fort, ohne die Stimme zu senken oder ihre arglos strahlende Miene zu verändern. »Auch du nicht. Nicht mal du glaubst mir. Kein einziger Mensch würde was dabei finden, wenn ich plötzlich lauter und lauter spräche« – und dabei sprach sie lauter und lauter und alle Köpfe wandten sich ihr amüsiert zu, als sie schließlich rief – »und schließlich ausriefe ›Ich liebe nur dich, Bobby Slocum!‹«
(Und ausgerechnet sie mußte sich umbringen. Warum? Sie war nicht mehr bei der Haftpflichtversicherungsgesellschaft angestellt, weil sie bald nach dem Krieg Selbstmord begangen hatte und daher nicht mehr verfügbar war.)
»Du bist vielleicht eine Marke«, nuschelte ich unsicher und zwang mir ein Lächeln ab.

»Siehst du?« fuhr sie mit normaler Lautstärke fort, nachdem die Umsitzenden sich wieder ihrer Arbeit zugewandt hatten. »Keiner glaubt mir. Nicht mal du – oder?«
»Was soll ich denn machen«, klagte ich ratlos. »Sag's mir doch. Ich bin nun einmal erst siebzehn. Und ich fürchte mich. Ich ahne nicht, was alles mir noch zustoßen wird.«
»Hab' keine Angst.« Ihre Stimme klang jetzt weich, zärtlich und liebevoll. »Bald sind wir allein miteinander im Hotel, und ich zeige dir, was dir noch kein Mädchen gezeigt hat, das verspreche ich dir.« (Wir sind nie allein miteinander im Hotel gewesen. In New Orleans hat mir kürzlich eine Hure in einer Bar mit genau diesen Worten das gleiche in Aussicht gestellt, aber als wir dann im Hotel waren, wußte sie überhaupt nichts Neues.) »Und jetzt nimm dir Marie vor.«
»Mrs. Yerger schaut her«, bemerkte ich.
»Die kann mich nicht leiden«, sagte Virginia.
»Mich auch nicht.«
»Mich kann sie nicht leiden, weil ich mich amüsiere so gut ich kann. Besonders mit dir.«
»Ich tu mal lieber so, als ob ich was täte.«
»Ich verschaff' dir schon was zu tun – hier.« Virginia schrieb die Nummer eines Schadenfalles auf einen Zettel. »Such mir den heraus. Es ist ein beträchtlicher Vermögensschaden samt drei Personenschäden. Vermutlich liegt er bei Marie Jencks«, setzte sie schelmisch hinzu.
»Sofort, Miss Markowitz«, erwiderte ich so laut, daß Mrs. Yerger es hören mußte und machte mich flott auf den Weg.
»Ach Bobby – Augenblick noch!« Sie winkte mich mit wichtiger Miene zurück. Dann gab sie mir leise die Anweisung: »Pack sie an den Titten.«

Angespornt von Virginia machte ich mich also an die Eroberung von Marie Jencks. Ich probierte es auf die einzige Art, die mir einfiel: ich suchte ihre Nähe. Für jeweils zwei oder drei Minuten strich ich um sie herum, sobald ich sah, daß Len Lewis seinen Platz verlassen hatte und sie im Büro allein war. Ich wuselte so oft es anging in ihrer Nähe umher, vorgeblich auf der Suche nach Unfallberichten, in Wahrheit aber jeden Moment darauf gefaßt, daß ihr bei meinem Anblick blitzartig klar würde, ich mit meinen dunklen Locken sei hübscher als Tom Johnson und dazu viel ulkiger; und dann müßte sie doch zu mir sagen: »Haben Sie gerade was zu tun? Holen Sie den Schlüssel.«
Weit gefehlt. Von ihr bekam ich nichts zu hören als: »Wollen Sie etwa den Rest Ihrer Tage hier in meinem Büro verbringen?« oder, »Warum

glotzen Sie mich unentwegt an wie ein mondsüchtiges Kalb?« oder, ganz raffiniert (denn sie wußte selbstverständlich, was ich wollte, die schlaue Hündin): »Suchen Sie was Bestimmtes hier drinnen?« oder, und das war wirklich niederträchtig:
»Machen Sie, daß Sie rauskommen. Schicken Sie mir Tom.«
Und schon folgte Tom ihr hinab in den Lagerraum und ließ seine Handschrift in der Ablage zurück, damit ich mich darin übe, und diese seine Handschrift benutze ich heute noch. (Wer wohl Marie benutzt?) Tom zählte darauf, daß ich ihm bei allfälligen Kontrollen durch Mrs. Yerger den Rücken deckte. Was ich auch tat.
(»Tom.«
Keine Antwort.
»Tom.«
Immer noch keine Antwort.
»Wo steckt der Junge nur?«
»Unten im Lagerraum, Mrs. Yerger. Da bürstet er Marie Jencks auf dem Tisch.« So etwa stellte ich mir seine Rückendeckung vor.)
Ich gestehe, es fiel mir schwer, mich auf Toms Handschrift zu konzentrieren, wenn ich wußte, daß er mit Marie da unten im Lagerraum war. Für gewöhnlich begleiteten meine Gedanken ihn dorthin (und dann fertigte ich lieber schweinische Darstellungen von den beiden an, statt die Handschrift zu üben). Das düstere, stumme, staubige Mausoleum für tote und modernde Akten im Unterstock verwandelte sich in eine geradezu dampfende Absteige. Es kam vor, daß Angestellte aus anderen Abteilungen dort wirklich einen alten Unfall suchen wollten, und dann entgingen sie nur knapp einem neuen Unfall, nämlich einem Zusammenstoß mit mir oder Tom.
Der Lagerraum war nur ein Stockwerk tiefer, doch der Abstieg über die beiden Treppen in den dumpfriechenden Unterstock glich der Flucht vor einem wachsamen Auge in eine dunkle, kühle, nicht unangenehme Unterwelt, in die besänftigende Geborgenheit eines tiefen Kellers oder eines vertrauten Kohlenschuppens aus Brettern. Ich ging gerne und oft hinunter, auch wenn ich dort nur mutterseelenallein meine Brote aß, den *Mirror* und die *Daily News* las, vormittags oder nachmittags eine ausgedehnte Zigarettenpause einlegte und mich fragte, wer wohl am Samstag im Fußball gewinnen würde oder was aus mir und meiner Mutter, meinem Bruder und meiner Schwester eigentlich mal werden sollte. (Mein Bruder ist bereits gestorben; sein Herz hat ihn eines Tages ohne vorherige Warnung im Wartezimmer seiner Firma angefallen, und Sekunden später war für ihn alles vorüber. Auch meine Mutter lebt nicht mehr. Meine Schwester wohnt weit weg. Wir telefonieren gelegentlich.)

Ich stelle mir vor, daß die übellaunige Mrs. Yerger, der ja nichts entging, das Lager gründlich gelüftet hat, nachdem Virginia, Tom, Marie und ich ausgeschieden waren.
Ich erinnere mich auch, daß in der Mittagspause fast eine Vergewaltigung stattfand, als Virginia sich mit mir und zwei älteren Gehilfen aus dem Archiv dort allein vorfand. Die beiden wollten sie nicht gehen lassen. Virginia hatte sich zu weit vorgewagt, hatte allzu riskant gewitzelt und geprahlt, und jetzt wollten die beiden sie nicht gehen lassen, es sei denn, sie ›besorgte‹ es uns allen dreien. Virginia wurde sehr rasch nervös. Wir zwangen uns dazu, unentwegt weiterzureden und Witze zu reißen und so zu tun, als ob nichts Ungewöhnliches geschähe. Einer der beiden hielt sie von hinten umfaßt, anscheinend in einer spielerischen Umarmung, doch in Wahrheit konnte sie sich nicht wehren, und er drückte sie gegen den Fußboden; der andere hatte schon bald beide Hände unter ihrem Rock, um ihr Strümpfe und Höschen auszuziehen. Ich sah schreckensbleich und voller Erwartung zu. Wir alle schnauften heftig (auch ich, der doch nur zusah). Unser Lächeln war verzerrt, gierig, finster entschlossen, und zwischen kurzen Bemerkungen nötigten wir uns immer wieder ein heiseres Lachen ab, um solange wie möglich den Anschein aufrecht zu erhalten, es sei alles nur ein Scherz. Es war aber ganz offenkundig keiner. Schon nach einigen Sekunden war Virginia außer sich vor Angst, kalkweiß, und suchte sich zitternd loszumachen. (Ich habe nie den Anblick von Angst ertragen können, bei niemandem, mein Lebtag nicht, auch nicht bei Menschen, die ich hasse.)
Sie schaute mich wortlos flehend an. Ich mischte mich ein und ließ sie entwischen. Übrigens hatte ich selber schreckliche Angst, als ich von den beiden Älteren, Größeren verlangte, sie sollten Virginia gehen lassen.
»Laßt sie gehen«, sagte ich zögernd.
»Sie ist scharf auf dich«, entgegnete einer der beiden.
»Laßt sie gehen!« kreischte ich und ballte die Fäuste.
Als Virginia geflüchtet war, schüttelten sie verächtlich und verständnislos den Kopf und sagten, ich sei ein Blödmann, weil ich sie in dem Moment hätte entwischen lassen, als sie es uns dreien besorgen wollte.
War ich wirklich blöde?
(Als wir nach oben kamen, war sie schon wieder heiter und vergnügt, das weiß ich noch genau, und mir nicht annähernd so dankbar wie ich für selbstverständlich hielt. Und die beiden anderen behandelte sie unverändert freundlich. Sie witzelte und kokettierte mit ihnen wie zuvor, nun allerdings mit einer Spur von schmeichelhafter Hochachtung, so als halte sie jetzt mehr von ihnen. Ich begriff das nicht. Ich begreife es jetzt noch nicht. Allerdings frage ich mich, was wohl zwischen ihr und mir

passiert wäre, wenn ich still geblieben wäre und mir es von ihr mit den beiden anderen zusammen hätte besorgen lassen. Hätte sie dann auch von mir mehr gehalten? Aber das ist undenkbar. Oder ist es doch denkbar? Für ihren Grabstein, so sagte sie, wünschte sie sich diese Inschrift: ›Hier ruht Virginia Markowitz, vortrefflich im Bett, wenngleich Jüdin.‹
Bestimmt steht das nicht auf ihrem Stein.)
Bestimmt war ich blöde.
(Jedenfalls habe ich sie nie gevögelt. Und das hätte doch sein sollen. Bestimmt habe ich es mir damals gewünscht. Ich möchte es sogar jetzt noch. Hätte sie sich doch nicht umgebracht! Dann wäre sie noch am Leben, ich könnte sie anrufen, wir könnten ins Bett gehen, ich könnte ihr sagen, wie sehr ich sie mag und wie viel sie mir stets bedeutet hat. Es ist aber gut, daß sie nicht mehr lebt, denn ich glaube, ich würde sie jetzt nicht mehr wollen. Ich weiß nicht, was ich will.) Ich weiß, daß ich mutiger in meine eigene Zukunft blickte dank Virginia, Tom und Marie Jencks. Es war beruhigend zu erfahren, daß so viele Menschen wirklich vögelten, daß diese Tätigkeit in Wahrheit weit verbreitet war. Ein gutes Vorzeichen. Tom hatte mit einundzwanzig eine stramme verheiratete Blondine von fast achtundzwanzig, die ihn ranließ, also würde auch ich mit einundzwanzig eine stramme verheiratete Blondine von achtundzwanzig haben, die es auf dem Tisch mit mir trieb. Solche Frauen, dachte ich, stellen sich dann schon von selber ein.
Das stimmte selbstverständlich nicht.
Als ich einundzwanzig war, bekam ich keine Marie Jencks. Als ich einundzwanzig Jahre alt war, bekam ich bloß das bürgerliche Wahlrecht. Und als ich endlich eine Frau von achtundzwanzig bürsten durfte, da war es meine eigene, und ich war zweiunddreißig und ihr Ehemann. Hatte ich etwa davon jahrelang geträumt?
Habe ich heutzutage mit einer Frau von achtundzwanzig zu tun, so erweist sie sich meist nicht als Frau, sondern als Mädchen, oft genug als kleines Mädchen; sie ist unverheiratet und unglücklich, oder verheiratet und einsam. Und es ist auch nicht das gleiche, als hätte ich ein solches Mädchen als Siebzehnjähriger gehabt. Manchmal ist es wohltuend, manchmal traurig. Nie ist es auf längere Zeit wohltuend, ohne traurig zu werden (und beklemmend, jedenfalls für mich. Häufig möchten sie mir mehr Zuneigung entgegenbringen, als mir lieb ist. Enge Beziehungen ersticken mich). Meist haftet der Sache etwas von Trunkenheit an (das ist gewiß meine Schuld, denn ich trinke gern und verführe zum Trinken), etwas Aussichtsloses und Krankhaftes (wohl bei beiden Beteiligten). Sie reden gern und viel, sie hören auch zu, sie suchen das ernsthafte Ge-

»Mit Kagle.« Ich mache kurz Kagles Hinken nach. »Wir haben noch was miteinander getrunken.«
»Das hat deine Laune offenbar gebessert.«
Das Hausmädchen hört mit abgewandtem Blick zu wie ein Gespenst. Meiner Befürchtungen ledig, trete ich neben meine Frau und hauche ihr einen Kuß auf die Wange. Sie blickt scheu auf, immer noch im Ungewissen. Sie riecht nach Wein und teurem Parfüm.
»Hungrig?« fragt sie.
»Bestimmt. Sieht gut aus.«
»Hoffentlich schmeckt's auch so.«
Das Hausmädchen gleitet mit der Salatschüssel an uns vorbei ins Eßzimmer.
»Wie macht sich denn diese?« frage ich.
»Ganz ordentlich«, sagt meine Frau. »Ich habe ein bißchen von dem Wein getrunken«, setzt sie eilig hinzu, »den ich für die Hühnerleber brauchte. Ich mußte probieren, ob er noch gut ist.«
»Und ist er noch gut?«
»Annehmbar.« Sie lächelt. »Willst du?«
»Ich trinke lieber Bourbon.«
»Und ich trinke noch ein Glas Wein.«
»Alles in Ordnung mit den Kindern?«
»Ja.«
Mir ist so, als sei das kein übler Anfang, dieser Abend daheim kann durchaus noch angenehm werden. Meine Frau ist ein wenig in der Defensive (was es uns beiden leichter macht). Die Kinder haben mich nicht gleich (Gott sei Dank) mit Klagen und Forderungen überfallen. Meine Tochter ist in ihrem Zimmer und telefoniert. Mein Junge ist in seinem Zimmer und sieht fern. (Der Apparat ist an, ich höre den Ton.) Keines von beiden zeigt sich von der Tatsache beeindruckt, daß ich nach Hause gekommen bin, daß ihr Daddy wieder da ist (und diese Mißachtung kränkt mich irgendwie. Ein Hund hätte mich liebevoller begrüßt). Das Hausmädchen scheint noch ausreichend geknechtet, nichts an ihr deutet auf eine unmittelbar bevorstehende Schwarze Rebellion hin. (Wir entlohnen sie gut und behandeln sie höflich, und vermutlich fühlt sie sich mir gegenüber weniger befangen als ich mich ihr gegenüber. Hauspersonal bedrückt mich.) Derek quakt und winselt nicht in unserer Nähe, er macht auch keine Sprechversuche, und seine derzeitige Pflegerin (oder Erzieherin) hängt ebenfalls nicht herum und funkelt uns an, als ob wir an Derek Schuld wären, als ob wir ihn uns so gewünscht hätten. (Eigentlich soll sie weder pflegen noch erziehen; sie soll möglichst außer Sichtweite bleiben und ihn möglichst außer Sichtweite halten, obgleich er

durchaus keinen abschreckenden Anblick bietet und auch ganz erträglich ist, wenn er sich still mit einem grellbunten Bilderbuch beschäftigt oder mit seinem kindischen Krimskrams. Man läßt mir meine Ruhe, ich habe meinen Whiskey, die Frau hat ihr Glas Wein.
»Was hast du heute gemacht?« stelle ich die übliche Frage (bevor sie mir die gleiche Frage stellen kann).
»Nichts«, erwidert sie achselzuckend, sie gibt ihr Versagen zu, gesteht reuig, wieder einen Tag vergeudet zu haben. »Ich war hier. Dann einkaufen. Dann hab' ich ein bißchen geschlafen.«
»War jemand da?«
»Nein.«
Das ist gut, vorausgesetzt es stimmt, weil es bedeutet, daß sie den Wein nur schluckweise getrunken hat, denn in größeren Mengen bekommt er ihr nicht. Ich glaube fast, sie sagt wirklich die Wahrheit, denn meine Frau hat bislang noch nicht gelernt, mich zu belügen. (Meine Frau kann nicht flirten, und sie kann mich nicht belügen.) Wenn sie etwas vor mir verbergen möchte, redet sie nicht darüber und hofft, daß ich nicht danach frage. (Frage ich, so antwortet sie immer. Sie mag nicht lügen.) Spüre ich, daß sie mir etwas verheimlichen will, helfe ich ihr, indem ich keine Neugier zeige. Ich halte mich fern von allem, was sie mir etwa verheimlichen wollen könnte. Vermutlich handelt sie ebenso (vermutlich weiß sie viel mehr über mich, als sie merken läßt). Unsere Gespräche drehen sich deshalb meistenteils um nichts und sind oft mühsam.
»Also bis nachher«, sage ich und verziehe mich mit meinem Glas, solange sie mir noch den Rücken zukehrt. »Ich will mal die Post durchsehen.«
Sie nickt und im Abgehen klapse ich ihr eins hintendrauf. Das freut sie, sie ist dankbar, sie drängt ihren hüfthalterlosen Popo in meine Hand und sieht mich dabei wollüstig verzückt und beschwipst an.
»Später?« sagt sie. »Hoffentlich hast du dann Lust.«
»Du kennst mich doch«, lache ich.
Es tut mir weh, sie so zu sehen. (So war sie früher nicht.) Vielleicht liebe ich sie nicht mehr, aber ich kenne sie doch schon sehr lange, und die Lust, Olé zu rufen, ist mir vergangen.

Es tut mir weh, daß meine Frau jetzt am Nachmittag trinkt, vielleicht gar schon am Vormittag. Ich bemühe mich, darüber keine Bemerkungen zu machen. Das wäre demütigend, und sie soll nicht fürchten müssen, daß ich sie nun auch in dieser Hinsicht tyrannisieren will. Für gewöhnlich gibt sie mir ganz nebenbei zu verstehen, daß sie im Lauf des Nachmittags einen Schluck getrunken hat. Sie war mit ihrer Schwester oder einer Bekannten zum Lunch oder zum Einkaufen verabredet und hat vor der Heimfahrt noch schnell einen Cocktail getrunken; oder sie hat, wie heute abend, zum Kochen Wein benutzt. Manchmal möchte sie sich mir anvertrauen, schiebt es aber zu lange hinaus, und ich spüre dann, wie sie innerlich zittert und sich fragt, ob ich was bemerkt habe und sie tadeln werde. (Meine Frau fürchtet mich; das entspricht nicht eigentlich meinen Wünschen, macht aber vieles leichter.) Manchmal tut sie mir leid.

Sie war noch nie am hellichten Tag betrunken (sind wir irgendwo zu Gast, betrinkt sie sich gelegentlich und amüsiert sich dann großartig – nie allerdings wenn sie selbst Gäste hat. Meine Frau ist die perfekte Gastgeberin), und keines der Kinder hat jemals erwähnt, daß sie tagsüber zu Hause trinkt, es ist also denkbar, daß sie es vor den Kindern verheimlicht. Ich weiß aber noch, daß sie früher überhaupt nichts trank; ich weiß auch, daß sie niemals flirtete. (Ordinäre Ausdrücke gebrauchte sie ebenfalls nicht.) Fromm ist sie immer noch; sie geht fast jeden Sonntag zur Kirche und möchte, daß wir sie begleiten. (Keiner hat Lust dazu. Hin und wieder tun wir es, wenn ich nämlich der Meinung bin, sie habe eine kleine Anerkennung verdient und dies sei der bequemste Weg, ihr eine zu erweisen. Wer im Augenblick unser Geistlicher ist, weiß sie nicht genau, ich auch nicht.)

Meine Frau bemüht sich seit neuestem um eine ordinäre Ausdrucksweise (und wirkt dabei ebenso verkrampft wie die Frauen, die in vorgerückten Jahren zu malen anfangen oder an Kursen in Psychologie, Kunstgeschichte oder Jean Paul Sartres Philosophie teilnehmen). Auch darin leistet sie nichts Besonderes. Ihr *Gottverdammich* oder *In Teufelsnamen* kommt viel zu pathetisch heraus; ihr *Scheiße* klingt allerdings echt. Sie überzeugt nicht so wie unsere Bekannten, die zwar unterschiedlichen sozialen Gruppierungen angehören, sich aber ausnahmslos bemühen, allem Obszönen gegenüber eine verlebt-lässige Haltung an den Tag zu legen. Meine fünfzehnjährige Tochter versteht sich auf schmutzige Ausdrücke bereits viel besser als meine Frau. Meine Tochter bedient sich vor uns großzügig zotiger Redewendungen, um uns mit ihrer Intelligenz zu beeindrucken; häufig zielt sie damit direkt auf uns (besonders auf meine Frau); sie will sehen, wie weit sie gehen darf. (Bei mir darf sie nicht weit gehen.) Und mein Junge sammelt bereits Mut, weil auch er die eine oder andere schweinische Redensart im Vaterhaus erproben möchte, das sehe ich ihm an. (Was das Wort ficken bedeutet weiß er nicht genau, wenn er auch weiß, daß es ein schmutziges Wort ist. Zunächst glaubte er, ficken bezeichne ausschließlich den Geschlechtsverkehr, ich habe ihm das aber ausgeredet.)

Mich daran zu erinnern, wie meine Frau früher gewesen ist, zu wissen, was für ein Mensch sie einmal war und gern auch geblieben wäre, und anzusehen, was jetzt aus ihr wird, tut mir ebenso weh, wie die Zerrüttung eines mir lieben (oder nahe gewesenen) Menschen, ja auch nur eines flüchtigen Bekannten oder eines Fremden zu erleben. (Ein Spastiker kann mir tiefen Eindruck machen und ein Mensch mit Facialislähmung oder einem Klumpfuß läßt mich vor Widerwillen erstarren. Ich sehe lieber weg. Der Anblick von Blinden auf der Straße versetzt mich in Zorn, ich bin wütend auf sie, weil sie blind sind, also auf der Straße gefährdet, und halte verzweifelt Ausschau nach jemand, der ihnen hilft, damit nicht ich sie sicher über die Kreuzung geleiten oder um ein unerwartetes Hindernis auf dem Gehsteig herumführen muß, das sie überraschend in ergreifende Ratlosigkeit gestürzt hat. Ich erlaube mir nicht, mich mit solch menschlichem Elend zu befassen; solche Wirklichkeit erkenne ich nicht an; ich stopfe sie sofort tief in mein Unbewußtes, mache den Deckel zu und setze mich drauf. Wenn es denn sein muß, mag das alles in Alpträumen zum Vorschein kommen. Die vergesse ich gleich nach dem Aufwachen.) Martha, die Schreibkraft, jenes unansehnliche junge Mädchen mit dem schlechten Teint, das bei mir im Büro langsam verrückt wird, ist mir völlig fremd und war überdies schon auf dem Weg in den Irrsinn, als sie uns von der Personalabteilung geschickt wurde (um endgültig verrückt zu werden); ich bin dafür nicht verantwortlich; ich kenne sie nicht; ich kenne nicht ihre Mutter in Iowa, die zum zweitenmal verheiratet ist und Martha nicht nehmen will, auch nicht den Vater (falls sie einen hat), überhaupt niemand von all den vielen Menschen, die ihr doch wohl nahestehen sollten; wenn ich es zuließe, könnte der Umstand, daß sie langsam verrückt wird, mir das Herz brechen. Ich sage ihr nicht, was ich empfinde (oder empfinden könnte). Doch ich spreche immer gütig mit ihr. Ich stelle mich dumm. Ich gebe mir Mühe, sie nicht merken zu lassen, daß ich mir ihretwegen Sorgen mache (sie könnte mich um Hilfe angehen, wenn sie wüßte, daß ich weiß), und ich bemühe mich, mir keine Sorgen zu machen. Ich bemühe mich, sie nicht merken zu lassen, daß ich weiß. (Vielleicht weiß sie selber nichts.) Es könnte sie unnötig aufregen, wenn sie erführe, daß im Büro alle wissen, wo es mit ihr hinaus will.

Ich sage also nichts zu Martha, und aus der gleichen unguten Mischung von Anteilnahme und Egoismus sage ich nichts zu meiner Frau über ihr Trinken, ihr Flirten und ihre ordinäre Ausdrucksweise, wie ich auch schon zu meiner Mutter nichts gesagt habe, als sie ihren ersten Gehirnschlag hatte, und wie ich auch allen Bekannten nichts sage, an denen ich die ersten Zeichen unaufhaltsamen körperlichen Verfalls, die nahende Krankheit und die Vorzeichen des Todes wahrnehme. (Solche Menschen schreibe ich rasch ab. Sie sind in meiner Kartei längst ausgesondert, wenn sie endlich abtreten, waren es schon, als ich ahnte, daß sie den ersten Schritt getan haben.) Ich spreche zu niemand von seinen schlimmen Symptomen, wenn ich weiß, daß nicht mehr geholfen werden kann. Ich habe auch mit meiner Mutter nicht über ihren Gehirnschlag gesprochen, obwohl ich dabei war, als er ihr zustieß, und schließlich selber den Arzt anrufen mußte. Ich wollte nicht, daß sie über ihren Zustand Bescheid wußte, und als sie es dann wußte, sollte sie nicht wissen, daß ich es wußte.

Ich tat, als merkte ich nichts, als ihr während meines wöchentlichen Besuchs in der Wohnung, wo sie allein lebte, die Zunge plötzlich am Gaumen haftete. Sie wiederholte mehrmals die gleiche zersplitterte Silbe, das gleiche gurgelnde Stottern. Ich verbarg meine Überraschung, ließ mir nichts anmerken. Beim ersten Mal verstummte sie erstaunt und etwas verwundert, sie lächelte fast entschuldigend und versuchte, von neuem den Satz zu beenden. Da geschah das gleiche wieder. Und auch beim nächsten Mal. Beim übernächsten Mal machte sie den Versuch nur noch halbherzig; es war, als wisse sie im voraus, daß es vergeblich, daß es zu spät war. Sie hatte weiter keine Beschwerden, doch nickte sie, als ich vorschlug, den Arzt zu holen, und als ich telefonierte, sank die arme alte Frau auf einen Stuhl und kapitulierte gedemütigt mit verschleierten Augen und ratlosem Achselzucken. (Sie fürchtete sich. Und sie schämte sich.)

Der Arzt erklärte dann geduldig, daß es sich vermutlich nicht um eine Embolie handelte, sondern nur um einen Spasmus (einen ›Schlag‹ gäbe es nicht, sondern einzig Blutungen, Embolien und Spasmen) in einem sehr kleinen Blutgefäß des Gehirns. (Wäre ein größeres Gefäß betroffen gewesen, hätte sich auch eine einseitige Lähmung eingestellt, möglicherweise Gedächtnisverlust.) Und doch hat sie bis an ihr Lebensende nicht mehr zusammenhängend gesprochen, obschon sie, vergeßlich wie sie war, es immer wieder versuchte (ich nehme an aus Gewohnheit, nicht weil sie an den Erfolg glaubte), bis der zweite Spasmus (oder Schlag) sie traf, nachdem sie auch diese Versuche einstellte. Ich besuchte sie in dem Pflegeheim (das sie gräßlich fand); ich übernahm das Reden, sie hörte zu und deutete auf Dinge, die sie haben wollte, oder stand vom Stuhl oder vom Bett auf (bis sie auch nicht mehr aufstehen konnte) und holte sie selber.

Gelegentlich kritzelte sie ihre Wünsche auf einen Zettel. Nie erwähnte ich ihren Gehirnschlag oder die anderen Gebrechen, die sich ankündigten und sie unbarmherzig überwältigten (insbesondere Arthritis und eine zunehmende, in Apathie mündende physische und geistige Trägheit), wenn ich besuchsweise an ihrem Bett saß und von erfreulichen Dingen redete, wobei mir zu meiner Frau, den Kindern und meiner Arbeit bald nichts mehr einfiel, was anzuhören ihr hätte wohltun können. Sie hat nicht erfahren, daß Derek mit einem Hirnschaden geboren ist, wußte allerdings, daß er überhaupt geboren war. Ich sagte immer, es geht ihm gut. (Ich sagte überhaupt immer, daß es allen gut geht.) Das mit Derek haben wir übrigens selber erst nach ein paar Jahren gemerkt, und da war es zu spät: wir hatten ihn bereits bekommen, er hatte sich bereits ereignet. (Ich wünsche mir jetzt, ich wäre ihn los, traue mich aber nicht, das offen auszusprechen. Ich habe den Verdacht, daß die ganze Familie diesen Wunsch hat, ausgenommen vielleicht mein Junge, der sich sagen dürfte, wir könnten uns auch seiner entledigen, falls wir uns Dereks entledigen, und der deshalb besorgt ist, wir planten insgeheim schon so etwas. Mein Junge beobachtet gierig alles, was zwischen uns und Derek vorgeht; es ist, als wolle er unbedingt sehen, auf welche Weise wir uns Dereks zu guter Letzt entledigen, wozu wir uns, wie er spürt, früher oder später entschließen müssen.)

Was ich meiner Mutter erzählte, war ihr ebensowenig von Nutzen wie meine Besuche. Indem ich es nie aussprach, und zwar um ihretwillen ebenso wie um meinetwillen (um meinetwillen mehr als um ihretwillen), hielt ich die Fiktion aufrecht, sie sei nicht ernstlich krank, nicht in einem Pflegeheim, das sie gräßlich fand, auch nicht gebrechlich, und sie werde nicht täglich älter und gebrechlicher. Sie sollte nicht wissen (was sie früher wußte als ich), daß sie langsam starb, partienweise, daß ihre Organe versagten, ihre Sinne einer nach dem anderen welkten. Ich brachte ihr zu essen (und gegen Ende zu, als ihr Bewußtsein fast ganz geschwunden war, als sie kaum eine Minute hindurch wußte, wer ich war, raffte sie mit den abgemagerten Fingern diese Mitbringsel an sich und verschlang sie gierig gleich aus dem Papier wie ein verhungerndes, eingesperrtes, runzliges weißhaariges Tier – meine Mutter). Ich tat, als gehe es ihr glänzend, sagte kein Wort über ihren Zustand, bis sie schließlich starb. Ich war ihr (abgesehen von den Mitbringseln) ebensowenig von Nutzen wie unserer Schreibkraft, die vor meinen sehenden Augen den Verstand verliert, und meiner Frau mit ihrem Trinken, ihrem Flirten und ihren sonstigen, recht ungraziösen Bemühungen, lebhaft und lustig zu wirken. (Wenn ich allein in fremden Betten im Hotel liege und einschlafen möchte, bilde ich mir ein, Horden von Flöhen oder Wanzen fielen mich an, und ich bin dann ganz hilflos, denn ertragen mag ich sie nicht, weglaufen kann ich aber auch nicht.) *Meine Frau soll nicht merken, daß sie zuviel trinkt, wenn wir eingeladen sind, daß sie sich manchmal ganz schlecht benimmt und einen fürchterlichen Eindruck macht, wenn sie glaubt, einen besonders guten Eindruck zu machen!* Falls sie es jemals

merken sollte (falls sie auch nur ahnte, wie plump und hochnäsig sie sein kann), würde diese Erkenntnis sie furchtbar treffen (würde sie vernichten), und sie ist ohnehin mutlos genug.
Tagsüber trinkt sie zuhause nur Wein. Abends trinkt sie vor oder nach dem Essen einen Scotch, falls ich auch einen trinke. Oft trinken wir überhaupt nichts. Whiskey mag sie eigentlich nicht (allerdings findet sie langsam Geschmack an Martinis und freut sich schon auf deren zugleich benebelnde und aufputschende Wirkung, die barmherzigerweise rasch eintritt), und sie kann keine Cocktails mixen. Sind wir eingeladen, nimmt sie, was man ihr als erstes anbietet und versucht, so rasch wie möglich einen Schwips zu bekommen. Für den Rest des Abends hält sie sich an das betreffende Getränk. Sind wir an diesem Tag einigermaßen gut miteinander ausgekommen und ist sie daher von einigem Selbstvertrauen erfüllt, amüsiert sie sich ziemlich lärmend mit mir und jedermann, bis sie betrunken ist (falls sie es ist), unsicher auf den Füßen wird, taumelt und erbrechen muß; Schaden richtet sie damit nicht an – allerdings war sie einmal ein stilles, bescheidenes Mädchen, ein bißchen scheu, auch sehr empfindsam, fast spröde, jedenfalls stets taktvoll und von besten Manieren.
Steht es nicht so gut, war sie an dem betreffenden Tag meinetwegen, meiner Tochter wegen oder über sich selber unglücklich, dann flirtet sie auf Teufel komm raus. Für gewöhnlich verschreckt sie den Mann (oder die Männer), mit denen sie flirten möchte (sie bleiben fast nie lange genug bei ihr, um zurückzuflirten), denn sie versteht sich nicht darauf; ihre Annäherung wirkt bedrohlich, ihr Anerbieten, sich verführen zu lassen, ist eine Herausforderung, und es kann zu einem Auftritt kommen, falls ich nicht schnell genug einschreite. Immer nimmt sie sich einen guten Bekannten vor, der für sie ungefährlich ist (in Wahrheit möchte sie wohl gar nicht flirten), und meistens ist es jemand, der sich still amüsiert und keinem was zuleide tut. (Vielleicht wirkt er selbstgefällig?) Ihr dabei zuzusehen stimmt mich melancholisch; ich mag es nicht, wenn sie anderen Leuten mißfällt.
Sie provoziert ihr Opfer ganz offen, manchmal sogar in Gegenwart von dessen Frau, indem sie eine eindeutige Anspielung oder eine aufreizende Geste macht – ihm über den Rücken streicht, wenn er steht, oder die Innenseite seines Oberschenkels kneift, wenn er sitzt; dann aber fällt sie wie eine Verschmähte verachtungsvoll, rachsüchtig und höhnisch über ihn her, bevor er überhaupt reagieren kann. Ich schreite dann so rasch und geschickt ein, wie ich kann, um den Schaden möglichst klein zu halten, und führe sie mit einer geistreichen Bemerkung lächelnd ab. Niemals tadele ich sie (obschon ich oft genug zornig bin und mich schäme); ich

gehe vielmehr auf sie ein, lobe sie, schmeichele ihr. Ich will, daß sie stolz auf sich ist. (Warum, ahne ich nicht.)
»Du bist bloß eifersüchtig«, beschuldigt sie mich verstockt, wenn ich sie weggeführt habe.
»Ganz recht, das bin ich«, antworte ich und lache gezwungen; manchmal berühre ich sie dabei vertraulich, um sie davon zu überzeugen.
»Das möchte ich mir auch ausbitten!« triumphiert sie.
Meine Frau und ich haben bessere Zeiten miteinander erlebt als die jetzigen; ich glaube nicht mehr, daß die wiederkommen.

Das Essen ist bald fertig, sagt meine Frau. Ich bin in umgänglicher Stimmung (wie oft wünsche ich mir nicht im Familienkreise, ich wäre anderswo), und ich nehme mir großmütig vor, heute abend (wenigstens) einmal alles zu tun, um die Meinen glücklich zu machen.
»Da seid ihr ja«, sage ich zu den hereinkommenden Kindern.
»'n Abend«, sagt meine Tochter.
»'n Abend«, sagt mein Sohn.
»Was ist los mit dir?« frage ich meine Tochter.
»Nichts«, sagt sie.
»Du hast mich doch so komisch angesehen?«
»Nein.«
»Es sah mir aber ganz so aus.«
»Hab' ich etwa nicht 'n Abend gesagt?« sagt sie und dämpft dabei ihre Stimme heimtückisch auf die Lautstärke ahnungsloser Unschuld. »Was soll ich denn noch tun?«
(Ach du Scheiße, denke ich pessimistisch mit sinkendem Mut, was hat sie denn jetzt bloß wieder?)
»Falls was nicht stimmt«, bohre ich geduldig nach (und merke dabei, wie ich wütend werde), »dann möchte ich wissen was.«
Sie knirscht mit den Zähnen. »Nichts. Es ist nichts.«
»Essen ist fertig«, sagt meine Frau.
»Ich mag nicht«, sagt mein Junge.
»Was ist los mit ihr?« frage ich meine Frau laut, während wir ins Eßzimmer gehen.
»Keine Ahnung. Ich weiß von nichts, wie immer. So. Setzt euch. Und heute abend möchte ich keinen Streit bei Tisch. Es muß doch möglich sein, daß wir einmal beim Essen ohne Geschrei und Wutanfälle auskommen. Das ist doch nicht zu viel verlangt, oder?«
»Mir wäre das sehr recht«, sagt meine Tochter so, daß man heraushören muß, anderen wäre es vielleicht nicht recht (mir). (Ansehen tut sie mich dabei nicht.)

»Mir ist es allemal recht«, sage ich.
»Ich mag nichts«, sagt mein Junge.
»Was heißt das?« frage ich.
»Ich will Würstchen.«
»Probier doch erstmal«, drängt ihn meine Frau.
»Was?« fragt meine Tochter.
»Du kannst doch nicht dein Leben lang bloß Würstchen essen.«
»Falls du wirklich Würstchen willst, kriegst du Würstchen«, verspreche ich ihm. »Einverstanden?«
»Einverstanden.«
»Einverstanden?« frage ich meine Frau. »Und keinen Streit?«
»Na schön.«
»Amen«, sage ich erleichtert.
»Was soll denn das heißen?« fragt mich mein Junge.
»Olé!« sage ich im Spaß.
»Und was heißt das?«
»Olé heißt okay. Verstehst du?«
»Seit wann denn das?« mischt meine Tochter sich ein.
»Olé«, erwidert mein Junge.
»Stimmt doch gar nicht«, sagt meine Tochter leise und wie mit letzter Kraft, ohne aufzublicken, ganz darauf erpicht (das weiß ich), das Wortgeplänkel im Gang zu halten. »Olé heißt überhaupt nicht okay.«
»Wenn du in besserer Stimmung wärest, würde ich jetzt drohen, dir den Hals umzudrehen«, necke ich sie.
»Meine Stimmung ist glänzend«, erwidert sie. »Also droh mir ruhig.«
»Du würdest nicht begreifen, daß ich Spaß mache, sondern annehmen, ich wollte dir wirklich weh tun.«
»Ha.«
»Können wir nicht in Ruhe essen?« jammert meine Frau. »Es muß doch möglich sein, wenigstens einmal in Frieden bei Tisch zu sitzen. Oder?«
(Ich knirsche mit den Zähnen.)
»Es wäre leichter, wenn du nicht unentwegt davon reden wolltest«, versetze ich liebenswürdig.
»Entschuldige«, sagt meine Frau. »Entschuldige nur, daß ich geboren bin.«
»Herr im Himmel.«
»Recht so«, sagt meine Frau. »Fluche nur.«
»So habe ich es nicht gemeint«, sage ich schroff (selbstverständlich ist das gelogen, denn genauso habe ich es gemeint). »Wirklich nicht. Wir

haben uns doch alle vorgenommen, heute abend nicht zu streiten.«
»Ich jedenfalls«, sagt meine Tochter.
»Also lassen wir es auch, einverstanden?«
»Solange du nicht brüllst«, sagt meine Tochter.
»Olé!« sagt mein Junge, und wir lachen alle.
(In diesem Punkt sind wir uns wenigstens einig.) Weil wir uns vorgenommen haben, freundlich und gelassen miteinander umzugehen, sind wir allesamt verkrampft. (Ich bedauere jetzt sehr, daß ich zu Hause sitze – obwohl ich gern mit meinem Sohn beisammen bin. Drei langjährige Freundinnen fallen mir ein – Penny, Jill, Rosemary –, in deren Gesellschaft ich jetzt wesentlich lieber wäre, außerdem die neue kleine Werbeassistentin, Jane, mit der ich mich bestimmt zum Essen hätte verabreden können.) Keiner am Tisch traut sich etwas zu sagen.
»Sollten wir nicht danksagen?« schlage ich vor – ein kleiner Scherz könnte die Stimmung heben.
»Dank«, sagt mein Junge auf dieses Stichwort.
Das ist ein traditioneller Scherz, über den eigentlich nur noch mein Junge lacht. Meine Tochter verzieht mißbilligend den Mund so lange, bis sie gewiß sein kann, daß ich es bemerkt habe. Ich tue, als bemerke ich nichts. Ich will mich nicht reizen lassen (ich weiß, daß meine Tochter mich oft kindisch findet, und das reizt mich sehr. Ich verspüre jetzt den bitteren Drang, ihr Vorwürfe zu machen, sie anzuschreien, ihr eine runterzuhauen, unter dem Tisch gegen ihre Schienbeine zu treten. Ich möchte mich häufig meiner Familie mit Schlägen erwehren, sogar der Kinder, und zwar immer dann, wenn ich meine, sie kränken mich oder sie nutzen mich aus. Sehe ich einen meiner Lieben sich falsch benehmen oder einen Fehler machen, den ich ihm später mit Recht vorhalten kann, greife ich nicht immer ein, ich korrigiere den Mißgriff nicht rechtzeitig, sondern halte mich zurück und schaue ganz beglückt zu, als distanzierter Beobachter eines verruchten Auftritts in einem gespenstischen Traum, und schon im voraus genieße ich es, zu tadeln und zu verwarnen, Erklärungen und Entschuldigungen zu verlangen. Dabei graust es mir, denn ebenso gut könnte ich zuschauen, wie sie sich ahnungslos rückwärtsgehend einem offenen Fenster oder einem Abgrund nähern, ohne sie vor dem Sturz, vor Verletzungen und Tod zu warnen. Das ist abartig, und ich wehre mich dagegen. In mir lauert ein Tier, das ich möglichst verberge, das aber raus will, und ich weiß nicht, welcher Art es ist, und wen es zerreißen möchte. Ich weiß allerdings, daß es über und über mit Warzen bedeckt ist. Vielleicht bin ich es; vielleicht bin aber ich es, den das Tier zerreißen will); und indem ich erfolgreich meine Wut unter einem behäbigen Lächeln verberge, sage ich:

»Reich mir doch bitte das Brot, mein Herzblatt.«
Meine Tochter reicht es mir.
Meine Frau sitzt mir gegenüber oben (oder unten) am Tisch, links von mir mein Junge, rechts meine Tochter. Das Hausmädchen trottet schweigend hin und her, es bringt die Schüsseln aus der Küche. Meine Frau teilt gewaltige Portionen aus und gibt die Teller weiter. Wir schweigen. Wir können uns nicht mehr unbefangen vor unseren farbigen Hausmädchen unterhalten. (Ich weiß nicht mal, wie dieses heißt; sie bleiben nie lange bei uns.)
»Der Salat ist sehr gut, Sarah«, sagt meine Frau.
»Ich hab' ihn gemacht, wie Sie gesagt haben.«
Mir ist unbehaglich, wenn die Mädchen uns bei Tisch servieren (den Kindern übrigens auch), und ich erlaube es daher nicht (meiner Frau hingegen wäre es vermutlich lieber, weil es in ihrem Elternhaus üblich war, weil sie im Kino und im Fernsehen sieht, daß es im gehobenen Mittelstand heute noch Sitte ist und weil sie sich vorstellt, daß man es im Buckingham Palace und im Weißen Haus so hält). Ich lasse mir überhaupt nicht gern vorlegen, schon gar nicht bei anderen Leuten (wo ich nie weiß, wieviel ich mir nehmen darf, nur schwer aus seitlich verdrehter Haltung mit dem Servierbesteck zurechtkomme und ständig fürchte, mit Schultern oder Ellenbogen an die herumgereichten Platten zu stoßen. Noch ist das selbstverständlich nicht passiert). Es wird auch nicht besser, wenn es Weiße sind (ich meine das Personal, nicht die Bekannten, bei denen ich zu Gast bin. Schwarze Freunde habe ich nicht, werde wohl auch nie welche haben, immerhin sehe ich mehr und mehr schwarze Mädchen, die mir Appetit machen. Die dürften für mich aber allesamt unerreichbar sein, ausgenommen Kubanerinnen und Portorikanerinnen).
»Ich glaube, es schmeckt gut«, sagt meine Frau, »ich hoffe es jedenfalls.«
»Mir nicht«, sagt mein Junge.
»Still jetzt«, verwarne ich ihn.
»Ja, ja.« Er macht rasch einen Rückzieher, er kann es nicht ertragen, wenn ich ungnädig mit ihm bin.
»Was ist das?« fragt meine Tochter.
»Hühnerleber mit Nudeln, in der Weinsauce, die du so gerne zu Rindfleisch ißt. Es schmeckt dir bestimmt.«
»Mir nicht«, nuschelt mein Junge.
»Vielleicht probierst du erstmal.«
»Leber mag ich nicht.«
»Es ist keine Leber, es ist Huhn.«
»Es ist Hühnerleber.«

»Probier bitte erst.«
»Gut, ich probiere, aber dann will ich meine Würstchen.«
»Kriege ich auch einen Teller?«
Meine Frau und ich sehen mit angehaltenem Atem zu, wie meine Tochter feierlich, ja beinahe kummervoll mit der Gabel im Fleisch stochert und dann ein winziges Häppchen zum Munde führt.
»Es schmeckt gut«, sagt sie ohne Begeisterung und beginnt zu essen.
Meine Frau und ich atmen auf.
(Meine Tochter ist ziemlich groß, sie wiegt zuviel und müßte Diät essen; meine Frau jedoch, die ihr ständig wegen der Diät in den Ohren liegt, kocht Nudeln, häuft ihr den Teller voll, und meine Tochter wird vermutlich noch eine zweite Portion verlangen.)
»Köstlich«, sage ich.
»Kann ich jetzt meine Würstchen kriegen?«
»Sarah, machen Sie zwei Würstchen heiß.«
»Kann ich mal das Brot haben?«
Ich reiche meiner Tochter den Brotkorb.
»Ich habe gute Neuigkeiten«, sage ich nun, und alle schauen mich an. Die Unterhaltung mit Arthur Baron hat mich so belebt (und meiner Eitelkeit geschmeichelt), daß ich in einer plötzlichen Anwandlung von Liebe zu den Meinen, allen dreien (denn schließlich sind sie die Meinen und ich hänge an ihnen) meine Freude zu teilen beschließe. »Ja, ich glaube fast, ich habe wichtige Neuigkeiten, die uns alle angehen.«
Alle drei schauen mich jetzt mit solch intensiver Wißbegier an, daß ich mich genötigt sehe, abzubrechen.
»Was denn?«
»Recht betrachtet«, sage ich jetzt zögernd, »ist es vielleicht doch nicht so wichtig. Ja, wenn ich es bedenke, ist es überhaupt nicht wichtig. Es ist nicht einmal interessant.«
»Warum sagst du dann erst sowas?« fragt meine Tochter.
»Um dich zu tantalisieren«, necke ich sie.
»Was soll denn das für ein Wort sein?« fragt mein Junge.
»Hast du nun was zu sagen oder nicht?« will meine Frau wissen.
»Vielleicht«, necke ich sie aufgeräumt, »vielleicht auch nicht.«
»Es heißt, er will uns quälen«, erklärt meine Tochter spöttisch und angeekelt meinem Jungen.
(Meine Tochter bringt es wieder fertig, daß ich mir wie ein Tropf vorkomme. Und von neuem spüre ich den flüchtigen, aber starken, bösartigen Drang, ihr weh zu tun, sie mit einer beißenden Bemerkung tief zu verletzen, ihr über den Tisch weg eine kräftige Ohrfeige zu geben oder unter dem Tisch gehässig gegen ihr Schienbein oder ihre Knöchel zu tre-

ten. Ich muß sie aber ignorieren und die Fassade des gutgelaunten Vaters aufrecht erhalten.)
»Warum sagst du es uns dann nicht?« erkundigt sich meine Frau. »Wenn es doch angeblich gute Neuigkeiten sind?«
»Ich tue es ja«, sage ich. »Ich habe weiter nichts zu sagen«, kündige ich an, und nun ist nicht mehr zu übersehen, daß ich mit meiner Eröffnung kokettiere, denn ich verstumme neuerlich, streiche Butter auf ein Stück Brot und beiße davon ab, »als daß ich möglicherweise wieder anfangen muß, Golf zu spielen.«
Es entsteht ein gedankenvolles, verblüfftes, beinahe aufsässiges Schweigen, weil sich jeder bemüht, schneller als die anderen herauszubekommen, was ich ihnen da so neckisch vorenthalte und gleich enthüllen werde.
»Golf?« fragt mein neunjähriger Junge, der nicht recht weiß, was Golf für ein Spiel ist, ein gutes oder ein schlechtes.
»Ja.«
»Warum gerade Golf?« fragt meine Frau überrascht. (Sie weiß, daß ich dieses Spiel verabscheue.)
»Golf«, wiederhole ich nur.
»Aber du machst dir doch gar nichts daraus?«
»Ich verabscheue Golf. Aber mir wird vielleicht nichts anderes übrigbleiben.«
»Warum nicht?«
»Bestimmt hat er eine bessere Stellung in Aussicht«, vermutet meine Tochter. (In vieler Hinsicht ist sie die Schlaueste und Verschlagenste von uns allen.)
»Stimmt das?« fragt meine Frau.
»Vielleicht.«
»Was für eine Stellung ist das?« Meine Frau reagiert mißtrauisch, beinahe schon mürrisch. Ich weiß, daß sie seit Jahren insgeheim glaubt, ich wünschte mir eine andere Stellung, die mich öfter zu Reisen nötigt.
»Verkauf.«
»Was sollst du verkaufen?« fragt mein Junge.
»Den Verkauf soll ich verkaufen.«
Mein Junge ist zunächst verwirrt, ja beinahe erschlagen von dieser rätselhaften Antwort. Dann begreift er, daß sie als Scherz gedacht war und lacht laut heraus. Seine Augen funkeln, seine Miene hellt sich freudig auf. (Jeder mag meinen Jungen leiden.)
»Stimmt das?« stößt meine Frau nach und mustert mich. Sie weiß immer noch nicht, soll sie sich freuen oder nicht.
»Ich glaube schon.«
»Mußt du mehr verreisen als jetzt?«

»Nein, wahrscheinlich weniger.«
»Verdienst du mehr Geld?« fragt meine Tochter.
»Wahrscheinlich sehr viel mehr.«
»Sind wir dann reich?«
»Nein.«
»Werden wir überhaupt mal reich?«
»Nein.«
»Ich will aber nicht, daß du mehr verreisen mußt«, klagt mein Junge.
»Das ist ja auch nicht der Fall«, wiederhole ich ihm, eine Spur gereizt. »Ich werde im Gegenteil seltener verreisen.« (Ich bedauere schon, daß ich den Mund nicht gehalten habe. Die Fragen kommen zu rasch; ich spüre, wie meine Selbstzufriedenheit abnimmt und ein ganzes Heer von Irritationen so rasch mobilisiert wird, daß ich unmöglich alle im Auge und in der Hand behalten kann. Schon antworte ich ein wenig stotternd.)
»Und wirst du wieder Selbstgespräche halten?« kann mein Junge sich nicht enthalten, mich zu necken.
»Das waren keine Selbstgespräche«, erkläre ich fest.
»Doch waren es welche«, murmelt meine Tochter.
»So wie letztes Jahr?« fragt mein Junge hartnäckig.
»Es waren keine Selbstgespräche«, wiederhole ich laut, »ich habe mein Referat geprobt.«
»Du hast es aber allein geprobt«, weist er mir nach.
»Darfst du dieses Jahr ein Referat halten?« fragt meine Tochter, »auf der Großen Tagung?«
»Bestimmt«, erwidere ich lächelnd.
»Ein langes?«
»Gewiß. Ich nehme an, man wird mich dieses Jahr auf der Großen Tagung so lange sprechen lassen, wie ich möchte.«
»Wird Andy Kagle dein neuer Chef?« will meine Frau wissen. Diese Frage läßt mich innehalten.
»Nicht ganz, aber so ähnlich«, stammle ich ausweichend. (Es macht plötzlich keinen Spaß mehr, die Familie raten zu lassen, und ich bedauere gründlich, daß ich damit angefangen habe.) Ich lache nervös. »Noch ist nichts entschieden. Das liegt alles noch in weiter Zukunft. Ich hätte lieber den Mund halten sollen.«
»Andy Kagle gefällt mir als dein Chef viel besser. Green mag ich nicht«, fährt meine Frau fort.
»Ich habe nicht gesagt, daß Kagle mein Chef wird.«
»Green traue ich nicht.«

»Hörst du niemals zu?«
»Warum bist du so bissig?«
»Ich will nicht, daß du als Vertreter gehst«, läßt meine Tochter sich ungewöhnlich erregt vernehmen, ja sie weint beinahe. »Ich will nicht, daß du bei anderen Vätern klingelst und ihnen was verkaufen mußt.«
»Ich werde doch kein Vertreter«, wehre ich mich unwirsch. »Was macht ihr überhaupt so viel davon her? Noch ist es nicht so weit, ich weiß auch nicht, ob ich mich überhaupt darauf einlasse.«
»Deshalb brauchst du sie nicht gleich anzuschreien«, sagt meine Frau.
»Ich schreie nicht.«
»Doch, du brüllst«, sagt sie. »Hörst du das nicht selber?«
»Tut mir leid, daß ich gebrüllt habe.«
»Du brauchst auch nicht so bissig zu uns allen zu sein.«
»Tut mir leid, daß ich bissig bin.«
Diesmal hat meine Frau recht. Ohne es zu merken, bin ich aus optimistischer Überheblichkeit in schlechte Laune abgerutscht, ohne es zu merken, habe ich wütend die Stimme erhoben und die Meinen wieder angebrüllt. Jetzt schweigen wir allesamt. Die Kinder sitzen mit gesenktem Blick. In ihrer Angst wagen sie nicht, auf dem Stuhl herumzurutschen. Ich bin schuldig. Es schmerzt hinter der Stirn (reine Verkrampfung; Kopfschmerzen drohen). Ich bin starr vor Scham. Ich fühle mich hilflos und unsicher. Wenn mir doch nur jemand ein Stichwort gäbe, das mir den Weg zu einer bequemen Entschuldigung eröffnete. (Ich bin verloren.) Aber keiner sagt was.
Ich stürze mich auf einen Einfall, ich drehe mich geschwind und ohne vorherige Warnung zu meinem Sohn hin, ziele mit dem ausgestreckten Zeigefinger auf ihn und frage:
»Bist du wirsch oder bist du unwirsch?«
»Wirsch!« lacht er laut und entzückt, sobald er merkt, daß ich wieder scherze und nicht mehr zornig bin.
Ich schwenke blitzschnell zu meiner Tochter herum und ziele mit dem Zeigefinger auf sie.
»Bist du wirsch oder bist du unwirsch?« frage ich schmunzelnd.
»Ach, Daddy«, entgegnet sie, »immer wenn du einen von uns richtig unglücklich gemacht hast, denkst du, alles wird wieder gut, wenn du dich benimmst wie ein Kind.«
Tief getroffen von ihrem Tadel sage ich dumpf: »Ach, Scheiße.«
»Mußt du so vor den Kindern reden?« fragt meine Frau.
»Meine Kinder reden ja auch so vor mir«, erwidere ich. »Sag ›Scheiße‹«, fordere ich meine Tochter auf.
»Scheiße«, sagt sie.

»Sag ›Scheiße‹«, ermuntere ich meinen Sohn.
Der würde am liebsten losheulen.
(Ich möchte ihm tröstend und beschwichtigend durch den weichen, sandfarbenen Schopf fahren. Meinem Jungen bin ich von ganzem Herzen zugetan, was ich für meine Tochter empfinde, weiß ich nicht mehr.)
»Mach dir nichts draus«, sage ich schnell. (Entsetzt und beschämt fürchte ich, er werde instinktiv wie vor einem Schlag zurückzucken, wenn ich die Hand ausstrecke, ihn zu beschwichtigen. Vor diesem Gedanken schrecke ich gequält zurück.) Zu meiner Tochter gewandt sage ich ganz ernst: »Entschuldige bitte, du hast recht, ich benehme mich wirklich kindisch.« Nun bin ich es, der gesenkten Blickes dasitzt. Ich stehe auf und sage zu meiner Rechtfertigung: »Ich brauche was zu trinken. Essen mag ich nichts mehr, aber laßt euch nicht stören. Ich gehe nach nebenan. Entschuldigt bitte.«
Die Mahlzeit wird fortgesetzt, während ich abgehe, die Stimmen sind gedämpft.
Ich weiß, daß ich ihnen solche Sachen antue, ohne es zu wollen. Ich kann das meiner Frau oder den Kindern aber nicht eingestehen. Meine Frau würde mich nicht begreifen. Ich kann nicht zu ihr sagen: »Es tut mir leid«, ohne daß sie denkt, ich will mich entschuldigen. Meine Frau und ich können nicht mehr miteinander über die gleichen Dinge sprechen, doch manchmal vergesse ich es und mache einen Versuch. Wir sind einander nicht mehr nahe genug für ein aufrichtiges Gespräch (für häufigen Geschlechtsverkehr allerdings). Sie würde mir etwas so Nichtssagendes, Frustrierendes und Erbitterndes entgegnen wie: »Das möchte ich mir auch ausgebeten haben«, oder »Mußt du denn unbedingt immer so bissig sein«, oder »Es besteht kein Grund, mich immer so anzubrüllen.« Als ob meine Bissigkeit oder ihre Bissigkeit (sie kann nämlich auch bissig sein) überhaupt zur Sache gehörte. Etwas Derartiges jedenfalls würde sie sagen, mich damit treffen wie mit einer Ohrfeige, und ich könnte nicht weiter; ich würde davon betäubt sein, ich würde mir wieder ausgesetzt und isoliert vorkommen, und um mich zu retten, würde ich in einer schweren, dunklen Woge trüber Melancholie versinken; ich würde mich verlassen fühlen, würde wieder dem Faktum ins Gesicht sehen müssen, daß ich niemanden auf der Welt habe, dem ich mich anvertrauen, an den ich mich um Hilfe wenden kann; ich würde mich nach meiner Mutter sehnen (nach meinem Vater auch?) und nach meinem großen Bruder, und ich würde mir eine neue Stellung erträumen bei einer anderen Firma, in deren Auftrag ich viel öfter weit weg reisen könnte. Irgendwann einmal in absehbarer Zukunft fallen Bomben auf uns und ich schreie dann:
»Der Himmel stürzt ein! Wir werden bombardiert! Wir brennen! Die

Welt geht unter! Das Ende ist gekommen!«
Und meine Frau wird antworten:
»Deshalb brauchst du mich nicht anzubrüllen.«

Was ist bloß mit uns geschehen? Es muß doch was geschehen sein. Vor Jahren war ich ein Junge, sie war ein Mädchen, und wir waren uns beide neu. Jetzt sind wir Mann und Frau, und neu fühlt sich überhaupt nichts mehr an. Alles fühlt sich alt an. Ich glaube, wir haben einander vor Jahren gern gehabt. Ich glaube, wir haben uns gut miteinander amüsiert, mindestens will es mir jetzt so scheinen, auch wenn ich weiß, daß wir dauernd Streit hatten, weil sie dies wollte und ich das. Ich wollte sie immer ausziehen, und sie wollte immer angezogen bleiben. An solche Sachen erinnere ich mich. Ich weiß nicht mehr, wie oft ich ihr den Rock hoch- und die Höschen runterziehen mußte, weil sie nicht im Freien pimpern wollte und auch nicht im Haus, falls nur ein einziges Lebewesen in der weiteren Umgebung zu vermuten war: im gleichen Haus oder in der gleichen Wohnung (sogar im Hotel! Sie wurde zu Stein, wenn jemand sich im Nebenzimmer räusperte), in der Nachbarwohnung oder im Nachbarhaus. Ich weiß aber noch, daß ich ihr allerorten die Bluse aufknöpfte, um an den BH und den Busen heranzukommen. (Hellblaue BH machen mich noch jetzt mehr verrückt als schwarze; sie trug meistens solche.) Immer hatte sie Angst, wir könnten überrascht werden. Mir war das einerlei (es wäre mir sicher nicht einerlei gewesen, wären wir wirklich einmal überrascht worden). Ich zerrte ihr andauernd die Tennisshorts, den Badeanzug, die langen Flanellhosen herunter, denn ich ging bei jeder sich bietenden Gelegenheit auf sie los. Vor Jahren war ich ein ziemlich stürmischer Knabe. Ob es ihr Spaß machte, war mir gleich, solange ich mein Vergnügen hatte. Immer stand ich auf dem Sprunge. Damals waren wir häufig mit ihren Eltern und ihrer jüngeren Schwester beisammen, und kaum gingen die mal aus dem Haus, griff ich auch schon hin und versuchte, sie zu bumsen, bevor die anderen zurückkamen. Waren wir im Sommer an der See oder auf dem Lande, lockte ich sie nach Dunkelwerden hinaus, um es mit ihr auf der Veranda zu treiben oder einfach auf der Erde (nicht so gern im Sand, den wollte ich nachher nicht in den Haaren und in den Sachen haben, während sie es nicht gerne auf der harten Erde machte, weil sie davon blaue Flecken auf dem Hintern bekam). Unentwegt fummelte ich an Knöpfen, zerrte an Reißverschlüssen, stocherte an Strumpfhaltern und Gummibändern herum. Ich war einfach verrückt nach ihr, als sie noch ein Mädchen war und ich ein Junge, völlig außer mir, ein Vulkan der Lust. Ich war nichts als ein gesteifter Piephahn, ich wollte immer nur kommen, kommen, kommen. Ich fiel sie unversehens an, ließ ihr keine Zeit zu überlegen, zu protestieren, eine Ausrede zu ersinnen, und oft erkannte sie die Lage erst, wenn ich sie schon halb ausgezogen hatte und über sie ausschwärmte, lichterloh brennend und stocktaub gegenüber ihren Einwänden und düsteren Vorahnungen. Dann war es längst zu spät. (Manchmal dachte ich beim gemeinsamen Abendbrot an nichts anderes als daran, wo und wie ich bei erster Gelegenheit über sie herfallen und sie überwältigen wollte.) Einerlei wo ich sie schließlich beschlich, packte und mir unterwarf (außerhalb des wohlverriegelten Schlafzimmers; oft genug auch innerhalb des verriegelten Schlafzimmers), sie gab schließlich nach und ächzte ergeben unter mir, mit weit aufgerissenen Augen furchtsam um sich blickend, immer verfolgt von der Idee, es könnte jemand zusehen, zuhören oder sich nähern. (Heute glaube ich, daß ich mich an ihrem Schrecken und meiner Gewalttätigkeit weidete.) Es machte mir nichts aus, daß ihre Blicke ängstlich umherwanderten, daß ihre stärkste Empfindung nicht Leidenschaft war und keineswegs einzig auf mich gerichtet. Hauptsache, ich kriegte sie, wann ich wollte und bekam, was ich wollte; diese scharf schmeckende, gefährliche, triumphierende Raserei, die Gelegenheit zu dominieren, statt zu überreden, war wohl ein besonderer Reiz, und ich wünsche mir oft, ich würde auch heute noch von jener hektischen Mischung aus blindem Eifer, aus Hast und Erregtheit getrieben. (Mag sein, sie hat wirklich sehr viel dazu beigetragen.) Womöglich entbehre ich das. Ich treibe es derzeit mit Mädchen, die so alt sind wie meine Frau damals war, viel behenderen, ausschweifenderen und ansprechbareren Mädchen, doch der Antrieb ist schwächer, die Erregung geringer, und hinterher bin ich weniger befriedigt. (Es fehlt der Widerstand.) Ich bin jetzt beherrschter und reifer, ich kann diese Mädchen kühl und geschickt manipulieren und ausbeuten, nur macht es längst nicht mehr so viel Spaß wie damals mit ihr; sie fehlt mir sehr, und ich liebe uns beide glühend, wie wir einmal waren. Jetzt habe ich große Zimmer mit breiten Betten, soviel Zeit und Muße, wie ich will; die Mädchen haben ihre eigenen vier Wände, in der Stadt steht mir Red Parkers Wohnung zur Verfügung, und auf Reisen ein Hotelzimmer oder eine Suite; trotzdem ist heute alles recht zahm, sachlich, ohne Überraschungen, auch wenn man zum ersten Mal mit jemand zusammen ist. (Und ich frage mich manchmal, sogar mitten im Beischlaf, warum ich mich eigentlich damit abgebe. Kaum bin ich drin, überlege ich auch schon, wie ich rauskönnte, kaum bin ich gekommen, möchte ich auch schon gehen.)

»Gehen wir also ins Schlafzimmer«, sage ich (oder sie sagen es).

»Einverstanden.«

Ich glaube, meine Frau und ich haben es mehr genossen damals, als wir so viel jünger waren. »Eil dich, eil dich!« flehte, drängte, keuchte, forderte, murmelte, betete, ächzte sie, während sie sich in meiner Umklammerung wand und alles tat, damit ich es hinter mich brächte, bevor man uns entdeckte. Ich strampelte mich auf ihr ab, und manchmal, wenn sie es nicht sehen konnte, grinste ich und amüsierte mich königlich.

Das hat uns beiden wirklich Spaß gemacht (mir mehr als ihr), wir denken heute noch gern daran zurück und lachen darüber (wenn wir lachen). Gemeinsam erinnern wir uns, zu welch verrückten Zeiten und an welch ausgefallenen Orten ich sie vorgenommen habe. Meine Frau genießt diese Rückblicke sogar noch mehr als ich und hat für bestimmte Ereignisse ein besseres Gedächtnis.

(»Erinnerst du dich noch, wie Vater damals im Bootshaus –«

»Und deine Schwester ließ sich den ganzen Sommer über bürsten «

»Warst du neidisch?«

»Sie hat bestimmt mehr bekommen als ich.«

»Du hattest keinen Grund zur Klage.«

»Als ich dahinter kam, war ich neidisch.«

»Warst du scharf auf sie?«

»Erst, als ich es wußte.«

»Bist du jetzt noch scharf auf sie?«

»Du bist wohl irre! Auf diese widerliche reaktionäre Schnepfe doch nicht!«

»Du erzählst ihr also nie –«

»Ich rede doch kaum mit ihr.«

»Weißt du noch, das Ruderboot damals, auf dem See?«

»Und wie!«)

Ich erinnere mich an den Versuch, es ihr in einem Ruderboot weit draußen auf dem See zu besorgen. (Ich erinnere mich an die tote Virginia aus meiner alten Haftpflichtversicherungsgesellschaft, und bestimmt könnte ich es heute einer jungen Studentin wie Virginia auch in einem Kanu machen, aber ich glaube, ich hätte keine Lust mehr dazu, nicht in meinem Alter, nicht in einem Kanu.) Damals habe ich so gut wie alles mit ihr angestellt, während sie strampelnd, küssend, widerstrebend, willfährig auf dem Boden dieses Kahns herumrutschte, aber ausziehen wollte sie sich um keinen Preis, sie geriet außer sich vor Angst bei dem Gedanken, man könnte uns vom Ufer her sehen und gebot mir mit ihrem Jammergeschrei Einhalt. Ich ruderte also wie ein Verrückter zu einer im See gelegenen kleinen Insel (und habe dabei bestimmt den Weltrekord im Zweier gebrochen) und bettete sie gleich unter den ersten Bäumen auf die Erde. Sie drehte den Kopf mit den angstvoll glitzernden, weit aufgerissenen Augen unentwegt nach rechts und links und flehte mich verzweifelt an,

doch bitte aufzuhören, mich doch bitte zu beeilen, bevor jemand aus dem Wald käme und uns überraschte. Da waren wir bereits verheiratet.
Es machte wirklich Spaß, obschon wir deswegen oft genug erbittert zankten: sie heulte, und ich wütete, wenn sie nicht willfährig war, sei es im Bett oder außerhalb. (Ich war leicht zu kränken.) Ich wollte sie unablässig bespringen. Heute sind wir beide froh darüber, daß es so war. Damals riß ich ihr immerfort die Blusen auf, schob Pullover oder Träger beiseite, ich ging auf ihre Brüste und ihren Mund los wie ein Verhungernder, ich litt an einem schmerzhaften, freudigen Zwang in Herz und Kopf und Mund und Kehle und in den Handflächen. (Was war ich doch damals für ein wüster Löli!) »Jetzt nicht«, pflegte sie dann zu sagen, oder »Liebst du mich?«, und ich antwortete oder auch nicht, während ich mich über sie wälzte. Damals erregte mich der geringste Anlaß, meist genügte schon ihr bloßer Anblick, oder, wenn ich getrennt von ihr war, der Gedanke an unser baldiges Beisammensein. (Damals wußte ich, was geil sein heißt.) Waren wir allein zuhause und hatten Zeit, konnte ich auch anders, und sie ebenfalls; doch meistens waren wir eben nicht allein. Damals war meine Frau noch strikt gegen Liebe im Freien. Sie wollte weder in Grünanlagen noch am Strand, weder im Gebüsch noch an eine Mauer, Tür oder einen Baum gelehnt pimpern (ich hingegen wohl). Sie wollte es nicht hinten im Wagen machen (auch vorne nicht), und ich mußte sie immer dazu zwingen. (Häufig bot sich keine bessere Gelegenheit; und auch wenn sich eine bot, wollte ich nicht warten.) Meine Frau war damals eine richtige Dame, und dafür hatte ich was übrig (mehr als ich jetzt für ihr Trinken und ihr Flirten übrig habe, und für das heisere Lachen, das sie hören läßt, wenn sie sich auf einer Party amüsiert). Ich hatte aber auch was dafür übrig, ordentlich zu bumsen. In jenem Sommer am See wollte sie es überhaupt nicht machen, denn wir hatten das Haus zusammen mit ihren Eltern und ihrer Schwester gemietet, und einer von denen war immer in der Nähe. Ich weiß noch, daß gegen Ende dieses Sommers ihre Schwester angebufft wurde und die Eltern schier zum Wahnsinn trieb, weil sie keine Abtreibung wollte (nicht, daß ihr an dem Kind lag, sie fürchtete bloß den Eingriff), es kann allerdings auch gleich zu Beginn des neuen Semesters passiert sein. Meine Frau und ich waren damals schon verheiratet, und es war klar (mindestens mir), daß diese jüngere Schwester es den ganzen Sommer frischweg getrieben hatte, während ich mich so quälen mußte, was mir den Verdacht eingab, ich hätte den besten Teil des Sommers damit vergeudet, bei der falschen Schwester zu landen, bei meiner Frau nämlich. Als offenbar wurde, was die Schwester trieb, wollte ich auch die umschubsen, obschon ich sie nicht leiden mochte.

Später, in unserer eigenen Wohnung, wollte meine Frau sich immer erst bürsten lassen, wenn sie sich vergewissert hatte, daß die Kinder fest schliefen, die Schlafzimmertür versperrt und die Wohnungstür doppelt versperrt war. (Gott allein weiß, von wem sie im Beischlaf überrascht zu werden fürchtete – von Einbrechern?) Es folgte eine lange, lange Zeit, da hatten wir zwar eine eigene Wohnung, doch wollte sie es auf keinen Fall bei Tageslicht machen, auch als noch keine Kinder da waren. (Heute allerdings macht sie es jederzeit und überall mit mir, besonders wenn sie was getrunken hat.) Damals mußte es finster sein, sogar bei Nacht; niemand sollte sie sehen, die Lichter mußten gelöscht, die Vorhänge zugezogen, die Türen geschlossen werden, sogar die Schranktüren. Sie mochte nicht, wenn ich ihr beim Ausziehen zusah, mochte nicht, daß ich sie nackt gehen oder liegen sah; oft kam sie schon im Nachthemd ins Bett, zog sich im Badezimmer oder hinter der Schranktür aus, dabei wußte sie, daß ich ihr das Nachthemd gleich wieder abstreifen würde. Ging aber doch einmal alles nach ihrem Sinn, waren mit Sicherheit keine Störungen zu erwarten, keine spähenden Augen zu befürchten, entsprach ringsumher alles ihren Wünschen, dann war sie in jeder Hinsicht großartig, hinterher und zwischendurch stolz auf sich und mich. Wenn ich sie – wie meist – dazu zwang und es schnell gehen mußte, war sie übrigens auch nicht übel (sie begriff bald, es ging desto schneller vorüber, je eifriger sie sich bemühte, mir zu geben, was ich wollte), allerdings war sie mit achtundzwanzig nicht annähernd so gut wie meine kubanische Hure heute Nachmittag. (»Möchtest du ein bißchen spielen?« schnurrte sie, und ich höre sie wieder schnurren. Selbstverständlich möchte ich. Kann sein, daß ich meiner Frau nie Zeit genug gelassen habe, ein bißchen zu spielen oder es wenigstens zu lernen.)
Heutzutage ist meine Frau viel besser. Heutzutage denkt meine Frau über Sexualität völlig anders; ich aber auch. Heutzutage ist sie so gut wie immer liebeswillig und bereit, Risiken einzugehen, bei denen mir die Haare zu Berge stehen. Meist erkenne ich schon beim Nachhausekommen an ihrem dreisten, fragenden, entschlossenen Blick und einem sonderbar selbstzufriedenen, etwas schiefen Lächeln, wo sie mit ihren Gedanken ist. Trägt sie keinen Hüfthalter, weiß ich, daß meine Vermutung stimmt. (Heute trägt sie keinen. Ich erinnere mich noch der Zeit, da sie keinen nötig hatte und es ablehnte, einen zu tragen; heute geht sie kaum je ohne Hüfthalter aus dem Hause, obwohl sie immer noch keinen braucht.) Wenn sie in Stimmung ist, brauche ich sie nur am Arm zu fassen oder sie sachte zum Sofa oder zum Bett zu drängen; ich kann sie jederzeit haben und praktisch überall. Oder sie ist hinter mir her. Sie möchte immer, wenn sie was getrunken hat (falls ihr nicht schlecht wird), und sie trinkt

jetzt fast täglich. Ich brauche bloß durch die Küche zu streichen, wenn sie am Herd steht, oder ihr zufällig auf dem Korridor zu begegnen, schon drängt sie sich gegen mich und ist bereit, auf der Stelle hinzusinken (ich habe es ihr sogar schon auf dem Küchenfußboden besorgen müssen) im Dunkeln wie am hellichten Tag. Heutzutage zieht sie selber den Rock hoch, ja sie fummelt an meiner Hose herum, wenn es ihr nicht schnell genug geht. (Ob mir das an ihr gefällt, weiß ich nicht recht; damals hätte es mir wohl gefallen, allerdings bin ich auch dessen nicht ganz gewiß. Ich weiß nicht, ob ich meine Frau ebenso lüstern und willfährig haben möchte wie eine von Kagles Huren oder meine Freundinnen, bin aber unzufrieden mit ihr, wenn sie es nicht ist.)
»Hast du wirklich eine bessere Stellung in Aussicht?« fragt sie mich später im Schlafzimmer.
»Ich glaube schon.«
»Eine sehr viel bessere?«
»Und wie.«
»Bekommst du mehr Gehalt?«
»Erheblich mehr.«
»Junge, Junge«, freut sie sich.
Und schon schwärmt sie über mir aus, Arme und Beine umklammern mich, ihr Mund öffnet sich, und dabei steht die Schlafzimmertür offen und unsere Kinder sind vermutlich noch wach. Jetzt bin ich es, der sich mühsam unter ihr herauswindet und aus dem Bett steigt, um die Tür zu schließen und die Deckenbeleuchtung auszuknipsen.
»Du bist mir schon ein Frauenzimmer«, sage ich bewundernd zu ihr, nachdem wir lange Zeit fast bewegungslos in tiefer Umarmung gelegen haben.
»Daran bist du schuld«, stimmt sie bereitwillig zu und lacht prahlerisch, während sie sich rittlings auf mir wiegt. »Du hast mich so gemacht.«
Ich kann aber nicht glauben, daß es einzig meine Schuld sein soll.

Meine Tochter ist unglücklich

Unsere Kinder sind beide unglücklich, jedes auf seine (ihre) Weise, und ich vermute, daß auch dies einzig meine Schuld ist (wenn ich auch nicht verstehe, wie oder warum). An Derek denke ich nicht mehr als an »eines meiner Kinder«, ich denke an ihn nicht einmal mehr als »mein«. Ich denke an ihn so wenig wie möglich; das fällt mir leichter und leichter, sogar zuhause, wenn er in der Nähe ist, mit einer roten Kinderklapper lärmt oder unverständliche Laute ausstößt, weil er sprechen möchte. Jetzt mißfällt mir sogar schon sein Name. Die Kinder haben ihn nicht gerne. Genau betrachtet hat keiner ihn gerne, nicht einmal die Pflegerinnen, die wir eigens dafür einstellen und bezahlen, daß sie ihn gerne haben und die auch so tun, als hätten sie ihn gerne. Sie sind fast immer unverheiratet und Ende Dreißig oder älter; sie verlangen viel Geld und stellen sich anfangs meist ganz verliebt in Derek. Während der ersten Wochen beten sie ihn an und hüten ihn eifersüchtig, später vernachlässigen sie ihn, werden unverschämt und sehen uns vorwurfsvoll an. Dann behandeln wir sie gemein, und sie verlassen uns. Entweder sie kündigen oder wir werfen sie raus. Meine Frau und ich wechseln uns darin ab. Mir sind sie jetzt schon vom ersten Augenblick an zuwider und keine mag mich. Ich hasse und fürchte die Person, die wir jetzt haben, sie ist älter als ich, abergläubisch und rechthaberisch; sie erinnert mich an Mrs. Yerger. Ich möchte mich jetzt durch wüste Beschimpfungen dieser Pflegerin für die Erniedrigungen rächen, die Mrs. Yerger mir angetan hat. Alle älteren Frauen, die mir Angst einjagen, erinnern mich an Mrs. Yerger. Alle gebrechlichen, alten Frauen die mir begegnen, erinnern mich an meine Mutter. Alle jungen Mädchen, die meinen Stolz verletzen, erinnern mich an meine Tochter. Niemand erinnert mich an meinen Vater, und das ist mir ganz recht, vermutlich weil ich mich an keinen Vater erinnere, an den jemand mich erinnern könnte. Ausgenommen Arthur Baron. Ich könnte mir denken, daß ich Arthur Baron etwa jene Gefühle entgegenbringe, die ich meinem Vater entgegengebracht hätte, wäre er länger am

Leben geblieben und nett zu mir gewesen. Ich hoffe, unsere jetzige Pflegerin kündigt bald. Ich möchte sie los sein. Kündigt sie nicht bald, müssen meine Frau oder ich sie rauswerfen, was diese Personen offenbar nie so aufregt wie uns und keineswegs so, wie es mich aufregen würde, sollte ich je gekündigt werden. Danach herrschen vorübergehend Trübsinn und Chaos. Ich trete eine Dienstreise an, bis Ersatz gefunden ist. Solche Dinge überlasse ich gern meiner Frau und ihrer Schwester. Ihre Schwester hat dafür eine besondere Begabung. Ich verreise gern, wenn wir umziehen oder eine neue Pflegerin auftreiben müssen. Ich bin besonders gern woanders, wenn hier unangenehme Dinge stattfinden. Haben wir so einer Pflegerin endlich gekündigt, fühlen wir uns befreit, doch muß jedesmal eine Neue her; wir müssen immer wieder jemand finden oder aber wir müssen Derek früh in ein Heim für geistig Behinderte geben und ihn nie wieder ansehen. Wir löschen ihn aus, streichen ihn durch, legen ihn ab; wenn wir auch im ersten Jahr noch drei-, viermal hingehen, im zweiten Jahr ein- oder zweimal und dann wohl überhaupt nicht mehr, werden wir ihn doch nie wieder ansehen. Wir schlagen ihn uns aus dem Sinn, denken seltener und seltener an ihn. Dafür besucht er vielleicht uns, im Traum.
»Wie es ihm wohl geht?« könnte einer von uns beiden hin und wieder fragen, wenn er den Mut hätte, die Antwort zu ertragen.
Und später:
»Was ist eigentlich mit ihm geschehen? Du weißt schon, mit dem Kind, das wir mal hatten. Hieß es nicht Derek? Irgendwas stimmte doch nicht mit ihm. Hören wir noch was von ihm?«
Meine Frau und ich können uns noch nicht überwinden, ihn wegzugeben. Er ist so klein. Hoffnung besteht keine. Er macht viel Mühe. Er hat uns enttäuscht. Er muß ständig umsorgt werden, und das will niemand tun, sein Vater nicht, nicht seine Mutter, seine Schwester, sein Bruder. Keiner von uns mag mehr mit ihm spielen, allerdings tun wir abwechselnd so, als ob).
Meine Tochter geht auf die Sechzehn zu; sie ist übellaunig und fühlt sich vereinsamt. (Sie ist mehr als nur übellaunig, ich weiß es wohl. Sie ist unglücklich, doch üble Laune ist nun mal die Form, welche ihr Unglücklichsein annimmt, und übellaunig sind auch ihre Kritik und ihre Klagen, die wir uns anhören müssen. Wäre sie unglücklich, dabei aber gefällig, so wie mein Sohn, es würde mich weniger ärgern. Vieles wäre leichter für mich. Doch für ihn scheint dadurch nichts leichter zu werden.) Sie ist unzufrieden mit uns und unzufrieden mit sich. Sie ist gescheit und tückisch, kann aber auch einsichtig und charmant sein, wenn sie nicht gerade mürrisch und grob ist. Oft ist sie gemein, oft deprimiert. Sie verabscheut meine

Frau und mich aufs Äußerste und läßt uns häufig merken, daß sie wünscht, einer von uns oder alle beide sollten verschwinden oder auch sterben. (Genauer: sie sagt uns das mit eben diesen Worten ins Gesicht.) Zum Glück sind meine Frau und ich vernünftig genug, uns gegenseitig zu versichern, sie meine es nicht so. (Ich weiß, daß sie es sehr oft doch so meint und sich in ihrer melodramatischen Weise wünscht, ebenfalls tot zu sein, auf daß wir trauernd an ihrem Grabe stünden.) Mindestens bin ich überzeugt, daß sie meinen könnte, was sie sagt, und daß sie diesen gegen uns gerichteten bösen Wunsch unterbewußt vielleicht immer hegt. Mag sein, sie möchte wirklich, daß meine Frau oder ich bald sterben. Das wäre nicht so unnatürlich, und mir fiele nicht schwer, es zu verstehen (denn habe ich nicht, nachdem meine Mutter erkrankte, den gleichen anstößigen Wunsch gespürt, vielleicht sogar schon früher, als sie zu altern begann, als ich sie nicht mehr brauchte, sie aber mich? Ich konnte es kaum erwarten, daß sie starb. Und redete mir ein, sie wäre dann besser dran). Wenn meine Tochter sich gelassen gibt, wenn sie mit blasiertem Blick ihr dünnlippiges, halbes Lächeln berechnender Bosheit aufsetzt und meiner Frau und mir versichert, es würde ihr wirklich kaum was ausmachen, wenn wir einzeln oder gemeinsam krank würden und stürben, dann weiß ich, daß sie es nicht so meint, daß sie um der Wirkung willen redet, daß sie, unreif wie sie ist, gleichsam unter Zwang auf einen schmerzhaften Zusammenstoß mit uns hinsteuert (indem sie sadistische Bemerkungen macht), daß sie empfindliche alte Wunden aufreißt, weil sie instinktiv weiß, daß sie Schmerz bereitet und daß Blut fließen wird. (Meine Tochter tut uns gern weh. Manchmal entschuldigt sie sich, doch läßt sie dabei merken, daß sie nichts bedauert.) Kreischt sie ihre Anschuldigungen jedoch schrill heraus und schluchzt dabei hysterisch, dann ist kein Zweifel an ihrem leidenschaftlichen Haß und ihrem abgrundtiefen Elend mehr möglich. Sie ist, wie schon gesagt, nicht glücklich. (In solchen Momenten rührt sie mich. Sie könnte mir das Herz brechen, wäre ich nicht ihr Vater.)

Sie hat ein sehr hübsches Gesicht, will es aber nicht glauben (ihr Selbstwertgefühl, wie man das wohl nennt, ist gering). Was meine Frau oder ich auch unternehmen, nichts kann dem abhelfen. Ich weiß jetzt, daß ich auf ihre Fragen und Bemerkungen oft nicht hinlänglich eingegangen bin. Sagt sie, sie wäre am liebsten tot, erwidere ich beispielsweise, früher oder später ginge ihr Wunsch bestimmt in Erfüllung. Klagt sie, das Leben sei leer und eintönig und scheine absolut sinnlos, so entgegne ich, diesen Eindruck habe jeder mal, insbesondere in ihrem Alter, und sie könne damit durchaus recht haben. Als sie mir mit bedeutender Miene eröffnete, sie beabsichtige, vor ihrem achtzehnten Geburtstag einen Liebhaber zu nehmen, mit dem sie einige Jahre zusammenleben wolle, obwohl sie selbstverständlich nicht ans Heiraten denke, nickte ich beifällig und erlaubte mir die Bemerkung, ich hoffe nur, sie fände einen – und war baß erstaunt, als sie vor Schreck totenblaß wurde und offenbar in Tränen ausbrechen wollte. Fragt sie, ob ich in jungen Jahren jemals an Selbstmord gedacht habe, bejahe ich. Und als sie mir zum ersten Mal anvertraute, sie sei nicht glücklich, entgegnete ich ihr, ich sei es ebenfalls nicht und niemand habe Anspruch darauf. Jetzt kennt sie meine spöttischen Bemerkungen schon und kann meine Antworten vorwegnehmen, bevor ich den Mund aufmache. Manchmal ärgert mich das, manchmal belustigt es mich auch – warum ich so unterschiedlich reagiere, weiß ich nicht. Mein Fehler besteht wohl darin, daß ich mit ihr immer wie mit einer Erwachsenen spreche, während sie vermutlich will, daß ich zu ihr spreche wie zu einem Kind.

Ich kann es mir einfach nicht verkneifen, ihr Dinge zu sagen, von denen ich weiß, daß ich sie nicht sagen sollte; manchmal rutschen sie heraus, bevor ich's mich versehe, ja bevor ich überhaupt merke, daß ich sie gedacht habe, werden sie schon von Mund und Zunge gebildet und schießen zwischen meinen Lippen hervor. Und ich höre meine schroffen, schneidenden Äußerungen so verblüfft, als täte sie ein Fremder und als richte ihre kränkende Wirkung sich ebenso gegen mich wie gegen meine Tochter, denn sie entspringen offenbar in einem finsteren, furchterregenden Bezirk meiner Seele, zu dem ich keine Verbindung unterhalte. Es ist dies der gleiche gespenstische, abartige, düstere Bezirk, in welchem auch der wiederkehrende Drang haust, kräftig gegen Kagles krankes Bein zu stoßen, meine Tochter unterm Tisch gegen das Schienbein zu treten oder sie zu schlagen (ich gerate nie in Versuchung, meine Frau oder meinen Jungen zu schlagen, und habe das – wie ich glaube – auch nie getan. Auch meine Tochter habe ich nie geschlagen. Auch nicht getreten). Dort wird auch mein prickelndes Verlangen aufgefrischt, Leuten, die ich gerne habe und die sich in schwieriger Lage an mich um Hilfe und Zuspruch wenden, grausame Sachen zu sagen. Katastrophen, die meine Freunde befallen, erfüllen mich für Augenblicke mit mächtiger Freude. Ich kann ihnen ihre Schwächen nicht nachsehen, kann ihnen nicht verzeihen, daß sie in Not geraten sind; ich empfinde vielmehr ein unbestreitbares Glücksgefühl, das zu unterdrücken mir wohltut. Es freut mich, wenn ich sehe, daß es mir besser geht als anderen. In mir gehen ohne mein Zutun Dinge vor, die ich nicht bewundere.

Meine Tochter lacht nicht mehr oft (sie albert gern mit meinem Jungen, ärgert ihn aber häufig aus vorsätzlicher Bosheit), sie zeigt wenig Interesse und freut sich selten. (Gleiches scheint für die Jungen und Mädchen zu gelten, mit denen sie befreundet ist. Alle mögen Musik, aber nicht sehr, jedenfalls nicht so sehr, wie sie anscheinend gerne möchten. Heiter wirkt keiner, die meisten sind mürrisch und geradezu unheimlich mundfaul. Sie verbreiten Mehltau um sich. Ich hoffe, sie wachsen da heraus. Ich weiß nicht, wie ich mit ihnen reden soll.) Sie sitzt stundenlang allein gedankenverloren in ihrem Zimmer (ich sitze stundenlang allein gedankenverloren in meinem Arbeitszimmer); sie denkt am liebsten über sich selber nach; interessiert sich vornehmlich für sich selber; grübelt meistens über sich selber; und reden möchte sie auch immer nur von sich. Sie ist darin wohl nicht viel anders als ich. Ich glaube oder glaubte, daß ich in ihrem Alter glücklicher war, daß die Jungen und Mädchen, mit denen ich heranwuchs und zur Schule ging, viel glücklicher waren als meine Tochter und ihre Freunde. Ich möchte das gerne glauben. Ich kannte jene Jungen und Mädchen aber nicht so gut, wie ich meine Tochter kenne. Und vielleicht waren die gar nicht so glücklich wie ich mir einbilde. Vielleicht war ich es ebenfalls nicht. Ich kannte sie doch nur in der Schule und auf der Straße. Wie sie sich fühlten, wenn sie allein waren oder im Kreis ihrer Familien, wußte ich nicht. Und ich bin nicht mehr so überzeugt davon, daß die Erinnerung an meine eigene Kinderzeit so unfehlbar ist, wie ich bisher angenommen habe. Ich denke gelegentlich, ich könnte als junger Mensch noch unglücklicher gewesen sein als meine Tochter, in meiner ausweglosen Vereinsamung sogar noch mehr gefangen als sie. Von meiner Vergangenheit liegen ganze Abschnitte im Dunkeln, sie geben keine Anhaltspunkte her. Es grollt dort geheimnisvoll, doch erhellende Blitze bleiben aus. Diese Abschnitte sind pechschwarz und bleiben es auch, und alles was ich einmal war, die Veränderungen, die mit mir vorgingen und alles was mir zustieß, wird für immer verloren sein, falls ich es nicht aufspüre. Das tut kein anderer. Wo ist das alles? Wo sind die Splitter jenes zersprengten Knaben und jenes verwirrten Jünglings, der dann ich wurde? Es kommt mir jetzt gelegentlich so vor, als sei ich über lange Zeiträume hinweg überhaupt nirgendwo gewesen. Was ist aus diesen wirklich wichtigen Teilen meiner Vergangenheit geworden, die nicht mehr in meinem Gedächtnis leben, von niemand beachtet wurden oder vergessen sind? Keiner wird sich je ihrer erinnern. Es ist zu spät, mich einzusammeln und neu zusammenzusetzen. Mein Leben ist daher nicht ganz glaubhaft. Es fällt mir nicht leicht, daran zu glauben. Ich kann glauben, daß ich es war, damals mit Virginia im Lagerraum der Haftpflichtversicherungsgesellschaft, daß ich es war, der mit meiner Frau während unserer Flitterwochen im Bett lag, daß ich es bin, der jetzt gelangweilt, melancholisch und gedankenverloren im Büro oder daheim im Arbeitszimmer sitzt; nicht aber kann ich glauben (obschon ich weiß, daß es so war), daß ich es gewesen sein soll, der vor langer Zeit beim Militär schwachsinnige Marschlieder brüllend im ungeordneten Haufen uniformiert durch die Gegend stolperte, der Unfallberichte in einer Versicherung sortierte, Akten ablegte, um Pfennige Karten spielte und würfelte; der befriedigende erotische Träume hatte, für die er dankbar war, masturbierte und dankbar dafür war, daß es ging; der die Sportberichte in der *Daily News* und im *Mirror* las – eingegangen seither, bald wird überhaupt nichts mehr übrig sein –; der an fünf Tagen in der Woche seiner Mutter morgens Adieu sagte, wenn er überhaupt daran dachte, vor dem Weggehen ein Wort mit ihr zu sprechen; der einen Apfel, zwei Schnitten mit Ei, Wurst oder Lachs ins Büro mitnahm; der als Kind nach heftigen, unaussprechbaren Meinungsverschiedenheiten mit Mutter und Schwester Wutanfälle bekam und untröstlich schluchzte aus unverständlichen und unerklärlichen Ursachen; der jahrelang ein für seinen Pflichteifer gelobter, unerschrockener Pfadfinderführer war, auch als solcher noch masturbierte; der an jedem Arbeitstag eingezwängt zwischen erschöpfte, feindselige, schmuddelige Erwachsene, die seufzten, schnarchten, schwitzten und böse Blicke warfen, den Hin- und Rückweg zur Haftpflichtversicherungsgesellschaft in der stinkenden U-Bahn zurücklegte. Das war wer anderes, nicht ich – darauf bestehe ich; dies ist nur in meinem Gedächtnis aufgehoben gleich einem Kindermärchen; es liegt weit außerhalb des konkreten Erfahrungsbereichs jenes Menschen, der ich jetzt bin und damals war; es ist nie geschehen – das behaupte ich steif und fest –, mir jedenfalls nicht; ich weiß, daß ich an all dies nicht soviel Zeit gewendet habe; es muß also ein Zweiter neben mir (oder in mir) herangewachsen sein und mich gelegentlich vertreten haben, um Erfahrungen zu sammeln, mit denen ich nichts zu tun haben wollte. Überdies ist da noch ein Dritter, dessen Existenz ich nur ahne und von dem ich fast nichts weiß, außer daß er da ist. Schließlich ist mir das Vorhandensein eines Vierten bewußt, dessen Vorhandensein mir überhaupt nicht bewußt ist, und dieser beobachtet alles aufmerksam, auch mich, aus einem unzugänglichen Versteck in meinem Bewußtsein, in dem er unsichtbar und anonym verharrt und über alles streng und abfällig urteilt, auch über mich. Er schläft so gut wie nie. Eine einleuchtende Abfolge kann ich nur herstellen, soweit meine Arbeitsplätze, meine Liebesaffären und meine Ehebrüche betroffen sind, doch das ist nicht wichtig, das ist alles gleich unbedeutend, vermittelt mir allerdings das Gefühl von einer zusammenhängenden Vergangenheit.

Wen kümmert es schon, ob ich Andy Kagles Posten bekomme oder nicht? Ob ich noch vor Weihnachten die kleine Jane aus der Werbeabteilung aufs Kreuz lege? Daß ich es nie fertig brachte, jene ältere Virginia auf dem Tisch im Lagerraum oder in einem Hotelbett langzulegen, obschon ich viele Male ihre guten Brüste und die glatte Innenhaut ihrer Schenkel streicheln durfte?

Mich kümmert es. Ich will das Geld. Ich will das Prestige. Ich will den Beifall, die Glückwünsche. Und Andy Kagle wird es kümmern. Und Green wird es kümmern, und Johnny Brown wird es so sehr kümmern, daß er mir wahrscheinlich die Visage einschlägt, sobald er davon erfährt; dem muß ich unbedingt noch elegant die Zähne ziehen, oder aber ich muß ihn abschieben, obwohl er ein guter Mann ist. Aber ist das alles wirklich wichtig? Ändert sich dadurch etwas? Nein. Will ich es trotzdem? Ja. (Soll ich es wollen? Keine Spur. Ich will es aber, verdammt noch mal, ich will es, ich will.)

Es unterliegt auch keinem Zweifel, daß meine Tochter jene Jungen und Mädchen, die wirklich Vater oder Mutter durch Krankheit oder Unfall verloren haben oder deren Eltern geschieden sind oder getrennt leben, um ihre größere Freiheit beneidet. (Diese Kinder machen indessen nicht den Eindruck, als erfreuten sie sich ihrer größeren Freiheit; sie haben sie nur.)

»Wer soll sich eigentlich um dich kümmern, wenn wir uns wirklich scheiden lassen, an einen Baum fahren oder abstürzen?«

Im Laufe einer jener ›offenen‹ (und meist beleidigenden) Aussprachen, die sie hartnäckig dann herbeiführt, wenn sie sieht, daß ich mich in meinem Arbeitszimmer niedergelassen habe, um dort entweder zu arbeiten oder zu lesen, erkläre ich ihr eines abends: »Du könntest nicht allein leben, das weißt du doch. Wer soll dir zu essen geben, hinter dir aufräumen, Kleider mit dir kaufen, dafür sorgen, daß du dir die Zähne putzt und nicht zunimmst? Bei irgendwem müßtest du schon wohnen. Also kannst du auch ebensogut hier bleiben. Überleg mal: du kriegst von uns oft genug verflucht teure Geschenke.«

»Wenn du doch«, sagt meine Frau, »nicht immer fluchen wolltest vor den Kindern. Und nicht immer schreien würdest. Siehst du nicht, daß du ihr bloß Angst machst?«

»Kann sie sich da nicht raushalten?« fragt meine Tochter mürrisch und meint damit meine Frau.

»Und ich wünsche dringend –«, sage ich zu meiner Frau.

»Immer mischt sie sich ein,« unterbricht meine Tochter mit bedrohlich anschwellendem Knurren.

Was ich mir wünsche, weiß ich nicht genau (abgesehen davon, daß ich mich von ganzem Herzen weg wünsche), ich klappe also den Mund zu und beende den Satz nicht. (Tatsächlich neige ich dazu, laut zu werden, wenn mich jemand ärgert, enttäuscht oder angreift. Und falls ich mich

hinreißen lasse, mit großer Empfindung einen längeren Satz zu sprechen, gerate ich furchtbar ins Stottern.)
Wenn ich nur wüßte, was ich mir wünschen soll.
Ich wünsche mir, daß meine Tochter endlich aufhört, zu klagen und sich zu bejammern, und daß sie künftig den Dingen die beste Seite abgewinnt. Sie hält nicht viel von uns. Sie ist nervös, gehässig, verbittert und nachtragend. Sie ist süße sechzehn, sie raucht, sie verabscheut uns beide von Herzen – mindestens zeitweise. (Wenn nicht dauernd.) Ich weiß nicht, was wir getan oder unterlassen haben; ich weiß nicht, was sie uns vorwirft, aber irgendwas wirft sie uns vor. (Daß ich sie nicht zufriedenstellen kann, daß wir sie nicht glücklich machen können, verbittert mich sehr. Deshalb schlage ich auf raffinierte, bösartige Weise gegen sie zurück. Ich genieße es, zurückzuschlagen. Rache ist süß, auch die Rache an meiner Tochter. Und sie ist noch keine Sechzehn. Manchmal ertappe ich mich bei dem Wunsch, sie möchte von zu Hause weglaufen, dann wäre mein Leben leichter.) Daß unsere Tochter uns verabscheut weiß ich darum, weil sie es uns immer wieder sagt. Sie verabscheut uns einzeln oder gemeinsam; sie ist sehr vielseitig, meine liebe kleine Tochter, und mindestens in dieser Hinsicht unerhört begabt; ohne sich übermäßig anzustrengen, verabscheut sie uns alle drei gleichzeitig (meinen Sohn eingeschlossen), oder sie richtet ihren Abscheu grundlos gegen ihn allein, ohne uns zu beachten, oder aber sie verabscheut Derek, seine Pflegerin, das Haus, den ganzen Vorort. Selbstverständlich kann sie auch sich selber verabscheuen. Wendig wie sie ist, bringt sie es sogar fertig, uns für eine Weile nicht zu verabscheuen, einzig um uns aus dem Konzept zu bringen und uns in einen Zustand sorglosen Wohlbehagens zu versetzen, der uns ihrem nächsten Angriff ungeschützt ausliefert. Sie ist verstockt und noch stolz darauf. Meine Tochter kann (oder will) weder Chemie noch Grammatik noch Geometrie lernen, sie hat aber schon früh gelernt zu rauchen (sogar zu inhalieren, wie sie prahlt. Auch Marihuana, wie sie ungefragt zum Besten gibt) und so mühelos Motherfucker zu sagen, daß man meinen könnte, sie habe dieses Wort ihr Lebtag unbefangen in unserer Wohnung trällern dürfen; ferner hat sie gelernt, uns zu hassen und grausame Dinge zu sagen, die mich verletzen und meine Frau in Tränen ausbrechen lassen. Meine Frau und ich hatten erst nach zehn bis fünfzehn Ehejahren und schwerem, unermüdlichem Training gelernt, einander so recht von Herzen zu verabscheuen (wenn wir einander verabscheuen. Das ist nicht dauernd der Fall), meine vorwitzige Tochter kann es jetzt schon. Mag sein, daß das eine besondere Gabe ist, ein echtes Talent. (Das wäre dann ihr einziges. Ich bin oft schrecklich wütend auf sie, bereite ihr aber nicht die Freude, das merken zu lassen. Ich behandele sie dann sehr

sarkastisch.) Sie verabscheut meine Frau viel mehr und auch viel häufiger als mich, – ein schlechter Scherz, und ungerecht dazu, denn meine Frau liebt sie grenzenlos und würde ohne weiteres ihr Leben für sie opfern. (Ich nicht.) Ich bekomme aber auch mein Teil. (Ihr Haß reicht für alle.)

Der Haß meiner Tochter kränkt mich nicht mehr so tief (ich lasse das nicht zu); ich erwarte bereits nichts anderes mehr. Ich bin nun abgehärtet dagegen und bereit, mich ihrer Behauptung zu beugen, ihr Abscheu sei ausreichend begründet, auch wenn ich keinen Grund dafür weiß (ausgenommen den, daß ich unempfindlich geworden bin für ihren Abscheu, und das ist vielleicht Grund genug).

Für gewöhnlich kommt sie unaufgefordert in mein Arbeitszimmer, wenn ich arbeite oder lese (oder so tue), um mir anzukündigen (mit dünner, vor Anstrengung zitternder Stimme, der sie tapfer einen festen, selbstsicheren Ton zu geben bemüht ist), sie sei zu der Einsicht gelangt (immer *gelangt*, nie *gekommen*), daß sie weder für mich noch für meine Frau etwas empfinde, von ihrer Mutter und auch von mir gering denke, uns unmöglich noch achten könne, kurz, uns unausstehlich finde; es klinge zwar gräßlich, wenn sie das sage, und sie müsse sich vielleicht wirklich dafür schämen – tut es aber nicht –, daß sie empfinde, wie sie empfinde, doch es würde ihr nun einmal nichts ausmachen, falls Mommy (meine Frau) bei einem Autounfall umkomme wie die Mutter von Alice Harmon – Alice Harmon betrauert ihre Mutter nicht das kleinste bißchen – oder falls ich an einem Gehirntumor stürbe wie Betsy Andersons Vater; sie läßt mich wissen, daß sie sich darüber nicht gerade totlachen würde, es nicht geradezu herbei wünscht, ja sie deutet gar an, sie würde es bedauern, wie sie bedauern würde, wenn es einem ihrer Bekannten zustieße, aber sie glaube einfach nicht, daß es *die* Tragödie ihres Lebens sei, wenn ich einen Schlaganfall oder einen Hirntumor bekäme, vorausgesetzt, es ginge rasch mit mir zu Ende und ich benötige keine lange Pflege, wie gewisse Leute, die trotz Hirntumoren und Schlaganfällen noch jahrelang als Gemüse dahinvegetieren; dies alles bringe sie nicht vor, um mit mir zu streiten oder mich traurig zu stimmen; sie empfinde nun einmal so und wisse, daß ich wissen möchte, was sie empfindet – nicht wahr? –, denn schließlich sei ich ihr Vater und sie meine Tochter. Habe ich sie so weit kommen lassen (manchmal unterbreche ich sie ziemlich grob gleich am Anfang und werfe sie raus), kann es sein, daß sie mir (wieder einmal) mit der gleichen affektiert lässigen Miene unmotivierter Nachdenklichkeit eröffnet (sehr darauf bedacht, nicht unsicher zu piepsen und nicht nervös zu zupfen), falls meine Frau und ich uns scheiden ließen, was wir, wie sie wisse, bereits erwogen hätten, und dies mit

Recht, denn so glücklich seien wir nun auch nicht miteinander, und viel hätten wir nicht gemeinsam, wolle sie bei keinem von uns bleiben, sondern wünsche auf ein Internat zu gehen wie Christine Murray, die echt glücklich sei, weil sie nun mit keinem Elternteil mehr zusammenleben müsse, und zwar möglichst auf ein Internat in der Schweiz, dort würde sie sich ganz bestimmt zufrieden fühlen, das wisse sie. Sie sei zu der Einsicht gelangt, daß sie in jedem Falle getrennt von uns besser dran wäre, auch wenn wir uns nicht scheiden ließen, und daß auch wir ohne sie bestimmt viel glücklicher sein könnten, denn sie sähe deutlich, daß wir sie ja im Grunde gar nicht bei uns haben wollten. Das sei doch so, oder?
Manchmal höre ich sie (in hämischer Absicht) mit steinernem Gesicht bis zum Ende an, ich lasse sie in dieser Art fortfahren so lange ihre Puste reicht, ich sage kein einziges Wort, schaue sie vielmehr unverwandt mit völlig ausdruckslosem Gesicht an und zwinge sie dadurch, fort und fort zu reden, wobei sie zunehmend in Verwirrung und außer sich gerät (zwar schaue ich sie an, doch muß sie bezweifeln, daß ich ihr zuhöre, daß ich überhaupt etwas höre), bis die selbstzufriedene, böswillige Haltung, in der sie begonnen hat, unter schlimmen Ahnungen zerbröckelt und sie schließlich stumm und töricht vor mir steht, zitternd und erschöpft, des schönen Selbstvertrauens und aller Entschlossenheit beraubt. (Ich kann sie noch jedesmal überlisten.) Wenn ich dann (sobald ihr nichts mehr einfällt und ich weiß, daß ich sie überlistet habe) fortfahre, sie mit gewichtiger, abweisender Miene bedrückend anzustarren, kann es sein, daß sie (vergeblich) zu einem letzten, verzweifelten Schlag ausholt und stammelt:
»Ich will ja nur ganz aufrichtig mit dir sein.«
Jetzt erst, den Sieg greifbar vor Augen, lasse ich mich zu einer Äußerung herbei; ich eröffne geschickt den eigenen Angriff und setze dazu eine selbstzufriedene Miene auf, mit der ich die zuvor von ihr gezeigte Selbstzufriedenheit höhnisch nachäffe.
»Nein«, sage ich rätselhaft.
(Das verwirrt sie.)
»Was – nein?« muß sie fragen.
»Nein, das willst du nicht.«
»Was denn nicht?« muß sie jetzt nachfragen, schon eingeschüchtert und mißtrauisch. »Was meinst du eigentlich?«
»Du willst nicht aufrichtig mit mir sein. Nichts liegt dir ferner. Versuche also nicht, dein schlechtes Betragen auf diese Weise zu rechtfertigen.«
»Was soll das heißen?«
»Stimmt es etwa nicht?«

»Ich weiß nicht. Ich weiß nicht, was du meinst.«
»So? Du weißt nicht, was ich meine?« erkundige ich mich kühl und schon belebt bei der Aussicht, Rache üben zu können. Sie schüttelt den Kopf. »Ich meine, daß du keineswegs aufrichtig mit mir sein willst, sondern vielmehr darauf aus bist, mich durch aberwitzige Äußerungen zu kränken und zu reizen.«
»Und warum sollte ich das wollen?«
»Damit ich dich anbrülle und bestrafe.«
»Und warum sollte ich das wollen?«
»Weil du nun mal so beschaffen bist.«
»Warum sollte ich mir wünschen, daß du mich bestrafst?«
»Weil du so veranlagt bist. Begreifst du das nicht? Einzig darauf hast du es abgesehen, verstehst du? Glaubst du etwa, ich verstünde das nicht?«
»Was meinst du damit?«
»Genau das.«
»Deine Gefühle«, erklärt sie herablassend, »sind mir absolut gleichgültig.«
»Warum machst du dir dann soviel Mühe mit mir?« entgegne ich ebenso von oben herab.
»Wie meinst du das?«
»Ich will damit sagen: Wenn meine Gefühle dir wirklich so absolut gleichgültig sind, dann begreife ich nicht, warum du dir die Mühe machst, überhaupt mit mir zu reden.«
»Was soll ich sonst tun?«
»Es sei denn, du willst was von mir.«
»Und da wunderst du dich, wenn ich meine Nägel kaue, schlecht schlafe und zuviel esse.«
»Für deinen Appetit kannst du nicht mich verantwortlich machen.«
»Und für das übrige?«
»Auch ich esse zuviel.«
»Du hältst nichts von mir«, beschuldigt sie mich nun. »Oder?«
»Im Augenblick nicht. Was hältst du denn selber von dir?«
»Ich wollte nur aufrichtig mit dir reden.«
»Blödsinn.«
»Das möchtest du doch immer.«
»Nein.«
»Nein?«
»Selbstverständlich nicht. Warum sollte ich?«
Mit einer so unerwarteten Antwort kann ich sie immer überlisten; sie ist einige Augenblicke sprachlos, dann gerät sie ins Stottern und bereut mehr

denn je, daß sie so übereilt hereingekommen ist und mich herausgefordert hat. Setzt sie das Wortgefecht fort, verfällt sie in ein schüchternes, kaum vernehmliches Genuschel (ich tue, als verstünde ich überhaupt nichts und lasse mir jeden einzelnen Ausspruch wiederholen); oder aber sie explodiert plötzlich in einem fauchenden, unverständlichen, dramatischen Ausbruch und stürzt völlig besiegt hinaus, Möbel umstoßend und Türen knallend. (Ich überliste sie mühelos jedes Mal.) Sie scheint aber nichts daraus zu lernen (oder sie hat schon gelernt, sieht sich aber auf selbstzerstörerische Weise genötigt, diese ewig gleichen heillosen Niederlagen zu wiederholen), mithin absolvieren wir unzählige Wiederholungen solch lästiger, zeitraubender, herabsetzender (sie macht sich darüber lustig, daß ich dick werde. Und daß meine Haare ausfallen. Ich schlage zurück mit schnelleren, beißenderen und kenntnisreicheren Erwiderungen) »aufrichtiger« und »ehrlicher« Streitgespräche (die ich alle zu meinen Gunsten entscheide, wenn ich auch manchmal verwundet auf der Walstatt bleibe) über Geld, Rauchen, Sex, Marihuana, Spätnachhausekommen, obszöne Redensarten, Schularbeiten, Drogen, Neger, Freiheit (ihre), Gebrüll, Terror, Beleidigung meiner Frau.
»Was machst du«, so möchte sie mich reizen, »wenn ich einen schwarzen Freund mitbringe?«
Es ist dies ein besonders genialer Schachzug ihrerseits, der blitzartig und geschickt pariert werden muß und dem meine Frau verwirrt und wehrlos zum Opfer fällt. Dieser Zug läßt keinen Ausweg offen, und ich fühle mich versucht, meiner Tochter Beifall zu klatschen. Verbiete ich es, so erscheine ich als Rassist, lasse ich es zu, beweise ich, daß mir meine Tochter gleichgültig ist. Meine Frau unterliegt, weil sie meine Tochter ernst nimmt. Ich überlebe, weil ich einen Bogen um die Falle mache.
»Dann würde ich immer noch von dir verlangen, daß du dein Zimmer aufräumst«, entgegne ich flink, »und dir verbieten, meine Briefe zu lesen und deinen Freundinnen meine Bankauszüge zu zeigen.«
Selbstverständlich bin ich ein Rassist. Und meine Tochter ebenfalls. Wer ist keiner, bitte schön?
»Das ist doch keine Antwort auf meine Frage«, schmollt sie, denn sie durchschaut mich. »Das weißt du auch genau.«
»Bring einen mit, dann wirst du es ja sehen«, fordere ich sie grinsend heraus, denn ich weiß, noch ist sie nicht so weit, dies an uns zu erproben.
Sodann soll ich ihr einen eigenen Wagen versprechen. Dafür erklärt sie sich bereit, das Rauchen aufzugeben. Früher habe ich ihr verboten zu rauchen, wegen der Krebsgefahr, dann wurde mir das ewige Gezänk zuviel; sollte sie doch rauchen, Krebs hin oder her. (Eine Weile habe ich

mich als verantwortungsbewußter Vater nach besten Kräften bemüht. Es hat nichts genützt.) Jetzt raucht sie also täglich (sagt sie) ein Päckchen Zigaretten oder auch mehr (sagt sie), ich glaube ihr aber nicht, denn warum soll sie nicht auch hierüber die Unwahrheit sagen? (Sie lügt das Blaue vom Himmel herunter. Sie belügt unter anderem auch ihre Lehrer.) Im Hause allerdings darf sie nicht rauchen, meine Frau und ich können also leicht behaupten, sie rauche überhaupt nicht. Vielleicht tut sie es ja auch nicht. (Und wen kümmert's schon? Mich nicht. Ich habe es satt, so zu tun als ob. Erzählte sie uns nicht, daß sie raucht, hätte ich das nicht nötig.)

»Ich rauche wirklich«, beteuert sie. »Sogar auf Lunge. Ich glaube, ich bin schon richtig süchtig und kann nicht mehr aufhören.«

»Es ist schließlich deine Gesundheit«, sage ich seelenruhig.

»Mehr als eine Packung am Tag, manchmal zwei. Du willst doch bestimmt nicht, daß ich dir in einer so wichtigen Sache was vorschwindele, oder?«

»Doch.«

»Wie?«

»Doch, ich ziehe das vor.«

»Wirklich?«

»Selbstverständlich.«

»Daß ich schwindele?«

»Ja.«

»Meinst du das im Ernst?« Ungewißheit trübt ihren Blick, und ihre Lippen beben. Wieder einmal habe ich sie überlistet.

»Es wäre mir wahrhaftig lieber, du rauchtest heimlich«, erkläre ich lässig und setze zum Fangstoß an, »und du benutztest auch nur heimlich die dreckigen, wirklich höchst ordinären Redensarten, mit denen du so stolz um dich wirfst.«

»Du benutzt sie doch auch.«

»Ich bin erwachsen. Und ein Mann.«

»Mommy benutzt sie auch.«

»Aber nicht die gleichen wie du.«

»Mommy ist prüde.«

»Und du bist ein Kind.«

»Ich bin sechzehn.«

»Fünfzehneinhalb.«

»Aber näher an sechzehn als an fünfzehn.«

»Na und?«

»Kannst du nicht mal ausführlicher antworten?«

»Was zum Beispiel?«

»Du gibst immer nur kurze Antworten, wenn wir streiten. Du hältst das für einen guten Trick.«
»Er ist auch gut.«
»Du bist so sarkastisch.«
»Schwindele mich ruhig an«, sage ich sarkastisch. »Das ist jetzt nicht sarkastisch gemeint. Du erleichterst damit uns allen das Leben. Ich rate dir das als Freund, ich rate dir, wie ein liebender Vater seiner Tochter rät. Verdrück dich auf die Veranda oder in die Garage, wenn du rauchen oder deine blöden Räucherstäbchen abbrennen oder sonstwas Schwachsinniges tun willst, wovon wir nichts wissen sollen. Und mach deine Tür zu, damit wir nicht anhören müssen, wie du dich am Telefon bei deinen Freunden über uns beklagst. Es liegt uns auch nichts daran zu sehen, daß du statt deiner Lektüre für die Schule saublöde Sexschnulzen liest. Wenn du uns diese Sachen verheimlichst, lassen wir dir notgedrungen viel mehr durchgehen. Laß dich nicht erwischen von mir, denn wenn ich dich erwische, muß ich was unternehmen. Ich muß mißbilligen, muß in Zorn geraten, muß bestrafen, was alles mich ebenso unglücklich macht wie dich.«
»Warum dich?« will sie wissen.
»Weil du meine Tochter bist und weil ich dich nicht unglücklich sehen will.«
»Wirklich?«
»Ja.«
»Ha.«
»Ich habe auch keine Lust, so viel Zeit daran zu verwenden, mit dir zu streiten und dich anzubrüllen, wenn ich besseres vorhabe.«
»Was zum Beispiel?«
»Alles mögliche.«
»Was genau?«
»Arbeiten. Zeitunglesen.«
»Warum sagst du sowas, warum bist du bloß so?«
(Ich weiß es nicht.) »Wie – so?«
»Du weißt schon.«
»Ich weiß gar nichts.« (Ich weiß es genau.)
»Warum kannst du nie was Nettes zu mir sagen, ohne es gleich wieder kaputt zu machen?«
»Was Nettes?«
»Immer mußt du das letzte Wort haben.«
»Nein.«
»Da siehst du es.«
»Ich sage kein Wort mehr.«

»Und jetzt möchtest du das Ganze in einen großen Witz verwandeln«, tadelt sie mich. »Immer versuchst du, alles in einen großen Witz zu verwandeln.«
(Ich bereue. Ich schäme mich ein wenig. Ich will es mir aber nicht anmerken lassen.)
»Nun laß mich arbeiten«, sage ich ruhig.
»Ich will aber mit dir reden.«
»Du hast mich in der Arbeit unterbrochen.«
»Beim Lesen einer Illustrierten.«
»Das gehört zu meiner Arbeit. Außerdem muß ich das Programm für die nächste Große Tagung und zwei Referate vorbereiten.«
»Wo ist es diesmal, die Tagung, meine ich?«
»Wieder in Portoriko.«
»Darf ich dir bei den Referaten helfen?«
»Jetzt noch nicht. Später.«
»Ist diese Arbeit wichtiger als ich?«
»Ich möchte sie heute Abend erledigen.«
»Ich will aber mit dir reden.«
»Jetzt nicht.«
»Warum nicht?«
»Darum nicht.«
»Nie willst du mit mir reden.«
»Also bitte geh' jetzt.«
(Ich weiß jetzt, daß ich mit Kindern nicht viel anfangen kann, auch mit den eigenen nicht, und ich lasse mich darum ungern in längere Gespräche mit ihnen ein. Zwei Minuten sind für Kinder völlig ausreichend. Für ihre Äußerungen Interesse aufzubringen fällt mir ebenso schwer, wie mir Dinge auszudenken, für die sie sich interessieren könnten. Ich lasse das also bleiben.) Wenn meine Tochter (aus mir unbekannter Ursache) besonders hochgestimmt ist, sich stark und selbstsicher fühlt, stürmt sie verwegen ohne Vorwand oder Entschuldigung in mein Arbeitszimmer, läßt sich, als stünden wir gewohnheitsmäßig auf bestem Fuße miteinander, großspurig wie zu einer ausgedehnten Beratung auf meiner Couch nieder und beklagt sich bei mir über meine Frau, offenbar von der irrigen Annahme ausgehend, ich nähme sie, weil meine Frau und ich so häufig zanken, gerne als Verbündete auf. (Ich erlaube ihr nicht, abfällig über meine Frau zu sprechen, das müßte sie eigentlich längst wissen.) Als meine Tochter noch sehr klein war, klang es ganz allerliebst und altklug, wenn sie meine Frau tadelte, und damals habe ich sie dazu ermutigt (auch zum Entzücken meiner Frau, denn meine Tochter war so gescheit und pläsierlich); vielleicht ist das einer der Gründe, warum sie jetzt immer wieder

in diese Gewohnheit zurückfällt. Jetzt finde ich das aber nicht mehr lustig, und ich verteidige meine Frau (auch wenn die Klagen und wenig schmeichelhaften Anmerkungen meiner Tochter zutreffend und gerechtfertigt sind). Oder ich verweise es ihr gleich anfangs und schicke sie raus. Meine Tochter hat einen durchaus richtigen Eindruck von mir: Es gibt Zeiten, da will ich einfach nicht mir ihr reden. (Meist ist sie streitsüchtig und deprimiert mich. Mit meinem Jungen ist viel leichter auskommen – das sagen alle. Er ist offenherziger, großmütiger und überhaupt liebenswerter; anders als meine Tochter und ich bejubelt er niemals fremdes Unglück, vielmehr stimmt es ihn ernst und besorgt, und er achtet besonders aufmerksam darauf, ob in dem unregierbaren Wirbel der Ereignisse rings um ihn her nicht Gefahren lauern, die seine Existenz bedrohen.) Es kommt jetzt vor, daß sie mir bis zum Hals steht, daß ich sie nicht mehr ertragen mag, daß ich von meiner Tochter kein einziges Mal mehr hören möchte, ich tauge als Vater nichts und meine Frau nichts als Mutter, unser Haus sei kein richtiges Elternhaus, die Familie keine Familie, Derek (unser idiotisches Kind selbstverständlich) und wir übrigen verdürben ihr das Leben, auch wenn das vielleicht alles wahr ist.
Was ist schon dabei, wenn es wirklich wahr wäre? (Meine Mutter war nicht viel besser und mein Vater viel schlimmer, ha ha. Nach seinem Tod war von ihm kaum noch was zu merken, ha, ha.)
Es mag wirklich meine Schuld sein, daß sie in der Schule nicht mitkommt, kein Selbstvertrauen hat, an ihren Nägeln kaut und schlecht schläft, meine Schuld sogar, daß sie zu viel ißt, zu viel wiegt und sich ganz jämmerlich langweilt. Na und? (Auch ich habe meine Rechtfertigung parat.) Wer will das schon wissen? Angenommen, ich stimme ihr zu (und ich stimme ihr häufig zu, allein schon um sie aus dem Konzept zu bringen und zu frustrieren), so ändert sich dadurch nicht das geringste, wird für sie nichts einfacher. Warum also immer wieder davon anfangen? Nachgerade langweilt sie mich – es führt nirgendwohin –, sie langweilt mich bis zur Erbitterung (mehr scheint sie jetzt auch nicht zu beabsichtigen; das Leben kann ihr im Augenblick nichts Schöneres bieten, als daß sie mich gewissenlos in jenen wütenden und unerträglichen Groll hineintreibt, in dem ich stottere, spucke und brülle und mich kopfüber in wortreiche Beschimpfungen stürze, die unmöglich mit Würde und grammatisch korrekt zu beenden sind und die ein abscheuliches, unverwechselbares Funkeln unheilvoller Befriedigung in ihren tückischen Augen entzünden).
(Was will sie wohl von mir?)
»Weißt du«, beginnt sie mit gespielter Gelassenheit, »mit Mommy verbindet mich jetzt im Grunde nichts mehr. Dich doch sicherlich auch nicht.

Warum seid ihr eigentlich noch verheiratet? Ihr seid doch inkompatibel.«
(Selbstverständlich hat sie keine Ahnung, was inkompatibel bedeutet.)
Verbiete ich ihr (was sie überrascht und verdrießt) schon hier den Mund und werfe sie raus, kann es durchaus sein, daß sie schnurstracks zu meiner Frau rennt (plötzlich dick befreundet mit ihr) und sich bei ihr über mich beklagt. (Ausgerechnet sie, die so für Aufrichtigkeit schwärmt!) Meine Frau, die sich von meiner Tochter nur allzu leicht manipulieren läßt, stürmt dann in mein Arbeitszimmer, um hier, ohne es zu wissen, den Kampf meiner Tochter gegen mich zu führen, ermutigt zu diesem Vorstoß durch ihren Hang zur Barmherzigkeit. Meine Tochter hält sich verstohlen lächelnd im Hintergrund und wartet gierig auf den Streit, der, wie sie sich glühend wünscht, nun zwischen meiner Frau und mir losbrechen soll. (Mein Junge hingegen ist entsetzt, wenn zwei seiner nächsten Verwandten streiten und sieht gleich entkräftet und angeekelt drein.) Die nackte, erwartungsvolle Schadenfreude auf dem Gesicht meiner Tochter erweckt in mir dann unvermeidlich Zorn und den bösen Wunsch nach Vergeltung.
»Sie sagt«, sagt meine Frau, »daß du sie gerade rausgeworfen hast. Sie sagt, sie wollte mit dir reden, aber du wolltest nicht zuhören. Sie sagt, du hörst ihr überhaupt nie zu. Du hast sie rausgeworfen, bevor sie ein einziges Wort sagen konnte.«
Ich halte einige Sekunden die Luft an und tue, als denke ich darüber nach.
»Ah. Sagt sie das?«
»Ja.«
»Hm.«
»Hast dus nicht getan?«
»Er hat.«
»Hm.«
»Also war es so?«
»Würde ich es sonst sagen?«
»Hm.«
»Na?«
»Na was?«
»Ja.«
»Was?«
»Du hast es doch gehört. Rausgeschmissen hast du sie.«
»Was du nicht sagst«, sage ich tonlos zu meiner Tochter und werfe ihr einen eisigen, verächtlichen Blick zu.
»Etwa nicht?«

»Und hat sie dir«, frage ich meine Frau, »zufällig auch anvertraut, worüber sie sich mit mir unterhalten wollte?«

»Das ist gemein!« platzt meine Tochter aufgeschreckt heraus. Verängstigt huscht ihr Blick zur Tür, als suche sie einen Fluchtweg.

»Nein.«

»Aha.«

»Wie?«

»Ich habe mir das schon gedacht. Sie eröffnete mir unter anderem, daß sie sich nichts daraus machen würde, wenn du krank wirst und stirbst. Das hat sie dir wohl nicht erzählt, wie?«

»Das ist nicht wahr!« ruft meine Tochter.

»Ferner, daß es ihr ziemlich egal wäre, wenn du oder ich mit dem Auto oder dem Flugzeug ums Leben kämen wie Alice-wie-heißt-sie-schon-Harmons Mutter, oder an einem Gehirntumor oder Schlaganfall eingingen.«

»Das hab' ich nicht gesagt!«

»Hättest du aber gut sagen können.«

»Hab' ich aber nicht.«

»Es wäre nicht das erste Mal.«

»Aber darüber wollte ich nicht mit dir reden.«

»Ich weiß, ich weiß. In Wirklichkeit wollte sie mir sagen, sie findet, du und ich haben eigentlich nichts mehr gemein miteinander, und sie versteht nicht, wie ich es immer noch mit dir aushalte. Sie wollte wissen, warum ich mich nicht scheiden lasse. Das stimmt doch?«

»Das war bloß der Anfang.«

»Schau an. Nun, dann fahr fort. Worüber also wolltest du sonst noch mit mir reden?«

»Ach, jetzt will ich nicht mehr«, nuschelt meine Tochter mürrisch; es ist ihr peinlich, und sie senkt den Blick.

»Oh, doch«, beharre ich. »Jetzt möchte ich es hören. Jetzt hast du die Gelegenheit, mit mir zu sprechen, die ich dir angeblich immer vorenthalte.«

»Warum läßt du sie nicht in Frieden?« fragt meine Frau.

»Sie möchte uns liebend gerne auseinanderbringen, mein Schatz. Siehst du das nicht?«

»Warum können wir nicht alle lieb zueinander sein?« fragt meine Frau flehend aus der angeborenen Güte ihres Herzens.

»Muß ich mir solche Sätze anhören?«

»Und was ist an solch einem Satz Schlimmes?« entgegnet meine Frau bissig. »Was ist schlimm daran, wenn ich gern ein einzigesmal Frieden im Hause hätte, statt daß alle dauernd aufeinander rumhacken?«

»Wir hacken nicht alle dauernd aufeinander rum«, wirft meine Tochter herablassend und verächtlich ein (sie möchte sich bei mir lieb Kind machen, indem sie Partei gegen ihre Mutter ergreift). Diese Technik durchschaue ich. Sie mustert mich flüchtig, um zu sehen, ob ich ihr das erlauben werde.

Ich ignoriere ihr Angebot.

(Das also bringt die angeborene Güte ihres Herzens meiner Frau ein.)

»Ich bin müde«, sage ich und seufze übertrieben.

»Weil du immer soviel trinkst vor –«

»Ich bin es müde«, unterbreche ich entschlossen und spreche jetzt lauter, um meine Frau zu übertönen, »immer wieder von dir gesagt zu bekommen, daß ich vor dem Abendbrot zuviel trinke und von ihr gesagt zu bekommen, was für jämmerliche Eltern wir sind und daß sie mich verabscheut. Da weiß ich mir doch einen besseren Zeitvertreib. Soll sie mich ruhig verabscheuen, wenn sie glaubt, sich dadurch das Leben zu erleichtern. Meine Erlaubnis hat sie. Ich finde mich schon damit ab, daß sie mich nicht leiden kann. Nicht abfinden werde ich mich aber damit, daß sie jedesmal, wenn ich mich hierher zum Arbeiten zurückziehe, hereinspaziert und es mir unter die Nase reibt.«

»Eine Illustrierte hat er gelesen.«

»Eben. Gearbeitet habe ich.«

»Sie verabscheut dich doch nicht«, behauptet meine Frau.

»Und wenn schon. Es ist mir absolut gleichgültig, ob sie mich verabscheut oder nicht.«

»Und du willst so klug sein!« wundert sich meine Frau.

»Was soll das denn nun wieder heißen?«

»Sie will doch bloß, daß du dich ab und zu mit ihr beschäftigst. Begreifst du das nicht? Ein kluger Mensch wie du sollte das verstehen.«

»Jetzt hör' auf damit.«

»Du hältst dich doch für klug.«

»Hör auf.«

»Schön. Aber wenn du wenigstens hin und wieder einen Blick für deine Tochter übrig hättest oder ihr mal eine Minute zuhören würdest, dann wüßtest du, daß sie dich nicht verabscheut. Sie liebt dich. Aber du zeigst nie, daß du das merkst.«

»Schon gut.«

»Sie muß sich ja lästig vorkommen.«

»Schon gut!«

»Sie verabscheut dich kein bißchen.«

»Schon gut.«

»Also.«

Ich schaue meine Tochter prüfend an, immer noch kampfbereit und mit verhärteter Miene (ich setze die Waffe erst ab wenn ich weiß, daß sie wehrlos ist). Sie steht stockstill, als erwarte sie demütig ihr Urteil. Ich lauere auf ein Zeichen von ihr. Sie wirkt bescheiden und reumütig. Sie steht allein. Die niedergeschlagenen Augen sind ernst und feucht, die aschfarbenen Lippen zittern bekümmert, und es sieht aus, als werde sie gleich vor uns niederbrechen, hilflos und ohne Stolz zu schluchzen beginnen, obwohl sie mit aller Kraft versucht, ihr bejammernswertes Selbst aufrecht zu halten. Sie ist verkrampft. Ich betrachte ihr bleiches, verletzliches, niedergeschlagenes Gesicht und fühle, wie die Gewißheit eines unersetzlichen Verlustes mich weich stimmt (etwas Kostbares ist dahin, ein geliebter Mensch ist zerstört). Auch ich bin verkrampft. Ich kann nicht sprechen (womöglich liebe ich sie), und eine Sekunde lang scheint mir, meine Frau habe recht, meine Tochter verabscheue mich in Wahrheit nicht, vielmehr liebe sie mich und möchte, daß ich es weiß (und möchte wissen, ob ich gut von ihr denke). Vielleicht ist es mir doch nicht ganz und gar gleichgültig, ob sie mich verabscheut oder nicht! (Ich will nicht von ihr gehaßt werden!) Sie kann mir ja nicht gleichgültig sein, denke ich, fast überwältigt von Kummer und Mitleid, und angesichts dieses tränenreichen Jammers (ich könnte selber weinen) möchte ich meinen Arm um sie legen, sie an mich ziehen und trösten, beichten und um Verzeihung bitten (obschon mir ganz plötzlich ein Vorgefühl sagt, dies sei eine tückische Finte und meine Tochter werde sich mit verletzendem, triumphierendem Spott von mir abwenden, sobald ich besänftigend den Arm nach ihr ausstrecke, werde mich als lächerliche Figur mit leeren Armen stehen lassen, beschämt und wütend). Ich will es gleichwohl riskieren – sie wirkt so rührend und verloren, und ich kann schlimmstenfalls eine Abweisung verkraften. Liebevoll und zerknirscht lächelnd gehe ich auf sie zu, strecke die Arme aus, will sie sanft an mich ziehen und umarmen, sie um Verzeihung bitten. Sie aber stößt mich zurück, blanken Hohn im Gesicht.

Und ich stehe dumm da, mit nutzlos ausgestreckten Armen, gekränkt und zum Narren gehalten.

Und genau diesen Moment wählt meine Frau, um laut zu jammern:

»In Wirklichkeit verabscheut sie mich! Nicht dich, sondern mich! Ich bin es, die sie nicht ausstehen kann!«

Und ich stiere sie ungläubig an. (Ich hatte ganz vergessen, daß sie da ist.)

»Was erlaubt sie sich eigentlich!« kreischt meine Frau und geht auf meine Tochter los, als wolle sie ihr wirklich eine kleben. Meine Tochter zuckt zusammen, weicht aber nicht vom Fleck, sie starrt meine Frau vielmehr trotzig und höhnisch an und fordert sie mit einem winzigen kalten Lächeln heraus. »Was habe ich dir bloß getan?« kreischt meine Frau. »Was habe ich ihr eigentlich getan? Warum verabscheut sie mich so? Sieh doch nur, wie sie mich angiftet!«

»Allerdings. Das sage ich ja die ganze Zeit. Und deshalb weise ich sie aus meinem Zimmer.«

»Und du – du bist kein bißchen besser«, beschuldigt meine Frau jetzt mich. »Dir ist alles egal – oder etwa nicht?«

»Jesusmariaundjoseph!« jaule ich.

»Was aus mir wird, interessiert ja hier überhaupt keinen Menschen«, lamentiert meine Frau. »Mich hat keiner lieb. Überhaupt keiner, so lange ich lebe. Nicht mal meine eigene Mutter. Bin ich denn so schrecklich? Was hab' ich getan, daß alle mich so hassen? Was macht mich nur so abstoßend, daß ihr glaubt, ihr könnt mich so behandeln? Los, ich will es wissen.«

»Ach du Scheiße«, ächze ich angewidert.

»Rede gefälligst nicht so mit mir.«

»Muß ich denn den Rest meiner Tage mit derart schwachsinnigen Gesprächen verbringen?«

»Was ist an mir so schwachsinnig, bitte schön?«

»Nichts.«

»Was tue ich bloß so Abstoßendes?«

Und wieder einmal frage ich mich, weshalb, zum Kuckuck, ein talentierter, belesener, einigermaßen gescheiter, empfindsamer, gut aussehender, erfolgreicher angehender leitender Angestellter wie ich, gesunden Leibes (wenn auch nicht Zahnes), bekannt für seinen Witz, immer noch viril und verlockend für Damen meines Alters und darunter, sich ernsthaft in ein so läppisches, richtungsloses Gezänk mit zwei derartigen Personen (Kindern) einläßt, nämlich meiner melancholischen, von Selbstmitleid zerfressenen, leicht angetrunkenen Frau, was ich wohl vor Jahren in ihr gesehen habe? Was hat mir nur den Gedanken eingegeben, ich liebte sie und könnte den Rest meines Lebens mit ihr verbringen, außer vielleicht ihr hübscher und willfähriger Popo, der auch heute nicht übel und noch viel willfähriger ist. Auf die Länge gesehen vögele ich meine Frau wahrhaftig immer noch lieber als alle anderen, obschon die Frauen, mit denen ich ein zweites Mal beisammen war, auch recht gut waren, noch dazu voller überraschender Überraschungen, jedenfalls für ein Weilchen. Jane aus der Werbeabteilung wird mir allerdings Kummer machen, das spüre ich bereits. Sie ist leichtgläubig, unerfahren und redselig. Ihre Haut ist so rein und glatt, daß sie unter meiner Berührung geradezu summen wird, aber Jane ist noch zu jung und pläsierlich oder auch zu einfältig, als daß ich schon was mit ihr anfangen könnte. Manche Mädchen lachen zu laut über meine Scherze und treiben mich zwischen den Erektionen zum Wahnsinn, sobald ich erkannt habe, wie bereitwillig sie lachen und wie geschwätzig sie sind. Und gerade so eine ist die kleine Jane. Ich weiß es schon. Ich weiß aber auch, daß ich spätestens bei der nächsten Feier im Büro lüstern hinfassen werde; und daß ich sie hinterher bestimmt nicht weiter beschäftigen möchte. Sie ist ein Geschenk, das ich mir fürs kommende Weihnachtsfest oder früher zugedacht habe, und ich wickele sie jetzt schon in Geschenkpapier) und meiner erbärmlich egozentrischen, vom Selbstmitleid zerfressenen Tochter, obwohl ich mich lieber mit ganz anderem beschäftigte, etwa mit den beiden Referaten, die ich gerne skizzieren möchte (wichtige Dinge nehme ich mir möglichst früh vor, derzeit also das ausführliche Referat für die Große Tagung, falls ich dann schon Kagles Posten habe und nominell den gesamten Ablauf leite, und außerdem das übliche, nicht weiter aufregende, auf drei Minuten begrenzte Referat über Pläne und Tätigkeiten meiner Abteilung, falls ich Kagles Posten nicht habe und noch Green unterstehe, der mich vermutlich auch diesmal nicht zum Zuge kommen läßt. Ich hasse Green und werde ihm weder vergeben noch vergessen, was er mir mit der Absetzung meines Referates angetan hat. Auf Andy Kagles Posten bin ich eigentlich nicht scharf – die Arbeit liegt mir nicht, und ich mag auch nicht so viele Leute unter mir haben –, sollte ich ihn aber nicht bekommen, wäre ich zutiefst geknickt: ich käme mir betrogen vor und entehrt, ich würde mich in einen dunklen Winkel verkriechen, weinen und nie wieder zum Vorschein kommen wollen. Ich bin zu schwach, die Beförderung abzulehnen und zu eitel, um von der Ehrung unbeeindruckt zu bleiben. Das höhere Gehalt brauche ich nicht), und mit den Veränderungen, die ich vorschlagen will, sobald ich Kagles Posten habe. (Ich will Arthur Baron und Horace White meine Eignung beweisen. Es gibt in fast allen Abteilungen Leute, die ich loswerden möchte. Auch Green möchte ich loswerden, aber wer soll ihn ersetzen?)

»Sag schon«, fragt meine Frau schrill, »was habe ich nur getan?«

»Du ödest mir Blasen an den Arsch«, erwidere ich ihr. »Und du ebenfalls«, setze ich mit Nachdruck hinzu und schaue meine Tochter eindringlich mahnend an, auf daß sie erkenne, mein Zorn gelte diesmal auch ihr; sie soll sich die käsige, tückische Schadenfreude sparen, die sie merken läßt, sobald ich meine Frau heruntermache.

»Schrei mich nicht an!« blafft meine Frau.

»Ich schreie nicht, ich spreche nur mit Nachdruck.«

»Ich kann auch schreien, damit du's weißt.«

»Du tust es bereits.«

»Und sag' gefälligst nicht solche Sachen zu mir, schon überhaupt nicht vor den Kindern. Ich verbitte mir das. Wenn wir allein sind, kannst du sagen, was du willst.«
»Was zum Beispiel?«
»Na, was du eben gesagt hast.«
»Dann hör auf damit.«
»Wie klug du bist.«
»Stimmt.«
»Kein Wunder, daß die Kinder schweinische Wörter benutzen, wenn sie dich immer so reden hören. Kein Wunder, daß sie sich so viel gegen mich herausnehmen.«
»Hör auf.«
»Ich lasse nicht mehr so mit mir reden«, fährt meine Frau heftig fort, »ein für alle mal nicht. Auch nicht, wenn wir allein sind. Ich lasse mir das nicht mehr gefallen. Hörst du?«
»Fick dir bloß nicht ins Knie«, sage ich leise, und zu meiner Tochter: »Das gilt auch für dich. Und jetzt raus mit euch.«
Meine Frau ist gekränkt. Tränen steigen ihr in die Augen. (Schon tut es mir leid. Ich werde vor Scham ganz klein, weil ich das gesagt habe.)
»Dafür könnte ich dich umbringen«, sagt sie leise.
»Dann tu's doch«, höhne ich.
»Am liebsten würde ich weggehen und nie wiederkommen.«
»Von mir aus gerne.«
»Wenn ich bloß Geld hätte!«
»Ich geb' dir was.«
Hierauf bemerkt meine Tochter leise nörgelnd: »Wie kann ein Vater nur so zu seinem fünfzehnjährigen Kind sprechen?«
»Scher dich –« ich breche ab und verberge mühsam mein Lächeln, denn ihr Tadel zeugt von Humor und ihrem Wunsch, sich bei mir einzuschmeicheln; ich bin versucht zu lachen und sie zu beglückwünschen. »– scher dich schon aufs Internat.«
»Nur zu gerne.«
»Von mir aus.«
»Aber du erlaubst es ja doch nicht.«
»Doch, ich tu's. Wie kann übrigens ein fünfzehnjähriges Kind nur so mit seinem Vater sprechen?«
»Ich hab' nicht –«
»Doch.«
»Ich wollte bloß –«
»Und du weißt es auch genau. Ich bekomme – du ahnst gar nicht, was mir alle diese aufrichtigen und ehrlichen Unterhaltungen eintragen, die du mir unentwegt aufnötigst.«

»Kopfschmerzen.«
»Also doch!« rufe ich in der Hoffnung, sie zum Lachen zu bringen. »Bohrende Kopfschmerzen«, fahre ich hochtrabend fort, als sie nicht lacht und ich merke, wie eine köstlich kitzelnde Entrüstung sich in mir breitmacht. Ich fühle mich geradezu ekstatisch ins Unrecht gesetzt und dränge eifrig und freudevoll auf dem Pfad der Rache vorwärts. »Ganz recht. Bohrende Kopfschmerzen bekomme ich von den Hirntumoren und Schlaganfällen, die du mir fortwährend wünschst. Dazu ein Stechen in der Brust von all den Herzanfällen, die du angeblich ohne Bedauern über mich hereinbrechen sähest. Ich allerdings würde es sehr bedauern, wenn ich einen hätte! Im übrigen wird mir ganz übel von dem ewigen Gezeter, wie übel ihr beide dran seid.« Meine Frau und meine Tochter sind verstummt und ducken sich stumm und unterwürfig (während eine Flut von selbstgerechter Genugtuung meine schwärenden Kränkungen lindert. Ich bemitleide mich so sehr, daß diese Linderung fast unerträglich wohltuend ist. Ich fühle mich wieder stark, gewaltig und beredt, und ein Teil von mir wünscht, daß Green oder sonst jemand, den ich für mein Leben gern beeindrucken möchte, wie Jane oder Horace White oder vielleicht auch eine schrecklich berühmte reiche Schönheit mit prächtigen Titten und glänzendem Haar Zeuge meines so beredten und dominierenden Auftretens würde). »Ich bin ganz krank«, sage ich irreführend mit brechender Stimme, um den beiden einen Schrecken einzujagen, »ich bin schon ganz krank davon, und ich habe es satt, daß ihr immer, wenn euch die Lust packt, hier hereinkommt, in *mein* Arbeitszimmer, bloß um mir zu erzählen, was für ein jämmerlicher Ehemann und Vater ich bin.«
»Du hast eine Illustrierte gelesen«, wirft meine Frau mir vor.
»Ach, redest du auch schon so?« höhne ich.
»Wir gehen.«
»Das ist immer noch *mein* Arbeitszimmer«, erinnere ich sie beißend (und verzweifelt) in nörgelndem, anschwellendem Ton, als sie zur Tür geht. »Oder etwa nicht? Was habt ihr eigentlich hier in meinem Arbeitszimmer zu suchen, wenn ich alle Hände voll zu tun habe?«
Meine Frau macht den Fehler zu fragen: »Was ist dir wichtiger, deine Frau und deine Tochter, oder alle diese anderen wichtigen Sachen?«
»Jetzt aber raus, wenn ich bitten darf. Eine derartige Frage wünsche ich bis zu meinem Tod nicht wieder zu hören.«
»Na schön, wir gehen ja schon.«
»Beeilt euch etwas!«
»Komm.«
»Nein, hiergeblieben!« fahre ich die beiden an.
»Wir gehen.«

»Ihr bleibt!« verlange ich.
»Wir gehen.«
(Ganz plötzlich ist es ungeheuer wichtig für mich – nichts anderes im weiten Erdenrund ist mir jetzt auch nur halb so wichtig –, daß die beiden hierbleiben und daß jetzt ich vertrieben werde. Aus meinem eigenen Arbeitszimmer. Tränen steigen mir in die Augen, ich weiß nicht warum, es sind Tränen nicht der Wut, sondern des verletzten Stolzes. Ich habe meinen ›Bock‹ und dem muß ich widerstandslos nachgeben.)
»Ich gehe!« rufe ich den beiden zu, die mich verblüfft anstarren und gehe mit großen Schritten zur Tür, die Tränen des Märtyrers im Auge. »Und hört endlich auf, überzählige Stühle in meinem Zimmer abzustellen«, füge ich hinzu, und es klingt wie ein Schniefen.
»Wie bitte?«
»Ihr wißt schon. Und jeder nimmt sich einfach meine Bleistifte und keiner legt sie zurück.«
»Darf ich mal fragen –«
»Immer wenn umgeräumt wird, stellt ihr Stühle bei mir ab. Elende Bude. Und ihr denkt, ich merke es nicht!« Meine Frau ist ratlos. Ich genieße das. (Ich genieße meinen Anfall außerordentlich. Ich bin immer noch ein kleiner Junge. Ich bin ein mir bekannter, verstoßener kleiner Junge, der nicht älter wird und sich nie ändert, der geht und kommt. Er ist schwer angeschlagen und sehr einsam. Er ist mager. Denke ich an ihn, werde ich traurig. Er lebt noch, aber er gehorcht mir nicht. Mehr ist nicht aus ihm geworden. Weit weg geht er nie, und zurück kommt er immer. Ich kann ihm nicht helfen. Zwischen uns dehnt sich unterhöhlte Leere. Er ist stets ganz nahe.) Ich trete triumphierend ab, ich lasse Frau und Tochter stumm in meinem Arbeitszimmer zurück, moralisch vernichtet. Ich sehe, daß mein Sohn auf der Schwelle stehend zuschaut und trete ihm auf den Fuß, ehe ich es verhindern kann.

»Au!« heult er los.
»O weh.« Ich hole scharf Luft.
Da hat er also verstohlen alles mit angehört.
»Es geht schon wieder«, versichert er mir, nach Luft schnappend. Er tanzt auf einem Fuß herum, umklammert den anderen mit beiden Händen und weicht vor mir gegen den Türrahmen zurück, als hätte ich ihm absichtlich auf den Fuß getreten und wolle es gleich noch einmal tun.
»Habe ich dir weh getan?« frage ich.
»Es geht schon wieder.«
»Aber ich hab' dir doch weh getan? Verzeih mir.«
»Wirklich, es geht schon wieder, bestimmt! Es tut überhaupt nicht weh.«

»Ich wollte dir nicht auf den Fuß treten. Warum reibst du immer noch deinen Knöchel?«

»Weil es eben doch ein bißchen weh tut. Aber jetzt ist es fast weg. Wirklich.« (Er fleht mich angstvoll an, ihm zu glauben, daß nichts mehr weh tut, er bittet mich inständig, ihn nicht mit dem Gewicht meines übertriebenen Bedauerns zu erdrücken. In Wahrheit schreit er aus Leibeskräften: »Laß mich in Ruhe – bitte!«, und daß ich dies erkennen muß, geht mir wie ein Stich durchs Herz. Ich trete ein wenig zurück.) »Siehst du?« fragt er schüchtern und macht es vor.

Er setzt den Fuß behutsam auf und beweist mir, daß er stehen kann, ohne sich festzuhalten. Auf seiner Haut entdecke ich eine kleine Schramme, einen unbedeutenden, weißen Kratzer, verursacht von meiner Sohle, einen winzigen Riß in der Oberhaut des Knöchels, keine irgendwie bedenkliche Verletzung. (Er ist wohl der einzige Mensch auf Erden, den ich mit allen meinen Kräften vor Schaden und Schmerzen bewahren möchte.

Und doch gelingt mir das nicht; nicht nur kann ich ihm nicht helfen, ich kann ihm offenbar nur schaden. Es stoßen ihm Dinge zu, über die ich keine Gewalt habe, ja, die mir erst auffallen, wenn der Prozeß abgelaufen und der Schaden ihm zugefügt ist. In meinen Träumen schwebt er manchmal in tödlicher Gefahr, und ich kann nicht rasch genug zu ihm, kann ihn nicht retten. Meine Beine sind wie aus Blei, meine Füße angewurzelt. Er geht unter, doch das tragische Unglück ist in meinen Träumen stets mein Unglück. Im wirklichen Leben leidet er bereits geheime Qualen, über die er sich nicht äußern mag, und zahllose andere, die er nicht versteht und nicht schildern kann. Er fürchtet sich vor Krieg und Verbrechen. Uniformen schüchtern ihn ein. Er fürchtet Diebstahl: er fürchtet, er könnte selber stehlen oder er könnte bestohlen werden.) Er ist anscheinend vor Angst wachsbleich und außer Atem, während er da vor mir steht und mich ansieht, der ich vor ihm stehe und ihn ansehe (die zarten, ovalen Schwellungen unter den Augen sind von einem krankhaften Blau), und in seiner Ratlosigkeit zittert er so heftig, während er abwartet, was ich wohl tue, daß ich den Eindruck habe, er wird gleich in lauter kleine Stücke zersplittern, wenn ich nicht sofort die Hand ausstrecke und ihn zusammenhalte. (Ich lasse es aber. Wieder habe ich die flaumachende Gewißheit, daß er, falls ich die Hand ausstrecke, geschlagen zu werden fürchtet und angsterfüllt vor mir zurückweicht. Ich weiß nicht, warum er so oft fürchtet, geschlagen zu werden, da ich ihn doch niemals schlage, ihn nie geschlagen habe; ich weiß nicht, warum sowohl er als meine Tochter fest überzeugt sind, ich hätte sie, als sie klein waren, häufig geschlagen, während ich überzeugt bin, weder ihn noch sie auch nur ein einziges Mal geschlagen zu haben. Mein Junge kann mir, ohne es zu ahnen, auf so viele Arten weh tun, gegen die ich wehrlos bin. Vielleicht ahnt er es aber doch. Und tut es mit Vorbedacht. Denke ich an ihn, dann denke ich an mich.) Und ich weiß, warum er jetzt unbeholfen von einem Bein aufs andere tritt und nervös und selbstvergessen an seinem kleinen Penis in der Hose zupft, als müsse er dringend Wasser lassen: ich muß ihm riesenhaft vorgekommen sein, als ich zornentbrannt aus dem Zimmer stürmte und ihn blindwütig niedertrampelte; ich muß unmenschlich gewirkt haben, gigantisch, ganz wie jener monströse, dunkle, behaarte, plattfüßige Tyrann (der fliegende Schwanz ist nicht das einzige bepelzte Motiv) auf jener scheußlichen Vaterkarte im Rorschachtest.

»Aber wenn dir nichts weh tut«, frage ich scheu, »warum siehst du dann so unglücklich aus?«

»Weil du brüllst.«

»Ich brülle nicht.«

»Vorhin hast du aber.«

»Jetzt brülle ich jedenfalls nicht. Und du warst schon gar nicht gemeint«, beteuere ich mit komischem Eifer, um ihn wohlwollend zu stimmen. Er soll unbedingt lächeln. (Ich halte es nicht aus, ihn so verstört zu sehen, schon gar nicht wenn ich daran schuld bin. Wenn er mit dem Leben und mit mir weniger zufrieden ist als ich möchte, werde ich wütend auf ihn, und das will ich nicht.) »Das stimmt doch?«

»Ja«, anwortete er bereitwillig und vollführt dabei wieder Bewegungen am Ort, als wolle er die Füße aus dem Sumpf ziehen und wegfliegen. Dabei knetet er wie in einem Anfall mit zuckenden Händen seine Knie.

»Aber du wirst mich schon noch anbrüllen«, vermutet er gewitzt, und seine Augen funkeln spitzbübisch. »Oder?«

»Nein, nein, nein, nein«, versichere ich ihm. »Ich werde dich nicht anbrüllen.«

»Doch, bestimmt.«

»Bestimmt nicht. Warum sollte ich?«

»Siehst du? Ich hab's doch gesagt.«

»Ich brülle nicht.«

»Schon fängst du an.«

»Ich brülle nicht!«

»Brüllt er etwa nicht?«

»Er weiß einfach nicht, was er tut.«

»Eine passende Bemerkung«, beglückwünsche ich meine Frau beißend. »Das trägt so recht zur Versöhnung bei.«

»Du weißt doch wohl, wie unmöglich du in dieser Laune bist«, erwidert sie.

»Ich bin durchaus möglich.«
»Er ist durchaus möglich«, läßt meine Tochter sich klagend vernehmen.
»Wirst du mich jetzt anbrüllen?« fragt mich mein Junge.
»Ich werde dich kein bißchen anbrüllen«, sage ich zu ihm. »Ich habe nur laut gesprochen, um meinen Worten Nachdruck zu verleihen«, erkläre ich ihm beinahe flüsternd, zwinge mich zu einem Lächeln und gebe meinen Worten einen versöhnlichen Klang. Ich hocke mich vor ihm nieder, so daß mein Gesicht mit dem seinen fast auf gleicher Höhe ist und schaue ihn belehrend an. Er überläßt mir seine Hände. Die Haut der Handflächen zuckt wie kleine Fische. (Bei mir daheim zittern alle außer mir, auch wenn ich es nicht will. Ich hingegen brüte nur und schmolle, ich stöhne ziemlich oft und wünsche mich weg. Ich zittere anderswo: Im Büro. Im Schlaf. Allein auf dem Flughafen, wenn ich auf die Maschine warte. In fremden Hotelzimmern in häßlichen Städten, es sei denn, ich lasse mich vollaufen und habe eine Frau bei mir, die mir sympathisch ist und den größten Teil der Nacht bleibt. Ich mag nachts nicht allein sein, und wenn es nicht zu vermeiden ist, lasse ich eine kleine Lampe brennen. Müdigkeit hilft nichts, im Gegenteil, Erschöpfung macht alles noch schlimmer, denn ich schlafe nicht etwa fester, vielmehr sind meine Abwehrkräfte geschwächt und träge. Widerwärtige Gedanken überwältigen mich, sie dringen in mein Bewußtsein wie wandernde Läuse oder kleine, käferbraune, beißende Insekten, und nur allmählich kann ich sie aufhalten und zurückdrängen. Manchmal stelle ich mir ein Tatzentier vor, das mich nachts beschleicht, wenn ich die Augen geschlossen habe, und an meinem Gesicht knabbert – aber das ist eine andere, eine kindische Geschichte. Meine Träume demoralisieren mich. Ich mag sie nicht enthüllen. Ich habe Kastrationsängste. Einmal habe ich geträumt, an den Beinen meiner Mutter wüchsen schwarze Muscheln, und heute weiß ich, was das bedeutete.) »Hab' doch keine Angst vor mir«, dränge ich zärtlich, beinahe flehend. »Ich will dir doch nicht wehtun, dich nicht erschrecken. Jetzt nicht und überhaupt nie.«
»Es ist ja alles gut«, versucht er mich zu trösten.
»Du kannst mir doch trauen. Ich brülle nicht, oder? Ich spreche wirklich ganz leise.«
Er nickt mißtrauisch (und ich möchte schon wieder lauter werden, ihm zubrüllen, daß ich ihn doch niemals anbrülle. Aber ich lasse es. Ich will ihn nicht wieder ängstigen. Ich will überhaupt keinen von den Meinen ängstigen; tue ich es doch, bedauere ich es hinterher und finde mich widerwärtig. Fast immer. Und erst *nachdem* ich mit Erfolg den Tyrannen gemacht habe. Habe ich erfolglos den Tyrannen gemacht, bin ich be-

stürzt. Und erschrocken. Jetzt tut es mir leid, daß ich sie alle drei eingeschüchtert habe, und indem ich zu meinem Jungen spreche, entschuldige ich mich zugleich bei Frau und Tochter. Sie sollen sehen, daß ich bereue; aussprechen mag ich es aber nicht. Ich will, daß sie mir verzeihen).
»Wie siehst du denn aus?« sage ich besorgt und auch etwas ungeduldig (denn er soll sich doch entspannen, sich in meiner Gegenwart frei, geborgen und glücklich fühlen).
»Warum siehst du so bekümmert aus?«
»Es ist ja alles gut.«
»Du brauchst doch keine Angst vor mir zu haben«, verspreche ich ihm.
»Ich sehe bloß so aus.«
»Und ich habe dich vorhin auch gar nicht angebrüllt«, fahre ich wie unter einem Zwang fort. »Man spricht manchmal laut, aber nicht weil man jemand anbrüllen will oder aus Wut, sondern nur weil man möchte, daß der andere einem glaubt. Man spricht mit Nachdruck, nachdrücklich, emphatisch eben. Emphatisch bedeutet soviel wie nachdrücklich.« Ich unterbreche mich gereizt, weil ich sehe, daß mein Junge meiner Tochter einen raschen Blick zuwirft und seine Augen dramatisch gelangweilt zur Decke rollt (was beide Kinder ostentativ tun, wenn meine Frau oder ich sie umständlich ermahnen, weil wir ihr Tun für gefährlich halten, oder sie mit überflüssigen Anweisungen oder immer wiederholten Fragen belästigen. Jetzt allerdings ist es mir lieber, er macht sich gelangweilt über mich lustig, als daß er sich ängstigt. Ich rede ihm also versöhnlich zu, statt ihn grob zu tadeln, obschon ich mich einen Augenblick in meiner Würde verletzt fühle). »Das also hat es bedeutet, als ich vorhin ein wenig laut sprach. Ich sprach ... emphatisch. Du solltest mir glauben, daß ich dich nicht anbrüllen will und daß ich nicht wütend auf dich bin. Und ganz das gleiche gilt für meine Unterhaltung mit diesen beiden da«, lüge ich. »Auch sie habe ich nicht angebrüllt.«
»Ich weiß«, sagt er, »ich weiß doch.«
»Und ich brülle jetzt auch nicht, oder?«
»Nein.«
»Ich hatte also recht?«
»Ja, es ist schon gut.«
»Schön. Es freut mich, daß du das begriffen hast. Und darum ...« schließe ich mit einem schiefen Lächeln und weiß irgendwie, daß er schon ahnt, welchen Witz ich jetzt machen will, und daß er mich unterbrechen und ihn vorwegnehmen wird, und ich gebe ihm genug Zeit dafür.
»... darum hast du mich angebrüllt!« beendet er.
»Stimmt!« lache ich laut heraus.

(Er und ich sind von der gleichen Art; wir haben den gleichen Humor und auch die gleichen düsteren Vorahnungen.)
Von seinem Erfolg kühn gemacht, wirft er meiner Frau aus dem Augenwinkel einen koboldhaften Blick zu und fragt mich: »Öde ich dir vielleicht auch Blasen an den Arsch?«
»Au wei!« rufe ich. (Meine erste Regung war, wieder laut herauszulachen, doch dann ist es mir wichtiger, ihn davor zu bewahren, daß meine Frau ihn scheinheilig tadelt, weil er diesen Ausdruck gebraucht hat. Ich sage darum, bevor meine Frau noch reagieren kann): »Jetzt wird *sie* dich anbrüllen«, und grimassiere dabei wie ein erschrockener Clown.
»Bestimmt nicht.«
»Nein?«
»Brüllst du mich an?«
Meine Frau jedoch ist wirsch (nicht unwirsch) und lacht erleichtert (denn sie sieht, daß auch ich jetzt wirsch bin und nicht mehr unwirsch mit ihr oder meiner Tochter).
»Nein, aber du bist ein kleiner Teufel und ein Racker«, beschimpft sie ihn zärtlich. »Weil du nämlich gewußt hast, daß ich diesmal nicht schimpfen würde, wenn du so ein Wort sagst.«
»Was für ein Wort?« fragt mein Junge scheinheilig. »Arsch?«
»Sag es nicht noch einmal.«
»Arsch?«
»Mich bringst du nicht dazu, es zu sagen.«
»Was denn – Arsch?« fällt meine Tochter ausgelassen ein.
»Jetzt geb ich's auf.« Meine Frau ringt belustigt und zugleich verzweifelt die Hände. »Was soll ich bloß mit ihnen machen?«
»Sag: Arsch«, rate ich ihr.
»Arsch!« trompetet sie gehorsam und streckt dabei den Kindern das Gesicht entgegen wie ein Elefant den Rüssel. Beide kriegen kaum mehr Luft vor Lachen und sie prusten: »Arsch! Arsch, Arsch, Arsch, Arsch, Arsch!«
Jetzt lachen alle drei wie besessen.
Weil meine Tochter ungestraft aus dem aufreibenden Konflikt eigener Erfindung hervorgegangen ist, in dem sie bereits das gepeinigte Opfer geworden war, empfindet sie einen so mächtigen Auftrieb, daß sie ihr Gleichgewicht nicht bewahren kann. Sie läßt sich erleichtert gegen meinen Sohn fallen, beide umarmen einander verzückt und taumeln ineinander verknäult durchs Zimmer, gegen uns, gegen die überzähligen Stühle, die meine Frau im Bedarfsfall heimlich hier abstellt, und gegeneinander. Mein Junge findet sich unbeschreiblich gut, er ist außer sich vor

Wonne, weil er, dank einer kühnen Eingebung, straflos ein schmutziges Wort benutzt und uns darüberhinaus in eine von menschlicher Wärme und allgemeinem Wohlbefinden erfüllte Stimmung versetzt hat, obwohl wir uns doch eben noch bösartig und haßerfüllt gegenseitig an die Kehle gegangen waren. Wir sind einander jetzt nahe, wir sind entspannt, sind einer dem anderen wohlgesonnen.

Die Kinder knäulen sich nach wie vor ineinander und lachen beglückt. Ich schaue ihnen liebevoll zu (ich bin zufrieden und gütig). Es freut mich, daß dies meine Kinder sind.

»Es sind doch wirklich sehr brave Kinder«, flüstert meine Frau mir nachdenklich zu, so daß nur ich es hören kann.

Ich nicke beifällig, wehmütig und zufrieden (mit mir und auch mit ihr). Ich lege den Arm um sie und ziehe sie an mich. Sie ist willig, ihr Körper ist gelenkig und schmiegt sich folgsam an den meinen. Ich bekomme eine Erektion. (Wären wir allein, würden wir es gleich hier machen.) Ich lasse meine Hand auf ihrem Gesäß ruhen, folge dessen Rundung bis an ihr Döschen. Sie weicht aus.

»Später«, mahnt sie mich.

»Nein, sofort«, verlange ich spielerisch.

»Du bist wohl irre.«

»Später wird vielleicht nichts mehr draus.«

»Da möchte ich doch sehr bitten«, lacht sie, »dafür werde ich schon sorgen.«

Ich lache ebenfalls.

Das also ist der dringend benötigte Dienst, den uns mein engelsgleicher Junge immer wieder und ohne Hintergedanken leistet (»Sowas wie den gibt's gar nicht«, hat meine Tochter schon neidisch über ihn geklagt, »nie ist der gemein und nie wird er wütend.«), der doch nicht besser dran ist als wir übrigen (der sehr wohl viel schlechter dran sein mag, denn mit seinen neun Jahren fürchtet er sich bereits vor so gut wie allem, vor Kindesentführern und Haifischen, vor Krebsen, Betrunkenen, glotzenden Erwachsenen, Sheriffs und zerlumpten Gelegenheitsarbeitern, vor Italienern, vor dem Krieg und vor mir, und in der Höhe wird ihm schwindelig. Vor Gespenstern und Ungeheuern fürchtet er sich weniger, denn Gespenster und Ungeheuer sind albern. Er fürchtet sich vor Menschen. Krüppeln weicht er aus. Polizisten sieht er gern, denn er hat so eine dunkle Ahnung, als würden sie ihn vor allem schützen, auch vor mir), uns aber immer wieder zusammenbringt, indem er uns ins Gedächtnis ruft, wer wir sind und was alles wir voneinander wissen, der uns drei im letzten Moment zur Ordnung ruft und der – indem er uns zum Bewußtsein bringt, welch großes Bedürfnis nach Zuneigung und welch große Befähigung dazu ein jeder von uns tief innen mit sich herumträgt wie eine klaffende Wunde, Zuneigung zu ihm und vielleicht auch zueinander – uns daran hindert, einander mit vorsätzlicher Bosheit brutal und unheilbar zu verletzen, falls wir einander nicht bereits unwiderruflich verstümmelt haben. Ich glaube, er macht eine Familie aus uns und hält uns zusammen. (Ich möchte oft weglaufen, seit langem schon. Meine Tochter kann es gar nicht abwarten, von zuhause wegzukommen oder behauptet es wenigstens.) Sobald mein Junge erwachsen ist und fortgeht, wird die Familie auseinanderfallen. (Ich liebe ihn so sehr, daß ich bestimmt weiß, er wird sterben.)

»Du hast ihn lieber als mich«, hat meine Tochter gesagt.

»Nein«, log ich, denn immer mag ich sie nicht überlisten, und manchmal kommt sie mir auch so von aller Hoffnung verlassen vor, daß ich stumm mit ihr trauere wie an einem Grab oder vor einem offenen Sarg, in welchem ihre tote Zukunft schon aufgebahrt liegt. (Noch hat sie das süße Alter von Sechzehn nicht erreicht, und schon will uns beiden scheinen, sie habe bereits sämtliche Anschlüsse verpaßt. Wann aber?) »Du mußt doch zugeben, mein Herzblatt, daß er in vieler Hinsicht liebenswerter ist.«

»Ich weiß.«

Die ätzenden Zankereien, von meiner Tochter so böswillig provoziert, sind für uns gar nicht so komisch, während sie stattfinden, und sie enden keineswegs immer mit einer trauten Bettszene für meine Frau und mich und heiterem Gelächter für die Kinder. Sie sind qualvoll, besonders für meine Tochter. Mir wäre es lieber, sie schriebe stattdessen Hausaufsätze oder setzte komplizierte Puzzles aus tausend winzigen Stückchen zusammen, wenn sie mit so viel überflüssiger Zeit nichts Aufregendes anzufangen weiß. (Wenn sie sich doch bloß verlieben würde oder sowas.)

Aber nein, sie kann es nicht lassen.

(Es ist eine Zwangshandlung.)

Sie muß immer wieder bohren wie ein dunkles, tückisches Nagetier mit seinem Trieb, zu unterwühlen und zu zerstören. Ich (meine Frau) weiß nicht, was sie eigentlich will und was wir ihr, wie sie meint, vorenthalten (sie will schön sein, gertenschlank, gescheit, berühmt, reich und begabt – und wer könnte es ihr verdenken? Auch wir wünschen ihr das. Vielleicht weiß sie es. Wir beharren aber nicht darauf), und sagen tut sie es uns nicht. Sie weiß es selber nicht. Manchmal vertraut sie sich uns an, friedfertig und ohne Hintergedanken. Sie beichtet. Sie steht lustlos vor uns, den Kopf im Bewußtsein ihrer Schande gesenkt, und es quillt aus tiefster Seele leise, matt, unterwürfig und tonlos von ihren Lippen:

»Was soll ich denn bloß mal machen.«

Meiner Frau bricht das Herz, wenn meine Tochter nicht weiß, was sie anfangen soll mit sich.
Ich lasse es mir nicht brechen.

Meine Tochter kaut ihre Fingernägel ab, und das geht vermutlich ebenfalls auf mein Konto. (Wenigstens hat sie da etwas zu tun. Mein Junge hat eine schlechte Haltung, ich ebenfalls.) Das Nägelkauen hat sie mit ungefähr fünf Jahren angefangen. Mein Junge hat früher im Schlaf am Daumen gelutscht, bis am Gelenk ein weißliches Gebilde entstand, das aussah wie ein Pilz oder wie abgestorbene Haut; es war ihm beim Spielen hinderlich und wirkte bei Tage wie ein Stigma, das ihn an die Ursache erinnerte. Wir konnten ihm das Lutschen nicht abgewöhnen. Wenn er zu Bett ging, bandagierten wir den Daumen mit übelriechenden Binden, doch lutschte er auch an denen. Wir benutzten eine scheußlich schmeckende Tinktur, die meine Tochter schon vor Jahren nicht vom Nägelkauen kurierte und auch in diesem Fall nicht half. Wie er es sich schließlich abgewöhnte, weiß ich nicht, ich weiß überhaupt nicht, wie er sich daran hindert, etwas im Schlaf zu tun. (Oft kann ich unangenehme Träume bereits in der Anfangsphase unterbrechen, indem ich bei den ersten bedrohlichen Anzeichen erwache, wie von einem Urschreck aufgestört; als guter Regisseur oder Zensor rufe ich laut »cut!«, sobald ich merke, daß im Drehbuch was nicht stimmt und lasse die ganze Sache eine andere Richtung nehmen. Allerdings sage ich in Wirklichkeit nicht »cut!«, sondern »Nein, oh nein, nicht wieder das« – und überwache sodann meine schlummernde Intelligenz, bis Themen und Szenen in meine Träume hineinredigiert sind, die mir mehr zusagen. Alsdann sinke ich beruhigt in Schlaf und gebe ihnen freie Hand. Ich kann unwillkommene Träume allerdings nur in der Knospe knicken, während ich einschlafe und noch im Kontakt mit mir bin. Häufig mißlingt es; dann liege ich wie ein gliederloser Säugling in der Dunkelheit, und sie trampeln gewissenlos durch mich hindurch, als wäre ich ein hilfloses, körperloses Bewußtsein oder ein winziges gliederloses Baby, immer noch unbeweglich in der Wiege oder im Mutterleib eingesperrt. Ich ertrage sie nicht. Ich vergesse sie. Sie hinterlassen Spuren. Ich habe sie oft. Ich habe sie so oft ich will.)
(Ich weiß so vieles, was zu entdecken ich mich fürchte.)
Sie schläft schlecht, meine Tochter, und abgesehen von grundlosen Anfällen euphorischer Heiterkeit und zwanghaftem Pläneschmieden (Anfälle, die so unvermittelt und übertrieben hervorbrechen wie ein Fieber) hält sie sich vorzugsweise an die tragische Auffassung, die sie von ihren eigenen Möglichkeiten hat. Sie läßt sich leicht schrecken und ist oft zap-

pelig. Vermutlich ist sie Jungfrau. (Wäre sie keine, sie würde es mir sagen. Ist sie keine mehr, wird sie mir das eröffnen – ich sehe diesen Augenblick ungern, aber unvermeidlich näherkommen –, und ich schaue umdüstert dem Tag oder Abend entgegen, da sie in mein Arbeitszimmer eindringt, um mich damit zu verhöhnen. Was soll ich dann sagen? Selbstverständlich werde ich es lächelnd abtun, werde die Bedeutung des Faktums möglichst gering erscheinen lassen, damit sie nicht einerseits wahllos herumschläft und der Perversität anheimfällt, andererseits aber auch nicht frigide und enthaltsam dahinlebt. Welches Dilemma.

»Nun, andere Mädchen in deinem Alter tun es doch gewiß ebenfalls«, höre ich mich bereits weltgewandt und unbekümmert sagen, wobei ich die weiße Asche von der Zigarre klopfe, die ich nicht rauche. »Du bist gewiß nicht die erste?«

Was werde ich aber in Wahrheit empfinden?) Ihr fehlt es an Selbstvertrauen, und wie mein Junge (und ich) ist sie mißtrauisch gegen Fremde und befangen in Gegenwart von Menschen, die sie eben erst kennengelernt hat. (Ich hingegen bin manchmal ein guter Schläfer – obwohl ich gerne das Gegenteil behaupte –, vor allem wenn ich zuhause schlafe, bei meiner Frau, wenngleich ich meist mit dem Einschlafen warte, bis mir die Augen zufallen. Ha, ha. Schlafe ich mit meiner Frau an einem fremden Ort, habe ich in der ersten oder zweiten Nacht einen Alptraum, meist den gleichen: ein Fremder erzwingt sich Zutritt ins Zimmer, obwohl ich abgeschlossen habe. Er nähert sich dem Bett, er ist ein Einbrecher, ein Entführer, ein Sexualverbrecher, ein Mörder; er wirkt wie ein Neger, doch nicht immer; ich glaube, er hat ein Messer; ich möchte schreien, kann aber nicht. Auch daheim habe ich oft diesen bösen Traum, obwohl ich vor dem Schlafengehen sorgfältig sämtliche Türen absperre. Ich habe ihn Dutzende von Malen geträumt. Ich träume ihn schon immer. Wenn ich in diesem Traum vergeblich zu schreien versuche, mache ich gleichwohl Geräusche, denn meine Frau erwacht von meinem sprachlosen Zappeln, sie weckt mich, indem sie mich beim Namen ruft und erklärt mir, ich hätte schlecht geträumt – als ob ich das nicht wüßte. Auch wenn ich noch so tief in meiner Qual gefangen liege und das unbestimmt Drohende bereits neben meinem Bett angelangt ist, hat irgendein Teil von mir sich allwissend auf die Art dieses Erlebnisses eingestimmt und weiß zum Glück, daß alles nur ein Alptraum ist; dieser Teil tröstet mich, er schaut geruhsam unbeteiligt zu und wartet selbstgefällig und freudig gespannt darauf, daß meine Frau von meinen Zuckungen erwacht, mich beim Namen ruft, mich rüttelt und mir sagt, ich habe schlecht geträumt. Meiner Ansicht nach hat der Mensch mehr als nur ein einziges Hirn. Der Einfall, meine Frau mittels meiner Alpträume zu schrecken, gefällt mir.

Hat gelegentlich sie einen Alptraum, räche ich mich an ihr, indem ich sie nicht wecke, sondern den Alp sie peinigen lasse, solange er will, während ich sie betrachte, träge und genüßlich auf einen Ellenbogen gestützt. Ich habe auch Pißträume, aber die sind ulkig. Oder ich finde sie wenigstens ulkig. Schlafe ich nicht zuhause und ohne meine Frau, fürchte ich, ich könnte diesen oder einen anderen Alptraum haben, der ebenso entsetzlich ist. Wer weckt mich dann? Kann ich ihn überleben, wenn keiner mich weckt? Allein habe ich diesen Traum nicht. Muß es mir peinlich sein und muß ich mich entschuldigen, wenn im Nebenzimmer an die Wand geklopft wird oder jemand mich weckt, der in meinem Bett liegt? Es kommt jetzt oft vor, daß mich, kaum lege ich den Kopf aufs Kissen, Schlaflosigkeit packt und die ganze Nacht hindurch übel beutelt. Mein Körper — besonders Beine, Schultern und Ellenbogen — fühlt sich schwer und unbeweglich an; ich weiß nicht wohin damit; meine Seele ist zerbrechlich; mein Bewußtsein, dünn wie Seidenpapier, wird leicht von Empfindungen und Vorstellungen geritzt. Ich bin zu nichts imstande. Der Kopf füllt sich mit wirbelnden Gedankenfetzen. Ich erkenne jetzt bereits nach Sekunden diese Schlaflosigkeit und treffe keine Vorkehrungen dagegen. Das wäre nutzlos. Ich gebe ihr mit flauem Gefühl nach. Ich liege resigniert da, unterwerfe mich, halte die Augen geschlossen, weil das einfacher ist, ich vertraue darauf, daß der Morgen mich rettet oder daß nach Stunden unerwartet der Schlaf kommt und mich aus diesem tosenden Katarakt von Einbildung, Erinnerung, Wut und Spekulation herausfischt, der — absolut bedeutungslos — wie ein Wildbach durch mein Hirn schießt. Ich Armer. Vielleicht bin ich doch kein so guter Schläfer, wenn ich auch nach Nahrungsaufnahme oder Geschlechtsverkehr mühelos einnicke. Es überrascht mich, wenn ich nach einer schlaflos verbrachten Nacht aufwache und merke, daß ich geschlafen habe; beim Erwachen aus tiefem, traumlosem Schlaf packt mich Angst, wenn ich bedenke, wie weit ich mich vom Leben entfernt hatte und wie wehrlos ich gewesen sein muß, während ich dort war. Es ist ja fast, als fürchtete ich mich tatsächlich vor der Dunkelheit. Wie meine Tochter. Und mein Junge. Wie ich mich als Kind fürchtete. Und später. Wie, wenn ich nun nicht hätte zurückkommen können? Ich mag den Kontakt zu meinem Bewußtsein nicht gänzlich verlieren. Wenn ich schlafe, sind Träume, auch schlimme Träume, meine einzige Verbindung zur Wirklichkeit; ich wünsche sie mir. Selbst Kopfschmerzen sind mir nachts willkommen; ich bin außerhalb der Existenz. Wo bin ich, wenn ich nicht bin? Abgelegt? Seit neuestem beschäftigen mich solche Sachen in Gedanken wieder sehr, wie schon in meiner Jugend. Was mich jetzt in Gedanken beschäftigt, hat mich schon mehr beschäftigt als ich jünger war. Dergestalt angeregt, mache ich mir

Gedanken über eine künftig vielleicht notwendig werdende Operation; das Schneiden, Hämmern, Sägen und Nähen ist schon ekelhaft genug, doch der Gedanke an die Narkose, die das Bewußtsein völlig lähmt, ist noch abstoßender. Wo werde ich sein in jener bodenlosen, ungemessenen Frist zwischen dem Moment, da man mir die Maske über Nase und Mund stülpt und ich tief atmen muß, wie damals, als man mir die Mandeln rausnahm, und später wieder, als mir – ich war schon verheiratet – zwei verklemmte Weisheitszähne gezogen wurden, und jenem anderen Moment, da sich die ersten Gedanken regen und ich wunderbarerweise auferweckt werde wie Lazarus oder Jesus? Meiner Ansicht nach findet immer, wenn ich aus dem Schlaf erwache, ein echtes Wunder im Universum statt. Was geschieht mir, wenn ich meiner nicht bewußt bin? Wohin begebe ich mich? Wo bin ich gewesen? Wer wacht über mir, wenn ich fort bin und sorgt für meine Rückkehr? Falls ich in der Narkose sterbe, merke ich bestimmt als letzter, daß ich verschieden bin. Meine ich, daß ich unmöglich einschlafen kann, versuche ich es mit den Beruhigungspillen meiner Frau und erwarte mir davon Hilfe. Schlaftabletten mag ich nicht; bei Schlaftabletten sehe und rieche ich altmodische Bestattungsinstitute, Wachsfrüchte, die Praxis meines Zahnarztes. Vor Jahren, als meine Tochter noch klein war, erschien sie in den schwarzen Stunden der Nacht bei uns im Schlafzimmer oder auch an der Tür zum Wohnzimmer, wenn der eine oder andere von uns noch spät auf war; ganz plötzlich war sie einfach da, machte sonderbar raschelnde, gedämpfte, kaum vernehmliche Geräusche – wir fühlten sie mehr, als daß wir sie hörten –, bis wir aufblickten und sie zur Kenntnis nahmen. Sprechen konnte sie nicht; die Lippen schienen taub; die scharfen Fragen, die wir auf sie abschossen, beantwortete sie nur mit unzusammenhängenden, matten Grunzlauten, und wenn wir sie am nächsten Morgen fragten, erinnerte sie sich an nichts. Oder behauptete das. Wir brachten diese Vorfälle mit ihrer Mandeloperation in Verbindung, doch waren gewisse Unregelmäßigkeiten schon vorher aufgetreten, und was die Operation angeht, so hatte es weder im Krankenhaus noch daheim, weder vorher noch nachher Komplikationen gegeben. Es war die schiere Enttäuschung. Sie hatte sich was anderes erwartet. Es hörte bald auf. Und wir hörten bald auf daran zu denken, denn anscheinend kam sie bald darüber hinweg. Als man meinem Sohn die Mandeln herausgenommen hatte, wollte auch er nicht in seinem Zimmer bleiben. Angeblich gab es bei ihm ebenfalls keine Komplikationen, doch schlich er jetzt bei Nacht in unser Schlafzimmer und rollte sich auf unserem Bettvorleger zusammen. Er wollte nicht allein sein. Kam er zu früh und waren wir noch wach, so schickten wir ihn in sein Zimmer zurück und erlaubten ihm, ein Licht brennen zu lassen; manchmal schimpften wir mit ihm; doch kam er immer wieder zurück oder versuchte es zumindest; einerlei wie sehr wir ihn auch schalten, er stahl sich wieder und wieder zu uns herein, so still und heimlich er konnte, wie ein zärtlichkeitsbedürftiges Neugeborenes, und rollte sich am Fuß unseres Bettes auf dem Teppich zusammen. Beim Aufwachen entdeckten wir ihn dort, er lag auf der Seite wie ein gut ausgebildeter Fötus, den Daumen im Mund. Es war niederschmetternd und bedrückend, gleich beim Erwachen erkennen zu müssen, daß außer uns noch ein anderes Lebewesen im Zimmer war – sozusagen der erste Tiefschlag des neuen Tages. Sperrten wir unsere Tür ab, rollte er sich zum Schlaf auf der Schwelle zusammen. Wer von uns nachts mal rausging, stolperte über ihn und unterdrückte nur mühsam einen Schreckensschrei. Stiegen wir im Dunkeln aus dem Bett, mußten wir fürchten, auf ihn zu treten. Selbstverständlich hätten wir ihn zu uns ins Bett lassen können, wir hatten es sogar vor, doch ein Arzt verbot es. Uns war es nicht recht, unseren Sohn in diesem Zustand zu sehen. Wir wollten ihn nicht von uns fernhalten, und ich bedauere jetzt, daß wir es taten. Der Arzt hatte bestimmt unrecht. (Ich weiß nicht, was wir sonst hätten tun können.) Sie ist überempfindlich, immer in der Defensive und sieht in den mildesten Verweisen scharfe persönliche Angriffe. Sie macht sich gern grundlos schlecht und streitet erbittert mit uns, wenn wir sie in Schutz nehmen oder loben. Manchmal schluchzt sie allerdings dabei, als wären wir es, die sie schlechtmachen. Sie versteht es glänzend, mich in derartige Zwickmühlen zu bringen. Sie ist weder so groß noch so dick, wie sie annimmt, ihre Haut ist weniger fettig, als sie fürchtet, und ihr Gesicht ist viel, viel hübscher, als sie glauben möchte. In Wirklichkeit ist sie durchaus attraktiv. Aber dem Spiegel will sie nicht glauben, und unseren Beteuerungen kann sie nicht glauben.

Ihren Freundinnen neidet sie den einen oder anderen Vorzug (der einen die Figur, der anderen das Haar, der nächsten das Geld, der übernächsten den Verstand oder die Begabung), weiß aber nicht, welcher sie nacheifern soll. (Da sie für ihr Alter groß ist, kommt sie sich wie ein täppisches Mammut vor. Solange sie kleiner war als ihre Freundinnen, glaubte sie steif und fest, nur sehr großgewachsene Mädchen könnten dem Schönheitsideal nahekommen. Als sie schlank war, fand sie sich platt und geschlechtslos. Jetzt wiegt sie etwas zuviel, ihr Busen entwickelt sich üppig, und schon findet sie sich plump und meint, Jungen könnten sich bloß in Mädchen ohne Bauch verlieben.) Man könnte darüber lachen, wenn es für sie nicht so wirklich wäre. So weiß sie nicht, ob sie lieber einen kleinen oder einen großen Busen möchte. (Auch dies könnte man ulkig finden, nur brütet sie darüber stundenlang kummer-

voll und stumm, völlig in sich versunken. Manchmal ist sie Welten entfernt, wenn sie bei uns sitzt. »Guckst du wieder Löcher in die Luft?« fragte ich dann wohl. Heute wirft sie mir als Antwort nur einen verächtlichen Blick zu.)
Sie bildet sich ein, nichts wirklich gut zu können, und sie kann auch nichts. Doch wer macht sich schon was daraus? Wer macht sich was daraus, daß sie keine besondere Neigung hat, nicht schön, nicht gesellig, zu nichts begabt ist? Sie macht sich was daraus. (Und vielleicht ich. Und meine Frau. Und vielleicht hat sie gemerkt, daß wir uns was draus machen. Sagten wir ihr, daß wir uns aus diesen Dingen nichts machen, würde sie erwidern, daß wir uns aus *ihr* nichts machen. Sie kennt sich mit diesen Kniffen aus. Aber wie kann ich meiner Tochter versichern, sie sei das prächtigste, schönste Mädchen der Welt, wenn wir beide wissen, daß sie es nicht ist? Was soll ich ihr antworten auf die Frage, wie sie neben anderen Mädchen wirkt, die sie in dieser oder jener Hinsicht ausstechen? Sie macht sich eine Menge daraus. (Und ich möglicherweise auch.)
»Bist du sehr enttäuscht von mir?« fragt sie in Abständen.
»Keine Spur«, entgegne ich. »Wie kommst du darauf?«
Sie kennt jede Menge junge Leute, ist trotzdem einsam und amüsiert sich so gut wie nie. (Daß sie sich so hartnäckig weigert, glücklich zu sein und sich zu amüsieren, treibt uns zur Weißglut, was wir uns allerdings nicht gern eingestehen. Immerhin wurde ich gelegentlich so wütend, weil sie nichts mit sich anzufangen wußte, daß ich sie am liebsten an den Schultern gepackt, geschüttelt, mit Ohrfeigen traktiert und angebrüllt hätte: »Sei glücklich – verdammt noch mal! Du selbstsüchtiges kleines Luder! Siehst du denn nicht, daß unser Leben daran hängt?«
Selbstverständlich habe ich nie dergleichen getan, habe nicht einmal meiner Frau anvertraut, daß es mich dazu drängte, denn die brutale Häßlichkeit dieses Gelüstes hätte sie entsetzt, sie hätte mich für abnorm und sittlich verkommen gehalten – allerdings weiß ich, daß auch sie von diesem brutalen und abnormen Drang heimgesucht wird. Zu dem endlosen Kleinkrieg, den meine Frau gegen unsere Tochter führte, lautete mein Kommentar:
»Hoffentlich begreifst du nun, daß du keineswegs an das Glück deiner Tochter denkst, sondern nur an dein eigenes.«
»Das ist nicht wahr«, widersprach meine Frau eisern. »Meinst du, ich habe nicht ihr Glück im Sinn? Ich denke doch nur an sie.«
»Blödsinn«, versetzte ich oder hätte ich gern versetzt.
Meine Frau hat nämlich bei meiner Tochter einen Weinkrampf ausgelöst, als sie aus heiterem Himmel den Vorschlag machte, meine Tochter solle

zu ihrem sechzehnten Geburtstag eine große Party veranstalten. Zu den Dingen, die nie erwähnt werden dürfen, gehört, daß meine Tochter zu keiner Zeit so viele Jungen und Mädchen kennt und von diesen ausreichend geschätzt wird, daß eine ansehnliche Feier veranstaltet werden könnte; hierin liegt eine der Quellen ihres Unglücklichseins.) Sie hält sich für unbeliebt. Sie freundet sich rasch an und stößt ihre Freunde gedankenlos wieder ab. Mit Jungen ist sie noch scheu. (Ich vermute, daß sie bereits eine unerfreuliche sexuelle Erfahrung hinter sich hat und mit zwiespältiger Erwartung der nächsten entgegensieht.) Solange ich im Hause bin, fühlt sie sich dort in Gegenwart von Jungen nicht wohl. Hat meine Frau ihren Vorschlag in aller Arglosigkeit gemacht oder lag eine heimliche, vielleicht unbewußte Grausamkeit darin? Ich weiß es nicht. Wahrscheinlich war sie arglos, denn sie pflegt mit Wehmut an das zu denken, was sie die schönen Tage ihrer Kindheit nennt. Meine Frau jedenfalls war selig auf der Geburtstagsfeier, die ihre Mutter ihr zum Sechzehnten ausrichtete, mindestens meint sie das. (Vielleicht durfte sie sich damals zum letzten Mal in ihrem Leben wichtig vorkommen.) Meine Frau gehört zu jenen warmherzigen, sentimentalen Personen, die gern an allen Mitmenschen etwas Gutes finden (wenn ich es ihr erlaube) und ihre Vergangenheit in einen rosigen Schimmer tauchen, weshalb die Erinnerungen oft ungenau sind. So macht sie sich vor, sie habe ihre Mutter geliebt, weiß aber, daß sie dieselbe verabscheut hat. Ihre Kindheit war nicht glücklich, sondern qualvoll. Sie haßt ihre jüngere Schwester und hat sie immer gehaßt. (Ich hingegen fing erst an, meine Mutter zu verabscheuen, als sie mir lästig wurde. Und ich träume immer noch trauernd und sehnsüchtig von ihr und bin dann jung und sie verläßt mich. Öffne ich die Augen, so trocknen in den Winkeln noch Tränen.)

Meine Tochter mag ihre Freunde nicht besonders gut leiden (sie beglückt sie ganz willkürlich, mal mehr, mal weniger mit ihrer Gunst), und ich auch nicht, ausgenommen eine ihrer Mitschülerinnen, die ein halbes Jahr älter ist, schlank, hübsch und verschlossen, die mit mir kokettiert und es geradezu auf mich abgesehen hat. (Ich ermutige sie.) Meine Tochter sagt, dieses Mädchen sei nicht mehr jungfräulich. Sie hat etwas Wissendes, Suchendes im Ausdruck, das sie von den anderen unterscheidet. Bin ich in der Nähe, so schaut sie mich an, und auch ich schaue sie an. Wer von uns beiden damit angefangen hat, weiß ich nicht mehr genau. Sehr wahrscheinlich ich. (Vielleicht erkennen wir einer im anderen gleiche Neigungen, und sie glaubt, ich flirte mit ihr, was zutreffen mag, aber nur im Spaß. Ich hoffe, nur im Spaß.) Sechzehn wäre zu jung, selbst für mich. (Oder? Irgendwer dürfte sich dieses niedliche, aufreizende Püppchen mit den heißen Höschen in allernächster Zeit vornehmen, wenn es nicht schon geschieht, und warum muß es unbedingt so ein unreifer, naseweiser Achtzehn- oder Zwanzigjähriger sein, der sie viel weniger genießen würde als ich, der sie weder mit kleinen Komplimenten und Schmeicheleien ergötzen und berauschen könnte wie ich, noch sich an der pikanten Verkommenheit des Ganzen so delektieren würde, wie ich es gewiß könnte? Ich bezweifele allerdings, daß ich je darüber etwas verlauten lassen würde.) Nein, sechzehn ist zu jung (sie könnte meine Tochter sein, ha, ha), und ich wende mich jedesmal gereizt weg, wenn meine Tochter mit nichts als ihrem Nachthemd oder in einem mal oben, mal unten nicht zugeknöpften Morgenrock aus ihrem Zimmer kommt. (Ich weiß nicht, wohin sehen.) Entweder verlasse ich dann ohne Erklärung das Zimmer (kochend vor Wut, aber schweigend), oder ich befehle ihr schroff, den Morgenrock überzuziehen, die Knie zusammenzunehmen oder den Morgenrock, den sie schon anhat, an den Knien und am Hals zuzumachen, falls sie Wert darauf lege, bleiben zu dürfen. Meine Ausbrüche verblüffen sie jedesmal, und sie reißt staunend die Augen auf. (Anscheinend begreift sie nicht, warum ich mich so verhalte. Erklären kann ich es ihr nicht. Nicht mal meiner Frau kann ich es erklären. Übrigens vermag ich mir nicht vorzustellen, daß meine Tochter wirklich so naiv ist. Aber gibt es eine andere Erklärung?) Hinterher ärgere ich mich über meine heftige Reaktion. (Was soll ich aber zu meiner Entschuldigung sagen? Wo soll ich hinschauen, wenn meine große, üppig knospende Tochter so gut wie nackt in mein Arbeitszimmer kommt und sich mit gespreizten Beinen und klaffendem Morgenrock dort herumflegelt? Was soll ich dabei empfinden? Niemand hat mir das je gesagt.) Die trübseligen Jugendlichen, mit denen meine Tochter verkehrt, sind einander krankhaft ähnlich (keiner von ihnen ist glücklich), sie ähneln einander jedenfalls viel mehr als das Personal in der Firma (lauter Erwachsene, die einander womöglich in den Augen der Kinder zum Verwechseln ähnlich sind). Keiner ist gut angepaßt. (Ich hinwiederum bin gut angepaßt, was nicht gerade für das Angepaßtsein spricht – oder?) Sie wirken bockig, mißvergnügt, schlaff und gleichgültig. Meist können sie nichts mit sich anfangen. Sie wissen nicht, was sie als Erwachsene sein wollen; sie haben keine Idole. (Ich ebenfalls nicht. Es gibt jetzt niemand, der ich lieber wäre als ich – auch wenn ich mich nicht wirklich gern mag und nicht einmal weiß, wer ich bin.) In Gegenwart Erwachsener (in meiner Gegenwart) fühlen sie sich nicht wohl; sie posieren dann; sie bemühen sich, so wortkarg und einsiedlerisch zu erscheinen wie Maulwürfe. Wir sollen nicht hören, was sie miteinander sprechen. Früher glaubte ich, sie verstellten sich, jetzt allerdings halte ich sie für genau so zynisch und verzagt wie sie meinen, daß sie sich nur stellen. Sie wollen mal nicht Arzt werden, nicht Pilot, nicht Schwergewichtsmeister im Boxen. Auch Advokat nicht. Kein einziger von ihnen möchte Präsident der USA, Chef des Generalstabes, Aufsichtsratsvorsitzender bei DuPont werden oder so wie ich. (Warum auch? Es gibt genug Leute, die solche Arbeit verrichten. Ich zum Beispiel verrichte meine, weil ich jetzt zu nichts anderem mehr tauge.) Sie haben guten Grund für ihren Pessimismus, meine ich; schade nur, daß sie schon so früh dahintergekommen sind.

Immer scheint es, daß einige Jugendliche sich leichter tun als die anderen, doch dauert das in jedem Fall nur kurze Zeit; sogar meine Tochter schießt gelegentlich an die Oberfläche und trudelt beschwingt durch die Gegend, bis etwas geschieht (manchmal etwas so Ungreifbares, daß es sich nicht identifizieren läßt; es sieht aus, als ginge ihr plötzlich der Vorrat an Freude aus, wie dem Autofahrer das Benzin), das ihre Moral vernichtet und ihr Vertrauen zerstört, worauf sie träge in den vertrauten Morast ihrer Bekümmernisse zurücksinkt. Einige ihrer Freunde gebärden sich besonders gockelhaft, doch ist ihr zur Schau getragenes Selbstvertrauen allzu durchsichtig. Wäre es anders, wären sie wirklich so amoralisch, dominierend, selbstsüchtig und abgebrüht, wie sie sich stellen, dann wären sie mir widerwärtig und unerträglich, denn ich habe meine Tochter mit diesen Burschen dicht aneinander gedrängt im Auto gesehen, und mir gefiel ganz und gar nicht, was ich da sah oder mir ausmalte. (Aber kommt es denn wirklich darauf an?)

Kommt es denn wirklich darauf an, ob sie oder ob sie nicht in überfüllten Automobilen etwas treibt mit diesen Burschen, die mir von Herzen mißfallen könnten, vielleicht sogar mit anderen Mädchen (fast alle Frauen, mit denen ich es derzeit treibe, prahlen damit, daß sie es mindestens einmal auch mit anderen Frauen getrieben haben); ob sie unentwegt von einer Pizzabude zur nächsten rollt, berieselt von lauter Musik (die mir mißfällt, wenn ich auch, um meine Tochter gnädig zu stimmen, manches schön zu finden behaupte); oder in abgedunkelten, fremden Häusern tanzt, ebenfalls zu lauter Musik? Es kommt wirklich nicht darauf an, so lange sie nur vernünftig fahren und meine Tochter nicht bei einem Unfall getötet oder verstümmelt wird.

(Kommt es wirklich darauf an, wer es mit wem treibt?) Es ist bereits zu spät für Hilfsmaßnahmen. Ich kann meine Tochter nicht mehr ändern, kann sie nicht mehr auf ihrem Weg anhalten, ich wüßte nicht, wie ich es anstellen sollte. Meinen Kindern ist etwas geschehen, das ich weder erklären, noch ungeschehen machen kann. Anscheinend kann ich auch dann nicht gut zu ihnen sein, wenn ich möchte.

»Hört mal«, dränge ich die beiden, ich flehe sie geradezu an, mir zu erlauben, ihnen zu helfen. »Was wollt ihr werden, wenn ihr groß seid?

Sagt es mir doch. Was wollt ihr machen?«
»Auf keinen Fall heiraten«, nuschelt meine Tochter dumpf, »und schon gar nicht Kinder haben.«
»Tankwart möchte ich sein«, antwortet mein Junge.
»Na, das ist schon besser«, lobe ich ihn. Warum schließlich nicht? Die Tankstelle kann ja ihm gehören. Durchaus nicht abwegig. Er wird Pächter bei Exxon, Texaco, Sunoco, Shell, Gulf. Warum nicht? Das ist doch wenigstens ein Anfang. »Sehr schön.«
»Ich rieche so gerne Benzin.«
»Herr im Himmel!«
»Jack«, wende ich mich fast verzweifelt im Büro an Green um Rat. »Sie haben doch Kinder, größere Kinder als ich. Sie haben doch einen Sohn auf dem College, nicht wahr? Was will der machen, wenn er fertig ist?«
»Selbstmord.«
»Ich rede jetzt im Ernst, Jack.«
»Meinen Sie, ich nicht? Ich habe auch eine Tochter auf dem College. Die macht Abtreibungen. Wenn sie nicht gerade Selbstmordversuche macht. Die läßt sich von Landstreichern vögeln. Keiner von beiden hat Lust weiterzumachen. Zusammen haben sie drei Selbstmordversuche hinter sich. Von denen ich weiß. Einmal die Pulsadern aufgeschnitten, zweimal Tabletten geschluckt. Echte Patrioten. Beide sind süchtig. Meine zweite Frau ist verrückt. Deren Mutter auch. Und meine Mutter gleichfalls. Ich befasse mich nicht mehr damit.«
»Oh, das wußte ich nicht, tut mir leid.«
»Gehen Sie an Ihre Arbeit. Sie brauchen sich nicht damit zu befassen.«
Er hat seine Kinder abgeschrieben, abgelegt, abgeschlossen wie tote Akten, mit denen sich niemand mehr befaßt. Ich hingegen habe meine Kinder noch, ich will sie innig umsorgen, sie vor dem geringsten Schaden bewahren. (Sie sollen glauben, ich liebe sie.)
»Hört mal«, sage ich, nun schon außer mir, »ihr sollt nicht tun müssen, was alle anderen tun. Ihr könnt euch aussuchen, was ihr wollt. Ich helfe euch dabei. Ihr braucht nicht den Pfadfindern beizutreten, Baseball zu spielen, die Sonntagsschule zu besuchen, ja, ihr braucht nicht mal aufs College zu gehen. Also, was wollt ihr?«
»Ich möchte Pfadfinder werden und Baseball spielen«, sagt mein Junge.
»Und ich möchte in meinem Zimmer Platten hören«, sagt meine Tochter.
Gütiger Gott, ist es etwa schon geschehen? Es ist ihnen einerlei. Oder sie haben keine Ahnung. Wann ist es geschehen? Wo? Wo war ich, als be-

stimmt wurde, daß er jetzt Pfadfinder werden und Baseball spielen will und sie nur noch auf ihrem Zimmer telefonieren möchte und Platten hören? Ist es wirklich schon zu spät?

Es ist, ich spüre es, für mich zu spät, sie zu retten, ja, ihr auch nur zu helfen, und ich wüßte auch nicht mehr, was ich anstellen sollte (außer teilnahmslos zusehen, wie sie auf ihrem Unglücksweg voranschreitet). Es würde mir wohl ebensowenig glücken, sie jetzt zu ändern, wie es vor Jahren glückte, als sie noch leichtgläubiger war, beeinflußbarer, und vor allem noch gierig auf meinen Beifall. Versucht habe ich alles. Ich habe gescholten, begründet, geschimpft, gefleht, gestraft, geschmeichelt, zugeredet, alles zu keinem guten Ende, vielleicht aber zu einem schlechten, bis ich mir eines Tages eingestand, daß dies alles nicht nur die pure Heuchelei war, sondern überdies nutzlos und deshalb albern. Danach hörte ich auf. (Derzeit halte ich mich an eine oberflächliche Routine. Ich gestand mir auch ein, daß ihre Mängel und Fehler und das Gerüst für künftige Katastrophen, das ich sie zimmern sah, mich nicht so aufgeregt haben, wie ich behauptete. Wirklich verhängnisvoll erschienen mir nur ihr Ungehorsam und ihre Weigerung, mir zu glauben. Derzeit droht mir Gefahr von ihrer Widersetzlichkeit und ihrem Mangel an Achtung.) Warum hätte ich weiterhin versuchen sollen, sie zu beeinflussen (nur um mir eines Tages – jetzt – sagen zu können, ich hätte es versucht)? Ich weiß, daß ich jetzt keine Macht über sie habe. (Erführe ich, daß sie Heroin nimmt und sich zur Prostituierten heranbildet, ich wüßte nicht, wie ich das verhindern sollte. Ich würde mir die Haare raufen und *mein* Geschick verfluchen, was aber völlig nutzlos wäre. Mithin würde ich überhaupt nichts unternehmen.) Noch weiß sie nicht, daß ich keine Macht mehr über sie habe; ich bluffe, und für den Augenblick (lange dauert der nicht mehr) haben wir einen *modus vivendi.* (Ich besitze nur noch die Macht, sie zu verstümmeln.) War es denn wirklich von Vernunft, Moral und Ethik geboten, aus ihr eine Person von der Art zu machen, die ich nicht leiden mag, eine Person, die sie vermutlich ohnehin nie werden konnte? Ich weiß, wo das alles enden wird (und es gefällt mir nicht. Ich weiß es nur ungern. Was aber soll ich tun? Nichts. So viel weiß ich jedenfalls). Sie ist bereits, was sie ist. Schon ist sie auf dem besten Wege zu werden, was sie werden muß, im Guten und/oder Schlechten, und ich glaube, weder ich noch sonstwer könnten sie ändern oder ihr helfen. Aus ihr wird ein einsames, nervöses, weibliches Wesen unserer Tage. (Sie ist zu gescheit, um dumm zu sein.) Sie ist viel gescheiter als meine Frau, was unter anderem bedeutet, daß sie (anders als meine Frau bislang) mit den Männern anderer Frauen zu Bett gehen (und von ihrem eigenen Mann nicht lange beeindruckt sein) wird. Dagegen bin ich machtlos. Ich kann nicht eine ganze Zivilisation, eine Epoche, eine Umwelt, eine Vergangenheit bekämpfen und auslöschen (um so weniger, als es ebensosehr auch meine Vergangenheit und meine Umwelt ist, und ich einen so großen Teil davon ausmache), nachdem ich mich selber bereits so schändlich angepaßt habe. Weshalb sollte ich erwarten (oder mir gar wünschen), daß sie anders ist als die Frauen, die ich kenne und gut leiden mag? (Nur, daß sie eben nicht glücklich sind.) (Aber wer ist das schon?) Falls sie nicht schon dies Jahr außer Haus ein ganzes Päckchen Zigaretten pro Tag raucht, wird sie nächstes Jahr außer Haus ein ganzes Päckchen Zigaretten pro Tag rauchen. Und falls sie nicht einen oder auch mehrere von ihren Freunden jetzt schon ranläßt, wird sie das eben später tun und überdies noch andere gängige Kunststückchen sexueller Art mit ihnen ausführen.

»Wie du bloß so von deiner eigenen Tochter reden kannst«, sagt meine Frau und verzieht angeekelt das Gesicht.

»Und wenn es nun wahr ist?«

»Auch dann nicht.«

(Und doch würden wir beide so von ihr sprechen, auch wenn sie nicht unsere Tochter wäre, denn meine Frau und ich haben abfällige Betrachtungen dieser Art über die meisten Freundinnen meiner Tochter angestellt, sowie über die gleichaltrigen oder jüngeren Töchter anderer Leute.) Es ist keine Frage der Moral mehr, auch nicht der Entscheidung, sondern nur noch eine Frage der Zeit. (Und meine Frau, die loyal und romantisch an den Dingen festhält, wie sie sein sollten, ignoriert ihre eigene Vergangenheit. Sie vergißt ganz, daß sogar wir das alles vor der Ehe miteinander gemacht haben.)

Und warum soll man behaupten, es wäre nicht so? Ich weiß, wohin meine Tochter unterwegs ist, weiß es von den Frauen, die ich kenne, die alle schon dort angelangt sind. Sie wird nicht zur Kirche gehen wie meine Frau. (Derzeit geht sie jeden dritten oder vierten Sonntag, um meine Frau zu beschwichtigen und einen emotionalen Kredit bei ihr aufzuhäufen, den sie später unverschämt überziehen wird. Über den Gottesdienst macht sie sich lustig und tauscht schnelle, spöttische Blicke aus dem Augenwinkel mit meinem Jungen, der dieses seltsame Ritual bereits einigermaßen albern findet.) Sie wird stattdessen Whiskey trinken; wird damit aufhören und nach einigen Jahren der Ehe wieder anfangen, um von da ab regelmäßig zu trinken wie meine Frau. Sie wird zwei Kinder haben oder drei, sie wird sich scheiden lassen (anders als meine Frau) und wird zum zweiten Mal heiraten, falls sie und die Kinder noch jung genug sind, wenn die erste Ehe scheitert. Sie wird Marihuana rauchen (wer tut das nicht? Bei uns in der Firma tun es sogar die Absolventen der feinsten Universitäten in der Geschäftsleitung und ich ebenfalls, wenn auf den Parties, die ich in der Stadt ohne meine Frau besuche, Marihuanazigaretten angeboten werden), falls sie es nicht überhaupt schon tut; wenn sie auf der Schule nicht mindestens einmal Marihuana geraucht hat, wird sie, von mir aufs College geschickt, dort damit anfangen, wo jeder, den sie kennenlernt und der auch nur ein bißchen was darstellt, schon Marihuana raucht. Sie wird gebürstet werden (Man kann unmöglich die Augen davor verschließen. Man kann nur wünschen, es möge ihr vom ersten Augenblick an Spaß machen. Allerdings fällt es mir schwer, ihr das zu wünschen. Und ich hoffe nur, sie macht mich niemals in diesem Punkt zu ihrem Vertrauten.) Eine Weile wird sie über die Stränge schlagen (und meinen, sie sei frei), wird nächtelang diskutieren, über ihre Lehrer und den Lehrplan klagen, keinerlei Interesse für ihr Studium zeigen und doch mühelos ausreichende Zensuren bekommen, falls sie nicht alles hinwirft, weil sie in Depressionen und Stumpfheit versinkt (was sie dann zu etwas Mystischem, Exaltiertem hinaufstilisieren wird, zu einer Höheren Einsicht etwa). Sie wird es mit Aufputschpillen versuchen und mit Barbituraten, mit Meskalin und LSD, falls LSD dann noch modern ist, mit Gruppensex (mindestens einmal), mit lesbischer Liebe (mindestens einmal und mindestens noch einmal mit einem Mann als Drittem, der zusieht und teilnimmt), sie wird mit Dichtern, Schwulen, Snobs, Nihilisten und Größenwahnsinnigen Umgang suchen, sich kleiden wie andere Mädchen, abtreiben lassen (mindestens einmal, oder es mir vorlügen. Alle jungen Frauen, die ich kennenlerne, haben mindestens eine Abtreibung hinter sich, oder behaupten es, weil sie glauben, mir damit zu imponieren), wird vorübergehend mit Negern schlafen, obwohl ihr das alles wahrscheinlich keine Freude bereitet und sie es im Grunde nicht will.

(Sie ist ein starrsinniges Mädchen und viel zu schwach, einer Modeströmung zu widerstehen.) Falls sie sich für ein Weilchen nicht dieser Spielart der Selbstzerstörung und der Selbstentwürdigung überläßt, dann eben jener; und falls sie Glück hat, geht sie aus dieser Periode zügelloser Lasterhaftigkeit und entschlossener Selbstverwirklichung nach zweieinhalb bis vierzweidrittel Jahren mit dem Gefühl hervor, unwert und ausgewrungen zu sein, verkrampft, reuig und überzeugt, allerorten gesucht, aber nichts gefunden zu haben, sie wird kein Selbstgefühl besitzen und nur noch wünschen, einen guten, ausgeglichenen, interessanten Mann zu heiraten (wie mich) und fortan mit ihm glücklich zu sein. Danach wird sie Kinder wollen. (Selbstverständlich wird sie den ersehnten Mann nicht finden; so gut sind wir nicht.) Ich hoffe, sie wird sich von süchtigmachenden Drogen fernhalten oder doch imstande sein aufzuhören, wenn sie findet, daß es Zeit ist. Ich hoffe, sie wird nicht schwanger und muß besagte Abtreibung nicht wirklich vornehmen lassen. Ich hoffe, sie erwähnt dies alles mit keinem Wort vor mir. (Ich hoffe, sie gerät nie so tief in den Sumpf, daß ich davon Kenntnis nehmen muß. Ich hoffe, sie kommt nicht bei einem Autounfall ums Leben.)

Ich kenne dieses holprige, abschüssige Terrain nur zu gut, ich weiß, daß sie bereits purzelbaumschlagend auf dem Weg nach unten ist, unaufhaltsam getrieben von einem Vorsatz und einem Schwung, die sie durchaus nicht frei gewählt hat (einerlei was sie selber darüber denken mag). Die Würfel sind gefallen (alea iacta est), wenn ich auch nicht weiß, wann sie geschüttelt wurden oder wer sie geworfen hat. (Ich bestimmt nicht.) Ganz augenscheinlich muß ich ihr, als sie klein war, fürchterlichen Schaden zugefügt haben, aber was und wann das gewesen sein soll, weiß ich nicht mehr. (Ich schwöre, es geschah nicht mit Absicht. Gelegentlich habe ich ihr wehtun wollen, das gebe ich zu, aber niemals für dauernd, niemals ernstlich, das schwöre ich.) Meine Tochter stürzt bereits kopfüber ihrer eigenen wirren Zukunft entgegen, sie schrammt von einem Hindernis gegen das nächste, und ich kann ihre Talfahrt ebensowenig aufhalten, wie ich einen Felsbrocken aus einer Lawine fischen könnte. (Bei dem Versuch würde auch ich umkommen. Sie ist unterwegs, sie gehört mir nicht mehr.) Entschlossen wirft sie sich blindlings in eine Phase oberflächlichen, unverständlichen Aufruhrs, dessen einzige Verlockung darin besteht, daß er mal was anderes bietet und obendrein die Befreiung von uns. (»Denk gefälligst positiv«, habe ich sie gedrängt. »Was willst du werden? Was willst du mit dir anfangen?« Würde man mir diese Frage stellen, könnte ich ebenfalls keine gute Antwort mehr darauf geben. Selbstmord? Warum nicht? Was wäre besser? Eine Tankstelle? Nein. Aber warum so eilig? Könnte ich mich nicht mit Frauen amüsieren und müßte ich mich zuhause nicht mit ernsten Fragen quälen, mein beschissener Job würde mich weiß der Himmel noch um den Verstand bringen.)

Ich neige zu der Ansicht, sie und ich seien jetzt zu einem stillschweigenden Übereinkommen gelangt, zu einem *modus vivendi,* zu der gemeinsamen Erkenntnis, daß wir bereits einer den anderen abgeschrieben haben, daß wir einer dem anderen in Wahrheit nicht mehr gehören, daß wir nur den Schein wahren, nur noch leere Gesten vollführen (wie ich ja auch meine Mutter lange vor ihrem Tod abgeschrieben hatte und sie mich ebenfalls, wie ich jetzt glaube. Sie durchschaute mich wohl, so umdüstert und alt und sprachlos sie auch war, sie machte mir etwas vor, indem sie zuließ, daß ich ihr etwas vormachte. Während der letzten Monate in jenem Pflegeheim verfiel sie sichtlich, aber ich wußte bei meinen tölpelhaften Besuchen nichts Sinnvolleres zu tun, als ihr scharf gewürzte Speisen anzubieten, fast eine Stunde an ihrem Bett zu sitzen und mit dem verstohlenen Blick auf die Uhr albernes Zeug zu schwätzen, für das sie sich nicht interessierte. Mehr Trost brachte ich für uns beide nicht auf in jenen letzten Augenblicken, die wir miteinander in alle Ewigkeit verbringen werden. Welche Gelegenheit für mich, für uns, etwas zu sagen. Nichts wollte heraus. Ich möchte jetzt wetten, daß diese lästigen, unproduktiven Besuche für sie durchaus nicht erfreulicher waren als für mich. Ich machte diese Besuche, weil sie meine Mutter war, und sie erduldete meine Besuche, weil ich ihr Sohn war. Ihr entging nichts, sie konnte in mich hineinsehen), wir warten den passenden Augenblick ab, meine Tochter und ich, während wir, um der Form zu genügen, so tun, als seien wir noch miteinander verwandt. Sie wohnt zuhause, sie hält sich an gewisse lockere Vorschriften, nimmt am Abendbrot teil; ich spreche mit ihr, kaufe ihr, was sie braucht, und heuchle Anteilnahme, bis sie alt genug ist, aus dem Haus zu gehen, aufs College oder anderswohin, was innigst zu wünschen sie unermüdlich beteuert.

»In allernächster Zukunft«, sagt sie, »vielleicht schon anfangs der Sommerferien, suche ich mir eine eigene Wohnung. In der Stadt. Entweder allein oder zusammen mit einer Freundin. Im Herbst möchte ich dann aufs Internat. Im Grunde hänge ich nicht an meinen Freunden hier.«

»Ich kann dir dabei behilflich sein«, sage ich lässig (und weiß auch schon, daß ich es falsch anpacke. Diesmal wollte ich durchaus nichts Unfreundliches sagen, doch die Wörter klingen so abweisend, daß ich ganz reumütig zusammenfahre). »Im Ernst, ich will dir gerne helfen, eine anständige Wohnung in einer guten Gegend zu finden, und ich gebe dir auch das Geld für die Miete und deinen Unterhalt.«

»Ich meine es ganz ernst.«

»Ich auch.«

»Du denkst, das ist alles ein Witz.«

»Überhaupt nicht. Ich muß für dich den Mietvertrag unterschreiben, du bist noch nicht alt genug.«

»Ich will mein eigenes Leben haben.«

»Wer hindert dich daran?« entgegne ich. (Und nun messen wir uns schon wieder in einem dieser aufreibenden Wortgefechte.) »Wie gesagt, ich bezahle deine Rechnungen und gebe dir die Erlaubnis auszuziehen, also hindert dich niemand.«

Ich kann meine Tochter so gut wie immer überlisten.

(Auch wenn ich es gar nicht will. Ich kann den Mund nicht halten.) Ich weiß nicht, wie ich es anders machen soll, wenn wir so mit Worten fechten und sie mir beweisen möchte, daß sie es ebenso gut kann wie ich. (Sie kann es nicht. Soll ich sie trotzdem gewinnen lassen?) Sie verletzt mich und ich verletze sie; sie schlägt zu und ich schlage zurück. Sie nötigt meine Frau und mich zu übertriebenen Ausgaben für Dinge, die sie nicht mehr schätzt, wenn sie sie besitzt (sie hat damit ein Mittel gefunden, Macht über uns auszuüben); ich lasse ihr den Triumph, leiste keinen Widerstand, klage nicht, mache keine Bemerkungen (so überliste ich sie. Auf die Dauer ist es einfacher für mich, auf diese eher unbeträchtlichen Summen zu verzichten, als mich darüber mit ihr in gefühlsgeladene und am Ende doch ergebnislose Diskussionen einzulassen. Ich besiege sie, so hat sich herausgestellt, indem ich mit allem Unsinn einverstanden bin, den sie vorschlägt). Sie hält mich für unreif. Es erbittert mich, wenn ich sie das sagen höre (auch wenn sie es anerkennend sagt, weil es mir gelungen ist, sie zum Lachen zu bringen; es ärgert mich, sie sagen zu hören, ich sei nie erwachsen geworden und ihrer Meinung nach kindisch und verspielt wie ein kleiner Junge. Meinem Jungen ist es immer furchtbar peinlich, wenn ich ihn und meine Tochter in der Öffentlichkeit durch Singen, komisches Watscheln oder laute, unpassende Bemerkungen im Fahrstuhl, im Supermarkt oder Drugstore zum Lachen bringen will), und sooft ich nach einer besonders brisanten Diskussion mit ihr wütend vor mich hinbrüte und mir selber leid tue, frage ich mich (und wünsche mir), warum sie mir nicht den Gefallen tut (und daß sie mir den Gefallen tut), endlich von zu Hause wegzulaufen wie andere unglückliche Mädchen ihres Alters auch (es wäre mir vielleicht nicht einmal recht. Fehlen würde sie mir wohl nicht, denn so gut stehen wir nicht mehr miteinander, aber ich müßte die fürchterlichsten Anstrengungen machen, sie aufzuspüren und die peinlichsten Unterhaltungen wegen ihres Durchbrennens über mich ergehen lassen), und mir das Leben erleichtert, indem sie mich in Frieden läßt. Und dann ist es ausgerechnet meine Frau, die mir Einhalt tut, die mich zwingt nachzudenken, wenn ich besonders mordlustig und verbittert bin, wenn ich vor Zorn außer mir gerate und vor Rachedurst schnaube, dann ist es meine Frau, die jene Worte ausspricht, die einiges Licht, ja einen Hoffnungsschimmer verbreiten und mich an das erinnern, was ich doch nie vergessen haben dürfte. Sie nennt mich dumm; sie sagt, daß ich durch und durch schlecht, egozentrisch, ja wahnsinnig geworden sei, daß ich »nichts tauge« (und dann bedauere ich wieder einmal, daß ich meiner Frau die Worte anvertraut habe, die meine Mutter, wie ich glaube, bei unserem letzten Beisammensein in jenem Pflegeheim auszusprechen versuchte). Es ist meine Frau, meine rührselige, mutlose, zu Wiederholungen neigende, oft genug geistlose Frau, die, von meiner Tochter mißhandelt und ihrerseits meine Tochter knechtend, voller Trauer und Mitgefühl Vorwürfe gegen mich erhebt und jene überraschende Beobachtung aus-

spricht, die meine Tochter plötzlich wieder deutlich in mein Gesichtsfeld rückt. Stumm weinend (Frauen, die weinen, kann ich nicht mehr ausstehen, das weiß sie, und darum will sie ihre Tränen unterdrücken) führt sie zur Verteidigung meiner Tochter an:
»Sie ist doch bloß ein kleines Mädchen.«

Meine Tochter ist bloß ein kleines Mädchen, und ich setze alles daran, sie bei unseren Wortgefechten zu überlisten. (Ich kann es einfach nicht lassen.) Ich rede mit ihr, wie ich mit einem Erwachsenen reden würde, mit Kagle, Green, Jane oder meiner Frau, gescheit, überzeugend, sarkastisch, leichtfertig. Auf ihre störenden Launen reagiere ich wie auf die Launen eines lästigen Erwachsenen. Bei unseren Wortwechseln will ich sie in Verlegenheit setzen, sie besiegen, mit Spottreden und Witzeleien übertreffen, und es gelingt mir meist. (Wenn ich nicht komischer sein kann, kann ich doch immer meinen Ärger steigern und den Sieg auf diese Art erringen.) Ich schäme mich; sie läßt mich vergessen, daß sie noch ein Kind ist. Mir liegt ungeheuer viel daran, sie bei jedem Wettbewerb zu schlagen. In einer Diskussion muß unbedingt ich die klügste Äußerung tun (ich messe mich mit ihr). Kritisiert meine Tochter mich, sagt sie ein abfälliges Wort über mich (und sei es ein gutgemeinter Scherz), kann mich das ebenso verletzen, beleidigen und aus dem Gleichgewicht bringen, wie wenn Green mich verhöhnt. (Ich zeige beiden nicht meine Gefühle; Green allerdings durchschaut mich wohl, er weiß, was in meinem Kopf vorgeht. Manchmal möchte ich am liebsten weinen.) Ich schmolle (und es ist dann beinahe, als wäre meine Tochter erwachsen und ich das Kind). Unsere Rollen sind vertauscht und das berührt mich gespenstisch. (Ich bin auf sie angewiesen. Ich wollte Bestätigung von ihr. Ich bekam sie nicht. Sie gibt mir keine, belästigt mich stattdessen mit ihren eigenen Schwierigkeiten. Sie beansprucht meine Zeit. Einiges von dieser Bestätigung gibt mir mein Junge – noch. »Wen hast du lieb?« kann ich ihn beinahe zu jeder Stunde des Tages fragen und er ruft freudig: »Dich hab' ich lieb, Daddy!« und stürzt sich so eifrig in meine Arme, daß wir beide taumeln. Er ängstigt sich aber vor Spinnen und Bienen – ich auch – und vor zerbröckelnden Fußgelenken, und ich ahne, daß uns beiden Unangenehmes bevorsteht. Wenn ein Freund oder Verwandter starb, wenn jemand, den ich gerne mochte oder gar liebte ganz weit weg verzog, habe ich nie bloß Trauer empfunden. Immer war da auch eine merkliche Unterströmung von Erlösung, Erleichterung, ein heimlicher schamloser Seufzer: »Gott sei Dank, das ist nun erledigt.« Was ich wohl beim Tod eines der Kinder empfinden würde?) Sie hat noch die Macht, mich zu verletzen; ich habe Macht, sie zu verletzen (wir haben einander vielleicht doch noch nicht abgeschrieben. Vielleicht möchten wir es gerade deshalb: wir sind einander gefährlich. Meine Frau kann mich nicht verletzen, meine Tochter wohl). Ich will ihr nicht wehtun. Sie soll mir nicht wehtun. Sie soll mich mögen. (Green soll mich mögen, überhaupt alle, denen ich begegne, sollen mich mögen, ausgenommen Leute, die ich bei näherem Umgang unbedeutend gefunden und vergessen habe.) Sie soll mir gehorchen und mich bewundern (und ich schlage brutal zurück, wenn sie mich herabsetzt oder frech wird). Widersetzlichkeit nehme ich von keinem der Meinen hin (auch nicht von Kellnern oder anderen angeblich untergeordneten Bediensteten, doch schweige ich da meist und lecke meine Wunden verstohlen). Von meiner Tochter verlange ich Respekt und fortgesetzte Zuneigung. Ich bekomme sie nicht.

»Es stimmt nicht, daß sie dich nicht mag«, sagt meine Frau, wenn ich sie gelegentlich um Rat und Hilfe angehe. »Sie betet dich an – merkst du das denn nicht?«

»Sie sagt das nie.«

»Du ja auch nicht.«

»Ich bete mich nicht an.«

»Ach – du weißt schon, was ich meine. Warum mußt du dummes Zeug reden, wenn es dir wirklich ernst ist?«

»Sie ist immer böse auf mich«, klage ich. »Auch wenn sie nicht böse auf mich ist, spielt sie es mir so lange vor, bis sie schließlich richtig böse wird. Bei dir macht sie es auch so.«

»Deshalb ist sie ja so empfindlich, wenn du böse auf sie bist, sie nicht beachtest oder keine Zeit für sie hast, wenn sie in dein Zimmer kommt, um sich mit dir zu unterhalten.«

»Sie weiß nie, worüber sie sich eigentlich unterhalten will.«

»Sie weiß nicht, was sie sagen soll.«

»Zu mir?«

»Sie weiß nicht, was dich interessieren könnte.«

»Warum versucht sie's dann?«

»Weil sie Eindruck auf dich machen will.«

»Das hat sie nicht nötig.«

»Sie versucht es trotzdem. Du bist mit deinen Gedanken immer woanders. Du tust immer, als störten wir dich und als wärest du am liebsten weit weg. Auch wenn du mit mir allein bist.«

»Laß das jetzt mal. Von dir ist nicht die Rede. Sonst wünschte ich mich wirklich weit weg.«

»Entschuldige, ich wollte das jetzt nicht erwähnen.«

»O doch, das wolltest du, sonst hättest du es nicht getan.«

»Willst du mich ärgern?«

»Nein. Zu dir sagt sie, sie kann mich nicht ertragen, und zu mir sagt sie, sie kann dich nicht ertragen, und überdies will sie sich mit mir zanken.«
»Sie weiß eben nicht, was sie sonst mit dir reden soll.«
»Was kann ich da tun?«
»Sie ist scheu.«
»Mir gegenüber?«
»Ja doch. Deshalb kommt sie so oft in dein Zimmer und stört dich. Sie möchte, daß du sie beachtest und ihr sagst, wie hübsch sie ist.«
»Wenn sie mir Vorträge hält, ist sie alles andere als hübsch.«
»Aber du findest sie doch hübsch?«
»Du vielleicht?«
»Sie könnte recht hübsch aussehen – wenn sie dünner wäre und ihr Gesicht und die Haare mehr pflegen würde.«
»Warum bringst du auch immer Mastfutter auf den Tisch und hast ständig Kuchen und Eis und Süßigkeiten im Haus?«
»Du hast recht. Ich weiß auch nicht, wieso. Ich vergesse es immer wieder.«
»Außer dir und ihr ißt keiner das Zeug.«
»Ich kaufe bestimmt keines mehr.«
»Ich weiß nicht, worüber ich mit ihr reden soll.«
»Und sie weiß nicht, worüber sie mit dir reden soll.«
»Was soll ich denn sagen, wenn sie mir erzählt, wie fett und häßlich sie ist und mich rundheraus fragt, ob ich sie für hübsch hielte, wenn sie nicht meine Tochter wäre! Ob sie mir dann auch gefiele? Dabei ist sie weder fett noch häßlich und weiß das ganz genau. Was soll man da sagen?«
»Sie weiß eben nicht, was sie sonst mit dir reden könnte. Sie hat Angst, von was anderem zu sprechen. Ich weiß auch nicht, was ich mit dir reden soll und es fällt mir auch nicht leicht, mit ihr zu reden.«
»Was heißt denn das nun wieder?«
»Keiner von uns kann mit dir reden. Ständig bist du gereizt. Und du wirst immer gleich böse.«
»Na hör mal.«
»Doch, wirklich. Wir kommen uns immer ganz dumm vor. Darauf legst du es an.«
»So schlimm bin ich nun auch nicht.«
»Vielleicht solltest du abends früher nach Hause kommen oder nicht so oft über Nacht in der Stadt bleiben.«
»Was hat das mit unserem Thema zu tun? Ich sitze eben lange im Büro.«
»Du könntest auch öfter mal ganz weg bleiben. Manchmal kommen wir sehr gut miteinander aus, wenn du nicht da bist.«

»Dann sollte ich vielleicht überhaupt wegbleiben.«
»So meinte ich es nicht.«
»Redest du von Scheidung?«
»Nein. Und das weißt du genau. Warum kommst du jetzt mit Scheidung?«
»Worüber beklagst du dich eigentlich?«
»Tue ich ja nicht. Entschuldige, daß ich das gesagt habe, ich wollte es nicht sagen, ich weiß nicht, wie ich darauf gekommen bin.«
»O doch, du wolltest das sagen, sonst hättest du es nicht getan. Man sagt nur, was man sagen will.«
»Das gilt auch für dich. Und darum glaubt sie, du verabscheust sie.«
»Tue ich aber nicht. Doch, manchmal. Wenn sie mich reizt.«
»Sie sagt, du schaust sie nie an.«
»Was meint sie denn damit?«
»Daß du sie nie anschaust, auch nicht wenn du mit ihr sprichst. Sie sagt, du schaust immer an ihr vorbei. Sie merkt solche Sachen. Sie meint, du findest sie so gräßlich, daß du ihren Anblick nicht erträgst.«
»Sie ist doch irre. Das stimmt nicht.«
»Schaust du sie an?«
»Bestimmt. Ich weiß nicht. Ich glaube schon. Warum sollte ich nicht?«
»Sie meint, du hast sie nicht lieb.«
»Sie hat unrecht.«
»Hast du sie lieb?«
»Selbstverständlich. Du nicht?«
»Das weißt du doch.«
»Du hast aber ewig was an ihr auszusetzen, mehr als ich.«
»Sie hat Angst.«
»Wovor?«
»Vor dir.«
»Blödsinn.«
»Wir wissen nie, was du für Launen hast.«
»Das ist ja eine reizende Bescherung.«
»Wir wissen nie, was man in deiner Anwesenheit sagen darf.«
»In Wirklichkeit habe *ich* Angst.«
»Wovor?«
»Vor euch. Wie findest du das? Vor euch allen. Ihr seid derart ängstlich und empfindlich, daß ich immer wie auf Eiern gehe. Gaubst du etwa, mir läge daran, daß ihr vor mir zittert? Ich weiß auch nicht, was ich hier sagen darf, ohne daß ich gleich jemand auf den Schlips trete. Ihr seid schlimmer als Green und Arthur Baron und Horace White. Ich fühle mich in meinen eigenen vier Wänden gehemmt. Kein Wunder, daß ich so oft brülle. Brülle ich wirklich so oft?«

»Seit neuestem ununterbrochen.«
»Ich meine es aber gar nicht immer so.«
»Du bist ständig gereizt.«
»Ich bin ständig gereizt vor lauter Erschöpfung.«
»Vielleicht bist du überarbeitet.«
»Ich bin nicht überarbeitet. Ich mache mir Sorgen.«
»Du solltest dich vielleicht nach einem weniger anstrengenden Job umsehen.«
»Hörst du eigentlich nie zu?«
»Wo du weniger zu tun hast.«
»Ich habe doch eben gesagt, daß ich nicht überarbeitet bin.«
»Ja. Ein anderer Job wäre bestimmt das richtige.«
»Ich suche mir ja gerade einen.«
»Hast du da mehr zu tun als jetzt?«
»Ich glaube, weniger. Die Verantwortung ist größer, aber der Druck ist geringer. Mehr Geld, mehr Sorgen. Was weiß ich.«
»Darfst du dann Reden halten?«
»Was meinst du damit?«
»Du weißt schon. Dein Referat.«
»Hm. Ja. Soviel ich will.«
»Ich kann Jack Green nicht ausstehen«, sagt sie.
»Warum nicht?« frage ich mißtrauisch.
»So ein Widerling!« ruft sie heftig. »Ich werde ihm nie verzeihen, was er dir angetan hat.«
»Was denn?« Ich fühle, wie mein Gesicht brennt, wie unerwartet eine geballte, abwehrende Wut in mir aufsteigt.
»Daß er dir nicht erlaubt hat, voriges Jahr auf der Tagung ein Referat zu halten, wie alle anderen. Bestimmt war er eifersüchtig. Sonderbar, daß Arthur Baron ihm das hat durchgehen lassen.«
»So wichtig war es nun auch wieder nicht.«
»Ich weiß doch, wie viel Mühe du dir damit gemacht hast. Ich kann mir denken, wie klein du dir vorgekommen sein mußt.«
»Sagst du sowas eigentlich mit Absicht?«
»Etwa nicht?«
»Ich komme mir jedenfalls jetzt nicht größer vor, weil du mich daran erinnerst.«
»Siehst du«, sagt sie. »In solchen Dingen bist du überempfindlich. Du solltest die neue Stellung lieber nicht annehmen, wenn du damit noch mehr Arbeit hast und noch mehr Sorgen.«
»Ich tu's vielleicht auch nicht. Wer braucht schon mehr Geld, Prestige und Erfolg.«

»Auf keinen Fall solltest du noch öfter verreisen.«
»Du kannst nie länger als eine einzige Minute bei ein und demselben Thema bleiben, oder?«
»Darauf habe ich geradezu gewartet. So sprichst du immer zu mir. Und auch zu ihr.«
»Ich rede jetzt aber zu dir. Laß uns nicht streiten. Dazu bin ich nicht hergekommen. Du und ich können uns später noch streiten.«
»Ich will mich nicht streiten.«
»Dann hör auf zu sticheln wie ein ach so unschuldiges Aas. Glaub' nicht, ich wäre so dumm, daß ich nicht wüßte, worauf du aus bist. Das Referat geht dich überhaupt nichts an. Warum redest du eigentlich unentwegt davon, wenn es dich so wütend macht? Du tust das bloß, damit ich es nicht vergesse.«
»Ich bin überhaupt nicht wütend auf dich, weil du das vorhin über mich gesagt hast – daß ich nicht beim Thema bleiben kann. Du hältst mich für die dümmste Person auf Gottes Erdboden. Und ich will jetzt auch nicht sticheln. Aber du weißt doch wohl, in welchem Ton du eben mit mir geredet hast. Genau so redest du mit ihr, in genau demselben Ton. Vergiß nicht immer, daß sie erst fünfzehneinhalb ist, wenn du mit ihr redest.«
Meine Frau hat recht.
Ich spreche mit meiner Tochter nicht wie ich zu einem Kind sprechen sollte und auch spräche, wäre ich nicht ihr Vater. Ich bin nicht nett zu ihr. Benimmt mein Junge sich daneben, so behandele ich ihn zärtlich als ein unachtsames, zu Streichen aufgelegtes oder übermüdetes Kerlchen, das man küssen muß und nur ganz sanft tadeln darf; seine Fehler sind normal und vorhersehbar, ja, geradezu liebreizend, und ich korrigiere sie nachsichtig, wenn nicht ehrfürchtig. Macht meine halbwüchsige Tochter etwas falsch, dann ist es *falsch;* es stellt einen unentschuldbaren, vorsätzlichen, kränkenden Angriff gegen mich dar, der schnelle, strenge Bestrafung fordert. (Ich behandele meine Kinder nicht gleich.) Warum nur? Weil sie eine Tochter ist? Oder das erstgeborene Kind, von dem ich zuviel erhoffte und das mich daher jetzt enttäuscht? Oder weil sie bereits in der Pubertät ist, heran- und von mir fortwächst, meiner Autorität entgleitet, sich schon darauf einrichtet, ohne mich zu leben, meine Weisheit, meine Prinzipien, mein Können rundheraus infrage stellt und mir droht, mich, sobald sie kann, aus der angeschlagenen Festung meines diktatorischen Selbstgefühls zu vertreiben? Muß ich etwa die gleichen Angriffe und Zurückweisungen auch von meinem Jungen erdulden und überleben, wenn der älter wird? Ich hoffe nicht, denn es würde mir keine Befriedigung verschaffen (glaube ich), ihn zu besiegen. (Gott sei Dank ist

mein drittes Kind schwachsinnig. Ich meine das nicht wirklich so, ich will sagen: Gott sei Dank wird es mir erspart bleiben, daß Derek rebelliert. Ich weiß, was ich empfinden werde, wenn Derek stirbt oder endgültig fortgeschickt wird: Erleichterung, Befreiung. Ich werde einen lange zurückgehaltenen Seufzer ausstoßen und sagen, vielleicht sogar laut zu jemand, dem ich vertrauen zu können glaube:
»Nun, den hätten wir endlich auch hinter uns.«)
Ich suche mich zu erinnern, wann die Rivalität zwischen mir und meiner Tochter angefangen hat. Ich kann es nicht. Manchmal scheint mir, es sei immer schon so zwischen uns gewesen, wir hätten uns nie besser miteinander vertragen, es sei nie anders gegangen. Ich möchte meiner Tochter nach Kräften ihre Misere erleichtern, ihr dazu verhelfen, daß sie glücklicher, mit sich selbst zufriedener wird. Ich weiß aber nicht, wie. (Gern ertappe ich meine Tochter bei Nachlässigkeiten und auf Lügen, um von ihr zu hören, daß es ihr leid tut.)
»Sie möchte davon überzeugt sein, daß du sie lieb hast«, sagt meine Frau. »Sie glaubt es nämlich nicht.«
»Ich habe sie lieb. Und sie weiß es.«
»Woher?«
»Nun, ich habe sie doch lieb.«
»Woran soll sie das erkennen? An deinem Verhalten? Du sagst es ihr nie.«
»Das stimmt nicht.«
»Wann denn?«
»Sie ist schließlich meine Tochter. Ich kann nicht unentwegt zu meiner Tochter sagen ›Ich liebe dich‹.«
»Warum nicht?«
»Weil das nach Blutschande aussieht.«
»Bloß in deinen Augen. Sie nimmt an, du bist von ihr enttäuscht.«
»Du bist von ihr enttäuscht. Und du zeigst es ihr deutlich.«
»Bloß weil ich weiß, daß mehr in ihr steckt. Sie wäre heute eine gute Tänzerin, Pianistin oder Schauspielerin, wenn sie sich nur früh genug dahintergeklemmt hätte. Sie war so begabt. Beim Ballett oder auf der Schauspielschule könnte sie sich sogar jetzt noch ausbilden.«
»Also streite es nicht ab und beschuldige nicht stattdessen mich.«
»Ich weiß doch, wie es mir gegangen ist. Ich wollte, ich hätte nicht aufgegeben. Meine Mutter hat mir immer zugeredet. Wenn doch bloß mein Vater sich rausgehalten und zugelassen hätte, daß meine Mutter mich zum Üben zwang. Dann wäre womöglich was aus mir geworden.«
»König von Frankreich vielleicht.«
»Ich bin deine Frau, aber zu mir sagst du auch nie, daß du mich liebst.«

»Du bist meine Frau. Deshalb ist das unnötig.«
»Das ist nicht mehr zum Lachen.«
»Ist schon wieder von dir die Rede?«
»Ach, ach, ich weiß überhaupt nicht mehr, wovon ich reden soll. Ich weiß nicht, was mit mir anfangen. Ich weiß nicht, wie die Zeit totschlagen. Was soll ich mit der Zeit anfangen, wenn ich sie nicht totschlagen kann?«
»Trink noch einen Schluck.«
»Schön. Holst du mir ein Glas?«
»Gern. Und ich weiß nicht, was ich mit meiner Tochter anstellen soll.«
»Ich auch nicht«, sagt meine Frau mit dünner, hohler Stimme. »Sie bricht mir das Herz«, setzt sie mürrisch hinzu. »Was für ein Aas sie sein kann, wenn sie mich verletzen will.«
»Ich weiß.«
»Und du auch. Du Lump. Was kannst du für ein Widerling sein. Wenigstens freundlich könntest du sie behandeln, wenn sie mit dir reden will, auch wenn's wehtut.«
»Mach' ich ja. Und es tut weh.«
»Darum ist sie ja so. Sie weiß nicht, wie sie dich auf sich aufmerksam machen soll.«
»Und du?«
»Ich vielleicht auch. Aber nicht einmal dieser Weg bleibt mir noch. Dir ist es schon ganz einerlei, ob ich gemein zu dir bin oder nicht. Dir ist es völlig piepe.«
(Da hat sie möglicherweise recht.)
Meine Frau kann für ein Weilchen mein Gewissen aufrütteln (falls ich es zulasse), sie hat aber nicht mehr die Macht mich zu verletzen (deshalb fühle ich mich bei ihr sicher, deshalb habe ich wohl geglaubt, es täte mir gut, sie zu heiraten). Sie wünscht sich diese Macht. Sie möchte hören, daß sie mehr für mich bedeutet, als sie für mich zu bedeuten glaubt, möchte glauben, ich brauche sie. (Ich brauche sie nicht. Ich glaube nicht, daß ich sie brauche. Ich lasse sie nicht merken, daß ich sie brauche.) Sie will, daß ich sage, ich liebe sie, wenn sie mich dazu auch nicht mehr auffordert (am Valentinstag schenke ich ihr jetzt eine Bonbonniere, und sie freut sich darüber, obwohl wir beide wissen, daß es eben nur eine Schachtel Konfekt ist. Immerhin ist es eine Schachtel Konfekt und die ganze Familie knabbert gerne Konfekt, außer mir), und sie hat auch zuviel Stolz (oder gesunden Menschenverstand) um sich darüber zu verbreiten, daß ich so häufig die Nacht in der Stadt verbringe oder etwa nachzubohren, ob ich mit anderen Frauen schlafe (was sie von anderen uns bekannten Ehe-

männern annimmt. Falls das jemals zum Vorschein käme, wie jene kleine Maus, vor der ich mich ehedem in unserer Stadtwohnung so fürchtete, dann würde *sie* etwas unternehmen, würde *sie* handeln müssen – und ich weiß, daß sie das nicht will. Ihr liegt nämlich gerade so viel daran wie mir, daß wir beisammenbleiben, bis die Uhr oder das Leben abgelaufen ist). Ich möchte nicht, daß meine Tochter so wird wie die jungen Frauen, mit denen ich mich derzeit abgebe (von diesen kann mich ebenfalls keine verletzen. Ich wähle sie entsprechend, das heißt, ich scheide die anderen von vornherein aus und lasse mich gar nicht mit ihnen ein), aber was für eine Sorte Frau sie werden soll, weiß ich nicht. (König von Frankreich wird sie auch nicht). Nie wird sie in Radio City als Tänzerin auftreten. Ein Weilchen wird sie die Freundin irgendeines Jünglings sein, dann die eines anderen, schließlich eine unglückliche Ehefrau und Mutter, die mit ihren Kindern nicht besser zurechtkommt, als ich mit meinen, und ich ahne nicht, was sonst je aus ihr werden könnte oder wie ich ihr zu was besserem verhelfen sollte – ausgenommen zu nichts. (In der uns zugemessenen Spanne kann uns wirklich nur sehr wenig geschehen, es gibt nicht viele Alternativen und nur geringe Aussichten, etwas zu werden, allerdings erkennen weder meine Frau noch meine Tochter das schon.)

»Du redest nicht gerne mit mir, nicht wahr?« sagt meine Tochter zärtlich und leise zu mir, und diesmal spricht sie nicht um der Wirkung willen.

»O doch«, widerspreche ich und weiche schuldbewußt ihrem Blick aus.

(In ihrer Aufrichtigkeit ist sie sehr verletzbar, und verletzen will ich sie nicht.)

»Nicht mal ansehen tust du mich.«

»Ich schaue dich doch an.«

»Nur, weil ich das jetzt gesagt habe. Vorher hast du über meine Schulter gesehen, wie immer.«

»Ich habe eine Fliege beobachtet. Jedenfalls dachte ich, dort sitzt eine. Wenn ich dich anschaue, fragst du mich, weshalb ich dich anstarre. Mit deiner Mutter machst du es ebenso. Und du bist diejenige, die brüllt.«

»Wenn ich hier reinkomme und mit dir reden möchte, siehst du mich immer gereizt an, weil ich dich angeblich störe, auch wenn du nur eine Illustrierte liest oder auf deinem Block kritzelst.«

»Manchmal sagst du mir eine Stunde lang gute Nacht oder auch zwei, du kommst immer noch mal rein, weil du vergessen hast, mir was zu sagen. Fünfmal, sechsmal. Jedesmal denke ich, nun ist sie aber im Bett und du kannst dich konzentrieren, aber dann kommst du doch wieder rein und störst mich. Ich glaube zuweilen, du willst mich bloß damit ärgern.«

»Mir fällt immer noch was ein.«
»Übrigens bin ich nicht immer ärgerlich.«
»Ich bin die einzige, die sich in dein Zimmer traut.«
»Bin ich wirklich immer böse?«
»Die anderen fürchten sich alle vor dir.«
»Nur das Mädchen nicht«, versuche ich einen kleinen Scherz.
»Die zähle ich nicht mit.«
»Ich setze mich hierher, entweder um zu arbeiten oder eine Weile allein zu sein und mich zu entspannen. Warum ihr alle Angst vor mir habt, obwohl ich keinem je was tue, nicht einmal damit drohe, begreife ich nicht. Ich bin nun mal hin und wieder gern allein. Ich habe übrigens nicht den Eindruck, daß einer von euch sich davor scheute, mich nach Herzenslust hier zu stören oder mir an den Kopf zu werfen, was ihm gerade einfällt. Das geschieht ununterbrochen.«
»Wenn du zu Hause bist, sitzt du fast nur hier drinnen. Deshalb müssen wir schon hereinkommen, wenn wir mit dir reden wollen.«
»Ich habe viel zu tun. Ich verdiene eine Menge Geld, auch wenn es dir nicht so vorkommen mag. Ich arbeite schwer.«
»Du sagst doch immer, deine Arbeit ist kinderleicht.«
»Manchmal nicht. Ich bin hier meist intensiv beschäftigt. Wenn du mich auf dem Block kritzeln siehst, denke ich entweder nach oder ich mache Notizen für den nächsten Tag im Büro oder ich nehme mir Sachen vor, zu denen ich im Geschäft einfach nicht komme.«
»Wenn du sagst, du hast mit mir zu reden, willst du mich bloß ausschimpfen oder verwarnen, oder du brüllst mich an, weil ich angeblich was ausgefressen habe.«
»Das stimmt doch nicht.«
»O ja.«
»Wirklich?«
»Nie besuchst du mich in meinem Zimmer.«
»Ach nein.«
»Wann warst du das letzte Mal dort?«
»Du hast uns verboten, dein Zimmer zu betreten. Ich bin unerwünscht. Du hältst die Tür ständig geschlossen, und wenn ich mal anklopfe und reinkomme sagst du, ich möchte bitte gleich wieder rausgehen.«
»Weil du nie reinkommst.«
»Das ist doch wohl Unsinn.«
»Ist es nicht. Mommy würde mich verstehen. Du willst nämlich überhaupt nie reinkommen.«
»Ich dachte, du magst deine Mutter nicht leiden?«
»Manchmal schon. Sie versteht, was ich sagen will. Aber du – wenn du

schon mal in mein Zimmer kommst, dann sagst du höchstens, ich soll das Fenster aufmachen oder meine Sachen vom Fußboden aufheben.«
»Das ist leider nötig.«
»Das macht Mommy schon.«
»Trotzdem liegt alles immer auf dem Fußboden.«
»Irgendwann hebe ich das Zeug auf. Das ist doch wirklich nicht so wichtig. Es gibt Wichtigeres, worüber du mit mir sprechen könntest, oder?«
»Schön, ich will versuchen, nie wieder sowas zu sagen. Aber was ist denn wirklich wichtig?«
»Ich habe Plakate an den Wänden und süße, selbst bemalte Lampenschirme und Collagen aus Reklamephotos, die sind richtig Klasse. Und ich lese gerade ein Buch von D. H. Lawrence. So gut hat mir überhaupt noch keins gefallen.«
»Das alles finde ich hoch interessant«, sage ich zu ihr. »Deine Plakate würde ich mir gern ansehen, auch die Collagen und die süßen Lampenschirme. Und wie heißt das Buch von D. H. Lawrence?«
»Du magst ihn doch nicht.«
»Mein Geschmack ist nicht maßgebend. Und ich würde mir gerne ansehen, wie du dein Zimmer eingerichtet hast.«
»Jetzt?«
»Wenn du einverstanden bist?«
Sie schüttelt den Kopf. »Du hast keine Lust. Du würdest nur so tun, als sähest du dir alles an und mir dann sagen, ich soll meine Sachen vom Fußboden aufheben.«
»Liegen sie denn wieder herum?«
»Da siehst du es. Du willst immer nur Witze machen. Echt interessiert an dem, was ich mache, bist du nicht. Du interessierst dich bloß für dich selber. Für mich jedenfalls kein bißchen.«
»Und du dich nicht die Spur für mich«, schlage ich sanft zurück. »Frage ich dich wirklich mal nach deinen Dingen, dann denkst du, ich will schnüffeln oder dich bei einer Schwindelei erwischen.«
»Das stimmt ja auch meist.«
»Aber nicht immer. Du lügst oft. Und du hast oft genug was zu verbergen.«
»Und du läßt mich nicht. Du willst immer alles wissen. Und Mommy auch.«
»Es sind oft Dinge, die wir wissen müssen.«
»Und oft sind es welche, die euch überhaupt nichts angehen.«
»Dazu muß ich eben wissen, worum es sich handelt.«
»Du könntest mir glauben.«

»Du weißt, daß ich das nicht kann.«
»Sehr schmeichelhaft.«
»Du lügst ziemlich viel.«
»Es macht dir keinen Spaß, dich mit mir zu unterhalten. Nie willst du mit mir diskutieren, nie erzählst du mir was. Du sagst bloß, ich soll meine Schulaufgaben machen. Mommy redet viel öfter mit mir als du.«
»Warum hast du sie dann nicht lieber?«
»Ich mag ihre Sprüche nicht.«
»Übrigens bist du ungerecht. Erzähle ich dir mal was von meiner Arbeit, dann schneidest du eine abfällige Grimasse und machst dumme Witze. Du findest meine Arbeit nämlich unwichtig.«
»Du findest sie ja auch nicht wichtig. Du arbeitest ja nur, um Geld zu verdienen.«
»Und ist es etwa nicht wichtig, daß ich für dich und die übrige Familie Geld verdiene? Es ist auch wichtig, daß ich mir mit guten Leistungen meine Selbstachtung erhalte, wenn schon die Arbeit als solche keine Bedeutung hat. Es ist durchaus nicht immer angenehm für mich, anhören zu müssen, wie meine Kinder über meine Arbeit in der Firma lästern. Auch wenn ihr es im Scherz meint, was mir durchaus nicht so gewiß ist. Ich verbringe schließlich einen großen Teil meines Lebens damit.«
(Warum nur muß ich auch aus dieser Diskussion als Sieger hervorgehen? Und warum bediene ich mich zu diesem Zweck eines weinerlichen Appells an ihr Mitleid? Warum muß ich mich wie ein Gockel aufblasen, meine glänzende Logik, meine größere Sprachfertigkeit und bessere Detailkenntnis gegen ein fünfzehnjähriges Kind ins Feld führen, noch dazu mein eigenes? Ich könnte doch ebensogut sagen: »Du hast recht, verzeih mir bitte, es tut mir leid.« Auch wenn in Wirklichkeit ich im Recht bin und es mir keineswegs leid tut. Sagen könnte ich es immerhin. Aber nein. Und ich gewinne tatsächlich, denn sie sieht schon weniger entschlossen drein, die zögernden Pausen werden länger, und jetzt weicht ihr Blick dem meinen unsicher aus. Ich entspanne mich selbstzufrieden, ein flüchtiger Schauer der Verachtung fliegt mich an für einen unebenbürtigen Gegner, meine heranwachsende Tochter. Ich bin wahrlich ein Lump. Aber wenigstens ein erfolgreicher.)
Meine Tochter erwidert schuldbewußt: »Ich interessiere mich schon für deine Arbeit.« Sie möchte sich rechtfertigen: »Ich frage dich auch manchmal danach.«
»Und ich beantworte deine Fragen immer.«
»Mit dummen Witzen.«
»Weil ich schon weiß, daß du mich verspotten willst.«

»Wenn du nicht dumme Witze machtest, würde ich vielleicht nicht spotten.«
»Ich werde nie wieder dumme Witze machen«, witzele ich.
»Schon wieder«, sagt sie. (Schlau ist sie ja, und es gefällt mir sehr, daß sie so alert reagiert.)
Meine Tochter bleibt ernst. »Jetzt schmunzelst du schon wieder«, wirft sie mir leise vor. »Aus allem machst du einen Witz, auch jetzt, wo wir doch ernst sein wollten.«
Ich wende den Blick weg von ihrem Gesicht und schaue beklommen über ihre Schulter auf das Bücherregal hinter ihr. »Tut mir leid. Ich wollte dich nur ein bißchen aufheitern und zum Lachen bringen.«
»Es gibt aber nichts zu lachen.«
»Nun, es tut mir leid, wenn du so denkst.«
»Nichts kannst du ernst nehmen.«
»O doch. Aber nun sei nicht frech, sonst müßte ich wirklich Ernst machen.«
»Immer ziehst du alles ins Lächerliche, nie willst du ernsthaft mit uns reden.«
»Das stimmt nicht. Und du zwingst mich bereits zum dritten Mal, das abzustreiten.«
»Sobald es ernst wird, versuchst du dich mit einem Witz herauszuwinden.«
»Dies ist das vierte Mal.«
»Oder du wirst böse, bläst dich auf und brüllst. Gleich ist es wieder so weit.«
»Tut mir leid«, sage ich und dämpfe meine Stimme. »So bin ich nun einmal. Meine Nerven sind angegriffen. Ich bin keineswegs stolz darauf. Du darfst aber nicht vergessen, mein Herzblatt, was kein Mensch mehr zu beachten scheint, daß nämlich auch ich Gefühle habe, Kopfschmerzen bekomme, nicht immer meine Launen beherrschen kann, wenn es auch so aussieht, als gäbe ich hier den Ton an. Auch ich bin nicht immer glücklich. Bitte, sprich weiter.«
»Warum sollte ich?«
»Möchtest du nicht?«
»Es macht dir doch keinen Spaß, mit mir zu reden.«
»O doch.«
»Jetzt?«
»Ja. Sag einfach, was dir durch den Kopf geht. Ich merke dann schon, ob es mir Spaß macht. Sonst muß ich immer raten.«
»Ist Derek so zur Welt gekommen, wie er jetzt ist?«
»Selbstverständlich. Wir glauben es jedenfalls.«

»Oder ist er so geworden, weil einer von uns ihm was angetan hat?«
»Er ist so geboren.«
»Warum?«
»Das weiß niemand. Das ist ein Teil des Rätsels. Niemand weiß, was mit ihm geschehen ist.«
»Vielleicht möchte ich das mal studieren – Anthropologie.«
»Du meinst Genetik.«
»Mußtest du das unbedingt sagen?«
»Du möchtest doch lernen, oder?«
»Nicht immer.«
»Und ich dachte, du würdest einen Fehler gerne korrigieren.«
»Aber doch nicht jetzt. Was ich sagen wollte, hast du sehr gut verstanden. Du brauchtest mir nicht unter die Nase zu reiben, daß du schlauer bist als ich.«
»Du bist sehr gescheit und aufgeweckt. Du solltest vielleicht Jura studieren. Das ist ein Kompliment, und Komplimente mache ich dir nicht oft.«
»Das darfst du laut sagen.«
»Dir macht es Spaß, jemand in die Enge zu treiben. Mir auch.«
»Ich glaube fast, ich möchte so werden wie du.«
»Ich war glücklicher.«
»Hast du deine Eltern enttäuscht?«
»Daran erinnere ich mich nicht mehr. Hast du deine enttäuscht?«
»Ich weiß es nicht.«
»Meine Mutter habe ich wohl wirklich enttäuscht. Aber später, nicht als Kind. Erst als ich älter war und wegzog von zuhaus.«
»Nie nimmst du mich in den Arm oder gibst mir einen Kuß oder knudelst mich, wie andere Väter.«
Sie hat große, dunkle Schatten unter den jetzt roten, verschwollenen Augen und sieht bejammernswerter aus als irgendwer, den ich je angestarrt habe. (Ich möchte den Blick losreißen.)
»Aber du selber wolltest nicht mehr, daß ich dich küsse«, sage ich leise und zärtlich und bemitleide sie ungeheuer (mich auch. Wenn ich jemanden bemitleide, stellt sich heraus, daß ich zugleich auch mich bemitleide).
»Früher habe ich es getan. Ich wollte dich immer knudeln und küssen. Dann hast du mich weggeschoben, hast Grimassen geschnitten, dich abgewendet und angewidert geschnaubt. Und gelacht. Anfangs war es wie ein Scherz, jedenfalls glaubte ich das. Aber dann wurde es zur Gewohnheit. Immer hast du dich losgemacht, wenn ich dir einen Kuß geben wollte, das Gesicht verzogen und angewidert geschnaubt.«
»Und nun versuchst du's erst gar nicht mehr.«

»Es war nicht angenehm für mich, so gekränkt zu werden.«
»Das hat dich gekränkt?« In ihren Augen bemerke ich ein allzu eifriges Glitzern. »Hat es dich unglücklich gemacht?«
»Ja.« Unser Dialog wird eintönig. (Ich weiß nicht mehr, wann es anfing mich zu kränken, daß sie meine Zärtlichkeiten mit gespieltem Ekel abwehrte; ich weiß auch nicht mehr, ab wann es mir gleichgültig wurde.)
»Ich war sehr unglücklich, ich fühlte mich gekränkt.«
»Das hast du nie gesagt.«
»Diese Befriedigung wollte ich dir nicht gönnen.«
»Damals war ich doch noch klein.«
»Trotzdem kränkte es mich.«
»Ich war doch noch ein kleines Mädchen damals! Und du hättest dich nicht überwinden können, mir zuliebe nachzugeben?«
»Bestimmt nicht.«
»Würdest du jetzt nachgeben?«
»Nein.«
»Nein?«
»Nein, ich glaube nicht. Ich glaube nicht, daß ich dir jemals erlauben würde, dich auf diese Weise an mir zu bestätigen.«
»Ich habe dich also sehr enttäuscht?«
»Warum?«
»Bestimmt bist du enttäuscht. Und Mommy auch.«
»Warum sollten wir?«
»Von ihr weiß ich es. Ich kann überhaupt nichts richtig.«
»Was zum Beispiel? Ich kann ebenfalls nichts.«
»Meine Haare und meine Haut sind fettig. Pickel hab' ich auch. Ich bin nicht hübsch.«
»Doch bist du hübsch.«
»Ich bin zu groß und zu dick.«
»Wofür?«
»Ich weiß nicht mal, ob ich was können möchte. Ich wüßte nicht, was ich damit anfangen sollte.«
»Womit zum Beispiel?«
»Mit einem künstlerischen Talent etwa. Ich kann weder malen noch bildhauern. Besonders gescheit bin ich auch nicht und musikalisch auch nicht. Ballett übe ich ebenfalls nicht.«
»Ich übe auch nicht Ballett.«
»Mir ist nicht zum Lachen!«
»Ich scherze ja nicht« (hatte es aber eben versucht).
»Wir verstehen uns eben nicht auf solche Sachen.«
»Nicht mal reich sind wir.«

»Daran bin ich schuld, nicht du.«
»Das wäre immerhin etwas. Darauf könnte ich wenigstens stolz sein. Glaubst du, wir werden mal reich? Ich meine richtig reich, so wie die Eltern von Jean oder Grace?«
»Nein, es sei denn, du verdienst das große Geld.«
»Ich bin völlig unfähig. Muß ich mich deshalb schämen?«
»Weshalb?«
»Weil wir arm sind?«
»Wir sind nicht arm.«
»Oder deinetwegen?«
»Aufrichtig bist du jedenfalls.«
»Findest du das richtig?«
»Was soll ich darauf sagen?«
»Die Wahrheit.«
»Ich hoffe, du mußt dich nicht meinetwegen schämen. Übrigens schämt man sich, weil man nicht anders kann, und nicht weil man sich schämen soll oder nicht soll. Ich finde, ich darf mich durchaus sehen lassen. Jean schämt sich ihres Vaters, weil sie ihn dumm und gemein findet. Von mir hält sie mehr. Grace ebenso. Grace mag mich, glaube ich, sogar sehr viel lieber als ihren Vater.«
»Aus mir wird bestimmt nie was.«
»Irgendwas wird aus jedem.«
»Du weißt genau, wie ich das meine.«
»Also was meinst du?«
»Eine Berühmtheit.«
»Wer wird das schon.«
»Ich nehme es dir nicht übel. Ich kann euch beiden nicht übelnehmen, daß ihr von mir enttäuscht seid.«
»Das sind wir nicht. Oder meinst du wirklich, wir müßten enttäuscht sein, bloß weil du keine überwältigenden Leistungen zeigst?«
»Dann habt ihr also auch nie etwas von mir erwartet, stimmt's?« beschuldigt sie mich überraschend heftig.
»Hör mal, das ist aber ungerecht«, werfe ich ihr vor.
»Ja, zum Lachen ist es nicht.«
»Aber, mein Herz, ich –«
Doch schon ist sie auf und davon, Trauer und Widerwillen im Gesicht, gerade als ich begütigend die Arme gegen sie ausstrecke (und ich stehe wieder einmal mit ausgestreckten, aber leeren Händen in meinem Arbeitszimmer, bereit, ans Herz zu drücken, was überhaupt nicht da ist).
Ich habe ihr etwas angetan (oder tue ihr etwas an), was sie mir nicht vergeben will, und ich weiß nicht, was das ist (und nicht, ob sie es ist, der

ich es antue. Ich weiß, es ärgert und kränkt sie, wenn ich betrunken oder auch nur beschwipst bin. Sie mag nicht, daß ich mit ihren Freundinnen flirte). Ich möchte mich darauf besinnen, wann dieser ätzende, alberne Kummer begonnen hat, in den sie sich so häufig flüchtet. Gewiß ist er auf nichts zurückzuführen, was dieses Jahr geschah, denn im vorigen Jahr war sie kaum anders, und im vorigen Jahr ist ebenfalls nichts passiert, denn da war sie nicht viel anders als im Jahr davor. (Mit fünfzehn ist sie kaum anders als mit neun.) Soweit ich mich erinnern kann, ist sie immer schon so ziemlich dieselbe Person gewesen, die sie jetzt ist, nur eben kleiner. Und doch muß irgendwo ein Bruch erfolgt sein, muß es ein Ende und einen Anfang geben, ein kritisches Intervall in ihrer Entwicklung von einiger Breite und Dauer, das ich vergessen oder übersehen habe (wie ja auch irgendwo in meiner Vergangenheit der Beginn einer Metamorphose markiert sein muß, den ich damals nicht beachtet habe und an den ich mich deshalb jetzt nicht erinnere), denn sie war einmal ein Baby (das war sie wirklich, daran erinnere ich mich), ein verspieltes, dickes, fröhliches, neugieriges, lebhaftes, kicherndes, reaktionsfreudiges Baby, leicht zufriedenzustellen, leicht zu interessieren und leicht abzulenken. (Was ist aus diesem Baby geworden? Wo ist es geblieben? Wo steckt es jetzt? Und wie ist es dorthin geraten? Es ist doch unmöglich, daß solche Lebewesen oder solche Entwicklungen von einem Augenblick zum Nächsten wie nie gewesen sind. Oder? Was ist denn aus dem liebreizenden Ich geworden, das es einmal gab? Manches an ihm ist mir noch gut in Erinnerung, und ich weiß, gegeben hat es das mal.) Was ist aus ihrer frühen Kindheit geworden, jener spurenlosen Wildnis zwischen dem Baby von damals und der Tochter von heute, die wir stets einigermaßen im Auge behielten? (Wo ist diese frühe Kindheit? Wo war sie? Wann – ich kann mich lückenlos ihrer Vergangenheit erinnern, und ich weiß es nicht – hat sie stattgefunden? Soviel weiß ich: Es war einmal ein lustiges Baby in meiner Wohnung, ein kleines Mädchen auf hohem Kinderstühlchen, das mit gutem Appetit aß und trank und oft und herzlich lachte; es ist jetzt nicht mehr da, ist nirgendwo aufzuspüren. Und ich weiß noch eines: es war einmal ein kleiner Junge, der überraschte seinen großen Bruder im Kohlenschuppen mit einem Mädchen und bekam einen Klumpen Kohle nachgeworfen; er öffnete eine Tür und erblickte Vater und Mutter in der Umarmung auf dem Bett oder glaubt das jedenfalls; dieser Vater und diese Mutter sind tot, und der kleine Junge wird vermißt; woher er kam, weiß ich nicht, wohin ich verschwunden bin, weiß ich nicht; ich weiß nicht, was inzwischen aus mir geworden ist. Er fehlt mir. Ich wüßte gern, wo er gesteckt hat.) Wo in ihrem Leben (und in meinem selbstverständlich auch) war eigentlich jene legendäre, glückliche

Kindheit, von der man soviel zu hören pflegte (die sorglosen Tage voll Freude und Sonnenschein, ha, ha, jenes rechtmäßige, durch Geburt erworbene Erbe), die sogar jetzt noch zu genießen sie Anspruch hat (gemeinsam mit all den vergammelten, übelgelaunten, untauglichen gleichaltrigen Freunden), auf die sie später dankbar und ohne Furcht als auf ein Schatzkästlein der Erfahrung zurückblicken soll (wie meine Frau, deren Kindheit in Wirklichkeit in einer erstickenden Aschenwüste verlief, bis ich dahersprengte und sie aus dem Elend ins Land der Träume und der ununterbrochenen Seligkeit entführte. Ha, ha), wenn das Leben altert und sich abnutzt (die Zähne fallen aus, an den Zehen platzt die Haut, der Spann schmerzt, das Rückgrat ebenfalls und die Schuhe passen nicht mehr), trocken wird und bitter? Wo ist eigentlich diese selige Kindheit, von der jeder annimmt, jeder andere habe sie gehabt? Ich weiß genau, daß ich keine hatte (wenn ich vielleicht auch geglaubt habe, eine zu haben und mir denken könnte, warum ich keine gehabt habe, falls ich geglaubt habe, keine zu haben). War ich unglücklich, konnte ich mir einreden, ich sei es, weil mein Vater gestorben war. Ist meine Tochter unglücklich, redet sie sich vielleicht ein, sie sei es, weil ihr Vater noch am Leben ist!

(Freud hin oder her, ich bin nie dahintergekommen, was ich wirklich für meine Mutter empfunden habe, ob ich sie mochte oder nicht, ob von mögen überhaupt die Rede hat sein können. Ich glaube, ich habe nichts empfunden. Das gleiche Gefühl, oder den gleichen Mangel an Gefühl, habe ich meist auch meinen übrigen Verwandten entgegengebracht und meinem besten Freund, mit dem ich jetzt nicht mehr sehr freundschaftlich stehe. Wir haben einander satt bekommen, und das war eine Erlösung für mich. Er brauchte Geld, und ich konnte ihm nicht mehr als einmal großherzig aushelfen. Ich weiß nicht, ob ich außer für mich und meinen Jungen jemals für einen Menschen wirklich was übrig gehabt habe. Trotzdem trauere ich im Traum immer noch um meine Mutter. Irgendein verborgener Teil von mir ist noch durch eine unsichtbare Schnur mit ihr verbunden, die Herzschläge überträgt. Dieser Teil wollte nicht mit ihr sterben und wird vermutlich in mir weiterleben bis zu meinem Tod. Liege ich dann endlich im Koma, und sei es im Alter von einer Million Jahre, wird meine Beherrschung nachlassen, und ich werde sterbend ächzen: »Ma, Momma, Momma.« Ungefähr so habe ich ja auch angefangen. Manchmal preise ich mich glücklich, daß ich mich an meinen Vater nicht erinnere, daß er gestorben ist, ohne Eindrücke in mir zu hinterlassen, sonst würde ich vielleicht auch von ihm träumen. Falls ich es nicht schon tue. Wäre er nicht gestorben, er hätte mir das Leben noch mehr versauen können, einfach durch sein Vorhandensein, so wie ich das Leben meiner Nächsten zu versauen scheine. Obwohl ich es gar nicht will. Ich schwöre bei Gott, daß ich nie die Absicht hatte. Vielleicht träume ich schlecht von ihm, ohne es zu wissen. Bald nach meinem Tod wird an ihn keiner mehr denken. Und bald nach dem Tod meiner Kinder wird an mich keiner mehr denken.)

Wenn ich mich recht erinnere, hatte ich keine glückliche Kindheit, und meine Frau (die allerdings vorzieht, sich falsch zu erinnern, wenn ich es ihr erlaube) hatte auch keine, und mein Junge, der mit seinen neun Jahren zwar noch gern lacht und allen möglichen Jokus im Kopf hat, steuert bereits stürmische Gewässer an, obwohl ich mich nach Kräften bemühe, ihm alles leichter zu machen. (Bei meiner Tochter gebe ich mir keine Mühe mehr. Nichts stimmt sie mehr versöhnlich, es sei denn, wir lassen uns von ihr zu kostspieligen Geschenken zwingen und gönnen ihr jene winzigen, vorübergehenden Triumphe des Selbstgefühls, die im Augenblick verpuffen und sie gänzlich unverändert genau dort absetzen, von wo sie aufgeflogen ist, nämlich im Zentrum umnachteter Ratlosigkeit; sie weiß nicht, was mit sich anfangen. Es fällt mir leichter, acht oder achtzig Dollar für sie auszugeben, als mit ihr darüber zu streiten, ob das richtig ist oder nicht.) Ich grabe mein Gedächtnis um auf der Suche nach einer Zeit, da meine Tochter anders war als jetzt. Und ich muß schon sehr weit zurückgehen, bis ich sie strahlend in dem hohen Stühlchen sitzen sehe (ein prachtvolles, liebenswertes Kind, an das ich mich mit wehmütiger Zuneigung erinnere), bei einer ihr zu Ehren veranstalteten Geburtstagsfeier, als sie entweder zwei oder drei Jahre alt wurde. (Was für ein Unterschied zwischen einem Baby und dem Menschen, der daraus wird.) Noch ist sie unsere Einzige. Verwandte von beiden Seiten sind anwesend. Meine Frau und ich sind jünger. Meine Mutter ist am Leben. Viele Gäste haben sich versammelt. Die Wohnung ist voll. Unsere Aufmerksamkeit wird abgelenkt. Wir sind ganz miteinander beschäftigt, und keiner achtet auf meine kleine Tochter, bis sie plötzlich mit dem Löffel aus rosa Plastik, den sie in der Faust mit den Grübchen hält, auf das Tischchen an ihrem Kinderstuhl klopft und schallend ruft:

»Braves Mädchen, Oma!« Herrlich.

Es dauert einen Augenblick, bis wir begreifen. Und als wir begreifen, anscheinend alle zur gleichen Zeit, brüllen wir vor Lachen, wir klatschen diesem kleinen Mädchen und uns selber laut Beifall (und als meine Tochter sieht, welchen Jubelsturm sie ausgelöst hat, hopst sie in ihrem Stühlchen vor Vergnügen so lebhaft hin und her, daß wir fürchten, sie könnte herausfallen oder das Stühlchen umwerfen). Meine Mutter (damals war ihr Haar noch nicht ganz weiß, ihr Gesicht nicht so vertrocknet und runzlig) hatte ein Glas Erdbeerpunsch auf einen Zug geleert und war da-

bei von meiner Tochter beobachtet worden, die damals von meiner Frau und mir beigebracht bekam, wie man aus dem Glas trinkt. Gelang es ihr, belohnten wir sie jedesmal mit Händeklatschen und dem Ruf: »Braves Mädchen!« Als sie nun meine Mutter das Glas leeren sah, schlug sie selber beifällig auf ihr Tischchen und rief: »Braves Mädchen, Oma.«
(Nicht lange mehr, und meine Mutter konnte aus einem Glas nur noch trinken, wenn man es ihr an den Mund hielt.)
Das war ein kleines Ereignis, eine winzige Überraschung, doch eine Welle der Wärme und der unbändigen Freude rollte durch das Zimmer. (Damals waren wir allesamt glücklicher und uns auch näher als je seither.) Alle lobten und priesen vereint meine Tochter und stellten die sonnigsten Prognosen; meine Tochter war vom Übermaß dieses Wohlwollens so aufgekratzt, daß sie noch zwei- oder dreimal krähte: »Braves Mädchen, Oma!« (nicht mehr spontan, sondern schon berechnend); sie hüpfte dabei auf ihrem thronähnlichen Kinderstühlchen herum, lachte laut und sonnte sich in ihrem Triumph, in all den bewundernden Aussprüchen und Blikken, die ihr galten. (Sie wußte. Ich erinnere mich, daß ich damals stolz auf sie war. Stolz auf ihren Ausspruch. Ganz der liebevolle Beschützer.) Alle staunten wir mit angehaltenem Atem darüber, wie aufgeweckt und schön sie war (sie war unser Wunder), und sahen bereits glänzende Leistungen vorher. Selbst meine Mutter, die allen Aberglauben verächtlich abtat, erklärte sich überzeugt, daß meine Tochter unter einem besonders günstigen Stern geboren sei und sich einer strahlenden, glücklichen, fleckenlosen Zukunft erfreuen werde. Meine Tochter war wirklich ein süßes Kind und wurde damals von allen geliebt, sogar von mir.

So glücklich habe ich meine Tochter später kaum noch erlebt. Meine Mutter habe ich danach überhaupt nicht mehr glücklich gesehen. Wenig später faßte ich den Entschluß, meine Mutter nicht ins Haus zu nehmen, was bedeutete, daß sie den Rest ihres Lebens allein würde verbringen müssen. Es bedurfte dazu keiner Worte. Mein Schweigen war bereits eine untilgbare Äußerung. (Sie fragte mich nie, zwang mich nie zu einer Stellungnahme. Sie machte es mir leicht. Sie war in dieser Hinsicht sehr liebevoll zu mir.) Allerdings kamen wir einmal alle vierzehn Tage zum Abendessen zusammen, entweder bei ihr oder bei uns, und auch an allen passenden Feiertagen. (Ich fuhr sie sogar nach Hause. Keiner wollte sie haben – meine Frau nicht, meine Tochter nicht, meine Schwester nicht und auch ich nicht.) Nicht lange darauf erlitt sie den ersten von mehreren Spasmen, die ihr anfangs das Sprechvermögen raubten und zuletzt das Denkvermögen und die Erinnerung. (Während meine Mutter sprachlos davontrieb, wurde Derek sprachlos aus der Gegenrichtung herange-

trieben.) Und das ist also meine tragische Chronik der Kontinuität menschlicher Erfahrung, jener mächtigen Kette des Lebens, die traurige Erbschaft von Schmerz und Zurückweisung, die eine Generation von Slocums empfängt und weiterreicht an die nächste, wenigstens zu meiner Zeit. (Ich erhielt wenig. Ich gebe noch weniger weiter.) Ich bewahre in meinem Gedächtnis ein Bild (einen unretuschierten Schnappschuß, ha, ha), das sich weder verändert noch vergilbt (wie ich einen ebenso klaren Eindruck von meiner Hand bewahre, die erstmals auf Virginias runder Brust liegt oder von dem verblüffend seidigen Gefühl jenes Gewebes zwischen ihren Beinen, als sie mich zum ersten Mal hinlangen ließ), von der festlichen Familienfeier zu Ehren meiner kleinen Tochter, als meine alte Mutter und meine winzige Tochter zum letzten Mal ganz heiter beisammen waren. Und dort stehe ich zwischen ihnen, stämmig, jugendlich, vielversprechend, männlich (unbeweglich und versteinert wie zwischen Buchstützen, ohne zu wissen, wie ich dort hingeraten bin und wie ich entwischen kann), schon mit der drückenden Verantwortung beladen, sie und andere glücklich zu machen, ausgerechnet ich, der ich doch von Anfang an Mühe hatte, den eigenen Kopf hoch genug zu halten, um dem Leben fest ins Auge zu schauen, ohne faule Witze zu machen oder laut schluchzend um Hilfe zu rufen. Wer hat mich dort hingestellt? Wie komme ich da heraus? Werde ich je vom Glück begünstigt sein? Warum bin ich eigentlich in gerade diese Schublade eingeordnet worden? (Wie verfallen die Leute auf den Gedanken, ich hätte die Fäden in der Hand? Ich könnte anders sein als ich bin? Nicht mal meine Tagträume habe ich in der Gewalt. Virginias Titten sind für mich jetzt ebenso bedeutungsvoll wie das gesamte Leben und Sterben meiner Mutter. Beide sind tot. Wir übrigens auch bald. Ich höre schon, wie meine Frau, vielleicht auch meine zweite Frau, falls ich eine haben sollte, oder wie jemand anderer sagt:
»Wollen wir Mr. Slocum jetzt nicht aus dem Schatten ein bißchen in die Sonne schieben? Es sieht so aus, als wäre ihm kalt.«
Ein richtig funktionierender Staubsauger bedeutet mir mehr als die Atombombe, und ich kenne niemand, dem es nicht einerlei ist, daß die Erde sich um die Sonne dreht statt umgekehrt, oder der Mond um die Erde, obschon der gemessene Wechsel der Gezeiten für Seefahrer und Muschelfischer von Interesse sein mag, aber wen kümmern die schon? Für mich ist Green wichtiger als Gott. Übrigens auch Kagle und der Kerl von der chemischen Reinigung, und ein plärrendes Transistorradio ist für mich eine größere Katastrophe als das nächste Erdbeben in Mexiko. »Eines Tages« – gewiß ging dies meiner Mutter mindestens einmal durch den Kopf, nachdem ich sie verleugnet und abgewiesen hatte, denn schließlich war sie auch nur ein Mensch – »eines Tages geschieht dir

das Gleiche.« Gesagt hat sie es nie, dazu war sie zu großmütig. Aber gedacht hat sie es bestimmt. Das weiß ich.)

»Hast du jemals mit mir gespielt, als ich noch ein Baby war?« fragt meine Tochter.

»Aber ja doch.« Bei dieser Frage läuft mir ein mahnender Schauer kalt den Rücken herunter.

»Hast du mich auch hochgeworfen?« fragt sie weiter, »oder Huckepack getragen? Hast du mir vor dem Einschlafen Geschichten erzählt, mich in den Armen herumgetragen, in der Babysprache zu mir gesprochen und komische Sachen gesagt?«

»Ununterbrochen«, versichere ich. »Selbstverständlich habe ich das.« Ihr zweifelnder Blick geht mir durch und durch.

»Hältst du mich für ein Ungeheuer?«

»Jetzt tust du sowas nicht mehr.«

»Jetzt bist du ein großes Mädchen. Ich rufe immer ›Guten Abend‹, wenn ich nach Hause komme. Aber du antwortest nie.«

»Habt ihr meinen Geburtstag gefeiert als ich klein war? So mit einem richtigen Fest?«

»Und wie. Es waren ganz herrliche Feste. Mommy hat sich mächtig Mühe gegeben.«

»Ich erinnere mich nicht.«

»O doch, du erinnerst dich. Du redest heute noch davon.«

»Ich meine, als ich noch ganz, ganz klein war. Als alle unsere Verwandten kamen, großes Getue um mich machten und mir teuere Geschenke mitbrachten.«

»Ich habe viel mit dir gespielt. Wenn ich aus dem Büro kam, ging ich gleich in dein Zimmer. Du warst die erste, die ich sehen wollte. Immer wollte ich mit dir spielen.«

»Mommy hat mir das auch erzählt, aber ich kann es nicht glauben.«

»Wofür hältst du mich eigentlich?«

»Du bist nie derselbe. Dauernd veränderst du dich. Manchmal lachst du, wenn ich was anstelle, dann wieder bist du wütend und gereizt wegen ganz der gleichen Sache und schickst mich weg. Ich habe es nicht gern, wenn du trinkst. Man weiß dann nie, was kommt.«

»Du bist auch so.«

»Du bist aber ein Vater.«

»Leicht ist das nicht.«

»Du verstehst dich nicht aufs Vatersein.«

»Ich gebe mir die größte Mühe, schon immer und auch jetzt noch. Wenn ich abends aus dem Büro kam, habe ich als erstes mit dir gespielt«, sprudele ich eifrig hervor, die Wörter quellen wie ein Strom tugendhafter Erinnerungen aus meinem Mund, als ich die Gelegenheit ergreife, mich ein für alle Mal vor ihr zu rechtfertigen, mich reinzuwaschen von dem Anwurf, sie vernachlässigt zu haben. »Sogar Baseball haben wir miteinander gespielt, mit einem Schlagholz und einem Ball aus Plastik. Als kleines Mädchen wußtest du nicht, daß dies ein Spiel für Jungen ist. Schwimmen habe ich dir auch beigebracht. Das hast du von mir gelernt. Ich hab' dir gesagt, leg' das Gesicht aufs Wasser, es passiert dir ganz bestimmt nichts, wenn du mir vertraust und gehorchst. Damals hast du mir vertraut und dich nicht gefürchtet. So hab' ich es dir beigebracht. Jeden Abend nach der Arbeit. Du warst noch ganz klein, und wir wohnten in der Stadt. Ich nahm den Hut ab, so einen ulkigen flachen Filzhut, wie die Leute ihn auch heute noch tragen, und bückte mich, bis du mich bei den Haaren packen konntest. Das mochtest du besonders gern. Vielleicht, weil ich damals viel dichteres Haar hatte. Ha, ha. Damals warst du winzig, du konntest weder stehen noch laufen. Wenn ich nach Hause kam, küßte ich Mommy und ging immer gleich in dein Zimmer, sobald ich nach Hause kam. Ich bückte mich, und du rissest mit deinen kleinen Händchen an meinem Haar, und dabei hast du gelacht und gequietscht und so aufgeregt mit den Beinen gestrampelt, daß wir immer dachten, du fällst noch aus dem Bett. Ha, ha. Wie verrückt hast du gequiekt. Und Mommy hat zugeschaut und auch gelacht. Jeden Abend, wenn ich aus dem Büro kam. Und als du älter wurdest«, fahre ich fort wie ein Rasender und wie besessen von diesen Erinnerungen, »als du nach deiner Mandeloperation aus dem Krankenhaus kamst, mußte ich dir jeden Abend eine Geschichte erzählen, weil du sonst nicht einschlafen wolltest. Du hast darauf bestanden, es war dein verbrieftes Recht, ha, ha, von mir eine Geschichte zu verlangen. Jeden Abend. Und meist mußte es die gleiche Geschichte sein. Neue Geschichten mochtest du nicht. Erst war es Aschenbrödel, dann Peter Pan, als du ihn im Fernsehen gesehen hattest. Ich mußte dir den Peter Pan sogar vorspielen, das hast du mir abgebettelt. Wenn ich so tat als könnte ich fliegen und von der Couch heruntersprang, hätte ich mir leicht die Beine brechen können. Ha, ha. Dann kam Peter und der Wolf dran, dann Siegfried – den Siegfried habe ich dir einmal ganz vorgelesen, und damals warst du so weichherzig, daß du über diesen blöden Hammel Tränen vergossen hast, und da hab' ich dir den Siegfried nie wieder vorgelesen –, dann war da eine Geschichte mit einem Kaninchen, und dann wollte ich dir das Märchen von dem kleinen Jungen und dem Wolf erzählen, aber das hat dir überhaupt nicht gefallen, weil der kleine Junge am Ende aufgefressen wird. Also wurden es wieder Peter Pan und Aschenbrödel. Und wenn ich zu der Stelle kam, wo der Prinz das Aschenbrödel fragt, ob es ihn heiraten möchte, hast du mich unterbrochen und gesagt: ›Klar doch, Prinz.‹ Weißt du das nicht mehr? Mommy weiß es noch. ›Klar doch, Prinz!‹ hast du immer gerufen und wir haben beide gelacht. Mommy stand an der Tür, hörte zu und lachte mit. Wenn ich verreisen mußte, habe ich dir deine Geschichte abends am Telefon erzählt, wenn es sich machen ließ. Und jedesmal wolltest du die Geschichten haargenau gleich erzählt bekommen. Darauf hast du geachtet, ha, ha. Wenn ich was änderte oder ausließ, damit es schneller ging, hast du mich sofort zur Ordnung gerufen und ich mußte es genau so wiederholen, wie du es haben wolltest. O ja, du warst unnachsichtig und streng. Eine unerbittliche kleine Prinzessin. Ha, ha. Alle Geschichten wußtest du auswendig und ich durfte kein einziges Wort ändern. Jeden Abend. Ha, ha. Erinnerst du dich nicht?«

Doch sie glaubt mir nicht.

Und mir ist es egal.

Mein Junge hat es schwer

Mein Junge hat es in diesem Schuljahr schwer, im Turnen, im Rechnen und im Freien Vortrag. Und auch sonst, wie es scheint. (Zuhaus mit mir. Mit meiner Frau. Meiner Tochter.) Es sieht jetzt zu Beginn jedes neuen Schuljahres so aus, als stünden meinem Jungen schwere Zeiten bevor, und das wird von Mal zu Mal schlimmer. Ich fürchte, er will mich im Stich lassen.

Er verabscheut Turnen und Freien Vortrag. Früher einmal machte die Turnstunde ihm Spaß. (Freier Vortrag hat ihm nie Spaß gemacht.) Jetzt hingegen ängstigt er sich vor der Turnstunde mit den endlosen Übungen, die er nur mangelhaft ausführt: Klimmzüge, Liegestütz, Seilklettern und Überschläge. Kletterseil, Reck und Matte erfüllen ihn mit Grauen, und der Widerwille sie auch nur zu erwähnen (man sieht förmlich den bleiernen Kloß, der ihm die Kehle verstopft), raubt ihm fast die Sprache (so als könne er durch die bloße Andeutung, daß er diese lachhaften gymnastischen Darbietungen widerlich findet, bereits ein heimliches Tabu verletzen, das sie umgibt, und dazu verurteilt werden, sie unter aller Augen linkisch und matt ein weiteres Mal vorzuführen). Mein Junge haßt den untersetzten faßbrüstigen, affengleichen Turnlehrer Forgione, dem überall, nur nicht auf dem Kopf, urwaldmäßig schwarzes Drahthaar wuchert, sogar durch das Gewebe seines weißen Turnhemdes sprießt, der mich mit bloßen Händen entzweibrechen könnte, falls ihm das in den Sinn käme, und der sich auf stumpfe, tyrannische, primitive Manier bemüht, meinen verschreckten Jungen zu ermutigen und anzufeuern, womit er ihn bloß noch mehr ängstigt.

»Ihm fehlt einfach der richtige Kampfgeist«, beklagt Forgione sich bei mir. »Ihm fehlt der Wille zum Sieg.«

»Der fehlt mir auch, Mr. Forgione«, sage ich ganz zahm, weil ich mich gut mit ihm stellen will. »Vielleicht hat er das von mir?«

»Das kann einfach nicht sein, Mr. Slocum«, sagt Forgione. »Kampfgeist hat jeder.«

»Warum hat dann er aber keinen?«

»Das sag' ich doch«, entgegnet Forgione.

Wenn er Turnen hat oder frei vor seiner Klasse sprechen muß, kann mein Junge morgens ganz starr im Bett liegen und aussehen wie Schmierkäse mit Spucke. Er eröffnet uns dann, ihm sei nicht gut, er möchte sich übergeben, es fühle sich leer an in der Brust, sagt er, manchmal meint er auch, seine Glieder seien ganz ohne Substanz (wenn ich seine tastende Beschreibung richtig verstehe. Er meint, wenn er versuche aufzustehen, werde er fallen, in sich zusammensinken wie ein Mensch ohne Skelett, dem man die Luft abläßt). Er mag nicht frei vor der Klasse sprechen. (»Das wird ihm später sehr nützlich sein«, heißt es dazu in der Schule. Ich habe selber hin und wieder Referate gehalten und weiß, daß man dabei überhaupt nichts lernt.)

Seinen Andeutungen ist zu entnehmen, daß er gelegentlich nicht so gute Aufsätze schreibt, wie er wohl könnte, weil er nicht als Bester seinen Aufsatz vor der Klasse verlesen will. (Ihm fehlt der echte Wille zum Sieg.) Er mag im Unterricht nur aufgerufen werden, wenn er die richtige Antwort kennt. (Seine Lehrer berichten uns, daß er sich so gut wie nie meldet.) Er ist ein begabter, fleißiger Schüler; er ist gehemmt; er faßt schnell und intuitiv auf. Er fürchtet sich, Fehler zu machen. Oft erweckt er den Anschein, mehr zu wissen, als er zeigen will. (Er denkt viel. Ich durchschaue ihn nicht immer.) Allein mit sich grübelt er, sein helles Gesicht ist dann ernst und abwesend. Er macht sich Gedanken. (So scheint es. Zuweilen sieht er mich ganz erstaunt an, wenn ich ihn frage, worüber er sich Gedanken mache, und entgegnete, er mache sich keine Gedanken. Ich weiß dann nicht, ob er lügt oder nicht. Ich mache mir oft Gedanken darüber, daß er sich Gedanken macht.)

Unmöglich können wir noch mit Gewißheit sagen, ob er gern zur Schule geht oder nicht (früher tat er es. Mindestens sah es so aus), allerdings paßt er sich in jedem neuen Schuljahr den veränderten Gegebenheiten und den neuen Gesichtern an und amüsiert sich dann großartig. Das braucht eine Weile und er rüstet sich für diesen Anlauf. Von Leuten, die er nicht mag, hält er sich fern; Mitschülern, die ihm gefallen, schließt er sich schnell an. (Offenbar versteht er es instinktiv, zu Rohlingen und Schultyrannen freundliche und achtungsvolle Beziehungen herzustellen.) Er gewinnt rasch Anschluß. (Seit neuestem hält er dies und das vor mir geheim, und das paßt mir nicht. Ich stelle ihm Fragen. Ich versuche, Einzelheiten aus ihm herauszuholen. Er möchte sie für sich behalten. Ich will es nicht zulassen. Er soll Vertrauen zu mir haben.)

Sobald er in der Schule Freunde gefunden und sich an die neue Hackordnung gewöhnt hat, geht alles einigermaßen glatt (jedenfalls war es bislang

so. Klopfen wir lieber dreimal auf Holz, ha, ha); seine Leistungen sind gut, er überlebt und er dankt für das Wunder seines Überlebens mit lärmenden, fröhlichen Possen und mit Fleiß, es sei denn, irgendwas für ihn Bedeutsames läuft anders, als er es sich vorgestellt hat (diesmal ist es der Turnunterricht bei Forgione mit seinen Klimmzügen, Überschlägen, Liegestützen, mit dem Klettern am Seil bis unter das hohe Dach der Turnhalle, wobei denkbar wäre, daß man es mit der Angst bekommt, schwindelig wird, herunterfällt oder halbwegs hinauf oder herab vor Schreck erstarrt, was aber, soweit mir bekannt, nie geschehen ist. Einige Jungen seines Alters, berichtet er, klettern bereits halb hinauf, ohne die Füße zu Hilfe zu nehmen. Wie die Affen. Das wird er ebensowenig schaffen wie ich – er schafft gerade einen einzigen Zug über den Knoten am Ende des dicken, störrischen Taus –, aber während ich nie mehr den Wunsch verspüre, an einem Seil hinaufzuklettern, möchte er es können. Und Referate halten auch.
Der Schule ist in diesem Jahr eingefallen, auch in den unteren Klassen möglichst oft Referate halten zu lassen. Warum? Das wird einem nicht gesagt. Besteht etwa ein Zusammenhang zwischen Freiem Vortrag und körperlicher Wendigkeit? Das erinnert mich an jene unverständlichen, geistlosen Träume – ich glaube, die hat jeder –, in denen ich keinen Muskel rühren, nicht sprechen und nicht schreien, nicht einmal jenes einzige Wort Hilfe! herausbringen kann, in denen ich einfach unfähig bin, überhaupt Laute auszustoßen, ausgenommen jene, die sich durch meine Kehle zwängen, um meine Frau aufzuwecken, und die mich mit einem wonnigen Glücksgefühl erfüllen, sobald mir dämmert, daß meine Frau mich durch Rufen und Rütteln wecken will. Manchmal hasse ich meine Frau wohl wirklich. Ich tue dann so als schliefe ich, auch wenn ich schon aufgewacht bin, und setze mein unverständliches Gewimmer fort, nur damit sie sich noch mehr um mich bemüht. Ich höre die Besorgnis in ihrer Stimme gern. Meine Frau fühlt sich für meine Alpträume verantwortlich; das ist mir sehr recht, ich gebe mir keine Mühe, es ihr auszureden und bilde mir bereits ein, sie wäre wirklich daran schuld. Ich bestrafe sie damit. Immer schweife ich zu mir ab. Immer schweife ich von mir ab. Eigentlich sollte meine Frau größere Titten haben. Eigentlich sollte meine Frau kleinere Titten haben. Mir ist, als hätte ich meinen Jungen richtig lieb, wie es sich für einen Vater schickt. Mindestens ist mir so), dann droht er, gänzlich niederzubrechen, er sinkt wie ein unbeseeltes Kinderkleiderbündel in sich zusammen, er verstreut seine Gefühle um sich her wie eine mit Schokoladenbruch gefüllte platzende Tüte ihren Inhalt, in einem wilden Ausbruch melancholischer Trauer, der zugleich niederschmettert und versteinert (nicht nur ihn sondern auch uns. Meine

Frau und ich leben in ständiger Angst vor dem bloßen Schatten der Möglichkeit, mit einem der Kinder könnte etwas schief gehen. Das danken wir Derek. Meine Frau will nicht, daß mein Junge später schwul wird und sorgt sich heimlich darum. Das weiß ich, weil ich oft das gleiche besorge, allerdings nicht so oft wie sie. Auch ich will nicht, daß mein Junge schwul wird. Noch deutet nichts darauf hin, aber ich will es nun mal nicht).

Mein Junge ist noch keine neun Jahre alt und versteht noch nicht wie ein Erwachsener mit bestimmten Widrigkeiten und Enttäuschungen fertigzuwerden (und wir wissen nicht, um welche es sich da handelt; oft kommt uns vor, daß er es gar nicht versuchen möchte. Sich etwas vom Leibe halten bedeutet für ihn eine erschöpfende und nutzlose Anstrengung, die ihm gewiß nicht immer der Mühe wert scheint; lieber möchte er aufgeben, sich nicht wehren. Sein bedauerndes und müdes Achselzucken gibt zu verstehen, daß es einfacher und auch vernünftiger wäre, sich nicht mehr zu plagen, nachzugeben, die schlimmsten Erwartungen Wirklichkeit werden und sich von ihnen überwältigen zu lassen, sich zu unterwerfen und es ein für alle Mal hinter sich zu haben. Früher besorgte er, Gespenster könnten unter seinem Bett hervorkriechen. Heute fühlt er womöglich: sollen sie nur endlich hervorkriechen, das ist besser, als unentwegt darauf warten zu müssen, denn geschehen wird es doch, ungeachtet aller Vorsichtsmaßnahmen, früher oder später ist es unabwendbar, und bis dahin kann man nicht wagen, auch nur einen Moment auf das unbarmherzige Näherkommen des Verhängnisses nicht zu lauschen. Es naht mit fast hörbaren Schritten. So jedenfalls könnte er fühlen, denn genau so fühle ich, wenn ich an uns beide denke).

(Ich weiß, wie es ist, wenn man so fühlen muß.)

(Es fühlt sich nicht angenehm an.)

Ich weiß, wie es sich anfühlt, wenn man schon Wochen vor dem Ende der Sommerferien beängstigende Spekulationen anstellen muß über die zahllosen Heimsuchungen, die sich da zusammenballen. (Ich weiß, wie man sich fühlt, wenn eine Konferenz angesetzt wird, ohne daß man erfährt, warum. Ich merke schon, wie mir die Frage zusetzt, ob ich wenigstens in diesem Jahr auf der Großen Tagung in Portoriko mein Dreiminutenreferat halten darf, ganz zu schweigen von der weiteren Frage, was werden soll, wenn ich bis dahin schon Kagles Posten übernommen habe und die gesamte Tagung organisieren muß. Werde ich es gut machen? So gut, wie mein Dreiminutenreferat voriges Jahr gewesen wäre, wenn Green es mich nur hätte vortragen lassen? Ich glaube, ich hasse diesen Lumpenhund Green, mag das aber meiner Frau nicht eingestehen. Soll ich etwa zugeben, daß ich mich weiterhin für einen verhaßten und gefürchteten

Vorgesetzten schinde? Warum zerreiße ich mich so, einer Sache wegen, die bestenfalls ein lustiges Dreiminutengeplauder gewesen wäre? Der Himmel stürzt ein, er fällt uns schon auf den Kopf, ich aber vergieße Tränen wegen einer juckenden Schramme auf meiner ach so empfindlichen Eitelkeit. Die Probleme meines Jungen sind wenigstens wirklich. Sie nehmen Raum ein. Sie baumeln vom Dach der Turnhalle, sie lauern in dem dunklen, bösen Gesicht seines Turnlehrers auf ihn.) Sein junger, praktischer Verstand kann nicht begreifen, daß man während eines ganzen Schuljahres verwirrende Anpassungsbemühungen an junge und alte, gute, gleichgültige und schlechte Mitmenschen machen soll, nur um im späten Frühjahr und zu Beginn des Sommers alle diese Beziehungen wieder abzubrechen. (Für ihn und jetzt auch für mich beginnt das Jahr nun im September und endet mit dem Juni. Der Sommer bedeutet eine Pause. Im Sommer wird Inventur gemacht, man zieht Bilanz und treibt Nebendinge.) Im Herbst dann beginnt die ganze mühselige Prozedur von neuem, Beziehungen werden geknüpft, von denen bereits feststeht, daß sie am Ende des Frühjahrs gelöst werden (das ist alles ebenso methodisch und sinnlos wie der Wechsel der Jahreszeiten und ebensowenig wohltuend. Die Jahreszeiten wechseln nicht, weil wir es uns wünschen), und er steht dann wieder einmal allein und außerhalb eines schützenden Zusammenhanges (sein Zuhause reicht da offenbar nicht aus), innerhalb dessen er sich orientieren könnte im Vertrauen darauf, daß alles eine Weile unverändert bleibt, daß gesicherte Hinweise und Bedeutungen nicht plötzlich unkenntlich werden und sich grundlos verändern. (Wer von uns verfügt über ein Bezugssystem, das auch nur dreißig Kilometer bis zum Horizont reichte?) Solcherlei Dinge also beschäftigen meinen Sohn.

(»Wie weit ist es bis zum Horizont?«

»Dreißig Kilometer auf Meereshöhe«, antworte ich rasch. »Oder sind es dreiundzwanzig? Ich habe es nicht mehr im Kopf.«

»Und warum gerade Meereshöhe?«

»Ich weiß nicht. Von einem höheren Standort kann man vielleicht weiter sehen.«)

Solche Gedanken macht er sich lange im Voraus (wenn auch nicht mit diesen Worten, die stammen von mir. Er ist erst neun, noch fehlt ihm mein Wortschatz. Wo war ich mit neun Jahren? Ebenfalls isoliert unter Freunden in der Grundschule, wo man alle sechs Monate zum Zahnarzt getrieben wurde und sich mehrmals im Jahr mit all den andern Kindern, den Weißen und Schwarzen, den Juden und Italienern den Kopf nach Nissen absuchen lassen mußte, ohne daß uns je erklärt worden wäre, was Nissen sind – allerdings ließ der Klang des Wortes nichts Gutes ahnen.

Diese Prüfung bestand ich immer. Wie ich anderenfalls überlebt hätte, ahne ich nicht. In der Geographiestunde hat mal ein Mädchen in die Hose gepinkelt als eine Arbeit geschrieben wurde, und alle haben es gemerkt. Wie die das überlebt hat, kann ich mir nicht vorstellen. Ich glaube nicht, daß ich es überlebt hätte, wäre mir das in der Klasse während der Geographiestunde passiert).
Wenn mein Junge sich im Voraus Gedanken macht, so am liebsten über etwas, das ihn mit Ratlosigkeit erfüllt oder quält. (Fast nie erwartet er sich Angenehmes. Zwar hat er Wünsche, doch erhofft er sich nicht deren Erfüllung, obschon er weiß, daß ich ihm so gut wie alles verspreche und auch schenke, was er sich wünscht, und darüberhinaus alles, was er sich meiner Ansicht nach wünschen könnte und haben soll. Denkt er ausnahmsweise mal daran, daß ihm was Angenehmes bevorsteht, so wendet er es in seinen Tagträumen ins Negative: er trauert vorsorglich darüber, daß es nicht eintreffen wird. Er gibt schon verloren, was er noch nicht bekommen hat. Wie unsere Vertreter und wie auch ich ist er so programmiert, daß er mit dem Schlimmsten nicht nur rechnet, sondern es förmlich herbeisehnt, bloß um es hinter sich zu haben.) Solche Gedanken verderben ihm den Sommer. (Der erste Teil des Sommers ist ihm verdorben, weil er sich an die neue Umgebung gewöhnen muß, wenn wir auf dem Lande oder an der See ein Haus gemietet haben. In ein Kinderlager zu gehen weigert er sich, und auch meine Tochter will das nicht, obschon keiner von beiden gern mit meiner Frau und mir die Ferien verbringt. Was wir mit Derek machen sollen, wissen wir nicht. Es ist immer so peinlich, ihn verborgen zu halten, aber ebenso peinlich ist es, ihn herzuzeigen. Die zweite Hälfte des Sommers wird meinem Jungen verdorben, weil er merkt, wie der Herbst näherkommt. Zu meinem wie zu seinem Kummer überschneiden sich oft die Bedenklichkeiten der frühen und der späten Sommerhälfte; macht die eine Sorgenlast sich vorübergehend mal nicht fühlbar, drückt bestimmt schon die andere und raubt ihm den Seelenfrieden. Bisweilen steckt er mich an, und dann mache auch ich mir Gedanken, nicht zuletzt, weil Unmut gegen ihn in mir brodelt. Ich fürchte dann, ich könnte eine Abneigung gegen ihn fassen.)
Ich weiß (und es wurmt mich), daß er bereits Wochen vor Ende des Sommers ganz verzagt an all die Heimsuchungen denkt, die, wie er weiß, auf ihn lauern: Schularbeiten, Anforderungen im Turnen (er nimmt gern teil an Nachlaufspielen, denn er ist flink, geschickt und schlau), die neuen Lehrer, die alten Lehrer, der Rektor und dessen Stellvertreter, Werkunterricht und Physikunterricht (beides war ihm schon immer unsympathisch, vielleicht weil der Unterricht immer von Männern erteilt wird), die Musiklehrerin (wird auch die neue ihn aufstehen und allein einige

Töne singen heißen, weil sie wissen will, in welchen Teil des Chores er paßt, der wöchentlich einmal in der Aula singt?), die Schulordner der höheren Klassen (größere, kräftigere Jungen als er, die ihn herumkommandieren dürfen, und ältere Mädchen mit Armbinden und Abzeichen und embryohaften Brüsten, die ihm geheimnisvoll und bedrohlich entgegenschwellen. Ich weiß noch, wie es in meiner Jugend war), das Fehlen vertrauter Gesichter aus seiner alten Klasse. Er trauert Kindern nach (auch solchen, die er nicht leiden mochte), die an einen anderen Ort verziehen oder von den Eltern in Privatschulen gegeben werden (man hat den Eindruck, mehr und mehr Leute aus unseren Kreisen geben ihre Kinder auf Privatschulen, die teuer sind, aber nicht besonders gut, nehmen die Kinder dann wieder fort und schicken sie auf andere Privatschulen, die auch nicht besser sind. Die Direktoren solcher Privatschulen gefallen uns nicht. Man entdeckt allerorten Auflösungserscheinungen, und bald wird nichts mehr übrig sein. Keine Tageszeitung, keine Illustrierten, keine Warenhäuser. Keine Kinos. Nur noch Drogen und Discountläden. Ich glaube, mehr und mehr Leuten – nicht nur mir – ist es einerlei, was ihren Kindern geschieht, Hauptsache, es geschieht nicht zu bald), auch denen, die im Laufe des Sommers überfahren wurden oder ertrunken sind (die Unfallhäufigkeit bei Kindern entspricht bedrohlich genau der Unfallhäufigkeit bei den mir bekannten Angestellten in der Firma. In meiner Abteilung wird Martha allmählich verrückt), und er trauert auch um jene, die infolge undurchschaubarer und unabwendbarer Eingriffe der Schulverwaltung (Erwachsene hantieren mit den Akten lebendiger Kinder, die auf Listen und Karteikarten, in Heftern und Schubladen längst gestorben sind) von ihm (wie Mandeln und Milchzähne) abgetrennt und auf andere Klassen verteilt worden sind. Es ist ihm schrecklich, Lehrer wechseln zu müssen, die ihn freundlich behandelt haben.

(»Was hast du denn?« frage ich, wenn ich den Gedanken nicht mehr schweigend ertragen kann, er könnte stumm dasitzen und sich Gedanken machen.

»Ich habe nichts«, entgegnete er dann.

Wenn ich ihm doch nur besser helfen könnte. Wenn er mir doch nur erlauben würde, es zu versuchen.)

»Was hast du?« frage ich wieder.

»Ich habe nichts«, antwortet er und schaut mich flüchtig und erstaunt an.

»Warum machst du so ein düsteres Gesicht?«

»Ich habe nachgedacht.«

»Und worüber?« dränge ich lächelnd. »Warum siehst du so bekümmert drein?«

»Ich weiß nicht. Ich hab's schon vergessen.«
»Richtig misanthropisch hast du dreingeschaut.«
»Darunter kann ich mir nichts vorstellen.«
»Nun, belämmert eben.«
»Ich bin aber nicht belämmert.«
»Dann vielleicht müde?«
»Ja, schon eher.«
»Warst du gestern noch lange auf?«
»Manchmal kann ich nicht gleich einschlafen.«
Manchmal bezweifle ich, daß er sich so häufig sorgt, wie ich annehme. Manchmal glaube ich, er sorgt sich sogar noch häufiger. Er ist ein vorsichtiges Kerlchen (wenigstens wirkt er so. Ich jedenfalls mache mir seinetwegen Sorgen und fürchte für ihn das Schlimmste. Meine Frau ebenfalls. Als meine Tochter kleiner war, habe ich mir auch ihretwegen Sorgen gemacht, doch jetzt ist sie schon über fünfzehn, und das Schlimmste ist noch nicht geschehen. Was ist das Schlimmste? Ich weiß es nicht). Vielleicht ist das Schlimmste aber doch schon geschehen, nur unerkannt geblieben, denn wenn ich es recht bedenke, hat mein Junge es nie leicht gehabt (und meine Tochter tut sich derzeit jämmerlich schwer, wenn sie uns nicht was vorspielt. Es wäre doch ein Witz, wenn alle beide sich unglücklicher stellten als sie sind, nur um uns zu ärgern und zu beunruhigen. Ha, ha. Ich fände es allerdings kein bißchen zum Lachen. Schon im Laufställchen machte er den Eindruck, als sauge er alles ringsumher durch seine großen, geheimnisvollen, klugen Augen ein, als müsse er zu einem wenigstens vorläufigen Urteil kommen, bevor er sich eine Reaktion erlaubte; auch wenn er spontan reagierte, etwa unvermittelt lächelte oder kicherte, war es, als liege davor eine wohlbedachte Verzögerung, eine winzige Pause, die ihm Zeit ließ, eine Entscheidung zu treffen. Auch das Angebot von Geld oder Süßigkeiten wurde erst nach einem Moment gewichtigen Überlegens angenommen. Ich verliere oft die Geduld mit ihm. Gelegentlich brülle ich ihn an und beschäme ihn, danach bestreite ich, gebrüllt zu haben und möchte ihm einreden, ich hätte nur mit Nachdruck gesprochen. So schafft man kein Vertrauen. Zum Ausgleich bin ich dann großzügig und biedere mich bei ihm an.
»Sag ja oder nein«, fordere ich von ihm. »Was ist schon dabei, wenn du dich irrst? Ein Irrtum kostet dich doch nichts.«
Das verwirrt ihn.
Er fürchtet sich, Fehler zu machen.
Also macht er bei mir den Fehler zu zaudern). Bestimmt fragt er sich jetzt schon, warum sein Leben so angelegt ist, daß er unentwegt auf Hindernisse stößt (warum ich ihn so oft anbrülle, mindestens anzubrül-

len scheine, jedenfalls lauter spreche als sonst), und ob je eine Zeit der Stille und der Seligkeit für ihn kommen wird, wenn keine unversöhnlichen Dämonen ihm auflauern, rastlos und sprungbereit dem Moment des Aufeinanderprallens entgegenfiebernd, noch dazu vor aller Augen. (Ich weiß jedenfalls, daß ich mir für ihn den Kopf darüber zerbreche. Wann endlich wird er sich entkrampfen und das Leben leicht nehmen, damit auch ich mich entkrampfen und das Leben leicht nehmen kann?)

»Was willst du eigentlich werden?« frage ich immer wieder mit resignierter, grämlicher Anteilnahme. »Was willst du im Leben mal anfangen?«

»Ich möchte Autofahren lernen.«

»Das tun alle.«

»Wenn ich kann. Meinst du, ich schaffe das?«

Er riecht gern Benzin, Abgründe machen ihn schwindelig, Feuer und hohe Geschwindigkeiten flößen ihm Furcht ein (nicht aber Flugzeuge, wenn er drinsitzt).

Er muß (vermute ich) die ewigen Ermunterungen und endlosen Widrigkeiten unterdessen ebenso satthaben wie ein sturmgezauster Greis (homunculus) oder eine resignierte, todkranke, weißhaarige Greisin, die ihr Ableben geradezu herbeisehnt. Nagt ein besonders quälender Gedanke an ihm, verfinstert zuweilen der Schatten düsterer Bestürzung seine feinen, zerbrechlichen Züge und es erscheint darauf ein Ausdruck lähmenden Erstaunens, so als ängstige es ihn zutiefst, daß er sich wirklich ängstigt.

Es sieht so aus, als fühle er sich nur daheim richtig wohl, obwohl er viel lacht, wenn er mit anderen beisammen ist. Er scherzt gern. Er hat Witz und versteht sich auf verwirrende, phantasievolle Späße, meist harmlose Wortspiele, die so gut wie immer ankommen. Im Humor fühlt er sich geborgen und unsichtbar. (Auch mir geht es so. Ich finde beides im Sex, der ja auch spaßhaft ist.) Und er müht sich emsig um die Erzeugung einer Mutterschoßatmosphäre aus Mitgefühl und Heiterkeit, um darin in alle Ewigkeit zu überleben (so hat sich wohl auch mein wirkliches Ich listig in seinen Kokon eingesponnen und kauert da heimlich wie in einem Schützenloch, von dessen Vorhandensein niemand nichts weiß), indem er sich unentwegt sichernd totstellt (wie auch ein Teil von mir es tut), sich damit tröstet (ich mich damit tröste), daß unser äußerer Schutzwall noch vorhanden und unbeschädigt ist (und wir selber ebenfalls) und sich hastig zurückzieht (ganz gewiß schon schreckensbleich auf der Suche nach einem unversperrten Ausweg, und zu unserem Schrecken gewiß vergeblich), sobald sich die Gefahr von Reifenpanne, Verlust der Atemluft und Auflösung andeutet oder anzudeuten scheint. (Korbball ist ein Spiel, das er nicht versteht; es beunruhigt ihn.) Er macht sich gern angenehm; er wünscht sich keine Feinde, mag keine Meinungsverschiedenheiten und hat keinen Spaß am Wettkampf. Am wenigsten gefährdet fühlt er sich, wenn alle um ihn her glücklich und zufrieden sind (wenn wir es zulassen, stellt er sich Derek gegenüber völlig gleichgültig und versucht, ihn zu ignorieren); am meisten gefährdet fühlt er sich in der Nähe einer mürrischen oder wütenden Person, insbesondere in meiner Nähe. (Es kommt vor, daß er mich ebenso fürchtet – glaube ich – wie einen mürrischen Fremden, der in der Cafeteria vor sich hin brummelt, er fürchtet mich manchmal mehr als Forgione und dessen Assistenten, die ihm zumuten, am Seil hinaufzuklettern, Klimmzüge, Liegestütz und Überschläge zu machen und Korbball zu spielen, was alles meinem Jungen nicht gelingt und unbegreiflich bleibt.) In unserem Haushalt scheut er sich als einziger, ohne weiteres mein Arbeitszimmer zu betreten und mich zu stören. (Er ist sogar zu schüchtern, vor dem Schlafengehen hereinzukommen und Gute Nacht zu sagen, obwohl ich ihn immer wieder dazu auffordere und ihm versichere, daß mir das überhaupt nicht lästig ist.

»Gute Nacht!« ruft er vom Korridor her und stellt sich dabei so hin, daß ich ihn nicht sehen kann, wenn ich aufblicke; dann verdrückt er sich auf sein Zimmer, es sei denn, ich antworte gleich:

»Gute Nacht. Ach, komm doch noch mal her, ja?«)

Dazu muß ich ihn zwingen. Habe ich ihn zu einer Unterhaltung in mein Arbeitszimmer genötigt zeigt sich, daß wir einander wenig zu sagen haben. Er bringt seine Barriere mit. Oder ich habe meine eigene schon aufgerichtet. Trotzdem will ich mit ihm sprechen. Zu bereden gibt es zwischen uns nichts. Ich suche nach Fragen. Er antwortet unwillig. Er zwingt mich dazu, ein Verhör mit ihm anzustellen und erwidert einsilbig. Er weiß, glaube ich, daß ich nicht wirklich an den Antworten auf meine Fragen interessiert bin, es macht ihn aber offenbar gereizt und dickköpfig, daß ich mich stelle, als wäre ich es.

Fremden Männern mit gemeinen, unheimlichen Gesichtern geht er ebenso aus dem Wege wie Leuten, die auf der Straße Selbstgespräche führen und mit den Augen rollen. (Vor denen ist er stets auf der Hut, denn sie benutzen mit Vorliebe wüste Ausdrücke.) Unberechenbares Verhalten jeder Art bringt ihn aus der Fassung (sogar mein Verhalten, wenn ich betrunken bin oder mir gewisse Scherze in der Öffentlichkeit oder im Umgang mit seinen Freunden nicht verkneife. Er wünscht, daß ich mich in Gegenwart anderer Leute würdig betrage). Schreie ich meine Frau oder meine Tochter an oder zieht eine von beiden über mich her, dann schluckt mein Junge noch an unseren schroffen Ausbrüchen und grausamen Drohungen, wenn der Streit längst vergessen ist und wir wieder auf gutem Fuß miteinander stehen. Meine Frau und ich vermeiden jetzt hauptsächlich darum, vor den Kindern zu zanken, weil das so niederschmetternd auf meinen Jungen wirkt (und so anregend auf meine Tochter. Die wird davon ganz munter. Meine Tochter hebt witternd das Näschen, sobald ein Ehezwist sich zusammenbraut und steuert gern unentgeltlich und anmutig jene Bemerkung bei, die den Sturm auslöst; fällt das Unwetter, das gierig zu beobachten sie herbeigeeilt ist und an dem teilzunehmen sie so sehr gehofft hat, über ihr Erwarten bösartig und peinigend aus, läuft sie schreckensbleich davon. Es ist vorgekommen, daß mein Junge in lauten, belebten Lokalen, im Stadion oder im Zirkus, im Warenhaus oder in einer Hotelhalle, auf Bahnhöfen oder in anderen höhlenartigen, überdachten Baulichkeiten zwischen lauter Fremden überzeugt war, jemand, der ihm übel wolle, mustere ihn voller Zorn oder mit eisiger Abneigung. Das hat er mir gesagt; gelegentlich hat er die betreffende Person anschaulich beschrieben, ohne aber den Mut aufzubringen, sich nach ihr umzuwenden. Ein rascher Blick auf den Bezeichneten konnte mich nicht davon überzeugen, daß mein Junge unrecht hatte. Doch sagte ich stets, er bilde sich das alles nur ein. Das sollte ihn beruhigen). Er hat die Angewohnheit, eine Sache lange und geduldig in seinem Kopf zu bewegen; er durchforscht sein Bewußtsein nach den Schlüsseln zu geheimen Rätseln, und oft bin ich außerstande zu erkennen, ob er einem Zwang unterliegt, von dem er sich mit Händen und Füßen freizumachen sucht, oder ob er bloß vor sich hin döst und ich mir seine Nöte einbilde. (Ich mache ihn räselhaft. Ich will aber nicht, daß mein Junge von Vorstellungen gepeinigt wird, über die er mit mir nicht sprechen mag, auch wenn ich selber in vorderster Reihe der ihn peinigenden Phänomene stehe. Er soll nichts vor mir verbergen. Ich will unbedingt, daß er mir vertraut. Ich möchte keinen Zweifel daran haben, daß es ihn förmlich drängt, alle meine Fragen ausführlich zu beantworten, auch wenn seine Antworten nicht weltbewegend sind und uns im Grunde beide kaum interessieren. Wie soll ich wissen, daß er belanglose Gedanken hat, wenn ich nicht weiß, was er denkt? Ich will, daß er mir alles sagen möchte, was ihm durch den Kopf geht, noch bevor ich darauf komme, danach zu fragen. Schließlich ist er mein einziger Sohn und er müßte begreifen, wie sehr ich ihn brauche.)

Er ist ein anmutiger Sohn, liebenswürdig und wißbegierig, und jeder mag ihn leiden (wenigstens scheint es so. Man weiß das ja nie. Er allerdings weiß Bescheid. Ich übrigens auch). Er hat feines, sandfarbiges Haar, einen koboldhaften, gescheiten Humor und bleiche, magere Schultern und Arme. Er ist nicht kräftig. Er ist schmal. Seine Gesundheit ist gut. (Uns gefällt er. Auch meiner Tochter gefällt er jetzt, während sie früher aus

Neid gemein zu ihm war. Wir sprechen alle gern über ihn zu anderen Leuten.) Manchmal ist es wie Zahnziehen, wenn man ihn dazu bringen will, sich zu beklagen. (Wir reden uns gern ein, er sei glücklich, und gelegentliche Anfälle von Ungehorsam, Widersetzlichkeit oder Verzweiflung diagnostizieren wir mit Vorliebe als Zeichen von Übermüdung, Halsweh und Fieber oder als ganz normale Rückfälle in erträgliches, wenn auch kindisches Fehlverhalten.) Er ist ein lieber kleiner Junge und war es schon immer. Er ist, wie meine Frau oder ich gelegentlich prahlen, beinahe zu gut um wahr zu sein (und auch wieder nicht! Irgendwas stimmt nicht. Ich habe das wohl immer schon gewußt, hatte allerdings nie den Mut, es auszusprechen, ja, nicht einmal diesen Gedanken ins Auge zu fassen, ohne mich hastig abzuwenden. Meine Frau sorgt sich einzig darum, daß er homosexuell werden könnte, obwohl auch nicht das geringste darauf hindeutet. Das ist meine kleinste Sorge.

»Er ist bloß so artig, weil er mich ärgern will«, behauptet meine Tochter impulsiv in seiner Gegenwart während einer jener scherzhaften oder auch stürmischen Wortgefechte, die einer der beiden unvermeidlich vom Zaun bricht, manchmal im Spaß, manchmal in böser Absicht. »Kein Mensch kann unentwegt so artig sein.«

»Lesbo«, entgegnet mein Junge gewinnend.

Und darüber müssen wir alle herzlich und anerkennend lachen, auch wenn meine Frau bezweifelt, daß sie und ich solche Ausdrücke dulden dürfen oder daß es für unsere Kinder gesund und schicklich ist, sie zu benutzen, ja, überhaupt zu kennen).

Etwas stimmt aber wirklich nicht, fürchte ich, wenn ich auch meinen grausigen Verdacht immer für mich behalten habe (als ob ein möglicherweise näherkommendes Verhängnis die Richtung änderte, wenn man es nicht beachtet. Manche Leute glauben, mit dieser Methode ihren Krebs heilen zu können. Meine Frau zum Beispiel. Es wird ihm etwas Schlimmes geschehen, das weiß ich jetzt bestimmt. Und auch mir wird etwas Schlimmes geschehen, weil es ihm geschieht. Vielleicht geschieht es ihm schon. Es kommt mir ganz so vor. Es hat früh angefangen) und in törichten, unartikulierten Stoßgebeten darum flehte, das Übel möge sich (um meinetwillen mehr als um seinetwillen) mit der Zeit doch selber heilen und mir die Angst und die Plage ersparen, mich damit befassen zu müssen, zumindest aber möge es doch bitte nicht akut werden, vielmehr unentdeckt bleiben, bis ich die mir zugemessene Spanne Lebens in Wohlstand, Frieden und Freude hinter mich gebracht habe (ha, ha. Und aus natürlicher Ursache gestorben bin) und nicht mehr leiden muß unter einem tragischen Schlag, der ihn quält und foltert (Schmerzen kann ich nicht ertragen) oder leblos niederstreckt. Die Aussichten dafür sind nicht gut, denn ich habe bemerkt, daß die Menschen sich wenig ändern, wenn sie älter werden; verborgen in allen mir bekannten Männern und Frauen, ob Kecken oder Stillen, steckt, wie ich glaube, der ausgeformte aber nicht vollendete kleine Junge, beziehungsweise das kleine Mädchen, das einmal war, und das immer bleiben wird wie es seit je gewesen ist; einsam in der eigenen Vergangenheit schwebend wartet es hoffnungsvoll doch vergeblich auf den Neubeginn, giert unersättlich nach Gesellschaft, sehnt verzweifelt die Zeit herbei, da es ungefährlich, vernünftig und möglich sein wird hervorzukommen, die Arme zu recken, furchtlos die belebende Luft einzusaugen und zu rufen:

»Heda! Hier bin ich! Konntet ihr mich nicht finden? Können wir nicht von jetzt an zusammenbleiben?«

Und verborgen in mir (ich fühle ihn in mir, fühle ihn mit Gewißheit) weiß ich einen scheuen kleinen Jungen, das Ebenbild meines Sohnes, der sein liebster Freund sein, der hervorkommen, der mit ihm spielen möchte.

Positiv wäre zu vermerken, daß er seine Angst vor Bienen, Spinnen, Raupen, Krebsen und Quallen allmählich überwindet, wie er mir sagt, und ich möchte ihm das gern glauben.

»Wirklich«, beteuert er. »Letztes Mal, als eine Biene hier war, bin ich kein bißchen ausgewichen.«

»Aber hattest du nicht doch Angst?« fasse ich nach. »Ist die Biene dicht an dich herangeflogen?«

»Es war noch jemand dabei«, gibt er zu.

Rechnen und Naturkunde schafft er spielend, ihm liegt aber nichts mehr daran, in einem dieser Fächer zu glänzen (zum Kummer seiner Lehrer, die sich von ihm enttäuscht sehen. Daß sie sein Verhalten mißbilligen, wundert ihn). Und einen Teil des Durcheinanders, das in ihm wuselt, bildet höchstwahrscheinlich ein unaufgelöster Ödipuskomplex von gigantischen Ausmaßen, verbunden mit schrecklichen Kastrationsängsten (meinen eigenen, selbstverständlich), doch ist er noch zu jung, ha, ha, als daß dieses Zeug ihn jetzt schon verstören könnte.

Er hält sich (ich halte ihn) für viel kleiner als er in Wahrheit ist. Ich glaube, er glaubt, sein Äußeres sei sonderbar und entspreche nicht unseren Erwartungen, wir wollten ihn daher loswerden, wollten mit ihm weit weg fahren und ihn dort aussetzen. Warum wir diesen Wunsch haben sollten weiß er nicht; sagt er nicht. (Vielleicht glaubt er, wir wollten ihn aussetzen, weil wir finden, er sei zu klein geraten. Er ist aber nicht klein. Er ist von durchschnittlicher Größe und wirkt nur klein neben Gleichaltrigen, die größer sind als er. Er ist eine Spur klein, und es hat keinen Sinn, ihm das ausreden zu wollen.)

Nahmen wir ihn an einen Ort mit, wo er noch nie gewesen war oder auch in die Wohnung von Bekannten, in ein lautes, sehr belebtes Lokal oder in ein völlig menschenleeres (ob dunkel oder hell spielte keine Rolle. Er mochte keine Menschenansammlungen; er mochte keine Leere. Er mochte nirgendwohin mitgenommen werden. Machten wir uns auf den Weg, glaubte er nicht, daß es wirklich zu dem bezeichneten Ort ging; das glaubte er erst, wenn wir angekommen waren, aber dann bezweifelte er gleich, daß wir ihn wieder mit nach Hause nehmen wollten), verstand er es geschickt so einzurichten, daß Arm oder Schulter stets in Berührung mit mir oder meiner Frau blieben, er beharrte auf körperlicher Fühlung mit einem von uns, bis er durch gründliche Inaugenscheinnahme der Umgebung und Prüfung unserer Mienen den Eindruck gewonnen hatte, daß der Moment noch nicht gekommen war (daß sein Verderben nicht unmittelbar bevorstand. Das Urteil war zwar schon gesprochen, doch der Zeitpunkt der Hinrichtung noch ungewiß). Er will an dem festhalten was er, wie er weiß, besitzt, obwohl ihm keineswegs gefällt, was er, wie er weiß, besitzt. Er will uns nicht hergeben. Er will nicht allein sein, auch zuhaus nicht, und läßt seine Tür meist offen. Er verbringt wenig Zeit in seinem Zimmer. (Stößt er innerhalb des Hauses auf geschlossene Türen, so verstört ihn das. Die Tür zum Zimmer meiner Tochter ist fast immer geschlossen, es ist dies eine Geste von beinahe schreiender Bosheit. Die Tür zu unserem Zimmer ist mal offen, mal geschlossen. Abends und morgens, wenn meine Frau und ich es miteinander treiben oder einer von uns vermutet, es könnte dazu kommen, ist unsere Tür geschlossen. Wir wünschen uns dabei keine Zuschauer. An Gruppensex werden wir nie Geschmack finden.) Mit Leuten, denen er nicht vertraut, mag er nicht beisammen sein, und er traut niemand, den er nicht schon lange kennt. Auch uns traut er nicht immer. (Wer bleibt dann noch für ihn übrig?) Früher hielt er uns an der Hand fest und wollte nicht mehr loslassen, was uns oft peinlich war. Wir zwangen ihn dazu.

»Laß los«, redeten wir ihm zu. »Laß meine Hand los. Bitte, laß jetzt los!«

Das Blut wich dann aus seinen Wangen und seinen Lippen (die blau wurden. Wenn er sich innerlich verkrampfte, färbten seine Lippen sich bläulich). Er zitterte, schluckte und würgte, besonders dann, wenn er nicht nur loslassen sondern auch gleich noch anderswo allein spielen oder auf der Stelle verharren sollte, während wir uns an einen anderen, für ihn nicht sichtbaren Ort begaben. Schickten wir ihn zum Spielen weg, sah er uns mit einem kranken, flehenden Ausdruck an, bevor er davonschlich.

Da ließen wir es sein. (Uns zeigte er seine quälende Furcht, aber andere sollten nichts davon bemerken. Wir zwingen ihn nicht mehr, uns zu begleiten, wenn er nicht will. Er darf jetzt ohne uns daheim bleiben. Meine Tochter ist neuerdings zu sehr mit sich selber beschäftigt, um Zeit für ihn zu erübrigen.) Verläßt uns eines unserer schwarzen Hausmädchen oder eine weiße Pflegerin, macht ihn das unweigerlich traurig und bestürzt (auch wenn er die betreffenden Personen nicht leiden mochte. Er mag sie selten leiden und will mit ihnen nicht mehr zu schaffen haben als unbedingt nötig). Er vermutet, wir wollten uns seiner auf die gleiche Manier entledigen.

»Wollt ihr Derek loswerden?« hat er schon gefragt.

»Nein«, habe ich gelogen.

»Wollt ihr mich loswerden?«

»Nein, weshalb?«

»Wollt ihr überhaupt jemand loswerden?«

»Nein.«

»Angestellte vielleicht? Bei dir in der Firma?«

»Nein. Bloß einen. Warum sollten wir dich loswerden wollen? Du bist viel zu brauchbar.«

»Und wenn ich nicht brauchbar wäre?«

»Dann würden wir dich trotzdem behalten wollen.«

»Manchmal«, beichtet er reuig und mit einem sanften (vielleicht durchtriebenen Lächeln), »manchmal träume ich, daß ich ganz allein bin auf der Welt und nicht weiß, wohin. Dann weine ich. Wenn ich aufwache, ist mein Gesicht ganz naß. Manchmal«, fährt er demütig fort, weil er sich nun schon entschlossen hat zu gestehen, »manchmal schlafe ich gar nicht, wenn ich das träume.«

Er sieht traurig aus, nachdem er dies gesagt hat, er erwartet meine Antwort stumm und mit einem forschenden, wachen Ausdruck in den Augen.

(Ich weiß nicht mehr, ob er mir solche Dinge sagt, weil er sie so erlebt oder weil er merkt, wie stark sie mich beeindrucken. Mißtrauen und Bitterkeit trüben allmählich mein Empfinden für ihn. Immer häufiger reizt es mich, ebenso streitsüchtig auf ihn zu reagieren wie auf meine Tochter, ich bin in Gefahr, ihn als Konkurrenten zu empfinden. Ich bemühe mich, das zu unterdrücken.

»Bist du böse auf mich?« fragt er wohl.

»Nein«, lüge ich.)

Einmal (das ist Jahre her) hatten wir ihm Hemd und Schlips und Jacke angezogen um ihn, wie wir sagten, in den Zirkus zu führen (wirklich in den Zirkus, auch wenn er es nicht glauben wollte, und er sah so anmutig,

gesund und niedlich aus in dem gemusterten Hemd von Brooks Brothers und dem winzigen blauen Blazer, ebenfalls von Brooks, und mit dem seidig glänzenden Haar – seinem eigenen, nicht bei Brooks gekauften, ha, ha –, das säuberlich gescheitelt und feucht gekämmt war.
»Bin ich auch sauber?« fragte er und trat gewaschen, frottiert und angezogen vom Spiegel zurück.
»Wie geleckt«, versicherte ich ihm.
»Du strahlst vor Sauberkeit«, sagte meine Frau. Da fragte er:
»Setzt ihr mich jetzt in eine Taxe und schickt mich fort?«
»Wie kommst du nur darauf!« entgegnete ich entsetzt und wütend. »Weshalb, um Himmels willen, sollten wir das wollen?«
Er antwortete mit einem zurückhaltenden Achselzucken. »Ich weiß nicht.«
Es scheint aber, als wisse er sehr wohl.
»Machst du dir einen Scherz mit mir?« will ich wissen, »oder ist das dein Ernst? Glaubst du wirklich, wir wollten dich allein in einer Taxe wegschicken? Was würde wohl der Taxifahrer dazu sagen?«
»Darf ich was fragen?«
»Was?«
»Was ich fragen möchte.«
»Ich werde nicht böse.«
»Du bist jetzt schon böse.«
»Jedenfalls werde ich nicht böser.«
»Mach schon«, sagt meine Frau.
»Wenn ihr mich doch mal loswerden wollt, wie macht ihr das dann?«
»Mit Küssen und Umarmungen«, versetze ich gereizt. »Du verdirbst uns den ganzen Tag. Ist denn das ein Gesprächsstoff für einen hübschen kleinen Jungen, der mit Schlips und Blazer aufgeputzt ist wie ein Weihnachtsbaum? Und der außerdem zum Mittagessen in ein teueres Restaurant mitgenommen wird?«
»Da will ich nicht hin.«
»O doch.«
»Bestimmt gefällt es dir.«
»Ich will auch nicht in den Zirkus.«
»O doch.«
»Bestimmt gefällt es dir.«
Ich mag die U-Bahn nicht. (Ich leide unter schrecklichen Wahnvorstellungen, die davon handeln, wie er in den falschen Zug steigt oder nicht mehr aufzufinden ist, doch niemals male ich mir aus, auch im Traum nicht, daß ich ihn vorsätzlich verlasse, ihn auch nur verlassen möchte. Da schnappt vielmehr die Tür zwischen ihm und mir zu, bevor wir beide

ein- oder ausgestiegen sind und trennt uns. Oder wir gehen nebeneinander, ich schaue einen Moment zur Seite, und wenn ich mich ihm wieder zuwenden will, ist er fort. Oder ich habe ihn vergessen, er ist mir aus dem Sinn geraten und erst später, wenn er nicht mehr anwesend ist, sondern spurlos aus meinen Träumen verschwunden, fällt mir ein, daß er eigentlich bei mir sein sollte. Ich habe dann keine Ahnung, wo er sein könnte. Ich stehe vor dem Nichts. Ich komme mir vereinsamt vor, und es läßt sich nicht mit Gewißheit sagen, wer von uns beiden verlorengegangen ist. Auch ich fühle mich verloren.)
Vor üblen Gerüchen weicht er zurück (vielleicht denkt er dabei an Fäulnis, Giftgas, Erstickung. Er möchte keinesfalls auf den Mond fliegen, ich ebenfalls nicht), und unerwarteter Lärm erschreckt ihn (auch verstohlene, rätselhafte, unheimliche Geräusche. Mich ebenfalls. Antilopen übrigens auch. Er neigt zu dem Glauben, einzig er reagiere auf solche Weise und einzig er fühle sich in Gefahr). Er begreift nicht, daß Kriege, Überfälle, Bienen, Mathematik, Spinnen, Korbball, Seilklettern, Brechreiz, gemeingefährliche Mitmenschen (wirkliche oder vermeintliche) und Referate eigens erschaffen sein sollen, um ihn zu plagen, ihm sichtbar aufzulauern, übelriechend, nicht zu umgehen, ungerührt und unversöhnlich (und unter uns: auch ich begreife es nicht; allerdings sieht es nicht so aus, als könnten ich oder sonstwer was daran ändern. So sind nun mal die Bräuche); er begreift nicht, daß er sich im Rechnen mehr und mehr anstrengen soll, bloß weil er dafür begabt ist; daß seine Lehrer (meist Lehrerinnen), anfangs von seinem frühreifen Zahlenverständnis entzückt, sich jetzt von ihm enttäuscht zeigen, weil er den Spaß am Rechnen um des Rechnens willen verloren hat, und ihn ihr Mißfallen spüren lassen (sie fühlen sich von ihm zurückgewiesen. Er hat sie im Stich gelassen); er sieht nicht ein, warum ausgerechnet er sich ein Bein ausreißen soll, um alle anderen im Völkerball, Faustball, Schlagball, Fußball, Handball und Korbball zu übertreffen. Am meisten verabscheut er Korbball. Er weiß nicht, was er da eigentlich tun soll (und läßt es sich nicht von mir erklären Er stellt eine bestimmte Frage und will nur die Antwort auf diese Frage hören, sonst nichts. Rede ich weiter, unterbricht er mich schroff. Er stößt mich zurück). Er weiß nie, ob er selber werfen soll oder abgeben, und er schämt sich zu sehr und ist zu befangen, seine Unkenntnis einzugestehen und jemand zu fragen. Noch nie hat er in den Korb getroffen; er fürchtet sich, es zu versuchen; er wirft erst, wenn alle seine Mitspieler ihn anbrüllen: »Wirf endlich, los!« Dann verfehlt er den Korb. Er kann sich nicht merken, wann er blocken und behindern, wann er fangen, abgeben oder werfen muß. Er verläßt sich auf seinen Instinkt, und sein Instinkt ist nicht verläßlich. Verwirrt durch das Versagen seines Urteils-

vermögens erkennt er nicht mehr, welche Kinder zu seiner Mannschaft gehören und welche zur gegnerischen, wenn das Getümmel um ihn wuselt (wie auslangende Greifbeine einer großen Spinne, könnte ich mir vorstellen. Gesagt hat er mir das nie). Er spielt den Ball dem Gegner zu und begeht noch andere, ebenso auffällige Fehler, er wird dafür gerempelt und angebrüllt (und weiß oft nicht, weshalb. Er lernt aus diesen Fehlern nichts, da er sie als solche nicht erkennt. Die Angst, er könnte sie wiederholen, lähmt sein Denken und erhöht die Wahrscheinlichkeit, daß es geschieht). Forgione schüttelt angewidert das Haupt. Mein Junge sieht es. (Ich stelle mir das alles vor und zergehe vor Mitleid mit ihm.) Mein Junge würde so gerne Körbe werfen, einwandfrei abspielen und dribbeln. (Freiwürfe möchte er nicht ausführen, weil er doch nicht treffen würde.) Er hat Angst, Korbball zu spielen, und wünscht sehr, es wäre nicht notwendig.

Er ist jetzt so weit, daß er an Tagen mit Turnen überhaupt nicht in die Schule gehen will. (Auch nicht, wenn er ein Referat halten soll. Oder wenn er weiß, daß er etwas nacherzählen oder einen Aufsatz vorlesen muß.) Dreimal die Woche hat er Turnen und an den übrigen vier Tagen ängstigt er sich davor. (Schulfreie Tage bringen ihm keine Linderung, es sei denn, sie fallen auf einen Tag mit Turnen. Dann ist er außer sich vor Wonne.) Er fürchtet sich jetzt vor Forgione, von dem er sich verachtet fühlt, und vor Forgiones Gehilfen (dessen Namen er nicht kennt; keiner kennt ihn, gibt er zu verstehen, er beschreibt ihn auch nicht, ich weiß also nicht, wie alt er ist und wie er aussieht), in seinen Augen gewiß eine weitere gräßliche Gefahr, die es abzuwehren gilt. (Wären *Sie* vielleicht gern ein sanfter, etwas schüchterner und friedliebender kleiner Junge von neun Jahren, etwas schmaler und kleiner als der Durchschnitt, und ließen sich dreimal wöchentlich, jeden Montag, Mittwoch und Freitag so regelmäßig und unerbittlich wie die Sonne untergeht, der Himmel sich verdunkelt und die Erde schwarz, tot und gespenstisch wird und nichts uns freundlich in Aussicht stellt, daß irgendwer irgendwo je wieder erwachen soll, der düsteren, eisernen Gewalt eines Menschen namens Forgione überliefern, der viel älter, stärker und vor allem größer ist als Sie, ein beängstigender, mächtiger, breitschultriger Mensch, behaart, muskulös, faßbrüstig, in blütenreinem, hautengem, weißem oder marineblauem Turnhemd, das ebenso stramm und mitleidlos wirkt wie die Gestalt aus Fleisch und Blut die es umschließt, deren grimmigem, düsteren Blick Sie ängstlich ausweichen, dessen Gehilfe einen Namen hat, den Sie sich nicht merken können oder nicht erfragen wollen, und der Sie anscheinend weder leiden mag noch achtet? Er könnte mit Ihnen machen was er will. Er könnte mit mir machen was er will.)

»Ihm fehlt der Wille zum Sieg«, eröffnet mir Forgione vorwurfsvoll, als ich es beim besten Willen nicht mehr hinausschieben kann, ihn wegen meines Jungen in der Schule aufzusuchen.
(Meine Frau drängte schon eine ganze Weile, ich solle mit Forgione reden oder mich über Forgione beim Rektor beschweren, doch hatte ich Bedenken, weil das heimtückisch scheinen könnte, vielleicht auch überflüssig wäre; es könnte sogar schlimme Folgen haben.
»Schließlich ist er dein Sohn, oder?«
Richtig, er ist mein Sohn und ich kann es wohl doch nicht mit meinem Gewissen vereinbaren, ihn mit der Regelmäßigkeit eines Uhrwerks dreimal wöchentlich einer so widerwärtigen Folter unterworfen zu sehen, nicht wahr, obschon sich herausstellen mag, daß ich seine Lage nicht im geringsten erleichtern kann, ohne einen fürchterlichen Wirbel zu machen, und das liegt mir nun mal nicht. Irgendwas muß ich aber unternehmen. Ich habe den beschämenden Verdacht, andere Väter würden bestimmt etwas unternehmen.)
»Er tut ganz gewiß sein Bestes.«
»Er will seine Kameraden einfach nicht übertreffen.«
»So ist er nun mal, fürchte ich«, murmele ich entschuldigend.
»Ach was! So ist er nicht zur Welt gekommen, Mr. Slocum«, sagt Forgione.
»Aber jetzt ist er so.«
»Er hat nicht die Spur Kampfgeist. Er strengt sich nicht an. Er will einfach nicht gewinnen.«
»Und daran ändert sich nichts, wenn Sie auf ihm herumhacken, Mr. Forgione«, sage ich zaghaft und in möglichst harmlosem Ton.
»Ich hacke nicht auf ihm herum, Mr. Slocum«, protestiert Forgione ernst, »ich möchte ihm helfen.«
»Aber er hat Angst vor Ihnen. Früher ging er gern zum Turnunterricht und die Spiele haben ihm Spaß gemacht. Als er noch kleiner war, hat er immer gern mitgespielt. Aber jetzt ist das anders. Jetzt möchte er am liebsten ganz wegbleiben.«
»Das darf er nicht. Außer er hat ein Attest.«
»Dann werde ich ihm eins besorgen.«
»Sie machen mir doch wohl keinen Vorwurf?« wehrt er sich.
»Ich mache niemand einen Vorwurf.« Ich spüre, daß ich jetzt im Vorteil bin und fahre mit mehr Selbstvertrauen fort: »Ich möchte ihm das Leben nur ein bißchen erleichtern.«
»Wie fühlt er sich zuhause?«
»Glänzend. Wenn er sich nicht gerade vor der nächsten Turnstunde ängstigt.«

»Man darf ihm die Sache nicht zu leicht machen.«
»Das will ich nicht.«
»Er muß lernen, sich zu behaupten.«
»Wie denn – am Kletterseil?«
»Er muß hier seilklettern und anderswo auch.«
»Wo zum Beispiel?«
»In der Oberschule. Vielleicht beim Militär. Wenn was aus ihm werden soll, muß er alles mögliche tun, was ihm keinen Spaß macht.«
»Darüber will ich mit Ihnen nicht streiten.«
»Ich schon gar nicht.«
»Ich möchte ihm helfen, mit seinen Schwierigkeiten fertig zu werden.«
»Ich helfe ihm«, behauptet Forgione. »Ich rede ihm gut zu, Mr. Slocum. Ich versuche, seinen Kampfgeist zu wecken. Leider fehlt der ihm noch. Wenn er beim Stafettenlauf den anderen voraus ist, dann fängt er an zu lachen. Wußten Sie das? Jawohl. Er lacht ganz laut. Und läuft immer langsamer, bis die anderen ihn eingeholt haben. Können Sie sich so was vorstellen? Natürlich paßt das seinen Mannschaftskameraden nicht. Das ist kein Stafettenlauf, das nicht. Oder finden Sie, daß das Stafettenlauf ist, Mr. Slocum?«
»Nein.« Ich schüttele den Kopf, bemüht, ein Lächeln zu verbergen. (Wunderbar, Jungchen, möchte ich am liebsten rufen, aber für ihn ist es gar nicht so wunderbar.) »Nein, das ist es wohl nicht.«
Ich muß leise kichern (und auch Forgione muß leise kichern, wozu er befriedigt den kurzgeschorenen Kopf schüttelt in der irrigen Annahme, ich kichere, weil ich seine Verwunderung teile), denn ich sehe meinen Jungen deutlich beim Stafettenlauf, den anderen weit voraus, ich höre das jauchzende, ungehemmte Lachen, das gelegentlich aus ihm hervorbricht, sehe ihn vor Freude straucheln, sehe ihn keuchend weiterlaufen und die anderen Jungen großmütig zu sich heranwinken, auf daß sie von nun an einträchtig miteinander lachen und nebeneinander herlaufen mögen in der letzten Phase dieses Spieles (denn schließlich ist es nur ein Spiel). Daß ich mir meinen Jungen so vorstellen kann belebt mich, ja befeuert mich, doch weiß ich, daß Forgione davon nichts merken darf (auch keinen Spott, keine Überheblichkeit), denn Forgione hat meinen Jungen dreimal wöchentlich völlig in seiner Gewalt und kann sich an mir rächen, indem er meinem Jungen mit Drohungen oder Strafen zusetzt (währenddessen ich gut aufgehoben an meinem Schreibtisch in der Firma sitze, unter auflaufenden Stunden begraben, vor erstickender Langeweile alternd und nach Luft ringend, unerträglich zitternd von unterdrückter Hysterie oder eifrig mit irgendwelchen müßigen oder genußvollen Projekten befaßt.

Wer vermöchte sich auszumalen, welche gemeinen Verbrechen oder grausigen Unfälle meinen Jungen, meine Frau, meine Tochter oder Derek treffen können, während ich hier am Schreibtisch meine Nägel beiße, ins Urinal pinkle, Green aus dem Weg gehe, in Red Parkers Wohnung Bettys, Lauras oder Mildreds Busen befingere oder mit Jane auf dem engen Korridor vor der Werbeabteilung schäkere? *Ich* vermag es mir auszumalen. *Ich* kann sie mir samt und sonders ausmalen und noch endlos weitere hinzuerfinden. Katastrophen wandern durch mein Bewußtsein, unaufgefordert und unangemeldet wie eigenbrötlerische Reisende einer Dämonenkarawane aus der Hölle oder sonst einem scheußlichen Folterplatz. Während ich meine Geschäftsberichte lese, sehe ich Skelette in moderigen Bahrtüchern vor mir, und sie grinsen nicht mal. Ich schnuppere fremdartigen Staub. Mich schaudert und es ekelt mich. Oft verachte ich mich, weil ich mir solche Katastrophen ausmale. Sie sind meiner nicht würdig. Ich verbiete es mir mit einem scharfen Tadel und zwinge mich, sogleich eine Arbeit vorzunehmen, um nicht nur dem flauen Gefühl in der Brust zu entgehen, sondern auch dem Netz aus zitternden Ängsten, die in mir zucken wie fluchtwütige Eidechsen. Oder wie ein Wirbelsturm aus farblosen, flatternden Motten. Manchmal rufe ich daheim an und überzeuge mich, daß alle noch wohlauf sind – soweit derjenige informiert ist, der den Hörer abnimmt. Bestenfalls erfahre ich so, daß bis zur Stunde keine Unglücksmeldung eingetroffen ist. Selbst wenn ich mir täglich die phantastische Mühe machte, jedes Familienmitglied dort anzurufen, wo es sich gerade aufhält, könnte ich immer noch nicht ausschließen, daß der zuerst Angerufene bereits von einem schrecklichen Unglück ereilt worden ist, wenn ich schließlich den letzten ans Telefon bekommen habe. Ich könnte allerdings drei oder vier Apparate gleichzeitig benutzen und das würde mir Gewißheit verschaffen – bis ich die Hörer auflege. Ich bin schon dankbar, wenn sich kein Polizist oder Krankenträger bei mir daheim meldet. Ich sage immer: in solchen Fällen sind keine Neuigkeiten gute Neuigkeiten. Bis die schlechten Neuigkeiten eintreffen. Ha, ha. Ich möchte wetten, daß ich das eben zum ersten Mal gesagt habe. Nochmal: Ha, ha). Ich wage also nicht, Forgione zu kränken oder sein Mißfallen zu erregen, weil ich an meinen Jungen denke (und letzten Endes an mich. Was ihn beschwert, beschwert auch mich). Ich bleibe sanft, demütig, ehrerbietig.
»Muß es denn unbedingt Stafettenlauf sein?« frage ich. Ich gebe mich Forgione gegenüber arglos und achtungsvoll und beherrsche den Drang, sarkastisch zu sein. Ich fühle mich ihm überlegen, doch ich habe Angst; ich weiß, ich bin der Bessere, aber auch der Schwächere. »Kommt denn nichts anderes in Frage für sie? Oder für ihn?«

»Das Leben ist hart, Mr. Slocum«, philosophiert Forgione (und ich möchte ihm am liebsten sagen, er soll sich seine Philosophie in den Hintern stecken). »Er soll lernen, daß er besser sein muß als der Nebenmann. Das ist eine Lektion fürs Leben, die wir den Kindern hier beibringen.«

»Der Nebenmann tut mir leid.«

»Ha, ha.«

»Wer ist denn dieser bedauernswerte Nebenmann?«

»Ha, ha.«

»Vielleicht ist er selber der Nebenmann.«

»Eben drum nehmen wir ihn jetzt ran. Sie wollen doch sicher nicht, daß das passiert, oder? Sie wollen doch bestimmt nicht, daß Ihr Sohn der Nebenmann wird, dem alle andern über sind.«

»Nein. Für mich ist er die Hauptsache. Er liegt mir am Herzen. Deshalb bin ich ja hergekommen.«

»Vielleicht nehme ich ihn wirklich ein bißchen zu scharf ran. Aber nur zu seinem Besten. Lieber zu scharf als zu nachsichtig. Jedenfalls manchmal.«

»Sie haben doch selber Kinder, Mr. Forgione«, stelle ich ihm nun vor, in einem sehr vernünftigen, etwas festeren Ton (schließlich hat er mich mit dem kurzstieligen Hammer seiner Faust noch nicht erschlagen, sondern ist auf eine Rechtfertigung ausgewichen). »Sie wissen also, daß ich nicht einfach die Augen zumachen und weiterhin meinen Sohn seelenruhig hergehen lassen kann, wenn ihn das fürchterlich aufregt und er sich einbildet, Sie hätten es auf ihn abgesehen. Das täten Sie doch auch nicht, oder?«

»Ich habe es überhaupt nicht auf ihn abgesehen«, widerspricht Forgione eilig, schluckt mühsam und macht aufgebrachte Stoßbewegungen mit dem Kopf. »Hat er das etwa behauptet?«

»Nein. Aber es dürfte ihm so vorkommen.«

»Ich will ihm bloß helfen. Ich hacke nicht auf ihm rum. Das tun seine Freunde. Seine Mitschüler. Die werden wütend und schreien ihn an, wenn er immer langsamer läuft und zu lachen anfängt und überhaupt nicht gewinnen will. Oder wenn er absichtlich den Ball an den Gegner abgibt – er tut es wirklich mit Absicht, Mr. Slocum, ich schwöre es Ihnen. Als wäre das ein Witz. Er schmeißt den Ball einem Gegenspieler zu, um dem eine Chance zu geben oder seine Mitspieler zu überraschen. Einfach zum Spaß. Aber ist das noch Spaß? Er schmeißt den Ball weg, wenn er angegriffen wird. Er kriegt es mit der Angst. Es sind ja seine eigenen Mitspieler, die wütend auf ihn werden und schimpfen – nicht ich. Ich will doch bloß, daß er alles richtig macht, damit so was nicht passiert. Die Jungen gehen nämlich richtig auf ihn los und dann schmollt er und macht ein Gesicht, als würde er gleich weinen, und sagt, ihm ist schlecht oder er hat Halsschmerzen, und will zur Schulschwester und nach Hause. Er benimmt sich wie ein kleines Kind. Er wird richtig grün. Gern sage ich das nicht, Mr. Slocum, aber manchmal ist er das reinste Baby.«

(Dafür könnte ich Forgione umbringen, gleich hier auf der Stelle, denn was er sagt ist wahr und ich wollte doch, daß niemand es merkt.) »Er ist schließlich noch ein Kind«, sage ich nachgiebig und zwinge mich zu einem verständnisvollen Lachen.

»Er ist neun.«

»Ist das etwa alt?«

»Alt genug, um zu lernen, was Verantwortung und Disziplin bedeuten.«

»Darüber will ich mit Ihnen nicht streiten.«

»Ich auch nicht. Aber eins möchte ich Ihnen sagen, Mr. Slocum, er muß lernen, den Dingen ins Gesicht zu sehen.«

»Das versucht er doch. Er gibt sich große Mühe.«

»Keine Mannschaft nimmt ihn. Immer heißt es, man will ihn nicht, weil er sich nicht anstrengt. Das weiß hier jeder. Man verheimlicht es ihm nicht. Keine Korbballmannschaft will ihn haben, weil er da überhaupt nichts taugt. Für die anderen Burschen, die für den Sieg das Letzte hergeben, ist es nämlich kein Spaß, ihn in der Mannschaft zu haben. Das muß man auch mal sehen. Also, was soll ich tun? Auf wessen Seite soll ich mich stellen? Möchten nicht Sie vielleicht was tun?«

»Deshalb bin ich ja hier. Ich will es versuchen.«

»Machen Sie ihm klar, daß er sich an die Spielregeln halten muß, sich selber zuliebe, nicht mir zuliebe.«

Da hat er recht. Ich kann mir mühelos meinen Jungen grün vor Angst neben Forgione vorstellen, denn so habe ich ihn oft genug neben mir gesehen, wenn wir in einer unvertrauten Gegend waren, wo ich ihn, wie er glaubt, aussetzen will, oder wenn ich ihn nötige, vom Sprungbrett zu springen. Wie kann ich Forgione klarmachen, daß mein Junge mir so, wie er ist, recht gut gefällt (wirklich? Genau weiß ich es nicht), daß er mir lieb ist auch ohne Kampfgeist, Aggressivität und überragende Leistungen, obschon ich zu Zeiten, offen gestanden wünsche, er hätte ein bißchen davon mitbekommen, gelegentlich gar mißbillige, daß er so gar nichts davon hat, ja, stolzer auf ihn sein könnte, wäre er anders. Und das dürfte er wissen.

Noch weiß er nicht, daß ich mich bei Forgione um Vergünstigungen für ihn bemühe, und er soll es möglichst nicht erfahren. Das würde ihn, wie ich meine, so beschämen, er würde sich so erniedrigt vorkommen, daß er hinfort Forgione überhaupt nicht mehr unter die Augen treten könnte. Bestimmt werde ich sauer auf ihn sein, sobald ich hier heraus bin, weil er mich in diese Lage gebracht hat (mein Vormittag ist ruiniert, er hat mir gestern Abend auch den Seelenfrieden gestört, denn erst nahm ich mir vor, endlich Fraktur mit Forgione zu reden, und gleich darauf bereute ich es schon), und liebend gerne würde ich alle diese kläffenden, jaulenden Kleinkinder in den Hintern treten und ihnen die stinkenden, rotzigen, streitsüchtigen Köpfe aneinanderschlagen, weil sie sich gegen ihn zusammengerottet (und mich gezwungen haben, was zu unternehmen. Scheiße verfluchte – manchmal glaube ich, für mich allein könnte ich vollkommen glücklich sein, aber ich weiß, daß das nicht stimmt).

»Könnten Sie ihn nicht für eine Weile vom Turnen befreien, falls er Sie darum bittet?«

»Will er das?«

»Ich glaube schon. Allerdings wird er Sie nicht darum bitten. Ich werde mit ihm reden. Aber erwähnen Sie nichts.«

»Tja, falls er das möchte, kann ich es einrichten. Ich hacke wirklich nicht auf ihm rum, Mr. Slocum.«

»Vielleicht gewinnt er dann sein Selbstvertrauen zurück. Nur für ein paar Tage.«

»Ich bin immer gern behilflich.«

»Sagen Sie einfach, er käme Ihnen überanstrengt vor oder so.«

»Am besten kommt er zu mir. Er soll ein bißchen hinken, oder eine Entschuldigung vorzeigen, daß er sich nicht gut fühlt. Damit die anderen nichts merken und ihn nicht auslachen.«

»Das wäre ja auch nicht gelogen. Wenn er Turnen hat, ist ihm schon frühmorgens schlecht und er möchte sich übergeben. Er ißt nichts zum Frühstück, er geht völlig nüchtern in die Schule.«

»Das wußte ich nicht. Spricht er von mir?«

»Selten. Und nichts Schlechtes. Nur, daß er Angst hat und nicht kann was er soll. Er hat mich nicht gebeten herzukommen.«

»Ich will ihm ja bloß helfen, wenn ich ihn dazu anhalte, sich mehr anzustrengen. Ich verlange nichts weiter, als daß er seine Möglichkeiten optimal nutzt, sein Bestes gibt. Dann steht er gleich anders da. Bestellen Sie ihm das von mir.«

»Er soll lieber nicht wissen, daß ich hier war. Lassen Sie ihn die nächsten Tage meinetwegen Klimmzüge üben, dann werden wir ja sehen, was passiert, wenn der Druck nachläßt. Einverstanden?«

»Klimmzüge schafft er nicht. Auch keine Liegestütze, keine Überschläge, kein Seilklettern. Ich könnte Ihrem Jungen keine einzige gute Note geben, Mr. Slocum. Außer im Laufen. Schnell ist er ja. Aber er setzt sich nicht voll ein. Er albert nur rum.«

(Wieder muß ich ein Lächeln unterdrücken.) »Das ist vielleicht ererbt«, sage ich. »Ich hab' auch nirgendwo geglänzt.«

»Aber, aber, Mr. Slocum«, berichtigt Mr. Forgione mich leicht lachend, »mit genügend Ausdauer kann jeder in allen Leibesübungen gute Resultate erreichen.«

»Hoffen wir es«, gebe ich geschmeidig nach. »Ich weiß nur, daß ich mich kaum verbessern konnte, obwohl ich wahrhaftig viel Zeit in der Turnhalle verbracht habe«, lüge ich.

»Sie sind gut gebaut, das sehe ich gleich. Und Ihr Sohn könnte ein guter Sportler werden, Mr. Slocum, wenn er sich nur mehr anstrengen wollte. Er läuft wie ein Wiesel und hat rasche Reflexe. Sie sollten mal sehen wie er zuckt, wenn er glaubt, ich oder einer von den Burschen will ihn anbrüllen.«

»Es kann sein, daß er Angst hat, Sie anzureden, auch wenn er einen Entschuldigungszettel bringt.«

»Ich mache das schon.«

»Vielleicht schämt er sich zu sehr. Und sagen Sie ihm auf keinen Fall, daß ich hier war. Sie wollen doch selbst nicht, daß er es erfährt.«

»Gewiß nicht.«

»Und Sie lassen es nicht an ihm aus? Daß ich hier war und mit Ihnen gesprochen habe?«

»Aber ich bitte Sie!« Forgione ist empört. »Warum sollte ich?« (Weil du auch bloß ein Mensch bist, denke ich.) »Was glauben Sie denn, was für ein Mensch ich bin?«

»Ein Cro-Magnon«, antworte ich forsch.

(Das sage ich natürlich nur innerlich. Äußerlich lächele ich sanft und mime Einverständnis. Ob wohl je der Tag kommt, da ich, ohne es zu merken und ohne auch nur eine Veränderung zu spüren, laut heraus das sagen werde, was ich jetzt stumm bei mir sage oder als längere Gedankengänge einschiebe? Werde ich vielleicht geisteskrank und verwandele mich in einen jener Männer – meist sind es allerdings Frauen –, die auf der Straße und im Autobus laut Selbstgespräche führen? Falls dies geschieht, verschmilzt meine Innenwelt mit meiner Außenwelt und ich werde mich in beiden nicht mehr zurechtfinden. Dann bin ich bejammernswert. Schon jetzt fällt es mir schwer, zu unterscheiden, welche welche ist und welche die richtige. Jedes Versagen der Selbstbeherrschung stimmt mich sehr bedenklich. Möglich, daß ich schon jetzt laut zu mir selber spreche – meine Kinder necken mich damit, daß ich Selbstgespräche geführt hätte, als ich mein Referat probte, das ich auf der letztjährigen

Großen Tagung nicht halten durfte –, wenn ich betrunken bin oder tief in der Arbeit stecke oder in Selbstbetrachtungen. Manchmal ertappe ich mich dabei, daß ich Wörter beinahe vor mich hinspreche, die ich im Büro oder zuhause im Arbeitszimmer gleich niederschreiben oder in einer bevorstehenden Unterhaltung anbringen will. Noch glaube ich, daß ich mich immer rechtzeitig zur Ordnung rufe. Aber genau kann ich das nicht wissen. Vielleicht ist es mir manchmal nicht mehr gelungen. Ich weiß, daß ich gelegentlich gestikuliere und den Kopf bewege, wenn ich mich auf eine Konferenz vorbereite, doch ist das mehr eine bewußte Probe. Vor lauter Angst, eines Tages in Selbstgespräche zu verfallen, wähne ich, es wäre schon so weit. Man wird über mich lachen. Oder beiseite sehen und tun als sei nichts geschehen. Oft verspüre ich Schmerzen in der Brust vor Angst, eines Tages Schmerzen in der Brust zu spüren und an einem Herzanfall zu sterben. Mein Bruder ist im Vorzimmer seines Büros an einem Herzanfall gestorben, und mein Vater ist an was anderem gestorben, als ich noch ganz klein war, und meine Mutter wurde, ich kann es nicht vergessen, in hohem Alter mehrmals von beschönigend so genannten akzidentiellen Vascopathien des Cerebrums betroffen, von denen manche so gering waren, daß man ihre Wirkung nicht verzeichnen konnte, und die doch bewirkten, daß ihre Zunge beim Sprechen anstieß und sie am Ende in eine blutleere Masse verwandelten. Oh Gott, wie verabscheute ich schließlich ihren Anblick! Und wollte weinen, aus Liebe, Mitgefühl und Selbstmitleid, und erlaubte mir doch nichts dergleichen. Ich beherrschte mich. Ich blieb stark. Ich kann stark und fühllos sein, wenn es nicht um mich geht. Ich glaube fast, der Gedanke, ich könnte Selbstgespräche führen, macht mir ebensoviel zu schaffen wie der Gedanke, ich könnte stottern. Ich glaube, ich habe manchmal homosexuelle Träume. Ich glaube, ich habe Angst, ich müßte unheilbar stottern, wenn ich nur den Gedanken denke, ich könnte homosexuell sein. Ich weiß nicht, warum ich jene Träume so auffasse. Ich glaube, ich habe auch heterosexuelle Träume, und da weiß ich, warum ich das glaube. In solchen Träumen bin ich hinter Mädchen her, ich wälze mich mit ihnen herum, ich bringe ihn beinahe hinein, aber nie ganz. Es kommt mir nicht mal dabei. Immer laufen sie vorher weg. Ist es meine Mutter? Nackt und willig? Ich weiß, ein großer Teil meines bewußten Lebens besteht aus der Abwehr von unbewußten Verhaltensweisen, die ich gewiß kaum rechtfertigen könnte. Warum möchte ich so oft weinen, und warum versage ich es mir ... immer? Manchmal wünsche ich mir hinterher, ich hätte es getan und bedauere, daß ich es nicht getan habe. Nach einem Streit mit meiner Tochter war mir häufig zum Weinen. Ich bin nicht mehr stolz darauf, daß nichts mich rührt. Ich hoffe zu Gott, mein Sohn kommt nie dahinter, daß ich eine Tunte bin, falls ich denn eine bin, allerdings könnte ich mir vorstellen, daß es mir eine niederträchtige Befriedigung verschaffen würde, wenn ich merkte, daß meine Frau sich mit diesem Verdacht plagen müßte. Ich hoffe nur, daß ich nie die Beherrschung verliere. Bislang ist mir das nie passiert, auch bei Frauen nicht. Wenn ich mir dies doch nur wünschen könnte! Gottseidank wünsche ich es nicht. Hoffentlich trifft mich kein Schlag, der mich lähmt, mir die Sprache raubt, mich zum Stotterer macht. Hoffentlich erleide ich keinen Herzanfall. Hoffentlich werde ich nicht senil, pinkele nicht in die Hose und belästige nicht Kinder. Was für ein Mensch käme wohl zum Vorschein, wenn ich schlagartig alle Hemmungen fallen ließe? Was für ein Lebewesen ist wohl derzeit in mir eingesperrt? Würde es mir gefallen? Wohl kaum. Wahrscheinlich gibt es mich gleich mehrfach. Es gibt da nicht nur ein Es, soviel ist mir bekannt; ich könnte mit meinem Es schon auskommen, wenn ich es mal scharf ins Auge faßte, an mich drückte, intim mit ihm würde und wir uns schmutzige Witze erzählen könnten. Tief drinnen bin ich womöglich imponierend groß. Tief innen glaube ich nicht daran. Hoffentlich erlebe ich nicht, daß mein wirkliches Ich zum Vorschein kommt. Es könnte Dinge sagen und tun, die mir peinlich wären und diesem Ich ernste Schwierigkeiten bereiteten; wenn es dazu kommt, bin ich hoffentlich längst tot und begraben, ha, ha.)

»Ha, ha, Forgione«, sage ich stattdessen, damit Forgione merkt, daß meine Frage nicht ernst gemeint war. »Wirklich, Mr. Forgione, ganz bestimmt.«

»Was?«

»Ich bin Ihnen dankbar. Ihr Verständnis freut mich sehr.«

»Keine Ursache, Mr. Slocum. Für meine Schüler tue ich alles.«

»Nochmals vielen Dank, Mr. Forgione, mir ist ein Stein vom Herzen.«

Ich strecke ihm eifrig die Hand hin, um die seine zu schütteln, und merke, daß der Stein auf meinem Herzen schwerer wiegt als zuvor. Ich bin dort hingegangen, auf alles gefaßt und bereit, es notfalls mit einem Riesen aufzunehmen. Der Sieg ist mir zu leicht geworden und ich gehe weg mit dem Gefühl, unterlegen zu sein. Ich bin niedergeschlagen. Im Zug, auf der Rückfahrt zum Büro, ertappe ich mich bei dem Gedanken: Gütiger Himmel, was, um alles in der Welt, hast du dem armen Jungen jetzt wieder eingebrockt! Ich stelle fest, daß ich einen furchtbaren Zorn auf meine Frau habe, weil sie mich dorthin geekelt hat. Angenommen, Forgione ist auf Rache erpicht? Ich habe keine Lust, ausgerechnet jetzt eine Privatschule für meinen Jungen zu suchen; und doch kann Forgione mich dazu zwingen. Ich bin ihm ausgeliefert, nicht er mir. Vergangenes Jahr war es ein täppisches Schlachtroß von Kunsterzieherin (seine Mrs. Yerger und vorübergehend darum auch wieder meine. Jeder Lebensabschnitt hat seine Mrs. Yerger, so scheint es – es war schon immer so –, und auch einen Forgione), deretwegen ich ihn beinahe aus der öffentlichen Schule weggenommen (er flehte mich an, ihn dort zu lassen) und auf eine teure Privatschule gegeben hätte, die genauso mies hätte sein können. Diesmal ist es der stämmige, gebräunte Forgione mit seinem verflixten Turnunterricht und seinem muskulösen Körper. (Nach Connecticut sind wir gezogen, um die Neger loszuwerden, und hier haben wir nun dafür diesen untersetzten italienischen Gewichtheber.) Ob Forgione es übelgenommen hat, daß ich in die Schule gekommen bin, um mich bei ihm zu beschweren (habe ich auf Forgione einen schlechten Eindruck gemacht?), ihm in seine Arbeit dreinzureden, insoweit sie mein Kind betrifft? Ich bin überzeugt davon. Wird es ihm nicht einen ungeheueren Genuß bereiten, sich an mir zu rächen, indem er meinen Jungen schikaniert, ihn noch schimpflicher bloßstellt als bisher? Hören Sie morgen die Antwort auf dieser Welle. Und wirklich suche ich tags darauf immer wieder mit zitternden Händen die gleiche Welle, um die Antwort zu erfahren, rufe Mittags zuhause an (vorgeblich um zu hören, ob wichtige Post gekommen ist, in Wirklichkeit aber nur, um mich zu vergewissern, daß er noch lebt, daß die Schule nicht schon die Nachricht von seinem Tod geschickt hat), und am späten Nachmittag noch einmal.

»Rate mal!« begrüßt mein Sohn mich übermütig, denn er ist es, der (zu meiner Verblüffung und meiner unendlichen Erleichterung) ans Telefon kommt.

Forgione, Gott segne ihn, bewährt sich. (Beim Frühstück bin ich, der Turnstunde wegen, an diesem Morgen aufgeregter als mein Junge. Der Kaffee schmeckt gallebitter. Forgione ist ein Henker, er hat unheilvolle, rätselhafte Absichten, und tagsüber im Büro male ich mir aus, welche verbrecherischen Untaten hinter den Mauern, den geschlossenen Türen, den blinden Fenstern jener Schule genannten Strafanstalt an meinem Jungen verübt werden mögen. Mir ist schlimmer zumute als meinem Jungen, denn ich kann Ängste objektivieren, von denen er noch nicht einmal weiß, daß er unter ihnen leidet. Meine Phantasie ist unendlich viel feiner entwickelt und verschlungener. Er hat von Leopold und Loeb noch nichts gehört, ich hingegen schon. Er weiß noch nichts von heimtückischen, ältlichen, vielgestaltigen Abartigen, die geistesgestört und blindwütig Kinder grundlos quälen und morden. Ganz wie er fürchte auch ich, daß er von finsteren, bösartigen, fremden Männern entführt, gepeinigt und zerstückelt werden könnte, und es kommt vor – als wir noch in der Stadt wohnten häufig, aber auch jetzt noch gelegentlich, obwohl wir den Rückzug in den Vorort angetreten haben –, daß ich, bemüht kampflustig und mißbilligend in das Gesicht aller Männer blicke, die ich in seiner Nähe gewahre – Lieferanten, Gärtner, Bauarbeiter, Versicherungsvertreter, sogar Geistliche –, und sie für potentielle Kindesentführer halte, für Sadisten, Schläger, Abartige oder wahnsinnige Mörder, die ihre ungläubig staunenden Opfer foltern und verstümmeln, bevor und nachdem sie sie ermorden – auch wenn ich weiß, daß *das* unmöglich ist. Ich stelle es mir auf alle Fälle mal vor. Und jetzt taucht zwischen deren Gesichtern das von Forgione auf, herzlos, symbolisch, sinnlich, fremd. Ich bin verrückt: Kein Wunder, daß mein Junge sich ängstigt. In der Stadt habe ich ihm aus Angst lange nicht erlaubt, den Schulweg allein zu machen, obwohl die Schule nicht weit entfernt war und andere Kinder seines Alters allein gingen; gleichzeitig redete ich ihm unablässig zu, er solle doch endlich den Mut aufbringen, es allein zu versuchen, sagte, er sei nun groß und auch intelligent genug dafür, und eines Tages müsse er es ohnehin tun, und ich versicherte ihm, es könne gar nichts geschehen, wenn er brav warte, bis die Ampel auf Grün springe und nach allen Seiten schaue, bevor er vom Bürgersteig auf die Fahrbahn hinaustrete. Ich hatte auch Angst, er könnte sich verirren. Ich fürchte Verkehrsunfälle. Damals fürchtete ich überdies Betrunkene, Süchtige, unzufriedene Arbeiter, Explosionen, größere, despotische Schüler, die die Schule schwänzten und die Kleineren terrorisierten, meist Schwarze, Portorikaner oder Italiener, die ihm sein Geld für Eis wegnehmen, den Anzug zerfetzen, das Gesicht blutig schlagen und ihm die Ohren abreißen würden; ich fürchtete sogar einstürzendes Gemäuer und er ebenfalls, wie ich glaube. Ich fragte vom Büro aus zwei- bis dreimal täglich telefonisch daheim an, ob wichtige Post gekommen oder meine Hose aus der Reinigung gebracht worden sei, in Wahrheit jedoch, um mich davon zu überzeugen, daß alle noch am Leben waren, soweit man mir das dort sagen konnte. Ging wider Erwarten niemand ans Telefon, überlegte ich, ob ich die Polizei anrufen sollte oder den Hausmeister oder einen Nachbarn, nur um zu erfahren, ob er mittags heil und gesund zum Essen nach Hause gekommen war – woraus sich dann schließen ließ, daß er nach dem Frühstück heil in die Schule gelangt sein mußte – und ob er nach der Schule den Heimweg gefunden hatte –, woraus sich dann im Rückschluß ergab, daß er an diesem Tag auch nach dem Mittagessen wieder in der Schule eingetroffen sein mußte.

»Willst du mit ihm sprechen?« pflegte meine Frau zu fragen.

»Nur, wenn er mir etwas Besonderes zu sagen hat.«

»Ich glaube nicht. Hast du Daddy was Besonderes zu sagen?«

»Nein.«

»Willst du ihn was fragen?«
»Nein.«
»Er will nichts von dir. Bist du enttäuscht?«
Ich war enttäuscht. Ich fand, er sollte mit mir sprechen wollen, auch wenn es nichts Besonderes zu sagen gab. Hatte ich mir nicht seinetwegen Sorgen gemacht?
Auch darüber geriet ich ins Grübeln – über seine Undankbarkeit. Schließlich investierte ich doch sehr viel Gefühl in ihn – oder?
Ging er aus dem Haus, sah ich darin jedesmal den Vorstoß in eine Zone unbekannter Gefahren, die unmerklich näherrückten. Ich empfand für ihn, was ich, wie ich glaube, früher einmal für meine Frau und meine Tochter empfunden habe und was ein passiver Teil von mir auch heute noch empfindet, wenn ich das Flugzeug zu einer gewöhnlichen Dienstreise besteige: ich zweifele daran, daß ich heil runterkomme. Wäre es nicht geradezu lachhaft, auf einer gewöhnlichen Dienstreise zu sterben? Jeder Tag, den er und ich und die restliche Familie am Leben bleiben, ist ein Wunder. Ist es nicht wunderbar, daß wir immer noch alle beisammen und nicht einem Unfall oder einem Verbrechen zum Opfer gefallen sind? Ich finde es jedenfalls. Automobilen traue ich nicht. Gott allein weiß, wer hinter dem Steuer jener Wagen sitzt, die einem auf Tuchfühlung nahekommen. Ich traue auch meiner Frau hinter dem Steuer nicht, schon gar nicht, seit ich weiß, daß sie tagsüber trinkt, und ich mag es nicht, wenn meine Tochter sich nachts von einem jungen Burschen herumkutschieren läßt, der ebenfalls betrunken sein oder unter dem Einfluß von Drogen stehen könnte. Ich sorge mich um meine Frau und meine Tochter weniger als früher, weil beide die Kindheit überstanden haben und alt genug sein müßten, selber auf sich aufzupassen; vielleicht liebe ich sie weniger als früher, jedenfalls weniger als meinen Jungen und mich selber. Ich mache einen morbiden Eindruck auf mich: Ich mag weder geschlossene Türen noch kranke Freunde, noch schlechte Nachrichten. Und mein Junge ist unserer Ansicht nach, und seiner Ansicht nach, immer noch sehr klein und verletzlich und braucht unsere ganze Liebe und unseren Schutz. Ohne Zweifel liegt er mir sehr am Herzen und der Gedanke, ich könnte ihn bei Forgione, der – Gott segne ihn noch einmal – sich prächtig bewährt, in die Tinte geritten haben, setzte mir furchtbar zu.) Forgione erweist sich überraschend als ein besonders gutherziger Mensch, er behandelt meinen Jungen viel großmütiger und diskreter, als ich für möglich gehalten habe.
»Ich muß jetzt beim Turnen überhaupt nicht mehr mitmachen«, fährt mein Junge strahlend fort. »Auch beim Korbball nicht. Erst wenn ich wieder Lust habe.«

Von Stund an stolziert mein Junge daher wie ein junger Prinz. (Selbstverständlich hält das nicht an.) Zu Beginn prahlt er mit diesem Hinrichtungsaufschub wie mit einem Schatz (er findet sich gerissen; er genießt seinen Müßiggang, er blüht richtig auf, in der Schule wie zuhause. Wie die Jungen mit Gipsverbänden an Armen und Beinen, mit Herzfehlern oder sonstigen schweren Gebrechen darf er den Wettkämpfen und den Ballspielen fernbleiben und die Zeit in der Turnhalle mit Zusehen und Umherstolzieren verbringen, denn anwesend muß er sein. (Einzig ein blinder Junge seines Alters braucht an der Turnstunde überhaupt nicht teilzunehmen. Die Schule behält ihn versuchsweise.) Mein Junge wohnt der Turnstunde als Schlachtenbummler bei und fühlt sich den anderen überlegen, sagt er. (Er findet, daß er sich mit Erfolg drückt und er möchte, daß die anderen ihn dafür bewundern.) Man soll ihn beneiden, findet er. (Man tut es aber nicht. Sein Neuigkeitswert ist gering.) Bald schon findet eine Veränderung statt, er verliert mit einem Schlag sein Selbstvertrauen, er windet sich in bleicher Unentschlossenheit. Er erkennt, daß er kein Einzelgänger sein möchte (vielleicht kommt ihm der beängstigende Verdacht, daß Wirklichkeit werden könnte, was er nur vorzugeben meint, und er bliebe womöglich auf die Dauer ausgeschlossen, wie seine gleichaltrigen Mitschüler mit angeborenen Herzfehlern, die nicht mitspielen dürfen, oder wie die Invaliden und Krüppel, die sich vor aller Augen in Krankenstühlen und an Krücken herumquälen).

Er will als Gesunder zu einer normalen Gruppe gehören (und zwar rasch, bevor er zurückbleibt und nicht mehr aufholen kann), auch wenn er die Gruppe als solche nicht schätzt und ihren Aktivitäten nichts abgewinnt. Noch weniger schätzt er, zu den Schwachen und Verkrüppelten gerechnet zu werden (die sich wegen ihrer unterschiedlichen Gebrechen nicht einmal zu einer eigenen Gruppe zusammenschließen können), zu den Ausgestoßenen und den Verfemten. Er spielt also nicht mehr den Überanstrengten, den Hinkefuß, er hat kein Halsweh mehr, sondern meldet sich bei Forgione gesund.

Und schon stürzt er sich freiwillig in Wettkämpfe und Ballspiele (macht Klimmzüge und Purzelbäume und klettert am Seil hinauf, obschon er das alles immer noch verabscheut, doch kann er sich unmöglich für Wettkämpfe und Ballspiele gesund erklären, fürs Turnen aber nicht). Und nun brüllt er wie ein Löwe, kämpft wie ein Tiger, läuft wie ein Wiesel und stimmt als biederer Zuschauer eifrig in das Anfeuerungsgeheul ein.

(»Mr. Forgione lobt mich jetzt«, eröffnet er uns eines Tages selbstgefällig.

»Heute habe ich vier Punkte gemacht«, sagt er bei anderer Gelegenheit.

»Ich bin Zweitbester in unserer Mannschaft.«)
So lernt er, daß er ein guter Sportler sein kann, wenn er nur wirklich siegen will (vielleicht sogar ein guter Turner, wenn er sich Mühe gibt), wie es ihm ja auch leicht fällt, im Rechnen gut zu sein (ohne daß er sich Mühe gibt). Bester ist er in keiner Sportart, doch seine Leistungen sind gut (man mag ihn leiden), die Besten wählen ihn jetzt mit Vergnügen in ihre Mannschaft. (Es sind größere, kräftigere Burschen, und er gehört nun dazu.) Er führt (heimlich) Strichlisten (in Gedanken), in denen seine Triumphe und Fehlschläge und die der anderen im Stoßball, Faustball, Tretball, Wurfball, Schiebeball, Korbball, Arschball und Kopfball festgehalten sind und weiß genau, wie er im Vergleich mit anderen abschneidet. (Wie die Vertreter in meiner Firma.) Beim Stafettenlauf und beim Korbball wählt er geschickt zum Gegenspieler einen dicklichen Knaben, mit dem er leicht fertig wird. (Er hat deshalb ein Schuldgefühl und bedauert den Dicken, doch da auf jeden Fall einer den Dicken erledigen wird, kann schließlich auch er das sein.) Er möchte gar nicht unbedingt einen guten Eindruck machen, er will nur keinen schlechten machen. Daß mein Junge nicht der Beste werden will, macht mir nun wirklich nichts mehr aus.
»Vielleicht möchte ich es doch«, orakelt er.
»Warum versuchst du's dann nicht?«
»Vielleicht weil ich weiß, daß ich's nicht kann«, antwortet er mit der Andeutung eines geheimnisvollen Lächelns (und so aufmerksam ich ihn auch mustere, ich kann unmöglich erraten, ob er meint was er sagt, oder ob er hinterhältig ein mysteriöses, scharfsichtiges, unangenehmes Spiel treibt, eigens erfunden, mich zu verwirren. Ist er etwa so durchtrieben?).
Es zeigt sich, daß er zur Selbstzufriedenheit neigt; hat er in der Turnstunde so abgeschnitten wie er hoffte, hat ihn niemand ausgelacht oder getadelt, ist ihm überhaupt nichts schief gegangen (und bei seinem Referat ebenfalls nicht), dann kommt er voller Selbstvertrauen aus der Schule, strahlend und wohlgemut, er findet sich so toll, daß er vor Selbstüberschätzung kaum gehen kann, und mithin steht durchaus nicht alles schlecht. Stößt ihm jedoch was Unangenehmes zu, ist er gereizt und verbittert, behauptet er, alle und alles zu verabscheuen, und dann steht durchaus nicht alles zum Besten. Er sitzt reglos da, steht dann ruckartig auf, Wut und Beschämung treiben ihn um, doch kann er sie nur tropfenweise äußern; obwohl er (wie wir sehen) am liebsten weinen möchte, bezwingt er sich leider. Beim Zuschauen packen uns Mitleid (meine Frau und ich möchten weinen) und Zorn. (Ich möchte ihn unwirsch zur Ordnung rufen, möchte ihn vielleicht sogar prügeln, weil er so untröstlich

reagiert.) Über unerfreuliche Ereignisse mag er nur bis zu einem gewissen Punkt reden. Und er gibt sich nach wie vor größte Mühe beim Seilklettern, bei Klimmzügen und Liegestütz. Er macht wohl Fortschritte, aber nur langsam (und vermutlich schaut er zaghaft in eine Zukunft, die aus Oberschule mit noch mehr Seilklettern, Klimmzügen und Liegestütz besteht und aus Nacktbaden im Chlorwasser des Schulbassins. Wahrscheinlich wird er nicht nackt schwimmen wollen. Ich weiß noch, daß ich es nicht wollte. Falls er ist, wie so viele von uns, wird er fürchten, sein Piephahn sei zu klein und mache Anstalten, ganz zu verschwinden Falls er es erlaubt, muß ich ihm sagen, er soll ihn im Spiegel betrachten, um ihn so groß zu sehen, wie er andern vorkommt. Das Phänomen der Verkürzung werde ich unerwähnt lassen, es sei denn, er fragt danach. Er läßt sich nur ungern die Haare schneiden, auch wenn sie nur gestutzt werden, fürchtet sich vor dem Zahnziehen und vor Novocainspritzen ins Zahnfleisch. Wollte man ihm heute die Mandeln rausnehmen, er würde sich vermutlich sträuben und müßte gewaltsam ins Krankenhaus geschafft werden. Wir haben ihn noch rechtzeitig operieren lassen. Er fürchtet Injektionen aller Art, ausgenommen solche in sein Hinterteil, wenn er bei einer echten Angina derart vom Fieber verwirrt ist, daß er vergißt, sich zu fürchten).

Und Forgione strahlt, wenn mein Junge die Mannschaft anfeuert Unter Forgiones Anleitung gibt mein Junge sich jetzt Mühe, er kämpft aus Leibeskräften und hat endlich den richtigen Sportsgeist entwickelt (oder gibt sich vor Forgione, Forgiones Gehilfen und allen anderen den Anschein).

»Du hast mir nichts davon gesagt«, murmelt mein Junge vorwurfsvoll, »daß du mit ihm gesprochen hast.«

»Und wie hast du es erfahren?«

»Einfach so.«

»Wer hat es dir gesagt?«

»Ich. Du. Du hast es mir gesagt. Eben. Mit deiner Antwort. Ich hatte es vermutet. Du hast also mit ihm geredet. Stimmt's?«

»Du eignest dich offenbar ebenfalls zum Juristen.«

»Ich habe mir das so zurechtgelegt.«

»Du wolltest doch, daß ich was unternehme. Das weiß ich genau.«

»Du hast mir nichts davon gesagt«, entgegnet er mürrisch »Dann hätte ich wenigstens Bescheid gewußt.«

»Was hätte ich anderes tun können?«

Er zuckt die Achseln.

»Anständigerweise müßtest du mir jetzt sagen, was ich hätte anders machen sollen.«

»Ich weiß nicht.«
»Du bist doch jetzt froh, daß ich mit ihm geredet habe. Oder nicht?«
Bald schon, unmerklich fast, denn in jüngster Zeit haben sich die Dinge für ihn so erfreulich gewandelt, fängt er neuerlich an, sich vor dem Turnunterricht zu fürchten (auch vor dem Freien Vortrag), denn er hat Angst, er könnte nicht in Form sein und seine Mannschaft um den Sieg bringen. Weil er den richtigen Sportsgeist gezeigt hat und auch einen ausgesprochenen Siegeswillen, ängstigt ihn jetzt der Gedanke, er könnte versagen. Er will nicht die Schuld an einer Niederlage der Mannschaft tragen. Er fürchtet, beim Korbball Fehler zu machen, beim Stafettenlauf zu stolpern und den Stab fallen zu lassen, oder auf halber Höhe am Seil zu hängen und nicht herunter zu können, es sei denn fallend. Und über ein kurzes sitzt er vor der Turnstunde erneut bleich und bedrückt am Frühstückstisch, klagt über Übelkeit und Halsschmerzen. Sein Bauch tut ihm weh, er mag nicht essen und ich stehe ganz am Anfang. (Bei seinem Anblick vergeht mir der Appetit und ich esse ebenfalls nichts.)
»Soll ich nochmal mit Forgione reden?«
»Nein, es wird schon gehen.«
»Ich rede mit ihm, wenn du willst.«
»Nein, ich will nicht.«
»Ich könnte auch zum Rektor gehen.«
»Ich arrangiere das.«
»Zu Befehl, Sir!« sage ich lachend, um ihn aufzumuntern. »Du weißt doch gar nicht, was arrangieren bedeutet.«
»Nein, aber ich mache es schon.«
Und er macht es wirklich. Bislang jedenfalls.
(Und ich sehe dabei zu.)
(Und warte.)

Auch er wartet.
(Worauf? Er weiß es nicht. Ich brauche nicht zu fragen.)
Dabei könnte er (statt zu warten) sich pudelwohl fühlen, ließe er nur das Warten bleiben und dürfte er sich auf seine Art entwickeln und die Dinge so betreiben, wie er möchte. Das hat man ihm aber nie erlaubt (auch mir hat man es nicht erlaubt und überhaupt niemandem, den ich kenne); man erlaubt es ihm nicht, man wird es ihm nicht erlauben, ich nicht, meine Frau nicht, er selber nicht. Andere nicht. (Was wohl aus uns würde, wenn uns niemand herumkommandierte? Wahrscheinlich Affen. Nicht Kleinkinder.) Die ›anderen‹ sind praktisch schon überflüssig, sogar Forgione: hier am häuslichen Herd steht alles bereit ihn zu fesseln, zu vergewaltigen, zu unterdrücken (und ihn, wie uns übrige, beliebigen,

unfreundlichen ›anderen‹ auszuliefern, Forgione etwa oder Horace White, mit dem ich nur sehr selten zu tun habe und vor dem ich mich bestimmt auch dann fürchten würde, wenn es nicht nötig wäre. Er kann mich nicht riechen. Noch ehe wir einander begegneten, war die Art unserer Beziehung schon festgelegt. Und er ist ein Simpel. Horace White ist ein Simpel, und doch war ich schon bereit, vor ihm in die Knie zu gehen, als ich noch nicht ahnte, daß es ihn gibt. Was ist nur meinem Jungen und mir geschehen, das uns so unterwürfig macht?). Einzig meine Tochter hat nicht versucht, ihn zu bessern, zu vernichten, zu bilden, zu dressieren (bloß zu beherrschen und zu manipulieren), nachdem sie erfolgreich jene schwächende, turbulente Zeitspanne durcheilt hatte, da ein erbitterter, sprachlos staunender Zorn wie Feuer in ihr raste, weil dieser Bruder überhaupt in ihr Zuhause hatte eindringen dürfen (dabei war ihr seit Monaten in Aussicht gestellt worden, daß sie bald ein funkelnagelneues Geschwister und wir ein Baby bekommen würden, freust du dich nicht? Die Ironie liegt darin, daß sie sich mindestens ebenso benachteiligt vorgekommen wäre, hätte sie ein Einzelkind bleiben dürfen. Auch Derek wollte sie nicht, und an seinen Gebrechen fühlt sie sich – hin und wieder – schuldig, weil sie ihn schon vor seiner Geburt verflucht hat und ihm alles Schlechte wünschte). Als mein Junge noch ein Wickelkind war, als er noch rücklings oder bäuchlings auf einer Wolldecke am Boden lag und sich nicht laufend oder krabbelnd vor ihr in Sicherheit bringen konnte, als er im Karren saß, auf seinem Kinderstühlchen thronte oder im Ställchen stand, legte sie es darauf an, ihm wehzutun. (Sie versuchte ihn umzustoßen, und er begriff nicht, was ihm geschah.) Als er gehen lernte, stellte sie ihm ein Bein, wenn wir nicht hinsahen. Sie fuhr ihm mit den Fingern in die Augen. Das tut sie nicht mehr. Die beiden kommen recht gut miteinander aus, sie sind lieb zueinander (es sei denn, meine Tochter hat Freunde zu Besuch) und zanken selten. (Er gibt bereitwillig nach.) Meine Tochter mag es nicht, wenn ich ihn anschreie, sie erträgt es nicht, wenn ich seinetwegen in Zorn gerate und zu brüllen anfange, sie läuft dann mit gesenktem Kopf weg oder fällt geradezu hysterisch über mich her (und rennt davon, bevor ich mich rechtfertigen kann. Das ist auch so eine von ihren Taktiken; ich lasse mich davon immer wieder überraschen, ich schimpfe laut hinter ihr her und rechtfertige mich noch, wenn sie längst weg ist. Das macht mich noch zorniger). Wenn er mich zur Weißglut bringt (was ich meist erst hinterher merke) und ich ihm Drohungen und Beleidigungen an den Kopf werfe (ich habe ihn mehr als einmal indirekt einen Waschlappen genannt, indem ich ihn davor warnte, sich wie ein solcher aufzuführen, obschon ich genau das niemals zu tun beabsichtige, wenn ich es tue, und mich hinterher verabscheue, weil ich es getan habe, und überlege, wie ich ihn um Verzeihung bitten könnte, ohne das Gesicht zu verlieren. Meist zeige ich ihm, daß ich nicht mehr wütend bin, ich erbiete mich, ihm einen kostspieligen Wunsch zu erfüllen), wenn ich mit verzerrtem Mund brülle (ohne es zu merken und es erbittert bestreite, wenn man es mir vorwirft), ihn wahrscheinlich auch mit gebleckten Zähnen hochroten oder leichenblassen Gesichtes anglotze, kann es geschehen, daß meine Tochter sich tollkühn zwischen uns wirft, um ihn vor mir zu schützen. Sie weicht keine Handbreit, sie beschirmt ihn und weint sogar.

»Was tust du ihm schon wieder an?« will sie wissen, während Tränen in ihre Augen treten und über ihr Gesicht laufen. »Warum kannst du ihn nicht in Frieden lassen?«

Kommt es zwischen ihr und mir zum Streit, überläßt sie sich ihren Gefühlen nicht so leicht. Sie will sich (standhaft, halsstarrig und – um ihr Gesicht zu wahren – auch boshaft) von mir nicht zum Weinen bringen lassen (mir nicht die Befriedigung verschaffen, daß ich sie, und sei es noch so geringfügig, treffen kann. Ich bin ihr »absolut gleichgültig«), als ob das mein Bestreben wäre. (Oft ist es das.) Sobald ich Tränen sehe, höre ich auf, ich bezwinge meine eigene Bosheit und lasse barmherzig von ihr ab.

(In unserer Familie wird nichts verdrängt.)

(In unserer Familie wird alles verdrängt.)

Andererseits kann meine Tochter meinen Jungen sehr grausam behandeln, etwa wenn Freunde bei ihr sind und sie keine Lust verspürt, mit ihm zu prahlen; dann schließt sie ihn roh aus, verbietet den nuschelnden, schlaksigen Halbstarken mit ihrem Bruder zu albern, ihm einen Ball zuzuwerfen oder überhaupt sich mit ihm zu befassen. Er soll weg sein, wenn sie mit ihren Freunden zusammen ist. (Sie teilt nicht gern.) Sie trennt die Freunde von ihrem Bruder und blafft sie an:

»Laßt ihn in Ruhe. Der soll euch in Ruhe lassen. Geh' in dein Zimmer.«

Was ihm da geschieht, versteht er nicht. Er versteht auch nicht, was jetzt mit ihm geschieht. Weil er – zu Unrecht – vermutet, wir wünschen, er wäre wie sie, möchte er sein wie andere Jungen. Er glaubt, er sei jetzt nicht der, den man sich wünscht. Er soll aber nicht werden wie alle. Er soll so werden, wie wir ihn uns wünschen (aber wie das ist, wissen wir selbst noch nicht genau. Wie kann er es dann wissen?). Wir wollen, daß er anders wird, höhergeartet. (Gleichzeitig möchten wir aber auch, daß er nicht *zu* anders wird. Offen gestanden: ich weiß nicht, was er werden soll, nur was er nicht werden soll: ein Ärgernis. Er weiß noch nicht, was er werden soll, wenn er mal groß ist, nur daß er nicht Tankwart werden wollen soll. Und ich kann ihm nicht raten. Arzt etwa? Er hat keine Idole. Advokat? Das würde mir nicht passen. Ich kann ihm keine Vorbilder liefern. Vielleicht James Pierpont Morgan II? Oder August Belmont, Jr. III? Clara Bow etwa? Ich hatte noch Vorbilder, wie Joe DiMaggio, Babe Ruth, Joe Louis und Cordell Hull, denen konnte ich gleichen wollen, wenn ich mal groß war, obwohl ich froh bin, daß ich keiner von ihnen geworden bin. Ich weiß aber immer noch nicht, was ich mal werden möchte, wenn ich groß bin. Auch nicht, was ich werden wollen *soll*. Reich wäre ich gern. Und eines steht fest: Präsident der USA möchte ich nicht werden. Präsidenten genießen kein Ansehen und drücken als Nachbarn die Grundstückspreise.) Mein Junge müht sich mannhaft (kindisch), zäh und verwirrt, seinen Altersgenossen in allem zu gleichen. Er möchte sich mühelos und wie von selber anpassen können. Er möchte sich so kleiden wie andere Neun- und Zehnjährige (auch wenn ihm nicht unbedingt gefällt, was sie tragen), möchte die gleiche Begeisterung, die gleichen Enttäuschungen erleben wie sie. (Baseball macht ihm jetzt keinen rechten Spaß mehr, scheint mir, wenn er es selbst auch noch nicht gemerkt hat. Als ich noch klein war und vermutlich nicht daran glaubte, jemals größer oder älter zu werden – ich erinnere mich dunkel, daß ich eine zeitlang überhaupt nicht glauben konnte, daß ich je wer anderes sein würde als der vereinsamte kleine Junge, der ich damals war –, wollte ich unbedingt als Jockey mit rot-weiß gestreifter Kappe Rennpferde reiten, obwohl ich bis dahin noch nie auf einem Gaul gesessen hatte und viel zu ängstlich war, mich einem jener schwerfälligen, geduldigen Rösser zu nähern, die Eis, Milch oder Wäsche zogen und wie Menschen tot auf der Straße zusammenbrachen – seit dem Tod meines Bruders erloschen meine freundlichen Gefühle für seine Witwe, wir sehen uns nicht mehr und ich weiß nicht, wo in New Jersey oder Long Island sie mit ihren beiden Kindern wohnt, meinem Neffen und meiner Nichte –, sehr bald von summenden grünen und blauen Schmeißfliegen umschwärmt. Ich habe wohl gedacht, als Jockey mit rot-weißer Kappe auf hochbeinigem, schnellem Vollblüter könnte ich alle Welt glauben machen, ich wäre ein winziger Mann und nicht ein kleiner Junge. Ich bin froh, daß ich nie Jockey geworden bin. Ich wäre jetzt zu schwer für diesen Beruf und würde kaum noch ein Rennen gewinnen.) Und das ist nun in vieler Hinsicht schade (nicht für mich, sondern für ihn), denn er hat so manches an sich, das nur ihm eigentümlich ist und das ihn besonders liebenswert macht (er hat auch manches an sich, das er besser nicht hätte, und vielleicht gelingt es ihm auch eines Tages, das abzulegen, obwohl ich unterdessen bezweifle, daß er überhaupt etwas ablegen kann. Ich meine jetzt, daß wir ziemlich unverändert bleiben. Stattdessen lassen wir

unsere Seele von Narbengewebe, Hühneraugen und Schwielen überwuchern und vergessen wenn möglich, was dort ist. Bis wir erinnert werden); und was gut an ihm ist, das, fürchte ich, suchen wir gemeinsam zu zerstören (nicht meine Tochter, aber ich, meine Frau, Forgione, die Welt und sogar jene staubigen, uns nachgerade vertrauten gespenstischen Klötze und Krater auf dem Mond, die von düsteren Zeiten und durchsichtigen Gespenstern künden). (Sogar Derek wirkt wie ein Spuk auf ihn, Hochhäuser übrigens ebenfalls. Wären wir nicht Menschen, sondern Steine, wir würden auch auf ihn wirken und vielleicht ganz ebenso. Alles wirkt so auf ihn. Vielleicht sind wir ja Steine für ihn. Ich weiß nicht, wie er von uns denkt. Daß ich von meinen Kindern nicht immer als von meinen Kindern denke, weiß ich. Ich weiß, daß ich mich jetzt an meinen Vater und andere schemenhafte männliche Erwachsene aus meiner frühen Kindheit, ja selbst an meinen großen Bruder, der damals noch lebte, als an Gestalten aus sprachlosem Stein erinnere, die sich rasch und ungesehen von einem Ort zum anderen bewegen konnten und stets in dunklen Worten unmittelbar bevorstehende, undeutliche Gräßlichkeiten ankündigten.) Er besitzt einen lebhaften, phantasievollen Sinn für das Komische, einigen Mut und ein warmes Herz; sogar unser derzeitiges farbiges Hausmädchen, das in meiner Gegenwart nur auf Zehenspitzen geht und um keinen Preis laut und deutlich sprechen kann, lächelt breit, wenn er überraschend etwas Ulkiges sagt oder tut, und platzt heraus:
»Dieser Junge! Oh dieser Junge! Das ist Ihnen aber einer, Ihr Junge!«
Auch wir finden das (wir sind ein wenig eitel, wir prahlen mit seinen altklugen Eingebungen und Eigentümlichkeiten, die uns mit Besitzerstolz erfüllen) und tun (wie starre Hochleistungsapparate, die sich nicht selbst steuern können) automatisch alles, um ihn zu verändern – ihn zu härten und aufzuweichen, seinen Witz zu schärfen, seine Empfindungen abzustumpfen –, wobei wir ihm und uns vorlügen (wie ich log und wußte, daß ich log, als ich meine Mutter in jenem widerwärtigen Pflegeheim ablegte, das ich ihr und anderen mit gespielter Munterkeit als ebenso schön, neu und komfortabel beschrieb wie ein modernes Hotel), dies geschehe zu seinem Besten. (Nicht etwa zu unserem Besten.)
»Sei artig. Hab' keine Angst. Du schaffst das doch. Versuch's mal. Streng dich an. Du kannst schon, wenn du nur willst. Laß das. Du ärgerst mich.« Wie ein Trommelfeuer.
(Vielleicht ist es ja zu seinem Besten.)
(Vielleicht aber auch nicht.)
Sogar die Pflegerin, die wir derzeit für Derek haben, die auf keinen von uns Rücksicht nimmt (am wenigsten mag sie meine Tochter, die trotzig

und unhöflich ist und ihr kein bißchen schöntut), auch auf Derek nicht mehr, wie ich fürchte, auch diese Pflegerin also überschüttet meinen Jungen gelegentlich als einzigen mit lauten Schmeichelworten, die ihm peinlich, und mit linkischen Umarmungen, die ihm unbehaglich sind, weil er sieht, wie sie gegen uns andere im Unterschied dazu vorwurfsvoll die Stirne runzelt, obwohl sie auch nicht billigt, wie er mit Derek umgeht.

»Kein Wunder, daß er nicht mit Derek spielen will«, hat sie uns schon in seiner Anwesenheit vorgeworfen, »wenn er sieht, wie Sie alle Derek behandeln. Keiner von Ihnen möchte mit ihm spielen.«

Mein Junge mag weder Dereks Pflegerin leiden, noch liegt ihm daran, in ihrem Lob wie in grellem Scheinwerferlicht gebadet zu werden. (Er spürt wohl, daß sie ihn benutzt, um uns eins auszuwischen.) Er fürchtet sie geradezu, wie er ja auch fast alle seine Lehrer fürchtet und die Schulschwester, ohne je seine Abneigung zu zeigen (das wagt er in gar keinem Fall); er geht jeder Möglichkeit eines Gesprächs mit ihr aus dem Weg und weicht ihren Knüffen, Berührungen und Umarmungen aus. (Er findet sie widerlich.)

»Schmeiß sie raus«, raunze ich meine Frau an, mißgelaunt und ohne weiter nachzudenken.

Sie seufzt »Ich will nicht schon wieder eine Neue suchen.«

»Sie sorgt nicht richtig für ihn. Sie hält ihn nicht mal sauber.«

»Wo soll ich eine andere hernehmen?«

»Warum nimmst du nicht zur Abwechslung mal eine junge?«

»Woher denn?«

»Wenn wir doch bloß eine fänden, die ihn wirklich gern mag. Aber das ist unmöglich, ich weiß. Keiner will sich mit ihm abgeben.«

»Vielleicht sollte ich mich selber mit ihm abgeben. Vielleicht sollte ich mein Leben seiner Pflege widmen.«

»Als kleine Heilige sozusagen.«

»Was meinst du damit?«

»Werd' doch gleich Nonne.«

»Das sollte ich vielleicht wirklich.«

»Nicht, wenn du so an die Sache rangehst. Es ist dir doch nicht ernst. Du wärest dafür wahrscheinlich weniger geeignet als jede andere.«

»Leck mich am Arsch.«

»Hübsch sagst du das«, scherze ich. »Es klingt jetzt schon sehr viel natürlicher als früher.«

»Das macht die Praxis. Du hast es mir schließlich beigebracht.«

»Ich bin stolz darauf.«

»Es geht aber bloß mit dir. Du machst es mir leicht, zu sagen: leck mich.«

»Es geht auch schon viel besser.«
»Hast du dich zu beklagen?«
»Im Augenblick nicht.«
»Also dann noch mal ... leck mich ...«
Sie rollt von mir weg. Wir sind beinahe nackt. Ich muß lachen. »Ich möchte ja gern«, sage ich, um sie wieder an mich zu locken.
»Wir sollten ihn vielleicht doch weggeben.«
»Wir sollten vielleicht jetzt nicht mehr von ihm sprechen.«
»Ich will aber.«
»Nein.«
»Wo er besser aufgehoben wäre.«
»Nein, sage ich.«
»Früher oder später müssen wir es doch tun. Es uns überlegen, meine ich. Du willst nie daran denken.«
»Ich will nie davon reden.«
»Wir können es uns jetzt leisten, oder?«
»Du begreifst auch gar nichts.«
»Ich frage doch bloß.«
»Falls ich den neuen Posten übernehme. Aber leisten könnten wir es uns jetzt schon. Es ist keine Geldfrage.«
»Du solltest es vielleicht in die Wege leiten.«
»Darüber will ich jetzt nicht sprechen.«
»Ich meine doch deinen neuen Posten.«
»Auch darüber will ich jetzt nicht reden. Übrigens stimmt das nicht. Du meintest nicht meinen neuen Posten. Du lügst dir gern was vor.«
»Irgendwann müssen wir darüber reden. Wir müssen zu einem Entschluß kommen. Hör doch mal auf damit. Du kannst nicht unentwegt den Kopf in den Sand stecken.«
»Doch, bis zu meinem Tod.«
»Mach jetzt keine Witze.«
»Dann vererbe ich ihn dir.«
»Auch darüber solltest du keine Witze machen.«
»Und sie auch. Und ihn. Dann bist du endlich mal beschäftigt.«
»Das ist überhaupt nicht zum Lachen.«
»Wünschst du nicht, ich wäre tot?«
»Du weißt, ich kann dieses Thema nicht leiden.«
»Er ist noch zu klein. Ich mag jetzt nicht davon sprechen. Noch dazu, wo die Kinder uns hören können.«
»Soll ich die Tür abschließen?«
»Du bist kein bißchen besser«, erinnere ich sie. »Wenn ich ja sage, sagst du nein. Wenn ich sage, gib ihn weg, dann sagst du, das können wir nicht.«

»Es wäre zu seinem Besten.«
»Nein, eben nicht.«
»Warum geben wir nicht alle drei weg«, sagt sie lustlos.
»Wie meinst du das?«
»Das weiß ich selber nicht. Sein Vorhandensein ist den beiden anderen peinlich. Sie schämen sich. Wie wäre es, wenn wir ihn behielten und die beiden Großen weggäben?«
»Und was wäre damit gewonnen?«
»So meine ich es nicht. Du weißt schon. Das alles bedrückt mich eben. Sie scheuen sich, ihre Freunde mitzubringen, weil die ihn hier sehen Und wir haben es ebenfalls nicht gern.«
»Red' du bitte für dich. Mir macht das alles viel weniger aus als dir.«
»Das stimmt nicht. Du tust bloß so, du verstellst dich. Jedem von uns ist in seiner Gegenwart unbehaglich, und wer uns besucht, spielt seinetwegen Theater.«
»Schmeiß die alte Fotze raus.«
»Und was wäre damit gewonnen?«
»Es wäre schon mal ein Anfang. Sie behandelt uns alle wie den letzten Dreck.«
»Benutz' nicht solche Wörter, du weißt, ich kann das nicht leiden.«
»Deshalb benutze ich sie ja. Allmählich müßtest du daran gewöhnt sein. Ich bin daran gewöhnt. Ich gewöhne mich sogar ganz außerordentlich daran, gerade jetzt.«
»Du hast gut reden.«
»Richtig.«
»Ich kenne dich. Wahrscheinlich bist du gerade verreist, wenn ich dieser kündige, und wenn die Neue kommt auch.«
»Bestimmt sogar.«
»Du hast gut reden. Wenn sie sich vorstellen, bist du auch nicht dabei.«
»Ich wüßte nicht, was ich fragen soll.«
»Und nachher bist du unzufrieden. Wenn ich eine gefunden habe, gefällt sie dir garantiert nicht.«
»Ich bin froh, wenn du überhaupt eine findest.«
»Bis du dich an sie gewöhnt hast. Bis du sie nicht mehr sehen kannst. Und dann soll ich sie rausschmeißen.«
»Nimm doch mal eine junge. Eine Diplompsychologin oder so.«
»Wir brauchen eine Ganztägige, die alles für ihn macht. Er ist doch völlig hilflos. Aber du gehst allen Unannehmlichkeiten aus dem Weg.«
»Du etwa nicht?«

»Findest du es eigentlich richtig, daß wir so was machen, während wir über die Kinder reden oder über Derek?«
»Ja. Warum nicht?«
»Sogar am Sterbetag meiner Großmutter hast du's von mir verlangt.«
»Sogar am Sterbetag deines Vaters habe ich es verlangt.«
»Rede bloß nicht davon. Du weißt, wie mir zumute war.«
»Was hat das eine mit dem anderen zu tun?«
»Für mich schon was. Ich finde es nicht recht.«
»Und soll ich es deshalb auch nicht recht finden?«
»Mir kommt es jedenfalls irgendwie verkehrt vor.«
»Willst du, daß ich aufhöre? Wenn du willst, höre ich auf.«
»Mir ist die Lust vergangen. Das alles ist so schmutzig. Ach, ich weiß nicht. Mir ist nicht wohl dabei.«
»Gefällt dir ein bißchen Schmutz nicht?«
»Nein. Aber dir.«
»Es gefällt dir doch ganz gut?«
»Bin ich jemals ordinär? So richtig gemein?«
»Jetzt hast du es glücklich geschafft, daß ich mir wie ein Lump vorkomme. Das kannst du gut. Dabei machen wir es doch wirklich selten genug, während wir über die Kinder oder sonstwas Ernsthaftes reden.«
»Ich komme mir beschmutzt vor.«
»Dann höre ich auf. Es macht mir keinen Spaß mehr. Soll ich?«
»Ausgerechnet während wir davon sprechen, ihn wegzugeben.«
»Du hast davon gesprochen, nicht ich. Kommst du dir deshalb schmutzig vor?«
»Liebst du mich?«
»Ich versuche es. Aus Leibeskräften. Fühl mal, wie ich es versuche.«
»Laß das.«
»Das?«
»Du weißt schon, was ich meine.«
»Ach – das?«
»Laß mich.«
»Schließ die Tür ab.«
»Schließ sie selber ab, wenn du dich so stark fühlst.«
»Schmeiß die alte Fotze raus.«
»Himmel, bist du ordinär!« sagt sie und meint jedes Wort.
»Und du bist lasterhaft«, entgegne ich. »Wenn dich der neue Pastor hören könnte. Bestimmt würde er dich gerne so sehen. Du bist in Wahrheit froh darüber, daß ich so ordinär bin.«
»Nein, bin ich nicht.«
»Was willst du?«

»Ich weiß nicht. Komm jetzt.«
»Ich schließe die Tür ab.«
»Ich sehe mich noch mal um.«
»Findest du nicht, daß es vorwärts geht mit ihm?«
»Nein.«
»Nein?«
»Nein. Du behauptest es nur immer.«
»Wenn ich es nicht behaupte, behauptest du's.«
»Ja, das stimmt«, gibt sie zu.
»Ich finde, er hört öfter mal zu, er begreift schon was. Und er macht sich nicht mehr so schmutzig.«
Sie schüttelt entschieden den Kopf. »Sie ist nicht gut für ihn.«
»Fällt es dir nicht auch auf?«
»Nein. Man erwartet auch nicht, daß es besser mit ihm wird. Es kann gar nicht besser werden. Das sagen die Ärzte.«
»Dann laß uns die alte Fotze endlich rausschmeißen. Keiner von uns kann sie leiden, sie kann uns nicht leiden. Sie erinnert mich an die alte Mrs. Yerger, die war auch so eine Ruine.«
»Wer ist Mrs. Yerger?«
»Meine Chefin. Als ich noch ganz jung war.«
»Hast du es der besorgt?«
»Um Gottes willen! Die war noch schlimmer als meine Mutter.«
»Komm endlich. Warum hörst du nicht auf damit?«
»Weil ich das gern mag. Und dir tut es ebenfalls gut. Ganz Busen, aber keine Brüste.«
»Wie ich?«
»Nein, genau das Gegenteil.«
»Ich habe kleine Brüste. Jedenfalls behauptest du das immer.«
»Für mich sind sie groß genug. Ich mag kleine.«
»Hast du nie andere Brüste ausprobiert?«
»Niemals.«
»Hast du die Tür zugemacht?«
»Ja. Warum bist du plötzlich so besorgt deswegen?«
»Richtig verschlossen?«
»Ja. Mach auf.«
Wenn ich es mit meiner Frau treibe, versuche ich manchmal, mir was Anregenderes vorzustellen als Mrs. Yerger oder Dereks ältliche Pflegerin. Ich versuche, mir die rosige, fruchtbare Virginia vorzustellen, kann es aber nicht: zu Anfang ist sie ganz Seide und exotischer Duft, doch meine Phantasie läßt mich im Stich, und Virginia schrumpft sehr rasch zusammen und verwandelt sich in das, was sie heute wäre, hätte sie sich nicht

im besten Alter vergast (sie hat sich allerdings wohl kaum im besten Alter gefühlt, ha, ha), in eine kleine, pummelige Klette (wie fast alle übrigen. Wenn diese Emanzen sich doch endlich befreien und bessere Gefährtinnen für Sexisten wie mich abgeben wollten! Und für einander), eine unerträglich geschwätzige Person, fast zehn Jahre älter als meine Frau (ah, verflucht, warum können nicht auch andere Dinge als bloß Steine so bleiben wie sie waren?), viel weniger ansehnlich, mit großen Poren, schriller, nervtötender, keifender Stimme, tiefem Ausschnitt und Schrumpeltitten, zu stark geschminkt und häufig kichernd. Da bin ich mit meiner Frau um einiges besser dran. Also klappe ich die Augen wieder auf, schaue sie an (und das verzögert mein Kommen beliebig lange. Ich hätte in der Stadt gern eine tolle junge Schnalle, von der ich daheim in meinen erotischen Phantasien Gebrauch machen könnte, aber ich habe keine. Die Mädchen, die ich aufgreifen und festhalten kann, sind auf die eine oder andere Weise immer eine Spur fade. Ich mache also in meinen sexuellen Phantasien von meiner eigenen Frau Gebrauch, obschon ich sie gleichzeitig vögele. So ein braver Ehemann bin ich. Wenn ich in der Stadt oder auf Reisen mit einer fremden Person im Bett liege und das ganze Unternehmen schon bereue, mache ich manchmal die Augen zu und stelle mir vor, ich bumse meine Frau. Welche Treue! Meine Frau müßte sich doch eigentlich geehrt fühlen, wenn sie erführe, daß sie bei solchen Anlässen vor meinem inneren Auge erscheint, aber ich will es ihr lieber nicht erzählen. Es könnte ihr weniger gefallen als mir).
Ich weiß, mein Junge mag es nicht, wenn unsere Schlafzimmertür verschlossen ist (und er hat das schon zu erkennen gegeben, bevor er ahnte, daß wir es dahinter insgeheim treiben. Ich stelle mir vor, daß meine Tochter mal zu ihm gesagt hat:
»Die vögeln da drinnen.«)
Er mag auch nicht, wenn Dereks Pflegerin ihn mit den Wurzelfingern ihrer aufgequollenen Hände an ihr muffig riechendes, berstendes Korsett preßt (ich würde das auch nicht mögen. Wie Mrs. Yerger präsentiert auch sie eine massive, vernachlässigte, vorspringende Front, hinter der nichts zu vermuten ist als schale, zusammengepreßte Luft), und mehr als einmal hat er wie ein erniedrigter Bittsteller meiner Frau vorgejammert: »Du bist daran schuld! Warum erlaubst du ihr das? Sie soll endlich aufhören an mir rumzumachen. Ich kann sie nicht ausstehen. Sag' ihr, sie soll mich in Ruhe lassen.«
»Bitte lassen Sie ihn in Ruhe«, hat meine Frau zahllose Male höflich und befangen zu Dereks Pflegerin gesagt. Es hat nichts genützt. »Es verstört ihn. Er mag nicht, wenn man sich um ihn kümmert. Er mag nicht, daß man ihm alles abnimmt, er macht es lieber selber. Darin ist er

eigen. Und, bitte, fassen Sie ihn, wenn möglich, nicht so oft an. Darin ist er eigen. Er mag nicht gestreichelt und geküßt werden. Von niemand.«
»Von mir läßt er sich gern knudeln«, gackert die verwarzte Hexe. »Ich verstehe mich auf Kinder. Er mag mich. Ich fühle das. Er läßt sich gern von mir knudeln und er riecht mich gern. Ich halte mich immer besonders sauber, weil ich weiß, wie empfindlich Kinder auf Gerüche reagieren.«
Er mag von niemand geknudelt und geküßt werden, von uns nicht und nicht von Fremden, wenn er auch die Angewohnheit hat – ein Zeichen seiner Zuneigung –, leicht mit der Schulter gegen mich zu stoßen oder sich an meine Frau anzulehnen (nur mit meiner Tochter tollt er herum; sie balgen miteinander, und sie tut es gern, wenn sie Zeit hat. Mit zwei, drei, vier, fünf Jahren bekam er regelmäßig eine Erektion, wenn meine Frau ihn badete, puderte, anzog, er zeigte darauf, er fragte uns beide, was das sei, neugierig und vergnügt. Es kitzele und fühle sich wohlig an, teilte er uns mit. Und wir antworteten darauf gescheit und offen, denn wir wollten ihn vor Hemmungen bewahren. Uns waren seine Erektionen willkommen, wir sahen sie geradezu mit Stolz. Heutzutage schwenkt er sie nicht mehr strahlend vor mir oder meiner Frau, er spricht auch nicht mehr zu uns darüber. Ich habe vergessen, ob ich mit neun Jahren Erektionen hatte. Ich glaube mich zu erinnern, daß ich viel früher schon verstohlen ein angsterregendes Kitzeln in meinem winzigen Piephahn verspürte, wenn ich mich im Schlafzimmer meiner Mutter herumdrückte und ihr beim Anziehen zusah, oder wie sie ihr Straßenkleid ablegte und eine jener verschossenen Kittelschürzen überstreifte, die konturenlos an ihr herunterhingen. Ich erinnere mich an rosa oder farblose Korsetts mit baumelnden Strumpfhaltern und ewig rutschenden Fischbein- und Zelluloidstäbchen, doch wozu ein Korsett diente wußte ich wohl nicht. Ich weiß, daß ich stumm und verstohlen in ihrem Zimmer saß und zuschauen wollte. Und was hätte mich dazu treiben sollen, wenn nicht ein sexueller Drang? Ich erinnere mich auch, daß ich später davon träumte: meine Mutter ist in Korsett und Unterrock und ich drücke mich in ihrem Schlafzimmer herum, zum Schein mit anderem beschäftigt.
Mein Junge verschenkt Geld an andere Kinder. Das sollte mir nichts ausmachen), gegen Dereks Pflegerin aber hat er eine besonders starke Abneigung (gegen alle Pflegerinnen von Derek, ganz wie ich. Und gegen alle unsere Hausmädchen. Wenn er in die Küche geht, weil er Hunger hat, möchte er sich selber was zu essen machen, ganz wie ich. Von den Pflegerinnen ist keine jung, und alle sind auf ihre eigene, ganz besondere Weise häßlich, sie haben eingefallene Wangen, Zahnlücken, vernarbte Brauen, entzündete Lippen. Auch wenn sie nichts dergleichen haben),

denn er wittert so etwas wie ein drohendes Schicksal, die Gefahr, selber bresthaft zu werden, in dem Umstand, daß sie Pflegerin genannt wird und nur Dereks Gehirnschadens wegen bei uns wohnt, weil sie von einem anderen Gehirnschaden zu uns gekommen ist und, wenn sie vom Ausgang nicht zurückkehrt oder von meiner Frau rausgeschmissen wird, von uns zum nächsten Gehirnschaden überwechselt. (Bestimmt hat er sich nicht vorgestellt, ganz wie ich, daß es so viele Hirnschäden gibt.) Sie ist eine verschleierte Botin, eine Klabauterfrau, eine bebende Kompaßnadel, Überbringerin von Unglücksbotschaften (er verwechselt hier wohl Ursache und Wirkung, er gibt ihrer Anwesenheit die Schuld an Dereks Zustand, nicht Dereks Zustand die Schuld an ihrer Anwesenheit), und er will nicht, daß sie ihn zu ihrem nächsten Opfer wählt. Übersehen werden will er aber auch nicht.

»Warst du sehr traurig vor drei Jahren in Portoriko?«

Seine Frage überrascht mich. »Das war vor zwei Jahren«, verbessere ich ihn.

»Vor drei.«

»Du könntest recht haben.«

»Vor zwei Jahren war die Große Tagung in Florida.«

»Stimmt. Nein, traurig war ich nicht. Du?«

»Ich dachte, du würdest wegbleiben.«

»Deshalb? Aber ich bin nicht weggeblieben. Du hast kein Wort davon gesagt.«

»Weil ich so traurig war. Wütend war ich auch auf dich.«

»Wieso?«

»Ich weiß nicht.«

»Weshalb denn nur?«

Er zuckt die Achseln und sagt, er wisse es nicht.

»Bist du jetzt im Moment wütend auf mich?«

»Ich bin immer wütend, wenn du verreist.«

»Bist du jetzt im Moment wütend auf mich?«

»Mußt du wieder verreisen?«

»Mußt du dann wütend werden?«

»Mußt du verreisen?«

»Ja.«

»Diesmal wahrscheinlich nicht. Vielleicht nicht.«

»Wenn ich fort bin, fehlst du mir.«

»Ist es lustig dort?« fragt er.

Ich denke einen Augenblick nach. »Ja«, sage ich dann ehrlich. »Alles in allem ist es lustig. Am Anfang habe ich sehr viel zu tun und den Kopf voller Sorgen. Das geht aber vorbei, und dann finde ich es lustig.«

»Du rufst nie an von einer Großen Tagung.«
»Das ist auch nicht so einfach.«
»Deshalb denke ich jedesmal, du kommst nicht wieder. – Und bevor du abfährst, bist du gegen uns alle gemein.«
»Das stimmt doch nicht.«
»O ja. Nie hörst du zu, wenn man dir was sagt, und dauernd brüllst du.«
»Das kann ich mir nicht denken.«
»Es ist aber so.«
»Ist das wirklich wahr?«
»Ja. Und du schließt dich ein und hältst Selbstgespräche.«
»Das sind keine Selbstgespräche«, sage ich verärgert und lächle dann. »Ich bereite den Lichtbildervortrag vor, den ich auf der Großen Tagung halten muß. Ich veranstalte eine Probe.«
»Also redest du doch mit dir selber.«
»Das muß ich, damit er richtig ankommt. Und damit ich nichts vergesse.«
»Wenn ich vor der Klasse ein Referat halten muß, hab' ich immer Angst.«
»Mir geht es nicht anders. Ich kann dir das nachfühlen.«
»Hast du auch vor dem Kletterseil Angst?«
»Ja. Und ich werde nie im Leben mehr an einem Seil raufklettern. Zum Glück muß ich das jetzt nicht mehr.«
»Gefällt dir das?«
»Seilklettern?«
»Nein, Vorträge halten.«
»Ich glaube schon. Mindestens schätze ich es, wenn man mich dazu auffordert. Ich werde dann zwar nervös, aber der Spaß überwiegt. Vor allem hinterher.«
»Ich habe immer Angst, daß ich vergesse, was ich sagen soll. Oder daß mir mitten im Vortrag schlecht wird und ich mich übergeben muß. Weißt du, warum ich vor dem Schwimmen Angst habe? Weil ich mich schämen würde, um Hilfe zu rufen, wenn ich ertrinke.«
»Du würdest schon rufen.«
»Oder daß das, was ich sage, einem in der Klasse nicht gefällt. Oder dem Lehrer nicht.«
»Darum gebe ich mir ja solche Mühe und bereite mich so gründlich vor. Deshalb werde ich schon mal ein bißchen ärgerlich, wenn einer von euch mich stört. Weil ich mir alles genau einprägen will.«
»Und vergißt du nie etwas?«
»Bislang habe ich auf der Großen Tagung noch keinen Vortrag halten dürfen. Mein Chef verhindert das jedesmal.«

»Green?« vermutet er zielsicher.

»Ja.«

»Mir gefällt Green auch nicht«, vertraut er mir gesenkten Blickes an.

»Weil du so Angst hast vor ihm.«

»Ich hab' keine Angst vor ihm.«

»Du magst ihn nicht.«

»Ich mag ihn ganz gern.«

»Er ist dein Vorgesetzter.«

»Eben drum. Man kommt nicht immer gut aus mit den Leuten, die einem Anweisungen erteilen. Das bedeutet aber nicht, daß ich Green nicht mag oder daß ich Angst vor ihm habe.«

»Dann magst du ihn gern?«

»Das nicht, aber es gibt Leute, die mir weniger lieb sind als er.«

»Warum mußt du in einer Firma arbeiten, wo du so viele Leute nicht magst?«

»Weil ich gerne dort bin.«

»Weißt du, wovor ich Angst habe?« fragt er und schaut mich aufmerksam an.

»Vor allen möglichen Dingen.«

»Und wovor noch?«

»Vor noch mehr Dingen.«

»Ich meine es jetzt ernst.«

»Wovor?«

»Daß du wegbleibst.«

»Das wundert mich. Ich hätte nicht gedacht, daß du darüber nachdenkst.«

»Tu ich aber.«

»Immer, oder bloß während der Großen Tagung?«

»Immer. Aber am meisten während der Tagung. Weil du dann so lange weg bist.«

»Manchmal telefoniere ich, wenn ich angekommen bin.«

»Und auch sonst, wenn du längere Zeit weg bist. Wenn ich weiß, es ist nur für einen Tag, macht es mir nicht viel aus. Aber wenn es länger dauert, fürchte ich, daß du ganz wegbleibst.«

»Ich komme doch immer wieder. Ich bin jetzt hier. Oder? Und einmal muß ich sterben.«

»Du sollst aber nicht.«

»Ich werde mir Mühe geben.«

»Manchmal möchte ich schon.«

»Was?« frage ich mehr schockiert als gekränkt.

»Daß du das machst.«

»Sterben?«
»Genau weiß ich es nicht. Wenn ich wütend bin. Oder im Traum.«
»Du bist doch nie wütend.«
»Ich bin oft wütend, wenn du verreist«, fährt er mit Bedacht fort. »Nein. Ich will nicht, daß du stirbst. Und ich will auch nicht sterben. Überhaupt nie. Bist du wütend?«
»Nein, du?«
»Nein. Mit dir und Mommy zusammen hätte ich nicht so viel Angst. Ich will nicht allein sein.«
»Du bleibst auch nicht allein. Mommy ist ja da. Man kann sich nicht ununterbrochen vor all dem Schlimmen fürchten, das ganz vielleicht geschehen könnte.«
»Ich schon«, kichert er bekümmert.
Ich erwidere mit einem Lächeln: »Nein, nicht mal du bringst das fertig. Ich kann dir bestimmt eine ganze Menge Sachen aufzählen, vor denen du Angst hast, aber gar nicht Zeit genug, dich zu fürchten.«
»Bitte nicht«, sagt er mit gespieltem Schrecken.
»Ich tu's ja nicht«, verspreche ich verständnisvoll. »Irgendwas bringt uns schon auf andere Gedanken. Reden wir lieber über was Lustiges, etwas, worüber du lachen kannst. Wollen wir blödeln?«
»Einverstanden.« Er lächelt flüchtig.
»Fang an.«
»Kann sich Blut in Wasser verwandeln?«
»Was?«
»Das hat neulich wer gesagt.«
»Und über sowas lachst du?«
»Nein, ich muß immer daran denken.«
»Wielange ist das her?«
»Ein paar Monate schon.«
»Warum hast du mich nicht früher gefragt?«
»Ich wollte erst darüber nachdenken. Er hat es in der Zeitung gelesen, sagt er.«
»Das glaube ich nicht.«
»Einer aus meiner Klasse hat es mir erzählt. Blut kann sich in Wasser verwandeln, und dann stirbt man.«
»Wahrscheinlich hat er Leukämie gemeint.«
»Was ist das?« fragt er scharf.
»Ich wußte gleich, daß ich dir nichts hätte sagen sollen«, sage ich und schnalze bedauernd mit der Zunge, »schon als ich es erwähnte. Es ist eine Blutkrankheit. Irgendwas geschieht mit den weißen Blutkörperchen.«
»Und wird das Blut zu Wasser?«

»Ich glaube nicht. Nicht richtig zu Wasser. Aber etwas Ähnliches.«
»Und stirbt man daran?«
»Manchmal schon.«
»Kriegen das auch Kinder?«
»Soviel ich weiß, nicht«, lüge ich.
»Der Junge aus meiner Klasse sagt, er hat gelesen, daß ein Kind es bekommen hat. Und daran gestorben ist.«
»Tja, dann ist es wohl so. Ich nehme an, hin und wieder.«
»Erzähl mir nichts davon«, unterbricht er mich und wirft die Arme in einer komischen Geste des Entsetzens hoch, die sowohl gespielt ist als auch echt.
»Ich hab's dir doch schon erzählt.«
»Dann erzähl wenigstens nicht weiter.«
»Das machst du immer so«, tadele ich ihn sanft. »Du fragst mir wegen irgendwelcher schrecklicher Geschichten ein Loch in den Bauch, und wenn ich auf alles geantwortet habe, sagst du, ›erzähl mir nichts davon‹.«
»Bist du böse?«
»Sehe ich so aus? Nein, selbstverständlich nicht.«
»Manchmal weiß ich es nicht genau.«
»Und ob du das weißt. Du sagst doch immer, ich brülle unentwegt. Nein. Böse bin ich nicht. Ich möchte gern, daß du mir erzählst, was dir so im Kopf herumgeht, daß du mich fragst, wenn du dir etwas nicht erklären kannst.«
»Wirklich? Ich tu's.«
»Wirklich. Frag, was du willst.«
»Vögelst du Mommy?« fragt er und entschuldigt sich hastig, als er sieht, wie mir der Mund offen stehen bleibt, »du hast gesagt, ich darf.«
»Ja, du darfst«, bestätige ich. »Manchmal.«
»Warum?«
»Weil es angenehm ist. Und Spaß macht. Verstehst du eigentlich, was du da fragst?«
Er schüttelt ungewiß den Kopf. »Darf ich dich so was fragen?«
»Du darfst mich fragen, ob ich es tue. Was es bedeutet, fragst du lieber jemand anderen. Du solltest vielleicht ein geschickteres Wort dafür benützen.«
»Ich weiß aber keins. Ficken?«
»Das ist fast genauso. Aber du kannst nehmen, welches du willst. Es klingt bloß komisch, wenn du es zu mir sagst. Und im übrigen: benutze es ruhig. Es ist brauchbar.«
»Bist du böse?«

»Nein. Warum fragst du das immer wieder? Merkst du denn nicht, wann ich ärgerlich bin?«
»Nicht immer.«
»Ich brülle dann doch angeblich in einem fort.«
»Nicht immer. Manchmal sagst du überhaupt nichts. Oder du führst Selbstgespräche.«
»Ich führe keine Selbstgespräche.«
»Du kaust an deinen Nägeln und hörst überhaupt nicht zu.«
»Wirklich? Wie kommst du eigentlich auf den Gedanken, daß ich böse bin, wenn ich mich so verhalte?«
»Wir haben alle so Angst vor dir.«
»Das beweist noch gar nichts. Manchmal bin ich bloß unglücklich. Oder ich konzentriere mich. Ich darf schließlich auch mal unglücklich sein, oder nicht?«
»Wird Mommy böse, wenn ich sie frage?«
»Was frage?«
»Ob du sie vögelst?«
»Bloß wegen des Wortes. Vielleicht aber auch nicht. Auf alle Fälle warte damit, bis ihr allein seid.«
»Dann lasse ich es lieber.«
»Du hast ja mich schon gefragt, und ich habe dir geantwortet. Du willst sie also nicht fragen, um etwas Neues zu erfahren, sondern nur weil du sehen willst, ob sie böse wird.«
»Du bist mir doch nicht böse, weil ich gefragt habe?«
»Das fragst du schon zum dritten Mal. Nein, ich bin nicht böse. Sollte ich dir etwa böse sein?«
»Ich habe es eigentlich erwartet. Andere Väter wären bestimmt wütend geworden.«
»Dann sollte ich vielleicht auch wütend werden. Ich bin wohl besser als andere Väter – fragst du mich deshalb immer wieder von neuem? Willst du mich wütend machen?«
Er schüttelt entschieden den Kopf. »Nein, ich mag es nicht, wenn du wütend bist. Ich merke schon, jetzt fängst du langsam an, stimmt's?«
»Ich bin auch nicht gern wütend. Und ich fange jetzt nicht an.«
»Emphatisch vielleicht?« erinnert er sich.
»Emphatisch«, bestätige ich.
»Ich mag Derek nicht«, setzt er ohne Überlegung hinzu und sieht versorgt und gekränkt drein.
»So etwas sollst du nicht sagen«, rüge ich ihn milde. »Du sollst auch nicht so empfinden.«
»Und du?«

»Das sollst du nicht fragen.«

»Aber eben hast du gesagt, ich darf alles fragen. Das ist nämlich auch so was, was mir im Kopf herumgeht.«

»Du darfst schon fragen. Du durftest sagen, was du gesagt hast und mich fragen. Und ich durfte dir so antworten, wie ich geantwortet habe. Wir haben beide das Richtige getan. Kannst du das verstehen? Ich hoffe, es verwirrt dich nicht zu sehr. Du sollst nicht denken, daß ich mich um eine Antwort drücken will.«

»Also darf ich es nun sagen oder nicht? Ich weiß immer noch nicht.«

»Ich auch nicht«, gebe ich resigniert zu. »Ich weiß auch nicht, ob ich Derek mag, ich meine, die ganze Situation, seine Eigenartigkeit, vielleicht sogar ihn selbst. Ich weiß es nicht. Aber man ist häufig genötigt, sich mit Dingen abzufinden, die man nicht mag. Ich zum Beispiel. Mit meiner Arbeit. Ich weiß noch nicht, was ich mit ihm anfangen soll. Und keiner kann mir helfen.«

»Er macht mir Beklemmungen.«

»Er macht mir Beklemmungen.«

»Ich traue mich nicht, meine Freunde einzuladen. Die würden sich später über mich lustig machen.«

»Wir trauen uns ebenfalls nicht. Aber wir geben uns Mühe, das zu überwinden. Man sollte sich davon nicht beeinflussen lassen. Du auch nicht. Es ist schließlich nicht unsere Schuld, also tun wir so, als fänden wir nichts dabei. So. Noch etwas?«

»Geld.«

»Nun, was ist damit?«

»Ich soll doch sagen, was mir so im Kopf herumgeht.«

»Was denn – dir auch?«

»Haben wir Geld?«

»Was möchtest du denn gern?«

»Darum frage ich nicht.«

»Warum also?«

»Du kaufst mir doch alles.«

»Bisher jedenfalls.«

»Haben wir zu viel Geld?«

»Zu viel wofür? Millionäre sind wir nicht.«

»Haben wir genug?«

»Genug wofür?«

»Du machst es einem schwer«, wirft er mir vor. »Jetzt machst du Witze. Ich meine es ernst.«

»Genug um Geld zu verschenken?« hänsele ich ihn.

»Du schenkst doch gelegentlich auch was weg«, sagt er zu seiner Rechtfertigung.

»Ja, an die Krebsforschung und solche Einrichtungen. Nicht an andere Leute. Nicht an andere Kinder. Ich stopfe es nicht unbekannten Kindern handvollweise in die Tasche, als wären es glühende Kohlen und ich könnte es nicht mehr in der Hand halten.«
»Leukämie vielleicht?« fragt er.
»Ich wußte, daß du das fragen würdest. Möchtest du, daß ich dafür was spende?«
Er hebt gleichmütig die Schultern. »Mir wäre es schon recht. Aber nimm es den Krebsforschern nicht weg.«
»Ich wußte doch, daß du dich gleich in die Leukämie verbeißen würdest, ich hätte dir nichts davon erzählen sollen.«
»Ich mache mir keine Gedanken deswegen. Ich weiß ja immer noch nicht, was es eigentlich ist.«
»Heißt das, du machst dir nie Gedanken über etwas, das du nicht genau kennst?«
»Über was zum Beispiel?«
»Warum sollte ich dich auf etwas bringen, was du nicht kennst?«
»Dann werde ich mir von jetzt an Gedanken darüber machen. Gedanken über alles, worüber man sich Gedanken machen kann«, fügt er düster lachend an.
»Darüber machen viele Leute sich Gedanken.«
»Du magst es nicht, wenn ich Geld verschenke«, bemerkt er. »Das macht dich wütend, nicht?«
»Tust du es deshalb?«
»Das sage ich nicht.«
»Also laß es.«
»Das könnte dir so passen!«
»Ich trete dir in den Hintern«, warne ich ihn im Spaß. Es freut mich, daß wir so ungezwungen miteinander reden. (Ich koste die Augenblicke aus, wenn es so scheint, als sei er gern mit mir zusammen.)
Er hat früher Geld verschenkt (tut es wahrscheinlich immer noch und fängt wieder damit an, sobald er in der warmen Jahreszeit viel mit anderen Kindern im Freien zusammen ist), kleine Münzen (Geld, das ihm von *uns* geschenkt wurde oder das er uns weggenommen hat, allerdings glaube ich nicht, daß er jetzt schon unser Kleingeld stiehlt und mit Streichhölzern zündelt. Das kommt erst mit dem Masturbieren. Jedenfalls war es bei mir so. Ich stahl sämtlichen Verwandten ihr Kleingeld und setzte alles Brennbare aus dem Medizinschränkchen in Brand. Ich drückte Mitesser aus und fummelte mit Feuerzeugen rum, die riesige Flammen schossen. Und masturbierte. Er sollte das nicht. Ich setzte ihm mit fachmännischer Autorität auseinander, warum es sich für ihn nicht

schickt, Geschenke, die er von uns bekommen hat, an andere weiterzuschenken, und dazu gehöre auch das Geld, das wir ihm zustecken. Es war, als spräche man gegen eine Wand. Er hörte pflichtschuldigst an, was ich zu sagen hatte, ohne aber zu begreifen, was ich meinte. Seine Miene war leer, geduldig, nachsichtig. Ich wußte selber nicht genau, was ich eigentlich meinte oder warum ich ihm das auszutreiben suchte. Immer von Neuem. Es handelte sich nur um kleine Münzen, und doch ging ich mit dem gleichen Eifer auf ihn los, mit dem ich Pickel im Umkreis meiner Nase attackiert und winzige, gelbe Fäden herausgequetscht hatte, die möglicherweise Eiter waren. Ich glaube, ich hielt ihn für undankbar). Ich glaube, er verschenkt immer noch Geld, denn mir ist aufgefallen, daß er und seine Freunde ebenso wie meine Tochter, die von Natur aus nicht freigebig ist, und deren engste Freunde einander Geld und andere Gegenstände ausleihen, ohne darüber Buch zu führen oder jemals etwas zurückzufordern. Ich hoffe sehr, daß er es noch tut (mein Verbot übertritt), denn er soll selbstlos sein. Warum aber dann die große Predigt? Er soll wie jene jungen Menschen werden, die ich heute überall sehe und die mir den Eindruck machen, als wollten sie gut zueinander sein. Sogar ihre Automobile leihen sie her. Wir haben nie unsere Wagen ausgeliehen. Ich wäre gerne einer von ihnen; ich wäre gern noch einmal jung und gehörte zu ihnen. Ich wäre gerne davon überzeugt, daß sie wirklich so glücklich und zufrieden sind wie ich glaube. (Meine Tochter ist nicht glücklich, mein Sohn auch nicht, vielleicht wird sie aber noch glücklich und mein Sohn auch. Vielleicht bietet sich ihnen noch die Gelegenheit.) Immer mal wieder fällt mein Blick auf einen jungen Mann und ein junges Mädchen (sie braucht durchaus nicht hübsch zu sein), die beim Gehen und Sitzen ganz offen die Arme umeinanderlegen, so zutraulich und innig, daß ich, durchbohrt von Neid und Lust, am liebsten schreiend umfiele. Nein, nicht Lust. Neid. Verlangen. Hin und wieder habe ich ein Mädchen von dieser Sorte, aber sie hält mich bestimmt für spießig, auch wenn sie mich für ein Weilchen leiden mag (und mit mir ins Bett geht). Und ich finde, sie hat recht. Ich bin spießig. Ich bin sogar *gauche*. Ich komme mir auch *gauche* vor, wenn ich mit meinen gewohnten flapsigen, mehrdeutigen (vorhersagbaren) (und banalen) Sprüchen einem Mädchen zusetze, ich achte mich gering, weil ich mich so benehme, schon während ich mich so benehme und den Erfolg winken sehe. In Wahrheit macht der Ehebruch mir keinen Spaß. Ich weiß nicht mal, ob es mir Spaß macht, Unzucht zu treiben. Manchmal schon. Dann wieder will ich bloß den Erguß. Sollte mehr daran sein? Früher war das so. Es ging viel heißer her. Meine Frau und ich haben ihn jedesmal streng vermahnt, wenn wir durch ein listiges und hartnäckiges Verhör herausbrachten, daß er

wieder Geld verschenkt hatte. Gelegentlich hatte er es nicht mal einem Kind geschenkt, das er besonders gut leiden konnte oder besonders gut kannte, sondern einem, das er zufällig auf der Straße, auf dem Badesteg oder sonstwo getroffen hatte und dem mehr daran zu liegen schien als ihm. Manchmal konnte er nur diesen einzigen Grund für seine Handlungsweise angeben. Er schenkt auch Süßigkeiten weg, läßt andere Kinder mit seinem Spielzeug spielen, sogar mit ganz neuen Sachen. Aus irgendeinem Grunde wurmt es mich (und meine Frau reagiert genauso; ich spüre so etwas wie Eifersucht und Zurückweisung), wenn wir sehen, daß er einem anderen Kind ein neues Spielzeug überläßt, das wir ihm eben erst geschenkt haben. (Es gehört mehr uns als ihm.)
Ich habe ihn aufmerksam beobachtet, weil ich herausbekommen wollte, ob die Kinder, denen er die kleinen Münzen schenkt – einen Fünfziger hat er, glaube ich, noch nie weggegeben –, nach Persönlichkeit oder Lebenserfahrung in bestimmte Kategorien eingeordnet werden können. Es ergaben sich keine Anhaltspunkte. Er wußte, daß wir ihn beobachteten und über ihn redeten. Ich sagte, er bilde sich das nur ein. Manchmal stimmte das, wenn ich es behauptete; andermal nicht. Ich beobachte ihn immer noch. (Falls mein Junge jemals den Verdacht fassen sollte, man habe ihm in seiner Kindheit nachspioniert und über ihn getuschelt, dann hätte er damit so unrecht nicht. Es wäre keine pure Wahnvorstellung.) Mein Verhalten erscheint mir selber albern und beschämend (und doch werde ich mich vielleicht wieder so verhalten). Immer ging es nur um Pfennige, doch was haben wir nicht für einen Sturm entfesselt, meine erwachsene Frau und ich. Wie empörte es uns, daß dieses unser Kind von fünf, sechs oder sogar sieben Jahren ein kleines Geldstück wegschenkte, das es von uns oder sonstwem bekommen hatte und nicht behalten wollte. Natürlich brüllten wir ihn nicht an, wir trieben es viel übler: wir waren herablassend, taten, als seien das Kindereien. Richtig böse wurden wir nicht, ausgesprochen gemein haben wir ihn nicht behandelt. Wir spielten ihm das aber vor (was ihn noch mehr erstaunt haben muß), wir hoben die Stimme (nicht brüllend, sondern mit Emphase), wir funkelten ihn ungläubig, amüsiert und spöttisch an. Wir gackerten und grinsten und machten leutselige, gewundene Scherze, während wir uns anschlichen (meine Tochter, von Eifersucht gepackt, weil ihm, wie sie meinte, mehr Aufmerksamkeit zuteil wurde als ihr, sah uns aus dem Winkel, in dem sie sich zu verstecken pflegte, vorwurfsvoll zu; damals war sie noch zu klein und auch zu scheu, um so giftig aufzubegehren, wie es heute ihre Gewohnheit ist) und platzten dann herzlos damit heraus, daß er sein Geld nicht weggeben möge, solle, dürfe, auf gar keinen Fall.
»Warum nicht?«

(Ja, warum eigentlich nicht? Wer weiß? Wir nicht. Obschon wir unbesehen annahmen, wir wüßten es.) Wir blieben unfehlbar gutartig und heiter, während wir ihm immer wieder vorstellten (es war unsere Pflicht als Eltern, wie wir ihm klarmachten), daß wir ihn nach wie vor liebten, daß es keine Strafe sei, wenn wir ihn tadelten, daß wir nicht wirklich böse mit ihm seien; doch ermahnten wir ihn unermüdlich in herzlichen, duldsamen Tönen (wir verbündeten uns gegen ihn, zwei gegen einen), bemühten uns mit Emphase, Ausdauer und Verbissenheit, ihm geduldig zu erklären, warum nicht klug und nicht korrekt war, was er tat.

Schlimm war, daß wir nichts erklären konnten. (Nicht mal für uns selber hatten wir eine sinnvolle Erklärung. Man wirkt nicht überzeugend, wenn die einzige Antwort auf ein Warum? ein lahmes und dogmatisches Darum! ist. Wir behandelten ihn damals übler, kommt mir jetzt vor, als Forgione es je getan hat, wir waren grausamer und zermürbten ihn mehr als alle seine Lehrer. Ich bin ganz überwältigt von Reue. Instinktiv aber weiß ich, daß ich wieder so handeln würde, wenn er wieder so handelt und ich ihn dabei erwische, mindestens werde ich den Drang spüren. Hoffentlich kann ich mich bremsen. Ich weiß, ich halte sein Tun für unrecht. Warum es unrecht ist, weiß ich nicht. Ich weiß nicht mal, warum ich es für unrecht halte.) Jedenfalls konnten wir ihm nicht einen einzigen einleuchtenden und aufrichtig gemeinten Grund dafür nennen, warum er anderen Kindern nicht sein Kleingeld schenken soll, wenn er möchte. Wir stellten ihm sogar in Aussicht, daß wir, nicht um ihn zu strafen, sondern nur um ihm eine Lektion zu erteilen, ihn strafen würden, indem wir ihm folgende Lektion erteilten: Wir würden ihm in vorher festgelegten Abständen Geld vorenthalten; sollte er das nächste Mal um Geld bitten, würde er keines bekommen; sollte er Geld für Eis oder Limonade verlangen, würden wir ihm stattdessen gleich Eis und Limonade geben, weil wir ihm Geld nicht anvertrauen könnten; oder ihn schulmeisterlich darauf hinweisen, daß er jetzt das Geld hätte, um seine Wünsche zu erfüllen, wenn er es nicht, unsere Warnung in den Wind schlagend, zuvor verschenkt hätte.

(»Siehst du? Du wolltest ja nicht hören.«)

Mir kam sogar der absurde Einfall, er müsse immer alles vor unseren Augen restlos aufessen (ich wollte verhindern, daß er ein anderes Kind lecken oder trinken ließ), doch so weit bin ich dann doch nicht gegangen. (Ich bin herzensgut, ha, ha.)

Während dieser Erörterungen und Vernehmungen fühlte er sich so unbehaglich (er wußte nicht, was tun, wohin blicken und wie; so sehr wir auch mit ihm scherzten, um ihm seine Unbefangenheit zurückzugeben, er blieb befangen. Sein unsicheres Lächeln war immer erzwungen und hielt auch nicht vor, wenn er sich mühte, auf unsere Scherze einzugehen, wenn er Fragen stellte und unsere Fragen beantwortete in dem aufrichtigen aber vergeblichen Bestreben zu begreifen, was um des Himmels willen wir ihm denn nun unbedingt begreiflich machen wollten und warum), daß er wohl am liebsten aufgegeben und geweint hätte; wenn ich mich rückblikkend an sein feines, versorgtes Gesicht erinnere, an seine gedämpfte, gutwillige Stimme, dann ist mir (jetzt) klar, daß er den Tränen damals ganz nahe war, daß er sie zurückhielt (uns zu Gefallen), daß er dies ausgezeichnet verbarg (heute kenne ich ihn besser), uns stattdessen häufig mit seinem unsicheren Lächeln blendete, erst den einen, dann den anderen, während wir ihn liebenswürdig heruntermachten und er mit gerunzelter Stirne unentschlossen zu fassen und festzuhalten suchte, was wir unserer Meinung nach so beredt erläutert hatten.

»Angenommen, du brauchst diesen Groschen später selber, vielleicht morgen schon?« verdeutlichte ich ihm wohlwollend das Problem.

»Dann nehme ich eben einen anderen«, entgegnete er darauf.

»Woher?«

»Von hier.«

»Von wem?«

»Von dir.«

»Ich gebe dir keinen mehr.«

Er blinzelte. »Wieso denn nicht?« fragte er verwundert.

»Weil ich dir keinen gebe«, sagte ich mit abschließender Schadenfreude.

»Warum nicht?«

Ich zuckte die Achseln.

»Dann hole ich ihn mir von Mommy.«

»Wirklich?«

»Von mir bekommst du auch nichts.«

»Wieso denn nicht?« Er weicht ein wenig zurück und mustert meine Frau.

»Weil du kurz zuvor einen verschenkt hast, stimmt's? Da siehst du, wie gedankenlos du bist.«

Er merkt, daß wir ihn schweigend beobachten und auf seinen nächsten Anlauf warten.

»Dann kriege ich ihn eben von dem Jungen zurück, dem ich ihn geschenkt habe«, sagt er.

»Der hat ihn nicht mehr.«

»Der gibt ihn dir nicht zurück.«

»Der hat ihn dann längst ausgegeben. Darum wollte er ihn doch haben.«

»Glaubst du, alle sind so großzügig?«
»Oder er behält ihn einfach. Nicht alle sind so freigebig wie du.«
»Auch nicht so reich.«
»Auch nicht so wohlhabend. Reich sind wir nicht.«
»Da siehst du es. Oder etwa nicht?«
»Von uns kriegst du nichts.«
»Morgen hast du keinen Groschen.«
Mein Junge ist konfus, er starrt uns forschend an, er müht sich weiterzulächeln, einen Sinn in dieser Veranstaltung zu finden, vor Ratlosigkeit windet er sich (und zupft hastig und gequält an seinem Penis), während er hoffnungsvoll nach einem Lichtschimmer Ausschau hält, in dem dies alles sich als ein in guter Absicht veranstalteter Scherz entpuppt. (»Zupf nicht an deinem Penis«, bin ich versucht ihn zu ermahnen, unterlasse es aber.)
»Mußt du aufs Klo?« fragte meine Frau gebieterisch. Er schüttelt befremdet den Kopf, erstaunt über diese Frage.
Er kann sich nicht erklären, was mit ihm geschieht. Ein Schauer der Ungewißheit fliegt ihn an, als er sich mit gefrorenem Gesicht umwendet, uns abwechselnd anschaut und merkt, daß wir ihn im Stich gelassen haben.
»Wieso?« fragt er klagend, und Resignation und Jammer färben seine Stimme. (Er ist bereit sich zu ergeben, wenn es denn sein muß.)
»Um«, so fasse ich herablassend und genießerisch zusammen, »dir eine Lektion zu erteilen.«
Was war ich doch für ein Miesling.
Was war ich doch für ein egoistischer, kleinlicher, dumpfsinniger, fühlloser Miesling. Ich verfinstere mich vor Reue und Scham, wenn ich an die selbstgefällige, tyrannische Verfolgung meines Jungen denke (und werde vor Reue und Scham bestimmt ganz krank sein, wenn ich ihn neuerlich solcher Verfolgung aussetze. Wie soll ich mich daran hindern?). Was meine Täterschaft angeht (ich bekenne mich schuldig, Euer Ehren, aber ich habe eine Erklärung, Sir), so glaube ich aufrichtig, mein Motiv war der geradezu wütende Wille, ihn davor zu schützen, daß er von anderen Kindern ausgenutzt wurde (auch von meiner Tochter. Ich konnte nie ungerührt zusehen, wenn man ihn ausnutzte. Es war, als erlitte ich selber hilflos die Demütigung, über's Ohr gehauen oder für dumm verkauft zu werden. Mein eigener Stolz, mein eigenes Selbstgefühl wurden dabei getroffen und bluteten. Hatte ich mir in einem lodernden Ausbruch fast ungezügelter Bitterkeit eingeredet, daß er sich von anderen Kindern tyrannisieren und betrügen ließ, zürnte ich ihm unmäßig, hätte ich ihn am liebsten zerschmettert und vernichtet. Also tyrannisierte und betrog ich

ihn statt dessen). Ich liebe ihn und trauere um ihn fast von Anbeginn an, seit mir zum ersten Mal seine ihn einsam machende, tief eingewurzelte Neigung auffiel, gedankenverloren aus seinem Ställchen oder durch das Gitter seines Bettchens zu schauen (meine Tochter hatte diese Gewohnheit nicht, und auch Derek nicht, der anfangs einen zufriedenen und normalen Eindruck machte). Ich liebte ihn, weil er so kindlich unverstellt war und nicht die Spur feindselig, ich bemitleidete ihn – ich gab ihm verdrossen schlechte Noten –, weil er seinen zärtlichen Antrieben folgte und namenlosen, lähmenden Ahnungen; er wirkte verloren und fern und passiv auf mich in der gleichen Weise, wie auch ich es einst war und manchmal, wie ich glaube, heute noch bin, wenn ich mich gehen lasse und wenn alle meine Kraft von mir weicht; immer wünschte ich ihn gegen Kränkungen und Niederlagen gefeit. Also kränkte ich ihn und bereitete ihm selber Niederlagen mit meinen salbungsvollen Moralpredigten, meiner unerbetenen Einmischung in seine Angelegenheiten, mit nörgelnden, endlosen Ermahnungen und Vorhaltungen. Ich konnte ihn einfach nicht unglücklich sehen (und ihm nur schwer vergeben, wenn er es war); also machte ich ihn noch unglücklicher (entledigte mich dadurch eines Teils meiner eigenen Leiden) und kam mir gleich danach immer beschmutzt vor. (Ihn zu demütigen verschafft mir niemals die Befriedigung, die ich meist empfinde, wenn ich meine Tochter demütige, und immer, wenn ich im Streit mit meiner Frau den Sieg davontrage. Meiner Frau dürfte es langsam gleichgültig geworden sein, ob ich sie glücklich oder unglücklich mache; der Unterschied ist nicht so groß, die Wirkung nicht von Dauer; wir haben wohl gelernt, den Rest unseres Daseins beieinander auszuhalten, mehr als die Hälfte liegt ja auch bereits hinter uns. Wer hätte vor Zeiten geglaubt, daß ich so lange am Leben bleiben würde? Aber mein Junge steht noch ganz am Anfang.) Was war ich doch für ein blinder, beschränkter, herrschsüchtiger, heuchlerischer Miesling. Er sah das einfach alles nicht ein, und wir konnten es ihm nicht klarmachen. Und während diese Erörterungen in vollem Gang waren (meist während des Sommers auf dem Land oder an der See. Ich miete ein Haus, in dem wir gemeinsam die Ferien verbringen, keiner von uns gern. Außer Derek. Der seine schlichten Freuden überall genießen kann, sogar daheim. Er ist wie Martha, die in unserem Büro langsam verrückt wird, die freudig erglühend Stimmen hört und sich auf imaginierten Landpartien amüsiert, während sie über den Wagen ihrer Schreibmaschine auf die keinen halben Meter entfernte leere, grüne Wand starrt. Ich frage mich, wie ihr endgültiger Untergang sich abspielen wird, welchen Abgang sie wählt, wer eigentlich für Martha, die Schreibkraft, zuständig ist, Green, der sie eingestellt, oder die Personalabteilung, die sie geprüft und empfohlen hat?

Ich gewiß nicht. Wenigstens im Sommer, wenn die Familie auf dem Lande Ferien macht, kann ich häufiger allein in der Stadt bleiben und mich nach Kräften amüsieren), waren meine Frau und ich ganz bezaubert von der ihm eigenen Großzügigkeit (falls es Großzügigkeit war), seiner gewinnenden Gutartigkeit (wir pflegten einander liebevoll und selbstzufrieden anzulächeln und ganz hingerissen zu bemerken:

»Er ist schon einer, wie?«

»O ja. Richtig liebenswert.«)

Seine ungewöhnliche Selbstlosigkeit bezauberte uns; wir sprachen von ihm mit Behagen zu anderen, wobei wir uns vom Glück begünstigt und überlegen glaubten, weil er uns gehörte und wir so reden durften. Wir entlockten anderen Eltern neidische Lobesworte, wir provozierten, sammelten, verschlangen freundliche Bemerkungen über ihn und mästeten uns damit feiste Selbstzufriedenheit an. (Was für ein eitler, aufgeblasener, heuchlerischer und eigensüchtiger Miesling.) Und hätte man uns damals wählen lassen zwischen einem Kind, das großherzig kleine Münzen wegschenkte, die es weder ausgeben noch behalten wollte, und einem anderen, das solche Münzen zum eigenen Gebrauch hortete, so hätten wir (heute erst recht) genau das gewählt, das wir schon besaßen. Was wir besaßen, gefiel uns.

(Warum ihn also ändern?)

Warum ächteten, drohten, verhörten wir? (Warum fühlten wir uns so gekränkt?) Warum reagierten wir, wenn er kleine Münzen verschenkte, nicht selbstzufrieden plappernd und frohlockend (wie wir es in unserer Selbstüberhebung Bekannten gegenüber taten), sondern tadelten ihn und vermahnten ihn und nötigten ihm widerwillige Geständnisse und zögernde Schwüre ab? (Ich an seiner Stelle würde mich heute hassen. Warum kann ich die Finger nicht von ihm lassen? Warum kann ich *davon* die Finger nicht lassen, nicht einmal jetzt?)

Besonders verachtenswert war, daß wir ihm selbstverständlich seinen Groschen oder Fünfer gaben, wenn er das nächste Mal darum bat (er war dabei immer im Recht und wir unweigerlich im Unrecht), und auch seinen Dollar oder seine anderthalb Dollar fürs Kino, wenn wir uns meist auch nicht verkneifen konnten, das Geschenk mit einer Predigt zu begleiten. (Spare in der Zeit, dann hast du in der Not. Welche Sprüche wir bereithielten, konnte er mit geradezu unheimlicher Genauigkeit vorhersagen, und er sprach diese Wahrheiten mit uns im Chor, vorzugsweise wenn meine Tochter anwesend war, die dann einfiel. Was für ein Schablonenmensch ich bin, ahne ich erst, wenn mir klar wird, wie oft meine Tochter und mein Sohn meine Äußerungen wörtlich genau samt den dazugehörigen Gesten vorhersagen können. Sollte ich wirklich, ohne es zu merken, für meine Kinder ein berechenbarer Langweiler geworden sein? Insgeheim kränkt es mich tief, wenn sie mich nachäffen, und ich verzeihe ihnen das nicht so leicht. Ich vergesse, aber ich vergebe nicht. Ich mag es nicht, wenn sie sich über mich lustig machen.) Und wir wußten, daß wir ihm das Geld geben würden, sollte er darum bitten, wußten es schon, als wir ihm eröffneten, daß wir es nicht tun würden. Warum also verwirrten und quälten wir ihn (drehten ihn durch die Mangel), zwangen ihn, dazustehen und sich das alles anzuhören? Warum weckten wir vielleicht gar (absichtlich) in ihm das Gefühl, er sei etwas Bizarres, Ausgefallenes, eine Art Mißgeburt?

(Um einen Pfennig, einen Fünfer oder einen Groschen.)

Weil er, wie wir uns einredeten, eine Lektion brauchte.

(Was war das für eine Lektion?)

(Das haben wir nie ausfindig gemacht. Wir haben auch nicht danach gesucht.)

»Hast du deine Lektion gelernt?« fragte ich ihn, wenn er wieder um Geld bat.

»Ja.«

»Und wie lautet die Lektion?« verlangte ich zu hören.

»Ich soll kein Geld wegschenken.«

»Wirst du es wegschenken?«

»Nein.«

»Versprichst du es mir?«

»Ich möchte Kaugummi, Daddy.«

»Versprichst du es mir?«

»Ich verspreche es.«

»Was versprichst du?«

»Daß ich nichts verschenke.«

»Was wirst du damit machen?«

»Es ausgeben.«

»Für wen?«

»Für Kaugummi.«

»Für was?«

»Für mich. Ich will Kaugummi, Daddy. Hörst du nicht? Ich will bloß Kaugummi, weiter nichts.«

»Wenn ich dir mehr als einen Fünfer gebe, was machst du damit?«

»Ich kaufe mir mehr Kaugummi.«

»Gestern hast du noch Geld gehabt, nicht wahr? Wenn du es nicht verschenkt hättest, brauchtest du mich heute nicht zu bitten. Stimmt's?«

»Und wenn ich mir gestern was gekauft hätte? Dann müßte ich doch heute auch um Geld bitten. Stimmt's?«

»Ja, das müßtest du wohl. Aber verstehst du jetzt, warum du kein Geld verschenken sollst?«
»Ja.«
»Wirklich?«
»Ja.«
»Warum? Warum ist es unrecht, Geld zu verschenken?«
»Weil«, fängt er an – und plötzlich leuchten seine Augen erwartungsvoll auf, und er kann sich nicht bezähmen, er muß die koboldhafte Antwort geben, die ihm durch den Kopf schießt – »weil«, wiederholt er und lacht dabei verwegen und mutwillig, entschlossen, mit seinem Scherz herauszuplatzen, »weil es dich und Mommy ärgert.«

Was für ein reizendes Kind.
Ach, wie mich das freut. Und ich stimme in sein Lachen ein, denn er soll wissen, daß er zu Recht etwas gewagt hat und daß ich ihn dafür nicht zur Ordnung rufen werde.
Wir führen muntere, sokratische Dialoge, er und ich, über alle erdenklichen Gegenstände (Frage und Antwort in rascher Folge), und haben beide unseren Spaß daran. (Mit meiner Tochter kommt es nur zu Wortwechseln, zu entmutigenden Streitgesprächen voller persönlicher Anspielungen und Rechtfertigungen, auch wenn sie sich vornimmt, objektiv und leidenschaftslos über den Sinn des Lebens, ihre Freunde oder meine Bekannten zu reden. Zu unseren Bekannten fällt ihr alles mögliche ein, als ginge sie das wirklich was an.) Ich bin Sokrates, er ist mein Schüler. (Jedenfalls habe ich diesen Eindruck, bis ich mir einige unserer Gespräche ins Gedächtnis rufe, und dann scheint es oft, als wäre er Sokrates. Ich weiß, daß ich ihn lieb habe. Er hat mich lieb. Er ist liebenswert. Ich nicht.
»Du bist lieb, Daddy«, sagt er oft. Er umarmt mich häufig.
»Manchmal bist du wirklich nett, Daddy«, sagt sogar meine Tochter hin und wieder.
Ich bin also vielleicht doch nicht immer so schlecht, wie ich annehme. Ich genieße es, gelobt zu werden, einerlei von wem, sogar von meinen nächsten Angehörigen. Ich komme mir dann bedeutend vor; ich wachse förmlich. Niemand ist immer gut; jedermann ist gelegentlich gut.) Man kann nicht vorhersagen, was für eine Richtung unser Gespräch nehmen wird, denn man weiß nie, welche streng gehütete Beobachtung ihm plötzlich auf die Zunge und fast ungewollt über die Lippen kommt oder welche Gedanken, die er jahrhundertelang zielstrebig in sich bebrütet, er ohne Warnung und mit voller Absicht aussprechen wird. (Hat er sich einmal dazu entschlossen, kann nichts ihn davon abbringen.

»Mußtest du Mommy vögeln, um mich zu bekommen?« fragte er.
»Deswegen habe ich es nicht getan.«
»Was nicht?«
»Nicht deswegen haben wir es getan oder dich bekommen.«
»Aber so geht es doch vor sich, oder?« Der Gedanke scheint ihm zu mißfallen.)
Wenn es nicht notwendig ist, riskiert er nichts. (Ich ebenfalls nicht. Ausgenommen bei Frauen, und auch da gehe ich eher auf Nummer Sicher.) Soviel ich weiß, hat er nie an einer Rauferei teilgenommen. (Auch ich würde mich in keine mehr einlassen, es sei denn, es ginge um Leben oder Tod. Der Apfel ist nicht weit vom Stamm gefallen.) Es macht ihm keinen Spaß, kleinere oder schwächere Kinder zu tyrannisieren, und er geht nach Möglichkeit jedem aus dem Wege, der ihm Angst einjagt, auch wenn er deswegen auf Betätigungen verzichten muß, die ihm Spaß machen oder auf die Gesellschaft anderer Kinder, die er gut leiden mag. Er weiß nicht, wie er sich verhalten soll, wenn ältere oder stärkere Jungen oder auch ein kleinerer Bursche ihn anrempeln oder anbrüllen, wenn ihm von streunenden Banden Fahrrad oder Schlagholz weggenommen werden (was ihm gleich zweimal hintereinander im Stadtpark passierte, als ich zum ersten Mal an einer Großen Tagung in Portoriko teilnahm; vielleicht mag er es darum nicht, wenn ich eine Flugreise mache, obwohl ich an jenem Nachmittag ohnehin nicht im Park gewesen wäre, um ihn, sein Fahrrad und sein Schlagholz vor den portorikanischen Lümmeln und tags darauf vor den Negerjungen zu schützen, also ist das vielleicht doch nicht der Grund. Die anwesenden Eltern, durchwegs Mütter, waren ebenfalls kein Schutz. Das ist alles geradezu unerlaubt verwirrend). Andererseits kann sein Verhalten von einem Mut und einer Stärke des Gefühls zeugen, daß es meiner Frau und mir die Sprache verschlägt. (Dazu beglückwünschen wir uns dann.) Er sitzt still und artig da, wenn der Arzt oder der Zahnarzt ankündigen, es werde jetzt gleich weh tun, er erträgt das, ohne mit der Wimper zu zucken (wenn auch weiß wie ein Laken oder aschgrau und mit bebenden Fingerspitzen), er nimmt hin, was man ihm als unvermeidlich bezeichnet hat. Ich zucke statt seiner mit der Wimper. Mir wird flau, und ich muß vor Angst wegschauen, wenn sein magerer Arm vom Arzt freigemacht wird, der ihn impfen oder ihm Blut abnehmen will. Im Wartezimmer bemerke ich an ihm die gleiche kränkliche Blässe, die mir vom Frühstückstisch her vertraut ist an Tagen, da er Forgione in der Turnhalle begegnen oder ein Referat halten muß. (Wenn er so aussieht, kann ich immer nur an Schleim denken. Er besteht dann nur aus Schleim – schleimig ist er aber nicht, ha, ha.) Er unterwirft sich widerspruchslos, ich weiß aber, daß auch ihm elend zumute ist: sein Ge-

därm krampft sich zusammen, seine Gliedmaßen sind wie Schläuche und er fürchtet, er könnte um Hilfe rufen und uns in Verlegenheit bringen (und mich nimmt es so mit, ihn in diesem Zustand zu sehen, daß ich vor Schmerz schreien möchte. Der Anblick des winzigen Halbmondes aus geronnenem Blut unterhalb des rechten oder linken Nasenloches nach seiner Mandeloperation war einfach zu viel für mich. Ich weiß nicht mehr, welches Nasenloch es war. Solche Einzelheiten bleiben mir nicht gegenwärtig, aber darauf kommt es nicht an. Als man ihn nach der Operation hereinrollte, dröhnte es in meinen Ohren, meine Frau mußte mich am Arm packen und zu einem Stuhl führen, sonst wäre ich umgefallen). Hoffentlich braucht er sich keinen Zahn ziehen zu lassen, bevor er alt und abgehärtet genug ist, das ohne meinen Beistand viel mutiger zu ertragen, als ich es ertrüge, wenn man ihm jetzt einen Zahn ziehen müßte. Ich bin sehr froh darüber, daß er offenbar weniger Angst vor mir hat als früher, auch mein Gebrüll und die beißenden Bemerkungen weniger fürchtet, die ich mache, wenn ich mich unglücklich fühle oder Kopfschmerzen habe. (Wenn ich bedenke, daß ich ihn verhöhnt und angeschrien habe, weil er Geld verschenkte oder sich vor dem Brettspringen und dem Eislaufen fürchtete, schäme ich mich minutenlang zutiefst; wie bemerkenswert, daß er vergeben und vergessen hat, falls er mir vergeben hat, denn vielleicht erinnert auch er sich daran. Ich glaube, er erinnert sich an alles. Vielleicht weiß er sogar noch, unter welchem Nasenloch die Blutkruste klebte, als man ihn in sein Krankenzimmer rollte, aber danach frage ich ihn nicht, denn ich will ihn nicht an jenes tiefe, erschütternde Trauma erinnern, das ich erlitt, als man ihm die Mandeln und die Polypen rausnahm, umso weniger, als ich nicht weiß, ob wir uns je völlig davon erholen werden. Auch er litt und wollte nicht in seinem Zimmer bleiben, als wir ihn aus dem Krankenhaus heimholten und der Hals ihm so weh tat, daß er nur unter Schmerzen sprechen und lächeln konnte. Vergaß er das, machte er mit krächzender, verhaltener Stimme einen Scherz und wollte darüber lachen, dann schlug der Schmerz blitzartig zu. Wir nötigten ihn zurück in sein Zimmer. Es war ein hübsches Zimmer, mit Bildern an den Wänden und einem Mobile an der Decke. Als er im Krankenhaus zu sich kam war er durstig, wir durften ihm aber nichts zu trinken geben, bis die letzten Reste von Äther heraus waren. Andernfalls würde er sich übergeben müssen, hieß es. Also gaben wir ihm nichts. Seine Lider waren blau.)

Ich danke Gott dafür, daß er mich nicht mehr jenen wolkigen Schwärmen dämonischer, tückischer, hinterlistiger, herzloser, schleichender, kletternder, kriechender, brutaler, blutverspritzender, gigantischer Betrüger, Entführer, Gespenster und Mörder zurechnet, die in seine (und meine) Träume einsickern und vor denen er sich, wie ich jetzt weiß, fast sein ganzes kleines Leben lang gefürchtet hat. (Er spürte diese übelwollenden Phantome und Bösewichter mehr als daß er sie sah, sagte er uns, als wir ihn mit seiner Halswunde vom Krankenhaus heimbrachten. Gleichzeitig konnte er sie aber auch hören. Lag er wach und lauschte auf Geräusche, so hörte er die gleichen Schritte und das gleiche Knurren, das wir alle hören; doch stellte er sich vor, daß man ihn holen komme, und zu diesem Zwecke Stein um Stein an der Hausmauer emporklimmen, sich vom Dach in sein Schlafzimmer herablassen, durch eine Öffnung in den Wolken herniederschweben und auf dem Sims vor seinem dünn verglasten Fenster landen würde. Die Gesichter seiner Entführer waren verhängt oder aus Schatten geformt, die sie wie Umschlagtücher mit sich führten.

»Warum hast du nicht gerufen?« fragte ich. »Warum hast du nichts gesagt, sondern bist in unser Zimmer gekommen? Wir dachten, du fühlst dich bloß ein bißchen allein. Warum hast du nicht gerufen, sondern bist einfach dagelegen und hast dich gefürchtet? Ich hätte mich zu dir gesetzt. Oder Mommy.«

»Du hättest gesagt, ich bilde mir das ein.«

»Du hast es dir ja auch eingebildet.«

»Ich höre auch Tiere. Darum habe ich nicht gerufen.«)

Es kam eine unwirkliche Zeit, da glaubte er nicht, daß ich wirklich ich wäre!

(Wer sonst ich sei, konnte er nicht sagen.)

Er argwöhnte, ich wäre nicht wirklich ich, sondern ein Bösewicht, der sich in meiner Maske ins Haus eingeschlichen habe, um ihn zu überlisten und mir wegzunehmen. (Wollte er mich ärgern? Dazu war er zu klein.) Man konnte ihm das nicht widerlegen; Widerspruch, Hinweise auf Vernunft und Fakten erschienen als Teil des Täuschungsmanövers. Selbstverständlich würde ich so argumentieren, falls er recht hatte. Ich bewies damit geradezu, daß er recht hatte. Ich konnte nicht beweisen, daß ich ich war.

»Warum sollte ich das wollen?« fragte ich. »Wer kann schon an sowas Spaß haben?«

»Ich weiß nicht.«

»Warum sollte ich sagen, ich bin ich, wenn ich es nicht bin?«

»Du legst mich rein.«

»Warum sollte ich?«

»Weil du mich wegholen willst.«

»Wohin wohl?«

»Mommy auch. Ihr wollt mich holen.«

»Warum denn nur, wenn wir dich ohnehin schon haben?«

»Ich weiß nicht.«
»Glaubst du vielleicht, wir haben dich schon weggeholt und hierher verschleppt?«
»Ich weiß nicht.«
»So muß es doch gewesen sein?«
»Ich weiß nicht.«
Jetzt weiß er wenigstens, daß ich ich bin, und ist nicht mehr so unsicher. (Oder er begreift, daß es einerlei ist; daß, auch falls ich nicht ich sein sollte, er sich an den gewöhnen muß, der ich bin. Wie auch immer, er ist in meiner Gewalt und verbleibt darin, er muß sich darein schicken – niemand wird ihn befreien –, bis er alt genug ist – falls er überlebt –, um von Hause wegzugehen. Als mir die Mandeln rausgenommen worden waren, erwachte ich mit Schmerzen nachts im dunklen Zimmer ohne Eltern oder Krankenschwestern. Alles war finster. An diesem fremden Ort herrschte überall Finsternis. Ich konnte Umrisse erkennen. Nichts rührte sich. Und Durst hatte ich – Himmel, was für einen Durst! Ich wurde gefoltert von Durst. Ich meinte, ich müsse sterben, wenn niemand mir Wasser gäbe, und niemand gab mir welches. Zu erkennen war nichts außer den gespenstischen Umrissen anderer Betten, die leer sein mochten. Niemand kam bis zum Morgen. Die Nacht war endlos. Ich wußte, sie würde nie enden.
»Geben Sie ihm Wasser«, bellte des Morgens ein Arzt mit pfefferundsalzfarbenem Schnurrbart gereizt die Schwestern an. »Geben Sie ihm Wasser.« An mehr erinnere ich mich nicht. Man hatte mich vergessen.)
Mir scheint, er glaubt mir jetzt bereitwilliger als früher, mir scheint, er fühlt sich bei uns schon ein wenig mehr zuhause, mir scheint, er vertraut mir mehr. (Mindestens weiß er jetzt, daß ich ich bin, wenn auch keiner von uns beiden so genau weiß, wer dieses Ich ist, das ich, wie wir wissen, bin.) Er hat jetzt wohl mehr Vertrauen zu mir, denn er ist nicht mehr so unterwürfig und abhängig wie früher und besitzt genügend Zutrauen (in mich? In sich?), manchmal nein zu sagen; es kommt auch vor, daß er ablehnt, etwas zu sagen oder zu tun, wenn er auch immer noch peinlich vermeidet, Zorn zu erregen. Nicht auf alle zudringlichen Fragen gibt er eine Antwort. Mir und meiner Frau hat er so gut wie nie seine Wut gezeigt und meiner Tochter nur selten. Kann es sein, daß er nie wütend war? Nein. Was tut er mit der Wut, die in ihm aufsteigt? Er äußert sie in seinen Träumen. Und ganz bestimmt hat er eine Menge beiseite gelegt, so wie andere Kinder Heftchen sammeln oder Zigarettenbilder. Bestimmt haßt er mich gelegentlich. (Ich könnte ihn gewiß auch hassen.) Gelegentlich tratzt er mich, aber fast immer im Scherz, wenn wir gut miteinander sind.
»Ich schenk' dir was«, sagt er in meinem Beisein zu einem anderen Kind

und sieht mich von der Seite an, »du brauchst mir nichts zurückzuschenken. Einverstanden?«
(Ich verkneife mir ein wütendes, bewunderndes Grunzen. Ich kann nicht glauben, daß mein kleiner, hundsfrecher Spitzbube wirklich tut was ich schon argwöhne.)
»Was?« Der andere Knabe traut seinen Ohren nicht recht.
»Ich schenke dir jetzt was«, wiederholt mein Junge langsam und wohl wissend, daß ich zuhöre, »und du brauchst mir nichts zurückzuschenken. Verstanden? Etwas, was du dir wünschst.«
»Was ist es denn?«
»Einverstanden?«
Der andere nickt zweifelnd.
Und zu seiner Verblüffung drängt mein Junge ihm den Zehner auf, den er mir eben erst abgeschwätzt hat, um sich Kaugummi zu kaufen.
Ich bin sprachlos.
»Und nun zu dir, Daddy«, sagt er, kaum daß wir allein sind, stemmt die Fäuste in die Hüften und legt den Kopf entrüstet auf die Seite, haargenau wie ich es tue. Dann droht er mir mit dem Zeigefinger, wieder eine glänzende Imitation, und beginnt so schnell zu reden, daß ihn keiner unterbrechen kann. »Benimm dich jetzt und hör mir zu und sag' oder tu nichts was mich hier in Verlegenheit bringen könnte denn du verstehst überhaupt nichts; das Sagen habe hier ich ganz allein ich will von dir nichts hören falls du was sagst bestrafe ich dich und wenn du den Mund nicht aufmachst bestrafe ich dich also laß das sonst kriegst du hinter die Löffel und eine Woche kein Fernsehen weil ich das verbiete ist das klar du hast mich doch verstanden! Und jetzt lachst du!« platzt er erleichtert heraus. »Ich sehe doch, daß du lachst. Daddy, tu nicht so, als ob du nicht lachst, stell dich nicht so, als wärest du wütend auf mich wegen dem, was ich gemacht habe, denn dann vergißt du, daß du nur so tust und wirst richtig wütend auf mich. Das machst du nämlich manchmal, Daddy, weißt du das?«
»Bist du jetzt fertig?« frage ich, immer noch die Fäuste in die Hüften gestemmt. »Das war ja eine lange Rede für einen Hosentrompeter wie dich, der manchmal überhaupt keine zwei Worte rausbringt.«
»Bist du unwirsch?«
»Nein, wirsch. Aber glaub nur nicht, ich ließe dir das durch, bloß weil du mich zum Lachen gebracht hast.«
»Es war doch mein Geld.«
»Und meines, bevor ich es dir gab.«
»Aber meines, nachdem du es mir gabst. Mach mir keine Szene vor allen Leuten.«

»Äffst du mich schon wieder nach? Glaub nicht, daß dir das immer durchgeht.«
»Wir sind hier nicht allein und ich möchte nicht, daß die Leute deinetwegen stehen bleiben und zuhören.«
»Ich höre mir bloß an, was du zu sagen hast.«
»Du bist stehen geblieben.«
»Du ebenfalls.«
»Mit den Händen in den Hüften wie ein Schauspieler im Fernsehen. Los, laß uns weitergehen. Weitergehen, sag' ich!«
»Jetzt benimmst du dich selber wie ein Schauspieler im Fernsehen, wenn du mir so mit dem Finger drohst.«
»Du machst mir eine Szene«, behauptet er.
»Nein, ich mache keine.«
»Aber du wirst eine machen«, sagt er voraus. »Nicht wahr?«
»Warum sollte ich?«
»Du wirst mich doch anbrüllen?«
»Brülle ich etwa?«
»Wirst du wütend?«
»Bin ich wütend?«
»Jetzt machst du mir doch eine Szene«, beschuldigt er mich siegesgewiß, »und wirst sarkastisch.«
»Nun bleib mal auf dem Teppich«, sage ich sarkastisch zu ihm, »du weißt ja gar nicht, was ›eine Szene machen‹ bedeutet.«
»O doch. Und auch, was sarkastisch bedeutet. Sarkastisch ist, wenn du was tust, was ich nicht leiden kann.«
»Ich tue aber nichts, was du nicht leiden kannst. Ich tue überhaupt nichts, ich stehe bloß da. Wie kann ich dir da eine Szene machen?«
»Du stellst mir unentwegt Fragen. Warum stellst du mir unentwegt Fragen?«
»Warum beantwortest du sie nicht?«
»Ich sage es Mommy«, droht er mir. »Ich sage Mommy, daß du getrunken hast.«
»Sie glaubt dir nicht. Sie weiß, daß es gelogen ist.«
»Und woher, bitte?«
»Weil deine Nase wächst.«
»Ach nein.«
»Immer wenn du lügst, wird deine Nase ein Stück länger.«
»Dann muß deine Nase jetzt auch wachsen«, wehrt er sich, »denn das war bestimmt eine Lüge.«
»Wenn das gelogen war, braucht meine Nase nicht zu wachsen.«
»Ich hau dir eine, Daddy«, quietscht er frustriert, denn er merkt, daß ich ihn überlistet habe.

»Warum hampelst du fortwährend herum? Steh doch mal still.«
»Ich bin eben nervös«, meint er.
»Mußt du mal pinkeln? Warum zupfst du dann dauernd an deinem Pimmel?«
»Das mag ich nicht.«
(Er hört auf, an seinem Pimmel zu zupfen. Ich bereue meine Worte.)
»Sie wird an mir schnuppern«, sage ich, um das Thema zu wechseln, »sie wird keine Alkoholfahne riechen und wissen, daß du geschwindelt hast.«
»Ich trete dich«, sagt er, »ich trete dich gleich vors Schienbein.«
»Warum?« frage ich erstaunt.
»Darum. Wenn ich dir nämlich vors Schienbein trete oder dir einen Schwinger versetze, fängst du an mit mir zu raufen und wir müssen beide lachen. Ich tue es, damit du lachen mußt.«
»Dafür werde ich dir in den Arsch treten.«
»Und ich sage Mommy, daß du ein schlimmes Wort gebraucht hast.«
»Na und? Ich sage auch zu ihr schmutzige Wörter.«
»Sie mag das aber nicht. Sie wird sich mit dir zanken.«
»Wir zanken nicht.«
»Ihr zankt dauernd. Sie wird dir eine kleben.«
»Sie klebt mir keine.«
»Sie weint.«
»Nein, das tut sie nicht.«
»Manchmal schon.«
»Du redest zu viel. Und du siehst zu viel. Manchmal bringst du alles durcheinander.«
»Ich wollte, ich wüßte wen, der dich verprügeln kann«, neckt er mich.
»Warum?«
»Ich rufe einen Polizisten.«
»Wozu?«
»Damit er dich haut.«
»Das darf er nicht.«
»Du haust mich doch auch.«
»Ich darf das. Aber ich tue es nicht.«
»Früher hast du.«
»Nein, das stimmt nicht. Ich wette, daß ich dich in deinem ganzen Leben nie gehauen habe.«
»Einmal schon. Als ich noch klein war. Ich erinnere mich genau.«
»Falls ich es wirklich getan haben sollte, tut es mir leid. Ich kann es aber nicht glauben. Ich haue dich doch auch jetzt nicht, oder?«
»Aber gleich, stimmt's?«
»Weshalb?«

»Du weißt schon.«
»Nichts weiß ich.«
»Bestimmt nicht?«
»Bestimmt nicht.«
»Versprichst du, daß du mich nicht haust?«
»Ich verspreche es.«
»Ehrlich?«
»Ich verspreche, daß ich dich nicht haue. Glaubst du mir nicht?«
»Ich glaube dir«, sagt er.
Und tritt mich – wamm! – vors Schienbein.
Ich mache einen mächtigen Luftsprung, ich jaule verblüfft, und bestimmt findet er es komisch, wie ich außer mir vor Wut umherhüpfe und mein schmerzendes Schienbein halte. Er lacht nicht sofort: er runzelt die Stirn, vermutlich überlegt er, ob er nicht doch zu weit gegangen ist und nun in der Tinte sitzt, bis er mich schallend lachen hört und begreift, daß ich weder großen Schmerz leide noch verärgert bin. Jetzt strahlt er, als ob die Sonne der Erleuchtung in seinem Gesicht aufginge und frohlockt jauchzend. Ich übertreibe meine drolligen Bewegungen, damit er weiterlacht und einem Überraschungsangriff von mir zum Opfer fällt. Er quiekt vergnügt, er hält sich den Leib, er ringt nach Luft und ächzt hilflos; plötzlich bin ich über ihm: ich werfe mich auf ihn, während er sich glucksend windet, und wir stürzen ringend zu Boden. Ein Wettkampf ist es kaum. Anfangs kitzele ich ihn, um ihn am Lachen zu halten, er muß nach Luft schnappen und ist wehrlos. Wir probieren ein paar Griffe bis mir die Puste ausgeht; ich erschlaffe, lasse mich von ihm aufs Kreuz legen. Ich ringe nach Atem, er hat gewonnen und kann sich zum Sieger ausrufen wenn er will. Er ist damit aber nicht zufrieden. Verwegen und achtlos möchte er seinen Sieg auskosten; statt mich am Boden festzuhalten, läßt er sich auf Experimente ein, er foltert mich mit unsinnigen Klammergriffen und verdreht mir die Fußgelenke. Wieder zu Atem gekommen, nehme ich mir vor, ihm eine Lektion zu erteilen (noch eine Lektion. Heute lautet sie: Schmiede das Eisen, solange es heiß ist. Diese banalen Weistümer sind deshalb so widerlich, weil sie sich früher oder später allesamt als brauchbar erweisen). Während also mein Sohn gedankenverloren mit meinen Zehen, meinen Fingern und meinem Fuß hantiert und nicht recht weiß, was er damit anfangen soll, spanne ich tückisch die Muskeln, hole tief Luft und werfe ihn mit einem einzigen Schwung hoch, herum und neben mich in den Sand. Er jauchzt verängstigt, aufgeregt und entzückt angesichts meiner erneuerten Entschlossenheit, er strampelt und windet sich, er stößt mit den Ellenbogen ganz außer sich vor Wonne, er ist jetzt ein geschmeidiges, lachendes, gesundes kleines Tier, er sträubt sich energisch

und will sich befreien, als ich mich über ihn wälze. (Jetzt kann ich ihn nicht mehr gewinnen lassen, denn sonst wüßte er, daß ich ihn habe gewinnen lassen und mithin auch daß er verloren hat.) Jetzt, da ich wieder zu Atem gekommen bin und ernst mache, ist es überhaupt kein Wettkampf mehr. Ich nutze meine größere Masse (fester Speck, ha, ha) und drücke ihn damit zu Boden. Ich kann seine Handgelenke ziemlich leicht mit einer Hand umspannen, seine strampelnden Beine durch das Gewicht meiner eigenen Beine bändigen. Einige Sekunden noch und es ist vorüber; er gibt auf. Ich habe ihn nach den Regeln besiegt. Wir starren einander schmunzelnd an, die Gesichter ganz nahe.

»Ich habe gewonnen«, scherzt er.

»Laß mich los«, scherze ich zurück.

»Nur, wenn du dich ergibst.«

»Ich ergebe mich«, erwidere ich.

»Na, dann darfst du aufstehen«, sagt er.

Ich lasse ihn los und wir stehen beide gemächlich auf, heftig schnaufend und einander sehr zugetan.

»Weißt du, Daddy«, fängt er auch gleich scheinheilig an, weil er mich ablenken will, und sieht dabei so eulenhaft gestreng und tadelsüchtig drein wie ein Richter, »in Wahrheit habe ich gewonnen, denn du hast mir Sand in die Augen gestreut und mich gekitzelt und das ist nicht erlaubt.«

»Was du nicht sagst«, erwidere ich keck.

»Hast du mich etwa nicht gekitzelt? Ein Lügner bist du.«

»Das ist erlaubt. Kitzeln darf man.«

»Aber du lachst nie.«

»Du kannst eben nicht richtig kitzeln.«

»Eben drum ist es unfair.«

»Es ist wohl fair. Und abgesehen davon«, fahre ich fort, »Sand habe ich nicht gestreut.«

»Ich behaupte es aber.«

»Hast du übrigens bemerkt, daß heute ein schöner Tag ist? Die Sonne scheint, das Meer liegt still und blau, es gibt insgesamt neun Planeten oder auch sieben . . .?«

»Nun.«

»Von denen Merkur der Sonne am nächsten ist und . . .«

»Pluto.«

». . . Pluto am fernsten.«

»Kennst du den Witz von den homosexuellen Astronauten?«

»Ja. Die sind zum Uranus geflogen. Falls nun, wie man behauptet, die Woche sieben Tage und das Jahr zweiundfünfzig Wochen hat, wie kommt es dann, daß das Jahr nicht 364, sondern 365 Tage hat?«

Er rechnet nach. »Ja, wie kommt das?« fragt er dann. »Darüber habe ich noch nie nachgedacht.«
»Ich weiß es ebenfalls nicht, denn auch ich habe darüber nie nachgedacht.«
»Willst du jetzt über sowas reden?« fragt er bekümmert.
»Nein. Wenn du dich um die Antwort drücken willst, ist es mir recht. Ich drücke mich auch. Aber hinter's Licht führen tust du mich nicht.«
»Ich sag' es Mommy«, droht er von neuem. »Ich sage ihr, daß du mir Sand in die Augen gestreut hast.«
»Dann werde *ich* ihr was sagen«, entgegne ich.
»Wirklich?« fragt er plötzlich gemessen.
»Was?«
»Willst du ihr wirklich was sagen?«
»Was denn?«
»Du weißt schon.«
»Was denn?«
»Was ich gemacht habe.«
»Hast du was gemacht?« erkundige ich mich leichthin.
»Du weißt schon.«
»Ich erinnere mich an nichts.«
»Was ich da verschenkt habe.«
»Hast du was verschenkt?«
»Aber Daddy, du weißt, daß ich einen Zehner weggeschenkt habe.«
»Wann? Du verschenkst dauernd Zehner.«
»Vorhin – du warst doch dabei.«
»Warum?«
»Das begreifst du nicht.«
»Sag nur. Das steht noch nicht fest.«
»Du wirst bloß wütend und fängst an zu brüllen, oder du ziehst mich auf und lachst.«
»Bestimmt nicht. Ich verspreche es.«
»Ich wollte eben«, sagt er schlicht.
»Das ist keine Antwort.«
»Ich wußte, daß du das sagen würdest.«
»Ich wußte, daß du das sagen würdest.«
»Ich habe ja gesagt, du verstehst es nicht.«
»Er hat dich nicht um den Zehner gebeten«, stelle ich ihm vor. »Er traute seinen Augen nicht, als du ihm das Geld gegeben hast. Du kennst ihn bestimmt noch nicht lange. Ich könnte sogar schwören, daß du ihn nicht besonders gut leiden magst. Stimmt das?«
»Jetzt wirst du wütend«, schmollt er. »Ich wußte es doch.«
»Ich werde nicht wütend.«

»Aber du brüllst schon.«
»Ich spreche nur eine Spur lauter.«
»Also.«
»Du machst mir was vor«, sage ich und stupse ihn in die Rippen, was ihn kitzelt. »Ich weiß aber, daß du mir was vormachst, also hör auf, mir was vorzumachen und dir einzureden, du könntest mir was vormachen. Antworte gefälligst.«
Er grinst scheu, er ist entlarvt, und das freut ihn. »Ich weiß nicht. Ich weiß nicht, ob ich ihn mag. Ich hab ihn gestern zum ersten Mal gesehen.«
»Siehst du? Ich bin schlau. Warum also? Du weißt schon. Warum hast du ihm Geld gegeben?«
»Du wirst mich für verrückt halten.«
»Du bist vielleicht verrückt.«
»Dann sag' ich's nicht.«
»Ich weiß doch, daß du nicht verrückt bist.«
»Muß ich?«
»Ja. Nein. Du möchtest doch selber gern. Ich sehe es dir an. Also mußt du. Los, mach schon.«
»Ich wollte ihm was schenken«, erklärt er ganz leise, »und was anderes hatte ich nicht bei mir.«
»Und warum wolltest du ihm was schenken?«
»Weiß ich nicht.«
Er sagt das so offen, so aufrichtig, so arglos, daß es denkbar einleuchtend klingt. Und ich begreife. Seine Offenheit ist rührend. Ich möchte ihn hier an Ort und Stelle in den Arm nehmen und mit Geldscheinen belohnen. Ich möchte ihn küssen (glaube aber, daß es ihm peinlich wäre, denn wir sind unter Leuten). Ich möchte ihm durch's Haar fahren. (Ich tue es.) Ich sage zärtlich zu ihm:
»Das ist aber noch immer keine Antwort.«
»Wieso nicht?« fragt er interessiert.
»Ich weiß immer noch nicht warum.«
»Darum eben.«
»Ich weiß immer noch nicht, warum du ihm was schenken wolltest. Warum hattest du den Wunsch, ihm was zu schenken?«
»Ich glaube, ich weiß es. Du läßt einem aber auch keine Ruhe.«
»Warum also wolltest du ihm was schenken?«
»Muß ich das sagen?«
»Nein, nicht wenn du nicht willst.«
»Mir war so wohl«, sagt er achselzuckend und blinzelt unbehaglich in die Sonne, was ihm ein etwas gequältes und befangenes Aussehen gibt.
»Na und?«

»Und wenn ich mich richtig wohl fühle«, fährt er fort, »schenke ich gern was weg. Darf ich das nicht?«
»Doch.« (Wieder möchte ich ihn küssen.)
»Wirklich?« Er wagt kaum, seinem Glück zu trauen.
»Es freut mich, daß dir so wohl war. Und wie kam das?«
»Jetzt wird es wirklich ein bißchen verrückt.«
»Mach nur. Du bist nicht verrückt.«
»Weil ich wußte, daß ich was wegschenken würde.« Er verstummt und kichert nervös. »Weil ich dich ärgern wollte«, gibt er zu. »Und als ich dann deshalb so richtig glücklich war, wollte ich den Zehner verschenken, weil ich glücklich war, weil ich den Zehner wegschenken würde. Durfte ich das?«
»Jetzt muß ich aber lachen.«
»Du bist also nicht wütend?«
»Du siehst doch, daß du mich zum Lachen gebracht hast. Wie soll ich da wütend sein?«
»Dann sag ich dir gleich noch was«, quietscht er und kann sich vor Wonne kaum lassen. »Manchmal möchte ich lachen, ohne jeden Grund. Ich möchte dann lachen, bloß weil ich Lust habe zu lachen. Du lachst«, ruft er, zeigt mit dem Finger auf mich und prustet los. »Warum lachst du?«
»Weil du so komisch bist!« lache ich zurück, »weil du so komisch bist, darum!«
»Und wirst du Mommy erzählen, daß ich Geld verschenkt habe?«
»Wirst *du* es ihr erzählen? Denn wenn ich nichts sage, darfst du auch nichts sagen. Sonst kriege ich Ärger.«
»Sag es ihr ruhig«, meint er.
»Dann kannst du es ihr ja auch erzählen.«
»Hab ich nichts verkehrt gemacht?«
»Überhaupt nichts«, tröste ich ihn. »Du hast es gut gemacht, sehr gut sogar. Das war sehr nett von dir. Und ich bin froh, daß du mit mir geredet hast. Das tust du nämlich nicht immer.« Ich lege die Hand leicht auf seinen Hinterkopf, während wir uns wieder Richtung Badesteg in Bewegung setzen. Die Hand fühlt sich dort irgendwie verkehrt an, es ist als würde ein kleiner Muskel zwischen Oberarm und Ellenbogen auf ungewohnte Weise gestreckt. Ich lege nun die Hand auf seine Schulter; auch das strengt mich an. (Ich erkenne, daß ich nicht gewöhnt bin, meinen Jungen anzufassen. Ich bin auch nicht gewöhnt, meine Tochter anzufassen.) »Nun nimm aber einmal an ...« möchte ich ihn vorbereiten, ihn vor allen Kränkungen bewahren – ich kann mich einfach nicht bremsen.
Er macht sich mit einer unduldsamen Schulterbewegung von mir los und sagt stirnrunzelnd: »Ich wußte ja, daß du noch mit sowas kommen würdest, Daddy.«

»Und ich wußte, daß du das jetzt sagen würdest«, entgegne ich lachend, aber meine Fröhlichkeit ist gespielt. »Mit was komme ich denn noch?«
»Daß ich später oder morgen schon den Zehner selber brauche. Dann gibt er ihn mir doch zurück. Nun nimm einmal an . . .«
»Na?«
». . . er hat ihn nicht mehr oder gibt ihn nicht zurück?«
»Bestimmt gibt er ihn nicht zurück.«
»Dann nehme ich anderswo einen Zehner her. Von wem?«
»Ich gebe dir keinen.«
»Von dir. Ich gebe dir keinen.«
»Von mir nicht. Ich warne dich.«
»O doch, von dir«, sagt er mir direkt ins Gesicht und beendet die Imitation eines Gespräches zwischen uns beiden. »Das sagst du immer. Immer sagst du, du gibst mir nichts. Und dann gibst du mir doch was. Also warum sagst du erst das Gegenteil? Du gibst mir doch was?«
»Ja«, gestehe ich, in einer gedehnten Silbe totaler Kapitulation; ich ergebe mich mit Vergnügen seinem kindlichen Charme und seiner Intelligenz. »Ich gebe dir was, ich gebe dir was, bevor du mich darum bittest.«
Warum machst du dann soviel Wind deswegen? scheint seine weise, ironische Miene auszudrücken. »Ich wußte es ja«, faßt er seinen Sieg zusammen. Er geht jetzt mit beschwingterem, zufriedenerem Schritt neben mir her.
»Ich werde dir immer geben, und du sollst es wissen. Ist das klar?« Ich sehe, wie er nickt, ich sehe, wie er die Stirne runzelt, verwundert und grübelnd. »Wir sind Freunde, nicht wahr?« frage ich, »du und ich?«
»Früher hatte ich Angst vor dir.«
»Aber jetzt doch nicht mehr?«
»Nicht mehr so viel.«
»Du brauchst vor mir überhaupt keine Angst zu haben. Ich werde dir niemals wehtun. Und dir immer geben, was du brauchst. Das weißt du doch. Nur schreien tue ich gelegentlich.«
Nachdem er noch ein Weilchen gegrübelt hat, läßt er sich freundschaftlich mit der Schulter gegen mich fallen; ich habe oft beobachtet, daß er das bei Jungen tut, die er gern mag. (Zutraulicher kann er mir nicht antworten.) Ich erwidere mit einem leichten Rempeln. Er lacht vor sich hin.
»Ich hab dich lieb, Daddy!« ruft er ganz aufgeregt, drängt sich mit dem Gesicht gegen meine Hüfte und umarmt mich. »Du sollst nie sterben.«
(Das wäre mir sehr recht.) Ich lege den Arm um seine Schulter und drücke ihn an mich. Rasch, bevor es ihm peinlich wird und er abwehrt, küsse ich seinen Scheitel, streife mit den Lippen über sein seidiges, hellbraunes Haar. (Ein verstohlener Kuß.) Auch ich habe ihn lieb und wünsche, er möge nie sterben.

Immer wieder befällt mich die Angst, er könnte vor mir sterben. Das darf nicht geschehen. Er ist mir zu teuer. Ich kenn ihn jetzt und weiß, daß er mir viel mehr bedeutet als der Finanzminister oder der Verteidigungsminister, der Mehrheitsführer oder der Fraktionssprecher der Minderheit im Abgeordnetenhaus. Er bedeutet mir mehr als der Präsident der USA. (Dessen Leben ist mir weniger wert als das meines Jungen.) Einzig meinem Jungen halte ich unverbrüchlich die Treue. (Selbstverständlich spreche ich solche Ketzereien niemals aus.) Niemand soll ihn kränken dürfen.
Was aber würde ich gegebenenfalls zu seinem Schutz unternehmen? Ich glaube ich weiß es: Nichts.
»Keine Bange«, habe ich ihm doch wirklich schon versichert, »ich sorge dafür, daß dir nichts Schlimmes zustößt.«
Er fürchtet sich vor der Regierung, vor Soldaten, vor dem Kriegsministerium, der Polizei. (Ich ebenfalls.)
»Niemand darf dir was tun, keiner wird dich holen kommen, dafür laß mich nur sorgen.« Und was könnte ich wirklich dagegen unternehmen? Nichts. Also tue ich nichts.
Abwarten kann ich (das verschafft mir Zeit), wie ich derzeit in der Firma abwarte (von morgens bis Büroschluß), aber das ist auch schon alles. Und vielleicht bleibt mir keine Zeit mehr.

Wer bin ich? Ich glaube, allmählich komme ich dahinter. Ich bin ein Stock; ich bin ein abgebrochener, mit Wasser vollgesogener Zweig und treibe mit meinesgleichen dahin in dieser einen, vor Gott (leider) unteilbaren Nation, wo es Freiheit und Gerechtigkeit für alle gibt, die schnell genug zugreifen und sie den übrigen vor der Nase wegschnappen. Ein schöner Schmelztiegel das. Falls wir Bewohner dieses riesigen, märchenhaften Landes einmal alle zusammenkommen und in Muße ein paar Worte mit unseren Nachbarn und Landsleuten wechseln könnten, bekäme man zu hören: Lumpenhund! Spaghettifresser! Nigger! Polacke! Itzig! Froschfresser! Leute, die den Laden schmeißen, mag ich nicht leiden. Ich mag Horace White nicht leiden, man kann ihn nicht recht ernst nehmen. (Ich muß es aber.)
»Sollten Sie je ein Buch schreiben«, hat er ganz ernsthaft zu mir gesagt, denn auf solche Dinge legt er Wert, »dann wäre es mir lieb, wenn Sie mich mit Namen darin erwähnten.«
Horace White ist ein blasser, fader Mensch, der sich durch Nichtigkeiten auszeichnet. Er sieht seinen Namen gern in der Zeitung. Er bekleidet ein obskures Ehrenamt in der Stadtverwaltung von New York (obwohl sein Wohnsitz in Connecticut liegt), und an der Stoßstange seines Wagens weist eine unansehnliche Bronzeplakette auf diese Würde hin. Die Kennbuchstaben seines Nummernschildes bilden sein Monogramm (HOW); die

Zahlen werden jedes Jahr entsprechend seinem Alter geändert. (Wir glauben, daß er sich jünger macht als er ist.) Seine Tätigkeit in der Firma erschöpft sich darin, Horace White zu sein; er hat Geld, besitzt Aktien und ist überdies mit einem oder mehreren der Gründer und Direktoren verwandt. Dem also muß ich schmeicheln. Und dem schmeichle ich.
Wäre ich arm, ich würde vermutlich den Aufruhr planen. So hingegen bin ich froh darüber, daß nicht alle Armen den Aufruhr planen, denn ich bin nicht arm. Ich ahne nicht, warum nicht sämtliche farbigen Hausmädchen ihre Arbeitgeber bestehlen (bin aber sehr froh darüber, daß unser farbiges Mädchen es nicht tut, mindestens noch nichts hat merken lassen, falls sie es tut). Wäre ich farbig und arm, ich würde, glaube ich, außer dem Gebot: Laß dich nicht erwischen, überhaupt keines beachten. So allerdings freut es mich, daß auch Farbige die Gesetze achten (die meisten wenigstens), denn ich fürchte die Farbigen und bin aus ihrer Nähe fortgezogen. Ich fürchte auch Polizisten. Und doch bin ich froh, daß es sie gibt und wünschte, es gäbe noch mehr.
(Polizisten mag ich nicht.)
(Außer sie sind zu meinem Schutz aufgeboten.)
Über dies alles spreche ich nicht einmal mit meiner Frau, die einsam und enttäuscht altert, zur säuerlichen Konservativen wird wie ihre Schwester, die glückliche Menschen nicht ausstehen kann. (Diesmal wird sie reaktionär wählen. Über Politik spreche ich mit ihr nicht. Wie sie wählt ist mir einerlei.) Ich denke mir meinen Teil und treibe sprachlos unter meinesgleichen dahin. Ich schwebe.

Ich schwebe wie Algen in einer Kolonie von grünem Abschaum, während meine Frau und ich älter werden, meine Tochter älter und mit sich und mir immer unzufriedener wird (andere Mädchen ihres Alters scheinen sich durchaus wohl zu fühlen. Manche sind hübscher. Andere treten selbstsicherer auf. Mindestens tun sie manches von dem, was meine Tochter angeblich gerne täte – sie schlafen herum –, ohne es je zu versuchen. Und sie haben bessere Zensuren. Aber mache ich mir eigentlich was aus den Zensuren meiner Tochter? O ja. Wenn ich nicht unerhörtes Interesse für ihre Zensuren heuchle, meint sie, sie sei mir egal), und mein Junge heranwächst, ratlos und gepeinigt, ungewiß, wer er, außer er selber, denn sein soll (oder wer, wenn er denkt wie ich, er selber ist. Such ihn. Such mich. Schon jetzt ist ganz tief drinnen in seinem kleinen Selbst der kleinere Junge versteckt, der er mal war, das Original. Aber stimmt das? Falls es nicht so wäre, falls es kein verschwundenes, unauffindbares kleines Ich und Er gibt, die sich grell unterscheiden von dem, was jeder von uns unterdessen notgedrungen geworden ist; wenn es kein umherirrendes, untröstliches kleines

Wesen gibt, nach dem ich mich sehne und dem ich in einem so frühen Stadium meiner Geschichte entlaufen bin, wäre ich dann hier? Bin ich denn nicht einzig deshalb hier, weil es in einem unbewachten Augenblick – ich kann nicht angeben, wann das geschah – vom Wege abkam, in ein unzugängliches schwarzes Loch purzelte und mich blindlings und aufs Geratewohl weiterzockeln ließ? Jemand hat mich geschubst. Jemand muß mich in diese Richtung gelenkt, ganze Bündel von Händen müssen zu verschiedenen Zeiten die Steuerknöpfe gedrückt haben, denn um nichts in der Welt hätte ich mir diesen Weg selber ausgesucht. Aber man hat es nicht gefunden. Vermißt wird: ein Kind; Alter: unbekannt; Name: meiner. Und ich kann mich nicht nach ihm umsehen, es nicht erwartungsvoll fragen, wo bist du geblieben, und was hast du gemeint? Es wäre nicht alt genug, diese Frage zu verstehen – als wir getrennt wurden, war es noch ganz klein, kleiner als mein Junge jetzt ist –, schon gar nicht kann es mir zu Hilfe kommen mit jenen weisen, von Erfahrung eingegebenen Kenntnissen, die ich von ihm brauche. Worüber soll ich vor so vielen geröteten, zerfurchten Gesichtern mit blutunterlaufenen, verschwiemelten Augen eigentlich reden, falls Green mir diesmal erlaubt, in Portoriko mein Referat zu halten? Ich brauche dafür eine Menge Witze, zündende Witze – ha, ha, ha – ein paar am Anfang und einen sehr guten als Schlußeffekt, ha, ha, und das alles in bloß drei Minuten. Treiben wir getrost wie Algen in Kolonien grünen Abschaumes, solange die Gezeiten uns tragen, aber was geschieht, wenn die nicht mehr wollen?) und welche der zahllosen Gefahren, die er sich ausmalt, real vorhanden sind und welche zwar grausig, aber bloß erdacht. (Ertrinken wäre real; wehrlos im Schlaf an einem aus den Wolken herabstoßenden Haken aus dem Bett gezerrt werden hingegen nicht.) Es sind aber nicht bloß erdachte Gebilde; nachts, wenn wir meinen er schlafe, überfluten sie im Dunklen sein Bewußtsein. Ein Nachtlicht richtet dagegen nichts aus. Wir können nie mit Gewißheit sagen, ob er schläft oder nicht. Schauen wir nach, stellt er sich oft schlafend, weil er nicht dafür gescholten werden will, daß er noch wach ist. Ich vermute, ohne einen zureichenden Anlaß für diese Vermutung zu haben, daß er jedesmal hört, wenn meine Frau und ich es miteinander treiben, mindestens hinterher weiß, daß wir es getrieben haben. Meine Tochter zeigt wenigstens, daß sie noch wach ist. Sie läßt Wasser laufen und Schallplatten, sie stürmt wohl auch ohne zu klopfen in unser Zimmer, um dies oder jenes ein für alle Mal zu regeln. Er nicht. Er ist verstohlen. Auch meiner Tochter wäre ich gern zärtlich durchs Haar gefahren, hätte sie gern liebevoll gestreichelt, den Arm um ihre Schulter gelegt, doch als sie älter wurde, wich sie vor mir zurück, anfangs mit einem Scherzwort, wie mir schien, und ich spielte den Gekränkten. Später begriff ich, daß sie es durchaus nicht spaßhaft meinte, und da brauchte ich das Gekränktsein nicht mehr zu spielen. Ich *war* gekränkt. Jetzt spiele ich den Nichtmehrkränkbaren. Irgendwie muß sie einen Abscheu gegen mich gefaßt haben, irgendwas muß ihr Mißfallen geweckt und ihr Lust gemacht haben, es mir bei jeder Gelegenheit zu zeigen. Manchmal kam sie mir geradezu rachsüchtig vor. Ich weiß nicht, was ich getan oder unterlassen habe, und ich weiß auch jetzt nicht, was ich dagegen tun soll und ob man da überhaupt etwas tun kann. Bald geht sie aufs College. Muß ich sie mal anfassen, bin ich befangen. Sie weicht aus, als wäre ihr der geringste Kontakt mit mir widerwärtig, sie zuckt zurück, als wolle ich ihr Schmerz zufügen. Dabei habe ich sie nie geschlagen. Das Äußerste war und ist auch heute noch, daß ich sie kräftig an der Schulter rüttele, wenn es sein muß. Wenn die Damen miteinander zanken, holt meine Frau wohl mal zu einer Ohrfeige aus, aber so langsam, daß meine Tochter wegspringen oder den Streich abfangen kann; sie versetzt meine Frau nach Belieben in eine Wut, die mit hysterischem Schluchzen endet. Die unerwartete Angst meiner Tochter trifft mich jedesmal. Ich bin zerknirscht und von Schuld und Beschämung überwältigt, wenn meine Tochter instinktiv annimmt, ich wolle sie schlagen – oder sich so stellt. Wartet sie zitternd darauf, hat sie zitternd all die Jahre darauf gewartet, daß sie ein furchtbarer Schlag von uns trifft? Glaubt sie wirklich, ich wolle ihr ins Gesicht schlagen, wenn ich die Hand ausstrecke, um ihr eine Wimper von der Wange zu wischen oder einen Krümel aus dem Mundwinkel? Oder stimmt es, daß sie, wie ich mehr und mehr argwöhne (vielleicht vernunftwidrig), dies nur vortäuscht? Daß sie bewußt und teuflisch den Schrecken spielt, weil sie begriffen hat, wie mich das trifft und bekümmert? Ich halte sie für raffiniert genug. Das liegt in der Familie; sie hat es von mir: überlasse ich meine Frau nicht, ohne sie zu wecken, manchmal ihren Alpträumen, in denen sie gewürgt und erstickt wird? Beobachte ich sie dabei nicht genüßlich? Übertreibe ich nicht gelegentlich das Grauen meiner eigenen Alpträume und stelle mich tiefer in sie verstrickt als ich bin, nur damit sie größere Mühe hat, mich mitfühlend daraus zu erwecken? Ich verstehe meine Tochter nicht mehr, ich kann mit ihr nicht mehr umgehen und ihr zeigen, wie sie mit mir umgehen soll. Ich bemühe mich daher, nicht bemüht zu wirken. Ich warte ab und hoffe, daß die Dinge sich einrenken. Auch meinen Sohn verstehe ich nicht. Für solche Großzügigkeit ist er zu jung. Er hat auch Süßigkeiten verschenkt. Als er letzten Sommer Kuchen verschenkte, wurde ihm dafür von einem anderen Kind beinahe die Nase eingeschlagen.

»Hier, nimm ein Stück Kuchen«, sagte er zu dem Kleinen, der ihn in unserem Ferienquartier besuchte; wir saßen noch beim Frühstück.

Der Kleine verschlang es im Nu. Danach stierte er hungrig auf ein Stück

Schokoladengebäck, mit dem mein Junge gedankenverloren auf dem Tischtuch spielte, während er vor seiner Milch hockte. Mit einem Aufblitzen erstaunten Begreifens nahm er den hungrigen Blick zur Kenntnis.
»Du kannst das auch haben«, bietet er an. »Hier.«
Der Kleine erstarrt, als fühle er sich beleidigt und weicht mit einem feindseligen Blick zurück. Zu meiner Verblüffung wird er plötzlich wütend, er ist ganz verwirrt und schüttelt schroff ablehnend den Kopf.
»Was soll das?« fragt er.
»Willst du nicht?« Mein Junge schiebt ihm das Gebäck über den Tisch zu.
»Das hast du schon im Mund gehabt.«
»Nein.«
»Dann ist es auf den Boden gefallen.«
»Nein.« Mein Junge wirkt ratlos, abwehrend und entschuldigend. (Es klingt wie eine Lüge.)
»Dreckig ist es«, schimpft der Kleine.
»Nein. Ich lüge dich nicht an. Du brauchst es ja nicht zu nehmen.«
»Warum ißt du es nicht selber?«
»Weil du es essen möchtest. Etwa nicht? Ich habe schon gegessen.«
Der andere Junge ist dermaßen wütend und verwirrt, daß er seiner Stimme nicht mehr traut. Sein Gesicht wird feuerrot, er sitzt stumm da, er schüttelt eisern ablehnend den Kopf. Mein Junge wird blaß. Der andere hebt die geballten Fäuste, er will zuschlagen; immerhin bin ich auch noch da, ich sitze furchteinflößend am Tisch (ebenfalls bereit zuzuschlagen, wie ich spüre. Sollte er meinen Jungen schlagen, breche ich ihm gewiß den Arm). Er zischt und geifert in wortloser, erstickender Wut, stößt das Gebäck zurück, sodaß es vom Tisch fällt und galoppiert zum Haus hinaus, Schaum vor dem Mund und in den niedergeschlagenen Augen dampfende Tränen unterdrückter Kampfeslust. Er fühlt sich zum Narren gehalten. Mein Junge ist vor Staunen starr, sein Gesicht ähnelt einem Kreuzworträtsel; er versteht nicht, was er verbrochen haben soll, indem er Gebäck anbot, daß ihn das einen Freund gekostet und ihm einen jungen, nagelneuen, rachsüchtigen Feind eingetragen hat. Er schaut bleich, verwirrt und flehend um sich und möchte lächeln.
»Du kannst nicht alles einfach verschenken«, erkläre ich ihm matt und teilnahmsvoll lächelnd.
»Warum nicht?« fragt er.
Ich zucke die Achseln. »Ich weiß es auch nicht. Die Leute werden dann argwöhnisch.«
»Ich mag keine Käfer«, beklagt er sich. »Mir gefällt es hier nicht. Müssen wir den ganzen Sommer hier bleiben?«
»Ja. Mir gefällt es hier ebenfalls nicht.«

»Du kannst immer in die Stadt fahren.«
»Ich muß. Ich bin aber froh, daß wir dich nicht ins Sommerlager geschickt haben, daß du hier bist, wenn ich rauskomme.«
»Ich nicht.«
In jenem Sommer hatte mein Junge es auch schwer (mein Junge scheint es immer schwer zu haben, und meiner Frau und mir wird das zunehmend lästig) in der Spielgruppe, zu der wir ihn schickten, damit er sich tagsüber mit anderen Kindern vergnügte und beschäftigt war. Anfangs fühlte er sich dort pudelwohl und ging gerne hin. Er sah sich verwundert und entzückt zwischen so vielen Gleichaltrigen, die er für seine Freunde hielt. Wenn er ihnen auf dem Badesteg begegnete oder am Strand oder irgendwo in der Stadt, zeigte er sie uns ganz aufgeregt.
»Der ist mein Freund«, rief er stolz. »Und der ist auch mein Freund, den kenne ich. Ich kenne ihn von der Spielgruppe her. Und der da ist auch mein Freund.« Manchmal winkte er, sie rannten aufeinander los und begrüßten sich, oder sie rempelten einander wortlos im Vorbeigehen mit der Schulter an. »Das ist auch mein Freund aus der Gruppe«, sagte er dann jedesmal, »auch das ist ein Freund von mir. Der ist älter als ich.«
Er genoß diese Freundschaften sehr, es war als habe er es bis dahin nicht für möglich gehalten, mit so vielen Kindern auf freundschaftlichem Fuße zu stehen. Holten ihn welche ab, dann strahlte er; er lockte sie ins Haus, um mit ihnen zu prahlen. (»Hier, ein Freund von mir«, sagte er dann »Das hier sind meine Freunde.«
Meine Tochter war als kleines Mädchen ebenso, mit Jungen ist sie es heute noch, allerdings stellt sie es viel raffinierter und lässiger an, wenn sie uns auf einen Jungen aufmerksam zu machen wünscht, der sich, wie sie meint, für sie interessiert. Ich frage mich, wie um alles in der Welt meine Frau und ich es fertiggebracht haben können, unseren Kindern den Gedanken einzugeben, wir hielten sie für unfähig, Freunde zu gewinnen. Allmählich bezweifle ich, daß wir etwas derartiges getan haben, daß alles unsere Schuld ist.) Es war fast, als könne er die ungewohnte Seligkeit nicht still bei sich behalten.
Von Dauer war das nicht. Das Ende kam früh. In jener Spielgruppe geschahen schon bald Dinge, die ihn besorgt stimmten, und über ein kurzes ging er so ungern hin, wie er jetzt zum Turnen bei Forgione geht. Wettlaufen, Ratespiele und Scharaden an Regentagen mochte er gern, doch gab es auch hier ein Kletterseil (allerdings nur für die Größeren, wie wir herausbekamen) und ein Trampolin, dessen Anblick ihn einschüchterte. (Mich auch. Und auch meine Frau. Was mein Junge dachte, weiß ich nicht, denn ich wollte seine Ängste nicht durch Fragen wecken, ich weiß aber, was ich dabei dachte: er würde bis zum Mond emporgeschnellt werden, sich den

Kopf anstoßen und mit gebrochener Wirbelsäule und an Armen und Beinen gelähmt aufs Trampolin zurückfallen. Das sollte er unter keinen Umständen erproben.) Als er hörte, alle Jungen seines Alters müßten im Laufe des Sommers eine Schwimmprüfung ablegen und entsprechenden Unterricht nehmen, litt er bereits Wochen vorher Qualen. (Nicht mal bei den Schwimmstunden wollte er mitmachen. Angeblich waren Quallen, Königskrabben und Meerläuse im Wasser.) Es wurde auch von Ring- und Boxkämpfen gemunkelt; auf dem Spind im Schuppen erspähte er Boxhandschuhe und argwöhnte, er müsse boxen. (Es wurde weder geboxt noch gerungen. Mit den Kindern wurde überhaupt nichts irgendwie Gefährliches unternommen. Es war eine Art Ferientageslager, und als solches sogar recht gut, doch mir mißfiel es, weil mein Junge es dort schon bald schwer hatte.) Es wurden neue Spiele veranstaltet, die er nicht begriff, die aber den anderen Kindern aus vergangenen Jahren bekannt waren, und keiner, weder die Betreuer noch seine neuen Freunde, nahmen sich die Zeit, ihn einzuweihen, oder brachten die Geduld auf, ihm seine Fehler nachzusehen. Er war zu schüchtern, eine Frage mehr als einmal zu stellen, auch wenn er darauf eine unverständliche oder unvollständige Antwort erhielt, also beging er unentwegt Fehler. Die Betreuer waren vollauf mit Flirten beschäftigt. (Auch dort brodelte die bekannte heiße Sinnenlust. Die Mädchen trugen gestrickte T-Shirts, darunter oft keinen BH, und auch die Minderbetitteten sahen darin noch appetitlich aus. Das alles ist so viel liebreizender, wenn man jung ist, so viel heißer, so viel lustiger. Ich wünsche mir die rasende Hitze zurück an Stelle der erzwungenen, flauen, vorfabrizierten Lust, die ich oft genug nur mit Mühe genieße.) Ich mochte den jungen Leuten keinen Vorwurf machen, machte ihnen aber schwere Vorwürfe, als mein Junge unter ihrer Nachlässigkeit zu leiden hatte. (Ich erinnere mich gut an die sengenden, brünstigen Begierden, die mich zwei Sommer lang in die Wälder trieben, als ich selber Kinderbetreuer war und nur ein See mich von einem Lager mit weiblichen Betreuern trennte. Man unternahm manches gemeinsam. Mir war scheißegal, ob die Kinder sich wohlfühlten und auf ihre Kosten kamen, Hauptsache, sie ertranken nicht, bekamen weder Kinderlähmung noch Scharlach und brachten sich nicht gegenseitig mit Stricken oder Steinen um. Mein ganzes Sinnen und Trachten war in diesen Sommern darauf gerichtet, irgendwo im Wald auf eine kesse, erfahrene, saftige junge Schlampe aus der Stadt oder aus dem benachbarten Lager zu stoßen, die mich rasch zum Kommen bringen sollte. Damit ich es nicht selber tun mußte. O ja, kommen wollte ich immer. Damals erfüllte mich die gleiche Wonne, ob ich es mir selber machte oder anders kam.) Mein Junge spürte, daß er stetig an Ansehen verlor. Er wurde immer ratloser. Er begann grundlos zu hum-

peln, nur um nicht an den ihm unverständlichen Spielen teilnehmen zu müssen, er klagte am Frühstückstisch über Unwohlsein und Halsweh. (Es war so, wie es jetzt mit der Schule ist. Mir kommt vor, als gäbe es da keinen Anfang und möglicherweise kein Ende.) Eines Morgens würgte er das Bißchen, was er gegessen hatte, wieder heraus, weil er nicht gehen wollte. Wir holten das Thermometer, doch hatte er kein Fieber. Wir zwangen ihn zu gehen. (Es war falsch, daß wir ihn dazu zwangen. Ich weiß das jetzt, und jeder, dem wir davon erzählen, bestätigt, daß es verkehrt war. Aber bislang hat mir noch keiner sagen können, wie es richtig gewesen wäre.)
Später am Tag schlenderte ich am Spielplatz vorbei, um ihn zu beobachten, und was ich sah, erfüllte mich mit Entzücken. Es wurde gerade ein Stafettenlauf gemacht, mit einem Medizinball statt eines Stabes, und er, mein kleiner Augentrost (es machte mich glücklich, ihn so zu sehen), war den anderen um zehn Schritte voraus, den schweren Ball auf den Armen, den er dem nächsten übergeben sollte. Er lachte; sein Lachen war deutlich über den Lärm hinweg zu vernehmen, er lachte so heftig, daß er stolperte, seine Knie wankten und gaben nach; er wurde von einem sich steigernden Gelächter geschüttelt, bis er taumelte und zu stürzen drohte. Seine unbändige Lustigkeit erstickte ihn fast, als er durch den Sand abwechselnd hüpfte und torkelte, galoppierte und wankte, dabei ständig langsamer wurde, vorsätzlich, wie es schien, denn er winkte den dicklichen, keuchenden, unglücklichen Knaben von der anderen Mannschaft zu sich heran, damit sie gemeinsam lachen und den Rest des Weges miteinander zurücklegen könnten. Es schien fast so, als müsse er ihm unbedingt noch etwas Komisches erzählen, bevor sie ans Ziel kamen.
Mein Junge lachte immer noch (mit glänzenden Wangen, Zähnen und Lippen), als er dem nächsten Jungen in seiner Mannschaft den Ball übergab, der aber keineswegs damit losrannte, sondern ihm den Ball vor die Füße warf, worauf sich eine ganze Horde erbitterter Mitmenschen darunter auch einige schlanke, gebräunte Betreuer in ihren weißen T-Shirts wie wilde Tiere auf meinen Jungen stürzten, ihn anbrüllten und in Grund und Boden verfluchten. (Bald brüllten sie sich gegenseitig an, und ein paar stießen sich schon herum. Mein Herz setzte aus, ich stand wie angenagelt. Ich konnte es nicht glauben.) Ein richtiger Mob. Mein Junge war entsetzt. Er wußte nicht, was er verbrochen hatte, wußte nicht, was tun. Während er verständnislos stehenblieb und in seiner Verwirrung groteske Verrenkungen machte, brach wie ein rasender Bulle aus dem Getümmel ein größerer, breitschultriger Junge mit zornrotem Gesicht unter schwarzen Haaren hervor und stieß ihn hart und bösartig vor die Brust. Mein Junge wich stolpernd zurück (seine Knie knickten wieder ein), er

wurde weiß wie ein Bettlaken (Himmel, dachte ich, jetzt erbricht er oder wird ohnmächtig. Oder er weint. Und ich muß mich für ihn schämen) und wartete schlaff. Weiter nichts. Er stand bloß da. Er sagte kein Wort, widersprach nicht, schaute nicht nach Hilfe aus. Er hob nicht mal den Arm, um sich zu schützen oder zurückzuschlagen, als der andere sich anschickte, ihn noch einmal zu stoßen; es sah aber auch nicht so aus, als wolle er weglaufen oder um Hilfe rufen. (Ich erschauerte und befürchtete, ich müsse mich übergeben.) Der andere stieß meinen Jungen wiederum mit beiden Händen vor die Brust, dann stellte er sich herausfordernd mit erhobenen Fäusten vor ihm auf – mein Junge sollte sich wehren. Wieder taumelte er unter der Wucht des Stoßes einige Schritte rückwärts, gewann sein Gleichgewicht und wartete. Er wollte nicht zurückschlagen, er wollte sich nicht wehren, aber weglaufen wollte er auch nicht, und um Hilfe oder Mitleid bat er niemanden. Soviel war deutlich: in seiner Ratlosigkeit lag Trotz. Im Augenblick war ich ganz hingerissen davon, wie würdig und mutig (so kam es mir vor) er am Ort verharrte und den nächsten Stoß erwartete. Er unternahm nichts, um sich zu retten. (Ich unternehme nichts, um mich zu retten.) Eine Sekunde lang war ich geradezu stolz auf ihn. Aber das war nicht genug. Er sollte mehr Mumm zeigen. (Ich wollte, ich hätte mehr Mumm.) Ich hörte, wie ich ihn anfeuerte, zurückzuschlagen.
»Rühr dich, du Trottel«, flehte ich mich an. »Warum rührst du dich nicht, du Trottel!«
Aber da sah ich mit einem betäubenden, niederschmetternden Schrecken, der mich schwindeln machte, daß seine Augen rot und verschwollen blickten und voller Tränen standen, daß seine blutlosen, aschfarbenen Lippen bebten. Und ich begriff, warum er sich nicht rührte: er konnte sich nicht rühren. Er war gelähmt. Er war einfach außerstande zu denken oder zu handeln. Nicht einmal zu einer Panikreaktion war er fähig. Er regte sich nicht, weil er sich nicht regen konnte. Er sprach nicht, weil er nicht sprechen konnte. Er schlug nicht zurück, weil er nicht zurückschlagen konnte. Er bat nicht um Hilfe, weil er nicht konnte; der Gedanke kam ihm nicht. Er hatte keine Stimme. Hier war mein Alptraum Wirklichkeit geworden. Tod und Demütigung überfielen ihn in Gestalt der törichten, sinnlosen Aktion eines kleinen, etwas kräftigeren Jungen (der die drohenden Umrisse eines Riesen annahm), dem mein Junge erst neulich noch Schokoladengebäck angeboten hatte (eben dieser war es. Vielleicht war er es auch nicht), und er vermochte sich nicht zu rühren (ich auch nicht), vermochte kein Ende zu machen und nicht die Worte herauszubringen, die notwendig waren, Aufmerksamkeit auf sich zu lenken und sich dadurch von meinem schreckenerregenden, lebenslangen Alptraum zu befreien. (Ich bin hilflos allen ausgeliefert, die es auf mich abgesehen haben, ich bin

schon tot, weil ich meine Füße nicht regen und nicht um Hilfe rufen kann – denn sprachlos bin ich ebenfalls –, obschon ich glaube, ich würde gern rufen.) Er stand reglos. Auch er war an seinem Platz angewachsen (wie ich an dem meinen). Er war zum Fossil geworden, flach, brüchig, zerstörbar. Falls jemand ihn etwa töten wollte: er war bereits gestorben. Ein Betreuer griff gerade noch rechtzeitig ein (im Zeitlupentempo, wie mir schien), um ihn zu retten (eigentlich zwei Betreuer, der zweite eine stämmige Blondine mit mächtigem Busen. Ich habe den Eindruck, die jungen Mädchen haben heutzutage größere und elastischere Brüste. Auch ältere Mädchen und nicht mehr junge Frauen weisen üppigere Exemplare auf. Im Sommer hängt der ganze Strand voll davon. Ich mag Busen, sehe aber nicht gerne so viel an so vielen. Früher gefielen sie mir besser) und das Spiel wieder in Gang zu bringen, und jetzt merkte ich, daß ich fast die ganze Zeit den Atem angehalten hatte, und daß meine Muskeln in Erwartung von Gewaltakten (und dem Drang sie zu betätigen) völlig verkrampft waren. Wäre der andere kleine Junge, den ich bereits haßte, noch einmal auf meinen Jungen losgegangen, ich hätte womöglich die Beherrschung verloren, wäre unter die spielenden Kinder gefahren wie ein brüllender Verrückter und hätte ihn erschlagen, das wurde mir jetzt klar. (Oder aber ich hätte, einem entgegengesetzten Impuls folgend, meinen Sohn ermordet.) Falls ich mich überhaupt hätte rühren können. (Ich werde nie erfahren, ob auch ich selber versteinert war.)
Als alle wieder spielten, ging ich weiter.
An diesem Tag behandelte ich meinen Jungen sehr liebevoll. (Ich war so lieb und zartfühlend, daß ich weder ihm noch meiner Frau erzählte, was ich mit angesehen hatte. Seine Angst, sich zu wehren.)
Tags darauf wollte er nicht zu seiner Spielgruppe, was ich mehr oder weniger erwartet hatte. Er sagte es nicht geradeheraus, er sagte nur, er fühle sich nicht wohl, doch falls wir meinten, er müsse gehen, wolle er das auf sich nehmen. Er sah elend und bleich aus und mein Herz blutete für ihn, weil ich wußte (zu wissen glaubte), wie ihm zumute war. Er ging. Wir hatten gesagt, es müsse sein, und brachten ihn selber hin. Als wir aufbrachen (unsere Tochter war in jenem Sommer in einem Jugendlager, wo sie es ebenfalls schwer hatte, wenn man ihr glauben darf), zeigte er dieselbe jammervolle und mutlose Miene wie in jenen trüben, verregneten, unnatürlichen Frühstunden, als wir ihn ins Krankenhaus brachten, um ihm die Mandeln rausnehmen zu lassen – und die Polypen dazu (immer vergesse ich die Polypen. Ich weiß nicht genau, was Polypen sind, ich weiß bloß, daß es sie gibt und daß sie irgendwo in der Nase baumeln. Vielleicht weiß in Wahrheit kein Mensch, was Polypen sind. Ich habe mal einer Puppe aus Ann Arbor erzählt, Polypen seien arretierte Hoden, und

bin mir dabei sehr witzig vorgekommen). An jenem düsteren, bedrückenden Morgen versuchten wir, selber noch ganz benommen und in Untergangsstimmung, eine legere Unterhaltung mit ihm im Taxi anzuknüpfen, das nun endlich mal etwas schneller fahren und beim Hospital ankommen sollte, bevor einer von uns dreien aus Angst vor dem kommenden Ereignis entweder ohnmächtig werden oder tot umfallen würde, eine ebenso muntere und nichtssagende Unterhaltung, wie ich sie mit meiner Mutter im Pflegeheim führte, wenn ich die langweiligen und übelkeiterregenden Besuche bei ihr machte, die schon bald absolut sinnlos waren. Ebensogut hätte ich die kleinen Freßpakete der Post oder einer Pflegerin zur Besorgung übergeben und gleich wieder gehen können (um mir den grauenhaften Anblick zu ersparen, den sie bot, wenn sie mit ihren deformierten, zitternden Fingern nach Fisch oder Fleisch, Kuchen oder Bonbons griff, und die fetten oder bröselnden Stücke in den Mund schob. Sie wollte nicht von mir gefüttert werden). Indessen, ich war ihr Sohn, war ihr pflichtbewußter Sohn (ha, ha, anfänglich willens, einen Teil von jedem Wochenende büßend bei ihr zu verbringen, dann jedes zweite Wochenende, dann jedes dritte oder vierte, bis, als es rasch mit ihr zu Ende ging, aus scheinheilig vorgeschobenen Gründen wieder an jedem Wochenende fünf, zehn oder fünfzehn Minuten daraus wurden), nicht aber ein besonders dankbarer. Keiner von uns beiden war dem anderen dankbar. Ich dankte ihr nicht, daß sie meine Mutter war (unterdessen war das schon zu einer ungerechtfertigten Belästigung geworden; warum konnte sie sich nicht ebenso unauffällig davonmachen wie mein Vater, ohne mir Unbequemlichkeiten zu bereiten?), und sie dankte mir nicht für meine Besuche, nicht für meine Neuigkeiten, nicht für meine leckeren Mitbringsel. Das wenige, was wir einander zu sagen hatten, klang gezwungen. Wütendes Schweigen wäre besser gewesen. Ihr fehlte die Mutter.

»Ma«, stöhnte sie immer wieder in ihrer unruhigen, von Medikamenten verursachten Benommenheit gegen Ende zu, ziellose Angst in den glasigen, geröteten, mit Tränen gefüllten Augen, und das war fast schon alles, was sie zu sagen hatte bis auf das eine, was sie mir ganz zum Schluß offenbar unbedingt noch sagen mußte.

Ich mag sie jetzt lieber als zu ihren Lebzeiten.

Meine Mutter starb mit fast achtzig Jahren und hatte das Gedächtnis beinahe ganz verloren, doch im Tode verlangte sie weinend nach ihrer Mutter, und wahrscheinlich verlange ich im Tode weinend nach meiner. (Falls der Herr in seiner unendlichen Güte mir ein so langes Leben schenkt. Ha, ha.) Das Unglück erweist sich häufig als Folge der Wahl des Zeitpunktes.

Wir verspäteten uns an jenem Tag; unweit vom Spielplatz stand er barfuß auf dem Bürgersteig und plärrte ratlos, weil er glaubte, wir würden ihn nie mehr abholen. (Sein Anblick erfüllte mich mit Zorn. Wir hatten uns ganz einfach verspätet. Es war überhaupt nichts passiert.) Andere Kinder und auch Erwachsene schauten den kleinen Heuler im Vorbeigehen neugierig an, aber keiner wollte ihm helfen, keiner stellte ihm eine Frage. (Gütiger Himmel, sogar ich komme einem verirrten kleinen Kind zu Hilfe, wenn kein anderer es tut.) Als er uns erspähte, heulte er bloß noch lauter los, weiter tat er nichts, er jaulte noch gepeinigter, er flehte uns an, ihn von jenem Ort des Grauens wegzuholen, auf dem ein schlimmer Zauber ihn gebannt hielt. (Ich war in jenem Moment so wütend auf ihn, daß ich mich doch wahrhaftig versucht fühlte, höhnisch grinsend stehenzubleiben und ihn warten zu lassen.) Es zerriß ihn förmlich bei dem Gedanken, wir könnten ihn ausgesetzt haben – dabei hatten wir uns doch bloß verspätet. Er glaubte, wir hätten ihn vorsätzlich verlassen, weil wir unzufrieden mit ihm wären, angewidert von ihm; er fürchtete, er würde uns nie wieder zu Gesicht bekommen und niemand wolle sich seiner annehmen.

Ich war außer mir. Er kannte den Heimweg genau. Das Haus lag ganz in der Nähe. Der Weg war einfach zu finden. Wie oft hatten wir uns morgens nicht von ihm die Uferpromenade entlang zum Spielplatz führen lassen, um ihm zu zeigen, daß er auch allein sicher hinfinden könnte, hatten uns hinterher von ihm nach Hause führen lassen, damit er sich bestätige, daß er auch den Rückweg kannte. Der Ort war klein, Autos gab es kaum, man konnte sich unmöglich verirren, und falls er es doch fertigbrachte, brauchte er sich nur auf der Uferpromenade zu halten oder jemand nach dem Weg zu fragen. Er wußte das auch. (Wir drängten ihn immer wieder, wenn nötig um Auskunft zu bitten, aber er fürchtete sich vor Fremden, auch vor gleichaltrigen Kindern, und scheute sich, jemand anzureden. Tat er es doch, so nuschelte er unverständlich und schlug die Augen nieder, und wen er auch fragte, immer wurde er barsch aufgefordert zu wiederholen, was er eben gesagt hatte.

»Du weißt, wie du hinkommst?« fragten meine Frau und ich jedesmal. »Du weißt Bescheid? Du verläufst dich bestimmt nicht? Wo biegst du ab? Du siehst doch ein, daß du dich überhaupt nicht verlaufen kannst? Selbst wenn du nicht hier abbiegst, sondern erst dort, kommst du trotzdem auf die Uferpromenade oder auf die Hauptstraße. Du gehst einfach den anderen nach, oder du fragst, wenn du dich verirrt hast. Du wirst dich also nicht verlaufen?«)

Er hatte sich noch nicht einmal aus dem Sichtbereich des Spielplatzes gewagt, wo die zurückgebliebenen Betreuer gemächlich aufräumten, und konnte doch keinen Schritt mehr tun. Auch als er uns erkannte, als er uns näherkommen sah, vermochte er sich nicht von der Stelle zu rühren, so als riskiere er, in einen unsichtbaren Abgrund zu stürzen und ohnmächtig aus der Welt zu entschweben, wenn er sich auch nur um Haaresbreite von jenem Schreckensort entfernte. Er verharrte barfuß dort auf dem Bürgersteig, als wären sämtliche Knöchelchen seiner Fußgelenke bereits zermalmt worden (damals ist mir, glaube ich, erstmals aufgefallen, wie er seine Füße mit dem beinahe flachen Rist einwärts dreht und daß seine besonders tief angesetzten Knöchel groß und kantig ausgebildet sind) und als wäre es bereits eine unerträgliche Marter, dort auch nur stehen zu bleiben. Er konnte nicht fort, er konnte aber auch nicht bleiben. (Er stürzte uns nicht entgegen.) Er heulte. Wir waren seine Rettung, sein Gott, seine letzte Hoffnung im Leben, und doch mußten wir unbedingt bis zu ihm hingehen, um ihn zu retten, während seine weit aufgerissenen, glitzernden Augen sich wie im Wahnsinn auf uns hefteten. Er wollte (konnte) uns keinen einzigen Schritt entgegenkommen, um an seiner eigenen Rettung mitzuwirken und seine Qualen zu verkürzen. (Es war mitleiderregend, rührend, herzzerreißend; ich aber kämpfte gegen aufkommenden Zorn, gegen Ungeduld, gegen die Angst, ich könnte die Beherrschung verlieren und ihn gleich an Ort und Stelle schelten. Ich hätte ihn gerne geprügelt. Ich fand, er hatte es verdient, und wäre er größer gewesen und älter, ich hätte es getan.) Meine Frau eilte mir voraus, ich mußte sie am Ellenbogen zurückhalten.

»Lauf nicht«, zischte ich, »du erschreckst ihn nur.«

Ich war es, auf den er wartete, er brauchte meine Gegenwart und meinen Schutz, und er kam erst mit uns, als er meine Hand ertastet hatte und fest gepackt hielt. (Hätten wir uns abgewendet und ihn stehen gelassen oder ihn aus zwingenden Gründen überhaupt nicht abgeholt, dann, das war damals mein Eindruck und ist es heute noch, wäre er an eben jener Stelle, wo er von unsichtbaren Gewalten aufgehalten worden war, endgültig gestrandet, ein winziges Mal auf der Erdoberfläche, nicht größer als der Umriß seiner Fußabdrücke, wäre von Hunger, Durst, Müdigkeit, Wind und Wetter zerstört worden, es sei denn, eine ungewöhnlich mitleidige und neugierige Person hätte einen Polizisten darauf hingewiesen, daß ein kleiner Junge Tag und Nacht weinend auf der immer gleichen Stelle des Bürgersteiges stehe und demnächst an Unterernährung, Angst und Vereinsamung sterben werde. Damals gewann ich den Eindruck und habe ihn auch heute noch hin und wieder, daß er ohne meine Frau und mich überhaupt nicht am Leben geblieben wäre, daß er auch künftig ohne unseren Beistand nicht existieren könne, und womöglich empfindet er dasselbe. Was wird er tun, wenn wir mal tot sind? Was wird Derek tun?)

Kürzlich fragte er mich: »Angenommen du bist im Wasser und glaubst, du mußt ertrinken. Würdest du um Hilfe rufen und dich vor aller Augen von den Rettungsschwimmern herausholen lassen? Oder würdest du lieber ertrinken?«

Ich weiß nicht, was ich da machen würde. Ich weiß bloß, daß ich nicht tiefer ins Wasser gehe, als ich stehen kann.

Es wäre mir peinlich, nach den Rettungsschwimmern zu rufen. Es wäre mir auch peinlich, nachts einen Arzt zu rufen, wenn ich zwar glaube einen Herzanfall zu haben, meiner Sache aber nicht sicher bin.

»Du brauchst doch keine Angst zu haben«, sagte ich.

Er umklammerte meine Hand und ging mit zimperlichen Schritten neben mir her; er hielt den Kopf gesenkt, und wenn er den nackten Fuß aufsetzte, war das jedesmal wie ein zaghaftes Probieren. Er keuchte, Rippen und Brustbein hoben und senkten sich so heftig, als wollten sie gleich zersplittern und die zarte, helle Haut durchstoßen.

»Mir ist schlecht«, sagte er. Seine Tränen trockneten nur langsam, sein Gesicht wurde fleckig. »Ich mußte brechen.«

»Wir messen gleich Fieber. Bist du krank?«

»Ich dachte, ihr würdet nie mehr kommen.«

»Falls du wirklich krank bist, holen wir einen Arzt. Der macht dich wieder gesund. Du brauchst also keine Angst zu haben.«

»Mir war schon heute morgen nicht gut.«

»Ich möchte wissen, wovor du dich immer so fürchtest. Du kannst dich auf dem Heimweg beim besten Willen nicht verlaufen.«

»Ich wußte ja, ihr denkt, ich tue nur so.«

Tags darauf ging er nicht zur Spielgruppe, er wollte nicht und wir zwangen ihn nicht. (Er betete uns dafür an, daß wir ihm erlaubten, zuhause zu bleiben.) Er ist auch später nicht mehr hingegangen.

»Willst du überhaupt nicht mehr gehen?« fragte ich Sonntag beim Frühstück.

»Er mag nicht.«

Dabei blieb es.

Aber nun hatte er keine Beschäftigung mehr, keine Spielkameraden, keine Freunde. Er verbrachte viel Zeit mit uns am Strand und ließ Sand durch die Finger laufen. Er sagte kaum etwas. Er wollte am liebsten im Haus bleiben. Er besah Bilderbücher, bastelte Modelle von Autos und Flugzeugträgern, ohne Stolz auf seine Arbeit oder den Wunsch sie aufzubewahren. Er interessierte sich für nichts. Er las immer wieder die gleichen Comics und stierte gelegentlich stumpf auf die Mattscheibe. Er erbot sich, meiner Frau bei der Hausarbeit zu helfen. (Das machte sie nervös.) Seine Konzentrationsfähigkeit sackte auf den Nullpunkt ab. Er konnte nicht längere Zeit mit den Puzzles spielen, die wir ihm mitbrachten. Er wurde

vergeßlich. Er heftete sich an uns und begleitete uns überall hin, zäh wie eine Klette. Er wollte nicht in den Ort gehen, er wollte aber auch nicht allein zuhause gelassen werden.
(»Müßt ihr denn *alle beide* gehen?« fragte er verzweifelt.)
Er wollte auf keinen Fall allein bleiben, er klammerte sich jederzeit an mindestens einen von uns bis zum Schlafengehen; dann mußte er in sein Zimmer im anderen Teil des Hauses (dort erwachte er sehr zeitig, manchmal schon mitten in der Nacht, er schlich dann in unser Schlafzimmer, nur um sich zu vergewissern, daß wir noch da waren und atmeten. Er verharrte an der Tür und machte gerade so viel gedämpften Lärm, daß einer von uns davon erwachte.
»Was ist los?« ächzten meine Frau oder ich gereizt, »was willst du?«
»Frühstück«, log er, wenn es schon hell war.
Es war gespenstisch. Manchmal hatte ich den Verdacht, er schlafe überhaupt nicht, sondern stelle sich nur schlafend, liege wach im Bett, den Blick zum Fenster gerichtet und zähle die Minuten, bis er seine Vereinsamung nicht mehr ertragen konnte und sich einredete, bei uns im Zimmer sei er sicherer). Immer schien er sich unterwürfig zu entschuldigen, sogar wenn er sich in der Küche herumdrückte und meiner Frau mit kleinen Handreichungen beim Kochen und Abwaschen half. (Meine Frau fürchtete bereits, er würde in Kürze erst ihre Schürzen, dann weitere weibliche Kleidungsstücke anlegen. Was sollten wir bloß machen, falls er sich als Transvestit entpuppte? Ich fürchtete das gleiche. Ich tat, als sei ich ganz erpicht darauf, ihn Schach zu lehren, nur um ihn von meiner Frau wegzulocken und ihm die Zeit zu vertreiben, und er tat seinerseits, als sei er erpicht darauf, es zu lernen. Doch weder er noch ich hatten wirklich Lust dazu und so hörten wir denn bald wieder auf damit, obwohl uns nichts anderes einfiel.) Es war nutzlos und grausam, ihn zum Spielen wegzuschicken. Er hatte niemand zum Spielen. Mit den Mädchen und Jungen seiner ehemaligen Spielgruppe wollte er nichts zu tun haben, er mochte nicht mit ihnen sprechen, ihnen nicht mehr begegnen, auch jenen nicht, die er früher so überschwenglich begrüßt und uns stolz als seine Freunde vorgestellt hatte. War er mit uns unterwegs und begegneten uns Kinder, die ihn grüßten, ihn bei Namen riefen, winkten und grinsten, dann erstarrte er, wandte wütend entschlossen das Gesicht weg, grüßte nicht zurück. Also grüßte ihn bald keiner mehr. Es gab keine Freunde mehr. Das war unheimlich. Es war, als habe er nie eines dieser Kinder gekannt. Gleichwohl erstarrte er zornig abwehrend bei jeder Begegnung, so als erwarte er Gräßliches. Nichts passierte. Mich machte das wütend, mehr als einmal war ich versucht, ihm auf den Arm zu boxen, ihn zu den anderen zu stoßen und ihm zu befehlen, sofort wieder mit ihnen zu spielen und sich gefälligst zu amüsieren.

Es war für alle Beteiligten gräßlich.
Es war der schlimmste Sommer meines Lebens. Keiner von uns wußte etwas mit sich anzufangen. Mein Junge war ganz auf meine Frau und mich angewiesen und wir bezweifelten allmählich, daß wir ihn leiden mochten, wenn wir ihm das auch nicht mit diesen Worten sagten. Derek war klein und lag in der Wiege. Noch wußten wir nicht, was mit ihm los war. Meine Tochter war damals zum ersten Mal im Lager, sie fühlte sich einsam und hundeelend, wenn man ihr glauben durfte, denn alle anderen Mädchen waren auch im Vorjahr schon dort gewesen und schlossen sich mühelos zu Cliquen zusammen, während sie die Außenseiterin ohne Anschluß blieb. Jedenfalls stellte sie es in ihren Briefen so dar. Wir glaubten ihr nicht. Sie wollte bloß nach Hause kommen, das schrieb sie in jedem Brief, in manchen Briefen stand überhaupt nichts anderes. Wir glaubten ihr nicht. Manche Kinder schreiben nicht oft genug; unseres schrieb zu häufig, drei, vier, fünf Briefe in der Woche, und immer, wenn wir wieder einen Brief von ihr sahen, verließ uns unweigerlich der Mut. Wir wußten nicht, sollten wir ihr glauben oder nicht. Wir argwöhnten, sie schreibe einzig in der Absicht, uns unglücklich zu machen. In so jungen Jahren war sie schon raffiniert genug, Krise und Verzweiflung zu mimen, Schuldgefühle und Unentschlossenheit in uns zu wecken. Sie verstand sich darauf, uns wehzutun. Anderen Eltern zufolge, die ebenfalls Kinder in jenem Lager hatten, erging es ihr nicht schlechter als dem Durchschnitt. Ich fragte mich, warum sie so oft schrieb, wenn sie doch weiter nichts mitzuteilen hatte. Ich wollte am Besuchstag nicht hinfahren. Sie fehlte mir kein bißchen – wie sollte sie auch, in Anbetracht dieser verflixten Briefe. Wozu noch hinfahren? Es bedeutete Stunden im heißen Auto, ein Wiedersehen mit Vorwürfen und Kopfhängen, ein verdorbenes Wochenende. Schließlich fuhren wir doch. Alles schien aufs beste geregelt, sie freute sich über unseren Besuch, sie tat, als hätten wir ihr gefehlt, worauf ich nie gekommen wäre, und was sie in ihren Briefen auch nie angedeutet hatte. Unter einer Ulme, außer Hörweite, fragte ich sie rundheraus, ob sie wolle, daß wir sie mitnehmen sollten. Ich bot ihr einen Vorwand, mit dem sie das Gesicht wahren konnte: meine Mutter sei schwer krank, was noch dazu stimmte. Sie sagte nein. Es schien, als habe sie viele muntere Freundinnen und sie sang alle Lieder fröhlich mit. Später hat sie dann behauptet, ich hätte sie praktisch zu bleiben genötigt. Es kam mir vor, als sähe ich Tränen in ihren Augen und spürte den Kloß in ihrem Halse, als wir für den Rest des Sommers wegfuhren und sie uns am Straßenrand stehend nachsah, mit düsterer, unbewegter Miene, ohne zu winken.
Und wieder trafen die gleichen drängenden, weinerlichen, fordernden Briefe ein, in denen sie verlangte, wir sollten sie heimholen, und das

hörte nicht mehr auf. Warum nur, fragten wir uns – klagten einander allerdings nicht mit eben diesen Worten unser Leid –, warum konnte sie nicht Ruhe geben, uns nicht in Frieden lassen, nachdem wir so viel Mühe und Geld aufgewendet hatten, sie uns acht Wochen vom Halse zu schaffen? Sie schrieb an unseren Jungen PERSÖNLICH und flehte ihn an –, sie überschüttete ihn mit Versprechungen, unter anderem gelobte sie, ihn in alle Zukunft liebenswürdiger und großmütiger zu behandeln –, uns nach Kräften zu beeinflussen, wir möchten sie nach Hause kommen lassen, denn sie fühle sich ohne uns so elend; und das ausgerechnet, als er von seinem eigenen Kummer so niedergedrückt war, daß er kaum den Mut aufbrachte, überhaupt ein paar Worte mit uns zu reden. Sein Anteil am Gespräch beschränkte sich fast ausschließlich auf einsilbige, genuschelte Antworten. Man hätte wahrhaftig auf den Gedanken kommen können, meine Tochter genieße die Gesellschaft ihrer Eltern, sei all die Jahre her mit uns zufrieden gewesen, was aber nicht stimmt. Unsere Sommer waren ausnahmslos scheußlich. Meist auch unsere Sonntage, sogar jetzt sind sie es noch. Wie mir vor den langen Wochenenden von drei oder gar vier Tagen graut! Wenn meine Frau und ich doch nur gern Tennis spielten, segelten oder angelten. Aber mir macht das keinen Spaß; nicht mal Leute, denen es Spaß macht, machen mir Spaß. Mir macht überhaupt nichts mehr Spaß. Ich konnte meinem Jungen beim besten Willen nicht erklären, was mit meiner Tochter vorging, wenn er wieder einen Brief von ihr bekommen hatte, worin sie schrieb, sie fühle sich miserabel und ihn anflehte, uns anzuflehen, sie heimkommen zu lassen.

»Warum laßt ihr sie nicht?« erkundigte er sich mit großer Zurückhaltung.

»Ich hindere sie nicht daran.«

Ich wußte wirklich nicht, was mit ihr los war.

»Willst du nach Hause kommen?« fragte ich sie am Telefon. »Pack deine Sachen. Ich hole dich ab.«

»Nein.«

Ganz gewiß tat sie es, um mich zu ärgern. Es kann sein, daß sie Heimweh hatte und unglücklich war, doch machte sie davon mit kühler Distanziertheit und Berechnung Gebrauch, um uns aufzustören und zu quälen – sie ärgert mich auch heute noch auf die gleiche Art, will mir scheinen, und so verstrich die Zeit.

Irgendwie verstrich die Zeit; für ihn dürfte sie sehr langsam verstrichen sein. (Damals spielte er noch Baseball – und hatte Spaß daran, weil er es konnte. Er strahlte, wenn er den Ball fing, gut abschlug, das Mal erreichte. Jetzt hatte er niemanden zum Spielen.) Irgendwie verstreicht die Zeit immer (ohne unser Zutun und allen Ereignissen zum Trotz, so wie sie für mich jetzt in der Firma verstreicht, wie sie schließlich auch für meine damals noch viel jüngere Tochter im Ferienlager verstrich, wie sie nun ereignislos für meine Frau daheim verstreicht mit Hilfe eines verstohlenen, rachsüchtigen Schluckes aus der Weinflasche so alle halbe Stunde Vormittags und Nachmittags, und einem kraftvollen Bums in die Butze von mir, ein-, zweimal die Woche, falls ich heimkomme und falls mir danach ist, und wie sie für meine arme alte Mutter verstrich, als sie mit Arthritis im Bett lag, Schmerzen in den verkrümmten Gliedern und Gelenken, der Sprache beraubt durch Spasmen im Hirn, und als ihr für eine letzte, kleine Weile nur ein trauriges Begreifen davon blieb, wie wenig ihr geblieben war. Geblieben war ihr bloß ich. Und doch klammerte sie sich noch in der Agonie ans Leben, trotz verkrümmter Finger und sonstiger Leiden, sie klammerte sich hartnäckig und vorsätzlich ans Leben, doch ihre Nieren ließen sie hinterlistig im Stich, es kam zu einem heimlichen, unerwarteten Verrat, und am Ende, ha, ha, starb sie. Sie weinte und stöhnte »Ma! Ma! Ma!«, sie leierte das klar und deutlich vor sich hin, aber der Arzt behauptete, sie leide keine Schmerzen und merke nicht, was ihr geschehe. Woher wollte er das eigentlich wissen? Danach durfte ich sie begraben. Endlich durfte ich sie begraben, die schon sechzehn Monate zuvor gestorben war. Ich hatte mal eine Mutter, die, ehe sie begraben wurde, schon sechzehn Monate tot war. Jedenfalls für mich. Meine Schwester lebt weit entfernt, sie hat Zucker und Sorgen mit den Ihren, und sie kam nicht zum Begräbnis. Ich wollte sie nicht dabei haben und schrieb ihr, es sei nicht erforderlich. Ich würde alles erledigen, alles bezahlen. Sie steht mir nicht nahe. Auch meine Mutter stand mir nicht nahe. Ich war wütend auf sie.

»Nun hör mal, Ma«, hätte ich mit guten Gründen jederzeit während dieser sechzehn Monate zu ihr sagen können, »du bist bereits tot, das weißt du doch. Eines Tages, vor zwei, vier, sechs, acht, zehn, zwölf Monaten bist du vor meinen Augen gestorben, und du trödelst jetzt hier nur noch rum. Ich wußte es damals nicht, ich habe es aber gespürt, ich habe mich mit einem Kloß im Hals von dir abgewendet, ich habe geweint, oder es doch versucht, ich habe dich insgeheim über eine Woche betrauert, denn im tiefsten Herzen wußte ich, daß du tot bist und weg. Du warst nun zwar tot, aber noch nicht weg. Ich habe meine Mutter schon vor einer Weile verloren, ich erinnere mich ihrer und verliere sie immer von neuem. Aber das bist nicht du. Du trödelst hier nur rum. Du trödelst hier herum, du verdirbst mir die Wochenenden, kostest mich Geld, trübst meine Stimmung, versaust mir meine Zukunft. Das geht nun schon eine ganze Weile so. Allen verdirbst du die Laune. Was willst du denn noch von mir? Warum trödelst du hier herum?«

Junge, Junge. Junge, Junge, Junge. Das habe ich nie aussprechen können, auch nicht in Gedanken, solange sie am Leben war. Aber so dürfte mir zumute gewesen sein. Jetzt kann ich es ja sagen. Nie habe ich länger auf eine Beerdigung warten müssen, und sie hat fast ebensolange gewartet wie ich. So Gott will, werde ich auf mein eigenes Begräbnis noch länger warten. Bald muß ich damit anfangen, ich weiß. Ich weiß auch schon, wie der Anfang aussieht. Blase und Prostata mucken auf – falls ich Glück habe und nicht vorher schon einen Infarkt oder einen Schlag erleide. Ein Bruch oder Hämorrhoiden werden gleich noch mit operiert, um mich von Blase und Prostata abzulenken, und ich vertrödele die Zeit, bis ganz legal mit den Beisetzungsfeierlichkeiten begonnen werden darf. Bestimmt werde auch ich solange wie möglich verweilen wollen, samt meinen Schmerzen, meinem Mitleid, meinem Ekel vor mir selber, werde mich mit kraftlosen Fingern an wolkige Wahnbilder oberhalb der Bettlaken klammern und bis zum Exitus nicht »ha, ha, ha« wimmern, sondern »Ma! Ma! Ma! Ma!« Erst wenn das Hirn nur noch Raum hat für eine einzige Erinnerung, wenn Kehle und Mund nur noch ein einziges Wort formen können, erst dann vielleicht werden Green, White, Black, Brown, Kagle, Arthur Baron, Schwägerin, Dreiminutenreferat in Portoriko, die beschwipste kleine Nutte mit den Pausbacken, von der ich neulich in Detroit schallend ausgelacht wurde, weil ich ihr keine Avancen machte, und weitere ähnlich kränkende Vorfälle und Erscheinungen aus meinem unerschöpflichen Vorrat läppischer, doch unverarbeiteter und nicht entgifteter Beleidigungen und Niederlagen zugleich mit mir abgelegt werden und ein für alle Mal zu den erledigten Akten gehören. Auf diese Weise bereite ich der Welt ein Ende. Ich werde nicht abtreten wollen. Man wird mich, wie ich mir jetzt gern ausmale, ächzend und zuckend fortzerren müssen, während ich mich mit Hirn, Augen, Ohren ans Leben klammere, doch ich weiß, auch ich werde wahrscheinlich von einer Leber, von zwei Nieren im Stich gelassen, während ich alle Kraft auf den Kopf konzentriere, und ich werde die Schlacht verlieren, ohne zu merken, daß ich abgetreten bin. Ich werde den Geist aufgeben, ohne es zu spüren. Morphium soll mich umnebeln. Ich will nicht abtreten. Ich will alle überleben, meine Kinder und meine Frau und die Rocky Mountains. Aber das wird wohl kaum geschehen. Mein Herz weist Ventile auf, mein Automobil ebenfalls, und wenn schon General Motors keine Ventile fabrizieren kann, die garantiert länger als ein weiteres Jahr funktionieren, wie soll die dem Zufall vertrauende Natur das schaffen? Ich muß mich bedauern. Und ich muß ihn bedauern). Ich bedauerte ihn damals (ich bedauere ihn jetzt); er hing mit der leeren, flauen Miene eines welken Greises herum, wunschlos und ohne Illusionen; er glich einer bettlägerigen Mutter im Pflegeheim, die weiß, daß man sie zum Sterben angeliefert hat. Er sprach kaum noch. Nichts machte ihm

Freude, augenscheinlich sehnte er auch nichts mehr herbei (so zeitig hatte er aufgegeben!), höchstens das Ende des schwülen, stickigen Sommers und den Beginn der gefürchteten Schule, mochte die ihn auch von neuem in das brodelnde, bodenlose Drama aus unbekannten Konflikten und Belohnungen einsaugen. Er gab kein Zeichen von Lebensfreude oder Interesse. Er war trübsinnig. Immer hing er nur herum. Statt Bälle zu fangen und mit seinen Freunden zum Mal zu laufen, taperte er wortlos hinter uns her über die Promenade an den Strand, in geringem Abstand und ohne zu sprechen.
(»Wann fahren wir endlich nach Hause?«
Schwimmen wollte er nicht. Begleitete er uns, fühlte er sich unbehaglich und wäre lieber anderswo gewesen, möglichst im Hause, wenn nicht gar in einem dunklen Kino.
»Müßt ihr denn schon wieder weggehen heute abend?«)
Und ließ lustlos Sand durch die Finger rinnen. (Wir wollten ihn nicht bei uns haben.) Begegnete mein Blick dem seinen, fing er an zu zittern und zog den Hals ein, offenbar in der Befürchtung, ich wolle mich auf ihn stürzen, ihn mindestens roh beschimpfen. Er sah aus wie ein Kranker. (Man erkundigte sich gedämpft bei uns, ob er leidend sei; es wurde geradezu peinlich. Gelegentlich konnte ich ihn einfach nicht ertragen.) Und ich tat alles Erdenkliche, um dem abzuhelfen.
»Was möchtest du gern unternehmen?« fragte ich.
»Möchtest du irgendwohin?«
»Wünschst du dir was?«
»Möchtest du ins Kino? Wir könnten zu dritt hingehen. Welchen Film willst du gern sehen?«
»Was würdest du dir wünschen, wenn du einen Wunsch frei hättest? Sag es mir. Ich kann ihn dir vielleicht erfüllen. Was wünschst du dir in diesem Augenblick am allermeisten?«
»Nichts.«
»Nichts.«
»Nichts.«
»Hör bitte auf.«
Ich hätte ihn erwürgen mögen. Ich hätte ihn prügeln mögen. (Ich glaube, ich hatte große Lust dazu.) Alles, was ich aus ihm hervorlockte war: Nichts. Er half uns nicht im mindesten, ihm das Leben zu erleichtern. Ich ertrug es nicht, ihn unentwegt müßig und verloren zu sehen. Immer war er da. Schon morgens, wenn wir aufwachten. Schlafen tat er offenbar überhaupt nicht. Einerlei wie spät meine Frau und ich abends nach Hause kamen, immer lag er bei geöffneter Tür wach im Bett und überzeugte sich, daß wir wieder da waren, daß wir es waren und niemand anders,

der da ins Haus kam. Mit dem Babysitter, den wir für ihn und Derek besorgt hatten, redete er kein Wort.
»Wo geht ihr hin? Was habt ihr vor?« fragte er eindringlich, sooft er den Eindruck hatte, meine Frau und ich machten uns zum Ausgehen bereit.
Wenn wir es zuließen, zockelte er hinter uns her, einerlei wohin. Er begann, mir auf die Nerven zu fallen. (Ich mußte ihn zu häufig bedauern. Warum mußte er ausgerechnet mir passieren? Allmählich empfand ich für ihn dasselbe, was ich heute für Derek empfinde. Von Derek allerdings kann ich mich innerlich meist völlig lösen und seiner Gegenwart entrinnen.) Meinem Jungen konnte ich nicht entrinnen. Er verfolgte uns überallhin, das wandelnde, allen sichtbare Symptom einer odiosen Familienkrankheit, die wir lieber geheimgehalten hätten.
»Ich weiß nicht, was ich machen soll«, begegnete er jeder Aufforderung von uns, wegzugehen und was anderes zu tun.
Wir kamen uns nachgerade lächerlich vor. Stets sah man ihn in unserer Gesellschaft. Er hatte jenen Kloß im Hals. Er weigerte sich, mit anderen einsamen kleinen Jungen zu sprechen, die wir für ihn auftrieben und ihm zuführen wollten.
»Schau nur, hier ist Richard Kühnling. Ein ganz reizender Junge, ungefähr in deinem Alter. Warum spielst du nicht mit ihm?«
Er wollte nicht.
»Warum nicht?«
(Er scheute den Umgang mit Kindern, die keine Spielkameraden fanden. Er bewunderte den kleinen Bullen aus der Spielgruppe, eben denselben, der ihn hatte verprügeln wollen und wünschte, jener möge Gefallen an ihm finden und sein Freund werden.)
Wenn sich Bekannte hilfsbereit erkundigten, ob er vielleicht einen Spielkameraden suche, mußten wir sagen: nein. Begründen konnten wir das nicht. Wir konnten nicht erklären, daß er nicht mitmachen würde. (Wir hatten einen Kloß im Hals.)
»Ich halte es nicht aus«, klagte meine Frau, den Tränen nahe. »Er sieht aus wie ein Gespenst. Er ist so unglücklich. Ich ertrage diesen Anblick nicht, es ist herzzerreißend.«
»Ich ertrage ihn auch nicht«, gestand ich.
Die wenigen erträglichen Tage dieses Sommers verbrachte ich im Büro. Auch mir zerriß es das Herz. Er wollte weder Rollschuhlaufen noch Radfahren. Allmählich verlor ich immer rascher die Geduld. (Ich wurde bösartig.)
»Geh spielen«, befahl ich ihm eines Tages barsch am Strand, als ich mich nicht mehr beherrschen konnte.
Er blinzelte.

»Bob«, warnte meine Frau.
»Was?« fragte er.
»Bist du taub?«
»Ich hab' nicht verstanden.«
»O doch. Geh spielen.«
»Mit wem?«
»Da, neben der dicken Dame sitzt ein Junge.«
»Bitte, Daddy.«
»Der sieht aus, als wäre er in deinem Alter. Er sieht aus, als würde er gern mit jemand spielen.«
»Ich spiele hier.«
»Womit?«
»Mit Sand.«
»Mit Sand!« äffte ich ihn gemein nach und zeigte auf den Strand. »Geh, oder ich schleppe dich hin zu ihm und frage selber.« (Nachdem die Drohung ausgesprochen war, mußte ich dazu stehen. In jenem Monat riet eine Frauenzeitschrift, Eltern sollten mit verstockten Kindern ruhig streng verfahren. Eine andere hingegen riet, man solle nachsichtig und duldsam mit ihnen umgehen. Was die Zeitschriften rieten, war mir schnuppe. Ich war wütend. Meine Frau wollte mich mit einem Blick zurückhalten, doch ich achtete nicht darauf. Jetzt ging es darum, wer das Gesicht verlieren würde, ich oder dieser erbarmungswürdige, verwirrte kleine Junge.)
»Willst du das?« drohte ich ihm.
Er wurde kalkweiß. »Ich könnte kein Wort rausbringen.«
»Du kannst doch jetzt.«
»Ich habe einen Kloß im Hals. Ich muß mich übergeben.«
»Du kriegst noch ganz wo anders einen Kloß«, konnte ich mir nicht verkneifen zu sagen. »Los jetzt, fort mit dir. Kotzen kannst du auch später noch.«
Er stand widerwillig auf und machte sich schwankenden Schrittes langsam auf den Weg.
»Siehst du?« sagte ich zu meiner Frau ängstlich und reumütig und begierig, sogleich die Absolution zu erhalten. »Da geht er.«
»Ich finde es grauenhaft.«
»Er geht wenigstens.«
Er redete den anderen Jungen an, ein welkes, hellhaariges Kind, das ohne aufzublicken den Kopf schüttelte und eine mühsame umständliche Antwort gab. Er bewegte dabei die Lippen recht sonderbar. Mir wurde flau. Die dicke Dame blickte zornig zu uns her. Mein Junge kam zurück, seine Knie schienen vor Kummer geknickt, und er weinte beinahe, als er mit erstickter Stimme stammelte, der fremde Junge sei ein Stotterer und habe gesagt, nein, er wolle nicht spielen.

»Ich habe getan, was du wolltest«, spie er erbittert gegen mich aus, warf mir einen stechenden Blick zu und setzte sich wieder in den Sand, in vorsichtigem Abstand von uns. Aus seinen Augen dampfte die Wut zu mir her.
Ich war enttäuscht und zornig.
Alles hatte sich gegen mich verschworen, eines ums andere, sogar die Möse meiner Frau (Gottverdammt).
In jenem Sommer litt meine Frau an einer Überempfindlichkeit der Möse, an einer immer wieder aufflammenden Entzündung der Vagina, und ich wußte nicht (auch sie nicht, bis ich es probierte), ob ich wenigstens einen anständigen Beischlaf erwarten durfte, wenn ich mich schon zu jenen endlosen, unerträglichen Wochenenden hinaus ans Meer schleppte. (In der Stadt wäre ich viel besser bedient worden. Ich bekam alles, was ich mir wünschte.) Da draußen am Strand machte mir nichts Spaß, ich konnte bestenfalls mit anderen Ehefrauen flirten oder zweideutige Reden mit jungen Mädchen wechseln. Ich war also immer entweder wütend auf meinen Jungen oder bemüht, ihm das Leben zu erleichtern. (Wütend wurde ich, wenn ich merkte, daß der Erfolg ausblieb. Daß ich ihn nicht aufheitern, seinem jämmerlichen Zustand kein Ende machen, ihm kein Erfolgserlebnis verschaffen, seine Verlassenheit nicht lindern konnte, erfüllte mich mit tiefer Niedergeschlagenheit und dem Argwohn, machtlos zu sein.) Ich befahl ihm immer wieder schroff, Dinge zu tun, die er nicht tun wollte und wahrscheinlich auch nicht tun konnte, weil seine Verkrampfung Koordination und Gleichgewichtsgefühl beeinträchtigte und weil er einen Kloß im Hals hatte. Ich argwöhnte, er fürchte sich vor dem Meer, also nahm ich ihn mit in die Brandung, und er ertrank beinahe, als eine große Welle unversehens über uns brach, uns umwarf, ihn von mir wegriß, hilflos umherwirbelte und gegen den Strand spülte. Als er schließlich torkelnd auf die Füße kam (ich strebte vergebens gegen den starken Sog des abfließenden Wassers zu ihm hin), hielt er die Luft an, und seine Lider waren so krampfhaft geschlossen, daß die knöchernen Hälften seines geröteten Gesichts wie geballte, rote Fäuste wirkten. Er machte die Augen erst auf, als ich ihn an der Hand nahm und den Strand hinauf geleitete. Ich sehe das heute noch vor mir.
»Weißt du, Daddy«, sagte er zu mir, »ich hatte Angst die Augen aufzumachen. Ich wußte nicht, wo ich war, und hatte Angst hinzugucken. Ich dachte, wenn ich die Augen aufmache, bin ich schon ganz weit draußen, und das wollte ich nicht sehen.«
Es überraschte mich, daß er mit mir redete, daß er noch genug Zutrauen hatte, das auszusprechen. (Dabei hätte er gut und gern schon ertrunken sein können, er hätte einen schweren Schaden davontragen oder vom Sog

hinausgeschwemmt werden können. Ich habe vor Jahren geholfen, ein Kind zu bergen, das in seinem aufgeblasenen Schlauch im Handumdrehen gute dreißig Meter aufs Meer hinausgetrieben worden war. Durchaus möglich, daß ich ihn lebend nicht mehr gesehen hätte. Immer schon habe ich mich vor dem Ertrinken gefürchtet. Ich hätte es mir vielleicht nie verziehen, ihn auf diese Art zu verlieren, und meine Frau hätte es bestimmt nicht zugelassen. Ich hätte mich von ihr scheiden lassen müssen, und sie wäre mit einem Derek sitzen geblieben, der von Geburt an, wie man uns sagt, einen Gehirnschaden hat, und mit einer Tochter, die sich weder als Stecken noch als Stab bewährt; mag sein, das würde sich auch jetzt noch empfehlen.
Ich denke viel über Scheidung nach, seit jeher. Schon vor der Heirat dachte ich über Scheidung nach. Ich kann mir meine nächste Frau gut vorstellen: jünger als meine jetzige, hübscher, dumm und unterwürfig. Dazu blond, klein, pummelig und lustig, ein rechter Sonnenschein in Küche und Bett. Sehr bald schon würde ich es höchstens eine oder zwei Stunden hintereinander mit ihr aushalten und mich darum auch von ihr scheiden lassen müssen. Ein Glück, daß er am Leben blieb. Heiraten war mein Vorschlag. Ich vögele meine Frau gern. Sie läßt es sich machen, wie ich gerade Lust habe. Die Frauenemanzipation ist nichts für sie. Sie erduldet massenhaft männlichen Chauvinismus. Auch wenn sie nicht an ihrer Entzündung litt, konnte ich sie nicht nach Lust und Laune bespringen, weil mein Junge sich tagsüber unentwegt im Hause aufhielt und nachts höchstwahrscheinlich wach lag. Ich versuchte häufig, ihn einzig zu diesem Zweck zu verjagen. Verschlossen wir das Schlafzimmer vor ihm, mußten wir gewärtigen, daß er entnervt auf der Türschwelle kampierte, wo er alles hören konnte. Ich war meist mürrisch und knurrte jedermann an.)
Was für Scheußlichkeiten habe ich ihm doch zugemutet. Damals schien es unbedingt geboten. Ich wußte es nicht anders. Ich konnte ihn nicht loswerden und wollte es doch, wie er sehr wohl wußte. Eines Tages stürzte er beim Radfahren in einen Holzzaun, schürfte sich das Knie so auf, daß er eine Woche humpelte, und riß sich einen langen Splitter in den Unterarm, den ich mit der Nähnadel herauspulen mußte (und dabei kam ich mir wie die verkörperte Gemeinheit vor. Ich erwog finster, die zwei Wochen Urlaub nicht zu nehmen, die mir zukamen. Meine Frau stimmte mich schließlich um; sie sagte, länger könne sie es ohne mich am Meer nicht ertragen, lieber wollte sie zurück in die Stadt. Also nahm ich meinen Urlaub Und es kamen Tage, da hätte ich der Firma das Doppelte meines Gehaltes gezahlt, hätte ich ins Büro fahren und arbeiten dürfen). Nicht einmal betrinken konnte ich mich. Zur Cocktailstunde durfte ich mir keinen antüdeln, weil mein Junge mit gespitzten Ohren nahebei hockte und mich beobachtete

(stattdessen bekam ich lästige Kopfschmerzen über den Augen). Man durfte keine Zoten mehr erzählen, sich keine Obszönitäten mehr erlauben, nicht mal wenn Besuch kam. Ich konnte nicht mehr flirten, denn er war da und sah alles. (Meine Tochter, Gott segne ihre gutartige Seele, war wenigstens so zartfühlend gewesen, ihren Kummer in den alten Seesack und die Kleiderkiste zu packen und sich ins Lager zu trollen, wo sie in weiter Ferne unglücklich war und uns den Sommer über nur brieflich auf die Nerven fiel.) Er hingegen war am Ort. Immer war er anwesend. (Ich konnte nichts sagen und nichts tun, wobei ich ihn nicht zum Zeugen haben wollte. Ich hätte ihn auf zu vielerlei Weise verstören können.) Manchmal geriet er mir zwischen die Füße, wenn ich mich umwandte, ich trat auf ihn, und wir kamen uns beide entsetzlich vor; wir stießen dann ungeschickte, abgerissene Entschuldigungen aus. (Ich hätte am liebsten geflucht. Und gebrüllt. Am liebsten hätte ich gebrüllt: »Mach, daß du rauskommst!«) Ich wußte nicht, was sagen. Ich wußte nicht, wie damit fertig werden. Schließlich fiel mir was ein. Ich sagte:
»Troll dich.«
Um ihm ganz klar zu machen, daß er durchaus imstande sei, seinen Weg auch ohne uns zu finden, zwang ich ihn, allein einen Gang zu unternehmen, und selbstverständlich verirrte er sich.
»Troll dich«, wiederholte ich schärfer, weil er tat, als verstehe er nicht.
»Was?«
»Ich weiß nicht, was ich machen soll«, hatte er noch kurz zuvor gemault.
»Geh irgendwohin.«
»Wohin?«
»Egal wohin. Geh spazieren.«
»Mit wem?«
»Mit dir. Mommy und ich wollen mal ein Weilchen für uns sein.«
»Das kann ich nicht.«
»Doch, du kannst.«
»Ich finde nicht zurück.«
»Doch, du findest zurück.«
»Jetzt gleich?«
»Wann sonst?«
Meine Frau blickte steinern an ihm vorbei. »Geh schon«, sagte sie ohne Mitgefühl.
»Geh den Strand entlang bis zur Pier. Dort machst du kehrt und kommst zurück. Du gehst am Wasser entlang bis zur Pier und kommst am Wasser entlang zurück.«
»Ich will lieber hierbleiben.«

»Und ich will, daß du gehst.«
»Ich verlaufe mich bestimmt.«
»Dazu müßtest du schon sehr schlau sein.«
Ich blieb eisern. Er stand auf, rieb zögernd den Sand von den Händen und wanderte gehorsam los, ohne sich umzusehen, stumm und niedergeschlagen. Bald war er in dem Gewimmel aus Köpfen und Leibern verschwunden. Die Pier wirkte besonders fern, der Strand ungewöhnlich belebt. Ich fürchtete, er könnte sich verirren. (Ich fürchtete, ich würde mich verirren, falls ich tun sollte, was ich ihm aufgetragen hatte.)
»Warum hast du ihn weggeschickt?« fragte meine Frau tadelnd, sie bereute schon ihre passive Mitwirkung.
»Du wolltest es doch auch, oder?«
Ich reckte den Hals, um so lange wie möglich noch einen Schimmer von ihm zu erhaschen, und als ich ihn nicht mehr sehen konnte, wurde ich besorgt.
»Stimmt«, gestand meine Frau. Sie nickte gedankenverloren. »Ich konnte es nicht mehr ertragen, daß er uns hier ewig auf der Pelle hockt.«
»Ich auch nicht.«
»Immer ist er hier. Es bricht mir das Herz.«
»Mir auch.«
»Und immer sieht er so unglücklich aus.«
»Das eben ertrage ich so schwer.«
»Meinst du, er verirrt sich?«
»Er kann sich nicht verirren. Daran ist bloß diese elende Spielgruppe schuld. Wenn die dort besser aufgepaßt hätten, wäre das alles nicht passiert. Er muß jetzt lernen, daß er von A nach B gehen kann, ohne daß ihm etwas Fürchterliches geschieht.«
»Es ist so voll am Strand.«
»Er geht schon nicht verloren.«
Er ging aber verloren.
(Mindestens glaubten wir, er sei verloren gegangen.)
Als er nach einer knappen halben Stunde noch nicht zurück war, wetzten wir angsterfüllt hinter ihm her, meine Frau direkt am Wasser, während ich durch den tieferen Sand etwa in Strandmitte Richtung Pier stapfte. (Dabei dachte ich an Sittlichkeitsverbrecher, an Kinder aus seiner Spielgruppe, die ihn erkannt, verspottet und sich gegen ihn zusammengerottet haben mochten.
»Der Himmel stürzt ein!« wollte ich den Erwachsenen zurufen, an denen ich mit angstvoll pochendem Herzen vorübereilte. »Haben Sie einen kleinen Jungen gesehen? Er hat sich verirrt. Bestimmt sieht er ängstlich aus.«)
Wir stießen nach etwa zweihundert Metern auf ihn. Nahe dem Wasser

taumelte er wie blind immer auf der gleichen Stelle herum: er fürchtete, er sei schon an unserem Platz vorüber und wußte deshalb nicht, in welcher Richtung er weitergehen sollte. Seine Wangen waren blaß, seine Augen blickten wie in die Ferne, der Mund war krampfhaft zusammengepreßt. Die Sehnen an seinem Hals glichen Stricken, und in der Kehle saß ihm ein Kloß. Die Landmarken entlang der Uferpromenade – lauter vertraute Bauwerke – sagten ihm überhaupt nichts.
Am liebsten hätte ich ihn umgebracht.
»Hast du dich verlaufen?« brüllte ich.
»Ich weiß nicht«, zuckte er die Achseln.
Am liebsten hätte ich ihn umgebracht. Seine Hilflosigkeit und seine Unfähigkeit erfüllten mich mit Wut und Widerwillen (wie konnte er damals nur so auf dem Bürgersteig stehen, als wären alle seine Fußknöchelchen zermalmt! Ich schämte mich seiner, ich hätte ihn am liebsten verleugnet. Ich bedauerte, daß er mein Sohn war), dann wieder wollte ich ihn liebevoll und schützend in die Arme schließen, Tränen des Mitleids und der Reue über ihn vergießen (weil ich ihn hatte umbringen wollen. Man stelle sich einen Vater vor, der seinen Sohn umbringen will. Davon ist in der Ödipus-Sage nie die Rede. Der arme Ödipus wird überhaupt viel verleumdet. Er hatte nicht den Wunsch, seinen Vater zu erschlagen. Sein Vater wollte *ihn* umbringen). Ich weiß nicht mehr, was ich empfand, als ich ihn da so stehen sah – unendliche Dankbarkeit, weil ihm nichts geschehen war, und eine sehr starke, drückende Enttäuschung hinsichtlich alles übrigen, einen scheußlichen Einbruch von unbeherrschbaren, widerstreitenden Empfindungen, so daß ich auch die vertrauten Landmarken nicht mehr ausmachen konnte. (Heutzutage weiß ich oft nicht, was ich empfinde.)
(Ich wünsche mir, ich wäre ein Schimpanse.)
Tags darauf zankten meine Frau und ich erbittert wegen Geld und Sex, ein Streit, der mit ihm überhaupt nichts zu tun hatte (was er allerdings nicht wußte). Wir knurrten, kläfften und blafften uns an wie bellende Schakale. Sie kreischte los, und ich fauchte zurück (wir nannten einander Lump und Aas und boten einer dem anderen an, ihn am Arsch zu lecken), und als ich in die Küche stürmte, um Eiswürfel in mein Whiskeyglas zu schmettern, das unter meinem wütenden Zugriff fast zerbrach, hörte ich, wie mein Junge behutsam ins Wohnzimmer ging und meine Frau zaghaft fragte:
»Soll ich vielleicht einen Spaziergang machen? Zur Pier?«
Ich hörte mich ächzen. Mir war zum Weinen.
»Ist Daddy deshalb so unglücklich?«
Mir war miserabel zumute.
Meine Frau kam still in die Küche.

»Hast du gehört?« murmelte sie, und ihr Zorn auf mich war verraucht. (Ich sagte nichts.) »Er möchte wissen, ob er wieder spazierengehen soll. Er meint, du bist seinetwegen unglücklich.«
»Nein, das meint er nicht«, widersprach ich nach einer Pause lustlos.
»Du hast es selber gehört. Aber frag ihn doch.«
»Ich glaube dir nicht.«
»In dieser Stimmung bist du einfach unzurechnungsfähig«, lamentierte meine Frau. »Man kann nicht mehr mit dir reden. Keiner. Du hörst nicht zu, und du begreifst nichts. Frag ihn doch. Sieh ihn dir an, wenn du mir nicht glauben willst.«
Ich wußte, was ich zu sehen bekommen würde (aber nicht sehen wollte). Ohne sie anzuschauen oder anzurühren machte ich einen Bogen um meine Frau und ging ins Wohnzimmer. Er stand folgsam und reumütig (als ob er schuld wäre) nahe der Verandatür und wartete auf Anweisungen. Seine Haut schimmerte bläulich. (Er würde tun, was ich verlangte. Seinetwegen sollte ich nicht zornig oder unglücklich sein. Seine Augen blickten groß und ernst. Nie im Leben, weder vorher noch nachher, bin ich mir so grausam, so niedrig, so unmenschlich und verderbt vorgekommen. Er war bereit, jedes Opfer zu bringen, das ich verlangen mochte. Gerade so wünschte ich ihn mir nicht.) Er schaute erwartungsvoll, still und ergeben drein. Zunächst sagte ich nichts. (Ich konnte nicht sprechen.) Ich hatte einen Kloß im Hals.
»Von jetzt an«, sagte ich dann sanft, »mindestens bis zum Ende der Ferien, brauchst du nichts zu tun, wozu du keine Lust hast. Und du darfst alles tun, was du möchtest. Einverstanden?« Es war eine sanftmütige Bitte um Vergebung.
Er blickte skeptisch. »Wirklich?«
»Ich verspreche es.«
»Ich hab' dich lieb, Daddy«, sagte er, drängte sich mit dem Gesicht an meinen Bauch und umarmte mich friedvoll. »Du bist der beste Daddy von der Welt.«
Ich bin der mieseste Daddy von der Welt.

Gestern habe ich einem Blinden über die Straße geholfen und nahm zu meiner eigenen Überraschung ohne Widerwillen seinen Arm (genauer gesagt: er nahm meinen Arm. Ich wollte seinen nehmen, doch er sagte: »Ich nehme lieber Ihren Arm.«)
Ich glaube, ich werde von jetzt an öfter so etwas tun (seit ich weiß, daß ich es kann).

Ich brach mein Versprechen viele Male.
Er behielt mich trotzdem lieb.

Ich identifiziere mich zu sehr mit ihm. Als er noch ganz klein war, in seiner winzigen Wanne strampelte und anschließend auf der Wickelkommode einen Wirbelsturm aus Sicherheitsnadeln und Kinderpuder entfesselte, rief mich meine Frau ganz aufgeregt und zeigte mir eine gerötete Stelle an seinem Penis. (Es war bestimmt eine winzige Stelle, sie mußte ja winzig sein, doch damals kam sie mir vor wie eine riesige Brandblase.) Sogleich zuckte ich unter einem scharfen, schneidenden Schmerz in meinem eigenen Penis zusammen, kaum daß ich diese entzündete (kleine) rote Stelle gesehen hatte und legte mit einer Reflexbewegung schützend beide Hände über meine Genitalien, um sie zu besänftigen und zu behüten. Es tat weh. Und es tut auch heute noch weh, wenn ich daran denke. Ich weiß ohne hinzuschauen, daß dort nichts ist. Als ich klein war, habe ich mal an der Spitze ein stechendes Jucken verspürt, und dann kam eine braune Ameise hervorgekrabbelt. Ich erzähle das nicht mehr, weil mir keiner glaubt. Ich liebe meinen kleinen Piephahn nach wie vor, auch wenn ich nicht weiß, warum. Aber was wäre ich ohne ihn? Ein Neutrum. Er hat mich an befremdliche Orte geführt. Ich habe ihn geführt. Aus diesem erregbaren, schlaffen, tropfenden Gewebe sind Dekaden exquisiter und oft unerträglicher Entzückungen hervorgegangen, dazu drei ausgewachsene, wohlgestaltete Kinder, die verglichen mit ihm vom Augenblick der Geburt an Mammutgröße hatten, eines davon hirngeschädigt. In jeder Fabrik wäre es Ausschuß. Es leidet erstaunlich wenig. Dafür leiden wir umso mehr. Im Großen und Ganzen darf ich sagen, daß ich ihm so sehr viel Vergnügen nicht mehr abgewinnen kann, wenngleich ich noch ein Weilchen länger an ihm festhalten möchte, ha, ha. Nicht immer tue ich ihn gern hinein, und heraus nehme ich ihn ungern. Lieb wäre mir, wenn man mehr mit ihm anstellen könnte, als man kann. Als Halbwüchsiger habe ich meiner kleinen Kusine einen Zehner dafür bezahlt, daß sie daran rieb. Und hinterher tausend Ängste ausgestanden. Würde sie meiner Mutter davon erzählen oder meinem Bruder oder ihren eigenen Eltern? Ob es ihr geschadet hat? Eher schon genützt. Sie machte mich glücklich. Und das für einen Zehner. Allerdings ist sie in meinen Augen ein etwas zweifelhaftes kleines Mädchen geblieben, denn sie reicherte sich dies Erlebnis nicht mit Neugier, Keckheit oder Sinnlichkeit an. Sie langweilte sich dabei, war höchstens etwas erstaunt. Ich berührte sie vorsichtig. Ich habe mich einem Kind unsittlich genähert. Man hat sich mir unsittlich genähert. Man nähert sich jedermann unsittlich. Vielleicht habe ich deshalb solche Angst um meinen Jungen. Früher habe ich mir meiner Tochter wegen Sorgen gemacht, die ist jetzt aber alt genug, sich selber Kindern unsittlich zu nähern. Ich habe seither viele Male sehr viel mehr als einen Zehner gezahlt.

In mittleren Jahren vertauschte ich die Haltung des Fötus mit der Hal-

tung des Leichnams. Ich schlafe nicht mehr auf der Seite ein, die Knie behaglich an den Leib gezogen, den Daumen in Mundnähe. Vielmehr liege ich auf dem Rücken, die Hände auf der Brust gefaltet, dekorativ wie ein Leichnam, das Gesicht starr der Decke zugewandt. Im Glücksfall höre und fühle ich, wie ich zu schnarchen beginne; in meinem Rachen flattert quälend ein lockeres, häutchenartiges Gebilde, das mir einen tief genußvollen Kitzel verschafft; die sehr befriedigende Aussicht, daß mein Schnarchen meine Frau stört und sie am Schlafen hindert, tut mir wohl. Es ärgert mich, wenn ich nicht schlafen kann, meine Frau jedoch schläft; ich möchte sie dann knuffen. Wenn ich schlafen kann, sie aber nicht, bin ich sehr zufrieden. Aufwachen tue ich allerdings meist auf der Seite, eine Hand zwischen den Schenkeln, nahe den Genitalien. Wahrscheinlich möchte ich sie doch bei mir behalten, solange es geht. Als ich anfing, vom Pinkeln zu träumen, wußte ich, daß das Alter gekommen war. Ich wache mit gefüllter Blase auf, in der beschämenden Überzeugung, schon das Bett genäßt zu haben. Und bald als Bettnässer entlarvt zu werden.
Ich weiß jetzt, was ich werden will, wenn ich mal groß bin.
Wenn ich groß bin, möchte ich ein kleiner Junge sein.

Ich möchte noch einmal leben dürfen. Und dann noch einmal. (Und danach noch mehrmals. Als ich jung war, hätte ich so viele Mädchen haben können und habe sie doch nicht gehabt, weil ich nicht wußte, daß ich dafür begabt bin. Ich wußte noch nicht, wie einfach es ist. Damals kam ich überhaupt nicht auf den Gedanken, daß auch sie Lust darauf haben könnten. Es drängte mich nicht dazu. Stattdessen verliebte ich mich. Ich möchte es noch einmal versuchen. Ha, ha. Der Drang würde sich schon einstellen. Wenn ich groß bin, möchte ich ein Mensch von Würde, Geschmack und Bedeutung sein, ein Mensch der tut, was er tut, weil er es wirklich tun möchte, den seine Arbeit freut. Ich wäre gern William Shakespeare.) Vielleicht sorge ich mich deshalb so sehr um meinen Jungen (ich identifiziere mich zu stark mit ihm), vielleicht bringt es mich deshalb so aus der Fassung, wenn ich sehe, daß er wieder irgendwo stecken bleibt, daß er versagt, nicht einmal den Versuch macht, etwas zu bewältigen. (Bin ich von ihm enttäuscht?) Meine Tochter behauptet unentwegt, wir seien von ihr enttäuscht. Gewiß ist, daß ich mir was anderes für uns alle vorgestellt habe. Ich bin nie geworden, was ich werden wollte, allerdings habe ich alles bekommen, was ich haben wollte, darunter zwei Automobile und zwei Farbfernsehapparate. Wir sind eine Familie mit Zweitwagen und bewohnen einen Vorort der Klasse A in Connecticut. Werbeagenturen und das statistische Bundesamt rechnen uns der Kategorie von Personen mit dem höchsten Lebensstandard zu. Ich wünschte ihn mir sorglos und zuversicht-

lich, draufgängerisch, fähig, erfolgreich und abhängig. Folglich könnte ich jetzt in jedem Punkt enttäuscht sein, ausgenommen im letzten. Vielleicht fürchtet er deshalb, ich könnte ihn an einem unbekannten, gefahrvollen Ort aussetzen. Vielleicht möchte ich das. Ich befürchte selber, daß ihm etwas derartiges passieren könnte. Ich sehe ihn irgendwo verlorengehen, und es besteht keine Hoffnung, daß man ihn findet. Ich bange um seine Sicherheit mehr als um meine eigene, und das erstaunt mich.
Wenn er sich fürchtet, fürchte ich mich ebenfalls, wenn auch nicht vor dem, was ihn ängstigt. (Wenn ihm etwas mißlingt, macht mich das nervös. Ich möchte endlich mal garantiert bekommen, daß er nichts mehr unternimmt, was mich ängstigt. Ich kann nicht zurückschlagen.)
Zittert er, so bebe ich. Hat er einen Schnupfen, läuft mir die Nase. Ich muß ebenfalls niesen, und mein Hals tut weh. Fiebert er, so pochen und brennen mir die Schläfen, Gelenke und Muskeln werden steif und schmerzen. (Ich bin schon ein Herzchen.)
Mein Junge ist ganz ähnlich geartet. Auch er identifiziert sich zu sehr mit Menschen, denen es übel ergeht. Ich nehme an, daß er deshalb Kleingeld und Kuchen an Personen verschenkt, die sie seiner Ansicht nach haben möchten –, er weiß, was es heißt, sich nach etwas zu sehnen. (Er sehnt sich gemeinsam mit ihnen.) Ich weiß noch, wie entsetzt er verwachsene oder verkrüppelte Menschen anstarrte, Bucklige, Zwerge, Amputierte, und ich konnte seine Gedanken lesen: Er wußte nicht, was denen passiert sein mochte, das nicht auch ihm passieren könnte, und es war nicht immer leicht zu erklären. (Ich durfte ihm nicht ein für alle Mal zusichern, daß er nie von einem Unfall betroffen werden noch ernstlich erkranken wird.) Mir fällt auf, daß er sie jetzt nicht mehr offen anstarrt. (Er blickt mit einem Anflug von Zorn beiseite, so wie ich beiseite blicke. Man soll Krüppel nicht anstarren, man soll aber auch nicht wegschauen.) Früher hielt er Arm oder Bein momentweise in einer unnatürlichen Stellung.
(»Sieh mal!«
Er zeigte mir die starre Muskelverkrampfung oder die fliegenden Krämpfe in Fingern und Füßen und staunte gleichermaßen verwundert wie unbehaglich über diese telepathische Erscheinung, wenn er einen Menschen mit verunstalteten Gliedmaßen sah und mich fragte, was da passiert sei.
»Meiner ist genauso.«)
»Ich kann dir übrigens noch was Komisches erzählen«, eröffnete er mir kürzlich. »Wenn ich jemand kitzle, muß ich lachen.«
»Wie kommt das?« wundere ich mich. Gleich darauf kommt mir das komisch vor, und ich muß lachen.
»Ich weiß nicht«, quietscht er, nun ebenfalls lachend. »Warum lachst du?«

»Weil ich das komisch finde. Und warum lachst du?«
»Weil du lachst!« jauchzt er und lacht noch lauter, er schlägt geradezu Blasen vor Wonne, er hält sich die Seiten, als könnten Rippen und Seele dies Entzücken nicht bei sich behalten.
Mein Junge lacht gern, er würde unentwegt spaßen, wären nicht so viele von uns um ihn her, die ihn hemmen und unterjochen. Ich fürchte unablässig, daß ihm was passiert. (Er ist der Junge, der im Park erstochen, der von Lymphogranulomatose befallen wird. Wenn er schwimmen gegangen ist. Wenn er nicht zu Hause ist. Wenn meine Tochter mit ihren Freunden im Auto unterwegs ist, warte ich darauf, daß ich durchs Telefon oder einen Streifenpolizisten von dem gräßlichen Unfall erfahre, dem sie soeben zum Opfer gefallen ist. Manchmal wünsche ich mir, alle beide würden sich dranhalten und die Sache hinter sich bringen, damit ich es mir endlich gemütlich machen und aufhören kann, immer von neuem darüber zu grübeln. Manchmal wünsche ich, alle meine Bekannten sollten sterben und mich von der zärtlichen Anteilnahme befreien, der ich dank eines großzügigen Mitgefühls für sie alle unterliege. Meiner Frau wegen bin ich nicht so in Angst, obwohl ich weiß, daß sie tagsüber, wenn sie getrunken hat, viel mit dem Wagen unterwegs ist. Ich denke kaum je an ihren Tod. Nur an Scheidung. Autos mag ich nicht. Schwimmbassins und das Meer ebenfalls nicht.)
Ich denke an den Tod.
Ich denke ständig an ihn. Ich brüte auf ihm. Ich fürchte ihn. Ich habe nichts für ihn übrig. Es sieht so aus, als wäre er eine Eigentümlichkeit meiner Familie. Man stirbt daran. Ich träume vom Tod, ich werkele unaufhörlich und ironisch an reich geschmückten Phantasiegebilden, die vom Tod handeln. (Und stelle dabei fest – Gott sei mir gnädig –, daß ich immer noch ganz darauf versessen bin, mein Dreiminutenreferat zu halten. Ich bin ganz wild darauf, Kagles Posten zu bekommen. Gestern Abend hörte ich für eine Weile auf, an den Tod zu denken und entwarf die beiden Referate, von denen ich vielleicht eines halten muß. Mag sein, ich darf keins von beiden halten, gute Formulierungen habe ich jedenfalls für beide gefunden.) Nachdem ich gestern nacht also meine guten Formulierungen gefunden hatte – oder war es heute früh, als ich unverkrüppelt aus dem Schlaf zurückkam? –, träumte mir, unser Mädchen riefe mich im Büro an, denn meine Frau war außer Hause, sie trank irgendwo (oder ließ sich bespringen; seit neuestem träume ich nämlich auch das hin und wieder, und es gefällt mir kein bißchen), und sagte in ihrem verwaschenen, südlichen Dialekt mit ihrer tiefen Negerstimme:
»Mr. _____, Ihr Sohn liegt seit fünfzehn Sekunden im Wohnzimmer auf dem Fußboden und atmet nicht mehr.«

Genau so drangen die Wörter in meinem Traum oder in Augenblicken umnebelter Wachheit an mein Ohr:
»Mr. ____, Ihr Sohn liegt seit fünfzehn Sekunden im Wohnzimmer auf dem Fußboden und atmet nicht mehr.«
(Kein Name. Keine Lücke. Eine Unterlassung von schlimmer Vorbedeutung, ein bloßer Strich – ich weiß nicht was.)
»Was?« keuchte ich, mir wurde ganz kalt, und ich bekam eine Gänsehaut. (In Erwartung der nahenden Tragödie, die sich endlich abspielen sollte, fühlte ich mich taub und kraftlos.)
»Mr. ____, Ihr Sohn liegt seit fünfzehn Sekunden im Wohnzimmer auf dem Fußboden und atmet nicht mehr.«
Ich war namenlos, wußte aber, wer ich war.
Ich hörte sie deutlich durchs Telefon, es fiel mir jedoch schwer, sie zu verstehen und ihr zu glauben – ich sah ihr Frauengesicht; es war dunkel, voll, gleichmütig, und ich zwang sie durch mein ständig wiederholtes »Was?« ihre Botschaft immer noch einmal aufzusagen –, mir fiel nichts anderes ein, als verzweifelt Zeit herauszuschinden, indem ich immer wieder »Was?« rief. Und was sie mir auszurichten hatte, blieb immer das Gleiche:
»Mr. ____, Ihr Sohn liegt seit fünfzehn Sekunden im Wohnzimmer auf dem Fußboden und atmet nicht mehr.«
(Die Zeit verrann, und immer waren es erst fünfzehn Sekunden.)
»Mr. ____, Ihr Sohn liegt seit fünfzehn Sekunden im Wohnzimmer auf dem Fußboden und atmet nicht mehr.«
(Bestimmt habe ich das geträumt.) Was würde ich tun, wenn so etwas passiert, während ich an einem ereignislosen Tag wie heute in meinem Büro in der Stadt sitze und von daheim angerufen würde mit der Nachricht, mein Sohn liege im Wohnzimmer auf dem Fußboden, augenscheinlich sterbend? Ich weiß genau, was ich tun würde. Ich würde die Polizei von Connecticut anrufen und ihr alles überlassen.
(»Mein Junge liegt seit fünfzehn Sekunden im Wohnzimmer auf dem Fußboden und atmet nicht mehr«, würde ich vielleicht melden müssen, und das wäre dann geradeso wie in meinem Traum.)
Sodann würde ich einen tiefen Seufzer ausstoßen und mich bemitleiden. Ich würde Verabredungen absagen, Pläne ändern, mich eiligst auf den Heimweg begeben müssen, mit einem möglichst langsamen Zug. Am schnellsten ginge es mit einem Taxi, doch würde mir das erst auf dem Bahnhof einfallen, wenn ich bereits im Zug säße und darauf wartete, daß er abführe. Ich würde nervös und unruhig sein. Mir wäre aber durchaus bewußt, daß ich es in Wahrheit nicht ganz so eilig hätte, daß ich mehr so täte; ich würde mir wünschen, daß das Schlimmste bereits vor-

über wäre und daß ich erst einträfe, wenn andere Leute das Erforderliche veranlaßt hätten und der Ausgang bereits feststünde, so oder so. Ich würde hoffentlich viel zu spät kommen, um noch irgendwie von Nutzen sein zu können. Kollegen und Untergebenen in der Firma würde ich mit keinem Wort erklären, warum ich vorzeitig ginge, weil ich mich ihren teilnehmenden Blicken und Redensarten oder ihrem heftigen Mitgefühl nicht aussetzen wollen würde. Ich würde ihre Fragen bei einem späteren Zusammentreffen nicht beantworten wollen. Stärker als alles andere aber wäre die Empfindung, belästigt zu werden. (Jede Veränderung der Planung ist eine Belästigung für mich.)
Gestern fühlte ich mich belästigt, weil in einer nahegelegenen U-Bahnstation ein Mann verunglückte und dadurch eine Verkehrsstockung hervorrief, deretwegen ich nicht frühzeitig, wie geplant, sondern verspätet zu einer Verabredung mit unseren Vertretern kam; er drängte sich in den Wagen, sein Arm geriet zwischen die sich schließenden Türen, trotzdem fuhr der Zug an, obwohl dies nicht sein dürfte, wie heute in den Zeitungen zu lesen steht. Er wurde den Bahnsteig entlanggeschleift und an den Pfeilern aus Beton und Eisen zerschmettert, welche den Tunnel stützen, in dem der Zug donnernd verschwand. Seine Frau befand sich bereits im Wagen und sah das Ganze hilflos mit an. (Bestimmt hat sie seinen Arm in ihrer Dummheit auch noch festgehalten, in dem sinnlosen und vergeblichen Versuch, ihn so zu retten. Bestimmt war es wie in einem Traum. Bestimmt sagt sie gerade jetzt:
»Es war wie in einem Traum.«)
Ein anderer Mann, ein Mann in meinem Alter, wurde gestern im Park totgeschossen, und niemand weiß warum. (Viele Männer meines Alters bereiten sich jetzt darauf vor, an Krebs, Hirnschlägen, Herzanfällen und ähnlichem zu sterben.) Vorige Woche wurde ebenfalls ein Mann im Park totgeschossen, und keiner weiß warum. In der Woche davor wurde noch ein Mann im Park totgeschossen, und keiner weiß warum. Im Park wird jede Woche ein Mann totgeschossen. Niemand weiß warum. In derU-Bahn wurde ein Junge erstochen. Ich gehe nicht in den Park. (In Jackson, im Bundesstaat Mississippi, werden pro Jahr etwa drei farbige Studenten kaltblütig von der Polizei totgeschossen, doch da weiß jedermann warum, und deshalb haben wir übrigen weiter keine Angst.) Sogar vor Türen fürchte ich mich immer noch. Ich fürchte mich vor geschlossenen Türen und fürchte mich vor dem, was ich bei geöffneter Tür beobachten oder was durch geöffnete Türen hereinkommen könnte. Ich weiß noch, daß ich vor Angst an seiner Mandeloperation beinahe starb, als er, noch ohne Bewußtsein, in sein Krankenzimmer gerollt wurde, reglos und blaß, in einer Ätherwolke, die mir übel machte, während gerade vor meinen

Augen unter einem seiner reglosen Nasenlöcher ekelerregend eine Kruste fast schwarzen Blutes austrat. (Mich rettete nur ein Wunder.) Mein Magen drehte sich um. In meinem Kopf dröhnte es. Das Zimmer verschwamm vor meinen Augen.

»Was hast du?« kreischte meine Frau entsetzt und starrte mich an. »Fehlt dir was?«

(Sie muß wohl geglaubt haben, ich sähe was an ihm oder wisse was von ihm, wovon sie noch nichts ahnte, und daß mir etwas Furchterregendes passiert sei.)

Ich konnte nicht sprechen. Mir war, als müsse ich mich erbrechen (dazu fühlte ich mich aber nicht wohl genug). In den Ohren summte es, das Hirn schmerzte, der Fußboden schlug Wellen, und ich wäre wohl auf der Stelle in Ohnmacht gefallen (wie ein Weib), wäre meine Frau nicht vom Bett meines Jungen aufgesprungen, hätte mich bei den Ellenbogen gepackt und mich mit ihren scharfen, langen Fingernägeln und ihren schrillen, durchdringenden Schreien geschockt. Sie hielt mich fest und richtete ihre weit aufgerissenen Augen wie grelle Lampen auf mich. Sie verhinderte, daß ich fiel, und geleitete mich wie einen geschwächten Invaliden zu einem Stuhl. (Meine Frau ist kräftiger als ich, sie ist auch ein besserer Mensch, aber das darf ich sie niemals merken lassen.) Sie gab mir Wasser aus einer Karaffe, die neben dem Bett meines Jungen auf einem Tischchen stand. Während ich noch in kleinen Schlucken trank, kam der Arzt herein und fragte, ob was nicht in Ordnung sei? Worauf ich, mich verstellend, den Kopf schüttelte.

»Alles in Ordnung, nicht wahr?« fragte ich. »Bestätigen Sie es bitte meiner Frau. Es ist alles in Ordnung, nicht wahr?«

»Alles in Butter«, erwiderte er lächelnd. »Er wird sich glänzend erholen. Da sind sie übrigens. Die haben ihm gehört. Vielleicht will er sie aufbewahren.«

Wir warfen sie weg, bevor mein Junge zu Bewußtsein kam und sie erblickte.

Diese Mandeloperation habe ich nie vergessen. (Meine eigene ebenfalls nicht.) Ich erleide auch heute noch Rückfälle mit akuten Symptomen, ich würge an dem süßlichen, erstickenden Geruch von Äther, der um ihn war, ich erinnere mich an das bleiche Gesicht, den blutigen Schorf, der ein Nasenloch profanierte, erinnere mich, immer unter Schmerzen, daß er, einigermaßen erholt und wieder daheim, vom Instinkt getrieben und wie verhext (ein Weilchen glich er einem vormenschlichen Lebewesen, klein und besessen) wieder und wieder durch die tiefe, abgestandene Dunkelheit in unser Schlafzimmer kroch, bemüht, den Augenblick abzupassen, da wir alle beide in festem Schlaf lägen, weil es ihm einfach unmöglich war, des

Nachts in seinem eigenen Zimmer allein zu bleiben. (Wir begriffen damals nicht, daß es tatsächlich unmöglich für ihn war. Wir meinten, er sei besonders durchtrieben. Ich glaube, auch ich bin außerstande gewesen, nach meiner Mandeloperation nachts in meinem Zimmer allein zu bleiben, denn ich meine mich zu erinnern, daß ich einmal bei meinen Eltern im Bett schlafen durfte, und das haben sie bestimmt nur erlaubt, weil ich krank war und mich fürchtete.) Wir scheuchten ihn weg. Sagten wir abends, es sei Zeit, schlafen zu gehen, wollte er nicht in sein Zimmer. Wir zwangen ihn dazu. (Es kann sein, daß er glaubte, wir wollten ihn dort einsargen, sobald es uns gelungen war, ihn hineinzulocken und die Tür hinter ihm zuzumachen. Er ließ nicht zu, daß wir die Tür schlossen, immer mußte sie mindestens eine Handbreit offen bleiben.) Einschließen taten wir ihn nicht. Aber ausschließen. Wir schlossen uns in unser Zimmer ein, weil wir es nicht aushielten, daß er die ganze Nacht hindurch immer wieder mit seiner hellbunten Bettdecke angekrochen kam, die er stets hinter sich her zerrte (stattdessen fanden wir ihn dann draußen vor unserer Tür auf dem zugigen Korridor zusammengerollt. Wir mußten uns am Schreien hindern, wenn wir morgens über ihn stolperten, denn anfangs vergaßen wir immer wieder, daß er dort liegen könnte. Später waren wir kaum noch imstande, die Schlafzimmertür aufzumachen, weil wir ihn dahinter spürten. Manchmal war er aber auch nicht dort; er war verschwunden, und das war dann ebenso schlimm, bis wir ihn entdeckten). Es war eine grauenhafte, nervenverschleißende Zeit für uns alle (am schlimmsten wohl für ihn, allerdings setzten wir uns darüber gerne hinweg. Ich blieb so oft als möglich über Nacht von zu Hause weg. Er brachte es in einer Woche hinter sich, ich habe länger dazu gebraucht). Es war eine Tortur (und er verhängte sie über uns). Es war zum Verrücktwerden. Man lag im Bett, versuchte zu schlafen und wartete schon darauf, daß er am Türknopf drehe oder auf dem Wege in unser Schlafzimmer über den dicken Teppich schloff, daß er uns weckte, uns erschreckte, uns benommen protestierend aus dem Schlaf riß. Man erwachte des Morgens mißgestimmt und fand ihn am Fußende des Bettes auf dem Teppich hingestreckt, oder auch in einer Ecke des Schlafzimmers mitsamt seiner Steppdecke um Stuhlbeine geringelt, die verklebten, schweren Lider vor Erschöpfung endlich fest geschlossen, die verzerrten Lippen schlaff, geschwollen, naß von Speichel, den Daumen leblos nahe dem Mund, als sei er gerade rausgefallen. (Sie war schlimm für mich, diese seine Mandeloperation. Schlimmer als meine eigene. Ich werde mich davon womöglich nie ganz erholen.)

»Bleib in deinem Zimmer«, pflegte ich streng zu befehlen.
»Du mußt zurück in dein Zimmer«, versuchte ich ihn sanft in unserem dunklen Schlafzimmer zu überreden, wenn aus unvermuteten Reserven Güte und Mitleid in mir erneut zu fließen begannen (in Wahrheit flehte ich ihn an, uns doch bitte in Frieden zu lassen). »Du darfst das Licht anlassen, wenn du magst. Du brauchst keine Angst zu haben.«
»Ich habe keine Angst.«
»Einer von uns setzt sich zu dir ans Bett.«
»Und dann geht ihr weg.«
»Ich kann nicht die ganze Nacht über in deinem Zimmer bleiben.«
»Warum muß ich es dann?«
»Weil es dein Zimmer ist.«
»Ich will aber in eurem Zimmer sein. Ich will bei dir und Mommy sein.«
»Der Arzt hat gesagt, du darfst nicht. Er hat gesagt, es ist schlecht für dich.«
»Welcher Arzt?«
»Ein Arzt, bei dem wir uns erkundigt haben.«
»Ich glaube ihm nicht.«
»Soll ich dich mitnehmen zu ihm?«
Damals fürchtete er sich bereits vor Ärzten und daran hat sich bis heute nichts geändert, nur fürchtet er sich jetzt auch vor Krankenschwestern und Zahnärzten. (Er möchte seine Zähne weder anbohren noch herausziehen lassen.) Ich glaube, auch er wird sich von dieser Operation nie ganz erholen. Ich glaube, weder er noch meine Tochter werden mir je verzeihen, daß ich die Infektion ihrer Mandeln vorschreiten ließ, bis es unvermeidlich wurde, sie in ein Krankenhaus zu bringen (um die Mandeln herausreißen oder schneiden zu lassen, ich weiß das nicht genau. Und seine Polypen dazu. Wegen seiner Polypen ist er nicht böse auf mich, denn noch weiß er nicht, was Polypen sind – das weiß überhaupt kein Mensch –, obschon man ihm auch sie weggenommen hat. Anscheinend handelt es sich dabei um hochspezialisierte Organe, die in der Rachenhöhle wachsen, einzig zu dem Zweck, entfernt zu werden), und Menschen, denen er mißtraut (mir nicht, obwohl er auch mir nicht immer traut), verbindet er in Gedanken mit dem Narkosearzt im Krankenhaus, an dessen Erscheinung er sich nur sehr undeutlich erinnert.
»Er hat mir ein Klistier gegeben«, behauptet er mit hartnäckiger Abneigung und Verlegenheit, als wir wieder mal bereden, was ihm durch den Kopf geht.
»Nein, der nicht«, berichtige ich ein weiteres Mal. »Der hat dir die Narkose gegeben. Das Klistier hast du abends zuvor von uns bekommen.«

»Ausgesehen hat er wie Forgione.«
»Erstens war er ein Japaner, und zweitens hast du Forgione damals überhaupt noch nicht gekannt.«
»Forgione ist Italiener«, gibt er zerstreut zu. »Forgione kann mich nicht leiden.«
»Doch, er mag dich.«
»Nein, das tut er nicht.«
»Doch. Jetzt kann er dich leiden.«
»Ich mag ihn nicht.«
»Brauchst du auch nicht. Tu einfach so, als ob.«
»Miss Owens kann mich nicht leiden.«
»Unsinn. Sie gibt dir gute Noten.«
»Immer schreit sie mich an.«
»Das tut sie nie.«
»Aber sie könnte, wenn ich meine Aufgaben nicht mache.«
»Dann mach deine Aufgaben.«
»Er sagt, ich kann nicht Seilklettern.«
»Und kannst du etwa?«
»Ich hasse Forgione.«
»Das ist nicht notwendig.«
»Warum nicht?«
»Er mag dich gern.«
»Hast du ihn nochmal gesprochen?«
»Sollte ich?«
»Ich hab' Angst vor Forgione.«
»Brauchst du aber nicht.«
»Woher willst du das wissen?«
»Er sagt, du bist gut gewachsen und kannst laufen wie ein Wiesel. Bloß lernen willst du nichts. Beim Klettern sollst du die Füße benutzen. Nicht die Beine, sondern die Füße.«
»Was ist ein Wiesel?«
»Ein vierfüßiges Tier, das so schnell rennt wie du.«
»Kriege ich Weisheitszähne?«
»Klar. Sobald du größer wirst.«
»Müssen die gezogen werden?«
»Willst du dir darüber etwa jetzt schon Sorgen machen?«
»Muß das wirklich sein?«
»Nur, wenn sie schlecht sind.«
»Du kannst mich nicht leiden.«
»Doch.«
»Du verreist.«

»Wohin?«
»Nach Portoriko.«
»Ich muß.«
»Nach Portoriko?«
»Wann?«
»Letztes Jahr. Da warst du in Portoriko.«
»Ich mußte.«
»Und fährst du jetzt wieder weg?«
»Ich muß.«
»Bald?«
»Im Juni.«
»Nach Portoriko?«
»Ich gehöre zum Komitee. Ich suche den Tagungsort mit aus.«
»In deiner neuen Stellung?«
»Die habe ich noch nicht.«
»Hältst du dann eine Rede?«
»Ich hoffe.«
»Als du weg warst, ist mir mein Rad geklaut worden.«
»Ich habe dir ein neues gekauft.«
»Ich dachte schon, ich würde auch noch verprügelt.«
»Man hätte es dir auch geklaut, wenn ich hier gewesen wäre. Ich hätte derweil im Büro gesessen.«
»Fahr nicht.«
»Ich muß aber.«
»Immer, wenn du wegfährst, habe ich Angst, du kommst nicht wieder.«
»Ich weiß.«
»Woher?«
»Von dir.«
»Manchmal weine ich.«
»Ich komme ja zurück.«
»Ich will nicht allein bleiben.«
»Bleibst du auch nicht. Mommy ist doch da.«
»Mommy mag mich nicht leiden.«
»O doch.«
»Sie brüllt mich an.«
»*Ich* brülle dich an.«
»Du kannst mich nicht leiden.«
»Du redest blühenden Unsinn. Wenn ich gebrüllt habe, tut es mir hinterher unweigerlich leid. Mach dir keine Gedanken. Ich komme schon wieder. Ich lasse dich nicht allein.«
»Und wenn du stirbst?«

Seine Frage überrascht mich. »Wie kommst du darauf?«
»Ich will nicht, daß du stirbst«, versichert er feierlich. »Vielleicht bin ich deshalb darauf gekommen.«
»Überhaupt nicht?«
»Nein.«
»Na, dann will ich mir Mühe geben«, lache ich. (Mein Lachen klingt gezwungen, hohl.)» Eigens deinetwegen. Ich will übrigens selber nicht.«
»Aber du mußt«, überlegt er, »oder?«
»Doch, eines Tages wohl. Aber dann ist es dir vielleicht einerlei.«
Er blickt ruckartig auf. »Wieso denn das?«
»Falls du Glück hast, bist du dann schon erwachsen und brauchst mich nicht mehr. Du kannst dann schon für dich selber sorgen und wirst auf meine Gesellschaft nicht mehr scharf sein. Vielleicht fühlst du dich sogar erleichtert. Ich brülle dann jedenfalls nicht mehr.«
»Komm her, Schlampe!« ruft er aufgeregt nach meiner Tochter. Er staunt ungläubig und seine Augen funkeln. »Weißt du, was Daddy gerade gesagt hat?« Seine Augen funkeln. »Er sagt, wenn er stirbt, ist uns das vielleicht ganz egal, weil wir dann schon erwachsen sind und für uns selber sorgen können. Vielleicht sind wir sogar erleichtert.«
Meine Tochter ist verdrossen und nicht ansprechbar (und mir ist so, als ginge sie bald zu betäubenden Drogen über, wenn sie nicht überhaupt schon welche nimmt).
»Und Derek?« fragt sie mit geradezu erleuchteter Bosheit, ein kaltes Glitzern in den Augen. Ich runzele die Stirne.
(Sie ist stolz auf diesen Stich.)
»Der war nicht gemeint.«
»Derek hast du wieder mal vergessen.«
Ich habe Derek vergessen. Ich wollte, ich könnte ihn öfter vergessen. Es fällt schwer, ihn längere Zeit zu vergessen (solange er noch mit uns dieses Haus bewohnt, obschon ich mich unablässig bemühe. Ist er mir aus dem Auge, ist er mir meist auch aus dem Sinn. Wir sollten ihn wegtun, ihn uns ein für alle Mal aus dem Haus und aus dem Sinn schlagen. Was wird das für eine Erlösung sein. Einfach ist es nicht. Meine Tochter will, daß ich es tue, mein Junge nicht. Ärzte um Rat fragen ist mittlerweile zwecklos). Ebenso wie mein Junge fürchte ich mich vor Ärzten, Krankenschwestern und Zahnärzten (wenn ich mich auch verstelle) und habe mich wohl seit je vor ihnen gefürchtet. Ich fürchte, sie könnten recht haben. (Als ich beim Militär geimpft wurde, schaute ich jedesmal direkt auf die Nadel, weil ich einen so starken Drang verspürte, den Kopf wegzuwenden. Blutspenden tue ich nicht mehr. Ich gebe kein Blut mehr für die Blutbank der Firma, wenn einmal im Jahr die Personalabteilung und der Be-

triebsarzt alles herrichten, um robusteren Angestellten, als ich es bin, Blut abzuzapfen, die sich freiwillig zur Verfügung stellen und im Austausch verdünnten Orangensaft bekommen. Ich gehe meinen Untergebenen nicht mit gutem Beispiel voran.) Schon fühle ich mich in die Weisheitszähne meines Jungen ein. Bislang hat er nie von ihnen gesprochen (sonst hätte ich mich schon früher eingefühlt. Ich hoffe nur, sie stehen nicht schief. Wie soll ich ihn zum Zahnarzt locken, wenn er weiß, daß gezogen werden muß? Vielleicht ist er dann ein anderer. Vielleicht aber nicht. Auch ich freue mich nicht darauf, Zähne gezogen zu bekommen. Neue Löcher entstehen nur noch selten, dafür fallen alte Füllungen raus und Zahnstein will entfernt sein. Ich kann die scharfen Instrumente nicht leiden, die in mein weiches Zahnfleisch pieksen, bis es rundum wehtut und in Blut schwimmt. Ich mag nicht das Kitzeln am Gaumen, wenn die Innenseite der Zähne im Oberkiefer poliert wird. Ich fürchte mich vor dem Besuch bei meinem Zahnarzt alle halbe Jahre. Ich gehe jetzt jede Woche, weil mein Zahnfleisch behandelt werden muß). Auch ich fürchte Forgione (möchte nicht seinetwegen an Seilen hinaufklettern. Auch er schleicht sich gelegentlich, zusammen mit Niggern und anderen bedrohlichen Fremden in meine Träume, gleitet verstohlen durch die Schatten im Hintergrund und schlüpft mir durch die Finger, bevor ich entdecke, was er dort treibt), obwohl ich ihn nicht in Gedanken mit dem Narkosearzt bei der Mandeloperation verbinde (den ich nicht als bedrohlich empfand, obwohl er meinem Jungen ganz munter unter meinen Augen eine flüssige Narkose durch einen rosa Schlauch gab. War das ein Klistier? Hat er doch recht?). Nie werde ich seine Mandeloperation vergessen, auch meine eigene nicht, nicht die meiner Tochter, nicht die immer wiederholten Auskünfte von Ärzten, die mir gedämpften Tones ins Gesicht sagten, meine Mutter habe vermutlich wieder einen Hirnschlag erlitten, einen neuen Spasmus, und dies bei anhaltendem Verfall dank fortschreitender Arthritis, mithin sei es nicht immer leicht, etwas Genaues zu sagen (denn das waren lauter morbide, abschreckende Erlebnisse, und ich kann die Erinnerung daran unmöglich verdrängen), und mit Abscheu erinnern werde ich mich auch weiterhin jenes wohlhäbig aussehenden jungen Arztes im gestreiften Anzug mit der übertrieben straffen Haltung (er war jünger als ich und verdiente schon mehr Geld), der zu uns auf die Veranda hinaustrat (ich werde ihn nicht vergessen), nachdem er an einem klaren Frühlingstag Derek untersucht hatte (ich werde ihm nicht vergeben) und uns, als die Tür hinter ihm zugeklappt war, mit der ihm vielleicht nicht bewußten Andeutung eines Lächelns auf dem selbstzufriedenen und ausdruckslosen Gesicht (dieses Lächeln werde ich wohl nie vergessen) eröffnete:
»Sprechen können wird er niemals.«
Dieses Schwein.

Es scheint fast, als verbrächte ich mein Leben zwischen Menschen, die nicht sprechen. Meine Mutter konnte gegen Ende nicht sprechen. Derek, mein jüngstes Kind, konnte von Anfang an nicht sprechen. Meine Schwester und ich sprechen kaum miteinander. (Wir tauschen Glückwunschkarten.) Mit Vettern und Kusinen spreche ich nicht. (Vielleicht spreche auch ich eines Tages nicht mehr. In meinen Träumen fällt das Sprechen oft schwer. Meine Zunge kommt mir tot, trocken und gequollen genug vor, um mich zu ersticken. Ihr Belag ist rauh. Sie regt sich nicht auf Verlangen, und ich fühle mich gefährdet und in Angst versetzt, weil ich weder sprechen noch schreien kann.) Ich wünsche, ich brauchte mich nicht von Frau und Kindern zu trennen und nach Portoriko zu fahren. (Wenn ich verreisen muß, mache ich mir jedesmal Gedanken. Über alles. Ich mache mir Gedanken darüber, was aus Frau und Kindern würde, käme ich einmal nicht mehr nach Hause.)

Derek ist meistenteils recht gut zu haben (für ein Kind, das nicht sprechen kann) und jetzt auch stubenrein. Nehmen wir ihn mit unter Menschen, gibt es kaum noch Störungen. Er benimmt sich im allgemeinen unauffällig. Dies ändert nichts daran, daß er höchstens den Intelligenzgrad eines Fünfjährigen erreichen wird und auch das nur allmählich; mit Beginn der Pubertät und dem Eintritt der Geschlechtsreife stehen tiefgreifende emotionelle Erschütterungen in Aussicht. (Falls er solange lebt. Ich habe gehört, gewisse Sorten von Retardierten – das ist eine weitere Bezeichnung, die wir auf ihn anwenden dürfen – hätten eine unterdurchschnittliche Lebenserwartung und ich ertappe mich dabei, daß ich darauf baue.) Manchmal hat er einen verträumten, stieren, verständnislosen Blick, der ihn gedankenverloren und abwesend erscheinen läßt, doch davon abgesehen unterscheidet sein Gesicht sich nicht auffällig von anderen Gesichtern. (Erst wenn er zu sprechen versucht, wird es peinlich für uns. Wir sagen, er soll das lassen.
»Psssst«, flüstern wir.)
»Lernt er sprechen?« fragt mein Junge.
»Nein.«
»Gebt ihr ihn weg?«
»Wir müssen tun, was das Beste ist.«
»Würdest du mich weggeben, wenn ich nicht sprechen könnte?«
»Du kannst doch sprechen.«
»Und wenn ich nicht könnte?«
»Du kannst aber.«
»Aber wenn ich nun nicht könnte. Wenn mir was passierte.«
»Dann würden wir tun, was das Beste ist.«

»Das Beste für wen?« höhnt meine Tochter.
»Für uns alle. Wir geben ihn schließlich nicht bloß darum weg, weil er nicht sprechen kann.«
»Bitte schickt ihn nicht weg«, fleht mein Junge, der ihn nicht einmal anschauen kann, ohne zurückzuschrecken.
»Dann tu gefälligst mal was für ihn«, fordere ich. »Nie spielst du mit ihm. Keiner von euch beiden spielt mit ihm.«
»Du ja auch nicht«, höhnt meine Tochter.
Ich entgegne nichts.
Mein Junge schweigt.

In meiner Familie gibt es vier Personen, vor denen ich mich fürchte. Drei von diesen vier fürchten mich, und jeder dieser drei fürchtet die beiden anderen. Nur ein einziges Familienmitglied fürchtet keines der anderen, und das ist schwachsinnig.

Es ist nicht wahr

Es ist nicht wahr, daß geistig behinderte (schwachsinnige, gefühlsgestörte, autistische, idiotische) Kinder notwendig von den Eltern bevorzugt werden oder stets ungewöhnlich hübsch und liebenswert sind, denn Derek, unser jüngstes Kind, ist nicht besonders hübsch, und liebenswert finden wir ihn auch nicht. (Am liebsten dächten wir überhaupt nicht an ihn. Sprechen mögen wir ebenfalls nicht von ihm.)
Wir bewohnen derzeit – es geht uns ausgezeichnet – mit ihm und seiner Pflegerin ein prächtiges zweigeschossiges Haus im Kolonialstil, das hinter weißen Fensterläden auf einem exquisiten Grundstück in Connecticut steht, abseits von einer gewundenen, malerischen Asphaltstraße namens Peapod Lane, und das ich verabscheue. Ringsum wurzeln Rosenbüsche, Zinnien und Chrysanthemen, die ich ebenfalls verabscheue. Platanen und Kastanien schmücken meine Triften und meine Auen. Leimtöpfe füllen meine Garage. Mir gehört eine elektrische Bohrmaschine mit sechzehn Zubehörteilen, die ich niemals benutze. Gras sprießt hinten wie vorn unter meinen Sohlen, Blumen beginnen zu blühen, wie es ihnen verordnet ist. (Hier auf dem Lande riecht der Frühling nach Insektengift und Pferdemist.) Nahebei wohnen Familien, die sich Pferde als Schoßtierchen halten, und auch die sind mir ein Graus, die Leute wie die Pferde. (Schließlich wohne ich hier in Connecticut, verflucht nochmal, noch dazu in einem exklusiven Vorort, und nicht im Wilden Westen, aber diese Kleufel müssen sich Pferde halten!) Ich hasse meine Nächsten und meine Nächsten hassen mich.
Es gäbe noch so manches, was ich hassen könnte (wäre ich der Typ, der unaufhörlich jammert, ha, ha, oder sich nichtswürdig seinen Anfällen von Selbstmitleid überläßt, ha, ha, ha).
Sogar mich selber könnte ich hassen, mich, den großherzigen, duldsamen, liebenswerten, guten alten Bob Slocum (selbstverständlich auf freundliche, verständnisvolle Weise), weil ich immer noch mit der gleichen Frau verheiratet bin, obschon ich sehr bezweifelte, daß ich sie über-

haupt heiraten sollte, weil ich mich meiner kleinen Base einstmals im Sommer unsittlich näherte, als die Mütter gerade nicht hinschauten, wonach ich mir auf der Stelle und für alle Zeiten verderbt und widerlich vorkam (was mir schon klar war, ehe ich es tat –, Spaß hat es nicht gemacht. Ich sehe immer noch ihre leere, blicklose Kleinmädchenmiene. Weh getan hab' ich ihr nicht, Angst gemacht auch nicht. Nur mit dem Finger habe ich ihre Hose zwischen den Beinen einmal flüchtig berührt und dann noch einmal. Dafür gab ich ihr einen Zehner, und als mir gleich darauf einfiel, daß sie es petzen könnte, bereute ich es auch schon. Gepetzt hat sie nicht, aber das kann noch kommen, ich warte darauf. Einen Zehner war es nicht wert. Sie war ein langweiliges, unansehnliches Ding, meine Kusine. Was wohl aus ihr geworden ist? Nichts. In meiner Ablage liegt sie immer noch als langweiliges, unansehnliches Ding. So bleibt sie. Mein Stammbaum ist jetzt weit verzweigt – am liebsten würde ich mir in den Bauch beißen, weil ich all die unbezahlbaren Gelegenheiten habe vorbeigehen lassen, die sich mir damals im Büro länger als ein halbes Jahr bei Virginia boten, und auch bei zwei Schwestern, Pfadfinderinnen beide, die ich von der Schule her kannte. Ihre kichernden Ermunterungen hielt ich für bloßen Spott, dabei feierten sie echte Orgien mit älteren Jungen aus der Nachbarschaft, die uneingeladen auf unseren Parties erschienen und Klamauk machten. Angeblich vergewaltigten sie auch Mädchen); weil ich meinen Bruder mit geöffnetem Hosenlatz im Kohlenschuppen hinter unserer Mietskaserne mit Billy Fosters dürrer Schwester überraschte, die damals in meine Klasse ging, aber längst nicht so helle war wie ich (so groß war mein großer Bruder damals noch gar nicht), zwar schon auffallende Brustwarzen aber noch keine Brüste hatte und es trotzdem machte (Geraldine war in Geographie, in Geschichte und im Rechnen viel schlechter als ich, aber sie machte es schon richtiggehend mit Jungen, so groß und alt wie mein großer Bruder. Wohingegen jemand wie ich noch nicht mal masturbierte); weil ich meine Kinder kränke und tyrannisiere (ich sah ihr sprachloses Entsetzen, wenn sie meinten, ich sei gereizt. Ich sah, welch unüberwindliche Schwierigkeiten es ihnen machte, unbefangen mit mir zu sprechen. Das Herz pocht ihnen im Halse. Ich sehe, wie sie vor entkräftender Angst zittern und möchte sie dafür prügeln, daß sie so schwach sind. Danach breche ich den Stab über mich und werde noch zorniger auf sie); weil ich meiner Frau Schimpf antue (seit neuestem mag ich nicht mehr den Tyrannen spielen und lasse nach Möglichkeit Frauen in Frieden, mit denen sie bekannt ist); weil ich in der Vergangenheit so häufig memmenhaft und gedemütigt nicht nur meiner herrschsüchtigen, besitzgierigen Schwiegermutter nachgegeben habe (die mich anfangs ganz hübsch herumkommandierte)

(und ich mußte so tun, als sei das nicht so), sondern auch meiner launischen, herrschsüchtigen Schwägerin (die jetzt spitz aussieht und bösartig, und deren Gesicht dank der harten, klaffenden Furchen einem Pfirsichkern ähnelt); weil ich in der Haftpflichtversicherungsgesellschaft verzweifelt und fatalistisch vor der mächtigen, unvergeßlichen Mrs. Yerger bedingungslos kapitulierte, wenn sie, wie mir damals schien, drohend über mir aufragte (und die mir jetzt immer einfällt, wenn ich mich über Dereks Pflegerin errege. Warum wir sie Pflegerin nennen, weiß ich nicht. Pflegen tut sie nichts. Sie ist eine Wärterin. Sie wartet meinen geistig behinderten Sohn) wie eine grinsende Fregatte. Sie brach aus einer obskuren Abteilung hervor, um das Kommando über unser Archiv an sich zu reißen, und schon beim ersten Blick sagten mir ein Frostschauer im Gebein und die Kälte in den Fingerspitzen, daß sie mich baldigst rausschmeißen würde, falls ich nicht vorher kündigte; und weil ich wieder und wieder bei der saftigen, prallbusigen Virginia versagte, in jenem Büro, wo ich damals als tumber, schüchterner, ängstlicher und idiotisch treuherziger, unschuldiger Jüngling tätig war und mir vorkam wie ein Findelkind, und manchmal noch ärger.
Was war ich doch für ein Tropf.
»Erinnern Sie sich an Mrs. Yerger?«
Ich kenne keinen Menschen mehr, der auch nur von ferne ahnen könnte, was ich mit dieser Frage meine. Virginia würde mich verstehen, doch Virginia wird außer Hörweite sein, wenn ich einst, senil und im Delirium, den Verstand verliere und Fremde mit Rätseln belästige, die für mich von ältester, keimhafter Bedeutung sind.
»Erinnern Sie sich an Mrs. Yerger?«
(Ich erinnere mich an Mrs. Yerger und erinnere mich daran, daß auch Virginia jetzt tot ist und daß sie voller Emphyseme und entzündeter Venen wäre, lebte sie noch. Was war ich doch für ein schwachköpfiger Tölpel damals: ich hätte sie haben können. Heiß war sie. Ich war versteinert. Was hat mich, zum Teufel, damals eigentlich so lange gehemmt, mich stranguliert? Kein Wunder, daß ich nicht mehr zu halten war, als ich mich endlich losriß.)
Die Haftpflichtversicherungsgesellschaft gibt es noch. (Virginia nicht mehr.) Vergrößert hat sie sich nicht. Sie ist praktisch unbekannt. Meine Firma hingegen ist bekannt. Und seither hat das Leben für mich im wesentlichen aus einem sterilen Bürotisch nach dem anderen bestanden, abgesehen von den wenigen guten Jahren, die ich nicht daheim, sondern beim Militär verbrachte.
Wie habe ich da gepatzt. (Ein Blödmann war ich. Mit meiner Frau hab' ich es oft genug daheim auf dem Schreibtisch getrieben und einmal,

Sonntags Nachmittags, auch auf dem Schreibtisch im Büro, während die Kinder in der Music Hall von Radio City eine Show sahen. Und kitschig fanden.) Statt an durchweichten Broten mit Lachs, Tomate oder Wurst, die meine sparsame Mutter mir zur Arbeit mitgab, hätte ich monatelang an knusprigen Titten knabbern können. Nicht daß die Brote mir nicht geschmeckt hätten. Heute würde ich ihr die Lippen und die großen Brüste mit der Lachs- und Tomatenzunge ablecken. Nein, ich täte es nicht; alles würde genau so sein wie damals; hätte ich sie jetzt, und wäre ich der Ältere, ich würde nicht ums Verrecken in ihre Fänge geraten wollen, würde mich unbeschädigt und möglichst guten Gewissens ihren Klauen entwinden, wie ich es ja gewohnheitsmäßig bei allen meinen Pattys und Judys, meinen Karens, Cathys und Pennys tue, sogar bei meiner schlanken, lächelnden, langbeinigen, gelehrigen, blutjungen Jane, dem Zicklein, dieser meiner erfrischenden, neuen Versuchung aus der Werbeabteilung, die in meinen Händen Wachs wäre. (Aber wie lange kann Wachs einen verzaubern?) Verabredungen mit Frauen sage ich ebenso selbstgefällig ab, wie ich sie vereinbare.
(Leichter ist es, Verabredungen abzusagen als einzuhalten, es erfordert weniger Zeit. Das einzige, was wir wirklich besitzen, ist Zeit. Fehlen tut uns, was man damit anfangen könnte. Also treffe ich Verabredungen.) Die Mädchen sind fast immer lieb zu mir gewesen. (Ich bin der Meinung, dazu sind sie da.) Ich mag aber mit keiner einzigen öfter zusammensein, und auch nicht längere Zeit hintereinander. Immer wollen sie hinterher reden, wollen mir nahe sein, ich aber möchte schlafen oder heimgehen. Ich lüge. (Gern bestelle ich mir kleine Büromädchen über die Mittagszeit in die Wohnung von Red Parker, denn ich weiß, sie müssen gleich wieder zurück an die Arbeit.) Ich zaudere. Ich zaudere bei Jane (mache drei Schritte vor und drei Schritte zurück), ich weiche aus; ich weiß schon, was mir hinterher an Jane mißfallen wird (selbstverständlich wird sie zu mager sein. Und zu unreif. Überall werde ich scharfe Knochen spüren. Worüber soll ich mit ihr sprechen? Über Liebe? Über ihre Malerei? Sie wird glauben, wir seien intim miteinander. Wie gräßlich. Wie kann ich den Wirrwar meiner Gefühle je entwirren?); am dichtesten rücke ich Jane auf den Leib, wenn es ausgeschlossen ist, ihr noch dichter auf den Leib zu rücken; eine Verabredung für den Abend deute ich scherzhaft nur an, wenn ich weiß, es kann daraus nichts werden. Mein Wahnsinn hat Methode. Tollkühn bin ich nur, wenn ich mich sicher fühle. Bedenken schlage ich einzig bei totaler Flaute in den Wind. Ich weiß, eines Tages werde ich um alle meine verstoßenen Damen trauern, wie ich schon heute um Virginia trauere und um Marie Jencks.
»Mach's mir wie Marie, dann wackeln mir die Knie«, summte Virginia. Und ich hab' es keiner von beiden gemacht.

Ich trauere unaufhörlich um sie alle, einerlei wohin ich mich wende. Trauer ist meine Hautkrankheit. Davon abgesehen bin ich gesund, ich fühle mich recht wohl, sehe auch so aus, bis auf einen kleinen Wanst und ein Polster unterm Kinn. Falls ich unbedingt will, kann ich mein Fett in vier Wochen loswerden. Ich glaube, ich gehörte zu jenen hübschen, jungen Burschen, die einige meiner Freundinnen, wie sie behaupten, hin und wieder des Nachmittags oder Abends aufgabeln, wenn sie sich langweilen oder in verwegener Stimmung sind. (Sie prahlen auch damit, daß sie Schwule aufgabeln und Neger und andere Mädchen. Es ist mir einerlei. Es ist mir nicht einerlei. Aber so fällt es mir leichter, ihnen den Laufpaß zu geben, wenn mir danach ist. Ich mag Mädchen, die mit anderen gehen.) Virginia hat mir oft versichert, ich sähe gut aus, sei geradezu hübsch, dazu sexy und gewitzt, und wenn ich mal groß wäre, könnte ich garantiert jedes Mädchen haben.
Da irrte sie. Nicht jede, die ich haben wollte, habe ich bekommen. Dafür aber eine ganze Menge, die ich nicht wollte.
»Legen Sie Hand an, Mrs. Murphy«, summte ich zurück, schäumend vor Wonne, und badete arglos in solch liebreizenden Komplimenten und der Wärme ihrer zutraulichen Neigung.
Virginia war damals weit offen für mich, und ich wußte es nicht. Virginia war damals weit offen für mich, und ich wußte es sehr wohl. Und gerade darum bin ich wahrscheinlich jedesmal so tölpelhaft zurückgeschreckt, wenn es schien, sie wollte mich weiter fortreißen, als ich mich traute. (Kaum hatte ich begriffen, daß ich mit Virginia tun durfte, was ich wollte, da verlor ich auch schon die Kraft, überhaupt etwas mit ihr zu tun. Ich konnte nicht sagen, was gesagt werden mußte. Es lief schließlich alles auf Wörter hinaus, und die richtigen vermochte ich nicht auszusprechen.) Mir versagte die Sprache (wie sie mir in Gegenwart von Mrs. Yerger versagte – ich habe nie geglaubt, ich könnte Mrs. Yerger durch eine Bemerkung ein Lächeln abnötigen –, und wie sie, so glaube ich, meinen Kindern und meiner Frau in meiner Gegenwart versagt). Warum ich so reagierte, weiß ich nicht. Junge Bengel treiben es heutzutage überall in der Stadt mit älteren Mädchen und reifen Frauen (falls man den Bengeln glauben darf oder den reifen Frauen). Wahrheitsliebende Mädchen protzen damit, daß sie in kleinen Ferienorten an der Küste hübsche oder auch ungepflegte Halbwüchsige verführen (auf der Ferienreise durch Europa sind es Araber, Griechen und Slawen) oder sich an freien Nachmittagen in der Stadt welche von der Straße holen. Sie sind sexuell befreit (sagen sie). Skrupel kennen sie nicht (behaupten sie). Sie sind keinen sozialen oder psychischen Beschränkungen unterworfen. Alles ist erlaubt. Warum sind sie dann aber ängstlich, hysterisch,

verkrampft und niedergedrückt? Sie sind einsam. Sie wissen nicht, was sie machen sollen.
»Was soll ich denn machen?« klagt mein Junge.
»Wenn ich bloß wüßte, was ich machen soll«, klagt meine Tochter.
»Was sollen wir denn bloß mal machen?« fragt meine Frau. »Können wir niemand besuchen?«
Sonntage sind tödlich.
Freie Zeit ist der Untergang.
Gescheiterte Ehefrauen im Alter meiner Frau greifen entschlossen zu viel jüngeren Männern, manchmal gar zu Knaben, und diese Seite der Sache gefällt den Gatten ganz und gar nicht. (Hier haben die Frauen endlich ein Mittel, uns tief zu treffen. Auf Geld und die Kinder können die Ehemänner verzichten, daß aber ihre Frauen es sich von einem jüngeren Schwanz besorgen und dies jedermann wissen lassen, das ertragen sie nicht.) Dabei sind unsere Schwänze sowas Rührendes. (Das habe ich bereits früh so empfunden und kam damit einer Wahrheit sehr nahe. Ich verspürte ein Bedürfnis, nicht Macht. Ich fühlte Verlangen, niemals habe ich ein Herrschaftsinstrument darin gesehen.) Für besondere Gelegenheiten können Frauen immer noch einen robusteren auftreiben. (Jedes Mädchen findet jederzeit einen Mann, der es ihr macht, wenigstens ein Mal.)
Ich vermute, Frauen fühlen sich weniger gefährdet, wenn sie sommers in den Ferienorten mit ihren verkrampften, spitzen Fingern (falls sie ihre Nägel nicht bis auf die Haut abgeknabbert haben, was man immer häufiger sieht) die Initiative bei Studenten, Tischlerlehrlingen oder Halbwüchsigen ergreifen und alles unter Kontrolle halten. Alle wollen immer alles unter Kontrolle halten. (Ich will alles unter Kontrolle halten. Penny macht, daß ich die Selbstbeherrschung verliere, meiner Frau gelingt es ebenfalls. Bei Penny zerschmelze ich jedesmal zu einem gurgelnden, blubbernden Häufchen Schwachsinn und finde es herrlich.) Eine meiner Freundinnen verliert bei jedem Orgasmus völlig die Beherrschung und haßt hinterher mich und die ganze Welt wild und erbittert fünf oder zehn Minuten lang (bis sie die Beherrschung zurückgewinnt), während ihre zersplitterten Sinne sich wieder sammeln. (Dann lutscht sie am Daumen.) Sie ist gedemütigt, vernichtet, nachtragend und gedämpft. Sie schämt sich. Sie rollt sich von mir weg und zusammen wie ein katatonisches Kind und läßt nicht zu, daß ich sie streichle, es sei denn, meine Berührung und meine Worte sind tröstlich. Sie möchte lieber keinen Orgasmus haben (außer wenn sie allein ist mit ihren Fingern oder dem Vibrator); sie hält ihre Reaktion zurück; lieber ruft sie selber eine hervor. Sie glaubt, wer sie dabei beobachte, lache über sie. Ich be-

obachte sie. Auch ich möchte ihr lieber keinen Orgasmus verschaffen. (Darin stimmen wir recht gut überein. Ich spüre nämlich, was es bedeutet, Macht über einen Menschen zu haben, wenn es mir gelingt, sie zum Orgasmus zu bringen. Ich fühle Kraft. Wir schlüpfen beide aus unserem Charakter und verwandeln uns.) Ginge es dabei nicht auch ums Prestige, ich würde keiner meiner Freundinnen einen Orgasmus verschaffen, sondern einzig meiner Frau, und darin liegt nicht etwa besonderes Verständnis, liegt nicht Rücksichtnahme, sondern eine Spur sadistischer Grausamkeit. Manche Frauen verändern sich dabei wirklich erschreckend. Sie sollten sich was schämen. Ihre entblößten, geschmacklosen, unwillkürlichen Verrenkungen wirken desillusionierend und verkommen, beängstigend und obszön. Es fällt schwer, nicht noch eine ganze Weile hinterher viel geringer von ihnen zu denken, manchmal zwanzig Jahre lang. Wir gehen wenigstens vom ersten Moment geil und bestialisch an die Sache heran; wir geben zu erkennen: wir lechzen danach wie lüsterne Affen. Heutzutage fangen auch viele Frauen schon gleich so an, und bei denen fühle ich mich nicht besonders wohl (obschon ich weiß, ich kriege, was ich will. Man sollte vielleicht nie im Voraus wissen, daß man kriegt, was man will. Eine Freundin habe ich, bei der weiß ich es nie, und bei meiner Frau weiß ich es auch nicht immer. Sie hat vielleicht Bauchweh oder sonst ein Weh, oder sie ist zu müde. Bei Penny weiß ich es genau. Penny treffe ich übrigens seltener als früher). Frauen, die sehr selbstsicher sind und gleich sagen, was sie wollen, mag ich nicht.
»Los, her damit«, scheinen sie zu kommandieren, »du hast lange genug damit gemacht, was du wolltest.«
Anmaßende Biester. Im allgemeinen habe ich es gern, wenn *sie* das Tun und Geben übernehmen; ich kann mir dann sagen, ich habe ihnen eins ausgewischt – ich kriege was umsonst. Viele mögen das ebenfalls lieber. Ihre Knaben lutschen sie. Das scheint ihnen einfacher. So brauchen sie sich nicht auszuziehen und sich nicht zur Schau zu stellen. Sie müssen nicht selber kommen oder tun, als kämen sie. Sie müssen sich nicht bewähren. Sie müssen nicht tun, was erwartet wird. (Niemand will ein Risiko eingehen. Ich stehe damit nicht allein. Ältere Frauen, Geschiedene, die voller Groll sind, die allerdings bestehen darauf, die wollen gevögelt werden, sie verlangen es. Ich ziehe mäßig verunsicherte Frauen vor. Von unterwürfiger weiblicher Einsamkeit nähre ich mich wie ein füchsiger Räuber. Ihre Witterung zieht mich an. Meine gefräßige Schnauze ist unersättlich leidenschaftlich, für einen Abend oder zwei. Streitsüchtige Frauen, deren Männer Schürzenjäger waren, rächen sich mit der Axt: sie sind beleidigt, wenn man sie nicht ficken will.) Danach werfen sie ihre Beschäler raus.

»Worüber sollte ich mit dem Scheißkerl schon reden?« hat mir eine dieser Frauen gesagt, die sich einen Achtzehnjährigen in einer Diskothek griff, nach Hause zerrte und vor dem Frühstück wegschickte.
Kein Wunder, daß so viele unserer virilen jungen Männer heutzutage Potenzstörungen haben. (Geschieht ihnen recht.) Ich hätte jedenfalls welche. Ich hatte welche. Virginia war vor mir sicher, weil ich mich bei ihr unsicher fühlte. (Gewiß hätte ich nicht alles unter Kontrolle halten können. Dazu fehlten mir das Selbstvertrauen und die Kenntnisse.) Und Virginia fühlte sich fortan unsicher mit dem Schadensbegutachter, der gedroht hatte, sie auf der menschenleeren Straße beim Friedhof von Queens aus dem Auto zu stoßen, wenn sie ihn nicht ranließe (und auch mit Ben Zack, der ihr in seinem Wagen Gewalt antun wollte, trotz seiner Krücken und seines Rollstuhls).
»Und genau so hat er sich übrigens ausgedrückt«, beklagte sie sich bei mir in einem mürrisch protestierenden Ton, der für sie gar nicht typisch war. Wenn sie darauf zu sprechen kam, verlor sie jedesmal die Fassung. »Er holte ihn einfach 'raus, ohne zu fragen. Ich dachte, er sei verrückt geworden. Ich schaute bloß mal hin, und da war er. Richtig beleidigt hat mich das, glaub mir. Ben Zack muß ihm doch irgendwelche Lügen über mich erzählt haben.«
Ich hatte nicht genug Selbstvertrauen und wußte auch zu wenig, um mir in meiner Phantasie viel auszumalen, ohne gleich den Mut (und anderes) zu verlieren. Mein kleiner, steifer Piephahn vom Durchmesser eines Zehners löste sich, schwups, in heiße Luft auf. Sie machte mir Angst (der Gedanke an ihre Nacktheit machte mir Angst. Nackt wollte ich sie mir überhaupt nicht vorstellen). Zwar war sie hübsch, doch konnte sich ihr Gesicht von einem Moment zum nächsten gräßlich verändern, sie blickte mich dann an wie das Haupt der Medusa, ein schlimmes, haariges, wimmelndes Nest von unzähligen Ottern und Vipern, die grundlos nach mir züngelten.
»Heute machen wir es aber mal richtig«, sagte sie oft.
Und verwandelte mich in Blei, Holz oder Stein, sobald ich den Eindruck hatte, sie könnte mich weiter drängen, als ich gehen wollte (näher heran an das, was man früher Geschlechtsverkehr nannte. Heute sagt man ficken). Ich kam mir entmenscht und kastriert vor; alles fühlte sich verloren an. In meiner Brust pochte es einmal dumpf, dann blieb mir das Herz stehen. Ich fühlte mich krank. Sehnen und Muskeln bibberten schlaff, es drängte mich, für ein Weilchen aus ihrem Gesichtskreis zu entschwinden, mich später wieder anzuschleichen, von neuem, doch aus sicherer Entfernung, behutsam, zentimeterweise. (Den Flirt mit ihr genoß ich wohl mehr als alles andere, der war Selbstzweck und ist es heute

noch oft. Auch jetzt bin ich mir durchaus nicht immer im Klaren darüber, ob ich ins Bett gehen möchte oder nicht.) Der Drang verließ mich, ich ertaubte; die Schwellung saß nun im Hals und nicht mehr in der Hose. Schwanz und Eier gerieten in Verlust, sie waren weg. Sie verloren ihre Empfindlichkeit. Ich mußte hinfassen, kneten, nachschauen, um mich davon zu überzeugen, daß die schlaffen, verschrumpelten Wursthäute noch da waren, mir noch gehörten. Ich spürte Abwesenheit, nicht Masse oder Gewicht. Auch jetzt spüre ich dort weder Masse noch Gewicht. Eine sonderbare und herabsetzende Bemerkung über die männlichen Geschlechtsteile. Sie sind unser schwächstes Rohr.

Wenn ich mich darauf konzentriere, fühle ich meine Füße in den Schuhen, und ich fühle auch, wenn ich auf diesem Stuhl aus Holz sitze, wo der Oberschenkelknochen an das Hüftgelenk stößt. Ich fühle Hand und Unterarm auf der braunen Schreibtischunterlage ruhen. Ich fühle die andere Hand auf dem Kammgarn meiner Hose, fühle die derzeit unbehaglich verdrehte Haltung meiner Wirbelsäule, deren unterer Teil (sacrum) unentwegt wenn auch erträglich schmerzt, doch in meiner Unterhose, wo die äußeren Geschlechtsteile befindlich sein sollen (und wohl auch sind), kann und kann ich nichts fühlen, und koste es mich Leben und Würde. Alles, was ich fühle ohne hinzufassen, ist Reibung wie von Schmirgelpapier an einer Stelle, wo die Unterhose kneift. Ich möchte dort eine Regung erzwingen, kann aber nicht. Eben war da noch was, das weiß ich. Es gehörte mir. Ich habe, soviel ich weiß, Anspruch darauf. Jedenfalls muß ich die Hose aufknöpfen und nachsehen, wenn ich davon überzeugt sein will, daß da wirklich baumelt, was baumeln soll. Ich sehe nach. Es baumelt. Welch geringe Erleichterung. Wo sollte es wohl hin, wenn es von mir wegginge? Es fühlt sich an, wie verlorengegangen (man hat mich beraubt!), ja, vor meinen sehenden Augen ist es wie abgepulte Haut von einer Schwiele, wie Schorf, wie die Zellophanhülle einer zerdrückten Zigarettenpackung. Es hat den Anschein, als sei dieses Gehänge bereits von mir zu einem besseren Arbeitgeber übergegangen und habe nur welke Schabsel zurückgelassen, mir zum Hohn. Doch dann kratze ich gemächlich, ich reibe, ich kitzele und – ah! – packe fest zu. Jetzt habe ich ihn, jetzt weiß ich, er ist wieder da, stämmig, aufrecht, alert, gehorsam, eifrig, treu und ehrgeizig. (Den engagiere ich sofort für meine Abteilung. Solche Eigenschaften werden in Konzernen und bei Behörden sehr geschätzt.) Im Naturzustand ist er nämlich immer so sehr, sehr klein, unbeachtlich, winzig, träge, und zwar alle, nicht nur meiner, ausgenommen es wüchse einer auf einer Mißgeburt, und auch dann wäre er nur vergleichsweise groß, es sei denn, jene menschliche Mißgeburt wäre ein ausgewachsenes Pferd. Es gibt wohl große

Köpfe, Bäuche, Ärsche und Gott weiß, daß es mächtige, füllige Busen gibt (ich verliere allmählich den Geschmack daran, ziehe tatsächlich bereits die kleinen, deutlicher geformten Brüste vor, wie etwa die meiner Frau oder die von Penny, Mary, Betty und Laura, die sich allesamt größere wünschen), sogar ein Hirn wiegt ein bis zwei Pfund, aber einen großen menschlichen Pimmel gibt es, glaube ich, nicht.
(Nicht Frauen leiden unter Penisneid, sondern Männer.)
Überhaupt sind die Geschlechtsteile nur ein winziges Detail der gesamten Konstruktion, und versteifte man sich nicht auf sie, sie würden glatt übersehen. Sie sind anmaßend und lächerlich mit ihren hochnäsigen, naserümpfenden, aufdringlichen, übersteigerten Ansprüchen. (Wir lassen ihnen einfach zuviel durchgehen.) Dabei können sie ihre herrische Pose keinen halben Tag pro Woche durchhalten. Welch jämmerliche Waffe, um darauf die Vorherrschaft des Mannes zu begründen, ein schlaffer, kollapsibler Kanal, durch den hin und wieder die universale Antriebskraft teelöffelweise ausgestoßen wird. Kein Wunder, daß wir die Fäuste ballen und bei Tisch brüllen müssen.
Als ich noch jung war, schnellte meiner verläßlich vor, sobald ich daranging (oder auch nur erwog), meine obszönen Wechselreden mit Virginia aufzunehmen, die unter der großen, runden Uhr saß, deren schlanker, spitzer Minutenzeiger (für mich damals ein Phallussymbol, ein Schwert oder eine Lanze, heute aber eine Lanzette oder ein Mastdarmspiegel) alle sechzig Sekunden mit einem Ruck weiter sprang. Er ragte peinlich hervor. (In jenen Tagen schmelzflüssiger Pubertät konnte ich nicht einmal mit meinen Schulfreundinnen tanzen, ohne alsbald in eine unselige Erektion auszubrechen, die weder mit mir noch meinen Partnerinnen zu tun hatte –, ich hätte mit Recht die Achseln zucken und behaupten dürfen:
»Der gehört mir nicht. Ich kann daran nichts ändern.«
Ich hätte der Tanzfläche den Rücken kehren und ihn einfach dort schweben lassen sollen – mitten in der Luft, verleugnet –, doch knickte ich stattdessen im Kreuz ein und wich zurück, um ihn nicht zu zeigen. Heute dränge ich mich vor, man soll sehen, daß da was ist. Wie ich bemerkt habe, ist das eine wirkungsvolle Eröffnung bei gereiften Frauen, die Appetit erkennen lassen.) Stattdessen hielt ich mir Aktenhefter vor. Ich ging ohne Hefter überhaupt nicht an Virginias Schreibtisch, wo wir so taten, als suchten wir Unterlagen, während wir lüsterne Reden wechselten.
»Warte draußen auf mich.«
War sie einverstanden – und wenn möglich, war sie es immer –, dann lächelte sie und nickte fast unmerklich. Ich trat allein aus dem Büro in

den Korridor. Das Herz klopfte mir wie rasend, die Handflächen wurden feucht, und am liebsten wäre ich an den Aufzügen vorbei auf den Treppenabsatz zwischen den Stockwerken gerannt, aber ich wußte, daß ich damit noch warten mußte. Virginia war umsichtiger als ich, sie ließ sich Zeit. Mich verzehrte die Eile. Ich konnte während des Wartens nicht stillstehen. Damals hat er mich nie enttäuscht. Nie hat er mich oder sich im Stich gelassen, wenn sie endlich auftauchte, ebenfalls eilig, und ich sie ungeschickt auf die Nase küßte, auf die Wange, auf den Mund, meine Zähne gegen ihre Zähne stieß, daß ich glaubte, sie würden splittern, sie hier und dort kniff und grapschte und ihn so fest gegen sie drückte und rieb, daß es schmerzte – sie keuchte ebenfalls, lachte aber auch dabei –, und das alles während der vier bis fünf Sekunden oder jener Achtelminute, welche sie mir gestattete, bevor sie log:
»Es kommt wer.«
Das waren blitzschnelle, unglaubhafte Zusammenkünfte, die wir manchen Tag alle zwei bis drei Stunden auf dem Treppenabsatz genossen, über uns lebende Menschen in Büros, unter uns der vollgestopfte, schäbige, unbewohnte Lagerraum mit Schränken voll toter Akten, die doch irgendwann irgendwem wichtig erschienen sein müssen, sonst hätte man sie nicht aufbewahrt. Gesucht wurde hier kaum je was. Es waren Unfallopfer, alt und in ausgebleichten Heftern mit blauen oder roten Zahlen auf dem Deckel, begraben unter juristischen und medizinischen Gutachten.
Von Hefter zu Hefter waren die Tatsachen gleich alt und uninteressant. (Ich schnüffelte sehr bald nicht mehr darin.) Es waren abgeschlossene Akten erledigter Menschen.
»Es kommt wer«, keuchte sie angstvoll, wenn sie meinte, es sei Zeit, sich aus meinen Händen zu befreien, auch wenn nie jemand kam.
Immer wollte ich viel mehr von ihr, viel mehr und gleich dort auf der Treppe, was nicht ging, wie ich wußte. (Seither habe ich es an ausgefallenen und unsinnigen Orten getrieben – meine Frau findet an solchen Eskapaden ebenfalls Geschmack –, bedauerlicherweise aber nie auf einer Treppe. In unserem Haus in Connecticut ist die Treppe sehr geeignet, doch könnten die Rückenschmerzen meiner Frau sich verschlimmern, und ich würde mir die Knie aufschürfen.) Hinterher war ich trotzdem immer ganz befriedigt. Und sehr mit mir einverstanden. Zum ersten Mal durfte ich eine erwachsene Frau befingern; schließlich war sie einundzwanzig, fast zweiundzwanzig, als wir uns das letzte Mal sahen. Ich preßte mich in ganzer Länge gegen sie, wollte sie überall zugleich packen und bedrängen. Wäre ich bedächtiger und weniger gierig vorgegangen, sie hätte mir wohl mehr zukommen lassen. Einmal im Lagerraum leitete sie mich an:

»Langsamer, langsamer.« Ihre Stimme klang gurrend, beschwichtigend. »So ist es besser, Liebster. Du machst mir ja Angst.«
Ich war erhitzt und schwitzte wie ein fieberndes Baby. Ich hätte mich am liebsten auf den Rücken gelegt, alle Viere von mir gestreckt und engelhaft geröchelt. Liebster hatte mich bis dahin noch niemand genannt.
»Liebster.«
(Das hält immer noch vor.)
Meist wurde ich bei meinen wilden Attacken von den Heftern behindert, die ich mitschleppte, denn ich vergaß unweigerlich, sie aus der Hand zu legen. So klemmte ich sie denn zwischen ihren Rücken und die Wand, gegen die ich Virginia drückte, um sie zu küssen und abzulecken, wobei ich schnurchelte und grapschte; machte Virginia sich von mir los, fielen sie 'runter und verstreuten ihren Inhalt. Ich erinnere mich noch, wie kühl und glatt ihre Höschen sich anfühlten, wenn ich sie berührte, und wie ich darüber staunte, daß es mir überhaupt gelang – wie ein Wunder war das.
»Es kommt wer«, wiederholte sie knurrend.
(Noch zwei Sekunden, und ich wäre gekommen.)
Ich mußte sie freigeben, denn sie geriet plötzlich vor Angst außer sich. Ringsumher kochender Wahnsinn. Wenn sie den Rock zurechtschob, ehe sie wegrannte, funkelten ihre Augen durchdringend und eine Spur irre; sie gab sich Mühe zu lächeln. Wenn ich unter ihren Rock faßte, regte sie das wohl doch mehr auf, als sie erwartete. Und ich war zu grob. (Hätte ich gewußt wie, sie wäre weit offen gewesen für mich.) Jetzt ist sie geschlossen. Virginias Akt ist geschlossen wie die Akten aller jener Personen im Lagerraum, erledigt auf diese oder jene Weise. Auch meiner. Und zwischen den toten Akten in jenem trüben Lagerraum liegen wie abblätternder Putz meine verpaßten Gelegenheiten, die sexuelle Reife beizeiten zu erlangen, früh das Bumsen zu erlernen (was man damals früh nannte). Dort hätte ich Virginia haben können. Ich hätte es ihr entweder auf dem Tisch oder auf dem Fußboden besorgen können (sie bat mich geradezu darum. Aber mir versagte die Sprache), oder in der Wohnung ihrer Freundin oder auch in einem Hotel, als ich noch ein schlacksiger, junger, blöder, magerer Halbwüchsiger war, der an fast jedem Werktag Mommas durchgeweichte Brote zu Mittag aß, während ich die Sportseite, die Comics und die Klatschspalte im *Mirror* verschlang, den es jetzt nicht mehr gibt –, alles verschwindet nach und nach. (Die alte Ordnung geht zu Grunde. Eine neue ist nicht da.) Nichts Neues und nichts Gutes geschieht unter der Sonne. Was man auch kauft, gleich muß man es reparieren lassen oder mindestens einmal umtauschen. Wir

lügen allesamt. Wir nennen das *Initiative* – an den ich mich aber erinnere (als hätte ich Angst zu vergessen. Wenn ich dein vergäße, oh *Mirror*, was würde dann aus dir? Und aus all den Stunden fleißiger Zerstreuung, die ich dieser mistigen Gazette gewidmet habe) wie an die *Daily News*. Sechzig Cent bekam ich die Stunde. Heute verdiene ich mehr. Man frage in meinem Büro, frage meine Kinder. (Eins davon wird nicht antworten.) Anfangs verdrückte ich zwei belegte Brote, später drei. Vier hätte ich essen können. Auf eben jenem Tisch, zwischen *Vermögensschäden – 1929* und *Personenschäden – 1930* hätte ich im Alter von siebzehn Jahren meine Unschuld in Virginias moosiger Möse lassen können, von vorn und von hinten von seitlich vorn oder seitlich hinten, wie ich es jetzt mit schlanken, geschmeidigen Frauen tue, die keinen Muskelkrampf kriegen (solange ich nicht dicker werde. Hoffentlich fallen mir nicht noch mehr Haare aus, sonst kann ich es bald weder so noch anders mehr treiben, ausgenommen mit meiner Frau. Früher hat man mich meiner weichen welligen Haare wegen gepriesen. Jetzt sind Locken gefragt, und die habe ich nicht), mehrmals täglich an fast allen Wochentagen, auf eben dem Tisch, an dem ich den *Mirror* und die Stullen zu mir nahm, die Absätze fest gegen *Personenschäden – 1929* gestemmt, zwecks Gewinnung von Stoßkraft und Beweglichkeit, in der Ellenbogenbeuge unsere Köpfe vor einem Zusammenstoß mit *Vermögensschäden – 1930* bewahrend. Ich sehe uns jetzt oft auf jener Tischplatte vögeln. Wir sind bekleidet. Ihr Make-up ist verschmiert, ihr Gesicht schlaff und entstellt, die Kleider ungeordnet, aufgerissen, weg-, hoch-, runtergeschoben, beiseitegeworfen. Nackt sind wir nicht. Das Bild ist deformiert, verzerrt, eine schändliche Skizze in bunter Kreide und Wachs. Bei den Personenschäden gab es Leute, die zu Tode gekommen waren. Kaum zu glauben, daß schon 1929 in den Akten über Vermögensschäden Autos zusammenstießen. Schwer vorstellbar, daß es damals überhaupt schon welche gegeben hat. Nein, ich konnte nicht. Ich hätte nicht anders handeln können. Ich tat, was ich konnte. Heute wäre es das Gleiche. Es wäre das Gleiche, wäre ich der gleiche, zaudernde, zurückgebliebene, halbwüchsige Archivschreiber, dem die Mutter belegte Brote ins Büro mitgibt. Danach ließ er mich im Stich. Er schrumpfte, taute ab, löste sich auf zu einem fühllosen Lappen Vorhaut, verkroch sich zaghaft, wenn sie mich zum nächsten Schritt drängte, der Anmeldung im Hotel –, ich ahnte nicht, wie man sich in so einem blöden Hotel anmeldet. Ich war erst siebzehneinhalb –, dem Gang in die Wohnung einer Freundin; er ließ mich im Stich, wenn lockere Redensarten nicht mehr ausreichten, wenn ich es nicht mehr aufschieben konnte, sondern ihr ins Auge sehen und *Ja* sagen sollte zu einer verwirrenden, wahrhaft

erschreckenden Situation, wo ich allein sein würde mit ihr, mich in ihrer Gegenwart ausziehen, ihn herausholen und probieren sollte ihn reinzustecken, bevor er schlapp wurde. (Ich wußte, er würde schlapp sein, noch ehe ich ihn draußen hätte.) Ich konnte es nicht. Ich wollte es nicht. Der Kopf würde mir schmerzen davon. Ich wollte doch weiter nichts, als mit ihr scherzen, mir ihre Abenteuer mit anderen Männern anhören, sie mehrmals am Tag sekundenlang betasten. Ich war zu jung. Ich würde meine Verwegenheit einbüßen, meine Persönlichkeit, meinen Ehrgeiz, meinen Witz. Ich hatte keinen Humor. Der Wille, Ja zu sagen, drohte mir ebenso verloren zu gehen, wie Kraft und Seele, und mir würde keine fühlbare Substanz bleiben. Der Kloß würde mir in den Hals steigen –, nur der würde noch bleiben, eine Schwellung im Hals statt in der Hose –, und ich würde die Sprache verlieren, ihr nicht mehr gestehen, sie nicht mehr anflehen können:
»Ich habe Angst, Virginia. Ich muß mir Zeit lassen, Liebste. Laß mich dich Liebste nennen. Hilf mir, mich zurechtzufinden.«
Ich war benommen, statt Verlangen empfand ich Übelkeit und eine unendliche, lähmende Trostlosigkeit. Ich glaube, sie wußte das und bedauerte mich, und dafür haßte ich sie, hoffte, sie würde zum Krüppel und müßte sterben. Tom, mit seiner blumigen, affektierten Handschrift, machte es auf Verlangen drei- bis viermal in der Woche der großen, blonden, mürrischen, herrischen, plumpen Marie Jencks auf dem Tisch im Lagerraum (manchmal ließ sie es sich auch stehend von ihm besorgen, wie er mir berichtete, gegen die Wand gelehnt, besser noch aufrecht in der Ecke, das war leichter.) Ich aber hatte eine Todesangst vor der sanften Virginia. Ich wollte es nicht sehen. Auch jetzt macht es mir keinen richtigen Spaß hinzusehen. Es verschlägt mir immer noch für einen Moment den Atem. Ich muß mich zusammenreißen, mich vorbereiten (wenn ich nicht volltrunken auf einer Woge schäumenden Selbstvertrauens ohne Aufenthalt hineingeschwemmt werde). Ich war nicht steif vor Angst, sondern schlapp (ha, ha). Tom war aber älter als ich, und in seinem Alter tat ich es dann auch, und doch bin ich immer wieder ganz benommen. Dieser Anblick. Immer anders. Nicht zwei sind gleich. Keine ist zweimal die Gleiche. Und wenn ich hundertfünfzig Jahre alt würde (und wenn Gott gnädig ist, werde ich so alt), könnte ich mich an den Anblick nackter Frauen nicht gewöhnen, es sei denn, ich wäre Arzt. Immer noch beobachte ich verstohlen meine Frau. Eher schon werde ich Voyeur. Mösen sind immer anders. Während des Auskleidens bin ich gespannt und voller Zweifel. Nicht zwei Frauen gleichen einander. (Warum tun sie das für mich?) Immer noch kommt wenigstens eine Sekunde der Scheu, der blanken Neugier, wenn ich mit

angehaltenem Atem auf das warte, was mir da enthüllt und angeboten wird. Ich muß es annehmen, ob es mir gefällt oder nicht. (Derweil gebe ich mich lässig und tue, als sei ich ganz in einen anderen, viel fesselnderen Anblick vertieft, z. B. den meiner Hose über der Stuhllehne, des Gitters vor der Klimaanlage oder meiner wollenen Socken, die samt Sockenhaltern in meinen Schuhen stecken.) Ob wir wohl für Frauen ein ebenso interessanter und sonderbarer Anblick sind? Ich glaube, schon. An mir bewundert man Sauberkeit und Symmetrie und die niedliche Geschmeidigkeit der Vorhaut (neuestens für immer mehr Frauen ein ebenso ungewohntes Ornament wie meine Sockenhalter. Beides ist selten geworden. Um keinen Preis lasse ich mich jetzt noch beschneiden. Die Sockenhalter gebe ich notfalls dran. Manche Leute mögen finden, daß ich etwas jüdisch aussehe, und daß ich oft wie ein Jude denke, aber meine Vorhaut beweist, daß ich keiner bin, falls ich je eines solchen Beweises bedürfte, etwa gegen Green, der einer ist. Der gleiche, schwer faßbare Kobold, der so listig in mir am Werke ist und mir eingibt gegen Kagles krankes Bein oder meiner Tochter auf den Fuß zu treten, weckt gelegentlich einen köstlich pulsierenden Reiz in meinem Gaumen, der von kitzelnder Gier in einem Nasenloch begleitet ist, und Reiz und Kitzel stacheln mich zweistimmig an: »Mach schon! Tu's doch, Schatz. Du wirst sehen, es ist ein Genuß« – sie drängen mich, wie soll ich sagen, sie drängen mich zu antisemitischen Pöbeleien). Leberflecke, Muttermale, Pickel, wulstige Narben und ungepflegtes Haar, strähnig oder verklebt, an Stellen des Körpers, wo ich es nicht erwarte, machen mich krank vor Enttäuschung, ich werde mürrisch und fühle Ekel, wenn ich mich nicht gleich von Anbeginn spartanisch in den Griff nehme und schnurstracks und wie von verzehrender Leidenschaft entflammt drauflosgehe. (Ich muß so tun, als betete ich mit der Verblendung des Fetischisten genau jene Erscheinungen an, die mir widerwärtig sind. Oder ich muß es endgültig aufgeben. Ich mag die Gefühle der Frauen nicht verletzen. Auch meine nicht.) Jedesmal erhoffe ich mir seidige Vollkommenheit und trage jeden Makel unbarmherzig nach. (Ich komme mir betrogen vor, gekränkt.) Ich muß eben darüber wegsehen, das Ganze im Auge behalten. Bei manchen wuchert das Haar an der Innenseite der Oberschenkel noch aus dem Badeanzug heraus. Ihnen scheint es nichts zu machen, sie bemerken es offenbar nicht. Ich schon. Ich weiß dann nicht, wohin ich wegsehen soll. (Sie müssen doch wissen, daß da welches wächst.) Man kann schließlich nicht sagen:

»Verzeihung, junge Frau, Ihr Haar schaut vor.«

Denn man könnte zur Antwort bekommen:

»Na und?«

Oder:
»Als ob ich das nicht wüßte.«
Oder:
»Schauen Sie doch weg, wenn es Ihnen nicht gefällt.«
Gescheiter und weniger gewagt wäre:
»Pardon, Gnädigste, darf ich Sie darauf aufmerksam machen, daß Ihr Haar herausschaut?«
Anders, wenn man mit ihnen etwas vorhat, dann kann man sich in zotigen Andeutungen ergehen. Diese Art Frauen liegen mir nicht besonders (auch wenn ich so manche mit gespielter Begeisterung willkommen heißen mußte, als sich herausstellte, daß die, hinter der ich her war, zu eben jener Sorte gehörte). Überflüssiges schwarzes Haar im Gesicht oder am Körper schätze ich weder bei Männern noch bei Frauen, auch nicht, wenn es abrasiert ist. Ich sehe darin eine Verirrung, etwas Teuflisches, Empörendes. (Es ist wie eine Beschimpfung.) Meine Frau hat schwarzes Haar, doch inzwischen weiß ich, wo sie welches hat. Von ihr habe ich keine flaumigen, gekräuselten Überraschungen zu erwarten. (Von den Haaren, über die ich zu meiner Zeit gestolpert bin, könnte ich stundenlang erzählen, wäre ich der Typ, der zwanghaft von früherem Versagen sprechen muß. Mrs. Yerger hatte einen Kropf. Betty Steward hatte einen Silberblick, trotzdem habe ich ihr monatelang einmal wöchentlich beigewohnt, bis sie einen jüngeren Menschen traf, von dem sie dachte, daß sie ihn möglicherweise gern heiraten würde. Als meine Mutter sie sich nicht mehr mit der Pinzette ausreißen konnte, sproßten in ihrem Gesicht dunkelgraue, borstenartige Haare. Ihre Poren klafften vergröbert. Wenn ich mich zwang, in ihr Gesicht zu sehen, übersah ich die Haare. Ich konnte nicht zu ihr sagen:
»Mutter, mir kommt vor, in deinem Gesicht sprießen einige Haare.«
Sie hätte das damals wohl weder gehört noch verstanden, und ich hätte dann lauter und gereizter wiederholen müssen:
»Hör doch, Ma, du hast Haare im Gesicht!«
O nein. Wie könnte man das zu seiner eigenen kranken Mutter sagen? Bei dem Rorschachtest, den ich hier machen mußte, kam heraus, daß ich mich nicht in unzusammenhängende Details verrannte, sondern sofort das Ganze überblicken konnte. Man schloß daraus, daß ich Erfolg haben würde, und ich hatte welchen.) In den ersten Jahren unserer Ehe wollte meine Frau sich mir nicht nackt zeigen, ausgenommen in der Badewanne, sie mochte sich auch beim Ausziehen nicht zusehen lassen. (Auch jetzt noch schätzt sie es nicht, von mir auf dem Klosett sitzend erblickt zu werden, und ich reiße mich nicht darum, sie dort zu sehen. Ein- bis zweimal pro Jahr genügt.) Es freut sie jetzt aber, wenn ich ihr

beim Ausziehen zuschaue, sie macht einen richtigen Striptease, läßt sich anschließend aufs Bett sinken und posiert wie Goyas Herzogin. Mir macht es Spaß und ich lache mit ihr. Noch mehr Spaß würde es mir machen, wenn sie nicht bereits den ganzen Tag gesüffelt hätte und nicht angetrunken wäre. (Sie könnte mit dem Wagen verunglücken, jemand überfahren. Sie könnte ihren Striptease mit der gleichen angetüdelten, leichtfertigen Erwartung vor einem anderen Mann abziehen.) Meine Frau und ich haben viel mehr Spaß miteinander, als mir zu erinnern beliebt. Wir amüsieren uns oft. Ich glaube kaum, daß sich die Dinge für mich noch besser anlassen könnten. Früher bediente sie sich einer Methode des Kleidungswechsels, bei der ihre unteren Regionen nie unbedeckt blieben. Höschen und Strumpfhalter zog sie unter dem Nachthemd sowohl an wie aus.

Nur kürzeste Einblicke waren da möglich. So ein herzloses, gefühlskaltes Aas. Im Bett streifte sie das Nachthemd bereitwillig ab, wenn ich es verlangte. Sie ging zum An- und Ausziehen sogar ins Badezimmer. Kein Wunder, daß ich sie aus ihren Alpträumen nicht wecke. Soll sie darin doch sterben, sich in tausend blutige Fetzen reißen lassen bei der Vorstellung, in Fetzen gerissen zu werden. Ist der Fassadenkletterer, den meine Frau sich ihrem Bett im Traum nähern sieht, der gleiche Dieb, von dem ich träume?

»Wovon hast du geträumt?«

»Ach, es war gräßlich«, erzählt sie morgens, immer noch schwer mitgenommen. »Dir ist was Schreckliches passiert.«

»Quatsch.«

»Doch, ich schwöre.«

»Man träumt nicht von anderen Leuten, man träumt immer nur von sich selber.«

»Irgendwas passierte dir. Ich konnte es nicht verhindern und hatte Angst.«

»Du hast von dir selber geträumt.«

Das An- und Auskleiden dürfte sie im Ferienlager gelernt haben, wo Burschen durch Lücken in den Holzwänden linsten, oder ihre Mutter hat es ihr beigebracht, wenn nicht gar die geschiedene, nach Eifersucht riechende Schwester, die im College angebufft wurde, bevor das Mode war, und die seither frigide und mißgestimmt ist. Sie wohnt mit ihren leberfarbigen Sommersprossen unweit von uns ganz allein in einem kleinen Haus und posaunt überall herum, daß sie es nicht anders möchte. Ich glaube ihr das. (Ich glaube auch, daß nichts ihr größeres Vergnügen machen würde, als wenn ich oder ein anderer verheirateter Mann ihr Anträge machten.

Wir würden scheitern. Sie würde uns abweisen. Allein die Möglichkeit, uns abzuweisen, wäre für sie ein Himmelsgeschenk.) Ich glaube ferner, daß sie stets in unserer Nähe wohnen möchte. Ich glaube, sie verabscheut mich, beneidet meine Frau, vergiftet deren zutrauliches, unterwürfiges Naturell und hetzt sie arglistig gegen mich auf. Sie gibt massenhaft frömmlerische und reaktionäre Kommentare von sich. Sie ist kinderlos. Ihr erster Mann hat wieder geheiratet und Kinder gezeugt. Sie besitzt ein Ladengeschäft. Sie mißbilligt vieles. Sie wünscht, meine Frau wäre ihr ähnlicher und tadelt sie dafür, daß sie es nicht ist. Sie hat dauernd was an unseren Kindern auszusetzen und offeriert meiner Frau Rezepte, die einen folgsameren Gatten aus mir machen sollen.

»Das würde ich ihm nicht durchgehen lassen. Dafür habe ich Don rausgeschmissen.«

Daß John und Robert Kennedy ermordet wurden, erfüllte sie ebenso mit Genugtuung, wie daß die Damen dieser Familie schiefe Zähne haben. Meine Frau soll ihr in allem beipflichten. Ich soll ein Schwimmbekken anlegen lassen. Ich spüre Rivalität zwischen uns. (Früher spürte ich sie zwischen mir und ihrer Mutter.) Ich ließ meine Frau nicht merken, wie es mich kränkte, wenn sie sich so auszog. (Wie oft habe ich sie verflucht und Rache geschworen. Ich räche mich. Wir Slocums haben unsere Familienehre.) Es ging dabei um hehre Grundsätze (und um niedrige Geilheit. Zu gern sah ich sie in anmutloser Haltung. Das ist immer noch so.) Sie ahnte nichts von der Wirkung, die das auf mich hatte (sie ist nicht gemein), und ich war zu empfindsam und zu stolz, mich zu beschweren. (Betteln wollte ich nicht. Und sie ahnte überhaupt nicht, was vorging.)

»Träumst du je, daß ich tot bin?« fragt sie gern.

»Träumst *du* je, ich sei tot?«

»Ich glaube fast. Ich glaube fast, in diesem Traum warst du tot.«

»Herzlichen Dank.«

»Ich war richtig traurig.«

»Ich erinnere mich nicht. Ich träume immer von mir, und du bist nicht ich.«

»Ich träume auch von dir.«

»Du kommst auch in meinen Träumen vor. Soll ich dir den gleichen Gefallen erweisen? Soll ich es versprechen?«

»Du könntest es doch nicht halten.«

»Warum dann davon reden?«

Ich bin dankbar dafür, daß sie nicht fragt ob:

Ich je von ihr mit einem anderen Mann träume, denn das tue ich selbstverständlich, und auch dieser Traum handelt von mir. (Die beiden nehmen die geschlechtliche Vereinigung nur vor, um mich zu besudeln.) Und ich mag das nicht. Ich will nicht, daß meine Frau Ehebruch begeht. Ich glaube nicht, daß sie es möchte, auch wenn sie sich auf größeren Gesellschaften gelegentlich laut und ordinär aufführt (und wenn sie meint, sie wünsche sich etwas Romantik. Ich hätte auch gern Romantik. Aber woher nehmen?); wahrscheinlicher ist, daß sie sich sträubt, eine jener altmodischen Personen zu sein, die nicht Ehebruch begehen wollen (während wir von unzähligen Frauen hören, die es wollen und tun). Sie müßte schon betrunkener sein als sie je war (soweit mir bekannt) und in sehr schlimme, gierige Hände geraten. Sie müßte, ohne es zu merken, an einen entlegenen Ort gebracht und stumm von einem unbarmherzigen Bösewicht überwältigt werden. (Gespräche würden seine Aussichten verschlechtern, sie würde merken, daß sie nicht mit mir spricht.) Ich hasse diesen Mann (alle Männer, die sich je Chancen bei ihr ausgerechnet haben), ich möchte ihn umbringen, besonders weil mir schwant, daß es ihr mit ihm mehr Spaß machen wird, als es ihr je mit mir gemacht hat.

»Ach, Schatz«, sagt sie wieder und wieder, und seufzt bewundernd, »ich ahnte ja nicht, daß es so sein kann. Ich tue alles, was du willst.«

Danach würde sie mich nicht mehr benötigen, höchstens zum Bezahlen gewisser Rechnungen. (Sie schreibt ungern Schecks aus für Versicherungsbeiträge und Hypothekenzinsen.) Auf Parties halte ich mich in Hörweite (es sei denn, ich peile meinerseits eine betrunkene fremde Ehefrau an. Ich bevorzuge welche, die hübscher und gutartiger sind als meine Frau), damit es nicht zum Skandal oder einer heimlichen Verabredung kommt.

(»Komm, Liebste, komm. Hierher, Liebste. Ein sehr eleganter Herr brennt darauf, dich kennenzulernen.«

»Wer?«

»Ich.«

In diesen meinen Träumen, in denen sie mich um eines Anderen willen verläßt, kommt mir vor, daß ich im Traum zerfließe und nichts als meine Augen und eine Tränenpfütze übrigbleiben.)

Scheidung hingegen ist ganz was anderes. Darin prüfen wir einer den anderen gern.

»Willst du dich scheiden lassen?« fragt sie etwa.

»Du vielleicht?«

(Ich habe daran gedacht. Welch glücklich verheirateter Mann von echtem Schrot und Korn hätte das nicht?)

»Was würde dann aus mir?« überlegt sie mit langem Gesicht. »Einen anderen fände ich nicht mehr. Wer sollte mich schon wollen?«

»Da kannst du dich täuschen.«
»Ich bin zu alt.«
»Ach wo, ich bin älter.«
»Bei dir ist das was anderes.«
»Du fändest schon noch einen.«
»Zu spät.«
»Überhaupt nicht.«
»Du möchtest wohl gern, was?«
»Du hast davon angefangen.«
»Aber du denkst immerzu daran, ich merke es doch. Du strahlst richtig, wenn du hörst, daß wieder eine Ehe gescheitert ist. Warum rückst du nicht mit der Wahrheit heraus?«
»Warum tust du es nicht?«
»Du bist derjenige, der unglücklich ist.«
»Wer behauptet das?«
»Ich weiß doch, was du denkst.«
»Bist du etwa nicht unglücklich? Über alles beklagst du dich. Sogar jetzt beklagst du dich.«
»Willst du wirklich nicht die Scheidung? Du kannst es mir ruhig sagen.«
»Nein, kann ich nicht.«
»Doch, wirklich.«
»Ich kann dir ja nicht mal sagen, daß ich keine will.«
Fast seit der ersten Woche unserer Ehe kabbeln wir uns wegen der Scheidung. (Fast seit der ersten Woche unserer Ehe hat diese Kabbelei mich sexuell erregt, ich beeile mich dann, sie zu besteigen, um uns zu versöhnen. Sie gibt immer nach.
»Sag, daß es dir leid tut.«
»Es tut mir leid.«)
Sie möchte, daß ich sage:
»Ich liebe dich.«
Ich will nicht.
Ich kann nicht.
Ich darf nicht. Es geht auch hier ums Prinzip (um die Männlichkeit). (Zu anderen Frauen kann ich es, wenn es sein muß, mühelos sagen, solange es nicht bedeutet, daß ich was drangebe. Es bedeutet dann, daß ich was bekomme, nicht, daß ich was gebe.) Zu Virginia konnte ich nicht mal *aber gern* sagen, obwohl es mir damals viel eingebracht hätte; stattdessen wand ich mich, wich lahm zurück, suchte das Gesicht mit einem faulen Witz zu wahren und kroch jämmerlich davon, wie ein getretener Hund.
»Komm nach draußen«, konnte ich sagen.
Oder:

»Ich warte unten auf dich«, konnte ich vorschlagen wie ein leichtherziger Freibeuter (wenn ich wußte, daß wir nur wenig Zeit hatten).
Nie aber:
»Ja.«
Wenn sie sagte:
»Nimm uns ein Zimmer.«
Und wenn ich bänglich (das richtige Wort) zurückkehrte, wußte ich nie, ob sie mich in Gnaden aufnehmen würde, wollüstig und empfänglich für Zweideutigkeiten. (Ohne ihre Gnade wäre ich mir bettelarm vorgekommen.) Sie hat es immer getan. Mit einer einzigen scharfen Bemerkung hätte sie mich über den Knien abschneiden können (sie hätte sich bei anderen über mich lustig machen können); und so wäre ich dann vielleicht geblieben – beinlos, auf Stümpfen. (Man hätte mich umhertragen, mich wie eine Schachfigur von einem Platz auf den anderen stellen müssen). Sie mochte mich. Tom machte ihr keinen Eindruck.
»Du bist besser«, sagte sie zu mir.
»Warum läßt sie mich dann nicht?«
»Mach mir's wie Marie, dann wackeln mir die Knie.«
Tom hatte keinen Humor. (Dafür hatte er eine Handschrift, die mir gefiel und die ich ihm wegnahm.) Er durfte bumsen, dafür konnte ich Virginia zum Lachen bringen. (Ha, ha.) Ich war sehr zufrieden mit mir, wenn mir das gelang. (Den Halbwüchsigen in unserem Viertel erzählte ich von ihr.) Wir wechselten den ganzen Tag schlüpfrige Scherzworte. Ich wurde undicht. (Schlüpfrig. Schlüpfrig ist ein schlüpfriges Wort.) Heute neckt mich keiner. Falls sie überhaupt wollen, sagen sie einfach ja und sind schon aus den Kleidern, wenn ich noch an meinen Schuhbändern nestele.
»Das war gut«, seufzen sie anschließend.
»Das hatte ich richtig nötig«, behaupten sie.
Als ob ich ihnen glaubte. Oder mir was daraus machte. Ich denke bloß daran, daß ich weg muß, oder wie ich sie so rechtzeitig aus Red Parkers Wohnung expedieren kann, daß mir noch Zeit für ein Nickerchen bleibt, bis ich zurück ins Büro oder zum Zug muß. Sie sind ebenso dickfellig wie meine Frau, wenn sie in ihrer naiv guten Stimmung ist und sich ausdenkt, wie man eine glücklichere Ehe führen könnte, während ich mich frage, wie lange ich eigentlich noch aushalten muß, bis ich meine Koffer packen und die Scheidung einreichen darf. Diese ihre zuversichtliche Blödheit (der völlige Mangel an Kenntnis meiner tieferen Gefühle) treibt mich zum Wahnsinn.
»Ich wüßte gern«, sagt sie manchmal, »woran du wirklich denkst.«
(Bestimmt wüßte sie es nicht gern.)

»An mein Referat.«
»Ich meine – sonst immer.«
»An mein Referat. Falls ich befördert werde, muß ich vielleicht ein völlig anderes Referat halten.«
»Wir denken immer du bist wütend, wenn du so still bist. Und wir versuchen dann rauszukriegen, weshalb.«
Virginia legte den Kopf seitlich zurück, musterte mich mit einem unkeuschen, wissenden, herausfordernden Blick voll prächtiger Lüsternheit, ihre mächtigen Brüste (auch damals gab es schon Mädchen, die pralle Brüste in stramme Büstenhalter sperrten) frech auf mich gerichtet wie die Zwillingsrohre eines Kampfwagens. Sie wußte, was ich dachte.
»Denen«, eröffnete sie mir stolz, »verdanke ich die besondere Wertschätzung von Mr. Lewis.« Ihre Zungenspitze erschien flüchtig zwischen den weißen Zähnen, während sie beobachtete, wie ich hinstarrte. »Und deine.«
»Komm raus.«
»Komm rein.«
»Du redest bloß immer.«
»*Du* redest bloß immer. Erst heizt du einem Mädchen den ganzen Tag über ein wie ein Verrückter, und abends gehst du nicht mal mit ihr ins Hotel.«
»Ich weiß doch nicht wie!«
»Ich sag's dir.«
»Mach du's doch.«
»Mich würde man gleich einsperren. Wegen Prostitution. Wir gehen miteinander, als Mr. und Mrs. Bums.«
Heute ist einundzwanzig für mich zu jung, kindisch, lästig. Wäre so eine in meiner Abteilung beschäftigt, ich würde sie auch um einer Wette willen nicht langlegen. Die ganze Firma würde davon erfahren. (Man wird mit den Freundinnen beredet, man wird heute sogar mit den Eltern beredet!) Nicht mal als Büromädchen mag ich diese jungen Dinger, ich kann das schrille Geschwätz nicht leiden (nicht die unkorrekte Aussprache, an der man erkennt, aus welchen Verhältnissen sie kommen). Es fehlt ihnen an der feineren Lebensart. Die Mehrzahl derer, die keinen BH tragen, hat baumelnde Brüste, die geradezu scheußlich aussehen. Nur selten beneide ich die jungen Leute. Ich verabscheue sie. Lärm stört sie nicht. Sie machen ununterbrochen welchen. Ich wünschte, sie würden allesamt den Mund halten und ihre Transistorgeräte und Plattenspieler leiser stellen. Meine Tochter ist bald so alt wie Virginia damals war. Sie sieht jetzt auch schon älter aus, denn sie ist größer, wenn sie sich geradehält. Ich wollte, sie begriffe das endlich und käme nicht bloß im Nachthemd

aus ihrem Zimmer. Ich wollte, meine Frau sagte ihr das mal. Für mich ist es nicht einfach, einer von beiden eine Andeutung zu machen. (Bestimmt bin ich außerstande, jemals wieder mit einem Mann ein Doppelbett zu teilen. Ich würde auf dem Fußboden schlafen oder in einem Sessel, und das wäre erst recht verdächtig.) Ich bin kein Popotätschler. Manchmal mag ich nicht mal an meiner Frau rumfummeln. Ich will ihn dann bloß reinstecken und es hinter mir haben. Oder ich will überhaupt nicht. Ich erfinde Vorwände. Es gibt eine Schranke des Ekels. Sie ist ein Schutz. Sie verschwindet, wenn ich es will. Die Frauen haben dort nichts, es fehlt was. Ich habe schmutzige Gedanken. Auch das ist ein Schutz. (Andermal will ich, aber meine Frau will nicht, und das trifft mich wie ein Schlag auf Stirn, Augen und Nasenbein.) Virginia war einundzwanzig, sie war älter als ich (und nur so darf ich an sie denken, wenn ich fortfahren will, mit romantischer Sehnsucht und Hingabe an sie zu denken).
Mit der flammenden Spitze ihrer hellroten, unartigen Zunge hätte sie mich aufgeschlabbert, mein Innerstes nach außen gewendet (wie Penny), mich kopfüber in ein brodelndes, nach Wein schmeckendes Meer geschleudert, unter Hagelschauern zitternd zum Kleinkind und Irren gemacht, mich vor Lust kreischend an den Wänden hinaufgetrieben und als Mondrakete durch die Decke geschossen. Und wenn ich zu mir gekommen und der Sprache wieder mächtig geworden wäre, hätte ich um Gnade gefleht. (Das tue ich auch jetzt bei Penny. Und bei meiner Frau.) Und sie hätte mich satt, süß und selig angeblickt, auf den Knien zwischen meinen Knien, strahlend und höchst zufrieden mit sich, weil sie es so trefflich vollbracht, mir einen so herrlichen Genuß verschafft hat. Darauf hätte ich jetzt Lust.
»Ist er nicht eifersüchtig?« mußte ich fragen. »Er beobachtet uns.«
»Er will seine Frau verlassen und mich heiraten. Wir gehen abends miteinander aus, in Restaurants, wo keiner hinkommt. Er hat es gern, wie ich küsse.«
»Ich auch.«
»Ich auch. Ich habe es lange genug geübt. Du müßtest es mal probieren, wenn ich nackt und richtig in Stimmung bin. Worauf wartest du eigentlich noch?«
Ich hielt mir einen Unfallbericht vor (damit kein weiterer Unfall passierte).
»Komm nach draußen.«
»Wie ich sehe, geht da was vor, sagte der Blinde.«
»Wäre das etwas für dich?« fragte ich kühn.
»Ich wüßte schon Abhilfe.«

»Kommst du?«
»Bist du je mit einer harten Nuß schlafen gegangen und hattest morgens die Lösung in der Hand?«
»Hart machst du's mir, aber vorhalten kann ich's dir nicht.«
»Geh voran. Ich komme nach.«
»Ich komme, Virginia.«
»Mach's mir wie Tom der Marie«, summte sie mich an, als ich an ihr vorbei dem Korridor zustrebte.
Auf der Treppe war ich ganz der kühne Freibeuter, der verwegene Kapitän Blutsauf. Den Aktenhefter hielt ich umsichtig vor mich, wie der Ritter den Schild. (Es gab was zu verbergen.) Ich transportierte feurige Kugeln.
Immer hätte ich ihn am liebsten herausgeholt und sie gebeten, ihn ein Weilchen in der Hand zu halten. Ich wagte es nicht. Ehe ich den Mut dazu fand, hatte Mrs. Yerger das Kommando übernommen, und bald danach kündigte ich. Ich übte die Wörter, konnte sie aber nicht sagen; austauschbare Anfänge verstopften mir Mund und Schlund; es gab unzählige Silben, mit denen ich hätte beginnen können:
»Könn-«
»Näh–«
»Wür–«
»Hab-«
»Ich-«
»Bit–«
Nicht eine davon kam mir über die Lippen. Ich wußte nicht, welche Haltung einnehmen. (Ich hatte keine Wahl.) Heute weiß ich, es wäre nicht darauf angekommen. (Entweder sie hätte, oder sie hätte nicht. Ich hätte ihn einfach herausholen und irgendwas dazu murmeln sollen, *bitte* hätte schon ausgereicht.) Wie ich mir das wünschte. Er wäre fast über das Erträgliche hinaus mit Verlangen geladen gewesen, zum Platzen geschwollen vor Zärtlichkeit, hätte einen heißhungrigen Ausfall gemacht wie ein epileptischer Verwandter, den ich sehr bald schon vergeblich zu verleugnen trachten würde, als selbstsüchtig und egozentrisch, als eine Peinlichkeit, als einen entfernten Vetter, für den man sich entschuldigen muß. Heute gerate ich nicht mehr so in Hitze. Meine Aphrodisiaka sind jetzt Langeweile, Apathie, Rastlosigkeit, gestaltlose Frustration, Muße, Unzufriedenheit im Büro und daheim. Soweit ist es nie gekommen. Es war zuende, bevor ich lernte, wie. »Es bedarf nur einer Spezialausbildung von ein oder zwei Jahren«, heißt es auf den Werbeplakaten des Militärs. Ich habe dort eine Spezialausbildung bekommen. Als schmukker Hauptmann kehrte ich ins Zivilleben zurück, und Virginia war tot.

Ich war froh darüber. (Es überraschte mich, daß ich froh darüber war, doch es war nun mal so.) Ich wollte mich vom Bahnhof aus telefonisch mit ihr verabreden, aber das klappte nicht. Es ist nicht einfach, sich mit einer Verstorbenen zu verabreden. Ich hörte gern zu, wenn sie von ihren Affären erzählte. (Es war wie in einem pornographischen Film.) Man konnte sich nur schwer vorstellen, daß sie einen sanften, mäßigen und taktvollen Menschen wie Len Lewis im Restaurant, im Kino oder im Auto so in Glut versetzen sollte.

»Das mach' ich schon«, prahlte sie. »Ich bringe ihn ganz allmählich so weit. Ich verstehe mich darauf.«

»Wie?«

Ihr Vater hat sich ebenfalls umgebracht. »Warum, haben wir nie herausbekommen. Geld war reichlich da. Er war ein stiller Mensch. Wie Mr. Lewis.«

»Und was macht er mit dir?«

»Was ich möchte. Er weiß nie, wie weit er bei mir gehen darf. Er kann es nicht glauben«, lobte sie sich schmunzelnd. »Er ist richtig süß. Ich tu ihm gern was Gutes. Es ist einfach bei ihm. Bei dir auch.«

»Ich bin aber scharf.«

»Ganz einfach.«

»Schau mal.«

»Ich sehe, sagte der Blinde.«

»Deinetwegen versteift die Lage sich unablässig.«

»Möchtest du, daß ich auf die Treppe komme?«

»Beeil dich.«

Immer wenn sie sah, daß ich eine Erektion bekam, erschien ein rosiger Ausdruck seliger Zufriedenheit auf ihrem Gesicht. (Ich glaube, in dem einen Jahr in der Haftpflichtversicherungsanstalt hatte ich ihr mehr Ständer zu verdanken, als ich in den zwanzig oder dreißig Jahren seither gehabt habe.) Ich wünschte, ich könnte ihre glatten, runden Wangen berühren. Ich würde träge mit kleinem Finger und Daumen daran entlangstreichen, sie langsam in Erregung versetzen und nicht im Galopp alles grapschen wollen. (Ich verstehe mich jetzt darauf.) Jetzt wäre ich es, der die Stimmung wählt und die köstlichen Foltern verhängt.

»Halt dir was vor«, sagte sie.

»Komm nach draußen«, bat ich.

»Soviel Zeit bleibt dir nicht«, lachte sie, »geh lieber auf's Klo.«

»Komm hin.«

»Ich hab' keinen Schlüssel für eures.«

»Ich schmuggle dich ein.«

»Auf der Toilette habe ich es noch nie gemacht.«

»Aber in einem Kanu. Auf der Universität.«
»Auch in einem Verbindungshaus. Mit fünf Fußballern. Gezwungen haben sie mich. Dann wurde ich relegiert. Der eine, den ich so gern hatte, der nahm mich mit. Nach Haus wurde ich geschickt. Ich hatte Angst. Ob man meinem Vater den Grund angegeben hat, hab' ich nie erfahren.«
»Haben sie dich vergewaltigt?«
»Nein, das brauchten sie nicht. Ich wollte nicht, aber sie haben mich dazu gebracht. Sie hielten mich fest und redeten unentwegt auf mich ein. Ich kannte jeden. Nachdem wir angefangen hatten, machte es dann richtig Spaß, und ich hatte keine Angst mehr. Ich hätte den anderen Mädchen gern davon erzählt, und ich habe wohl gehofft, man würde uns erwischen. Sowas möchte ich wieder machen, bald schon. Es ist aufregend.«
»Es regt mich schon jetzt auf.«
»Ich sehe, sagte der Blinde.«
»Komm nach draußen.«
»Nur auf eine Minute.«
»Auf den Treppenabsatz?«
Manchmal ließ sie mir genau dreieindrittel Sekunden.
»Es kommt wer«, zischte sie und machte sich los. »Laß mich gehen!«
Aus dem, was sie mir von ihrer Studienzeit erzählte, konnte ich schließen, daß sie ein bißchen irre war und sich wahrscheinlich früher oder später umbringen würde. Heute erkenne ich bei anderen solche Neigungen (und halte mich fern). Wer sich auf mich verläßt, der ist verlassen.
Diese fünf Fußballer verabscheute und beneidete ich. Sie hielten bitter wenig von Virginia. Sie behandelten Virginia wie Dreck. Und Virginia fand nichts dabei. An manchen Tagen verabscheute ich Virginia während meiner langen, eintönigen U-Bahnfarten von und zur Arbeit. So manchen Vormittag sprach ich kein Wort mit ihr, konnte es nicht über mich bringen, sie anzusehen, so verderbt erschien sie mir. (Man hat mich hintergangen. Sie gehörte zum Abschaum, jenem tödlichen Abschaum, der einem den Wunsch eingibt zu sterben. Gut, daß ich nicht gestorben bin. Ich bin froh, daß ich sie überlebt habe.) Mir war so – und darin irrte ich nicht –, als zöge sie diese fünf immer noch mir vor.
Solche Einsichten sind mir gegeben, und in gewissen morbiden Bereichen kann ich überzeugt Prophezeiungen aussprechen. So weiß ich beispielsweise, daß meine Frau (die das ebenfalls vorhersieht) einen teuren Krebstod sterben wird (selbstverständlich im Einzelzimmer, mit eigener Pflegerin), falls sie mich nicht überlebt oder wir uns nicht wegen Trunkenheit und Ehebruchs (ihrer selbstverständlich) scheiden lassen. Falls wir nicht mehr beisammen sind oder ich schon tot bin, schert es keinen

Menschen, woran sie stirbt. (Wahrscheinlich wird mir noch ein Weilchen hin und wieder mein Junge fehlen, falls ich mich zur Scheidung entschließe. Ich habe es so gern, wenn er lacht. Ich werde vieles zurücklassen müssen. Meine Golfschläger. Wie kann ich vernünftig über meine Golfschläger und die neuen Golfschuhe disponieren, wenn ich in einem unvernünftigen Wutanfall Heim und Herd verlasse?) Werde ich glücklich sein, wenn meine Frau am Krebs stirbt? Nein. Wird sie mir leid tun? Wahrscheinlich. (Werde ich mir selber leid tun? Gewiß.) Werde ich um sie trauern, wenn sie nicht mehr ist? Wohl nicht.

Besonders auf Selbstmord und Zusammenbrüche verstehe ich mich gut. Ich sehe sie schon Jahre im voraus kommen. Kagle steht jetzt kurz vor dem Zusammenbruch; sein Gott wird ihn nicht retten, vielleicht aber retten ihn der Suff und seine Huren (unterstützt von stärkeren Portionen Vitamin B-12 und Selbstmitleid, vermischt mit selbstgerechten Klagen über erduldete Mißhandlungen. Mindestens wird jedermann zugeben, daß er ein netter Kerl gewesen ist). Kagle wird sich nicht umbringen; allein die Genugtuung, gekränkt worden zu sein, wird ihn am Selbstmord hindern (es wird ihm Spaß machen, tapfer zu lächeln, großmütig zu vergeben). Ich muß ihn loswerden. Derzeit stehe ich ihm bei. Er grinst unverbesserlich (und mich juckt es, gegen sein Bein zu treten). Ich weiß etwas, was er nicht weiß, während Green, Brown, Black und andere mißtrauisch beobachten und insgeheim Pläne schmieden (kommt mir vor. Jedenfalls meine ich es nicht ehrlich mit ihm). Arthur Baron soll merken, daß ich mir Mühe gebe, Kagle zu stützen. Kagles Posten geht an mich, das ist so gut wie unvermeidlich. Kagle begrüßt meine Kritik (und ignoriert sie. Begrüßen tut er die Aufmerksamkeit, die ich ihm widme. Schmisse ich ihn mit Papierkugeln, er wäre ebenso gerührt). Er hält mich für einen verblendeten Vater, der ein liebreizendes Kind umsorgt. Es kommt ihm nicht in den Sinn, daß ich ein gieriger Erbe sein könnte, der ungeduldig auf seinen Platz wartet. (Ich würde ihn gern anspucken. Da würde er aber staunen!) Irgendeinmal wird Martha, die Schreibkraft in unserer Abteilung, verrückt werden (wahrscheinlich in meiner Gegenwart. Ich werde sie geschickt abwimmeln und auf meinem Stockwerk einige Tage der Held sein), ich werde Jane nicht aufs Kreuz legen, aber auch weiterhin mit ihr flirten, werde die Lüsternheit, die sie in mir weckt, wie schmelzendes Sahneeis oder langsam abkühlende Pizza meiner Frau nach Connecticut mitbringen, oder meiner alten Freundin Penelope, meiner sturmgeprüften, verläßlichen Penny, die immer noch emsig Musik, Gesang und Tanz studiert (gelegentlich als Kellnerin arbeitet) und mich nach wie vor besser findet als die jungen Männer, in die sie sich hin und wieder für ein paar Wochen verliebt. (Es ist nur recht, daß sie mich besser findet. Ich *bin* besser. Das sind Nulpen.) Meine Frau macht es rasend gern mit mir in Red Parkers Wohnung, und ich auch gern mit ihr. Es ist anders als daheim. Wir gehen mit Volldampf aufeinander los. Was Penny angeht, so habe ich jetzt düstere Vorahnungen, denn sie ist im dreißigsten Jahr noch unverheiratet (und grundstürzenden Veränderungen ihrer Gefühle unterworfen, ohne es zu erkennen); sie ist nicht mehr so munter wie einst. Seit fast zehn Jahren kenne und mag ich sie schon. Was aus meiner Tochter werden soll, ahne ich nicht. Bestimmte Voraussagen über halbwüchsige Mädchen mache ich heutzutage nicht mehr. (Die Jungen werden allesamt Versager, das steht fest. Sie sind schon welche. Sie haben wohl auch keine faire Chance gehabt.) Sie wird noch vor dem sechzehnten Geburtstag Fahrstunden haben wollen. Dann wird sie einen eigenen Wagen verlangen. Sie wird die Zündschlüssel nachmachen lassen und einen unserer Wagen nehmen. Wenn sie nur schon erwachsen wäre und verheiratet in Arizona, Cape Kennedy oder im entlegensten Nordwesten. Irgendein Bursche wird ihr einflüstern, sie soll unsere Zündschlüssel klauen und welche für sich anfertigen lassen. Sie stiehlt jetzt schon Geld von mir und meiner Frau, um ihren Anteil an Bier und Drogen für die Wochenenden zu bestreiten. Sie selbst nimmt, glaube ich, noch keine Drogen. Sie hat wohl Angst davor, und dafür bin ich dankbar. Ich bin dankbar dafür, daß Drogen in unserer Gegend aus der Mode kommen, ebenso wie farbige Freunde. Ich bin dankbar dafür, daß auch sie sich vor Schwarzen fürchtet.

»Hätte ich einen eigenen Wagen, brauchte ich nicht euren zu stehlen«, wird sie sagen, wenn wir sie erwischen und auch noch glauben, daß sie im Recht ist.

Ich bin im Dunklen:

(Meine klaren Visionen verlaufen ineinander.)

Etwas entsetzlich Tragisches wird meinem Jungen passieren (weil ich es nicht will), und Derek wird überhaupt nichts passieren. Seinetwegen werden weder Polizei noch Krankenwagen kommen. Für meinen Jungen sehe ich keine Zukunft (der Schleier will sich nicht heben, ich sehe keinen Schimmer, sehe für ihn überhaupt keine Zukunft), und das ist stets ein Omen, bei welchem mir das Herz stehen bleibt. Sehe ich voraus, ist er nicht da. Ich kann ihn mir leicht vorstellen wie er heute ist, vielleicht morgen sein wird, aber danach nichts. Nie ist er älter, ich sehe ihn nicht im Beruf als Arzt, Schriftsteller, Unternehmer, sehe ihn nicht verheiratet (der arme Kerl hat noch kein Mädchen), nicht im College, ja, nicht mal in der Oberschule; ich sehe ihn nicht als Halbwüchsigen mit Stimmbruch, Pickeln und Flaum an Kinn und schweißiger Oberlippe. Ich trauere um ihn (ich weine innerlich. Wohin geht er?). Er wird nicht älter als neun Jahre. Da verhält er. (Hier muß er aussteigen. Jeder Tag kann sein letzter sein.) Entweder hat er keine Zukunft oder meine Fähigkeit, ihn in meiner Zukunft anwesend zu sehen, ist stumpf geworden. Gramvoll blicke ich in die vor mir liegende Leere ohne ihn. Die Stille lastet. Er fehlt mir. Ich rieche Blumen. Die Familie setzt sich ohne ihn zu Tisch. Worauf soll ich mich noch freuen, wenn nicht auf ihn? Golf? Den Krebs meiner Frau? Ein Loch auf einen Schlag. Und danach? Noch ein Loch auf einen Schlag.

»Ich habe mal ein Loch auf einen Schlag gemacht«, kann ich jahrelang immer wieder erzählen.

Senken Vergessen und Alter sich auf mich wie dichteste Nacht und schrumpfen mich noch weiter zu etwas Winzigem, kaum noch Wahrnehmbarem, kann ich mir doch immer noch vorsagen:

»Ich hab' mal ein Loch auf einen einzigen Schlag gemacht.«

Besuchen mich auf dem Sterbebett im Pflegeheim Personen, die ich nicht erkenne, und bezeugen mir Achtung durch Gaben besonders süßen Konfekts und stark riechender, öliger Fische, erinnere ich mich vielleicht immer noch daran, daß ich vormals in meinen besten Jahren mit einem einzigen Schlag ein Loch gemacht habe – ich bin jetzt in den besten Jahren, habe das aber noch nicht geschafft. Es ist etwas Neues, man muß darauf hinarbeiten – und ich lächele dann vielleicht. Wohl dem, der ein Loch auf einen Schlag besitzt.

»Ob Sie's glauben oder nicht«, kann ich sagen, »ich hab' mal ein Loch mit einem einzigen Schlag gemacht.«

»Nehmen Sie doch noch von dem Räucherfisch.«

»Auf einen einzigen Schlag.«

Ich weiß nicht, was man mit einem solchen Loch anfangen kann, außer darüber reden.

»Ich hab auf einen Schlag ein Loch gemacht.«

»Essen Sie Ihren Fisch.«

»Heda, Mädels!«

»Wer kennt den Witz von dem Amputierten, der ohne Arme und Beine vorm Puff steht?«

»Geklingelt hat es doch, oder?«

Ich sehe mich mühelos im Pflegeheim, ich sehe auch Derek vor seinem Heim, einen sabbernden, plumpen, ungeschickten, tapsigen, retardierten Erwachsenen mit schütterem schwarzen Haar, der einem geheimen Selbst ähnelt, das ich in mir weiß und das niemand entdecken soll, mein inneres Gesicht sozusagen. (Manchmal glaube ich, es im Traum zu sehen.) Ich wette, Arthur Baron ahnt nichts davon (ahnt nicht, daß ich die Möglichkeit habe, meine Innenseite nach außen zu kehren und ein barbari-

scher Schwachsinniger zu werden), auch nicht, daß ich chronisch unter Angstanfällen leide – einer Angst so scharf, daß sie fast schon ein köstlicher Kitzel zu nennen ist –, der Angst, ich könnte ins Stottern geraten (oder homosexuelle Neigungen verspüren. Die habe ich vielleicht schon), oder meine Zunge könnte aufquellen, an meinem Gaumen haften bleiben und ich vermöchte nicht mehr zu sprechen. (Kein Wunder, daß ich davor zittere, ich könnte hinter geschlossenen Türen verurteilt werden, ohne zu erfahren, daß ein Urteil ergangen ist. Vielleicht ist es schon geschehen.) Und doch kann meine fruchtbare Phantasie dem Leben meines bedauernswerten Jungen auch nicht einen einzigen Tag hinzufügen.
(Was soll er mal werden? Was wird er für Anzüge tragen? O Gott, ich will nicht ohne ihn leben müssen.)
Man wird mir Andy Kagles Posten antragen, und ich werde ihn annehmen. Es ist jetzt soweit, daß ich ihn haben will. (Ich rede mir jetzt nicht mehr ein, daß ich ihn nicht will.) Kagle ist ein Feind: er versperrt mir den Aufstieg, ich will ihn aus dem Weg haben. Ich hasse ihn. Tag für Tag drängt es mich mehr, gegen sein Bein zu treten, voller Verachtung in seine hohlwangige, verblüffte Fratze zu brüllen. (Sie würde sich in einen Totenkopf verwandeln. Ich würde das Fleisch in Sekunden absengen.) Das werde ich nie im Leben fertigbringen. Die Zivilisation verbietet es mir. Falls die Versuchung fortdauert und meine Beherrschung nachläßt, könnte ich allerdings gegen sein Bein treten. Ich werde ihn treten noch ehe ich mich daran hindern kann. Hinterher werde ich dafür keine Erklärung wissen. Mag sein, daß ich vor Verlegenheit sterben möchte (und mir vorkomme, wie ein ertappter kleiner Junge).
»Warum haben Sie das getan?« wird man wissen wollen.
Ich werde die Achseln zucken und den Kopf hängen lassen müssen. Ganze vierzig Kilo werde ich noch wiegen.
»Er hat gegen mein Bein getreten«, wird Kagle jedermann vorjammern.
»Er hat Kagle gegen sein krankes Bein getreten.«
»Habt ihr das gesehen?«
»Er hat gegen Kagles Bein getreten.«
Sonst hat niemand ein Bein, gegen das ich treten möchte, nur meiner Tochter möchte ich gelegentlich bei Tisch auf den Fuß treten, weil das einfacher wäre, als erst auszuholen und ihr über den Tisch weg eine zu schmieren. Sie zuckt zusammen, als hätte ich sie schon geschlagen, sobald die Lust mich ankommt und ich die Stimme hebe. Meine Frau möchte ich so weit von mir wegschieben, daß ich richtig ausholen und ihr mindestens zwei Schwinger versetzen kann. Meinen Jungen bedrohe ich mit dem erhobenen Zeigefinger. Derek wische ich weg, indem ich meine große Hand über sein Gesicht stülpe, seine unartikulierten Geräusche er-

sticke, seine sabbernden Augen, Mund und Nase verberge. (Das tue ich nicht etwa, um ihn von *seinem* Elend zu erlösen, sondern mich von meinem.) Er ist ein bedauernswertes, rührendes, behindertes kleines Menschenwesen, doch darf ich nicht so viel an ihn denken wie ich wohl täte, wenn ich es mir erlaubte, und ich verabscheue seine Pflegerin, die ich über die Schwelle stoße – ich werfe sie zum Haus hinaus –, wobei ich sie mit einem Arm umsichtig stütze, um zu verhindern, daß sie fällt und mich verklagt. Trotzdem fällt sie und verklagt mich. Die widerwärtige Person gibt einen unangenehmen Geruch von sich, nach ranzigem Fett, vermischt mit Staub und parfümiertem Körperpuder. Sie badet morgens und abends. Ihr Haar ist gespenstisch weiß. Ihre Reinlichkeit ist ein Vorwurf. Ihre aufdringliche Vertraulichkeit ist mir unerträglich. Sie ist nicht besorgter um mich als meine Frau und meine Kinder. Sie ist bloß eine bezahlte Hilfskraft.

Ich weiß, was Feindseligkeit ist. (Ich bekomme davon Kopfschmerzen und sie quält mich im Schlaf.) Mein Es eitert in mein Ego, macht mich aggressiv und zänkisch. Was da sickert, zerstört meine Nächsten. Könnte man seinen Haß nur voll ausleben, bis zur Erschöpfung, ihn ausscheiden wie der Hummer sein Sperma beim Weibchen und danach allein und erleichtert ins undurchsichtige Dunkel davonschlendern. Ich habe es versucht. Er kommt wieder.

Ich bin jetzt überzeugt: an allem ist Kagle schuld. Er verdient alle Vorwürfe. Winzige Schwächen sind mir an ihm bereits unerträglich. Gereiztheit zuckt in mir wie elektrische Schockwellen, sägt an meinen Schädelknochen wie eine gezackte Klinge. Ich könnte aus der Haut fahren, erbrechen, auf der Stelle rasende Kopfschmerzen bekommen, wenn ich höre, wie er an einem Zahn zuzzelt, mit den Fingern trommelt, bestimmte Fremdwörter falsch ausspricht und lacht, wenn ich ihn berichtige –, ich möchte ihn am liebsten jedesmal berichtigen und muß es mir unbedingt verkneifen. Die Worte flitzen durch mein Bewußtsein, prallen gegen die Schädeldecke. Ich kann mir verbieten, sie auszusprechen, nicht aber, sie aussprechen zu wollen. Ich bin wütend auf ihn, weil er das provoziert. In seinen Mundwinkeln sammelt sich Speichel, und auf den rauhen Lippen hat er immer noch Krümel von der Tablette, die er gegen Übersäuerung des Magens nimmt.

Er hat sich jetzt angewöhnt, mit gesenktem, ausweichendem Blick zu sagen: »Heh—heh.«

»Heh-heh«, möchte ich ihn spöttisch nachahmen.

Ich finde Andy Kagle jetzt nichtswürdig, weil er versagt hat. Ich möchte ihm am liebsten seine schwere Tischlampe über den Schädel hauen. Ich sage es ihm:

»Andy«, sage ich zu ihm, »am liebsten würde ich Ihnen die Lampe über den Schädel hauen.«
»Heh-heh«, sagt er.
»Heh-heh«, entgegne ich.
Ich schmunzle liebenswürdig, wenn ich ihn sehe, mache zu ihm abfällige Bemerkungen über Greens gewählten Wortschatz, Greens auffällige Maßanzüge, helfe ihm pflichtschuldigst da, wo er es bemerkt. Ich wiege neunzig Kilo, vier Pfund weniger als vergangenen Montag (als ich mir vornahm abzunehmen) und bin fast einen ganzen Fuß größer als er je sein wird.
»Heh-heh«, möchte er wissen, »wie kommen Sie denn mit der Kleinen aus der Werbeabteilung zurecht?«
»Gut.«
»Ich meine die mit den kleinen Titten.«
»Die könnte meine Tochter sein.«
»Na und? Ist da was dabei? Heh-heh.«
»Heh-heh. Ich habe hier die Berichte der Vertreter. Brown hat sie mir gegeben.«
»Glauben Sie, ich hätte die übersehen? Sie wollen mir aushelfen, was?«
»Sie möchten wohl einen Tritt ans Bein, wie?«
»An mein krankes oder mein gesundes, heh-heh?«
»Andy, Sie müssen diese Berichte unbedingt lesen und etwas dazu schreiben, bevor Sie sie weiterreichen.«
»Weiter nichts? Heh-heh.«
»Heh-heh.«
»Heh-heh-heh. Wozu sollen die gut sein? Alle Vertreter schwindeln.«
»Dann decken Sie den Schwindel auf. Das macht bei Arthur Baron und Horace White Eindruck.«
Er hört gar nicht zu. »Haben Sie mal Zwei gegen Einen probiert?«
»Zwei gegen Einen?«
»Ich mache das jetzt in Las Vegas. Ich kenne da einen Hoteldirektor. Ich nehme mir zwei Mädchen gleichzeitig. Erst letzte Woche wieder. Probieren Sie das mal. Sie müssen es unbedingt probieren.«
»Ich mag nicht.«
»Vielleicht zwei Negerinnen?«
»Was ist jetzt mit diesen Berichten?«
»Erledigen Sie das für mich. Sie verstehen sich besser darauf. Spricht man über mich?«
»Hören Sie auf, herumzureisen.«
»Brauche ich einen Haarschnitt?«
»Einen Tritt in den Arsch brauchen Sie.«

»Sie haben es ja sehr mit dem Treten heute.«
»Heh-heh.«
»Ich sag Ihnen was – unter uns: Green ist erledigt. Möchten Sie seinen Posten haben?«
»Blödsinn.«
»Ich könnte Sie empfehlen. Sein Budget wird gekürzt.«
»Um wieviel?«
»Sie kriegen keine Gehaltserhöhung mehr. Aber ich. Letzte Woche habe ich dick an Xerox-Aktien verdient.«
»Das ist auch bloß wieder Quatsch. Dauernd höre ich von Ihnen, Sie hätten toll an Xerox verdient, und dauernd klagen Sie über Schulden.«
»Heh-heh.«
Er besitzt nichts weiter als ein Haus auf Long Island und eins im Gebirge, wohin er Frau und Kinder über den Sommer schickt. Manchmal verbringt er das Wochenende dort. Nach Kagles Frau und den Kindern erkundige ich mich in etwa den gleichen Abständen, in denen Arthur Baron mich nach meiner Frau und den Kindern fragt.
»Allen geht es glänzend, Art«, erwidere ich dann. »Und bei Ihnen?« (Green erkundigt sich niemals. Meine Familie interessiert ihn nicht, und er läßt sich nicht herab, das Gegenteil vorzugeben.)
Mehr als einmal habe ich sehnsüchtig erwogen, wie wohl die Aussichten dafür stehen, daß Kagle auf der Fahrt von oder zum Büro eines schönen Tages tödlich verunglückt. Kagle ist ein leichtsinniger Fahrer, und wenn er abends aus der Stadt fährt, reagiert er langsam oder ist angetrunken. Er gehört zu den wenigen Angestellten in gehobener Position, die noch auf Long Island wohnen, und auch diese Gaucherie wird ihm angekreidet, ebenso wie die weißen Haare, die aus seiner Nase sprießen und die Haarbüschel in seinen Ohren. Man läßt einfach keine Haare mehr aus Nase und Ohren herauswachsen. (Einzig aus diesem Grund müßte er bereits zum Friseur.) Hierüber mit ihm zu reden habe ich noch nicht fertiggebracht. (Ich fürchte, es könnte ihn kränken.) Es fällt mir jetzt schwer, ihn anzuschauen. Er spürt die Veränderung. Wohl darum macht er jetzt so häufig heh-heh. Ich bemitleide ihn. (Er weiß nicht, wie er sich angesichts dessen, was vorgeht, verhalten soll.)
»Heh-heh.«
»Heh-heh.«
»Heh-heh-heh, was gibt es denn zu lachen?«
»Woher haben Sie um Himmels willen diesen Anzug?« verwarne ich ihn stattdessen.
»Wie? Was?« fragt er erschreckt.

»Der war mal vor dreißig Jahren modern.«
»Was denn, der Stoff?«
»Nehmen Sie in Zukunft Kammgarn.«
»Ich habe jetzt einen blauen Blazer«, sagt er stolz.
»Das ist Jersey.«
»Wie soll ich das wissen?«
»Auf einem Dorf in Pennsylvania würden Sie damit Furore machen, aber haben wir größere Kunden auf dem Land in Pennsylvania?«
»Nächste Woche fliege ich nach Los Angeles. Und auf dem Rückweg mache ich in Las Vegas Station. Zwei gegen Einen«, erläutert er blinzelnd.
»Passen tut er auch nicht. Ganz schief sitzt er auf Ihnen.«
»Das kommt, weil ich verwachsen bin«, ruft er mir in Erinnerung, ernst und mit einer Andeutung jenes durchtriebenen, heuchlerischen Lächelns, das ich auch früher schon an ihm bemerkt habe. »Vergessen Sie nicht: ich bin so auf die Welt gekommen. Das war nicht bloß Zufall. Es war Gottes Wille. Lachen Sie nicht. Es ist durchaus nicht komisch. Es ist überhaupt nicht komisch, mit einem verkrüppelten Bein und einer lahmen Hüfte geboren zu sein.«
»Weiß ich doch, Andy.«
»Darüber lacht man nicht.«
»Hab' ich doch auch nicht.«
»So hat der Herr mich gewollt.«
»Halleluja«, möchte ich sagen. »Ich wünschte, Er hätte so viele Gedanken an mich verschwendet, wie Er Ihrer Meinung nach an Sie verschwendet hat.«
Beruft Kagle sich auf sein Bein oder auf Gott, weil er nach Mitleid und Achtung dürstet, dann verwandelt er sich förmlich in jene scheußlichen Borsten und Haarbüschel in seinen Ohren und in seiner Nase – in diese intime, obszöne, abstoßende Behaarung –, und ich habe den Ärmsten in letzter Zeit viele Male tot gewünscht, bloß weil er Zorn, Wut und Ekel in mir erregte. Altmodische Anzugstoffe können ihn da nicht retten. Alles mißrät ihm. Auch anderen ahnungslosen Mitmenschen, die ich kenne und schätze, habe ich den Tod gewünscht, weil sie mir geringe Unbequemlichkeiten verursacht oder mich geringfügig gekränkt haben. Mögen sie doch alle sterben. (Ich bin liberal: wie sie sterben, sei ihnen überlassen.) Lahme Verkäuferinnen belege ich ebenso mit todbringenden Verwünschungen wie Fremde, die mich auf der Straße behindern, wenn ich es eilig habe.
»Stirb schon«, denke ich, »fahr dahin. Laß mich über dich hinwegschreiten.«

Gewisse Männer – es sind ausschließlich Männer –, die im öffentlichen Leben stehen sähe ich gern als Opfer von Attentaten (Bettler kann ich nicht ausstehen. Ich empfinde kein Mitleid mehr für sie), wenn ich auch nicht daran denke (bislang nicht daran gedacht habe), ein Attentat zu begehen. Ich meine zu begreifen, warum man Bettler und Stadtstreicher mit Benzin übergießt und anzündet. (Es gibt davon zu viele.) Beim Tod unserer Präsidenten empfinde ich keine Trauer (für gewöhnlich freue ich mich darüber): endlich haben sie bekommen, was sie verdienen. Roosevelt war, soweit ich mich erinnere, der letzte, um den ich eine Träne zerdrückte. Gelegentlich muß ich mir ein Schluchzen verkneifen (meist in schlechten Filmen), doch meine Tränen sind irgendwo tief drinnen in Flaschen gefüllt. Niemand kann den Korken ziehen. Das war ein Mensch, dieser Roosevelt, der letzte Präsident, zu dem ich aufblicken konnte (mit seinen Nachfolgern hatte ich nichts im Sinn); vielleicht kam mir das aber auch nur so vor, weil ich leichtgläubig war. Nein – als er starb, hat das ganze Land geweint. Meine Mutter weinte.
»Ein Drittel unserer Bevölkerung«, hat er gesagt, »ist schlecht ernährt, schlecht gekleidet und schlecht behaust.«
Dank unserer verbesserten Technik, der sozialen und politischen Reformen dürfte das nun auf mehr als die Hälfte zutreffen. Sind hundert Prozent erreicht (die Millionäre haben dann die schweizerische Staatsangehörigkeit und wohnen in Frankreich), wird man Trompete blasen, der Himmel wird sich öffnen und jedermann darf gratis Händel hören.
Letzte Nacht träumte mir wieder, meine Mutter wäre am Leben, alt und mager, aber ganz gesund, angetan mit einem leichten Baumwollkleid und einer dünnen weißen Strickjacke, was sie gut kleidete; sie plauderte ganz gelassen mit mir, machte mir keine Vorwürfe. Es wurde wohl etwas gefeiert in ihrem Pflegeheim, Weihnachten, Ostern oder das Erntedankfest. Sie sah mich mehrmals strahlend an, wie sie zu tun pflegte, als ich klein war. Alles war mir verziehen. Als ich morgens erwachte, sehnte ich mich nach ihr wie ein verlassenes Kind – auf den Wangen fühlte es sich klebrig und krustig an, wie von trocknenden Tränen. Wieder war ich dankbar dafür, daß ich heil und ganz aus dem Schlaf zurückkam, daß es mir gelungen war, meine Erinnerungen und sämtliche Körperteile von dort mitzubringen, wo ich bin, wenn ich nicht hier bin.
»Wovon hast du bloß geträumt?« möchte meine Frau immer wissen.
»Von mir.«
»Du hast gestöhnt.«
»Von meiner Mutter.«

»Immer noch?«
»Warte nur. Auch du wirst von deiner träumen.«
»Ich träume schon von ihr. Seit sie Arthritis hat. Ihre Finger sind ganz gekrümmt. Hört das nie auf? Die Träume, meine ich?«
»Bei mir nicht.«
»Kriege ich auch Arthritis?«
»Ich auch.«
»Hoffentlich kriege ich es nicht im Kreuz. Ich möchte nicht krumm werden.«
»Komm, ficken.«
»Ich hab' keine Lust. Die Kinder sind schon wach.«
Ich sehne mich wieder nach meiner Mutter, wenn mir einfällt, wie brennend ich mich heute früh beim Aufwachen nach ihr gesehnt habe. Ich sehne mich nach dem verlassenen Kind, das ich bin. Ich bin aber nicht es. Mag sein, daß es sich in meinem Kopf versteckt mit den vielen anderen, die, wie ich weiß, ebenfalls dort sind, wenn ich sie auch nicht finde, und die mit meinen Stimmungen und auch mit dem Schlagen meines Herzens Unfug treiben. Ich habe ein Universum im Kopf. An geheimen, behüteten Orten drängen sich dort ganze Familien zusammen. Kulturen haben sich angesiedelt. Die Naturgesetze halten alles zusammen. Die Gesetze der Chemie verhindern den Stillstand. Ich habe nichts damit zu tun. Niemand regiert. Fuchsschlaue Sendlinge huschen in geheimnisvoller, sittenwidriger Mission durch Gassen und Bogengänge. Niemand hat das Kommando. Man infiltriert mich und belagert mich, ich bin das ungeschützte Ziel verstohlener Angriffe aus dem Innern. In meinem Bewußtsein rührt es sich, es wuselt wie schwarze Aale, sinkt in tintige Tiefen hinab. Alles ist kleiner. Es gibt weder warm noch kalt. Auch keine Feuchtigkeit. Grinsende Gesichter gehen verstohlen scheußlichen Tätigkeiten und Vergnügungen nach, ohne sich mir anzuvertrauen. Es verursacht mir Schmerzen. Opfer weinen. Niemand stirbt. Es klagt tonlos. Ich nehme Aspirin und Beruhigungsmittel. Gespenstergleiche Figürchen (mal sieht man sie, mal nicht), Kobolde und kleine Teufel plagen mich. Sie kratzen und pieken. Ich würde sie gern allesamt ein für alle Mal aus meinem Bewußtsein ins Freie scheuchen, sie gegen die Wand stellen, und im milchig blendenden Licht eines Scheinwerfers befragen:
»Raus mit der Sprache – wer seid ihr? Was tut ihr hier? Was wollt ihr von mir?«
Sie würden keine Antwort geben. Es sind unzählige. Ich würde 1000 Ichs finden. (Besonders gern vögele ich meine Frau, wenn sie nicht in Stimmung ist. Es macht mir Spaß, sie dazu zu nötigen.) Ich möchte meine Träume gerne mit der Filmkamera aufnehmen und die darin

vorkommenden schuldbeladenen Schurken festnageln. Dann hätte ich die Beweise. Ich möchte ihre Gedanken abhören. Ich möchte ihre Träume filmen, um herauszubekommen, was in ihren Köpfen vorgeht, wenn sie sich ungehindert in meinen Träumen bewegen. (Mein Kopf ist meine Burg.) Stimmen höre ich nicht (manchmal wünsche ich, ich hörte welche). Ich bin nicht verrückt. Ich weiß, daß man hinter geschlossenen Türen über mich redet, bilde mir aber nicht ein zu hören, was da gesagt wird. Gestern hat man im Keller eines Wohnblocks einen kleinen Jungen gefunden, tot und geschändet. Der Mörder ist noch unentdeckt. Im Luftschacht eines anderen Mietshauses wurde ebenfalls ein totes Kind gefunden, es war von oben hinabgestürzt worden. Den Grund kennt man nicht. (Es war ein kleines Mädchen. Ob auch hier ein Sexualverbrechen vorliegt, weiß man noch nicht.) Ein weiteres Kind wird seit Tagen vermißt und niemand weiß warum. Angehörige und Nachbarn warten gespannt, aber pessimistisch auf Neuigkeiten, sie brennen bereits Kerzen ab, weil sie gefaßt das Schlimmste gewärtigen. Auch ich glaube, dieses Kind ist ermordet worden (und frage mich, warum. In Oklahoma haben die Baumwollfarmer beschlossen, ihre Baumwolle nicht zum vereinbarten Preis zu liefern, denn in der Zeit zwischen den Kaufabschlüssen und der Ausfertigung der Verträge verdoppelte sich der Baumwollpreis. Die Käufer wollen die Farmer verklagen. Unentwegt werden Leichen von Kindern anderer Leute in Luftschächten und Treppenschächten gefunden, und ich weiß nicht mal, wie ich mir solche Schächte vorstellen soll). Ich frage mich ferner, was der überschlanke, schilfrohrgleiche Horace White in Wahrheit von mir denkt. Er ist ein so einflußreiches Ekel. (Ich hasse dieses einflußreiche Ekel, und er ist so wichtig für mich.)
»Sieh da, sieh da«, sagt er jedesmal, wenn ich sein Büro betrete, und findet sich auch noch komisch, »da kommt unser kleines Nagetier, der Nägelbeißer. Wie geht's uns denn heute?«
Hinter seinem mächtigen Nußbaumtisch sitzend schneidet, feilt oder poliert er seine durchscheinenden Fingernägel, wenn er mich kommen läßt, um mir eine neue Arbeit aufzugeben oder Verbesserungen mit mir zu erörtern. (Die Änderungen, die er von mir verlangt, nennt er Verbesserungen.)
»Falls Sie je ein Buch schreiben«, hat er mehrmals zu mir gesagt, »möchte ich namentlich darin vorkommen. Ich würde eine Menge Exemplare kaufen.«
Auch seine Gedanken möchte ich abhören. Ich möchte wissen, ob ich mich ebenso ungeniert in seinen Träumen bewege, wie er sich in meinen herumtreibt (als ob sie ihm gehörten). Mein Symbolwert dürfte aber zu

gering sein. Horace White schlendert häufig mit seinem nichtssagenden Gesicht durch meine Träume, er hängt dort eine Weile herum, verwandelt sich sodann in einen blühenden, fleischigeren Green, der wütend gestikuliert, mich kränkend ansieht und zu einer beißenden Bemerkung ansetzt, dann aber so schnell verschwindet, wie ich verschwinden möchte, wenn jene bedrohliche, dunkle Gestalt naht und das Messer zieht, das ich nie erblicke, weil ich entweder von Urangst ergriffen stöhne und erwache oder mich anmutig vom Schauplatz entferne, um jemand anderem Platz zu machen, meiner Schwiegermutter etwa oder meiner Schwägerin, Forgione oder Mrs. Yerger. Oder meiner Tochter, meinem Jungen und/oder Derek. Oder sonstwem, der nicht eingeladen ist. Was für eine angenehme Abwechslung, wenn ich im Traum meine Frau oder Penny beschlafen kann. Bei Penny komme ich oft und wache immer gerade noch rechtzeitig auf. Bei meiner Frau ebenfalls. Manchmal betatsche ich meine Frau, wenn ich aufgewacht bin, bis sie sich lüstern herumwälzt und ich es ihr dann in Wirklichkeit besorge. (Im Traum war es meist besser.) Träume von Virginia führen nie zum Höhepunkt. Ich knöpfle an ihrer Bluse und nestle an ihren daumenfettbeschmierten Strumpfhalterschnallen. Ich muß mich nachts mit entsetzlich vielen Menschen plagen. Viele sind aus lackiertem Wachsglas. So etwas gibt es nicht. Ghule treten auf und Zwerge. Leichname. In meinen Träumen muß ich mich um Frau, Mutter, Kinder, Schwester, toten Bruder und sogar den längst verstorbenen Vater kümmern (obwohl ich nicht weiß, wie er aussah. Die Photos, die es von ihm gibt, überzeugen nicht), und allesamt, ausgenommen mein Vater, bittstellern bei mir um Erleichterungen, die ich ihnen nicht verschaffen kann, weil ich selber hilflos und bedürftig bin. Kein Wunder, daß mir vorkommt, meine Träume liefen wie Filme in immer der gleichen, dumpfigen, erstickenden Luft ab, die man in Friedhofskapellen atmet. Einzig Arthur Baron heitert mich gelegentlich auf, doch hat er stets zu tun, bleibt also nicht lange, und ich weiß nicht genau, ist er nun mein Vater und warum wirkt er so ungnädig? (Ich hab' doch nichts ausgefressen.) Mein abwartender, großäugiger, neunjähriger Junge verwandelt sich in den großäugigen, sprachunmächtigen Derek. Keiner von beiden bewegt sich. Auch ich war einst sprachunmächtig. Ich wußte nicht, was aus mir werden sollte. Jetzt habe ich immerhin eine Ahnung. Ich brauche mich nur zu einem Feiertagsmahl im Familienkreis niederzusetzen, und wenn dann etwas vorfällt, was meinen toten Vater, meinen verstorbenen Bruder oder meine wortlos sterbende Mutter heraufbeschwört, erblicke ich mich unbeseelt in unterschiedlichen Entwicklungsstadien rund um den Tisch sitzen, vom stummen Anfang (Derek) zum stummen, unvermeidlichen, trägen Ende

(Mutter), passiv und gutartig wie ein Rind, und noch darüber hinaus in meinem abwesenden Vater (Dad). Ich bin ein bebildertes Fertigungsdiagramm. Frau, Tochter und Sohn dienen mir als Orientierungspunkte: ich bin in ihrer aller Alter. Sie sind ich. (Ich bin aber nicht sie. Sie ordnen sich gehorsam zu Folgen, so oft es mich verlangt, sie zu besichtigen.) Dies lebende Bild ist ein Traum. Die Szene ist ein Fries.
»Keine Bewegung.«
Keiner bewegt sich. Alle sitzen wie ausgestopfte Puppen. Und ich kann spüren:
»So bin ich, wie ich damals war.«
Und:
»So war mir damals zumute, falls.«
Jetzt dürfen sie sich wieder bewegen.
Ich glaube ich weiß, wie es sich für meine Frau anfühlt, mit einem gehobenen Angestellten verheiratet zu sein, der hinter den Weibern her ist und den sie kaum noch beeindrucken kann, es sei denn, sie erkrankt an Krebs oder begeht Ehebruch. (Selbstmord wäre nicht ausreichend.) Kalt fühlt es sich an. Verstohlen nach links und rechts blickend, kann ich mich in die Vergangenheit meiner Mutter, meines Bruders, meines Vaters und meiner Schwester versetzen und von dort meine Gegenwart und meine Zukunft anvisieren. Ich versetze mich in die Zukunft meiner Kinder und sehe meine eigene Vergangenheit. Ich bin, was ich war. Ich enthalte bereits, was ich werde. Sie zeigen mir den Weg wie Meilensteine. Und hier ist noch ein Traum, den ich mir imaginiere, während ich mich über den dampfenden, gebratenen Truthahn gebeugt sehe, das Tranchiermesser mit dem Horngriff in der Hand, bereit, nach dem Abtrennen der Flügelknochen den spannenden ersten Schnitt ins weiße Brustfleisch zu vollführen, während alle aufmerksam und stumm mit angehaltenem Atem wie skeptische Schatten auf den hochlehnigen Stühlen warten: Sie sind mein. Ich bin ihr Eigentümer. Sie gehören mir. Ich führe das Kommando (und hoffe, das weiße Fleisch ist zart und das dunkle saftig). Nun sind wir wieder erstarrt und bewegen uns nicht. (Ist das anschaulich?) Wir können uns nicht rühren. Ich stehe über den Truthahn gebeugt, sie sitzen starr. Und angesichts dieser gefrorenen Pantomime, in der wir vorübergehend allesamt zu Statuen geworden sind, kommt mir die gespenstische Eingebung, daß sie alle auch dann in mir gewesen wären, hätte ich nie geheiratet, nie gezeugt, keine Eltern gehabt. Diesen Kreis vorausgesetzt, hätte keiner seiner Teile ein anderer sein können. Und diese Teile vorausgesetzt, war der Kreis unvermeidlich. Einzig Derek paßt nicht, doch das war ein Malheur, von anderen verursacht. (Wir trugen unser Teil bei.) Jetzt ist er wie wir übrigen fest

an seinem Platz. Sie bewohnen meinen Kopf, seit ich einen habe (nicht der Storch hat sie gebracht), und ich erinnere mich meiner nicht ohne sie. (Dann fehlte sehr vieles von mir.) Sie pumpern gegen meinen Schädel und verursachen mir Kopfschmerzen. Gelegentlich bringen sie mich zum Lachen. Sie sind in meinem Plasma. So, jetzt dürfen wir uns wieder rühren. Sie tun es nicht. Sie warten wie Baumstümpfe. Sie sitzen auf ihren hochlehnigen Stühlen wie Mumien im Sarg. Der Truthahn ist zerlegt; weißes Fleisch und dunkles, Keulen und Flügel sind säuberlich ausgelegt wie Instrumente auf dem Tisch des Zahnarztes oder des Hals-Nasen-Ohrenarztes, der Mandeln entfernen will. Die Platte geht aber nicht herum. Es gibt dazu Bratäpfel, Förmchen mit eisgekühlter Preiselbeersauce, importiertes Johannisbeergelee. Es ist ein gefrorenes Festmahl, eine häusliche Szene in kaltes, bröckelndes Gestein gemeißelt. Ich habe das Kommando, aber tun kann ich nicht viel. (Ich kann die Bratenplatte an meine Frau weiterreichen.) Meine Mutter ist anwesend, ihr Haar ist weiß wie Seife. Mein Vater ist anderswo. Sie wird sterben. Ich weiß es, denn sie ist bereits tot. (Als mein Vater starb, kränkte mich das so, daß ich zu seiner Beerdigung nicht gehen wollte. Ich wollte ihm eine Lehre erteilen. Ich habe ihm eine Lehre erteilt.) Meine Frau ist die einzige Frau, die ich bis heute hätte haben können (ich hatte keine Wahl), bis der Tod, Scheidung oder Ehebruch uns trennen. Meine Kinder waren die einzig statthaften. (Anderer Leute Kinder gehören denen.) Weder in ihren noch in meinen Sternen stand etwas von lächelnden Gesichtern mit Grübchen und Sommersprossen, von Schulterklopfern und Händeschüttlern, von raketenhaft aufsteigenden Übererfüllern. Sie sind geworden, was sie waren; dürfte ich sie mir verbessert denken, sie könnten nicht anders ausfallen. Es war in meinem Skrotum nicht angelegt, ein Kind in die Welt zu setzen, das mit dem Präsidenten vor dem Weißen Haus photographiert wird, Verkörperung alles Strahlenden und Gesunden in unserem Lande. Bald wird man stattdessen Erdbeeren mit Schlagsahne in einer Porzellanschüssel einladen und knipsen müssen, denn die Menschen sehen aus wie verflucht. (Die Erdbeeren sind dann künstlich gerötet, die Schlagsahne chemisch aufgeweißt, und die Porzellanschüssel besteht aus bemaltem Gummi.) Alle, ausgenommen Derek, der bei uns sitzt. An Feiertagen geben wir der Pflegerin frei und hoffen zu Gott, daß sie sich frei nimmt. Ihn könnte ich mir anders denken. So wie er jetzt ist, könnte ich ihn mir nicht denken. Nun dürfen wir uns rühren. Ich darf meiner Frau die Bratenplatte reichen und die Kartoffelpastete herumgehen lassen, die aus Yamswurzeln gemacht ist. Es gibt nämlich keine Süßkartoffeln mehr. (Auch die sind verschwunden, und was aus ihnen geworden ist, ahne ich nicht.) Ich ahne nicht, was mein Vater in

den Träumen zu suchen hat, in denen ich nicht sprechen und mich nicht bewegen kann, sondern nur am Ort bleibe und horche, denn ich kenne ihn doch kaum. Es sei denn, er will sich in etwas Furchterregendes verwandeln, in einen Neger oder in Horace White, der in meinen Träumen enthüllt, daß die mir bekannte schale Oberseite seines Gesichtes eine scharlachrote Unterseite von erotischer Grausamkeit verbirgt. Horace White besitzt Aktien. Ich frage mich, ob mir vielleicht die Erinnerung daran abgeht, mindestens einmal von meinem Vater auf den Hintern geschlagen worden zu sein. Ich besitze keinen Vater. In diesem Vorgang liegt eine Nähe, ein unerschütterliches Einverständnis, ein Versprechen für die Vergangenheit, ein Gelöbnis für die Zukunft. Sollte ich künftig alle vierzehn Tage meine Söhne zu ihrem eigenen Besten durchprügeln? Meine Tochter ist dafür zu alt. Meine Frau hingegen nicht, und die prügele ich. Sie hinwiederum kratzt mit Finger- und Zehennägeln und beißt sanft. Wir lassen einander gewähren. Wir haben beide mehr davon, wenn jeder den anderen ein bißchen piekt. Ob ich wohl der einzige ältliche Mann auf der Welt bin, der sich immer noch der Furcht erinnert, die er als Kind hatte, von einem Homosexuellen mißbraucht zu werden? Drängt sich jener Mann vielleicht deshalb in meine Träume?
»Raus!« befehle ich deutlich.
Zu hören sind aber nur röchelnde Wehlaute, die meine Frau ängstigen.
»Was ist?«
»Nichts, schon gut.«
»Du hast geschrien.«
»Was?«
»Ich weiß doch nicht, gestöhnt eben.«
»Ich habe bloß gestöhnt. Es geht schon wieder.«
Meine Frau und meine Kinder sind in solchen Träumen niemals gefährdet. Sie sind gar nicht im Hause. Nur ich. Auf mich hat er es abgesehen. Auskunft kann ich mir in dieser Sache nur bei meinem geistlichen Ratgeber oder bei meinem Psychiater holen. Mein Psychiater entgegnet auf meine Frage mit der erleuchtenden Gegenfrage:
»Warum fragen Sie das?«
»Weil –«
»Sie Ihre Fingernägel beißen«, vermutet er.
»– ich Angst habe. Ich habe Träume und Gedanken, die mich beunruhigen, auch wenn sie angenehm sind. Ich leide an Kopfschmerzen. Ich bin unzufrieden. Ich glaube, ich leide an Gedankenstörungen. Stimmen höre ich nicht –«
»Ah –«, seufzte er gedehnt.
»– und halluzinieren tue ich auch nicht.«

»Was tun Sie Ihrer Ansicht nach jetzt?«
»Ich rieche Exkremente.«
»Ah?«
»Ich habe aber auch immerzu Hundescheiße an den Schuhen.«
»Sie müssen sich bemühen, darauf zu achten, wohin sie treten.«
Einen Psychiater beschäftige ich nicht (die Firma mag nämlich nicht, daß ihre gehobenen Angestellten nicht glücklich sind), und der geistliche Ratgeber der Familie gehört meiner Frau. (Der mag es nun wieder nicht, wenn die Leute glücklich sind.)
Ich weiß: falls ich in der Firma nicht auf Kagles Posten sitzen bleiben, sondern weiter aufsteigen, falls ich eines Tages Präsident der Vereinigten Staaten werden möchte, wenn der Posten frei wird und niemand ihn haben will, dann muß ich aufhören, die Nägel zu beißen. Ich entsinne mich, daß ich traurig war, als John F. Kennedy ermordet wurde, denn man schoß ihn in den Kopf, als weder er noch ich es erwarteten, und auch wegen der Photos in den Zeitschriften. Die waren grausig. (Wäre man auf die Idee gekommen, man hätte Millionen solcher Bilder als Souvenirs absetzen können.) Armer Kerl. Ich hoffe, niemand schießt mich in den Kopf. In meiner Vorstellung lebt er jetzt verkleinert (aber vorhanden ist er. Er ist wirklich er. Ich nehme mich seiner an, solange ich kann); verkleinern mußte ich ihn, damit er in meine Gedanken paßt, sich in Erinnerungen und Einfällen und nächtlichen Träumen ungehindert bewegen und unbemerkt tun kann, was er will, wenn ich mit anderen Duplikaten und Schatten zu sehr beschäftigt bin, um mit ihm zu spielen. Andere mögen ihn auf Geldmünzen besitzen, ich bewahre ihn im Kopf auf. Er ist blank poliert, ansehnlich und lächelt. Sein Haar glänzt. Jetzt gefällt er mir. Meiner Schwägerin gefällt er nicht. Sein jüngerer Bruder wurde nicht so alt wie er. Es ist nicht genügend bekannt, daß Lyndon Baines Johnson seinen ersten Herzanfall bereits als Senator mit sechsundvierzig Jahren hatte. Schon damals war für ihn alles vorbei. Danach hat er nicht mehr viel hergegeben. Eisenhower hat sich nach seinem Anfall erholt. Sein Golfspiel besserte sich (meins wird sich ebenfalls bessern). Auch Harry Truman ist gestorben. Ich wußte es vorher.
Letzthin tut mir der Kopf häufig weh, obwohl man nicht hineingeschossen hat. Auch im Nacken schmerzt es mich, am Ende der Wirbelsäule. Aspirin hilft. Die Beruhigungspillen meiner Frau helfen mir einschlafen. Drei Lagen Gewebe umschließen mein Hirn und mein Rükkenmark, und sie werden zusammen die Meningen genannt. Ich war entzückt zu hören, daß ich drei besitze. Meningitis ist eine Entzündung des Kopfes. Infektiöse Meningitis ist eine infektiöse Entzündung des Kopfes. In Kasernen und ähnlichen militärischen Einrichtungen tritt Meningitis

häufig auf. Zivilisten bekommen Enzephalitis, was eine Entzündung der Hirnsubstanz bedeutet und oft mit der Schlafkrankheit verwechselt wird. Man döst dabei in eine Lähmung hinein. Sie ist auch ein gutes Heilmittel bei Schlaflosigkeit. Ich bin jetzt zu alt, um mir unnötig Sorgen wegen einer Sache wie Meningitis zu machen. Noch habe ich kein Stechen in der Brust. Meine kindische Angst vor Meningitis habe ich eingetauscht gegen kindische Ängste für Erwachsene. An Meningitis verschwende ich überhaupt keinen Gedanken mehr. (Ha, ha.) An Meningitis stirbt man. An Kopfschüssen ebenfalls. Martin Luther King hat einen abbekommen, und Monate nach seinem Tod hat unser wachsames FBI die Überwachung seines Telefons eingestellt (und dafür mit dem Abhören meines Anschlusses begonnen). Meningitis verheert das Nervensystem, man wird davon taub, stumm, blind, lahm und stirbt. Noch mehr bedauere ich den Tod von Bobby Kennedy, denn er war jünger als John, und die Photos, die ihn auf dem Fußboden jener Hotelküche zeigten, waren noch schlimmer. Die riesigen verdrehten Augäpfel, die spindeldürr und eckig wirkenden, weit ausgestreckten Gliedmaßen ließen an einen schwächlichen, konfusen Menschen denken. Er hatte noch die Schuhe an. Zur Feier des Tages trug er einen schwarzen Anzug. Auch er ist jetzt mit einer Glasur überzogen. Er wird nie mehr niesen. Er ist jetzt ebenfalls in meinem Kopf. Ich habe ihn gut untergebracht. Ich halte ihn warm. Und dort wird er bleiben bis zu meinem Tod – oder bis zu dem Tag, da ich vergesse, mich an ihn zu erinnern. Was danach aus ihm wird, ahne ich nicht. Er wird für sich selber sorgen müssen. Wie er überleben will, wenn ich nicht mehr für ihn sorge, weiß ich nicht. Auch nicht, wo. Früher spürte ich sengende Hitze, wenn ich auf ein Mädchen scharf war. Heute bin ich bloß geil. Ich habe nur eine Erektion vorzuweisen. Meine Schwägerin ist angeblich gegen Gewaltanwendung, doch als die Brüder Kennedy ermordet wurden, war ihr das sehr recht, denn sie meinte, hier setze sich eine grimmige Gerechtigkeit durch.
»Die haben nur bekommen, was sie verdienten«, sagte sie. »In gewissem Sinn haben sie das herausgefordert.«
Meine Frau beklagte die Morde der Kinder wegen.
Ich darf nicht mehr so viel lachen. Ich muß eine Fassade aufrechterhalten. Ich darf nicht vergessen, mich korrekt und unterwürfig und sichtlich dankbar gegen gewisse Leute in der Firma, in der Universität und in jenen Kreisen zu verhalten, wo ich eingeladen werde und man von mir erwartet, daß ich eifrig, mir meines Glückes bewußt, demütig und furchtsam bin. Ich reise jetzt weniger, bin also mehr daheim. (Ich halte mich derzeit nahe am Mutterhaus, womit selbstverständlich nicht mein Eigenheim gemeint ist, sondern die Firma.) Es freut meine Frau, mich so

häufig zu sehen, auch wenn wir zanken. Meine Tochter bildet sich ein, ich wolle sie überwachen. Wir haben den Verdacht, daß sie einen unserer Wagen benutzt, wenn wir aus dem Haus gehen – sie hat ältere Freunde mit Führerschein –, und daß sie meinem Jungen Blendung und Verstümmelung angedroht hat, falls er petzt. (Ich könnte mir denken, daß ich sie umbringen möchte, sollte sich herausstellen, daß sie ihm wirklich mit Tod oder Verstümmelung gedroht hat.) Derek kann nicht petzen. Ich frage mich, was für Eindrücke durch sein Bewußtsein ziehen (er hat nämlich eins, muß ich mir immer wieder ins Gedächtnis rufen, dazu Ohren und Augen, die hören und sehen) und welchen Sinn er ihnen vielleicht abgewinnt. Seinen Kopf möchte ich nicht anzapfen. Da würde ich wohl viele Störungen zu hören bekommen. Ich stelle mir vor, daß er von Anblicken und Geräuschen geradlinige Impulse empfängt, die beim einen Ohr herein und beim anderen in die Luft hinausgehen wie Funksignale durch eine Rübe, oder in ein fein abgestimmtes, ankerwindenförmiges, kompliziertes und hoch empfindliches Instrument aus Keramik, Wolfram und Glas, das alles kann, aber nicht funktioniert. Ein Endstück kann man das nicht nennen, denn enden tut hier nichts. Mein eigenes Denken sehe ich kreisförmig oder kugelförmig oder als in einer Umlaufbahn befindlich, als ein Rad, das sich wie die Welt in einem Bekken voll Ablagerungen dreht, wohinein vieles, an das zu denken ich vergesse, abtropft und am Grunde ganze Lagen von Schlamm und Nebelnässe bildet. (Ich vergesse sogar, woran ich mich erinnern will.) Er kann unvermittelt heiß werden wie eine Radioröhre, und wie ein Transistor wird er unsichtbar beeinflußt von heftigen Stößen sowie von Schwankungen der Luftfeuchtigkeit und der Temperatur. Ich habe einen Sohn, der im Kopf eine Rübe hat. Vermutlich gibt es atmosphärische Störungen darin und auch andere Einflüsse, und möglicherweise ereignen sich dann seine Wutanfälle. (Auch in meinem Kopf ereignen sich Störungen; sie führen daheim zu gereizten Ausbrüchen und erzeugen den Wunsch, mein Kopf möchte platzen und das Rauschen und Knattern hinauslassen.) Er hat ein liebliches Gesicht. Alle meine Kinder haben liebliche Gesichter, und meine Frau sieht für ihr Alter besser aus als andere mir bekannte Frauen ihres Alters. Was wohl für Bauruinen in seinem Kopf stehen mögen? Ist er so unwissend, hat er noch nicht begriffen, daß er schwachsinnig ist und als Imbeziller aufwachsen wird? Weiß er, daß er meinen Tod wünschen und zugleich fürchten soll, ich könnte ihn dieses Wunsches wegen kastrieren oder ermorden? Er soll nur zeitig lernen, seine lüsternen Absichten auf meine Frau zu unterdrücken. Er ist ohne Schuld. Auch von ihm träume ich, er wäre tot, und wache untröstlich auf, denn ich betrauere ihn und weiß, ich träume in Wahrheit von mir und will nicht, daß er ganz und gar fortgeht.

»Wovon hast du heute Nacht geträumt?« fragt meine Frau, während sie den Frühstückstisch deckt.
»Von Derek.«
»Du hast gelacht.«
»Von dir. Ich träumte, du hättest einen andern rangelassen.«
»Du hast aber gelacht.«
»Es war auch komisch. Der Mann war ein Neger. Du hast mich am Pimmel gepackt. Ich mag es, wenn Frauen mich am Pimmel packen.«
»Soll ich mal?«
»Jetzt muß ich ins Büro. Erwarte mich heute abend zum Essen.«
»Ich habe was Gräßliches geträumt.«
»Du hast geheult.«
»In deinem Traum?«
»In deinem.«
»Warum hast du mich dann nicht geweckt? Ich träumte, ich müßte weinen und könnte nicht aufhören.«
»Ich hatte in meinem eigenen Traum alle Hände voll zu tun. Vielleicht war es derselbe Traum. Hast du geträumt, du ließest dich von einem mächtigen, pechrabenschwarzen Neger vögeln?«
»Wozu sollte ich? Ich kriege von dir, was ich brauche.«
»Ich glaube, das Luder klaut wirklich einen von unseren Wagen. Gestern beim Abendbrot wollte er was sagen, und sie hat das mit einem bösen Blick verhindert.«
»Ich frag' sie mal.«
»Ich stelle ihr eine Falle. Erwarte mich heute abend zum Essen. Ich freue mich schon darauf, sie zu erwischen.«
»Du kommst in letzter Zeit erstaunlich oft abends nach Hause.«
»Na und?«
»Nichts weiter, ich freue mich darüber.«
»Na also.«
»Brüllen mußt du deshalb nicht gleich.«
»Ich brülle nicht. Wieso kann ich eigentlich nicht hin und wieder in meinen eigenen vier Wänden etwas lauter sprechen, ohne daß gleich jemand sagt, ich brülle. Alle anderen tun es doch auch. Du zum Beispiel. Ich kann mir gar nicht erklären, weshalb du so gereizt bist.«
»Heute früh bist du derjenige, der gereizt ist. Ich freue mich doch, wenn du abends zum Essen heimkommst. Du pfeifst jetzt sogar gelegentlich. Vielleicht findest du ja nach und nach an unserer Gesellschaft Gefallen?«
»Selbstverständlich tue ich das.«
»Es ist also alles, wie du es dir wünschst?«

»Alles. Und es wäre alles noch viel besser, wenn du mich nicht fragtest, ob alles so ist, wie ich es mir wünsche.«
»Ich wußte ja, daß es hier in der Küche noch Krach geben würde.«
»Und da wunderst du dich, daß es mich ins Büro zieht?«
»Falls du im Büro Ärger hast, könntest du mir davon erzählen.«
»Ich hab' aber keinen.«
»Was ist Ihnen denn für eine Laus über die Leber gelaufen?« fragt Green schroff, kaum daß ich im Büro bin.
»Laus?« frage ich.
»Ich spreche wohl deutlich genug.« (Lieber Himmel, auch er hat einen schlechten Tag, und er hat mich überrascht.)
»Nichts.«
»Lügen Sie nicht!«
Seine feuchten Glotzaugen funkeln mich sadistisch und verdrossen an, sein sinnliches Gesicht ist erhitzt, auf Stirn und Lippen stehen Schweißtröpfchen. Normalerweise erlaubt Green sich nicht, vor den Augen anderer zu schwitzen. (Ich frage mich, was ihn heute früh mehr plagt, seine geschrumpfte Schilddrüse oder seine erweiterte Prostata?) Er trägt einen Anzug aus weichem, großkariertem Kamelhaarstoff mit breiten, gesteppten Aufschlägen und einem feinen violetten Streifen; nur er kann sich sowas leisten. Wir übrigen könnten höchstens auf Veranstaltungen im Freien oder auf dem Messegelände derartige Anzüge riskieren – allerdings darf man karierte Hosen auch am Wochenende auf dem Lande tragen. Green macht eine glänzende Figur, er hat einen umwerfenden Wortschatz, kraft dessen er seine Vorgesetzten in der Firma auf Distanz hält und verunsichert. Horace White meidet ihn wie die Pest. Green schmeißt sich an Horace White ran; White flüchtet vor ihm zu Black, der Green verabscheut und offen schmäht; Green tritt, seine Wunden leckend, den Rückzug an.
»Black ist ein Vieh«, hat Green sich schon bei mir beklagt. »Ein Affe. Mit ihm zu reden ist sinnlos.«
Black ist Antisemit. Green wartet und wirft mir über den Tisch gemeine Blicke zu, als sei ich am Zustand seiner Schilddrüse, seiner Prostata, seines Magens oder an Black schuld.
»Ich verstehe nicht.«
»Lügen Sie nicht so unglaubwürdig«, sagt er, bevor ich ausgeredet habe, als könnte er meine Antwort vorwegnehmen. »Sie können mich gern belügen, solange ich es nicht merke. Ich bin Ihr Chef. Falls Sie Wert darauf legen, weiter hier beschäftigt zu sein, rate ich Ihnen aber, niemand unglaubwürdig anzulügen. Als Ihr Chef bestehe ich darauf, daß Sie sich von niemand schlecht behandeln lassen, außer von mir.«

»Meine befickte Frau.«
»Ich verbitte mir diese Ausdrucksweise.«
»Sie wollten es doch wissen.«
»Ich bin nicht Andy Kagle.«
»Dem würde ich es nicht erzählen.«
»Ich mag Ihre Frau gut leiden.«
»Nein, das stimmt nicht, Jack. Ich mag sie auch nicht. Also was ist jetzt wieder?«
»Ich habe vier Frauen gehabt, und Sie werden nicht hören, daß ich mich je über auch nur eine abfällig äußere, obwohl ich keine einzige ausstehen konnte.«
»Meine Frau ist nicht gerade verrückt nach Ihnen.«
»Keinen Klatsch, bitte.«
»Meine Frau findet Sie gemein, weil Sie mich das Referat nicht halten lassen.«
»Verstecken Sie sich nicht hinter Ihrer Frau.«
»Ach, was soll das, Jack. Sie mögen meine Frau nicht.«
»Wenn Sie auf diesem Thema beharren: ich mag sie nicht das kleinste bißchen. Und soll ich Ihnen sagen, warum nicht?«
»Nein.«
»Weil sie auf manchen Parties zuviel und auf anderen nicht genug trinkt. Sie ist steif und befangen und steckt damit die anderen Gäste an. Bei den gesellschaftlichen Veranstaltungen der Firma geht Befangenheit von ihr aus, wie von anderen Leuten schlechter Geruch.«
»Ich sage doch, ich will nichts hören.«
»Viel stellt sie nicht dar. Sie ist weder reich, noch berühmt, noch aus guter Familie, sie nützt Ihnen nichts und mir nichts.«
»Sie haben doch gefragt, welche Laus mir über die Leber gelaufen ist.«
»Und Sie schieben Ihre Frau vor, weil Sie es nicht sagen wollen.«
»Nein. Weshalb sind Sie denn so schlechter Laune?«
»Weshalb sind Sie guter Laune?«
»Die ist mir unterdessen vergangen.«
»Jetzt schmollen Sie.« Er verzieht das Gesicht und ahmt meinen Ton nach, um mich lächerlich zu machen. Mir kommt der Gedanke, auch er könnte ein Opfer jenes prickelnden Impulses sein, voller Haß jemand nachzuahmen, der einen unerträglich reizt.
Man nennt das Echolalie.
Man nennt das Echolalie (den Zwang, gehörte Wörter unverzüglich nachzusprechen. Ich hab' nachgeschlagen. Ha, ha.).
Ha, ha.
Ha, ha.

(Das kann ewig so weitergehen.)
Das kann ewig so weitergehen.
»Und sollte ich etwa nicht?« frage ich.
»Sollten Sie etwa nicht?« fragt er.
»Was ist los, Jack?«
»Was ist los, Jack?« erwarte ich ihn mit meiner eigenen Stimme antworten zu hören wie in einem Alptraum (wie ich mich oft schneidend auf meine Frau oder meine Tochter mit deren Stimme erwidern höre, wenn ich zu aufgebracht und verwirrt bin, um mir eine reifere Art der Kränkung auszudenken).
»Haben Sie sich vielleicht nach einem besseren Job umgesehen?« höre ich ihn stattdessen fragen.
»Nach einem besseren Job?«
»Ohne meine Hilfe werden Sie keinen finden.«
»Muß ich mir einen suchen?«
»Sie wüßten nicht mal, wo.«
»Warum sollte mein jetziger Job mir nicht mehr gefallen?«
Ich spüre, wie mir der Schweiß austritt.
»Sie schwitzen ja«, sagt er.
»Überhaupt nicht.«
»Man sieht es auf Ihrem Gesicht. Ihr Hemd wird auch schon naß. Wozu diese alberne Widerrede? Sie wissen genau, daß ich nicht hören wollte, wer die Laus war, als ich Sie fragte, welche Laus Ihnen über die Leber gekrochen ist. Ich habe überhaupt nicht nach einer Laus gefragt. In Wahrheit wollte ich wissen, weshalb Sie so munter sind. Es war spöttisch gemeint. Sie sind in letzter Zeit komisch. Und mit komisch meine ich nicht komisch, sondern sonderbar. Und sonderbar meine ich ebenfalls nicht, sondern keck. Seit neuestem pfeifen Sie vor sich hin.«
»Das ist mir nicht aufgefallen.«
»Noch dazu falsch. Offenbar glauben Sie, außer Ihnen hätte hier in der Firma noch niemand was von Mozart gehört. Sie machen sich bei allen möglichen Leuten lieb Kind, die ich nicht schätze. Kagle. Horace White. Arthur Baron. Lester Black. Sogar Johnny Brown. Dabei verdienen Sie mehr als er.«
»Ich tue nur meine Arbeit.«
»Indem Sie katzbuckeln? Falls in dieser Abteilung gekatzbuckelt werden muß, überlassen Sie das mir. Ich verstehe mich besser darauf als Sie. Mir sieht man gern zu, wenn ich krieche. Für Sie interessiert sich kein Mensch.«
»Außer Kagle.«
»Kagle ist erledigt«, sagt er wegwerfend und mit einem Anhauch von

Zufriedenheit. »Der spuckt beim Reden und humpelt noch dazu. Ich könnte seinen Posten haben, wenn ich wollte. Wahrscheinlich. Ich will ihn aber nicht. Verkauf ist nicht meine Sache. Waren verhökern ist erniedrigend. Sich selber verhökern ist das Erniedrigendste. Ich weiß es. Schließlich habe ich mich der Firma als Prokurist angedient, ohne Erfolg. Und das ist das Allererniedrigendste: daß man umsonst versucht, sich selber zu verhökern. Falls Sie dies weitererzählen, streite ich alles ab und schmeiße Sie raus. Die Firma schmeißt Sie nicht raus, aber ich tue es. Das wissen Sie. Red Parker.«

»Was heißt – Red Parker?«

»Halten Sie sich fern von dem. Seit seine Frau bei dem Autounfall ums Leben gekommen ist, geht es bergab mit ihm.«

»Er tut mir leid.«

»Mir nicht. So gern hat er sie nämlich nicht gehabt, als sie noch lebte. Er trinkt zu viel und macht seine Arbeit nicht. Halten Sie sich von Leuten fern, mit denen es bergab geht. Sowas schätzt die Firma. Die Firma schätzt Ratten, die es verstehen, ein sinkendes Schiff rechtzeitig zu verlassen. Sie benutzen seine Wohnung.«

»Ich mache mich da frisch. Meine Frau übernachtet gelegentlich dort.«

»Mit der Kleinen aus der Werbeabteilung führen Sie sich auf wie ein einfältiger Primaner.«

»Das stimmt nicht«, wehre ich mich. (Jetzt ist mein Stolz getroffen.) »Ich blödele doch bloß mit ihr, Jack.« (Ich spüre, daß mir die Tränen kommen. Meine Augen sind bestimmt so feucht wie seine.)

»Sie ist nicht hübsch genug. Und verdient nicht genug.«

»Sie flirten doch selber gern.«

»Mich schützt dabei mein Ruf. Ich gelte für arrogant und exzentrisch. Sie schützt nichts dergleichen. Sie sind bloß, was Sie tun. Ich leide an Heuschnupfen. Falls es aussieht, als weinte ich, so ist meine Hypersensitivität daran schuld. Was gibt es da zu lachen?«

»So ein Wort möchte ich auch mal benutzen.«

»Kommt nicht in Frage. Nicht, solange ich an diesem Schreibtisch sitze und mir ein noch besseres einfallen lassen kann. Sie denken auch nicht so schnell wie ich. Ihnen fehlt der Stil. Sie werden nie so eloquent und schlagfertig sein wie ich, also versuchen Sie's gar nicht erst. Die Kleine kann Ihnen nicht von Nutzen sein. Halten Sie sich an geschiedene Frauen mit Geld, an fremde Ehefrauen oder hübsche Witwen.«

»So dicht gesät sind Witwen nicht.«

»Lesen Sie die Todesanzeigen. Sie grinsen ja schon wieder.«

»Sie sind so komisch.«

»Es steht Ihnen aber in diesem Moment nicht an, zu grinsen, Slocum.

Sie sind in Schwulitäten, offenbar ohne es zu wissen. Und das gefällt mir nicht.«

»Inwiefern bin ich in Schwulitäten?«

»Weil Sie mein Untergebener sind. Und weil Sie für meinen Geschmack zu ›befickt‹ munter sind.«

»Ich dachte, Sie wollen diesen Ausdruck nicht hören?«

»Sie haben anscheinend nicht mehr so viel Angst vor mir wie ehedem.«

»Doch. Besonders jetzt.«

»Ich rede nicht von jetzt.«

»Und warum sollte ich Angst haben?«

»Und das paßt mir nicht. Das macht *mir* Angst. Was dieser Jack Green auf keinen Fall zu sehen wünscht ist jemand, der sich auf seinem Posten so sicher fühlt, daß er Mozarts Messe in c-moll pfeift – ich habe nachgesehen. Grinsen Sie nicht. Ihnen kann man ebenso leicht Eindruck machen wie allen anderen. Ich frage mich, woher Sie die Messe kennen?«

»Ich habe da eine Freundin –«

»Ich kann mir solche Prätentionen erlauben, Sie aber nicht. Ich wünsche keine Kunstpfeifer als Untergebene. Ich wünsche mir Trinker, Leute mit Magengeschwüren, Kopfschmerzen, hohem Blutdruck. Ich wünsche Untergebene, die sich fürchten. Ich bin der Chef, und was ich verlange, bekomme ich. Wissen Sie, was ich verlange?«

»Anständige Arbeit.«

»Ich verlange Magenkrämpfe und nervöse Erschöpfung. Sie haben auch abgenommen, wie? Ich habe Magenkrämpfe, also können auch Sie welche haben. Ich nehme diese Pillen hier. Nehmen Sie ebenfalls diese Pillen. Bitte. Wollen Sie?«

»Nein.«

»Sie werden schon wollen, wenn Sie weiterhin in meiner Abteilung bleiben und jemals das Referat auf der Großen Tagung halten möchten. Himmelherrgott, ich verlange, daß es meinen Untergebenen schlechter geht als mir, und nicht besser. Dafür lasse ich Sie so gut bezahlen. Ich will, daß Sie zittern. Ganz unverhohlen zittern. Ich will Angst in Ihrer Stimme hören, wenn Sie stottern, stammeln, nicht weiter wissen. Am besten gefallen Sie mir, Bob, wenn Sie kein Wort herausbringen, weil Sie nicht wissen, welches Wort gerade gefragt ist. Auch dieses Jahr werde ich Ihnen nicht erlauben, ein Referat zu halten. Aber das werden Sie nicht genau wissen, auch wenn ich es Ihnen jetzt schon ankündige. Ungewißheit soll Sie quälen. Denn ich werde es mir anders überlegen, werde Ihnen sagen, Sie sollen ein Dreiminutenreferat vorbereiten und einüben und es vortragen, falls ich es mir nicht wieder anders überlege.

Und das werde ich. Trauen Sie mir nicht. Ich gebe nichts auf Schmeichelei, Loyalität, freundschaftlichen Umgang. Ich halte auch nichts von Ehrerbietung, Respekt, Zusammenarbeit. Ich vertraue einzig auf Angst. Na, war das nicht eine hörenswerte Demonstration von Artikulation und Eloquenz? Ähnliches brächten Sie nie zustande, oder doch?«

»Was ist denn nur, Jack«, erwidere ich lahm, beinahe weinerlich, und vor Schwäche ganz elend. »Warum behandeln Sie mich so?«

»Meine Abteilung ist die bestbezahlte in der gesamten Firma. Sie können hier nicht weg.«

»Das weiß ich doch.«

»Man wirft mir vor, daß ich zu hohe Gehälter zahle.«

»Das weiß ich doch!«

»Bis ich beschließe, Sie rauszuwerfen. Ich sitze ebenfalls hier fest. Das wissen Sie wohl auch, was? Ich brauche minderwertige Leute mit hochwertiger Intelligenz, die es in allen Knochen spüren, daß ihr Leben vorbei wäre, verlören sie ihren Posten in meiner Abteilung. Und so soll es auch wirklich sein. Jetzt wissen wir, woran wir sind, jetzt haben Sie Angst. Nur zu, Bob, machen Sie es sich bequem, stecken Sie die Hände in die Taschen, ich sehe ja, wie sie zittern.«

(Wenn ich den Mut dazu hätte, würde ich ihn umbringen.) »Und warum soll ich Angst haben?«

»Weil Sie mein Untergebener sind! Ich kann Sie auf die Straße setzen, Sie Schwachkopf! Und das können zirka zweihundert andere Leute ebenfalls, die weder Sie noch ich kennen. Oder zweifeln Sie daran?«

»Keine Spur.«

»Also – ist das nicht Grund genug? Ich kann Sie tyrannisieren und erniedrigen, sooft es mir paßt.«

Herr im Himmel – er kann mich immer noch nicht riechen. Er darf mich überhaupt nicht entlassen, und doch ist jede Zelle meines Körpers davon überzeugt, daß er es kann und platzt vor Angst. (Mein Bewußtsein hat ein Hirn. Meine Drüsen nicht.)

Ich wage nicht zu antworten, weil ich fürchte, schändlich zu stottern, weibisch, wie ein Waschlappen. Ich bezweifle, daß ich die Kiefer bewegen, die Zunge lösen, Wangen- und Lippenmuskeln lockern und ein einziges Wort aussprechen kann, bevor ich nicht alle erdenklichen Laute durchprobiert und das erste Wort ausgewählt habe. Und mindestens noch das folgende, über das ich sicher zum nächsten gelangen kann. (Halte ich den Satz kurz, bringe ich vielleicht einen zustande. Ich muß mit einem einsilbigen Wort beginnen. Sämtliche möglichen Laute kullern in meinem Kopf herum wie Buchstabenklötzchen in einer stillen Schulklasse.) Anderenfalls könnte ein unverständliches Lallen oder Kreischen aus mir dringen. Ich fühle mich wie angesengtes Brot im Toaster, und ehe ich mir noch vorsagen kann, daß dafür ja keinerlei Grund besteht, quillt der Schweiß schon reichlich durch die aufgesperrten Poren. Ich brauche mich doch jetzt vor Jack Green nicht mehr zu fürchten, ich muß nur noch so tun als ob.

Und doch fürchte ich mich.

(Und ich fürchte, es wird immer so sein.)

Ich hasse ihn und wünsche ihm den Tod wie Kagle. Ich wünsche ihm Krebs an der Schilddrüse, an der Prostata, am Mastdarm. Er hat aber keinen. Green würde ich vielleicht sogar im Krankenhaus besuchen, bloß um zu hören, daß er nicht sprechen kann, und um zu sehen, wie er dahinwelkt. Wahrscheinlich werde ich früher ins Krankenhaus müssen als er, und er wird mich nicht besuchen. (Vielleicht doch, einzig um mir meinen Irrtum unter die Nase zu reiben.) Ich wollte, ich wäre wie er. Ich beneide, ich idealisiere ihn, auch jetzt, da er den Blick mit einer gespielten Gleichgültigkeit von mir läßt, die schon an Langeweile grenzt. Er verkneift es sich, als der schadenfrohe Sieger dazustehen, denn er weiß, daß er mir damit eine Genugtuung bereiten würde. (So wichtig findet er mich nun auch wieder nicht, deutet er an. Großartig.) Ich wollte, ich könnte es ihm gleichtun. Wenn ich nur fleißig genug übe (erwischen darf er mich nicht dabei, sonst würde er mich zutiefst dafür verachten, daß ich ausgerechnet ihn zu imitieren versuche), bringe ich vielleicht eines Tages in ähnlicher Lage die gleiche Herablassung auf wie er.

Green will mich jetzt nicht entlassen, er möchte mich nur malträtieren. Er hat seinen Koller. (Er hat Störungen im Kopf.) Meine Angst ist heiß und kalt. Und manchmal ist mir, als verlöre ich den Verstand. Die Angst (auch der Verstand, den ich verliere) gehört augenscheinlich nicht mal mir (sondern ihm); eben noch lodert sie in mir wie ein Hochofenfeuer, dann wieder überzieht sie meine Haut wie nebliger Winterwind mit Frost, sie wendet sich unkontrollierbar mal von innen, mal von außen gegen mich, der ich in dem zusammensinkenden Pavillon meines taillierten, maßgeschneiderten, puderblauen Hemdes aus Schweizer Voile stecke, dem besten Hemdenstoff, den es gibt, wie Green mir versichert hat. Es ist fast zum Lachen. Hätte ich heute einen Anzug aus dunklem Tuch oder aus schwerem, gestreiftem Wollstoff ins Büro angezogen, die verräterischen Flecke, die der Schweiß verursacht, der mir aus den Achselhöhlen und über die Brust herabläuft, wären nicht zu sehen gewesen.

»Tragen Sie nächstens Pullover«, höre ich Green beinahe sagen, der meine Gedanken liest. »Aus Kaschmirwolle. Einen Cardigan. So wie

ich. Nur deshalb trage ich die Dinger«, höre ich ihn hinzufügen, seine Gedanken lesend.
Es ist geradezu unheimlich, wie er mich immer noch nicht riechen kann. Ich wünsche, er wäre tot. Immerhin könnte ich mir denken, daß ich in diesem Fall die Oberhand behalte. Alter, Magenkrämpfe und Arthur Baron sind meine Verbündeten.
Aber es dürfte mühsamer werden als mir lieb ist.
Ich möchte ihn in den Kopf schießen.
Mindestens möchte ich ihm eine Grimasse schneiden und die Zunge rausstrecken. (Ich möchte mal wieder eine heiße Süßkartoffel essen oder an einem zarten Maiskolben knabbern.)
»Wollen Sie mich rausschmeißen?« frage ich statt dessen linkisch.
»Ich kann Sie demütigen.«
»Sie tun es schon.«
»Manchmal sind Sie ein richtiger Lump.«
»Warum sollten Sie mich rausschmeißen wollen?«
»Noch dazu ohne Angabe von Gründen.«
»Sie müßten Ersatz für mich finden.«
»Nur, damit Sie nicht vergessen, daß ich es jederzeit kann. Als mein Untergebener sind sie kein freier Bürger. Das scheinen Sie manchmal zu vergessen.«
»Bestimmt nicht wieder.«
»Und ich ebenfalls nicht. Sie müssen spüren, was wahre Unterjochung ist. Ohne meine Hilfe finden Sie nie im Leben eine bessere Stellung, und falls Sie eine fänden, könnten Sie sie nicht antreten. Sie müßten nämlich auf die betriebliche Altersversorgung und auf die Gewinnbeteiligung hier verzichten und sich dort ständig fragen, ob Sie so beliebt sind, wie Sie es hier waren. Auch nach drei Jahren könnten Sie es nicht genau wissen. Sie sind von mir abhängig.«
»Das ist mir klar.«
»Und ich weiß nicht, ob Ihnen das immer klar ist. Ich jedenfalls möchte darüber keinen Moment im Ungewissen sein. Ich muß wissen, daß Sie bereit sind, im Staub zu kriechen, sooft ich es verlange. Sie sind schließlich ein erwachsener Mensch, ein begabter, gehobener, durchschnittlicher Angestellter mit Erfahrung, nicht wahr? Sie müssen nicht dastehen, schwitzen und sich das alles von mir gefallen lassen. Sie müssen es sich eben doch gefallen lassen. Na, was ist?«
»Darauf gebe ich Ihnen keine Antwort.«
»Ich kann Ihnen eine weitere beträchtliche Aufbesserung verschaffen und Sie auf diese Weise demütigen.«
»Ich nehme das Geld.«

»Ich kann Sie zwingen, dunkle Anzüge, konservative Hemden und gestreifte Schlipse zu tragen.«
»Das tue ich bereits.«
»Mir fällt übrigens auf«, entgegnet er scharf, »daß Sie angefangen haben, Golf zu spielen.«
»Golf spiele ich schon seit langem.«
»Das stimmt nicht.«
»Ich beteilige mich jedes Jahr an den Wettkämpfen anläßlich der Großen Tagung.«
»Und zwar mit einem saftigen Handicap. Sie werden da als komische Nummer geführt, zusammen mit den ewig betrunkenen Scharlatanen aus der Verkaufsabteilung. Das paßt mir übrigens auch nicht. Sie gehören nicht zum Verkauf.«
»Ich bekomme aber viele Aufträge von dort.«
»Möchten Sie lieber Andy Kagle als Chef haben?«
»Lieber Sie.«
»Warum?«
»Weil Sie tüchtiger sind.«
»Auf welchem Gebiet?«
»Was wollen Sie eigentlich von mir?«
»Also – wer ist Ihr Chef, ich oder Kagle?«
»Sie.«
»Und wer ist der angenehmere Mensch von uns beiden?«
»Er.«
»Wer ist der bessere Mensch?«
»Er.«
»Wen mögen Sie lieber?«
»Sie.«
»Endlich reden Sie gescheit. Sie sollten im Moment nicht an einen besseren Job denken, Bob.« Er spricht langsamer, leiser. Er ist freundlich, beinahe zerknirscht. »Außerhalb der Firma gibt es für Sie, glaube ich, nichts.«
»Ich suche auch nicht, Jack. Warum sollte ich?«
»Meinetwegen.«
»So übel sind Sie nicht.«
»Auch jetzt nicht?« Er hebt den Blick, sieht mich an und lächelt matt.
»Sie machen Ihre Sache glänzend.«
»Alles?«
»Nicht alles. Manches machen Sie miserabel, Jack. Aber mir hat sogar gefallen, wie Sie eben mit mir gesprochen haben. Ich wollte, ich könnte ebenso grob sein.«

»Das ist einfach . . . bei jemand wie Ihnen. Sie haben ja selbst gesehen, wie einfach.« Er seufzt bedauernd und spöttisch. »Selbstverständlich werde ich Sie nicht rauswerfen. Ich weiß schon nicht mehr, warum ich davon angefangen habe. Wenn ich bedenke, was aus mir würde, falls ich aus der Firma ausscheiden müßte, bekomme ich es mit der Angst. Ist Ihnen klar, wie die Fleischpreise steigen?«
»Sie sind schon ziemlich hoch, wie?«
»Ich weiß es auch nicht genau. Aber wenn ich mir vorstelle, ich müßte es wissen, dann wird mir flau. Mein Budget ist beschnitten worden.«
»Um wieviel?«
»Das geht Sie zunächst noch nichts an.«
»Kagle hat mir schon gesagt, daß da was in der Luft liegt.«
»Sie scheinen ja dicke Freunde zu sein.«
»Das könnte nützlich werden.«
»Sind Sie mit ihm dicker befreundet als mit mir?«
»Er braucht mich nötiger.«
»Ich brauche Sie überhaupt nicht.«
»Mindestens brauchten Sie einen Ersatz für mich.«
»Ach wo. Was die Firma betrifft, so wird kein einziger von uns gebraucht. Die Geschäfte gehen von allein. Nicht die Firma braucht uns, sondern wir brauchen die Firma.«
»Soll ich mal mit Kagle sprechen?«
»Kagle ist ein Tropf. Was nützt es ihm, wenn er uns schlecht macht? Falls ich meine Gehaltserhöhung bekomme, kriegen Sie auch eine.«
»Ich rede mit ihm.«
»Ich bitte Sie nicht darum.«
»Ich werde ihm ein Bein stellen.«
»Das ist ein ziemlich geschmackloser Witz«, bemerkt Green.
»Weiß ich.«
Mein hämisches Grinsen fühlt sich fremdartig und bizarr an, so als hätte statt meiner jemand anders es gegrinst und mir dann aufgestülpt.
»Angeblich sind Sie sein Freund?«
»Es ist mir nur so rausgerutscht«, entschuldige ich mich verwirrt. »Es war mir nicht bewußt, was ich da gesagt habe. Ich gehe mal zu ihm.«
»Ich habe Sie nicht darum gebeten. Ich weiß nicht recht, weshalb mich das überhaupt kümmert. Wir werden allesamt nicht weit kommen. Kagle humpelt. Ich bin Jude. Was Sie sind, weiß man nicht genau.«
»Ich bin nichts. Meine Frau ist eifrige Kirchgängerin.«
»Eifrig ist nicht genug. Berühmt müßte sie sein oder sehr reich. Sie haben doch auch ein irgendwie verkrüppeltes Kind, über das Sie nicht gerne reden?«

»Es hat einen angeborenen Hirnschaden.«
»Schlimm?«
»Hoffnungslos.«
»Das kann man nie wissen. Ich habe da von Fällen gehört –«
»Ich ebenfalls.«
»Ich kenne einen Arzt –«
»Bei dem war ich schon.«
»Warum –«
»Schluß damit, Jack. Wirklich. Es ist mein Ernst.«
»Ich habe mich gelegentlich gefragt, ob es für Sie eine Grenze gibt«, sagt Green. »Nun weiß ich es.« Er blickt bekümmert und nachdenklich drein. Auch Green hat es mit seinen Kindern schwer, allerdings hat er keinen Derek, und das verschafft mir einen Vorteil über ihn, den ich vielleicht gelegentlich ausnutzen kann. (Der Kleine kommt einem manchmal richtig zupaß.) »Sie kriegen Ihre Gehaltserhöhung«, sagt Green abschließend, »und ich werde vermutlich auch eine kriegen. Ganz vielleicht erlaube ich Ihnen sogar, dieses Jahr ein Referat zu halten.«
»Ich glaube Ihnen nicht.«
»Das sollen Sie auch nicht.«
»Ich glaube es erst, wenn ich spreche.«
»Das gehört zu meiner Strategie. Sie wären nicht fähig, mein Nachfolger zu werden, falls man mir Kagles Stellung antrüge. Ich könnte Kagles Arbeit ohne weiteres übernehmen, könnte sie besser tun als er. Ich könnte auf diesem Weg sogar eines Tages Prokurist werden.«
»Kagle ist keiner.«
»Kagle humpelt, außerdem wachsen ihm Haarbüschel aus Nase und Ohren. Mit einem Hinkebein oder einem schwachsinnigen Kind wird man nicht Präsident.«
»Roosevelt hat gehinkt.«
»Ich meine Präsident des Aufsichtsrates unserer Firma. Die Firma nimmt es genauer als der Staat. Man hat mir mein Budget zusammengestrichen. Deshalb bin ich so wütend. Und ich traue Ihnen nicht. Ich hole mir schon, was da gestrichen worden ist, aber ich muß darum kämpfen. Kriechen muß ich dafür. Das ist nämlich die Art, wie ich kämpfen muß, und ich verabscheue das. Ich würde Sie nicht als meinen Nachfolger empfehlen, weil Sie nicht die notwendigen Fähigkeiten haben. Sie können nicht kriechen.«
»Ich krieche jederzeit.«
»Sie kriechen, ja, aber nicht anmutig. Sie kriechen nicht besser als Sie katzbuckeln.«
»Vielleicht könnte ich es lernen?«
»Ich kann es aber schon. Fragt Green, sagt Green. Seht, Green kriecht.

Hört, Green scherzt. Warum streicht man mir denn mein Budget zusammen? Weil man mich gern kriechen sieht. Jedes Jahr streicht man. Bloß um mich kriechen zu sehen.«
Und ich werde es noch stärker zusammenstreichen, denn ich weiß nur zu gut, was von unserer aufwendigen und in Wahrheit auch dringenden Arbeit weder gebraucht noch verwertet wird. Ich darf nicht vergessen, bescheiden, unerschütterlich und vertrauenswürdig zu wirken. Green hat recht: was wir auch tun, es hat keine spürbare Wirkung. (Wir können nur aufeinander wirken.) Der ganze Betrieb ist ein Bienenstock und wir sind die Drohnen. Direktoren sterben und werden ersetzt. Ich werde Ed Phelps in Pension schicken. Ich muß arglos und neutral wirken. Falls mich der Hafer stechen will, muß er mich daheim in meinem Arbeitszimmer oder in Red Parkers Wohnung stechen. Ich darf Red Parkers Wohnung nicht mehr benutzen. Es färbt schon ab. Was mache ich mit Red Parker? Er ist jünger als Ed Phelps. Ich muß zu allen nett sein. (Ich muß mich dumm stellen.)
»Weshalb sind Sie eigentlich so unerträglich kregel in letzter Zeit?« will Johnny Brown wissen und versetzt mir einen seiner leichten, schwerfäustigen Püffe gegen den Arm.
(Ich kann mir diese Faust mühelos in meinem Gesicht denken.)
»Ihretwegen«, erwidere ich ebenso herausfordernd. »Weil Sie immer pünktlich die Vertreterberichte vorlegen.«
»Und haben Sie die mal mit den Absatzzahlen verglichen?«
»Es kommt uns einzig auf die Berichte an.«
»Lauter Blödsinn steht drin.«
»Hauptsache, sie lesen sich gut.«
»Darauf würde ich nicht bauen«, antwortet Johnny Brown. »Ich wüßte was besseres mit der Zeit der Vertreter anzufangen, als sie verlogene Berichte schreiben zu lassen. Ich wüßte schon, wie ich mit ihnen umzugehen hätte. Ich würde dafür sorgen, daß die Lumpenhunde den ganzen Tag Klinken putzen. Die Stühle würde ich ihnen aus dem Büro wegnehmen. Nichts stinkt ihnen mehr, als diese Berichte zu schreiben.«
»Arthur Baron braucht sie für Horace White und Lester Black.«
»Fragen Sie mal, wozu.«
»Der Computer kriegt Weinkrämpfe, wenn er keine Neuigkeiten gefüttert bekommt.«
»Sie sind vielleicht 'ne Nummer.«
Ich krieche anmutig vor Johnny Brown und bekomme die Berichte für Arthur Baron. Ich werde meine Gehaltserhöhung bekommen. (Frau und Kinder werden mehr Geld haben.) Was wird aus mir, wenn Arthur Baron demnächst der Schlag trifft? (Er ist zu dick, er raucht Zigaretten, ich

weiß nicht, wie es mit seinem Blutdruck, seinen Lipoiden, seinem Cholesterinspiegel steht. Ich weiß nicht mal, was Lipoide sind oder was sie bewirken.) Wer würde sich meiner annehmen, wenn Arthur Baron stürbe? (Wer erbte seinen Posten?) Horace White? Nichts schlimmer, als auf den Schutz dieser stachellosen Wespe angewiesen zu sein, wenn der aalglatte, semitische Green mich neidvoll unterminiert mit seiner größeren Schlagfertigkeit und seinem glänzenden Wortschatz, während Johnny Brown schon die Faust ballt, um mir die Nase einzuschlagen. Hoffentlich läßt er das. Ein Schlag auf die Nase könnte mein Untergang sein: nicht nur wäre mein Gesicht angeschlagen, sondern auch mein Renommee. Die Folgen wären schlimmer, als wenn ich gegen Kagles Bein träte. Ich könnte nach einem Tritt gegen Kagles Bein so tun, als sei es im Scherz geschehen, ich könnte ihn auch treten, wenn wir in seinem Büro miteinander allein sind, und es brauchten nur wenige Leute davon zu wissen. Wenn aber Johnny Brown mir die Nase einschlägt, erfährt es die ganze Firma. (Ich wollte, ich wäre der Starke, Mutige und er der kleine Feigling. Er bringt es fertig, daß ich mir einen halben Meter kleiner und dazu noch impotent vorkomme.) Und was würde die Geschäftsleitung von einem gehobenen Angestellten denken, der sich die Nase einschlagen läßt und sich impotent vorkommt? Nichts Gutes, will mir scheinen. Meine Frau würde die Achtung vor mir verlieren. Ich müßte es vor den Kindern, den Nachbarn, auch vor Dereks Pflegerin verborgen halten. Niemand mit Hinkefuß, schwachsinnigem Kind oder eingeschlagener Nase wird je Aufsichtsratsvorsitzender oder Präsident der ganzen Welt. Hätte jemand Richard Nixon die Nase eingeschlagen, er wäre nie Präsident geworden. Keiner hat Verwendung für einen Menschen, dem man die Nase eingeschlagen hat. Wer traut schon dem Urteil eines Menschen, dem die Nase eingeschlagen wurde? Mir würde es nichts nützen, wenn man Brown hinterher rausschmisse; meine Nase bliebe trotzdem eingeschlagen. Was tue ich, wenn er zuschlägt? (Wie behandele ich den Fall?) Ich weiß. Ich falle um. Was aber, wenn ich wunderbarerweise nicht umfalle? Dann muß ich zurückschlagen. Was wäre schlimmer? Ich weiß, was schlimmer wäre.
Beides.
Manchmal versagt ganz unvermittelt mein Selbstvertrauen und ich bin ohne Energie, ohne Willen, ohne Hoffnung. Dies geschieht, wenn ich allein bin oder wenn meine Frau und ich nach Hause fahren, sie am Steuer. (Ich möchte dann nur, daß es aufhört. Ich möchte aufgeben.) Oft war ich noch kurz zuvor besonders gehobener Stimmung. Doch dann rinnt alles aus, und ich gelange lustlos zu der Überzeugung, ich sei jetzt auf mein wahres Niveau abgesunken, und das sei eben niedrig. Es kommt bereits vor, daß ich eine Erektion nicht mehr durchhalten kann. Nicht immer

kommt sie so rasch und ist so steif wie früher. Ich mache mir Sorgen deswegen. Manchmal ist es aber wie früher – alles strömt heftig zurück –, und dann fühle ich mich wie der Weltmeister im Schwergewicht. Ein angenehmes Gefühl. Es gibt Zeiten, da fühle ich mich jedem überlegen, da hält mich auch kein noch so dünnes Gewebe aus Zweifeln davon ab, sogleich mit der Arbeit zu beginnen. Ich habe dann überhaupt nicht den Eindruck, daß es sich um Arbeit handelt. Es ist das reine Vergnügen. Ich werde nicht zögern, Ed Phelps in Pension zu schicken.
»Junge, Junge«, bewundert mich meine Frau, »wo kommt das alles her? Du bist ja der reinste Jüngling!«
»Was weißt denn du von Jünglingen?« necke ich sie, bin aber gekränkt ob des Vergleiches.
»Mehr als du denkst. Mach weiter.«
»Ich glaube es dir sogar.«
»Du bist jetzt jünger als du warst, als du jünger warst«, lacht sie schwelgend.
»Du auch.«
»Beklagst du dich darüber?«
»Selbstverständlich nicht.«
»Mach schon. Warum wartest du immer?«
»Noch mal?« fragt Penny geschmeichelt und entzückt. (Sie fühlt sich geehrt und schätzt es sehr, wenn ich sie begehre.) »Wie kommt es, daß du letzthin so viel Zeit für mich hast? Moment«, lacht sie mit ihrer kehligen sinnlichen Altstimme, »Moment doch, Schatz. Bei kleinen Mädchen geht das nicht so schnell.«
Penny ist jetzt zweiunddreißig und seit zehn Jahren meine Freundin. Verliebt ist sie nicht mehr in mich, und ich bin nie in sie verliebt gewesen.
Penny und meine Frau sind so ungefähr die einzigen Menschen, bei denen ich mich gehen lassen kann (und die beiden, die mich am wenigsten fesseln). Bei allen anderen (ich habe eine Liste mit dreiundzwanzig verschlüsselten Namen und Rufnummern in meiner Brieftasche, im Büro und im Nachttisch neben Red Parkers Bett und kann jeden Nachmittag oder Abend auf wenigstens ein Ja rechnen) ist es immer wie beim ersten Mal (eine Anstrengung. Eine Leistung. Ich muß es gut machen. Als die Frauen noch glaubten, sie täten uns damit einen Gefallen, fand ich es schöner. Leider sind sie dahintergekommen, daß auch sie Orgasmen haben können. Wer ihnen das wohl verraten hat?).
Ich weiß, daß es bei Arthur Baron einen guten Eindruck machen wird, wenn ich Ed Phelps in den Ruhestand versetze. Anders als Kagle habe ich keine engere Beziehung zu diesem freundlichen, geschwätzigen alten

Mann, der seit über vierzig Jahren in der Firma ist und nun weiter nichts zu tun hat, als für Angestellte, die Gebrauch von ihm machen wollen, Fahrkarten, Flugscheine und Zimmer zu bestellen. Ferner organisiert er Anreise und Unterbringung für die Große Tagung. Er veranlaßt, daß ausreichend Whiskey bestellt wird und genügend Automobile zur Verfügung stehen. Sein Gehalt ist gut, erhöht wurde es in den vergangenen zehn Jahren (seit er überflüssig und entbehrlich geworden ist) allerdings nur noch unwesentlich.

»Bestimmt wird es wieder Portoriko«, flüstert er bei jeder Gelegenheit. »Lester Blacks Verwandte haben Anteile an dem Hotel. Sobald die Ankündigung offiziell heraus ist, kann ich anfangen. Ich wollte, es wäre schon so weit.«

Ich habe mich hinter Aktenregalen versteckt, um das nicht ein weiteres Mal von ihm hören zu müssen. Er könnte sich mit einem Vermögen aus Pensionsgeldern und Gewinnbeteiligungen zurückziehen, will aber nicht. Ich werde ihn dazu zwingen. Doch Red Parker, der so ungefähr in meinem Alter ist, jedenfalls nicht alt genug für den Ruhestand, wie werde ich den los? Seit dem tödlichen Unfall seiner Frau ist es mit ihm tatsächlich rasch bergab gegangen – die Frauen, die er jetzt hat, sind nicht annähernd so hübsch wie die, mit denen er ging, als seine Frau noch lebte –, doch für meine Zwecke wird er kaum rechtzeitig zusammenbrechen. Man wird schon bald die entsprechende Anordnung herausgeben müssen.

»Wie geht's, Bob?« fragt mich Arthur Baron jetzt, wenn wir einander auf dem Korridor begegnen.

»Danke, gut, Art. Und Ihnen?«

»Das ist ja schön.«

Andernfalls würden die Personalveränderungen zentrales Gesprächsthema auf der Großen Tagung sein. Ich darf nicht vergessen, mich gegen alle und jeden zunächst einmal bescheiden, gewinnend und milde zu betragen. Manchmal ist mir so, als hätte ich Arthur Baron in der Zange. Dies nennt man Größenwahn. (Er könnte es sich anders überlegen, könnte Kagle noch Jahre auf seinem Posten belassen, das würde überhaupt keine Folgen haben. Es könnte auch sein, daß Arthur Baron und ich ohne vorherige Warnung gleichzeitig auf die Straße gesetzt werden, und im Geschäftsgang der Firma wäre nicht die geringste Störung zu verzeichnen. Die Firma würde keinen Moment straucheln.) Ich nehme diesen Einfall nicht ernst. Wer wird aber wirklich an die Stelle von Arthur Baron treten, wenn dieser erkrankt, stirbt, in den Ruhestand geht, befördert wird oder versagt und über die Seitenlinie abgedrängt wird? Ich jedenfalls nicht. (Vielleicht doch.) Niemand meint, daß ich Arthur Barons Nachfolge antreten könnte, ebensowenig wie man glaubt, Arthur Baron könne jemals Horace White werden, auch dann nicht, wenn Horace White erkrankt (bestimmt an einer sehr anderen Krankheit als die, welche Arthur Baron, Green, Kagle und mich außer Gefecht setzt – das spüre ich bereits. Es wird eine sehr langwierige, nur mühsam fortschreitende Krankheit sein. Horace White ist nicht der offenherzige, kerngesunde Typ, der, einmal erkrankt, rasch stirbt. Vielmehr wird er noch jahrelang an knirschenden Leichtmetallkrücken oder im Rollstuhl ins Büro kommen, invalide, lächelnd, trocken kichernd, in alten Erinnerungen schwelgend, mit angsteinflößendem Gesicht, und uns alle bis ans Ende knechten, denn er wird dann immer noch Aktionär sein), stirbt oder sich zurückzieht. (Über die Seitenlinie hat man ihn bereits abgedrängt.) Horace White kann in der Firma nicht weiter aufsteigen, denn mehr als Horace White sein kann er nicht. Er kann in sehr angesehene Kommissionen delegiert werden, die nationale Belange beraten und deren Empfehlungen man systematisch ignoriert. (Arthur Baron und ich können nicht delegiert werden.) Sein Name macht sich gut in den Zeitungen und auch auf bestimmten Briefköpfen, denn er ist nicht einfach Horace White, sondern Horace White III; seine Frau – seine dritte; eine starb an Drüsenkrebs, die zweite hatte einen Sportunfall – und seine Mutter (sie ist jetzt hoch in den Achtzigern, ungefähr da, wo seit der letzten Umtauschaktion die Aktien der Firma stehen, ha, ha) wirken sehr attraktiv auf Gruppenbildern mit Leuten, die Hunde züchten, oder Wohltätigkeitsbälle und Benefizvorstellungen der Operette, des Balletts und der Oper ausrichten. Arthur Baron könnte an Horace White vorbei befördert werden (ich theoretisch ebenfalls), denn auf ihr eigene mitleidlose, biologisch deterministische Manier stellt die Firma den Tüchtigen höher als den bloßen Eigentümer, doch ein Horace White könnte er niemals werden. Nur ein anderer Horace White, ein Bruder, Vetter, Sohn, Neffe oder unbedeutender Schwager, könnte sich glatt in die Hierarchie einfügen und alle Anforderungen erfüllen, die man an einen neuen Horace White stellen würde. (Jede große Firma braucht einen.) Er ist ein kleinlicher, vergeßlicher Knilch, ein selbstgefälliger Einfaltspinsel (warum habe ich nur so gräßliche Träume, in denen sein schmales Gesicht despotische und wollüstige Züge annimmt, die ihn völlig verändern); er kauft Geduldsspiele, Mobiles und ähnlichen Quark in der Buchhandlung Brentano und läßt mich oder andere Kollegen durch eine Sekretärin zu sich rufen, um sie uns vorzuführen (als ob wir uns solches Zeug nicht leisten könnten, wenn uns der Sinn danach stünde. Letztes Jahr ist er auf der Großen Tagung eines Abends zur allgemeinen Überraschung in einem Blazer aus weicher roter Wolle erschienen, der ihm gut stand. Dieses Jahr dürfte man bereits mehrere rote Blazer zu sehen bekommen).

»Nun sehen Sie sich das an«, befiehlt er und strahlt, als hätte er soeben

das Heil der Welt entdeckt. »Ist das etwa nichts? Stellen Sie sich mal hier hin und schauen Sie. Solange Sie das hier machen, hört die Bewegung niemals auf. Und jede ist anders.«
»Wirklich erstaunlich!« muß ich dann erwidern und so lange stillstehen, bis er es satt bekommt, mich in seinem Büro stehen zu sehen und mich wegschickt.
Ich verabscheue es, stillstehen zu müssen.
Mir kommt jetzt vor, als hätte ich die allermeiste Zeit stillstehen müssen, eigentlich das ganze Leben lang. Blicke ich zurück, so sehe ich mich stillstehen, Standbild in einer Erinnerung, manchmal auch hingestreckt wie von den Pinselstreichen eines Illustrators, oder auch als den durchsichtigen, blauen und roten Fleck einer chemischen Lösung auf dem Objektträger unter dem Mikroskop, oder auf dem Bild eines Farbfilmstreifens. Auch wenn der Film läuft, sehe ich nur erstarrte Bewegungen auf einzelnen Einstellungen. Und doch muß ich mich von dort, wo ich war, nach hier, wo ich bin, bewegt haben, sogar im Stillstand. Hat man mich hergebracht? Ich besitze in Connecticut einen halben Hektar Land. Wahrscheinlich bin ich hergebracht worden. Von wem? Einzig beim Militär hatte ich die Freiheit der Wahl und Raum zum Manövrieren. Jedenfalls kam mir das damals so vor. Und es war auch so. Ich war weg von der Familie, nicht verheiratet, ohne Beruf, Eltern, Kinder, knüpfte keine engen Beziehungen. Ich war ohne Bindungen. Nirgendwo lebte jemand, der mir nahestand. Oft genug konnte ich mich langlegen. In Europa ging ich zu Prostituierten, auch das war nett. Es machte Spaß. Ich war gern fort von zuhause (das war doch mal was anderes. Saß man Samstagabend allein herum, so doch wenigstens in der Kaserne, also immer noch besser als daheim in der eigenen Bude. Einmal hatte ich am Silvesterabend überhaupt nichts vor, aber es war mir egal. Heutzutage besuchen wir übers Wochenende Menschen, von denen wegzukommen ich gar nicht erwarten kann. Ein langes Wochenende wird eines Tages am Untergang meiner Familie schuld sein. Ich streichle meinen Pimmel. Das habe ich damals oft getan. Damals war ich oft einsam und wünschte mir jemand, um den ich mich hätte sorgen mögen. Ich hätte gerne eine Briefpartnerin gehabt, ein Photo von einem Pin-up-girl in Pullover und keuschem Faltenrock, einen besonders photogenen Schatz zum Anbeten, der mir immer neue Bilder von sich schickte. Ich fühlte mich betrogen, unterprivilegiert. Ich wollte der Nette Junge Mann in dem Hollywoodfilm sein, in den das Nette Junge Mädchen verknallt ist, der junge Bursche in den Schlagern, die damals übers Radio kamen. Ich war es nicht); und ich weiß auch schon, daß ich wieder stillstehen werde, sobald ich den Riesenschritt auf Andy Kagles Posten gemacht und mich dort eingerichtet habe. Ich werde mein Referat halten.

Ich werde wichtige Aufträge übernehmen (mich in meiner neuen Stellung verschanzen), aber das alles werde ich schon im Stillstand tun. (Und sobald das erledigt ist, sobald ich weiß, in nächster Zeit besteht keine Gefahr, daß man mich mit Fußtritten aus meiner Stellung jagt, wird mein Interesse nachlassen, und meine Arbeit wird mir wieder monoton vorkommen. Was ich habe, werde ich nicht schätzen und werde doch fürchten, es zu verlieren. Nie werde ich mir einreden können, daß meine unstatthaften Gedanken und Träume der Geschäftsleitung unbekannt sind und nach wie vor in betäubende Verzweiflung abrutschen, wenn ich die geschlossene Bürotür eines Vorgesetzten sehe, hinter der etwas, klein wie eine Maus, hervorschlüpfen, mein Geheimnis preisgeben und mich schlimmer treffen könnte als der Tod. Vor aller Augen.) Alles Tote liegt still, wenn nicht der Wind durch Gefieder, Pelz oder Haare streicht. (Mir ist jetzt so, als sei ich schon überall gewesen, wo hinzukommen mir möglich ist.) Der Anblick eines überfahrenen Hundes reicht hin, mir den Magen umzukehren und meinen Herzschlag vor Mitleid stocken zu lassen. Ich denke dabei an ein überfahrenes Kind. Dabei hatte ich nie einen Hund. Kinder und überfahrene Hunde wecken Mitgefühl. Beide können nicht sprechen. Sonst weckt nichts Mitgefühl. Zwei überfahrene Hunde in kurzem Abstand geben mir den Verdacht ein, ich verlöre bereits den Verstand und könnte nicht mehr unterscheiden zwischen dem, was ich sehe, und einer Erinnerung oder einem unerwünschten Anblick. Momentan verstört, glaube ich den Umriß von Personen zu erkennen, von hinten oder im Profil, die mir nur flüchtig bekannt sind oder an die ich seit Jahrzehnten nicht mehr gedacht habe (sekundenlang nehmen gänzlich Fremde die Identität von ehemaligen Mitschülern an oder vergessenen Kollegen oder auch von unverbindlichen Militärbekanntschaften. Einmal hat mich ein Gemeiner verprügelt, der nicht wußte, daß ich Offizier war). Immer sind es Leute, die ich nicht näher kannte, und die ich nicht wiedersehen möchte. (Personen, die ich sehen möchte, treten mir nicht als flüchtige Wahnbilder vor Augen.) In meinem Bewußtsein zerfließen wirkliche und vorgestellte Ereignisse ineinander. Manchmal fällt es mir schwer auszumachen, ob ich ein Vorhaben ausgeführt oder es bei dem Vorsatz belassen habe. Ich habe Briefe zweimal beantwortet. Ich habe kein System. Manche Briefe beantworte ich überhaupt nicht, weil ich mich erinnere, daß ich sie sofort beantworten wollte, und glaube, es sei bereits geschehen. Vieles möchte ich tun und sagen, wovon ich weiß, ich sollte es lieber unterlassen. Ich würde meine Stellung verlieren oder eingesperrt werden.
Ich werde vergeßlich. Meine Sehkraft läßt nach: ich trage eine Lesebrille und brauche jedes Jahr stärkere Gläser. Die Paradentose schreitet unaufhaltsam fort. Ich weiß, daß ich mich daheim bei Frau und Kindern wie-

derhole (meine Kinder machen mich unzart darauf aufmerksam); bald schon werde ich mich anderswo bei anderen wiederholen, und man wird mir als einem geschwätzigen Narren aus dem Wege gehen. Im südöstlichen Louisiana, so hörte ich kürzlich auf einer Dienstreise (nach New Orleans, wo ich in einer Bar eine stämmige Negerhure auflas und sie ins Hotel bestellte, weil ich mir in der großen, fremden Stadt so allein vorkam. Ich dachte: wenn sie es schafft, durch die Lobby und bis auf dein Zimmer zu kommen, dann schaffst auch du es, bei ihr zu kommen. In protzigen Großstädten, wo ich niemanden kenne, komme ich mir besonders verlassen vor. Mir ist dann, als ob alle anderen sich glänzend amüsierten. Wenn es regnet, werde ich trübsinnig. Ich habe nie gelernt, in fremden Städten Bekanntschaften anzuknüpfen. Werde ich von Männern angesprochen, halte ich sie gleich für schwul und ziehe mich zurück.
»Ich muß jetzt leider gehen, ich bin verabredet.«
»Viel Glück.«
Mir fällt in einer fremden Stadt nichts anderes ein, als die Lokalzeitungen zu lesen. Darauf verstehe ich mich gut. Ich lese im Bett bis in die späte Nacht und knabbere dabei Schokolade. Bin ich in einer amerikanischen Großstadt so recht mutterseelenallein, überfällt mich der Verdacht, mir fehlten sämtliche inneren Ressourcen sowie mein Schwanz. Sie war knapp dreißig und behauptete, eine Mischung aus Französin, Mexikanerin und Chinesin zu sein und mich deshalb im Bett so lieb behandeln zu können wie keine je zuvor. Sie sagte das allerdings halb scherzhaft mit kehliger, südlicher Aussprache. Ich wußte, sie war Negerin. Hierzulande bin ich ganz selten mit Negerinnen zusammengewesen, höchstens zwei- bis dreimal, aber ich wußte Bescheid. Ich fürchte mich seit je vor ihnen – früher fürchtete ich für meine Würde, jetzt für mein Leben.
»Ich stehe nicht auf Französinnen, Mexikanerinnen, Chinesinnen«, scherzte ich mit ihr an der Bar. »Ich will was Schwarzes.«
»Das bin ich auch ein bißchen«, gurrte sie.
Sie war schlicht, gutartig, arglos, und ich meinte, Herr der Lage zu sein. Sie verlangte schmunzelnd fünfzig Dollar, ich handelte sie auf zwanzig herunter und gab ihr dreißig, um durch meine Großzügigkeit Sympathie und die Lust in ihr zu wecken, mir wirklich all das Liebe zu erweisen, was die anderen mir bislang vorenthalten hatten.
»Du wirst sehen, es gefällt dir«, beteuerte sie.
In meinem Zimmer angelangt hatte ich keine Lust mehr auf sie und wünschte, sie würde wegbleiben. Ich trug sämtliche Abendblätter von New Orleans und Baton Rouge bei mir und gierte danach, mich auszuziehen und die Zeitungen vorzunehmen. Nie verläßt mich die Angst, ich könnte unterwegs eine Geschlechtskrankheit auflesen und meine Frau damit an-

stecken. Könnte ich mich aus der Schlinge ziehen, wenn sie dahinterkäme, daß sie angesteckt ist? Ohne weiteres. Ich würde lügen und alles bestreiten. Sie kam nun aber doch. Sie habe den Portier bestochen, sagte sie. Sie klopfte leise an und kam lächelnd herein, und ich mußte ihr beim Ausziehen aufmerksam zuschauen, um mein Interesse zu beleben. Hübsch war sie nicht.

»Mach langsam«, verlangte ich. »Zieh dich langsam aus. Und mach ein paar Tanzschritte dabei.«

»Gerne.«

Frauen, die zu rasch aus den Kleidern sind, mag ich nicht. Ich denke dann immer, genau die gleichen Fetzen haben sie im Laufe des Tages auch schon vor anderen Männern ausgezogen.

»Gut so.«

»Manche . . .«

»Jetzt nicht.«

»Wa . . .«

»Komm her. Pssst.«

»Gut.«

Sie grinste immer noch. Was anderes als die anderen hatte sie nicht zu bieten. Vor kurzem flüsterte mir in San Francisco eine gertenschlanke, tolle Blondine, die wie eine Königstochter aussah, das gleiche lockende Versprechen ins Ohr und erwies sich ebenfalls als Lügnerin. Sie ließ sich hundert Dollar von mir geben. Nach dem Krieg haben auch die Huren von Neapel, Rom und Nizza ausgefallene Versprechungen gemacht und nicht halten können. Für einen normalen Degenerierten wie mich gibt es wahrscheinlich nur wenig Abwechslung. Es war schal und schnell vorüber.

»Und wo sind die reizenden neuen Tricks, von denen die Rede war?« spöttelte ich, erfreut darüber, daß ich damit im Recht war.

Sie schaute gekränkt und etwas ängstlich drein, und auch das tat mir gut.

»Ich hab alles gemacht, was du wolltest, Süßer«, entschuldigte sie sich stockend. »Oder nicht?«

»Du solltest ja eben unaufgefordert ganz was Neues machen. Aber laß nur.«

»Warst du nicht zufrieden?«

»Du warst schon gut.«

»Hast du es nicht schön gefunden?«

»Doch, doch. Von mir aus kannst du jetzt gehen.«

»Wolltest du mich nicht für die ganze Nacht?«

»Ja, das wollte ich.« Ich zwang mir ein Lächeln ab. »Aber es wird mir nun doch zuviel. Ich werde alt. Als ich dich da unten in der Bar sah, dachte ich, ich schaffe es. Du hast wirklich prima Titten. Mmm. Und einen dicken Arsch.«

»Gefällt er dir?«
»Und wie. Bei kleinen Frauen mag ich stramme Ärsche.«
»Klein bin ich, das stimmt.« Sie freute sich wie eine Schneekönigin über meine Komplimente. »Möchtest du nochmal?«
»Ich kann nicht. Die Augen waren mal wieder größer als der Pimmel.« Sie war erleichtert, weil ich nicht wütend wurde.
»Du hast da unten auch was drauf«, gab sie mir meine Komplimente zurück.
»Stimmt. Behalt das Geld. Es hat mir Spaß gemacht.«
»Hat es dir wirklich Spaß gemacht?«
»Wirklich. Und ich verstehe mich darauf. Ich war in Paris.«
»Tatsächlich?«
»Sogar in Bologna war ich.«
»Davon verstehe ich nichts.«
»Da wird richtig scharf gewürzt.«
»Sie wollen mich wirklich nicht bis morgen früh, Mister? Sie sind so nett, und ich weiß nicht wohin.«
»Ich muß schon früh zum Flugplatz.«
»Ich könnte in dem anderen Bett schlafen, bis Sie mich brauchen. Ich schnarche nicht. Und morgen früh haben Sie bestimmt wieder Lust.« Sie kicherte. »Ich mache, was Sie wollen. Einfach alles.«
»Du müßtest die Knie mehr anziehen.«
»Das tut weh. Ich kriege Krämpfe davon.«
»Und was Neues hast du wirklich nicht zu bieten.«
»Ich hab getan, was du wolltest, Schatz, du mußt schon sagen, wenn du was Besonderes willst.«
»Mein Geschmack ist nicht bizarr.«
»Davon verstehe ich nichts.«
»Ich weiß selber nie was ich will.« Ich kam mir vor wie ein Fürst, weil ich ein Wort wie bizarr gegen sie benutzte. »Du sollst mir ja gerade helfen, dahinterzukommen was ich will. Ich sage das nicht, weil ich unzufrieden mit dir bin, sondern weil es dir bei anderen Männer zupaß kommen könnte.«
»Manche Männer schlagen mich.«
Ich habe keine eigentlichen Fetische, wenn auch gewisse seidene Wäschestücke mich in Hitze bringen und mehr reizen, als die darunter verborgenen Körperteile. Pralle Titten im BH oder unter einer Wolljacke können mir heiß machen. Kleine Titten stimmen mich romantisch. Ein kleiner Popo an einer schlanken Frau erregt neuerdings mehr und mehr mein Wohlgefallen. Meist sieht man sowas an sehr jungen Mädchen. Die einzige Frau, die ich je habe schlagen wollen, war meine eigene, und dies –

zu meiner Schande sei es gesagt – wegen Geld. Sie tut immer so, als gäbe ich ihr zuwenig, sträubt sich aber, mehr zu nehmen. Ich sah ihr sehr zufrieden beim Anziehen zu. In dem geblümten Höschen, das sie prall ausfüllte, wirkte sie komisch und kindlich. Flüchtig kam mir der Gedanke, sie übers Knie zu legen und ihr den glatten, muskulösen Hintern zu versohlen, doch dann fiel mir ein, daß sie ziemlich schwer sein würde. Überhaupt kranken viele unserer pittoresken Sexphantasien daran, daß ihre Realisierung schmerzhaft ist. Ich habe mich auch früher schon an der Vorstellung ergötzt, eines Tages einen handlichen Popo durchzubleuen, aber nie einen genügend hübschen gefunden. Vielleicht gibt es die nur in Zeitschriften. Ich bin in einen Vierfarbendruck verliebt. Sie lächelte immer noch einladend. Ich bedauerte sie herablassend und distanziert. Was wohl aus stämmigen, reizlosen schwarzen und portorikanischen Huren mit fehlenden Eckzähnen wird, wenn sie alt werden und keine feschen Lüstlinge in gestreiften Anzügen wie mich mehr anlocken können – wer nimmt sich ihrer an? Ich weiß, was aus ihnen wird. Mich können sie auch dann noch anlocken, wenn ich allein in New Orleans bin, wo alle Welt sich zu amüsieren scheint. Unterdessen sollte ich allerdings begriffen haben, daß sich kaum noch jemand amüsiert, der seinen vierten Geburtstag hinter sich hat. Frauen amüsieren sich noch im Kino und auf Hochzeiten. Es war rausgeschmissenes Geld. Die hundert Dollar für die Blondine in San Francisco waren ebenfalls glatt rausgeschmissen. Hinterher sah sie überhaupt nicht mehr wie eine Aristokratin aus. Sie sah aus wie ein abgemagertes Mädchen, das dringend Sonne und rote Blutkörperchen braucht. Gut daß ich keine von beiden je wiedersehen muß. Was wohl aus den reizlosen weißen Huren wird, wenn sie altern, Figur und Zähne verlieren? Säuferinnen werden sie, mit rauhen, männlichen Stimmen, und zanken bei warmem Wetter laut auf den Gehsteigen. Zum Glück hatte ich noch alle Zeitungen, als meine schwarze Schöne gegangen war; bei der Lektüre verzehrte ich drei klebrige Riegel Schokolade und trank dazu zwei Flaschen Limonade aus dem Automaten auf dem Korridor. Noch einmal hinunter in die Halle zu gehen, wäre mir peinlich gewesen. Ich schlief ein, den Mund voller Nußreste und klebriger Süße. Ich fing an, etwas mit möglicherweise homosexuellem Einschlag zu träumen, würgte das rechtzeitig ab und schaltete mich in einen anderen, etwa halb abgelaufenen Traum ein, an den ich mich kaum noch erinnere; er spielte in der Universität von Bologna, wo ich als durchgefallener Student der Geschichte aus einem Labyrinth von ockerfarbigen Lehrgebäuden freizukommen suchte, um das Flugzeug zu erreichen, das mich heimbringen sollte zu meiner Frau. Eine wasserstoffblonde, spindeldürre Schauspielerin mit scharfen Zügen, vor der ich auf der Flucht war, verfolgte mich dabei hinterlistig jenseits der Mauern. In den Händen barg sie ein ikonenähnliches Gebilde, das kleiner war als sie und eine menschliche Gestalt darstellen mochte, gearbeitet aus einem Penis – oder aus Kot? –, vielleicht aber auch aus afrikanischem Holz geschnitzt. Alles kam mir sehr bekannt vor, es stieß mich ab, und wohl darum war ich auf der Flucht. Das Gesicht dieser Person war das von Horace White. Tags darauf, während des Rückflugs, packte mich hin und wieder die Angst, ich könnte meiner Frau aus New Orleans einen Tripper, die Syphilis oder auch Filzläuse mitbringen. Im Traum war ich in Bologna durchgefallen, weil es mir im Laufe des Jahres trotz wiederholter Anläufe nicht gelungen war, auch nur einen einzigen Hörsaal zu finden. Es juckte mich. Ich kratzte. Hinterher juckt es mich immer. Vor meiner Frau würde ich dreist bestreiten, daß ich mich infiziert hatte, vielmehr sie beschuldigen, mich angesteckt zu haben. Eine dieser Behauptungen mußte notwendig falsch sein, doch mein Gebrüll würde sie einschüchtern und daran hindern, das zu begreifen. Ich würde voll selbstgerechter Empörung losbrüllen und sie überzeugen. Die Sanierbuden, die in Kriegszeiten überall bequem erreichbar waren und gratis literweise schaumige Absolution für die Sünde des Fleisches erteilten, gibt es nicht mehr. Auch sie sind verschwunden. Die Sünde ebenfalls. Restaurants, die ich bevorzuge, schließen großenteils. Nur das Verbrechen bleibt. Oft macht es mir keinen Spaß mehr. Meine Höhepunkte sind häufig keine. Dann wieder kommt es zu einem gigantischen, hervorgeschleuderten Erguß. Daß es so ist, liegt an mir. Mit den Frauen hat das nichts zu tun. Sie machen jetzt alle so ziemlich das Gleiche. Wir ebenfalls. Manchmal tanzt er richtig, andermal regt er sich gerade genug, um das lächerliche Ritual hinter sich zu bringen. Nach dem Krieg behaupteten die Mädchen in Bologna, sie wären die Besten und forderten überhöhte Löhne, unterschieden sich aber kein bißchen von den Angehörigen der unteren Klassen in Rom und Neapel. Sie taten das Gleiche. Sie waren austauschbar. Sie sind es noch heute.

Ich kann mich nicht verlieben. Wahrscheinlich hält darum meine Ehe noch. Hätte ich nicht diese Frau, ich hätte eine andere. Sie verlassen wäre zu mühsam. Allein mag ich nicht sein. Red Parker braucht unbedingt eine Frau und sollte heiraten, bevor ich ihn rausschmeißen muß. Man kann mit dem menschlichen Pimmel wohl wirklich kaum mehr anstellen, als wir getan haben. Alles andere stinkt, oder es tut weh. Was die Reaktion betrifft, so hängt viel vom Zufall ab. Als Soldat mietete ich mir die Mädchen stundenweise und schob dreieinhalb Nummern in sechzig Minuten – das war ein gutes Geschäft für mich. Mit der letzten halben Nummer zeigte ich sozusagen abschiednehmend noch einmal die Flagge, bevor ich davonsprengte. Sogar die Blondinen von Bologna beklatschten meine männliche Aufführung, mein angenehmes Äußere und meinen schlanken,

festen, gebräunten Körper. Ich war damals rank und gierig. Ich hatte Appetit. Ich hatte volles Haar. Ich hatte starke Zähne. Ich hatte auch mal Rachenmandeln. Die benötigt man kaum. Ich habe nasse Träume gehabt, die köstlicher und befriedigender waren als alle Orgien, an denen ich in London, Las Vegas und Los Angeles beteiligt gewesen bin, und viel weniger anstrengend. Meine Frau möchte, daß ich sie auf Dienstreisen nach Los Angeles, Las Vegas, Chicago, San Francisco und New Orleans mitnehme. Sie argwöhnt, ich treibe es dort. Das stimmt meist auch, denn mir ist so, als ob die Nation, die Firma und die Gesellschaft es von mir erwarten. Meist macht es mir keinen Spaß. Die Lektüre der Lokalblätter ist spaßhafter. Als ich es endlich zum ersten Mal machen durfte, dachte ich, noch bevor es zu Ende war: ist das nun alles? Es war nicht alles, wie ich beim zweiten Mal erfuhr, und ist auch heute nicht alles, es gibt noch genug, was mich von neuem in unbeherrschbare Brünstigkeit versetzen kann – noch heute vergewaltige ich meine Frau und *nur* meine Frau, ich zwinge sie, auch wenn sie überhaupt nicht will, bloß weil ich meine, ich müsse es unbedingt und auf der Stelle von ihr haben; das ist keine feinsinnige Beziehung, kein gegenseitiger Austausch. Ich wußte, daß ich wie ein übergeschnappter Alchimist den gesamten Zauberladen wie blubbernde Retorten im Kopf und im Gemächte mit mir herumschleppte. Sollten meine Eier explodieren, dann nicht einer Frau wegen, sondern weil das Gemisch in mir auf eigene Faust beschlossen haben würde, in die Luft zu gehen. Nicht einmal ich würde da befragt werden.
Peng! würden sie nach Gutdünken explodieren.
Mösen kommen mir immer noch ulkig vor, mehr behaart als ich, viele jedenfalls. Manche sehen aus wie van Dycks, und an denen möchte ich zupfen. Andere haben Backenbärte und erschrecken mich im ersten Augenblick wie die Rorschachkarte 8. Diese verflixte, farbige Schockkarte verschlug mir die Sprache. Ich war total geschmissen. Andere lassen gerundete, üppige Gebilde aus drahtigem Buschwerk auf sich wachsen, die an Karl Marx, Sigmund Freud oder Joseph Conrad erinnern. Auch diese wirken auf mich. Manchmal verliere ich den Mut. Ob meine Frau weiße Haare bekommt? Sie wird wohl müssen. Ich auch. Wir haben Polypen und Harnblasen, kriegen sie aber bei lebendigem Leibe nicht zu sehen. Ein guter Hals-Nasen-Ohrenspezialist macht sich heute sicher nicht mehr die Finger daran schmutzig. Seine besondere Begabung besteht darin, hinterher den Kopf ins Krankenzimmer zu stecken und zu sagen, alles sei glänzend verlaufen – mehr tut er nicht. Die eigentliche abstoßende blutige Prozedur überläßt er seinem orientalischen Narkotiseur und den ehrgeizigen Handlangern. Warum soll er sich ekeln? Unterdessen habe ich mich an den Anblick meiner Frau gewöhnt.

»Wie war es in New Orleans?«
»Öde.«
»Du hättest mich mitnehmen sollen.«
»Du hättest dich gelangweilt.«
»Ich hätte dich schon beschäftigt. Du weißt, wie scharf ich in fremder Umgebung werde. Was hast du mir mitgebracht?«
»Einen Tripper.«
»Gut.«
Meine Frau ist im allgemeinen viel besser für mich als die meisten anderen Frauen. Einzig Penny macht es jedes geschlagene Mal immer gleich scharf, unerträglich, herrlich, bis ich sie anflehe aufzuhören, hilflos, weil ich nichts mehr sehe und unverständliches Lallen, Kichern, Stöhnen und Ächzen mir den Mund verstopfen. Penny weiß, wohin sie treffen muß, und sie stößt zu wie ein Adler. Sie weiß genau, wieviel weiter sie noch gehen darf, nachdem ich beteuert habe, ich müsse partienweise sterben, falls sie nicht sofort aufhöre. Und ich bin froh darüber, daß sie nicht aufhört. Penny läßt ihn jedes Mal wie einen Engel tanzen und wie ein Wiesel flitzen. Ich begreife dann, warum er von den Eigentümern und von ganzen Kulturen angebetet wurde. Es handelt sich um eine Herr–Magd-Beziehung voller Ironie: Ich bin der Herr, sie ist die Magd, und sie dient mir, indem sie mich in einen zuckenden, flehenden Klumpen wirrer, kichernder Schwärze verwandelt, auf einen einzigen, brennenden Nerv reduziert, der schneidet wie eine Klinge. Ich glaube, ich winsle dann vor Lust. Was für Geräusche ich mache, während ich darauf warte, daß mir Gesicht und Sprache zurückkehren, weiß ich nicht. Ich möchte um keinen Preis in diesem Zustand gesehen werden, in dieser völligen Auflösung, die man gewöhnlich Ekstase nennt. Ich möchte so auch nicht photographiert werden. Hinterher gießt Penny mir schottischen Whisky ein oder kocht Kaffee. Sie hat einen Haselmuff, der keine verirrten Haare aufweist und mir niemals Überraschungen oder Enttäuschungen bereitet. Ich rufe nicht mehr oft bei ihr an), machen Automobilisten nachts bei hoher Geschwindigkeit vorsätzlich einen Schlenker, um Nutrias zu überfahren, die, von den Scheinwerfern geblendet, wie hypnotisiert auf den Zufahrten und am Rande der Autobahn verharren. Auf der Straße von Hammond nach New Orleans liegen morgens so viele bepelzte Leichname, daß man sie nicht zählen kann. Ein rascher Blick aus einem bestimmten Winkel läßt sie wie trauliche Mösen erscheinen. Aus einem anderen Winkel betrachtet wirken sie wie plattgewalzte, wilde Tiere mit blutenden Schnäbeln und Krallen. Im Laufe des Vormittags werden sie vermutlich von den hier ansässigen Pelztierzüchtern um ihres wertvollen Felles willen aufgelesen. Man nennt das *Jagd*. (Andere Leute machen einen Schlenker, um ein

Tier nicht zu überfahren, auch einen schlafenden Frosch nicht, könnte ich mir denken.)
(Der Mensch ist ein Fleischfresser, ein blitzschneller, präziser, gieriger Jäger, der nie in Wettbewerb treten sollte mit dem elektrischen Vibrator. Es ermüdet einen und man kommt doch nicht gegen ihn auf. Man erkundigte sich bei jeder beliebigen Besitzerin eines solchen.)
Auch was Jane angeht, hat Green recht.
Ich flirte nicht mehr mit Jane (was könnte ich hinterher mit ihr anfangen?) und habe stattdessen ein ganz platonisches Geplänkel mit Laura begonnen, der Sekretärin von Arthur Baron (was einen viel besseren Eindruck macht). Laura ist älter als ich und unglücklich verheiratet. Sie wird von jedermann außerordentlich geschätzt, außer von ihrem Gatten, welcher drei Jahre jünger ist als sie und möglicherweise homosexuell. Meine Aufmerksamkeiten sind von einer unmißverständlich freundschaftlichen, mitmenschlichen Art (allerdings hat sie einen strammen Hintern, und gelegentlich kommt mich der Wunsch an, sie übers Knie zu legen und auf ihrem nackten Hintern Klingeling zu machen. Gut, daß ich es nicht versuche, denn immer vergesse ich, daß sie schwer ist; ich würde dabei einen Bruch riskieren oder einen Bandscheibenschaden. Und falls ich es erst einmal probiert hätte, könnte ich es mir vielleicht nicht mehr abgewöhnen. Dann wäre ich pervers. Unter Freundinnen würde man abschätzig über mich tuscheln. Meine Einstellung zum Stottern ist, glaube ich, ganz die gleiche. Es könnte sein, daß ich geradezu stottern möchte. Welch erlösende Befreiung von dem lebenslangen harten Zwang, stets korrekt zu sprechen. Ich würde mir sprachgehemmt und befreit vorkommen. Ich könnte stottern und gleichzeitig Frauen prügeln. Ich könnte kein Ende finden wollen, wenn ich mal angefangen habe, ich könnte meine Zunge für den Rest meiner Tage nach Belieben lallen lassen und keine einzige verständliche Mitteilung mehr machen. Ich würde meine Stellung verlieren. Ich würde Frau und Freunde verlieren. Richtige Freunde habe ich allerdings nicht mehr. Ich habe sogenannte Freunde, aber denen fühle ich mich nicht nahe. Manche fühlen sich mir nahe. Red Parker ist mein Freund, und dem fühle ich mich nicht nahe). Wie ich Jane losgeworden wäre, nachdem sie mit mir eines frühen Abends nach dem Cocktail in Red Parkers Wohnung geschlafen hätte, weiß ich nicht. Sie ist erst vierundzwanzig. Ich kann mir ums Verrecken nicht denken, was es hinterher zwischen ihr und mir noch zu reden gegeben hätte. Wahrscheinlich ist sie noch zu jung, um zu verstehen, daß es nicht persönlich gemeint ist, wenn mich danach Ekel und Feindseligkeit erfüllen und ich nur den Wunsch habe, sie nie mehr zu sehen, nie wieder mit ihr zu sprechen. Ähnliches ist mir früher schon passiert. Wahrscheinlich würde sie denken, sie sei irgendwie daran schuld.

Ihre herrlichen blauen Augen würden mich fragend, reumütig, um Verzeihung bittend ansehen, und ich könnte nicht rundheraus sagen – dazu mag ich sie zu sehr:
»Nichts – nichts – nichts – verflucht nochmal. Du hast nichts, aber auch nichts falsch gemacht. Es hat mit dir nicht das Geringste zu tun. Du bedeutest mir nicht soviel, daß du etwas falsch machen könntest. Das begreifst du doch wohl?«
Auch das könnte sie kränken.
Ich würde überkompensieren müssen mit Nettigkeiten und Takt: vielleicht müßte ich es ihr noch einmal machen, eben weil ich ein so reizender Kerl bin. Auch das ist schon vorgekommen. (Ich könnte ihr erzählen, meine Frau werde soeben auf Krebs untersucht und an ihr Mitleid appellieren. Auch das habe ich schon gemacht.) Aus allen diesen Gründen mag ich mich nicht mehr mit Frauen aus meiner Abteilung einlassen. Sie sind immer da. (Wenn Jane nur woanders beschäftigt wäre! Ich könnte sie derzeit so gut brauchen. Aber dann kriegte ich sie vielleicht nicht.) Sie müßte sich dann noch mit Red Parker plagen. (Ihm habe ich bereits gesagt, ich hätte sie vorgemerkt. Er hat mir bereits gesagt, daß er sich als Nachfolger betrachtet.) Manchmal tut er seinen Weibern weh; er schlägt sie jetzt. Das wird ihm noch Ärger machen. Wirklich lustig ist, daß er seine Frau zu Lebzeiten nicht mochte; er erwartete, daß sie ihn rausschmeißen und die Scheidung verlangen würde. Er erwartete nicht, daß sie bei einem Autounfall umkommen und ihm drei temperamentvolle Kinder hinterlassen würde. Er möchte sie sich in Internaten vom Halse halten, doch eines oder das andere ist immer daheim. Er weiß nicht, wo er sie lassen soll, außer winters im Internat oder bei den Verwandten seiner Frau und sommers im Kinderlager oder auf Gruppenreisen. Parker hat Geld, die Familie seiner Frau ebenfalls. Früher hatte er bessere Beziehungen innerhalb der Firma. Er gibt sich jetzt bereits mit Prostituierten ab. Ich habe ihn schon mit zweien zugleich im Bett erwischt (auch hier Zwei gegen Einen? Tun es denn außer mir schon alle?), einer Weißen und einer Farbigen.
»Nur hereinspaziert«, forderte er mich einladend auf und stieg aus dem Bett. »Ich gehe derweil essen.«
Die beiden nackten Frauen erwarteten mich mit leer lächelnden, phlegmatischen Gesichtern. Die Weiße hatte einen Pickel am Kinn, der offenbar mit Zinksalbe behandelt worden war.
Ich ging fort.
Ich benutze Red Parkers Wohnung in der Stadt nicht mehr, ich gehe auch nicht mehr zu seinen lärmenden Parties in dem Gedanken, ich könnte Glück bei einem der vielen Mädchen haben, die er immer noch anzulocken versteht. (Ich kann gar nicht zählen, wie oft ich es bei Frauen getroffen

habe, die ich durch Red kennenlernte. Penny lernte ich durch ihn kennen und habe sie noch heute. Und bald werde ich ihn entlassen oder auf mildere Art aus dem Weg schaffen müssen. Wenn mir was einfällt. Er muß in Kürze abgerissen werden wie ein überaltertes Gebäude, dessen Mauern schon mit dem weißen X gezeichnet sind. Er hat eine angeborene achtlose Art mit Frauen, um die ich ihn beneide. Sie ist sehr wirkungsvoll. Ihm bedeuten sie nichts; mir bedeuten sie dramatische Erlebnisse. Es ist wirklich nicht einfach, gleichgültig zu bleiben, wenn man es das erste Mal mit einer Frau macht. Allerdings sind die Frauen, die er jetzt um sich hat, nicht mehr jung, sie sind robust, zerzaust, speckiger in der Taille und unterm Kinn. Das gilt aber auch für ihn und mich. Seine verwelkten Wangen sind eigentlich rotgeäderte Hängebacken, und seine Lippen voller Bläschen. Er kollert wie eh und je, als wäre seine Frau nicht gestorben und seine Stellung nicht gefährdet. Auch er macht jetzt oft he-he-he-he. Kagle hat ihn gewarnt. Seine Wohnung wirkt billig und vernachlässigt. Die Polster sind fleckig und müßten aufgearbeitet werden. Wird meine Frau mich etwa mit so einem betrügen? Hoffentlich nicht. Ich möchte, daß sie dafür einen Mann wählt, zu dem ich aufblicken kann, einen Mann, für den sie ein bißchen mehr ist als bloß ein weiterer verheirateter Betthase. Es wäre mir schrecklich, wenn sie sich dazu einen gockelhaften, arroganten, lärmenden Typ mit schlechten Manieren aussuchte. Einen wie mich. Ich möchte nicht, daß man denkt, auch ich wäre bloß mit einem Betthasen verheiratet.) Bei ihrem letzten Besuch in der Stadt nahm ich für sie und mich im Hotel ein besonders prächtiges Zimmer. Meine Frau findet es in teuren Hotels herrlich. Ich auch. Meine eigene Frau in einem Luxushotel – das übersteigt alles.

»In so einem Prachtzimmer ficke ich wie ein Rennpferd!« triumphiert sie, eine erwartungsvoll bibbernde Dirne, die in ihrer Gier gar nicht genug bekommen kann. »Stimmt's?«

»Los, Rennpferd.«

»Reite mich.«

»Ich gebrauche die Peitsche.«

»Mach alles, was du willst, Schatz.«

»Rede nicht so viel.«

»Leg mich in so einem Hotelzimmer aufs Bett, und ich könnte die ganze Welt vögeln.«

»Dann zieh mal die Knie an.«

»Ah, gut. Herr im Himmel, ah, wie gut.«

Meine blöde Frau hat in all diesen Jahren nicht begriffen, daß sie die Knie hochnehmen muß – und da denkt sie, sie könnte die ganze Welt vögeln!

Was würde ich eigentlich empfinden, wenn meine Frau eines Tages heimkäme und nach dem Samen eines anderen Mannes röche? Ich glaube, ich würde auf der Stelle einen Schrumpftod erleiden. (Würde es mich erregen?) Ich würde in meiner Haut eintrocknen, mich zusammenrollen und den Rest meiner ereignislosen, langweiligen Tage damit verbringen, das gestorbene kleine Ich in einem Kopf und einem Körper zu verstecken, der dann um viele Nummern zu groß wäre. Ich würde darum beten, daß Frau und Kinder mich das Geheimnis wahren ließen. (Wie der Samen anderer Männer riecht, weiß ich nicht, es sei denn, er riecht wie meiner. Vermutlich also nach Schweiß und Haar. Ich habe den Geruch von Schweiß und Haar Hunderte von Malen an meiner Frau wahrgenommen, wenn sie nicht Zeit hatte, sich zu waschen und umzuziehen, bevor ich ihr meinen flüchtigen Kuß auf die Wange drücke, aber sie riecht, glaube ich, wirklich nur nach Schweiß und Haar.) Sie ahnt nicht, was ich denke, wenn ich sie dieser Tage prüfend ansehe. (Es würde mich nicht erregen.) Es würde mich mit trauriger Resignation und lebenslangem Ekel vor mir selber erfüllen. Sie und ein anderer hätten dann hinter einer weiteren geschlossenen Tür, von deren Vorhandensein ich nicht wußte, ein unanfechtbares Urteil über mich gefällt. Ich hoffe, er ist kein abstoßender, derber Typ wie Andy Kagle oder Red Parker. Ich möchte meine Frau nicht von solchen Händen und Säften befleckt sehen. (Jemand wie Green wäre besser für mich.) Wenn ich nach Büroschluß im Zug sitze – es fällt mir jetzt sogar schwer, auf der Fahrt von und zur Arbeit zu schlafen –, überkommt mich manchmal die Gewißheit, daß ich sie an eben diesem Tage, innerhalb der nächsten Dreiviertelstunde überführen werde, und zwar auf genau diese Weise: durch einen Fleck. Sie wird ganz eilig gleich hinter mir das Haus betreten, das Essen verspätet auf den Tisch bringen, und da ist er, der Fleck, auf ihrem Unterrock, ihrem Bauch, ihrem Kleid. Die Abfolge der Einzelheiten bleibt ungeordnet, doch darauf kommt es nicht an. Bei Tisch kann ich der Kinder wegen nichts sagen. Später dann kann ich ohnehin nichts mehr sagen. Sie soll nicht wissen, daß ich weiß (ich hoffe, sie setzt sich nicht in den Kopf, mit mir darüber zu sprechen. Ich müßte was unternehmen, wenn sie wüßte, daß ich Bescheid weiß, und es gibt nichts, was ich dann tun möchte. Ich müßte Zorn und Betroffenheit spielen, obwohl ich sie wirklich empfinde. Jedenfalls dürfte ich sie nicht so weit zeigen, daß sie mich verletzbar machen. Leichter fiele es mir, mich den Rest meiner Tage in verborgenen Qualen zu verzehren und langsam daran zu verfaulen, als meine Frau sehen zu lassen, wie grausam sie mich gekränkt hat und wie leicht sie es von neuem tun könnte, wenn es ihr beikommt. Das soll sie nicht). Sie darf nie erfahren, wie tief sie mich treffen würde.
Ich bin keine ganz so große Nummer, wie sie und die Kinder annehmen

(darf das aber nicht offenbar werden lassen). Ich habe gräßliche Visionen: meine Frau wird in der überfüllten U-Bahn betätschelt und genießt es. In Wahrheit benutzt sie die U-Bahn kaum. Penny hingegen muß sie benutzen. Im Sommer hat mal ein Mann auf ihr Kleid gespritzt. Sie merkte es erst, als sie mit der Hand, in der sie die Tasche hielt, den klebrigen Fleck auf ihrer Hüfte berührte. Ich entstamme einem solchen hingerotzten Zufallstreffer und ende, wenn ich Glück habe, wie Red Parker mit dem weißen X im Gesicht und einem Schild auf Stirn oder Brust, worauf steht: WIRD DEMNÄCHST ABGERISSEN ABBRUCHUNTERNEHMEN FORGIONE & CO. (Unterdessen treiben sich süchtige Neger, Säufer und Hehler mit gestohlenen Geldbörsen, Kameras und Armbanduhren in meinen schmutzigen, trübe erleuchteten Korridoren herum.)

»Ich wußte, entweder ist es das oder es ist Schleim«, erzählte Penny und lachte dabei ein scharfes Lachen, das mir gegen den Strich geht. »Aber nirgendwo hustete wer. Na, ich kann dir sagen, es war wirklich peinlich. Einen Nerv haben die Leute, stell dir vor!«

Ich kann es mir nicht vorstellen.

In jüngster Zeit fehlen mir Mutter und Geschwister merklich, und ich bedauere, daß wir uns nicht mehr umeinander gekümmert haben, als wir noch alle beisammen waren. An milden Abenden im Frühling und im Sommer ließ meine Mutter aus dem Laden an der Ecke Sahneeis kommen, und das aßen wir miteinander. Als ich groß genug war, durfte ich das Eis holen. Am besten schmeckte uns Erdbeereis, es war auch wirklich gut. Manchmal nahmen wir Vanilleeis dazu.

Ich glaube nicht, daß ich je ein homosexuelles Erlebnis von Gewicht hatte. Als Kind wurde ich zweimal belästigt, einmal von einem älteren Knaben, und das zählt sicher nicht; das andere Mal tat ein im gleichen Hause wohnendes älteres Mädchen so, als wolle sie mit mir ringen, doch in Wirklichkeit wollte sie, daß ich eine Erektion bekam. Die wollte sie fühlen. Das zählt, denn es war nett. Was für ein Glück. Ich war scharf darauf, daß sie es wieder machte, und strich erwartungsvoll um sie herum, aber sie tat nichts dergleichen. Ich armer Mensch. Kaum zu glauben, daß man so gereizt werden und doch nicht kommen kann. Wie endet es? Wir erinnern uns nicht. Es verläuft. Penny braucht nie ermahnt zu werden, die Beine hochzunehmen, und sie verbleibt auch unendlich lange so, ohne über die Anstrengung oder über Krämpfe zu klagen. Sie ist gut. Sie nimmt nicht nur Unterricht in Gesang und Sprechtechnik, sondern auch Ballettstunden (und das hilft vermutlich). Mit zweiunddreißig Jahren möchte sie immer noch Shirley Temple werden. Vergangenes Frühjahr war ich vorübergehend mit einer lieb aussehenden, etwas bescheuerten sechsundzwanzigjährigen verkrachten Studentin aus Ann Arbor bekannt – ich hatte sie auf unserer Weihnachtsparty im Büro kennengelernt –, der es schon gleich zu Anfang kam und die ihre Beine die ganze Zeit über senkrecht gegen die Zimmerdecke gestreckt hielt. Das gefiel mir; mir gefiel, daß sie so rasch kam und auch, daß ich mit den Knien ihren Hintern fühlte. Ich erhielt da eine Draufgabe. Sie stieß dazu schrille Schreie aus, und ich mußte ihr den Mund zuhalten. (Bald schon war es mir zuviel, ihr zuzuhören. Ich sehe darin nicht etwas, was man gemeinsam macht, und ich glaube, in Wahrheit sehen auch andere Leute es nicht so.) Sie wurde lästig. Sie hatte zuviel freie Zeit. Übrigens ist sie es, die sich über meine Sockenhalter amüsierte. Solch unfeine Schmähungen des Namens Slocum vonseiten einer umnachteten Hintersassin (sie nahm Drogen, was sie noch stumpfer machte) konnte ich nicht dulden, folglich begann ich, ihr die kalte Schulter zu zeigen und sie zu vernachlässigen. Ich zog sie mit ihrer Unwissenheit und ihrem Provinzialismus auf. (Sie wußte wirklich so gut wie nichts.) Sie fand es herrlich.

»Ist das nicht herrlich?« pflegte sie zu sagen.

Sie nahm mit jedem vorlieb, ließ mich bei gutem Wetter sitzen und ging mit jüngeren Männern zum Baden, die weniger Geld hatten als ich, aber Volleyball spielten und mehr Zeit für sie hatten. Ich versuchte, sie zurückzuholen, doch ohne Erfolg. Sie schaffte mich ab. (Ich mußte erfahren, daß ich sie ebenfalls anödete.) Sie ließ mich hinter sich, sie durchschaute mich. Das war eine Erniedrigung – Junge, Junge –, von ihr abgewiesen zu werden! Sie hatte überhaupt noch nie Sockenhalter gesehen, nicht mal in Anzeigen, wußte auch nichts von Camus, Copernicus und Søren Kierkegaard (den drei großen K, ha, ha). Meine Sockenhalter fand sie ulkig und lieb, sie lachte mich ihretwegen nicht aus, aber daß sie sich darüber amüsierte, war kränkend genug. Sockenhalter sind wohl wirklich sonderbare Gebilde. Aber irgendwie mußte ich bei wichtigen geschäftlichen Besprechungen meine Socken am Rutschen hindern. Unterdessen trage ich knielange Stretchsocken – immer dunkle, außer im Sommer auf dem Lande oder am Strand oder wenn ich übers Wochenende in einem Clubhaus eingeladen bin. (Ich selber werde erst einem solchen Club beitreten, wenn ich die neue Stellung habe und weiß, daß ich sie halten kann.) Die sehen aber ebenfalls ulkig aus. Stretchsocken kneifen. Wann immer möglich schiebe ich sie runter bis auf die Knöchel und befreie meine Waden von ihrem schmirgelnden Zugriff. Die runtergerutschten Socken lassen mich an unstet blickende, schleimige Kerle aus alten Pornofilmen denken, an unrasierte, üble Typen, die im überfüllten U-Bahnwagen meine Frau und meine Tochter betätscheln oder Pennys Kleid bespritzen und dabei anmerken (es vielleicht gar gewissenhaft in ein kleines Notizbüchlein eintragen), daß ihr Tag als Sittlichkeitsverbrecher mit einem Schnellstart begonnen hat.

Bestimmt organisieren solche Menschen ihre Arbeitswoche im Gedanken an ihre heimlichen, depravierten Abartigkeiten. (Auch sie geistern durch die engen Korridore meines Hirns, aber mit dem Unterschied, daß sie keine Geister sind. Ich spüre es, wenn sie auftreten.) Sie wollen nehmen, was ihnen nicht gehört. Was treiben sie in ihren Ferien? Was haben diese bedauernswerten Wesen gemacht, als es noch keine Autobusse und U-Bahnen gab? Wie werden sich die erhöhten Investitionen in Massenverkehrsmittel auf ihre Tätigkeit auswirken, insbesondere auf Produktivität und Wettbewerb? Wird die befreite Frau ihrerseits zu tätscheln anfangen? Werden befreite Lesben künftig meine Frau und meine Tochter in überfüllten Bussen und U-Bahnen betasten? Vielleicht fahren die Leute demnächst nur noch U-Bahn, um sich betätscheln zu lassen. Man könnte den Fahrpreis erhöhen. Ich sehe ein panoramisches Wandgemälde. (Meine Frau meint, ich hätte eine schmutzige Phantasie.) Man stelle sich ganze Waggons voll lächelnder Gesichter vor. Niemand will sitzen. Jede Stunde ist Stoßverkehr. Man könnte damit der Energiekrise begegnen. (Es würde viel Energie freigesetzt.) Schließlich besteht nur geringe Aussicht darauf, im eigenen Auto betätschelt zu werden, es sei denn, ich wäre meine Tochter oder eine ihrer Freundinnen oder ginge selber noch aufs College; allerdings habe ich von Zeit zu Zeit recht munter im Auto getätschelt, sogar noch kürzlich, als mich die gewichtige Gattin eines millionenschweren Hauptaktionärs nach Hause fuhr. Sie war zu stark parfümiert und überraschte mich.

»Müssen Sie gleich nach Hause?« fragte sie unversehens, »oder haben Sie keine Angst vor dem großen, bösen Frauchen?«

»Zweimal nein«, entgegnete ich kurz und kühn. »Woran denken Sie?«

»An eine dunkle Liebeslaube.« Sie kicherte kurz. »Und wissen Sie, wo die ist? Hier.« Und sie zeigte auf sich.

Es war die ausgelassene Gattin eines Millionärs, mit Doppelkinn und aufdringlichem Parfüm, die mir nicht gefiel und der ich stets respektvoll hatte begegnen müssen (weil sie die Gattin eines Millionärs war, fürchtete ich ihren Mann). Sie war vier Jahre älter als ich und von einer herzhaften, gefräßigen Lebhaftigkeit. Sie verlachte mich wegen meiner Vorsicht und amüsierte sich über meine naive Unwissenheit.

»Ich habe einen Ruf wie Donnerhall, Kleiner«, sagte sie. »Du mußt noch viel lernen. Wußtest du das nicht?«

Ich kam mir vor wie ein Jockel. »Weiß Bill davon?«

»Was mache ich mir schon daraus! Ich bin ein Freigeist, Puddipu. Ich tue, was ich will.«

»Kann Bill sich einen Vers darauf machen, wenn er merkt, daß Sie mich mitgenommen haben?«

»Sei kein solcher Sorgenfrosch«, schalt sie mich kichernd.
Ich bekam eine Gänsehaut und glaubte schon, sie würde mich in die Wange kneifen oder meine Nase zwicken. Sie zerriß ihre Strümpfe auf dem Wagenboden und stopfte sie vor dem Weiterfahren in die Handtasche.
»Mit denen kann ich mich nicht mehr sehen lassen. Ich rufe dich in der Stadt an. Jeden Mittwoch besuche ich meine Mutter.«
»Ich habe ein Appartement.«
»Wir haben eine Eigentumswohnung.«
»Erfährt Bill davon?«
»Sei kein solcher Sorgenfrosch.«
»Bitte, benutzen Sie nicht diesen Ausdruck. Ich kriege davon eine Gänsehaut.«
»Die kriegst du leicht. Das ist mir schon aufgefallen.«
»Für eine Frau in Ihrer Stellung schickt sich das nicht.«
»Ich bringe dir schon Stellungen bei. Bill und ich haben ein Abkommen.«
»Und das besagt?«
»Ich tue, was mir paßt, und wenn ihm das nicht paßt, kann er sich zum Teufel scheren.«
»So kann man doch von einem Millionär nicht sprechen.«
»Puddipu.«
Als sie am Mittwoch anrief, wollte ich sie nicht treffen und redete mich mit einer Sitzung heraus. (Ich fürchtete Bill und wollte eine Frau, die Puddipu zu mir sagte, nicht wiedersehen.)
»Ich bin beim Friseur«, sagte sie am Donnerstag der folgenden Woche.
»Ich habe Sie gestern erwartet«, log ich.
»Du mußt mich schon nehmen, wenn du mich bekommen kannst. Gehen wir essen.«
»Ausgeschlossen.«
»Ich zahle.«
»Das ist es nicht.«
»Du findest mich nicht hübsch genug?«
»Oh doch, sexy wie die Hölle.«
»Er auch, Puddipu.«
»Wer?«
»Der Junge, den ich statt deiner treffen werde. Du bist nicht der einzige Fisch im Meer, Kleiner. Wir werden uns über dich unterhalten.«
»Kennt er mich?«
»Lachen werden wir über dich.«
»Wer ist es denn?«
»Ich weiß es, und du mußt es raten.«
(Womöglich war sie jetzt sauer auf mich.) Ich fing an zu fürchten, sie

könnte unangemeldet ins Büro kommen und mich vor aller Welt bloßstellen.

»Du hast Angst vor mir, Puddipu, nicht wahr?« neckte sie mich, als wir einander das nächste Mal auf einer Party begegneten, und zwickte doch wahrhaftig meine Nase, während ihr Mann und meine Frau von ihrem jeweiligen Standort zusahen. »Nicht wahr, Mrs. Slocum?«

»Ich wollte, er hätte Angst vor mir!« schrie meine Frau zurück.

»Rufen Sie Mittwoch an«, befahl ich knapp, »dann werden Sie sehen, wie groß meine Angst ist.«

»Ich bin im Hotel Plaza«, meldete sie sich.

»Und ich hab' die Grippe«, sagte ich schniefend.

»Das kommt mir nicht überraschend, Kleiner«, zirpte sie liebevoll. »Darum habe ich meine Liste mitgebracht. Kleiner ist wirklich die passende Bezeichnung für dich. Auf Parties bist du recht kühn. Aber du bist nicht der einzige Fisch im Meer.«

Ich wollte, sie läge vor mir auf den Knien, hier und jetzt. Neben Virginia. Hier in meinem Arbeitszimmer haben meine Frau und ich es oft getrieben. Meine Frau und ich machen immer noch kleine Hochzeitsreisen, wir tollen mit Schaum vorm Mund durch Haus und Garten. Wir brauchen Alkohol. Wir haben es bereits in allen Zimmern gemacht, ausgenommen die der Kinder und das von Dereks Pflegerin. Wir sind nachts in die angebaute Garage gegangen, wenn wir fürchten mußten, jemanden zu wecken, und wir haben es draußen auf dem feuchten Rasen in der Dunkelheit gemacht. (Gäbe es ein Schwimmbecken, wir hätten es mindestens einmal darin versucht.) Wir haben es auf unseren Gartenmöbeln getrieben. Ich rieche wieder ihr scharfes Parfüm (und schaue mich nach ihr um). Selbstverständlich wußte der Gatte Bescheid. Wie er das wohl aushielt? Mich jedenfalls wurmt es ungeheuer – ich könnte mir mit beiden Händen Ziegelsteine auf den Schädel hauen –, mich erinnern zu müssen, daß ich kürzlich noch von einer so ordinären, geschmacklosen Person Puddipu genannt und öffentlich in die Nase gezwickt worden bin und daß meine Sockenhalter jener verkrachten Studentin aus Ann Arbor, die Jeans und Jacken aus Köper trug und nicht sehr reinlich war, Anlaß zu albernen Bemerkungen geboten haben. Ich will nicht, daß derartige Menschen auch nur eine Sekunde mir gegenüber im Vorteil sind. Ich hätte sie gern auf Tonband genommen, da könnte ich sie nach Belieben ablaufen lassen. Nichts wäre anders. Die eine würde meine Nase zwicken, die andere würde grinsen und unverschämte Fragen über meine Sockenhalter stellen. Zwei Monate später verabredete ich mich mit ihr, mußte dann aber absagen. Dabei wollte ich sie diesmal wirklich treffen.

»Diesmal ist es die Wahrheit«, erklärte ich. »Ich muß verreisen. Ich rufe an, sobald ich zurück bin.«

Beide Male klang sie am Telefon so lustlos, als habe sie endgültig ausgezwitschert. Offenbar war ihr alles einerlei.
»Es ist mir recht«, sagte sie. »Du bist ein braver Junge. Ich kann mich nicht mehr sehen lassen, ich bin über Nacht alt geworden.«
Sie trennte sich von ihrem Mann, und beide sind verzogen. Die Kinder waren damals auf dem College. Das Haus steht derzeit leer, und man weiß nicht, ob es verkauft werden soll. Meine Frau und ich werden uns wohl auch endlich trennen müssen, wenn die Kinder auf dem College sind. Ich hoffe, es geschieht nicht schon früher, während ich in der Firma noch Stellungswechsel nach vorne mache, meine Tochter auf der Oberschule entschlußlos an der Pubertät klebt und mein Junge stumm und reglos vor Entsetzen neben Forgione und dem Kletterseil verharrt und nicht mit Gewißheit erkennen läßt, ob es aufwärts oder abwärts mit ihm gehen wird. Meine Frau weiß nicht, was sie mit sich anfangen soll.
»Was soll ich denn nur machen?«
Da ihr nichts einfällt, ergreift sie ohne Begeisterung die Partei der neuen Frauenbefreiungsbewegung (wenn das pöbelhafte Blöken von Orgasmus, Masturbation und weiblicher Homosexualität ihr auch unbehaglich ist).
»Das liegt bloß daran«, erkläre ich ihr, »daß du auf diese Reaktionsweise von einer Gesellschaft konditioniert worden bist, in der die Männer den Ton angeben.«
Sie weiß nicht, bin ich auf ihrer Seite oder nicht.
»Warum sollt eigentlich ihr immer die Vorteile haben?« fragt sie niedergeschlagen.
»Komme ich dir vor wie jemand, der alle Vorteile hat?« erwidere ich milde.
»Du hast deine Arbeit.«
»Such dir auch eine.«
Sie schüttelt den Kopf und kichert leise, verächtlich. »Arbeiten mag ich nicht.« (Humor hat sie.)
»Willst du mehr Geld?«
»Es geht nicht um Geld. Immer denkst du, es geht um Geld. Ich habe nichts zu tun!«
»Nimm dir Liebhaber. Brich die Ehe.«
»Willst du das unbedingt?«
»Nicht die Spur. Falls dich das glücklicher macht, gebe ich dir mehr Geld, ich kann es mir bald leisten.«
»Das ist aber nicht, was ich möchte. Das Schlimmste ist, ich bin zu nichts fähig.«
»Pflege Krebskranke. Geld ist nicht Dreck, mußt du wissen.«
»Bitte werd' heute abend nicht böse mit mir.«

»Geld ist Liebe, Schatz, und die ist kein Dreck. Ich werde bestimmt nicht böse.«
»Ich fühle mich miserabel.«
»Wenn du nach dem Wein keinen Whiskey trinken würdest, wäre dir jetzt nicht schlecht.«
»Ich kriege, glaube ich, meine Tage. Du siehst jünger aus als ich, und das ist einfach unanständig.«
»Dafür lebst du länger. Frauen leben länger.«
»Und sehen dann noch älter aus.«
»Was kannst du verlangen, wenn du mich überlebst? Wenigstens bist du nicht tot.«
»Ich hab' doch nur Spaß gemacht«, sagt sie. »Du merkst nicht mal mehr, wenn ich einen Scherz mache. Es wird immer schwerer, mit dir zu reden.«
Meinen eigenen Scherz über Freud, Geld und Dreck hat sie überhaupt nicht begriffen, und ich muß sie bestimmt eines schönen Tages aus genau solch einem Grunde endgültig verlassen (von Copernicus und Kierkegaard hat sie auch noch nichts gehört, von Camus vielleicht, der ist nämlich in einem teuren Sportwagen verunglückt), möchte es aber ungern, solange mein Junge mich noch so bitter nötig hat. (Vielleicht braucht er mich überhaupt nicht?) Ich habe das Gefühl, er würde es nicht überleben, wenn ich stürbe oder fortginge. (Er könnte sich nicht erklären, was ihn betroffen hat, wenn ich nicht mehr da wäre. Daß meine Tochter uns den Wagen stehlen möchte, könnte ein gutes Zeichen sein: sie hat jetzt ein Ziel, auf das sie hinarbeitet.) Wenn er größer wird und sich von mir entfernt, werde ich mich von ihm entfernen. Auch meine Tochter wird dann aus dem Hause sein und es verbleibt nur Derek, falls wir ihn dann noch haben. Ich könnte mich nicht davonmachen und meine Frau mit dem retardierten Kind sitzenlassen. In Wahrheit möchte ich ihr Derek nur zu gern anhängen. Sie hat ihn schließlich mir angehängt. Er wäre dann kein Kind mehr. Nur stellte sich dann alle Welt auf ihre Seite, es sei denn, ich verließe sie um einer anderen Frau willen, was der Sache einen völlig anderen Anstrich gäbe: das wäre romantisch. Am besten, ich lasse mich entführen. Alle würden wissen wollen:
»Warum hat er seine Frau verlassen? Die haben doch ein schwachsinniges Kind, oder?«
»Er hat sich verliebt und ist mit der anderen durchgebrannt.«
»Oh.«
Läuft es aber so:
»Warum hat er die Frau und das schwachsinnige Kind alleingelassen?«
»Er hatte es satt, verheiratet zu sein.«

Dann wäre kein Mangel an:
»Der hat immer bloß an sich gedacht, wie?«
Und:
»Wie selbstsüchtig. Die arme Frau. Er hat sie mit dem schwachsinnigen Kind sitzen gelassen, bloß weil er seine Ehe leid war. Was soll die arme Frau jetzt anfangen?«
Ich höre schon die Schmährufe an allen Ecken und Enden der Firma. Nicht, daß ich ihr viel von Nutzen sein kann, wo es um Derek geht. Ich habe die Kraft nicht dazu. Lieber schleiche ich mich davon oder schaue weg. Irgendwer anders wird mir die Entscheidung abnehmen müssen: Entweder tut es meine Frau, ohne es zu merken; oder ein Arzt kommt uns mit einer eindeutigen Empfehlung zuhilfe, die sich auf anderes als unseren Egoismus stützt. (Wir müssen es reinen Gewissens tun.)
»Dort wird er es viel besser haben. Er ist da vorzüglich aufgehoben. Es gibt heutzutage schon sehr gute Heime. Es ist zu Ihrer aller Bestem, vor allem der älteren Kinder, die haben lange genug darunter gelitten. Sie brauchen mal ein wenig Erholung. Sie haben sich alle beide glänzend bewährt, und gewiß fällt es Ihnen schwer, sich von ihm zu trennen.«
Oder es müßte zu einer Erkrankung kommen oder zu einem Unfall.
Bis dahin bin ich machtlos. (Ich habe nicht mal den Mumm, darüber zu sprechen. Auf die stumme Kritik, die ich zu hören glaube, weiß ich keine Antwort. Ich möchte nicht den Rest meines Lebens den Skrupeln meiner Frau lauschen. Ich selbst würde es mir sofort verzeihen, wenn ich ihn weggäbe, sie aber würde uns beiden nicht verzeihen.) Ich bin nicht die Stütze, die sie sich wünscht. Ich halte den Mund, unterdrücke meine Gefühle und lehne es strikt ab, meine Empfindungen mit den ihren verschmelzen zu lassen. (Meinen Kummer teile ich nicht mit ihr, sie soll daran nicht teilhaben. Er gehört allein mir.) Ich wollte, niemand wäre von mir abhängig. Ich fühle mich keineswegs bedeutender, weil ich weiß, daß andere in vieler Hinsicht von mir abhängen. Vielmehr ist das eine ständige Last, und mein Groll nimmt von Mal zu Mal zu, wenn ich darauf warten muß, daß meine Frau aufhört zu heulen und sich an mich zu klammern, bevor sie die Bestecke in die Spülmaschine einlegt oder in ihren gymnastischen Übungen fortfährt. (Frauen, die auch noch anderswo als auf Beerdigungen weinen, kann ich nicht ausstehen. Ich komme mir ausgenutzt vor.)
»Himmelherrgott, was verlangst du eigentlich von mir?« brülle ich sie an. »Schließlich sind es auch meine Kinder. Glaubst du wirklich, ich verschwende mein Mitleid an dich?«
»Ich muß mal mit jemand reden. Ich will dir ja nicht leid tun, aber darf ich nun auch nicht mehr sagen, wie mir ums Herz ist?«

»Ruf meinetwegen deine Schwester an. Du weißt genau, daß ich es nicht leiden kann, wenn du heulst.« Ich will nicht wissen, wie ihr zumute ist. Ich will mit keinem Menschen über Derek sprechen. Ich will mir auch nicht mehr die Sorgen anderer Leute anhören. (Es fällt mir zunehmend schwerer, mit irgendwem anders Mitgefühl zu haben, als mit mir.) »Ich kann Ihnen da nicht helfen. Ich wüßte nicht, wie. Ich habe es so nicht eingerichtet, und was man da machen soll, weiß ich nicht.«

Dabei habe ich es früher als andere kommen sehen. Jemand hat uns verflucht. Wenn ich an Derek denke, bestehe ich innerlich nur aus Asche und abgestandener Luft, besitze ich Stärke und Festigkeit getrockneter Pilze und abgefallener Blätter. Mich friert. Ich hätte es prophezeien können. Als die Kinderärzte von verzögerter Entwicklung sprachen, sah ich bereits Unbeholfenheit. Knie, Füße und Finger erschienen mir eine Spur aus der Achse gedreht. Ich beobachtete, daß er den Kopf nicht längere Zeit hintereinander hochhalten konnte. Schon bevor er zur Welt kam, ahnte ich eine Katastrophe (diese Ängste quälten mich allerdings auch, bevor die beiden anderen geboren wurden). Ich erwartete ein mongoloides Kind. Ich hätte mich ohne weiteres vorweg mit einer Hasenscharte oder einem Wolfsrachen einverstanden erklärt und auf die Kunst der Chirurgen vertraut – bei allen dreien –, obschon ich mir nicht vorstellen kann, daß mein Junge oder meine Tochter sich bis heute mit solchen angeborenen Schäden durchs Leben hätten schlagen können. Sie hatten es ohnedies schwer genug. Ich verstehe nicht, wie meine Frau ernstlich Mitgefühl von mir erwarten kann, wenn ich genügend Gründe habe, mich selber zu bedauern. Unter diesen Gründen ist auch sie.

Ich will sie loswerden, bevor sie kränkelt. Ich sehe in meiner Zukunft eine kränkelnde Frau. Die beredten Vorboten chronischer Invalidität sind bereits eingetroffen. (Sie weiß genau, daß sie Krebs hat, krebsverdächtig ist oder Krebs bekommt, und vielleicht stimmt es.) Ich weiß, daß sie eher kränkeln wird als ich. Sie versteht sich besser darauf. Ich will nicht durch Krankheit an sie gebunden sein (ihre Krankheit, heißt das). Es wird aber so kommen. Warnungen vor Bursitis, Arthritis, Rheumatismus, Diabetes, Krampfadern, Schwindel, Übelkeit, Tumoren, Zysten, Angina, Polypen und dem ganzen Plunder des körperlichen Verfalls werden auf mich herunterprasseln. (Ich kann auf den Verfall anderer Leute gut verzichten.) An diesem Stachel werde ich hängenbleiben, und meine dann erwachsenen Kinder pieken mich daran auf.

»Wie kannst du auch nur daran denken, sie zu verlassen, Dad, wenn es ihr so miserabel geht!« werden sie mich ermahnen.

»Wie soll ich sie denn je verlassen, wenn es ihr nie gut geht?« Sie werden sich schnell genug davonmachen (die selbstsüchtigen Arschgeigen).

»Mir geht's gar nicht gut«, wimmert meine Frau manchmal morgens beim Aufwachen wie ein kleines Mädchen (dies, wenn sie ahnt, daß man was von ihr will).
Als ob mich das was scherte.
(»Ich hab' dich im Schlaf beobachtet«, sagt eine Frau, solange sie verliebt ist, »und du hast geschnarcht.«
Ist sie nicht mehr verliebt, so ist Schnarchen widerlich, und sie will unsereins nicht mehr sehen, bis sie sich einsam fühlt oder Geld braucht.)
Meine Frau schnarcht manchmal, und manchmal riecht sie morgens aus dem Mund. Das trifft zweifellos auch auf mich zu, man kann also sagen, daß wir bereits um die Wette der Hinfälligkeit zustreben. Die Kinder folgen dicht auf, sie klagen schniefend über eigene Wehwehchen.
Meine Tochter leidet an Halsschmerzen und Bauchschmerzen. Mein Junge kapriziert sich auf Müdigkeit und Erbrechen, und wenn wir es gestatten, schläft er bis in den Nachmittag. Ich gebe Kopfschmerzen vor. Meine Frau ebenfalls. Ferner kann ich Stiche in der Brust anbieten – vor einem Herzanfall hat man allgemein Achtung –, und schlimmstenfalls habe ich in der Manschette noch eine Leber versteckt, die ich ausspielen kann, wenn ich in die Klemme gerate. Meine Frau pariert mit Krebsdrohungen. Wäre es nicht zum Lachen, wenn meine Frau an den Stichen in der Brust stürbe und ich am Krebs? Wenn meine Frau niedergeschlagen ist und meine Tochter andeutet, sie wolle Selbstmord begehen, kann ich auf Tage in eine wahre Grabesstille versinken und mich so abwesend stellen, daß man jede Anrede an mich wiederholen muß – ich kann sie noch allesamt überkränkeln, wenn ich es darauf anlege, ausgenommen natürlich Defekte an der Gebärmutter und ausgenommen Derek mit seinen angeborenen Beeinträchtigungen, die unmöglich noch aufzuholen sind. (Ha, ha.) Mit Schlaflosigkeit protzen wir alle, wenn auch nicht immer wahrheitsgetreu. Nähme man uns beim Wort, kein Mitglied unserer Familie hätte je eine Nacht durchgeschlafen. Ausgenommen vielleicht Derek, der es nicht über sich bringt zu klagen. (Ha, ha.) Ich frage mich, was man mit diesen Kindern in den Heimen macht, wenn sie nach der Geschlechtsreife dahinterkommen, daß sie zur Abwechslung auch mal masturbieren können. Gut, daß er kein Mädchen ist. Kastration wäre unmenschlich. Also amputiert man ihnen die Arme. Wie man wohl die Wärter überwacht? Wie man sie wohl von den schwachsinnigen Jungen und Mädchen fernhält? Ich komme ganz aus dem Konzept, wenn ich ihn mir da vorzustellen versuche. Man sagt mir, er wird geistig ein Fünfjähriger bleiben, und schon frage ich mich, ob Fünfjährige sich nach dem Stuhlgang ausreichend säubern? Selbstverständlich nicht. Mein Junge ist neun Jahre und hinterläßt in seiner Unterhose noch Flecken, und ich ebenfalls. (Vermutlich ist das allgemein üblich,

warum also tue ich, als wären wir Ausnahmen?) Er wirkt jetzt auf mich so liebreizend, so ergreifend, so rührend, daß ich ihn gar nicht anschauen kann. Sodann sehe ich ihn mit Dreißig, auf die Sechzig zugehend, und er wirkt abschreckend. Ich bin benommen, entsetzt, sprachlos. Im Gesicht und auf den Handrücken sprießt schwarzes Haar, seine Brauen sind buschig. Sieht er mir ähnlich? Er bekommt eine Glatze. Sein Anzug sitzt schlecht. Niemand achtet auf ihn. Schuppen fallen von seinem Kopf wie von einem Fisch. Seine Pullover und Jacken denke ich mir dunkel, sein Gesicht bleich. Man schiebt ihn von hier nach dort, der Mund steht ihm offen, er ist schwammig, abstoßend, lahm, monströs. Immer noch wird er nicht sprechen können. Er weiß nicht, wie man eine Diät einhält, Tennis oder Golf spielt. Sein Muskeltonus, seine Haltung sind schlecht. Er wirkt unvorteilhaft. Wäre er anderswo, man würde ihn feindselig anstarren. Man wird vergessen, ihm die Nägel zu schneiden. Man wird ihn umbringen wollen. Man wird ihn Benji rufen. Ich werde ihn nicht besuchen wollen. Ich hoffe, ich kann mich dann nicht mehr an ihn erinnern. Ich hoffe, ich entdecke nie, daß meine Frau untreu ist, obwohl es ihr vielleicht gut bekäme.

»Tu's endlich«, würde ich ihr raten, wäre sie jemand anders.

»Schön. Einverstanden.«

Falls sie sich nicht zuviel davon erwartet, könnte es geradezu Wunder wirken für ihr Selbstgefühl. Es wird auch Zeit, daß sie sich an mir rächt. Wäre es nicht ulkig, wenn sich herausstellte, daß nicht ich homosexuell werde, sondern mein Junge? Nein, das wäre tragisch. Ich habe immerhin Hemmungen aus Stahl. Es wäre mehr als tragisch, es wäre peinlich vor den Leuten. Eine Selbstmörderin, ein Schwuler und ein Schwachsinniger, das sind die Früchte Slocum aus Slocums Lenden. Dazu eine neurasthenische, treulose Trinkerin als Ehefrau. Gott schütze das Mädel – sie kommt mir gerade recht. Ich könnte die Schuld an den Kindern ihr zuschieben. Bis ein ebensolcher Schlauberger wie ich anklagend den Finger gegen mich ausstreckt und fragt:

»Moment mal, Freundchen, Moment mal. Ist sie immer so gewesen?«

»Ich weiß nicht. Solche Sachen reifen langsam. Da müssen Sie schon einen verläßlichen, revolutionären, evolutionären, psychologischen Historiker fragen, einen erfahrenen Botaniker der Psyche. War denn ich immer schon so?«

»Du hast mich so gemacht.«

»Und du hast mich gezwungen, dich so zu machen.«

»Und dazu hast wiederum du mich gezwungen. Warum kann ich nie mit dir reden?«

»Telefonier mit deiner Schwester.«

»Ich brauche jemand, der Anteil nimmt an mir.«
»Du trinkst zuviel.«
»Deinetwegen.«
»Beklag dich bei deiner Schwester.«
»Ich verabscheue meine Schwester, das weißt du genau.«
»Sie nimmt aber Anteil an dir.«
»Du Lump!« bricht es aus ihr hervor, »du kannst es gar nicht abwarten, von mir wegzukommen. Ich weiß genau, was du denkst, ich sehe es dir an.«
Seit neuestem ertappe ich mich dabei, daß ich sie abends immer öfter auf Spuren unerlaubten Geschlechtsverkehrs absuche, auf Flecken oder Bißstellen. Ich finde keine und komme mir betrogen vor.
»Was hast du heute gemacht?« Jetzt bin ich es, der so fragt.
»Nichts.«
»Einkäufe.«
»Ich war zur Maniküre.«
»Bei meiner Schwester war ich.«
»Bekannte besucht. Warum?«
»Nur so.«
»Und was hast du gemacht?«
»Gearbeitet. Nichts weiter.«
»War was Wichtiges?«
»Nichts Besonderes. Allmählich wird es. Ich mag aber nicht darüber sprechen.«
»Du meinst, das bringt Unglück?«
»Schon das hieße, davon reden.«
»Ich klopfe auf Holz.«
Sogar morgens ertappe ich mich jetzt dabei, daß ich sie wie besessen mit dem gleichen, aggressiven, gierigen Mißtrauen auf Flecke oder sonstige Makel prüfe, und das ist nun wirklich unvernünftig, denn sie hat die Nacht schließlich in meinem Bett verbracht. Ich will nicht verrückt werden. Ich führe meinen Verstand, meine Gedanken und Handlungen gern am kurzen Zügel und möchte immer wissen, was was ist. Ich will meine Hemmungen nicht verlieren. Ich würde sonst um mich schlagen (würde Fremde, Bekannte, meine Nächsten treffen), morden, haßerfüllte, bigotte Reden führen, Augen auskratzen, mich schmucken jungen und noch jüngeren Mädchen unsittlich nähern, ich würde in der überfüllten U-Bahn gegen den strammen Popo einer Person wie Penny oder meiner Frau spritzen. Träume kennen kein Erbarmen; sie überfallen einen im Schlaf.
Ich könnte anfangen zu stottern.
Aufwachen ist ein so sonderbarer und außergewöhnlicher Vorgang, daß

es mich verblüfft, wie oft wir ihn noch im Halbschlaf mit Erfolg absolvieren.
Ich glaube, ich könnte mich an den Gedanken gewöhnen, daß meine Frau mit anderen Männern kopuliert, nicht aber an die Details, den Mechanismus, all das Betasten und Verflüssigen, das Grunzen und anstrengende Bücken. Alles wird naß. Hinterher hat man wunde Stellen oder Abschürfungen. Ich mag mir nicht ausmalen, daß meine Frau mit einem anderen tut, was sie mit mir tut. Auch meine Tochter denke ich mir nicht gern so. (Tut er – selbstverständlich. Macht sie – warum nicht?) Alles wird naß und stinkt, und das nennt man *Liebe.* Tiere tun es. Es hat doch wohl nichts zu tun mit *Liebe q. v., a. a.* O. (Für meinen Geschmack allerdings immer noch lieber naß und stinkend als trocken und parfümiert. Die künstlichen, nach Drogerie duftenden Essenzen ekeln mich. Ich will Menschenfleisch umarmen, das stark und natürlich riecht, nicht ein Stück Seife.) Sogar der Handschlag unter Geschäftsleuten ist heute feucht und übelriechend. Zeige mir einen jungen Mann, der mit trockener Hand fest zupackt, und ich zeige dir einen skrupellosen jungen Aufsteiger. Wenn meine Tochter doch nur nicht immer ihren BH herumliegen lassen und ihr Nachthemd nicht an die Tür zum Badezimmer hängen wollte. Sie ist voll entwickelt und weiß es auch. Wenn ich sehe, wie sie sich zum Ausgehen anzieht, platze ich vor Wut. (Sie hat jetzt einen größeren Busen als meine Frau.) Ich kann sie kaum ansehen, wenn sie vor mir steht und darauf wartet, daß ich ihr Geld gebe, das sie angeblich braucht. (Ist sie gerade mal mit sich einverstanden, kann ich sagen, was ich will, sie faßt es bestimmt als herabsetzend und als Beeinträchtigung ihres Selbstgefühls auf. Wenn sie doch ihren BH tragen wollte, statt ihn herumliegen zu lassen. Sie bevorzugt Bluejeans und wirkt nicht unbedingt immer reinlich. Sie erinnert mich an Ann Arbor. Jede Frau, die ich jetzt kennenlerne, erinnert mich an eine andere, die ich mal gekannt habe.)
»Kein Wunder, daß man auf der Straße dreckige Bemerkungen über dich macht. Du forderst das geradezu heraus. Wenn du vergewaltigt wirst, hast du es dir selber zuzuschreiben.«
Gleich wird sie in hysterisches Schluchzen ausbrechen.
»Immer ist es dasselbe«, wird sie mich mit schriller Stimme anklagen. (Mein Junge beobachtet uns ängstlich und nachdenklich aus seiner Ecke, und ich bedauere schon, etwas gesagt zu haben.)
»Immer mußt du mir an allem die Freude verderben.«
»Ich habe sie ermahnt«, sagt meine Frau, hilflos und gereizt, »aber sie glaubt, ich bin eifersüchtig und gemein. Sie glaubt, ich beneide sie um ihre Titten!«
»Du hast doch selber welche.«

Falls meiner Tochter dieser Tage was passiert, dann vermutlich mit jenem Studenten, von dem sie erzählt hat; er fährt einen Kipper und hat sich erboten, ihr abends und am Wochenende Fahrstunden zu geben, wenn wir ihm einen unserer Wagen überlassen.
»Nein.«
Meine Frau nickt beistimmend. »Du mußt erst sechzehn sein.«
»Ich kann aber doch schon mal üben. Ihr wollt doch, daß ich die Prüfung bestehe, oder?«
Ich möchte, daß sie in Geometrie, Englisch, Französisch, Sozialkunde und in den naturwissenschaftlichen Fächern ihre Prüfung besteht, nicht aber die Fahrprüfung. Und mindestens soll sie überall ein Befriedigend schaffen, damit sie nach der Schule aufs College verschwinden kann. (Ich will sie hier nicht mehr sehen.) Wie soll ich mit einem affektierten, geriebenen Schwiegersohn Konversation machen, der viel jünger ist als ich und von dem ich weiß, daß er in einem abgelegenen Teil des Hauses meine Tochter bumst, wenn die beiden übers Wochenende zu Besuch kommen? Meine Frau backt Kuchen für sie und freut sich auf die Enkelchen. (Die schmutzige Phantasie hat nämlich sie.) Beide werden unentwegt was von uns haben wollen und mich obendrein belügen.
»Sie vielleicht nicht. Sie ist vielleicht anders. Vielleicht ist sie wirklich schon erwachsen, wenn sie heiratet.«
»Wir waren es doch auch nicht.«
»Was heißt das?«
Meine Frau versteht mich nicht.
Ich glaube, sie denkt nie, ich könnte denken, sie wäre irgendwo mit einem anderen Mann zusammen oder ich könnte ihren Bauch, ihr Haar, ihre Oberschenkel, den Hals, die Brust, Höschen, Unterrock und Bluse streitsüchtig und systematisch nach Spuren von fremdem Samen absuchen. (Meine Frau hat so einen leicht gewölbten Bauch, wie man ihn auf Photos von hübschen Mädchen mit tief angesetzter Taille sieht.) Begutachte ich Haar und Bauch aufmerksam, verwandelt sich meine Abneigung gelegentlich in Begehren (in antagonistisches Begehren selbstverständlich, auch Lust genannt, und es juckt mich dann, sie zu bürsten). Finde ich jemals einen Fleck, muß ich sie verlassen. Kraft und Entschlossenheit zu diesem Schritt wird mir nicht nur die weit verbreitete, heuchlerische, männlich-chauvinistische Doppelmoral geben, sondern etwas noch Stärkeres: meine Unsicherheit.
An Hirntumoren denke ich schon längst nicht mehr, obwohl sie jeden dreizehnten nicht geschiedenen Einwohner Connecticuts meiner Altersgruppe mit drei Kindern, zwei Automobilen und guten beruflichen Aussichten dahinraffen. Kein Wunder, daß ich zu Hause brüllen muß, um

meine Identität fühlbar zu machen. (Gefürchtet werden möchte ich eigentlich nicht; ich möchte geknudelt und umhegt werden. Ich bekomme von Frau und Kindern nicht soviel Liebe und Mitgefühl, wie meine Mutter und einige Lehrerinnen mir als Kind zukommen ließen. Gottverdammich, ich will hin und wieder von Frau und Kindern behandelt werden wie ein Baby. Das ist doch wohl mein gutes Recht. Ich muß mich geborgen fühlen können. Ich gehöre nicht zu jenen Eltern, die erst im Alter von ihren Kindern verwöhnt werden wollen; meine Kinder sollen das gefälligst jetzt schon tun.) Meine Frau glaubt, es mache mir seit neuestem Spaß, so oft bei ihr daheim zu sein; sie spürt nicht, daß ich es kaum erwarten kann, aus dem Haus und in die Nähe von Arthur Baron zu kommen (mit dem ich, wie mir scheint, dieser Tage Blicke tausche, die mehr besagen als das Übliche). Die Große Tagung wird nun wieder in Portoriko stattfinden (womit den Verwandten von Lester Blacks Frau die gebührende Ehre erwiesen wird), und Kagle ist derzeit in Toledo. Meine Frau wird es mir nicht leicht verzeihen, daß ich Andy Kagle rausschmeiße. (Erst wenn ich ihr unzweideutig erkläre, es heiße, entweder er oder ich. Dann wird sie über meine Schulter in die Ferne schauen und keine Einzelheiten zu erfahren wünschen.) Meine Frau hat Mitleid mit Kagle, wegen seines Beins, seiner Frau und seiner beiden Kinder. Meine Frau hat viel übrig für fromme Familien, ausgenommen Schwarze und ausgenommen Juden, deren exotische Sprache (»Es ist nicht mal Latein«) und unverständliche Gebete ihr roh und primitiv vorkommen. (Sie meint, die Gebete solcher Leute handeln von uns.) Nicht mal ihre Feiertage fallen auf unsere Feiertage. (Es sind irrgläubige, halsstarrige Menschen. Sie will nicht, daß unsere Tochter einen Juden heiratet, würde ihn einem Portorikaner oder Neger allerdings noch vorziehen.) Kagle bessert sich nicht mehr. Ist er sonntags daheim, begleitet er die Seinen in die Kirche. Die Woche verbringt er geschäftlich in Städten wie Toledo, und gegen Abend geht er zu billigen Huren. Er ist immer noch bigott, will weder einen Juden einstellen noch eine Schwarze pimpern, es sei denn, er habe geschäftlich auf einer Insel in der karibischen See zu tun. Dann allerdings bevorzugt er sehr junge Mädchen; er hat bereits Fünfzehnjährige gehabt und würde es gewiß noch lieber mit Dreizehn- und Elfjährigen machen, käme sich dabei aber wohl abnormal vor. Ich muß ihn unbedingt rausschmeißen; ich bin mit ihm zusammen bei den Huren gewesen, und das kann ich ihm weder vergeben noch vergessen. Tue ich es nicht, wird er mir immer wieder auf den Pelz rücken. Er wird mich leicht anrempeln und ungehörig kichern:

»Ach was, Bob, hören Sie schon auf. Ich kenne Sie doch. Wissen Sie noch . . .«

»Ich erinnere mich an nichts dergleichen. Falls es doch vorgekommen sein sollte, weiß ich nichts davon, und die Zeche zahlen jedenfalls Sie.«
Seine trinkfreudigen Kumpane in den Vororten werde ich in andere Städte versetzen in der Hoffnung, daß sie dann kündigen. Arthur Baron und ich sprechen kaum je über solche Dinge, wenn wir uns zufällig auf dem Korridor begegnen, mir ist aber so, als sei das Wenige, was dann geredet wird, der Beweis für ein diplomatisches Einverständnis zwischen uns.
»Wie geht's, Bob?« Damit hält er mich jetzt immer auf.
»Danke, Art, gut. Und Ihnen?«
»Sehr schön. Horace White findet anscheinend großen Gefallen an Ihnen.«
»Ich habe viel für Horace White übrig. Ein ausgezeichneter Mensch.« (Die Tatsachen sind falsch, die Antwort ist gleichwohl richtig.) Horace White ist also einverstanden. Aber Lester Black? Bei ihm wird sich Johnny Brown beschweren, sobald er erfährt, daß ich sein Chef geworden bin. Black wird sich wahrscheinlich nichts daraus machen. Diese Angelegenheit liegt außerhalb seines Geschäftsbereiches, er steht kurz vor der Pensionierung und verbringt einen großen Teil seiner Arbeitszeit beim Segeln.
Ich habe mich nach Kräften bemüht, Kagle seine Reise nach Toledo auszureden (schon überzeugt davon, daß es mir mißlingen würde. Mein Gewissen ist beinahe rein.
»Fahren Sie jetzt nicht weg, Andy. Sie wissen doch, Arthur Baron möchte Sie hier haben.«
»Ich verbinde das gleich mit einer Werbeaktion in den Supermärkten«, erwidert er und blinzelt mir dabei verschwörerisch zu. »Heh-heh. Sie werden schon sehen«).
»Kagle ist wohl in Chicago, Bob?«
»In Toledo.«
»Ach. Zu Laura hat er gesagt, Chicago. Was ist denn los dort?«
»Er bringt möglicherweise ein Werbeprojekt für Supermärkte unter.«
»Aber das ist doch nicht seine Sache.«
»Er meldet sich täglich telefonisch. Ich kann ihn jederzeit erreichen. Er hat mich gebeten, seinen Laden ein bißchen zu hüten.«
»Gut, Bob. Es wird übrigens Zeit, daß wir die Große Tagung vorbereiten. Dieses Jahr muß alles glatt gehen.«
»Das wird es bestimmt, Art.«
»Ich glaube auch. Horace White ist nächste Woche wieder da. Er und ich wollen dann mit den Vorbesprechungen beginnen. Sind Sie bereit, sich Feinde zu machen?«

»Wenn es sein muß.«
»Freunde werden Sie sich dabei ebenfalls machen.«
Auch ein paar Referate werde ich halten. Während der Tagung brauche ich Kagle noch. Er wird sich glänzend bewähren, wird behaupten, er selber habe den Wechsel veranlaßt, weil er den drückenden Verwaltungskram loswerden wollte, um endlich frei zu sein für die Arbeit, die ihm wirklich Freude macht. Das wird ihm niemand glauben. Aber darauf kommt es nicht an. Hinterher möchte ich ihn dann nicht mehr sehen.
»Was fangen Sie mit Andy Kagle an?« wird Arthur Baron fragen.
»Ich meine, er soll die Tagung eröffnen.«
»Ein guter Einfall.«
»Er macht es bestimmt glänzend. Und verzieht keine Miene dabei.«
»Und hinterher?«
»Will ich ihn nicht mehr sehen.«
»Würden Sie ihn als Berater behalten wollen oder mit Sonderaufgaben betrauen?«
»Nein, Art.«
»Er könnte nützlich sein.«
»Aber nicht hier. Ich hielte es nicht für gut, ihn hier im Hause zu belassen.«
»Da haben Sie recht, Bob.«
»Freut mich, Art.«
Selbstverständlich kann ich Kagle nicht auf die Straße setzen. (Könnte ich jemand entlassen, ich würde Green entlassen, ferner Martha, die Schreibkraft, die immer noch allmählich verrückt wird, aber für meinen Geschmack zu langsam.) Ich kann nur andeuten, daß ich ihn nicht in der Nähe haben will, und die Firma versetzt ihn dann. Ich möchte, daß sie entlassen wird, bevor ich Green zwingen muß, es zu tun.
»Art«, könnte ich etwa sagen, »hätten Sie mal eine Minute Zeit?«
»Wie geht's, Bob?«
»Danke, sehr gut, Art. Und Ihnen?«
»Sehr schön, Bob.«
»In Greens Abteilung ist eine Schreibkraft ernstlich krank. Sie wird allmählich verrückt. Sie führt Selbstgespräche, soweit ich es verstehe. Sie lacht vor sich hin. Es hebt das Ansehen der Abteilung nicht gerade, daß sie dort beschäftigt ist.«
»Fühlt sie sich wohl?« könnte er fragen.
»Nur wenn sie lacht«, antworte ich. »Sie hört dann aber auf zu tippen, und darunter leidet ihre Produktivität.«
»Sagen Sie Green, er soll sie entlassen.«
Das heißt, ich soll Green Anweisungen geben und die Herrschaft über

seine Abteilung an mich reißen. Sagt er jedoch:
»Ich rede mal mit Green«, heißt es, er möchte, daß unsere Abteilungen noch getrennt geführt werden (und das kränkt mich durchaus nicht, denn es ist von Vorteil für mich, die Schuld für gelegentliches Versagen auf Greens Abteilung schieben zu können).
Falls er mit ausgesprochen nüchterner Miene fragte:
»Was würden Sie unternehmen?«
Würde ich antworten:
»Wahrscheinlich hat sie Anspruch auf einen längeren Krankenurlaub, und anschließend springt ihre Versicherung ein. Wer freiwillig wegen seines Geisteszustandes Krankenurlaub antritt, versucht so gut wie nie, zurückzukommen.«
»Sehr gut, Bob. Mir scheint, so wäre es für sie am angenehmsten.«
»Solche Stellen werden nicht freigehalten. Das könnte man ihr sagen, falls sie jemals zurückkommen wollte. Eine unserer Krankenschwestern könnte ihr nahelegen, daß sie ausspannen muß.«
»Ich fühle mich an meinem Arbeitsplatz aber sehr glücklich! Ich lache den ganzen Tag.«
»Nur für ein Weilchen, meine Gute. Wir – man – spart jetzt am Personal.«
(Auch für Red Parker halte ich Krankenurlaub in Reserve.)
(Er wird denken, ich verhelfe ihm zu einem Vorteil.)
(Warte nur, Freundchen, bis du zurück möchtest.)
(Ich bin so ein Schlaumeier, ich müßte Präsident sein.)
Ich könnte sogar wieder Gebrauch von Red Parkers Wohnung machen, wenn er nicht mehr in der Firma ist. Er wird erst nach einer Weile begreifen, daß er nicht mehr in der Firma ist, sondern draußen, und Nutznießer seiner Krankenversicherungspolice werde unter anderem ich sein. Sein Posten wird wieder besetzt. (Er ist abgelegt.) Sollte er versuchen, zurückzukommen, ist die durch sein Fehlen entstandene Lücke schon gefüllt. (Er wird aber nicht. Er wird sich daran gewöhnen, nicht mehr zu arbeiten, sich auf ziellosen, tollkühnen Urlaubsreisen aufreiben.)
Angestellte, die freiwillig einen ausgedehnten Krankenurlaub nehmen, versuchen fast nie, später in die Firma zurückzukehren, es sei denn, sie hätten einer Operation wegen fehlen müssen oder um die Folgen eines Unfalls auszuheilen. Sie fühlen sich der Rückkehr nicht gewachsen. (Auch wer nur ein Weilchen wegen Gelbsucht oder Mononukleose fernbleiben mußte, kann sich nur schwer wieder eingewöhnen. Der Schwung fehlt.) Lange nach ihrem Ausscheiden heißt es von ihnen, sie seien gestorben, einem Gehirnschlag erlegen, und dann wissen wir, jetzt sind sie endgültig fort. Es gibt immer Leute, die solche Fälle bis zuletzt im Auge behalten. (Beim Militär war es der Presseoffizier.)

»Haben Sie schon von Red Parker gehört? Von Andy Kagle? Von Jack Green?« fragt dann eines Tages zum Beispiel Ed Phelps, falls Ed Phelps dann nicht bereits selber verstorben ist. Ed Phelps wird nach seiner Pensionierung oft mal eben hereinschauen (wie Horace White im Rollstuhl oder an Krücken, sobald er erkrankt; oder er läßt sich auf einer Bahre hereinfahren und grüßt matt winkend, wenn er von seinem schwarzen Chauffeur in fleckenloser grauer Livree vorübergerollt wird. Wie sehe ich wohl mit achtzig Jahren und ohne Zähne aus? Ich werde keine Zähne mehr haben – die Zahnfleischbehandlung kann das Verrotten der Kiefer nicht ewig aufhalten –, meine Füße werden an Knöcheln und Rist anfälliger. Meine Nase ist dann verstopft, und ich muß immer durch den Mund atmen. Mit den Fingern werde ich Pillen drehen. Ich bin mir bereits in Krankenhäusern und auf Photos begegnet. Wie werde ich riechen? Ich weiß, wie ich riechen werde. Ich schnuppere diesen Geruch bereits, und er gefällt mir nicht), denn er wird nicht wissen, was er mit sich anfangen soll. Ich wäre nicht überrascht, wenn Ed Phelps als ein weiterer überflüssiger Überlebender bei meinen Veteranenveranstaltungen auftauchte (statt meiner. Ich nehme daran niemals teil). (Man braucht jetzt wirklich nicht mehr so viele Überlebende.) »Was es eigentlich war, weiß ich nicht genau«, wird er immer wieder von Red Parker sagen. »Wer sich wohl der Kinder annimmt? Wieviele hatte er doch gleich?«
Das interessiert niemanden und keiner weiß es. Derzeit übe ich gegen jedermann eine möglichst ungekünstelte, schillernde Neutralität. Jane hat gemerkt, daß ich nicht mehr mit ihr flirte.
»Na, was ist los, Big Boy?« höre ich sie beinahe spöttisch sagen. »Kalte Füße plötzlich? Angst, die kleine Knallbisse daheim könnte dahinterkommen? Oder fürchten Sie etwa, er könnte Ihnen für ein junges Mädchen nicht oft genug stehen?«
Jane ist nicht der Mensch, dergleichen zu sagen oder auch nur zu denken, und doch stelle ich mir diesen Auftritt vor und frage mich, welcher Abgang mir bliebe. Außerhalb des Büros habe ich begonnen, mich emsig und realistisch auf die höheren Aufgaben vorzubereiten, die vor mir liegen: ich entwerfe Referate und spiele Golf. Ich lege mir Referate für die Tagung zurecht (meine und Kagles) und Sprüche, die ich in der Firma, auf den Korridoren brauchen werde.
»Schau an«, lautet etwa einer. »Sie sind überrascht? Da hätten Sie erstmal sehen sollen, wie überrascht ich war. Umpusten können hätte man mich.« (Um das aufs Papier zu werfen, brauchte ich bloß eine Minute.)
Ferner habe ich mir neue Golfschläger und Sportanzüge zugelegt.
Meine Tochter findet mich in weißen Hosen, pastellfarbigen Hemden und Schirmmütze hübsch. (Am liebsten hat meine Tochter mich, wenn ich

adrett aussehe.) Meine Frau ist ratlos. Sie meint, ich habe das Golfspiel wieder aufgenommen, weil ich als Gast in den Clubs mit jungen Mädchen flirten will. Ich weiß längst nicht mehr, wie man mit jungen Mädchen flirtet, und wenn ich es wüßte, würde ich nicht wollen. Es sind Gänse. (Und keine sendet Signale an mich oder andere Golfspieler meines Alters aus. Signale gehen an gute Tennisspieler. Ich habe beschlossen, auf Parties und anderswo nicht zu flirten, wenn meine Frau anwesend ist und das als peinlich empfinden könnte, und es wäre mir lieb, sie hörte auf zu flirten, wenn sie betrunken ist, und brächte mich nicht in Verlegenheit.) Sie soll mehr Geld bekommen. Ich nehme heimlich auf öffentlichen Plätzen am Wochenende Trainerstunden und lasse mich auf Privatplätze einladen. Meine Frau will nicht noch mal anfangen, Golf zu spielen, denn sie weiß schon, Großes wird sie da nicht leisten. Der Leute wegen, die sie dort antreffen würde, weigert sie sich, in den Clubhäusern zu essen. Sämtliche Mitglieder liegen in Scheidung. Überall scheint alle Welt an ein Ende gelangt zu sein. Ich werde ein anderes Haus kaufen. Meine Frau möchte das auch. Meine Tochter wird sich darüber freuen, denn sie ist sehr empfänglich für den Umgang mit wohlhabenden Familien und legt keinen Wert auf Umgang mit weniger wohlhabenden Leuten, wie beispielsweise jenem Studenten, der den Kipper fährt und bereit ist, ihr nach Feierabend in unserem Wagen Unterricht zu geben. (Was er ihr da beibringen möchte, weiß ich genau. Ich würde ihm gern das Knie in den Bauch und unters Kinn rammen. Wie kann er es wagen, meine vollerblühte Sechzehnjährige mit unanständigen Gedanken zu beschmutzen? Wie kann sie sich bei so unzähligen Bekannten immer noch einsam fühlen!) Wir müssen unbedingt ein größeres Haus kaufen, denn der Küchentisch in diesem Haus ist einfach zu klein.

»Golf?« fragt mein Junge und blinzelt verwirrt.

»Das ist ein Spiel.«

»Er spielt wieder Golf«, sagt meine Frau.

Mein Junge schaut gekränkt drein, meine Frau ist mürrisch. Er ist es nicht gewöhnt, daß ich am Sonntagmorgen fein aufgeputzt darauf brenne, aus dem Haus zu kommen.

»Möchtest du gern was mit mir unternehmen?« frage ich. »Ich meine, falls ich nicht Golf spielen ginge?«

Er schüttelt nachdenklich den Kopf. »Geh nur. Schwimmen vielleicht.«

»Dafür ist es nicht warm genug. Aber Mommy kann dich zum Hallenbad fahren.«

»Da mag ich nicht hin.«

»Hast du sonst was vor?«

»Fernsehen. Ich hab' übrigens neulich Golf im Fernsehen gesehen.«

»Man schubst einen Ball in ein Loch.«
»Wie beim Billard?« fragt er erwartungsvoll.
»Wie beim Taschenbillard«, scherze ich.
»Laß das«, warnt meine Frau.
»Was ist Taschenbillard?«
»Nicht beim Frühstück. Und heute ist Sonntag.«
»Der Tag des Herrn«, intoniert meine Tochter mit spöttischer Gemessenheit.
»Ich erklär's dir Montag.«
»Ich weiß es schon«, protzt meine Tochter.
»Das kann ich mir denken.«
»Bist du etwa böse?« fragt sie überrascht.
»Aber gar nicht«, erwidere ich und überspiele meinen Ärger. Es ist mir nicht recht, daß sie es weiß. (Und mir fällt wieder ein, daß ich sie tags zuvor im Ort gesehen habe, zwischen lauter Jungen hinten im Auto. Ich bin dieser Tage einfach nicht imstande, mehr als ein paar Worte mit ihr zu wechseln, ohne daß mich die Lust ankommt, etwas Giftiges zu sagen. Immer ist eine latente Animosität zwischen uns. Ich weiß nicht warum.)
»Ich stehe lieber auf, wenn du ärgerlich wirst.«
»Sei nicht albern.«
»Gleich werde *ich* ärgerlich«, erklärt meine Frau.
»Ich bin verabredet. Ich kann heute nicht. Nächste Woche gehe ich mit dir in die Kirche.«
»Nächste Woche sind wir nicht da.«
»Macht es dir Spaß?«
»In die Kirche zu gehen?«
»Nein, Golfspielen.«
»Nein.«
»Er findet es scheußlich«, klärt meine Tochter ihn auf.
»Stimmt genau«, lobe ich meine Tochter. »Ich finde sogar die Leute scheußlich, mit denen ich spiele.«
»Warum tust du's dann?« Er verzieht fragend das Gesicht.
»Es ist nützlich für mich.«
»Meinst du – gesundheitlich?«
»Geschäftlich«, vermutet meine Tochter wiederum zutreffend und ahmt mich gleichzeitig mit einer Genauigkeit nach, die zum Lachen reizt.
»Wieder hast du recht, Tochter«, lobe ich sie noch einmal. »Ich verbessere mich beruflich, verdiene also auch mehr Geld für euch kleine Mäuschen.«
»Dann könntest du mir doch einen Wagen kaufen, wenn du so viel verdienst.«
»Erst muß ich mein Spiel verbessern. Dieser Tisch ist doch viel zu klein für uns. Warum essen wir nicht im Speisezimmer?«

»Ich wußte nicht, daß alle gleichzeitig zum Frühstück kommen würden. Meist muß ich allein frühstücken, vom Übrigen ganz zu schweigen.«
»Bist du sauer?«
»Ich sehe nicht ein, warum du ausgerechnet am Sonntagvormittag spielen mußt.«
»Weil ich eingeladen bin.«
»Aber du nimmst doch nur deine Stunde.«
»Weil ich nur heute Zeit habe. Du kannst doch allein gehen.«
»Ich will aber nicht. Schließlich habe ich Mann und Kinder.«
»Der Herr ist mit dir, vergiß das nicht.«
»Reiß bloß nicht noch Witze darüber.«
»Dann geh mit den Kindern.«
»Die gehen bloß, wenn du mitkommst. Das ist dein schlechter Einfluß.«
»Wollt ihr Mommy nicht begleiten?«
»Zwing sie nicht.«
»Sei doch kein solcher Heuchler, Dad.«
»Am Muttertag gehen wir alle miteinander.«
»Das ist dann gleichzeitig Vatertag.«
»Leute, mit denen wir gemeinsam beten müssen, finden wir scheußlich«, bemerkt meine Tochter schlagfertig und mein Junge kichert.
»Gut gesagt«, schmeichele ich ihr lachend. »Ich bin geradezu stolz auf dich.«
»Ich finde es herrlich«, sagt meine Frau, »wenn ihr drei euch so richtig auf meine Kosten lustig macht. Das haben die Kinder von dir. Sie glauben, sie dürfen sich über alles und jedes lustig machen.«
»Das dürfen sie auch.« (Sie ist im Begriff, mir den ganzen Tag zu verderben.) Für alle, ausgenommen meine Frau, war das Frühstück bislang eine geglückte, anheimelnde Mahlzeit. Ich wollte, ich hätte es hinter mir und wäre schon aus dem Haus. »Im Büro muß ich mir das nicht bieten lassen.«
»Und ich mir beim Friseur auch nicht.«
»Dann ist es ja gut.«
»Mit den Leuten in deinem Büro bist du schließlich nicht verheiratet.«
»Ich habe es schon beim ersten Mal begriffen. Warum mußt du immer alles wiederholen?«
»Du bist ein richtiges Miststück.«
»Wir machen bloß Spaß, Kinder. Das tust du jeden Sonntag.«
»Nimm noch Rührei«, sagt sie leise.
»Den ganzen Tag verdirbst du mir.«
»Und du mir etwa nicht?«
»Gib mir noch Saft. Jeden Sonntag machst du das, nicht wahr? Wenn ich mal einen Tag frei habe, versaust du ihn mir.«

Das ist nicht wahr, doch entgegnet sie nichts. Ihr Gesicht zeigt die Falten trotzigen Schweigens. Ihre Hand am Henkel des Glaskruges zittert. Wenn ich mir die Mühe mache, frische Apfelsinen auszupressen, trinken wir den Saft aus einem kalten Glaskrug und nicht aus dem leichteren Plastikgefäß, das meine Frau und das Dienstmädchen bequemer zu handhaben finden. Die Kinder sitzen still in den eigenen Gesichtern versteckt wie ausgestellte Standbilder und warten auf das, was da kommt. Dabei hatte der Tag für mich so verheißungsvoll begonnen: Beschlafen habe ich meine Frau noch gestern Abend, als ich Lust darauf hatte, und heute früh vermied ich es, indem ich nach unten rannte und das Frühstück vorbereitete, während sie noch im Bad war. (Sie sandte Signale aus, die mir unwillkommen waren.) Nur schwer werde ich ihr verzeihen können, daß sie mir den Vormittag verdorben hat. Heutzutage schmecken sogar die frischen Apfelsinen unecht. Die Apfelsinen taugen nichts mehr. Vielleicht liegt es an dem Spülmittel, das wir zum Waschen der Gläser benutzen, oder am Wasser. Eis wird in Behältern aus Pappe serviert oder in undurchsichtigen Plastikschalen, die nicht kalt werden und das Aroma töten. Nichts ist beständig. London Bridge ist eingestürzt und wurde als Attraktion für Touristen nach Arizona geschafft. Wenn ich Speck und Eier brate, schmeckt es besser als bei andern Leuten, denn ich gebe mir mehr Mühe damit. Ich mache Knoblauchtoast, genau wie meine Mutter ihn machte, und er ist ebenso gut. Das ist einfach. Er schmeckt allen. Nichts ist mehr rein. Auch die Menschen nicht. Ich nehme Zuflucht zu einem mäßigen Scherz.
»Nun sag mal die Wahrheit, Schatz«, rede ich ihr gut zu.
»Wenn du mitgehst, kommen sie auch mit«, unterbricht sie barsch.
Mein Junge schüttelt den Kopf.
»Ich nicht«, verkündet meine Tochter.
»Du hast gesagt, ich soll sie nicht zwingen.«
»Ich komme mir vor, als wäre ich ganz allein auf der Welt.«
»Muß ich?« winselt mein Junge.
»Nun sag mal die Wahrheit, Schatz«, fange ich wieder an und lege ihr die Hand auf den Arm. (Ich muß sie verlassen, und sei es bloß dafür, daß sie mich zu einer solchen Geste zwingt.) »Möchtest du lieber arm sein und in den Himmel kommen, oder reich und in die Hölle?«
»Das ist jetzt nicht die Frage«, widerspricht meine Frau.
»Aber es ist die Frage, die ich dir stelle.«
»Wie arm?« will meine Tochter vorsichtshalber wissen.
»Mir liegt weniger am Geld, als du glaubst.«
»Aber mir liegt unheimlich viel daran«, säuselt meine Tochter. »Ich möchte so viel haben, wie ich kriegen kann.«
»Du möchtest doch ein neues Haus?«

»Ist das ein Verbrechen?«
»O nein. Aber möchtest du lieber arm sein und in den Himmel kommen oder reich und zur Hölle fahren?«
Sie lächelt resigniert. »Fahr zur Hölle«, nimmt sie ihr Stichwort auf.
Mir ist, als wäre der Sturm vorüber und als könnte es mir noch gelingen, unversehrt davonzukommen. Mir wird ganz festlich zumute.
»Recht so, mein Mädchen«, lobe ich meine Frau zärtlich.
»Ich bin ohnehin noch reichlich müde«, gesteht sie ohne Bitterkeit.
»Geh doch allein.«
»Das mag ich nicht. Ich lege mich wieder ins Bett und lese die Zeitungen. Und dann sehe ich mir das Fernsehprogramm an. Gilbert und Sullivan. Aufregend, wie?«
»Ich bin ganz verliebt in Geld«, erklärt meine Tochter munter und robust.
»Ehrlich, das stimmt.«
»Kommen alle Armen in den Himmel?« fragt mein Junge ernst.
»Glaubst du an den Himmel?«
»Nein.«
»Also kann dort auch niemand hinkommen, wie?«
»Sehr lustig«, bemerkt er trocken und mit gerunzelter Stirn. »Angenommen, ich glaubte an den Himmel, würden dann alle Armen hineinkommen?«
»Keine Spur.«
»Ich meine es ernst.«
»Sie haben nicht die geringsten Aussichten. Was könnte das schon für ein Himmel sein, wenn es da von armen Leuten wimmelt?«
»Sind wir arm?« will er wissen.
»Nein.«
»Warum kannst du ihr dann nicht ein Auto kaufen?«
»Bravo, Brüderchen!«
»Ich könnte schon. Aber erst muß sie fahren lernen.«
»Ich bin fast sechzehn.«
»Sobald du sechzehn bist, reden wir darüber. Geld ist genug da. Keine Angst, wir sind nicht arm. Und bald haben wir noch mehr Geld.«
»Ich glaube, Geld geht mir über alles«, prahlt meine Tochter verwegen.
»Geld mag ich sogar noch lieber als Eis.«
»Man könnte das unfein finden, meine Tochter.«
»Ist mir egal. Ich liebe Geld so sehr wie den letzten Löffel Eis auf dem Teller.«
»Geld regiert also die Welt, mein Fräulein?«
»Und wie.«
»Warum?«

»Weil Geld das A und das O ist, junger Mann.«
»Und Gesundheit?« fragt meine Frau.
»Für Gesundheit kriegst du keinen Pfennig. Und deshalb solltest du dein Kleingeld nicht verschenken.«
»Tue ich auch nicht mehr.«
»Ich würde keinen Groschen verschenken«, brüstet meine Tochter sich selbstgerecht.
»Ich nehme nicht an, daß du je was verschenkst hast, teure Tochter. Die ganze Welt dreht sich um Geld, junger Mann, und Geld bestimmt den Lauf der Dinge.«
»Wieso?«
»Du lernst doch Geschichte?«
»Jetzt nennt man das Sozialkunde.«
»Also – ohne Geld ist Sozialkunde nicht denkbar, es gäbe einfach keine.«
»Wieso denn?«
»Dad will damit sagen«, erläutert meine Tochter, »daß die Gier nach Geld, die Suche nach Gold und Reichtümern in der Vergangenheit fast alle Ereignisse bewirkt haben, die in unseren Geschichtsbüchern verzeichnet stehen. Stimmt's Dad?«
»Es stimmt, mein Herzblatt. Du hast es wieder getroffen. Ich sehe mit Freuden, daß du auch noch anderes in der Schule lernst, als Taschenbillard spielen, Drogen schlucken und splitternackt im Haus herumlaufen.«
Entsetzter noch als sie, sehe ich, wie sie kreidebleich nach Luft schnappt. (Warum ich das in diesem Moment gesagt habe, weiß ich nicht. Ich schwöre beim Kreuz, daß ich nicht weiß, woher mir diese Worte kamen. Aus mir bestimmt nicht.)
»Mußtest du das sagen?« flüstert sie fast flehentlich.
Ich verneine leise. »Ich habe nichts gesagt.«
»Doch hast du!« wirft sie mir vor. »Das tust du immer, weißt du das nicht?«
»Tut mir leid.«
»Immer verdirbst du einem alles. Allen verdirbst du immer alles. Stimmt es etwa nicht?«
Meine Frau ist den Tränen nahe.
»Das war doch nur Spaß.«
»Ich stehe lieber auf.«
»Nein. Wir haben doch alle beide Spaß gemacht. Im übrigen habe ich dir mehr als einmal gesagt, du sollst nicht ohne Morgenrock durchs Haus laufen.«
»Darf ich bitte aufstehen?«
»Nein, bleib. Ich gehe schon selber.« (Ich komme mir ungeschickt vor,

plump.) »Wollen wir uns nicht wieder vertragen? Ich muß übrigens weg. Heh-heh.«
Auch sie verdirbt mir den Tag (obschon es meine eigene Schuld ist. Und noch nicht mal zehn Uhr). Der Polyp des Ekels kroch wieder zwischen mir und meiner Frau im Bett herum, als sie mich heute früh mit schmachtendem Gemurmel weckte und sich eng an mich drängte, jene fleischige, klebrige, muskuläre, vaskulare Schranke des sexuellen Ekels, die uns gelegentlich trennt (wenn sie die Initiative ergreift. Möglich, daß nur ich Begehren zeigen möchte). Ich wich blitzschnell aus: bevor meine Frau merkte, was geschah, stand ich schon unten in der Küche, halbierte Apfelsinen, brühte Kaffee, schlug Eier auf. Ich weiß nicht, woher das kommt, auch nicht, warum es kommt (und möchte es nicht wissen). Offenbar ist es ein zusammengefaßter Angriff aus Richtung Hirn, Herz und Dünndarm. (Mir ist bekannt, daß Herzanfälle von Männern mit angegriffenen Herzen vorgeschoben werden, die mit ihrer Ehefrau nicht sexuell verkehren wollen; bei ihren Mätressen tun sie es nie, außer sie haben die Mätresse satt. Ich brühe Kaffee und schlage Eier auf. Erfahre ich, daß ein Bekannter seine Frau verlassen hat, erfüllt mich stets mächtige Befriedigung. Recht geschieht den Ludern. Gestern hörte ich in einem Delikatessenladen eine Kundin zu einer anderen sagen, ein mir völlig unbekannter Mann habe seine Frau verlassen, und schon hob meine Stimmung sich fühlbar. Hinterher bin ich dann verzweifelt, ich bedauere mich, mir ist, als wäre ich wieder mal von allem ausgeschlossen.
»Du siehst ja so vergnügt aus?« sagte meine Frau, als ich zurückkam.
»Artischocken sind billig«, gebe ich zur Antwort, oder besser noch: »Da hat einer seine Frau verlassen.«)
Die Mauer aus Abneigung stand in meinem Kopf und in meiner Brust schon beim Erwachen (sie verschwand auch nicht), und ich wollte nicht, daß meine Frau mich anfaßte, wollte sie auch selber nicht berühren. (Mit ihr hat das nichts zu tun.) Mir war, als würde ich dort, wo sie hinfaßte, zerbröseln wie etwas Mürbes, Verschimmeltes. Ich empfand mich als weichen Teig oder Ton, und unter dem Druck ihrer Hände und Knie würden dauerhafte Vertiefungen zurückbleiben. Die Mauer ist unsichtbar und gibt nicht nach. Sie ist schwer. Sie lebt und sie ist tot. Ich lebe und bin tot. Körnige Lähmung befällt mich. Die Mauer ist hohl und dicht. Sie ist ohne Luft, behindert das Atmen, man wird von Kopfschmerzen, Schwindelgefühlen und quälenden Erinnerungen an widerliche, muffige Gerüche befallen. Das ist kein Spaß. Mir fehlt der Wille, sie zu übersteigen. Ich kann ihr Vorhandensein meiner Frau nicht beichten.
»Mir geht es gar nicht gut«, winsele ich. »Ich glaube, ich hab's am Magen.«

»Nicht in der Brust?«
»Nein, ich glaube nicht.«
»Du arbeitest zu viel. Nie machen wir mal richtig Urlaub.«
»Du bist doch jeden Sommer weg.«
»Das nenne ich nicht Urlaub. Warum verreisen wir nicht mal allein miteinander nach Mexiko? Da war ich noch nie.«
Lieber liefere ich mich diesem Zustand aus, strecke mich folgsam und willenlos hin. Lieber gebe ich nach. Es ist tausendmal besser abzuwarten, bis er sich erweichen läßt und abzieht, ein Dämon, der in seine unterirdische Höhle irgendwo in meinen Drüsen hinabfährt, von wo er emporgeschossen ist, als mich auf einen Kampf einzulassen oder mich mit froschhaften Beinstößen durch eine Öffnung quetschen zu wollen. Ich bin wieder ein ungeschwänzter Lurch.
Ich habe Warzen, doch sind sie klein, denn auch ich bin klein. Ich sehe mich, wie ich mich mit dem Kopf voran hindurchzwänge, ein winziger, weißer Schwimmer oder auch ein Froschmann in schwarzem Gummi, und das freischwebende Weh in meinen Schläfen tropft als zukkender Schmerz in die Hinterhauptregion. Es könnte sein, daß ich nicht zurückkäme, versuchte ich je, mich durch eine Öffnung im Ekel zu quetschen, die sich hinter mir schließt. Wohin dränge ich vor? Es gäbe vielleicht kein Hier mehr, wohin man von Dort zurückkehren könnte. Ich habe mir früher manchmal meinen Pfad durch den Widerwillen gebahnt, und der verging dann, ohne mir etwas anzuhaben, wie nie gewesen. Ich stelle mir Gespräche vor. Ich wollte, ich brauchte derartiges nie zu erleben.
»Na, sag's mir schon«, rede ich meiner Tochter zu. »Heh-heh. Du darfst es mir ruhig sagen. Nimmst du Drogen? Treibst du schmutzige Dinge mit Jungen oder Mädchen? Glaub mir, ich habe Verständnis.«
»Falls du wirklich Verständnis hättest«, wirft meine Tochter mir ruhig mit monotoner Stimme vor, »wüßtest du, daß du mich nicht zu fragen brauchtest, wenn ich den Wunsch hätte, dir etwas anzuvertrauen.«
»Gut ausgedrückt. Ich bin stolz auf dich.«
»Und wenn ich mich nicht so ausdrücken könnte? Wärest du immer noch stolz auf mich?«
»Selbstverständlich.«
»Und worauf?«
Vielleicht hat ihr Vater sich deshalb umgebracht. (Sie hat ihm den Tag verdorben.) Wahrscheinlich war er ein bescheidener, stiller Mensch, nicht größer als Len Lewis; er schickte seinen Augapfel auf eine renommierte Universität, doch wurde sie relegiert, weil sie Fußballspieler *en masse* und in Formation ranließ.

»*En masse* und in Formation«, erzählte sie genüßlich, und ihre braunen Augen blinzelten. »Sie haben mich soweit gebracht«, fuhr sie strahlend und leichtfertig fort (so daß ich nie entscheiden konnte, ob sie die Wahrheit sagte. Sie wußte wohl, daß ich sie gerne von ihren lasterhaften Abenteuern reden hörte. Eine unwiderstehliche, mehrdeutige Faszination drängte mich immer wieder, ihr Fragen zu stellen. Vergewaltigung bezaubert). »Anfangs hielten sie mich fest. Aber dann machte es mir Spaß, und ich hab's ihm gezeigt.«
»Hattest du Angst?«
»Nein. Ich war ganz verschossen in den Außenstürmer. Der war vielleicht eingebildet! Einmal haben wir es in einem Kanu gemacht. Hast du es schon mal in einem Kanu probiert?«
»Warst du nicht wütend?«
»Kein bißchen. Aber er. Auf mich. Er hat bestimmt nicht gedacht, daß es mir Spaß machen würde, und dem hab ich's gezeigt. Er war dort so eine Art Gott, und eine Weile bin ich mit ihm gegangen. Ich war, glaube ich, die einzige Jüdin auf der ganzen Universität. Hinterher hat er mich nicht mehr angesehen.«
»Zeig's mir mal.«
»Du wirst bestimmt ohnmächtig.«
»Bestimmt nicht.«
»Bestimmt ist die Geschichte dort heute noch bekannt. Man sollte mir eigentlich ein Denkmal setzen, denn die Siegesserie in jener Spielzeit hatten sie mir zu verdanken.«
Es war mir nicht lieb, sie in dieser Art über die Angelegenheit reden zu hören (wenigstens eine Spur von Reue hätte sie zeigen sollen), und ich hätte sie streng getadelt und bestraft, hätte ich das Recht und die Mittel dazu besessen. Ohrfeigen hätte ich ihr versetzt. (Aus Eifersucht.) Nach meiner Heirat habe ich es mal mit meiner Frau in einem Boot probiert, sie bekam es aber mit der Angst, und ich mußte uns zu einer Insel rudern.
Heute würde ich erkennen, daß sie leicht verrückt war und zum Selbstmord neigen würde, sobald ihre freche Euphorie abgeklungen war. (Ohne die konnte sie nicht weiterleben.) Ich würde heute auch erkennen, daß sie schwermütig war und ihre Verwegenheit oft spielte. Ich könnte mir denken, daß Penny sich in ein paar Jahren stillschweigend umbringt, falls sie nicht bald etwas findet, das Bestand hat und sie ausfüllt. Ich kann ihr da nicht helfen. Sie weiß jetzt, daß ich sie auch dann nicht heiraten würde, wenn meine Frau stürbe oder sich scheiden ließe. Wir sind einander nicht mehr nahe, ich komme und gehe, ha, ha – und ich glaube, auch meine Frau wird sich umbringen, wenn die Kinder aus dem Hause sind und auch ich ausgezogen sein sollte. Haben wir Derek bis dahin

nicht weggegeben, könnte er sie ans Leben ketten. (Der Kleine könnte mir auf diese Weise noch nützlich werden. Allerdings wäre er dann schon älter, kein Kind mehr.) Ich wollte, wir könnten das alles bald erledigen. (Wenn er älter ist, möchte ich ihn nicht mehr um mich haben.) Falls ich gehe, werde ich mich nicht umsehen. Auch eine Telefonnummer werde ich nicht hinterlassen. Am liebsten zöge ich in eine andere Stadt. Mein Junge dürfte die Nummer wissen, vielleicht aber nicht einmal er. Auch er ändert sich. Wie lange ich noch möchte, daß er mir alles erzählt, weiß ich nicht genau. Müßte ich je ins Krankenhaus, soll keiner mich besuchen und alles noch schlimmer machen (das habe ich ihnen gesagt. Ausgenommen mein Junge. Möglich, daß er mir fehlt, daß ich besorge, er könnte sich meinetwegen Sorgen machen. Dort liege ich, sterbend oder genesend, einen Schlauch in der Nase wie ein gefolterter politischer Häftling, und sie werden von mir erwarten, daß ich sie tröste. Meine Schwägerin will ich auf keinen Fall sehen. Meine Schwägerin werde ich nicht fernhalten können. Meine kleine Sekretärin wird Gute Besserung wünschen. Und dafür muß ich mich dann bedanken). Daß sie übergeschnappt war, hätte ich eigentlich merken müssen nach der Geschichte mit den Fußballern und an dem raschen Stimmungsumschwung, der sie befiel, wenn wir vollständig bekleidet eine oder zwei Minuten wie die Zottelbären aufeinander losgegangen waren, auf dem Treppenabsatz zwischen den Stockwerken oder unten im Lagerraum; ich hätte es an der irren Angst merken müssen, die ohne vorherige Warnung aus ihr hervorbrach und sie wie ein Sturmwind schüttelte. Wir haben uns viele Male dort getroffen. Ich wollte ihn rausholen und ihr in die Hand legen. Monatelang schmiedete ich Pläne.

»Ich möchte gern was machen. Bitte, laß mich«, sagte ich unzählige Male mit erstickender Stimme zu ihr in der überfüllten U-Bahn, die mich zwischen Wohnung und Büro hin und her beförderte. (Nicht immer konnte ich in meinen Gedanken scharf unterscheiden, wo denn nun das Büro war und wo mein Zuhause: oft fühlte ich mich im Büro mehr zuhause.) »Ich will ihn dir in die Hand geben.«

(Das Herz war mir schwer, und ich konnte nicht darüber scherzen.)

Ich stellte ihn mir schlaff aber schwellend vor, wenn ich ihn herausnahm und fühlte, wie er in ihrer Hand schnell hart wurde.

Dieses Stadium der Verhandlungen ließ die Entwicklung jedoch stets rasch hinter sich. Wir trafen uns auf dem Treppenabsatz, und schon ging es los. Wir fielen stumm übereinander her. Abkommen konnten nicht geschlossen werden, und meine feinsinnige Taktik erschöpfte sich darin, daß ich den Aktenhefter hinter ihre Schultern oder ihr Gesäß klemmte, damit er nicht runterfiel. Und:

»Es kommt jemand.«

– und schon war es wieder zu spät. Sie wand sich aus meinem Griff mit knurrenden und winselnden Lauten, die weniger aus ihrer Kehle als aus ihrem Gemüt zu kommen schienen, und kämpfte sich von mir frei, als ob ich versuchte, sie festzuhalten. (Ich tat es nicht.) Verwirrt und mit rotem Kopf, wogendem Busen und keuchendem Atem, der pfeifend durch Mund und Nase ging, stierte sie mich äußerst empört an, wie eine ganz neue Erscheinung, wie einen Betrüger, und als wüßte sie nicht, wie sie mit mir an diesen Ort gekommen war. Es war Angst oder Orgasmus. (Ich neige zu einem Kompromiß.) Ich glaube, sie fürchtete den Beginn eines hereinbrechenden Orgasmus dort auf der Treppe, sogar unten im Lagerraum. Ich glaube, sie wünschte sich dafür ein Bett oder ein Automobil. (Ein junges Mädchen erzählte mir, als sie noch zu jung gewesen sei, um von Hause fortzugehen, habe sie sich am Bettpfosten gerieben. Andere benutzen Vibratoren und malen sich aus, sie würden vergewaltigt.) Sie hätte sich gegen mich nicht so wehren müssen. Ich war ein Lamm. Ihre Augen blickten scharf und mißbilligend, ihr Gesicht war eine Anklage, der Mund Gift. Sie haßte mich unvernünftig, hektisch. Sie hätte mich gern erdolcht. (Ein solches Gesicht würde ich heute wegwerfen. Falls sie so darauf reagierte, würde ich sie nicht wollen.) Ich hätte passiv sein sollen (wie ein Bettpfosten oder ein Vibrator). Sie schien erst nach einer Weile zu bemerken, daß ich sie unter dem Rock streichelte. Dann aber war sie baß erstaunt, kam sich überrumpelt, verführt, geschändet vor. Jene Stelle ihrer Höschen fühlt sich auch jetzt noch glitschig und gekräuselt an, wenn ich mit der Daumenkuppe über die Fingerspitzen streiche. (Ich tue das jetzt zum Spaß.)
»Es kommt jemand«, stieß sie mit tränenerstickter Stimme hervor, unmäßig erregt, flüsternd und flehend, und ihrem grausig verzerrten Gesicht war anzusehen, daß sie mich am liebsten geschlagen, getötet hätte. Dann strich sie ihren Rock glatt und hastete davon. Im Spiegel der kleinen, runden Puderdose, die sie bei sich trug, zog sie mit dem Stift die Lippen nach, während sie die Treppe hinauf flüchtete.
Ich vergesse immer, daß sie erst einundzwanzig war.
Ich wollte ihr doch nichts zuleide tun. Ich war erst siebzehneinhalb und betete sie an. Saß sie dann wieder im Büro, auf dem Drehstuhl hinter dem Schreibtisch unter der großen, tickenden, schwarz-weißen Wanduhr von Western Union, schenkte sie mir ein Lächeln, von neuem ganz die fröhliche, beherrschte, erfahrene, weltgewandte Sexkönigin. (Western Union hat den Zustelldienst für Telegramme drastisch eingeschränkt und verdient jetzt an anderen Dingen.) Ich glaube, ich war eifersüchtig und konnte jene primitiven, ungeschlachten Fußballer nicht verkraften, die gemeinschaftlich und voreinander mit ihr Verkehr hatten (sie liebten, *q. v., a. a. O. ebendaebendaebenda*) und hinterher so gering von ihr

dachten (während ich so gut von ihr dachte. Das war schon mehr als unfreundlich. Merkten sie denn nicht, wie gemein sie an mir handelten?).
Sie war irre. Manchmal zog sie zwei Höschen übereinander an, und ich weiß heute noch nicht warum. Sie war klein, auf rundliche Art hübsch, trug glänzende Strümpfe und glatte, enge Röcke, und ich glaube, ich bin immer noch in sie verliebt (und froh darüber, daß sie tot ist, denn andernfalls wäre ich vielleicht nicht in sie verliebt, und dann hätte ich niemand). Sie legte es darauf an, in Schwierigkeiten zu geraten – die Vergewaltigung im Lagerraum war ausschließlich ihre Idee. (Ich benutze das Wort Vergewaltigung leichtherzig und kühn, um meine Angst davor zu zerstreuen. Vergewaltigung kitzelt und erregt mich ein bißchen auf unheimliche Weise und macht mir gleichzeitig leicht übel. Ich kenne Frauen, die seit der Pubertät von diesem Phänomen ebenso angenehm gekitzelt werden. Zeitungsberichte über Vergewaltigung hypnotisieren mich förmlich, wenn dabei nicht Kinder vorkommen oder schwere Körperverletzung im Spiel ist. Ich lese sie mit Vergnügen und starre auch nach der Lektüre noch lange auf den gedruckten Text. Berichte über Orgien finde ich so fesselnd wie Wasserstandsmeldungen. Was ist da noch erregend, wenn alles erlaubt ist? Ich habe nie jemand vergewaltigen wollen. Streicheln, die Umrisse des Körpers und der Kleidung an fremden Frauen mit der Hand nachzeichnen, ja. Die Frauen, die jetzt mein Interesse erregen, sind jünger und jünger, und ich fürchte, eines Tages werde ich wirklich tun wollen, was ich tun zu wollen fürchte.)
Den Einfall hatte sie, sie stiftete uns drei dazu an. Von den beiden anderen mochte sie den einen nicht leiden; er sei derb, ungepflegt, häßlich, sagte sie.
»Mit euch würde ich spielend fertig, ich könnte euch schon was bieten, euch zeigen, wie der Hase läuft«, neckte sie uns schnippisch und lächelte berechnend dazu. »Aber ihr traut euch ja nicht.«
Es war in der Mittagspause. Die beiden anderen trauten sich durchaus, und als Virginia die starren, fühllosen, klammernden Arme nach mir ausstreckte und den Anfang machte, indem sie mich küßte (der anderen wegen. Ich erinnere mich an Ellenbogen wie Winkeleisen), sich produzierte (der anderen wegen. Weiter wollte sie nicht gehen, ich wußte es. Es war von ihrer Seite ein gräßlicher, verlogener, törichter Auftritt – sie benutzte mich wie einen Bettpfosten, ein Bühnenrequisit, um sich damit vor den beiden anderen zu produzieren – ihrer unwürdig, ein gefühlloser, fast bösartiger Vorgang, eigens für diesen Anlaß beschleunigt wie ein alter Stummfilm, zu einer grotesken, öden Parodie wirrer, ungeschickter, plumper Bewegungen. Eine nichtmenschliche Zunge aus Marmor stieß gegen meine Zähne, die Finger, die mir wild durchs Haar und

über den Hals strichen, waren kalt und spröde. Sie preßte ihr Gesicht gegen meines; das wirkte vielleicht gut auf die beiden. Ich grapschte nach ihrer Brust, weil mir nichts anderes einfiel), da gingen die beiden von hinten und von der Seite auf sie los, hatten Dutzende von Händen unter ihrem Rock, bewehrt mit unendlich vielen motorisierten Fingernägeln, bevor sie überhaupt merkte, was passierte. Sie fielen über Knöpfe, Verschlüsse, Gummibänder her. Sie drückten ihr von hinten die Kniekehlen ein und zwangen sie zu Boden. Schon mußte sie für einen Augenblick in die Knie gehen, kämpfte sich aber wieder hoch.
»Ihr habt mir die Strümpfe zerrissen.«
Sie sah wahnsinnig aus. Die beiden witzelten erbarmungslos mit steinernen lächelnden Gesichtern, murmelten fortgesetzt unhörbare Bemerkungen, um den Anschein aufrecht zu erhalten, das alles wäre nur ein gutmütiger Scherz, den man nicht mißverstehen dürfte. (Ich lernte von ihnen diese Maskerade samt Variationen für später.) Ich sah bleiches Fleisch und mattweiße Wäsche. Nichts von einem Haarbusch oder einer Möse. Ich schaute hin (obschon ich nicht hinschauen wollte) und wurde enttäuscht. Ich stellte sie mir riesig, dick und verfilzt vor. Ich stelle sie mir jetzt vor. Der Grobian, den sie nicht leiden konnte, ließ einen Moment los, um seinen Reißverschluß zu ziehen – da zuckte ich zusammen, kniff die Augen zu, schaute weg. Ich wollte seinen öligen Schlauch nicht hervorschnellen sehen. Jetzt nehme ich an, der wäre eher schlapp gewesen. Lang war er bestimmt, ich kannte ihn vom Urinieren auf der Toilette. (Ich wollte nicht, daß sie ihn sehen müßte. Nicht in meiner Anwesenheit.) Von Leidenschaft keine Spur. Warum taten wir das alles? Hier war nicht einmal echtes sexuelles Verlangen am Werk – er packte sie jedoch wieder, als sie sich fast losgerissen hatte.
»Nein.«
Sohlen scharrten auf dem Boden, Absätze stießen gegen Stuhlbeine und Aktenregale.
»Gewiß doch.«
»Mach schon.«
Kleine Angstschreie und Ächzlaute kollerten aus ihr hervor, als sie aus Leibeskräften auf den Füßen zu bleiben und ihr Lächeln beizubehalten suchte. Außer mir lächelten überhaupt alle Beteiligten krampfhaft. Bilder blitzten auf und verharrten schichtweise übereinander wie Doppelbelichtungen. Flüchtige Momentaufnahmen von Strumpfhaltern, Oberschenkeln, straffer, mattweißer Unterwäsche, eine krabbelnde Männerhand, die Knöchel bewachsen mit schwarzlockigem Unkraut, erst auf einem Reißverschluß, dann auf ihrem Unterleib, während der kleine Finger den Rocksaum hochschiebt.
»Laßt los jetzt. Wirklich, es ist mein Ernst.«

»Ha, ha.«
»Ich kann's nicht mehr halten, Virginia.«
»Du mußt.«
»Du hast's versprochen.«
»Das weißt du genau.«
»Erst, wenn du's machst.«
»Nein, ich will nicht, hört auf. Bitte!«
»Nein.«
»Nein.«
»Nein, erst mußt du es machen. Mindestens mit einem.«
»Mit einem mußt du es machen.«
»Was machen?«
»Du weißt schon.«
»Irgendwas.«
»Einmal bloß.«
»Mit wem?«
»Such ihn dir aus.«
»Mit einem nur?«
»Also dann mit mir. Du wolltest uns doch alle fertigmachen, Ginny. Nun zeig mal, was du kannst.«
»Du lügst.«
»Du wirst schon sehen.«
»Wie läuft denn der Hase?«
»Stell dich nicht an.«
»Nun sei schon nicht so.«
»Denk daran, das Leben ist kurz.«
»Es ist doch ganz natürlich.«
»Daß man kleine Mädchen gegen die Wand stellt.«
»Aufhören! Du tust mir weh.«
»Ist es dir je eingefallen, Geld damit zu verdienen?«
»Also gut, einer«, gab sie unsicher nach. Nüstern und blutleere Lippen waren verzerrt, bebten zweifelnd und kampflustig. »Haltet euch daran!«
»Gut. Einer bloß.«
»Es ist mein Ernst. Sonst schreie ich. Ich gehe zur Polizei.«
»Blödsinn. Warum denn das?«
»Such dir einen aus.«
Sie suchte mich aus.
»Er.«
Sie schaute mich hilfeflehend an, und ich dachte, mir knickten die Knie ein.
»Er?«

»Hilf mir«, sagte sie.
Man schob mich gegen sie.
»Laßt sie los«, rief ich.
»Sie will dich.«
»Wir sehen zu.«
»Geht raus. Solange ihr hier seid, passiert nichts«, suchte sie zu handeln.
»O nein. Wir gehen auf Nummer Sicher.«
»Es wird eine Gratisvorstellung.«
»Vielleicht muß man ihm erst zeigen, wie's gemacht wird.«
»Du sperrst uns sonst aus.«
Immer noch wanderten ihre gierigen Hände auf Virginia herum, nahmen, was ihnen nicht gehörte.
»Laßt sie los!« kreischte ich drohend mit einer Stimme, die vor Resignation und hoffnungsloser Feigheit brüchig und quengelnd geklungen haben muß. »Laßt sie!«
(Ich war Virginias Ritter.)
Meine Fäuste waren in halbwüchsigem Zorn geballt (und mein Herz flatterte vor halbwüchsigem Entsetzen). Jeder der beiden hätte mich mühelos verprügeln, mir den Arm verdrehen, auskugeln können. Meine Befürchtungen machten mich schwach. Sie stierten mich verständnislos und geringschätzig an. Virginia riß sich los. Ich sah sie kaum davonlaufen. Als die Tür hinter ihr zufiel, lockerte ich die Fäuste und wartete. Ich wollte mich nicht prügeln. Ich wollte nicht verprügelt werden. Ich glaube, ich hätte mich nicht gewehrt. (Lieber hätte ich mich unterworfen. Ich war wie mein Junge in seiner Spielgruppe. Ich glaube, ich habe mich niemals mit jemand prügeln wollen, ausgenommen mit meiner Frau, meiner Tochter, meinem Jungen und mit Derek und Dereks Pflegerinnen.) Ich wartete darauf, daß sie über mich herfielen.
»Du Stinktier«, sagten sie (und ich sah erleichtert, daß sie mich nicht verprügeln wollten, daß sie mich gehen ließen). »Die hätten wir uns doch teilen können.«
»Die holen wir uns noch ohne ihn.«
Ergriffenheit packte mich. Es war mir aber nicht vergönnt, mich lange als ihr Ritter zu fühlen. Als ich nach oben kam, saß sie bereits an ihrem Schreibtisch, plauderte und flirtete schon wieder unverschämt mit ihnen, besonders mit dem ruppigen Klotz, den sie angeblich nicht leiden konnte (sie reparierte dabei die Laufmaschen mit farblosem Nagellack, streckte ihm den Busen entgegen wie sonst mir, legte den Kopf auf die Seite und lockte mit blutrotem, dreistem Lächeln. Er war ein stämmiger, dunkelhäutiger Italiener wie Forgione, und es kam mir vor, als hätte er mich wiederum aus dem Weg geschoben, wie zuvor schon unten im Lagerraum. Ich haßte Virginia. Ich war verletzt. Ich war überzeugt, von nun

an hätte sie es mit ihm eher gemacht als mit mir, falls er schlau genug war, sich verliebt zu stellen und abzuwarten – »Ich leg' mich auf den Rücken, da kann er mich gut ficken«, ging eines der schlüpfrigen Liedchen, die sie mir gern vorträllerte –, obwohl sie mich bestimmt besser leiden mochte), und ich spürte den Stachel der Eifersucht. (Was brachte es mir eigentlich ein, daß sie mich besser leiden mochte, wenn sie sich von Leuten vögeln ließ, die sie nicht leiden konnte?)

»Du warst eifersüchtig«, sagte sie. »Das warst du doch?«

Ich muß sie entgeistert angestarrt haben, alle Schmerzen meines gebrochenen Herzens spiegelten sich in meinem Gesicht. Mit Eifersucht bin ich nie fertig geworden. (Könnte ich es doch lernen!) Sie macht mich schwach und raubt mir die Aufrichtigkeit. Ich kann nicht mehr scherzen. Meine Augen werden feucht, und ich möchte weinen. (Marie Jencks warf mir vor, sie wie ein Mondkalb anzuglotzen. Ich habe das vielleicht wirklich getan, besonders seit ich wußte, was sie mit Tom im Lagerraum trieb. Ich wollte ebenfalls in ihrer Umarmung zerfließen. Ich mochte es nicht, wenn man mich ausschloß. Ich starre hübsche Frauen immer noch an und sehe schnell weg, wenn sie zurückstarren. Heutzutage fasse ich selbstherrliche, despotische Frauen von Ende zwanzig, wie Marie Jencks eine war, hurtig unters Kinn und fertige sie mit einer matten Unwahrheit ab. Frauen von achtundzwanzig versuchen heute gar nicht erst, mich herumzukommandieren. Dereks Pflegerinnen tun es allerdings.) Andere Männer rasen vor Eifersucht wie Berserker, sie packt eine herkulische Wut. Ich weine.

Auf Len Lewis war ich nie eifersüchtig. (Der hätte eher auf mich eifersüchtig sein können, fand ich.)

»Er will seine Frau verlassen«, vertraute sie mir an. »Anfangs meinte er, ich wäre zu jung, aber ich habe ihm bewiesen, daß ich alt genug bin. Ich mag ihn gern, er ist so scheu. Ich mag ältere Männer überhaupt gern. Junge auch. Nur die dazwischen, die machen mir Kummer. Fußballer mag ich nicht mehr. Oder doch? Jetzt könnte ich ihnen dies und das beibringen.«

»Bring es mir bei.«

»Besorg uns ein Zimmer.«

»Ich hab' kein Geld.«

»Ich gebe dir was dazu.«

»Wo gehst du mit ihm hin?«

Einmal jede Woche, manchmal auch zweimal, aßen sie abends miteinander in wenig besuchten Lokalen, anschließend setzten sie sich in seinen Wagen, schwätzten und knutschten sich ab. Er wohnte ziemlich weit draußen in Queens und mußte zeitig zurückfahren. Alkohol trank er nicht, das brachte sie ihm nun bei.

»Es macht ihm Spaß. Ich mache ihn wieder jung.«
»Wie?«
»Ich küsse ihn, ganz behutsam und ausgiebig ... so ... überall, ziemlich lange. Dann küsse ich ihn rascher und fester. Ich keuche. Er glaubt dann, ich könnte mich nicht mehr beherrschen. Das mache ich gern mit ihm. Er sagt, so wie ich hat ihn noch keine geküßt.«
»Da hat er sicher recht.«
»Und dich hat bestimmt auch noch keine so geküßt wie ich.«
»Tu's mal.«
»Seine Frau versteht sich natürlich nicht darauf. Eine moderne Frau hat er noch nie zur Freundin gehabt. Ich streichle seine Brust unter dem Hemd. Er hat da weiches, lockiges Haar. Wie ein Kätzchen. Ich bin die erste, die das bei ihm macht. Dabei ist er fünfundfünfzig. Ich kitzle ihn mit der Zunge. Bald darf er mal hier anfassen.«
»Komm nach draußen.«
»Er weiß noch nicht, daß ich es erlaube. Ich sage manchmal zweideutige Sachen. Das gefällt ihm. Dir doch auch. Wie gefallen dir meine Nippel? Wenn du dir nur mal Zeit ließest, würdest du merken, wie hart und spitz sie werden. Ich benutze gerne schmutzige Ausdrücke und auch so Wörter wie Nippel, spitz, hart. Und Zunge.« Schon hatte ich wieder einen Steifen.
»Komm nach draußen.«
»Ah, grüß Gott«, blinzelte sie ihm zu, »schau nur, wer da kommt.«
Ich ergriff mit einer Hand einen Ordner und steckte die andere in die Hosentasche, blutrot vor Wonne.
Sie lächelte breit, glücklich über ihre Macht, sie riß in gespieltem Erstaunen weit die Augen auf, formte aus ihren Lippen einen rosa Ring der Überraschung und Bewunderung. Heute weiß ich, was dieser Ring darstellen soll. (Er ist mir seither auf den betörenden Gesichtern von Photomodellen in den teuersten Modejournalen begegnet.) Damals konnte ich nicht glauben, daß Frauen so etwas tun (obwohl ich es in den Comics gesehen hatte). Heute weiß ich, daß sie es tun und bin froh darüber. Ich finde es noch schöner als Sahneeis. (Ich bin wohl anlehnungsbedürftig, wenn ich nicht gerade sadistisch-aggressiv bin. Klingelt daheim das Telefon, lasse ich jemand anders rangehen.) Gutes Sahneeis bekommt man nicht mehr. (Alles wird schlechter oder verschwindet ganz. *The Woman's Home Companion* ist ebenso eingegangen wie die *Saturday Evening Post*, wie *Look* und *Life* und wie demnächst auch unser aller *Zeit* auslaufen dürfte. Universitäten müssen schließen, die von mir bevorzugten Restaurants geben auf.) Es schmeckt nach Kautschuk und Kreide. Virginia war Pfirsich, Erdbeeren und Sahne mit Tupfen von Rouge auf den reifen, leuchtenden Wangen. Den Lippenstift drückte sie

oft mit dem Mund zurecht. Ihre Beine waren glatt und glänzten in faltenlosen Seidenstrümpfen, selbst der etwas plumpe Fuß wirkte reich und süß wie Butter, eingezwängt in die winzigen, spiegelblanken Schuhe mit den spitzen, hohen Absätzen. In meiner Jugend trugen die Frauen schwarze Lackpumps mit hohen Stöckelabsätzen, und scheel dreinblikkende abgemagerte, unrasierte Männer ließen in pornographischen Filmen rutschende schwarze Socken sehen. (Eben darum bestehen Penny und andere Frauen darauf, daß ich die Socken ausziehe. Meine Frau hat solche Filme nie gesehen und besteht deshalb nicht darauf. Bei ihr lasse ich die Socken öfter an, aus Hinterlist. Ich bin dann ein abgemagerter Mann in einem alten Pornofilm und schände sie. Meine Frau ahnt nicht, daß sie in einem Film von mir mitspielt. Es ist aber denkbar, daß sie in einem eigenen Film die Hauptrolle hat.)

Wie ich höre, sollen Pornofilme besser geworden sein. Obszönitäten und Kriegsgerät sind die beiden Artikel, die wir ständig verbessern. Alles andere wird schlechter. Die Welt läuft ab. Auch in einem guten Restaurant bekommt man heute kein anständiges Brot (man bekommt Brötchen aus der Fabrik), und die guten Restaurants werden immer seltener. Melonen reifen nicht mehr aus, Trauben schmecken sauer. In Schokolade wird haufenweise Zucker geschüttet, weil Zucker billiger ist als Milch. Die Butter schmeckt wie ihr bedrucktes Einwickelpapier. Schlagsahne wird in Sprühdosen verkauft und ist weder Sahne noch geschlagen. Man bringt das Zeug auf den Tisch und es wird gegessen. Zweihundertfünfzig Millionen gebildete Amerikaner sinken ins Grab, ohne einen Unterschied bemerkt zu haben. (Wenn ich doch nur noch ein einziges Mal eine anständige *Charlotte russe* erwischen könnte.) Und das macht ja auch das Paradies erst zu einem Paradies – daß man keinen Unterschied bemerkt. Die feinsten Konditoreien benutzen heute statt Schlagsahne einen Ersatz, der mehr nach Schlagsahne aussieht wie Schlagsahne, der Farbe und Beschaffenheit länger behält, nicht verdirbt, viel weniger kostet und größeren Profit abwirft.

»Es schmeckt wie Scheiße.«

Es schmeckt wie Scheiße. Doch niemand kümmert das, nur mich. Von Küste zu Küste füllt sich das Land mit Schlacke, Bitumen, abgefahrenen Autoreifen. Kunstdünger und Insektengifte decken fruchttragende Ebenen. An reine Pferdeäpfel kommt man nur schwer heran. Konservierungsmittel werden zugesetzt. In Seen und Flüssen gibt es keine Fische mehr. Man fängt sie in Dosen. Städte sterben. Öl läuft aus. Geld regiert die Welt. Gott macht mit. Gott ist gut, ein wackerer Mitspieler. »Amerika, du Schöne« – damit war es vorbei, als der erste Weiße seinen Fuß auf diesen Erdteil setzte. Gegen die Fugger war nichts einzuwenden, solange sie in Deutschland blieben: dann schickten sie ihre Mütter rüber. Heruntergekommene Motels, ausgeschlachtete Automobile und Schnellimbißbuden wachsen wie bernsteinfarbene, wogende Kornfelder. Die Züge der Reichen wie der Armen altern vom Tag der Geburt zu verkrampften, ausgedörrten Gesichtern, gemein und unzufrieden. Frauen sehen aus wie ihre Männer. Gott besaß keinen Computer, er benutzte Lehm, der nicht einfach zu bearbeiten ist, ferner eine menschliche Rippe, mit der es ein bißchen leichter ging. Gott war gerecht und nicht ohne Ehrgeiz, aber er blieb in den Anfängen stecken. Einmal mußte er eine Sintflut verwenden (Smog und Giftgas fielen ihm nicht ein), auch Feuer und Schwefel. Wer weder arm noch reich ist, strahlt Unsicherheit aus. Er weiß nicht, wo sein Platz ist. Ich höre Amerika singen: »Schleicht euch.«

Der Wanderfalke ist beinahe ausgestorben (ausgerottet durch DDT. Die Schale der – selbstverständlich – vom Weibchen gelegten Eier wurde so brüchig, daß sie die Brutzeit nicht überdauerte). Auch echte Würstchen kommen kaum noch vor. Bald wird es keine Wale mehr geben; meine Frau und ich werden uns dann ohne Wale behelfen müssen. Die guten amerikanischen Würstchen bestehen aus Wasser, Hühnerdärmen und Zerealien (eben jenen, die im Brot und in den Brötchen durch synthetische Beigaben ersetzt werden). Mamas Apfelkuchen wird tiefgekühlt, und Mama ist längst eine Aktiengesellschaft. Einen Papa gibt es nicht mehr. Sie hat sich mit Gas vergiftet.

»Er hat sich mit Gas vergiftet«, erzählte sie von ihrem Vater, als ich wagte, sie danach zu fragen. »Die übrige Familie war in den Sommerferien, auf dem Lande. In der Garage hat er es gemacht, mutterseelenallein, mit Abgasen aus dem Auto, das werde ich wohl nie vergessen. Zur Beerdigung wollte ich nicht mitgehen. Es hieß, er sei ganz rot verfärbt. Meine Mutter hat mich gezwungen. Ich habe meine Mutter immer verabscheut, weil sie meinen Vater schlecht behandelt hat. ›Wie hat er mir das bloß antun können‹, heulte sie eine Woche lang jedem vor, der es hören wollte. Von ihr mag ich gar nicht sprechen.«

Auch sie hat sich mit Gas vergiftet, in der Küche ihrer Mutter in New Jersey, und das war sehr rücksichtslos von ihr, denn damals gab es schon bessere Mittel, sich das Leben zu nehmen. Plastikbeutel zum Beispiel. (Letzte Nacht hatte meine Frau wieder einen Alptraum. Ich habe sie nicht geweckt. Als das halb erstickte Keuchen und spastische Zittern vorüber war, fing sie leise zu schnarchen an, und da habe ich sie geweckt, habe mich beklagt, weil sie schnarcht, weil sie mich im Schlaf stört. Sie entschuldigte sich reumütig mit verschlafener, unsicherer Stimme und drehte sich auf die Seite. Ich betrachtete ihren Hintern. Ich schmunzelte und schlief danach sehr gut.) Als ich während meines ersten Heimaturlaubs anrief, war sie schon nicht mehr im Büro. Ben Zack setzte mich

ins Bild. Sie war nicht mehr in der Firma. (Ich auch nicht. Ben Zack weiß nicht, wer ich bin. Soll der alte Kauz sich ruhig den Kopf zerbrechen.) Sie wurde nicht mehr in den Gehaltslisten geführt. Die Telefonistin hatte nie von ihr gehört (und hat vermutlich bis jetzt noch nichts von mir gehört), doch verband man mich mit Ben Zack in der Abteilung für Personenschäden, nunmehr Assistent von Len Lewis, der ebenfalls noch dort war.
»Virginia Markowitz?« wiederholte Ben Zack nachdenklich und überrascht. »Richtig. Aber wissen Sie denn nicht?«
»Was?«
Ich hatte ihm meinen Namen nicht genannt, glaubte aber, er könne mich sehen. Ich gab mich als ehemaligen Kommilitonen von ihr aus, als Fußballer, der sie gern einmal besuchen wollte. Letzteres stimmte. Ich war Offizier, ich besaß das Flugzeugführerabzeichen und wollte mich damit zeigen. Ich wollte mich sonnengebräunt und uniformiert stramm vor ihr aufbauen und ausrufen:
»Schau mal, Virginia Markowitz! Ich bin jetzt erwachsen! Ich bin zweiundzwanzig Jahre alt und ein echter Schlauberger, und ich kriege jede Menge Ständer. Komm, ich zeig's dir.« Sie war aber nicht da.
(Sie wurde in der Firma nicht mehr beschäftigt, weil sie verstorben war.)
»Aber nein«, erklärte mir Ben Zack bereitwillig, so als freute es ihn, über sie sprechen zu können. »Sie ist nicht mehr in der Firma, sie ist nämlich verstorben, das arme Ding. Vor ungefähr anderthalb Jahren. Selbstmord.«
»War sie krank?«
»Man weiß nicht, weshalb.«
»Und wie?«
»Mit Gas hat sie sich vergiftet.«
»War sie rötlich verfärbt?« lag es mir auf der Zunge, in einem Anfall von Bitterkeit zu fragen, als ich das nächste Mal anrief und sie zu sprechen verlangte.
»Darüber bin ich leider nicht informiert«, konnte ich ihn bereits mit der ernsthaften Höflichkeit erwidern hören, deren er sich jetzt zu befleißigen suchte. »Der Bestattung konnte ich leider nicht beiwohnen. Ich bin nicht gut zu Fuß, müssen Sie wissen.«
»Dann ist sie also stellungslos«, könnte ich darauf taktlos erwidern.
(Hinterher würde ich nicht mehr wissen, ob ich das wirklich gesagt habe. Manchmal nehme ich mir vor, etwas zu sagen und weiß dann nicht, ob ich es getan habe. Auch in Gesprächen, von denen ich weiß, daß ich sie mir nur einbilde, kommt es vor, daß ich nicht mehr erinnere, was ich mir eingebildet habe.)
»Sie ist nicht mehr bei uns beschäftigt, falls Sie das wissen wollten«, könnte er abweisend erwidern. »Was wünschen Sie eigentlich?«

Sie war ohne Stellung, gehörte zu den Arbeitslosen; sie war entlassen worden, weil sie Selbstmord begangen hatte, und sie würde nur schwer anderswo was Passendes finden (unter den veränderten Umständen, ohne Empfehlungen), höchstens in einem der Aktenschränke im Untergeschoß, wo ich sie gern langgelegt hätte, wenn ich gekonnt hätte, als sie noch munter strampelte (bestimmt hätte sie gestrampelt, bis sie Krämpfe gekriegt hätte), und ich hätte es ihr dort auf dem Tisch besorgen müssen, hätte ich nur gewußt wie. Wenn der Tisch für Riesen wie Marie Jencks und Tom Platz genug bot, sollte er für Zwerge wie uns allemal reichen.
Damals war die richtige Zeit dafür (falls ich überhaupt wollte). Den ganzen Tag über signalisierten wir einander wollüstige Zärtlichkeiten, wobei uns Versfetzen aus unzüchtigen Gassenhauern als Code dienten.
»Ich bat um Nummer eins, sie sagte: gib mir deins, la, la, ladida, la, la, ladida.«
Ich wurde häufig rot und spürte Seligkeit prickelnd als ein Gekräusel aus Lebensfreude und Wärme in mir aufsteigen. Nie wieder hat mir die Nähe zu einem anderen Menschen so wohlgetan. Sie lachte viel, sie errötete oft vor Freude und zeigte ihre Grübchen. Immer war sie lieb zu mir, sogar wenn sie ihre Tage hatte (meine Frau könnte sich daran ein Beispiel nehmen) und sich einbildete, jede Menge scheußliche Pickel im Gesicht zu bekommen. (Das war nicht der Fall.)
»Wie konnte sie mir das nur antun.«
Sie brachte sich um, bevor sie fünfundzwanzig war, mit Gas wie ihr Vater (und vielleicht dessen Vater? – davon sagte sie nichts – und ging, ohne mir vierzehn Tage vorher zu kündigen), und wieder stand ich in einer Telefonzelle auf einem Bahnhof mit dem Gefühl, ganz und gar hilflos zu sein. Nach einem Augenblick totaler Benommenheit kam ich mir neuerlich wie ein Findelkind vor, herzlos ausgesetzt in der Grand Central Station (durch Tränen sah ich die Schlagzeilen und Photos auf der ersten Seite der *Daily News* und des *Mirror*, den es ebenfalls nicht mehr gibt. Oh, trauert um den Wanderfalken und den *Mirror:* OFFIZIER IN TELEFONZELLE AUSGESETZT – Kein Hinweis auf Identität), mitsamt meiner Mittelmeerbräune (die ins Gelbliche verblaßte) und meiner flotten Offiziersuniform (blütenreine, helle Hose und laubgrüne Jacke mit Ordensschnalle über der linken Brusttasche – oder über beiden Taschen? Ich vergesse solche Sachen. Jedenfalls hatte ich mich beim Militär bewährt; ich war ein Erfolgsmensch von zweiundzwanzig Jahren) und einem übelriechenden, schwarzen Telefonhörer in der Hand, aus dem ich ihren Tod erfuhr. Alles stank mir. Ich bildete mir ein, ich röche meinen eigenen Gestank aus den Achselhöhlen, vom Hals und von den Füßen.

Dann klarte es auf (eine Brise traf mich, ein frisches Lüftchen), und ich war froh – froh, jawohl, verdammt nochmal, froh –, daß sie nicht mehr lebte und daß ich sie nicht mehr treffen mußte. (Sie nicht mehr umlegen mußte.) Und froh, daß von uns beiden ich überlebt hatte.
Ich erkannte erst, unter welch starker, innerer Spannung ich stand (Witze drängten sich auf meine Lippen, sie zu verbergen, zu lindern), als ich sah, daß der Schweiß in Bächen am Telefonhörer entlanglief, den ich umklammert hielt. Jetzt war ich meiner Verpflichtungen ledig. Ich brauchte mich nicht bei ihr zu melden, keine anbiedernden Scherze zu machen (in der Hoffnung, sie werde sich meiner erinnern und wolle mich wiedersehen. Sie hätte ja auch verheiratet sein können oder verlobt oder in festen Händen, und ich hätte ihr nicht geglaubt. Ich hätte geglaubt, sie interessiere sich nicht mehr für einen siebzehnjährigen Büroschreiber wie mich, sie triebe sich lieber mit älteren verheirateten Männern und Gangstern herum). Sie war eine Herausforderung, die ich nun nicht mehr annehmen mußte. Ich brauchte keine Verabredung zu treffen, mußte nicht vorzeitig erscheinen, am Whiskey nippen und sie prüfend mustern (während sie mich prüfend musterte), auf den Busch klopfen, um zu sehen, ob sie noch dieselbe war, sie in ein Schlafzimmer führen, mich gleichzeitig mit ihr ausziehen (bis wir beide nackt wären), mich endlich mit ihr auf das Laken werfen und allem unerschrocken ins Auge blicken. Ich ahnte nicht, was ich da vorfinden, wie sie aussehen würde. (Und ich fürchtete mich immer noch.) Noch immer wollte ich es nicht von ihr. (Und sehen wollte ich auch nichts. Ich glaube, ich wünschte mir immer noch nichts anderes, als ihn in ihre Hand zu geben, auf daß sie mich daran herumführe wie ein gezähmtes Schoßtier.) Lieber hätte ich Malzmilch getrunken. Manchmal überkommt mich Gier nach Nahrung. Für Milchprodukte habe ich eine Schwäche, Baseball konnte ich nie leiden. Ich hätte die Sache mit dem nötigen Aufwand an Selbstvertrauen und Technik glänzend hingekriegt, aber ich war von Herzen froh, daß es nicht sein mußte. (Schließlich war sie tot. Und fast sechsundzwanzig geworden.) Noch auf dem Bahnhof trank ich sahnige Schokolade aus einem großen, beschlagenen Glas und rief ein Mädchen an, das früher ganz verrückt nach mir gewesen war, doch war sie leider nach dem Westen verzogen und hatte einen Blechschmied geheiratet, der jetzt in einer Flugzeugfabrik dickes Geld verdiente. Ich rief eine andere an, die ich vor anderthalb Jahren mal gebumst hatte und die sich an meinen Namen überhaupt nicht erinnerte. Ihr quäkender, abweisender Ton kam mir so lächerlich vor, daß ich mir nicht die Mühe machte, sie zu erinnern. (Sie tat wer weiß wie fein.) Weiter fiel mir niemand ein. Freunde besaß ich hier nicht. Noch vor Ende der Woche meldete ich mich auf dem Fliegerhorst zurück, ein paar Tage früher als nötig. Ich

fühlte mich beim Militär mehr zuhause als daheim. (Heute fühle ich mich im Büro mehr zuhause als daheim, und zuhause fühle ich mich da auch nicht. Ich komme einfach besser aus mit den Leuten dort.) Gefallen hat es mir daheim während des Urlaubs eigentlich nie. Es hat mir, glaube ich, auch in den Ferien nie gefallen (ich weiß nicht, ob es mir überhaupt irgendwo je gefallen hat); immer ertappe ich mich dabei, daß ich ihr Ende herbeiwünsche. Wir haben zu viele Feiertage. Geburtstage und Jahrestage häufen sich. Ununterbrochen kaufe ich Geschenke und schreibe Schecks aus. Die Jahre sind zu kurz, die Tage zu lang. Bevor ich abfuhr, rief ich nochmal Ben Zack an. (Zweimal habe ich das gemacht. Ich konnte nicht anders.)

»Ich bat um Nummer zwei, da ließ sie sich herbei.«

»Sonderbar«, sagte er.

Ich erkundigte mich scheinheilig nach Virginia, als hätte ich das nicht schon zuvor getan. Ich gab mich diesmal als ehemaliger Universitätsboxmeister aus.

»Das ist wirklich sonderbar«, sagte er.

Ben Zack noch einmal anzurufen war ein arger Streich, ein schlechter Scherz. Es kam mir aber nicht vor wie ein Scherz, eher schon wie eine vorsätzliche Büberei, eine abscheuliche, obszöne Perversität. Es fühlte sich aufregend an und erniedrigend. Es fühlte sich so ähnlich an wie damals, als ich Krankenhäuser anrief und mit den Worten: »Ich möchte mich nach dem Befinden von – erkundigen« nach dem Befinden von jemand fragte, der, wie ich wußte, soeben erst verstorben war. »Ich bedauere, Mr. – wird hier nicht mehr als Patient geführt«, hieß es dann. Immer fürchtete ich, dabei erkannt zu werden (immer glaubte ich, sogleich in aller Öffentlichkeit entlarvt zu werden.

»Da! Da ist er! Das ist er! So sieht er in Wahrheit aus!« wird irgendwer rufen, eine Frau vermutlich, und aus der Menge auf mich deuten, alle werden übereinstimmend nicken, und danach ist es vorbei mit mir.

Es überrascht mich immer noch, daß man nicht durch das Telefon meine Gedanken lesen, meinen Angstschweiß sehen konnte).

Aber flink muß man sein. Ist erst die Autopsie vorüber und der Leichnam beim Bestatter, erfährt man nichts mehr. Dann heißt es:

»Von einem Patienten dieses Namens ist uns nichts bekannt.«

Ein Handbuch könnte ich darüber schreiben. (Ich glaube, ich weiß, was krankhafte Zwangshandlungen sind.) Für das Gespräch mit Ben Zack mußte ich mir Mut machen, obschon ich ihm beim ersten Mal meinen Namen nicht nannte. (Er sollte nicht wissen, wer ich bin.) Ich mußte die Stimme verstellen. Ich war überzeugt, Ben Zack würde mein Manöver durchschauen, mich wütend aus seinem Rollstuhl anblaffen und wissen wollen, was für einen irrwitzigen Streich ich mir da ausgedacht hätte? (Am Telefon und in Banken war ich nie so richtig unbefangen. Seit je fürchte ich, durch das Telefon von jemand heruntergeputzt zu werden, der nicht weiß, wer ich bin.)

»Wie sonderbar«, sagte Ben Zack. »Das wundert mich wirklich. Erst vorige Woche hat jemand nach ihr gefragt. Gestern wieder. Und jetzt Sie. Nun ja, unsere jungen Leute kommen wohl derzeit alle aus dem Krieg zurück.«

»Könnten Sie mir sagen, wo ich sie erreiche?«

»Das dürfte nicht möglich sein«, sagte er, und wieder sank seine Stimme feierlich und unbeholfen klagend eine ganze Oktave. »Sie ist nicht mehr in der Firma. Sie ist nämlich verstorben. Sie hat sich vor einiger Zeit das Leben genommen.«

»Wie?«

»Sie hat sich mit Gas vergiftet.«

»Ihr Vater ebenfalls, nicht wahr?«

»Ach, wirklich?«

»War sie ganz rot verfärbt?«

»Das weiß ich leider nicht. Ich konnte an der Beerdigung nicht teilnehmen. Ich bin nicht gut zu Fuß und fahre einen Wagen für Versehrte.«

»Dann ist sie jetzt stellungslos, wie?«

»Sie ist nicht mehr in der Firma, falls Sie das meinen«, blaffte er beunruhigt. »Das fragt jeder, und ich verstehe nicht, was damit gemeint ist!«

Er hielt mich für jemand anderen. (Da hatte er wohl auch recht.) Ich gab mich als ehemaligen Preisringer von Virginias Universität aus. (Aber ein anderer als wer? Namenlos komme ich und namenlos gehe ich. Ich bin nicht einfach Bob Slocum, weil meine Eltern beschlossen, mich so zu nennen. Falls es solch eine Person gibt, kenne ich sie nicht. Ich habe nicht das Gefühl, mein Name sei mein eigener, von meiner Handschrift ganz zu schweigen. Ich weiß auch nicht, wer ich nicht bin. Vielleicht frage ich Ben Zack danach, wenn ich ihn wieder anrufe.)

Ich habe Ben Zack seither angerufen.

»Ich bat um Nummer drei, sie sagte, die ist frei.«

»Wer spricht da? Ich verstehe nicht.«

»Wissen Sie es nicht?«

»Nein.«

»Dann bin ich wohl wer anders«, sagte ich und legte auf.

Er denkt immer noch, ich sei wer anders. (Und ich denke immer noch, er hat recht. Den Rollstuhl und die Leichtmetallkrücken, mit denen ich Horace White ausstatte, übernehme ich von ihm.) Nur er ist noch da. Len Lewis ging schon vor Jahren in Pension. (Ben Zack ist meine persönliche Ablage. Er hatte in jungen Jahren Kinderlähmung und fuhr auch damals schon im Rollstuhl. Sein Wagen war eine Spezialanfertigung und er bekam von der Polizeibehörde die Erlaubnis, überall zu parken. Er war körperbehindert. Er hatte einen tierischen Sexualtrieb und besuchte Bordelle.) Manchmal gebe ich mich als ehemaliger studentischer Meister im Gewichtheben aus, als früherer Verlobter von ihr. Manchmal sage ich, ich sei wer anders. Man kann ihn leicht in ein Gespräch ziehen. (Mir kommt vor, daß außer mir kein Mensch mit ihm spricht. Mit den Jahren hat er sich zum Schwätzer entwickelt. Er paßt auf groteske Weise in die Abteilung für Personenschäden, und dort wird er bleiben, bis sein Rollstuhl klemmt oder die Polizei ihm die Parkerlaubnis entzieht. Dann wird er anderswo parken müssen. Ohne Parkerlaubnis darf man nirgends parken.) Lewis ist vor langer Zeit ausgeschieden, nach einer schweren Grippe, von der er sich nicht mehr richtig erholte.

»Er hat sich davon nicht wieder erholt.«

Noch bevor er es erwähnte, wußte ich, daß Len Lewis gestorben war. Schließlich kann ich addieren: zu meiner Zeit war Len Lewis fünfundfünfzig, und das ist jetzt dreißig Jahre her.

»Seine Frau ist etwa einen Monat nach ihm gestorben. Sonderbar, höchst sonderbar, wer noch nach Jahren anruft! Tut mir leid, daß ich mich an Sie nicht erinnern kann, aber Sie sagten, Sie seien nur kurz bei uns gewesen?«

Len Lewis hat seine Frau nicht verlassen. Er wollte es gewiß nie. Virginia auch nicht. Er war zu alt. Sie war zu jung. Dann war sie tot. Und ich war lebendig in einer Telefonzelle. Einmal, bald nach meiner Heirat, rief ich Len Lewis an, als ich mich entsetzlich einsam und verlassen fühlte (und nicht wußte, weshalb. Ah, dieser verfluchte *cafard*. Ich war schon über dreißig, als ich lernte, wie man jene alles durchdringende, ungebetene Traurigkeit nennt, die in mir haust wie ein behender Einbrecher, den man nicht stellen und nicht vertreiben kann).

»Möchten Sie nicht auf einen Sprung hereinkommen?« lud er mich in seiner zurückhaltenden, stillen Art ein. »Ein paar von den Alten sind noch übrig.«

»Ich wollte mich nach Virginia erkundigen«, sagte ich. »Ich würde gern in Verbindung bleiben mit Virginia Markowitz.«

»Sie hat sich mit Gas vergiftet ...«

»Wie grauenhaft.«

»... bei ihrer Mutter, in der Küche. Ich habe sie sehr gut leiden mögen. Und Virginia hat Sie sehr gut leiden mögen.«

(Die Frau gehört in die Küche, der Mann in die Garage. Erwische ich meine Frau und verlasse sie anschließend, so geschieht das nicht aus Eifersucht. Sondern aus Bosheit. Verließe sie mich, wäre das ein furcht-

barer Schlag. Ich würde mich in einen nervösen Menschen verwandeln. Ich könnte vielleicht nie wieder jemand ins Auge sehen. Ich würde mein Selbstvertrauen und meine Stellung verlieren.)
Ich habe Ben Zack vor etwa einem Monat angerufen, an einem Spätnachmittag, als ich es einfach nicht über mich brachte, ein weiteres Mal zu Frau und Kindern auf meinen Hektar Land in Connecticut heimzukehren, und hätte mein Leben davon abgehangen. Ich weiß sehr wohl, wie morbide Zwangsvorstellungen sich anfühlen. Wie Pilzbefall, Erosion, Krankheit. Im Mund schmeckt es wie Flanell. Im Hirn riecht es wie Asbest. Stein. Sinkendes Herz, Stille. Verkrampfte Gliedmaßen, eiternde Einbrüche von innen, sickernde Unterwanderung, dumpfer Druck auf der Stirn und im Hinterhaupt. Beginnen tut es wie eine flüchtige Laune, ein luftiger, leichtfertiger Einfall, doch geht es nicht vorüber; es bleibt; es verharrt; es nimmt an Ausdehnung und Kraft zu, wie ein düsterer unmenschlicher Umriß, der in einer lichtlosen Grube in dir haust, es füllt dich aus, verbreitet sich in dir wie strömende Lava oder eine hartnäckige Giftwolke, eine obskure, unberührbare, unerbittliche, herrschsüchtige, böse Gegenwart, die sich tückisch in deine Identität verkleidet, eine Doppelagentin – sie macht hinfällig und krank. Sie kündigt keine Freuden an. Sie übernimmt das Kommando, und man läßt am besten gleich den Kopf hängen, senkt den Blick und gibt auf. Am besten gibt man gleich zu Anfang auf, stiehlt das Geld, zündelt mit den Streichhölzern (masturbiert), verschlingt die ganze Schüssel voll Sahneeis, kriecht vor Vorgesetzten, wählt jene Nummer oder durchwühlt wiederum jenen Schrank und jene Schublade nach den Dingen, von deren Vorhandensein man nicht wissen darf. Am besten läuft man gleich in jene Richtung davon, in der der eigene Wahnwitz liegt und begeht jene unkluge, unschöne, unmoralische Handlung, die man nicht begehen möchte, und von der man im Voraus weiß, daß man hinterher niedergeschlagen und demoralisiert sein wird. Am besten, man trottet mit wie ein erschöpfter Kriegsgefangener und bringt die schwermütig stimmende Tat hinter sich. Wenn ich nichts zu tun habe, bekomme ich Anfälle, in deren Verlauf ich unmöglich auch nur eine Sekunde länger straff aufgerichtet stehen oder sitzen kann; ich sinke in mich zusammen. Das geht vorüber. Früher habe ich meiner Mutter und meiner Schwester Kleingeld gestohlen – ich konnte es nicht lassen. Dabei wollte ich das Geld überhaupt nicht. Ich wollte ihnen wohl nur was wegnehmen. Ich war mesmerisiert. Verhext. Ich wollte um Hilfe schreien. Ich brauchte nur eine Sekunde an die Möglichkeit zu denken, noch einen Pfennig oder Fünfer aus der seidenen Börse in der Handtasche meiner Mutter oder Schwester zu nehmen, und schon war es entschie-

den: ich mußte es tun. Ich war besessen von dem Drang, es zu tun. Falls nötig, watete ich kilometerweit durch knöcheltiefen Schnee, um dranzukommen. Ich mußte es damals unbedingt haben. Groschen und Fünfziger nahm ich ebenfalls. Spaß machte es mir keinen, vorher nicht und nachher nicht. Ich fühlte mich scheußlich. Was ich mir für das Geld kaufte, freute mich nicht. Großenteils stopfte ich es in die Spielautomaten im Bonbonladen an der Ecke (und fühlte mich erleichtert, wenn es verloren war). Nichts von alledem machte mich glücklich, außer, die Tat hinter mir zu haben – es war eine Heimsuchung.

Nach einer Weile hörten diese Anfälle auf, und ich stahl nicht mehr. (Ebenso erging es mir mit dem Masturbieren, das habe ich nach fünfzehn oder zwanzig Jahren auch aufgegeben.)

Gestern habe ich Ben Zack angerufen.

Sie war immer noch nicht zu erreichen.

»Ich bat um Nummer vier, sie sagte: machen wir.«

»Ich kann mich allerdings noch sehr gut an sie erinnern. Sie wissen also nicht, was aus ihr geworden ist?«

Ich gab mich für Horace White aus. An den konnte er sich nicht erinnern, wie er mir sagte.

»Ich bat um Nummer fünf.«

Ich erkundigte mich nach Mrs. Yerger und hörte mit Vergnügen, daß er sich an sie auch nicht erinnerte.

»Ich tu's für zehn Paar Strümpf'.«

»Das war doch diese sehr große, füllige Person, die ganz überraschend das Archiv übernahm und uns allesamt rausschmeißen wollte, falls wir uns nicht am Riemen rissen.«

»Vielleicht war sie nicht lange bei uns«, entschuldigte sich Ben Zack. »Das liegt alles so weit zurück. Vor ein paar Wochen hat sich schon einmal jemand nach Virginia Markowitz erkundigt. Sonderbar, nicht? Ist es nicht sonderbar, daß sich nach so vielen Jahren immer noch Leute nach ihr erkundigen?«

Ich fragte nach Tom.

»Welcher Tom?«

»Johnson. Der war zugleich mit Virginia, mit Mr. Lewis und mit Ihnen im Archiv. Er ist dann zum Militär gegangen.«

»Jetzt ist er jedenfalls nicht mehr hier. Es ist kaum noch einer von den Alten hier.«

Der Tolle Tom – von ihm habe ich meine Handschrift, und er war es, der Marie Jencks jederzeit auf Verlangen einen verpassen konnte, gerade so, wie ich es gern getan hätte, aber wußte, daß ich es nicht konnte. Nicht mal Virginia konnte ich einen verpassen, und vor der fürchtete ich mich eigentlich nicht. (Nur das fürchtete ich.)

Ich fragte nach mir.
Ich war ebenfalls nicht anwesend.
(Dies machte ich zum ersten Mal.)
Es betrübte mich, das zu hören.
»Ich glaube aber, ich weiß, wen Sie meinen, Horace«, sagte er. »Das war doch so ein nett aussehender, höflicher Junge, der immer lachte, nicht wahr? Nein, was aus dem geworden ist, weiß ich nicht.«
Ich weiß es auch nicht. (Ich spürte nicht die entfernteste Verwandtschaft mit ihm.)
Gern hätte ich gehört, daß ich dort im Archiv immer noch als nett aussehender, höflicher, immer lachender Siebzehnjähriger beschäftigt bin (ich hätte dann wenigstens gewußt, wo jener Teil von mir sich herumtreibt, während ich den anderen Teilen hinterherlaufe), muntere Scherze auf den Lippen, daß ich meine Aktenhefter vor Virginias Tisch spazierenführe und »Legen Sie Hand an, Mrs. Murphy« summe oder von Zufriedenheit durchwärmt und glühend (das Leben bietet mir alles, was ich wünsche) vor mir hin pfeife:
»Jonny komm und kitzel mich,
du weißt schon wo,
unter meinem Faltenrock
da find'st du mein' Popo.
Wenn du mich nich' kitzelst
am richtigen Platz,
heb' ich meinen Faltenrock
und piß dir in die Fratz.«
Wir kannten noch andere liederliche Verse, die wir innig liebten.
Jetzt würde ich den richtigen Platz schon finden und es nur allzu gern beweisen. Läge sie doch jetzt vor mir auf dem Rücken (und wäre ich der Ältere von uns beiden. Sie einundzwanzig, ich achtundzwanzig). Sie wäre kein bißchen knochig. Ich hätte keine Angst. (Ich glaube, ich würde keine Angst haben.) Heutzutage sind viele so knochig. (Statt eines Wonneschauers bekomme ich schwarze und blaue Flecke. Vor Marie Jencks würde ich mich vielleicht immer noch fürchten. Daß sie so groß war und so grell aufgemacht, reizte mich sehr. Seit ich über Tom und sie Bescheid wußte, hatte ich Angst. Ihr gebleichtes Haar wirkte alt und brüchig, die Haut körnig, und ich träumte oft von Dingen, die in der unaufgeräumten Gabelung ihrer Schenkel wuchsen, bemooste Greifzangen etwa, dunkel und verkrustet wie die Scheren ungekochter Hummer, falls sie ihr überhaupt gehörten. Das verschmierte, rechteckige Lächeln aus grellem Lippenstift auf dem Gesicht, das sie hinter sich herzerrten, war das Lächeln von Marie, wenn die Greifzangen vorschnell-

ten, um mich zu packen, zu umfassen und zu verschlingen. Armer Tom. Es ängstigte mich, ihn in jener höhlenartigen Wildnis aus Rupfen zu wissen, die mich zugleich lockte und abstieß. Ihn vielleicht auch. Ich beneidete ihn.) Virginia war wenigstens weich und gutartig. Immer häufiger kommt mir in letzter Zeit der Gedanke, ich hätte mit meiner Schwester und ihren Kindern in engerer Verbindung bleiben sollen, auch mit der Witwe meines Bruders und deren Kindern, sogar mit ihrem zweiten Mann. Sie hat wieder geheiratet und mindestens ein Kind aus dieser Ehe. Sie schickte mir eine Anzeige. Schließlich sind es Nichten und Neffen, und ein Onkel könnte ihnen gefallen, wenn sein Besuch nur Minuten dauert. Manche Leute haben gegen ihre Onkel nichts. Ich wollte, ich gehörte zu einer großen Familie und fühlte mich wohl darin. Ich würde gern irgendwo dazugehören. Ich wünsche, ich glaubte an Gott.

Als Kind aß ich gern Walnußkerne und Rosinen. Ich knackte Walnüsse und tat die Kerne zusammen mit Rosinen in eine Schale; erst dann fing ich an zu essen. Im Frühling und im Sommer ließ meine Mutter oft Eis holen. Im Herbst aßen wir gute *Charlotte russe.* Ich spielte mit meinen Kreiseln. Ich weiß noch, wie die Straßenkehrer aussahen.

Von Ben Zack hören zu müssen, daß ich nicht mehr im Archiv arbeitete, bestürzte mich so, daß ich vorzeitig mein Büro verließ, in Red Parkers Wohnung zu trinken anfing und telefonierte.

Ich rief eine flüchtige Bekannte an, eine Stewardess, erreichte sie aber nicht. Ihre Kollegin war bereits verabredet. Ein Mannequin, das ich in der Vorwoche auf einer Party bei einem Photographen kennengelernt hatte und das angeblich dringend Arbeit suchte, fand ich nicht im Telefonbuch und bekam auch die Nummer nicht von der Auskunft, weil ich die Adresse nicht hatte. (Die Telefongesellschaften lassen mehr und mehr Auskünfte auf Bänder sprechen, die ebenso unfähig sind wie Menschen.) Ich rief bei einer Schauspielerin an, die ich seit Jahren kenne, und es antwortete der Auftragsdienst. Bei einer Frau, die sich von einem Mann hat scheiden lassen, den ich kannte, antwortete der Sohn, sie sei gerade an die See gefahren, um ihr Sommerhaus zu verkaufen. Eine gutartige Nutte, die sich immer gern zum Essen einladen läßt und fünfzig Dollar nicht verschmäht, war bereits zum Essen verabredet (behauptete sie) und wollte Tags darauf für eine Woche nach Barbados fliegen, mit einem Mann, der älter ist als ich und mehr Geld verdient. (Es war nun an der Zeit, heimzufahren und die eigene Frau zu pimpern – ich erwog das auch. Hindernisse waren nicht zu gewärtigen, es sei denn, sie wäre nach der täglichen Süffelei noch nicht wieder nüchtern. Von Wein bekommt sie Kopfschmerzen. Nach Whiskey wird ihr übel. Ich habe es nicht leicht.

»Mir geht es nicht gut«, höre ich sie schon blöken. »Begreifst du das denn nicht?«)
Also rief ich stattdessen die Witwe an, die ihre beiden Kinder auf eine Privatschule schickt. Sie klang wie der Weltuntergang. Mit tonloser, trockener Stimme ließ sie mich wissen, sie gedenke fortan allein fertig zu werden und wolle ihre Zeit nicht mehr mit Männern wie mir verschwenden, die nicht die Absicht hätten, sie zu heiraten. (Sex macht ihr ohnedies keinen Spaß.) Das führe zu nichts. Ich rief Jane an. Die war nicht zu Hause. (Ein Stein fiel mir vom Herzen.) Die Kleine, mit der sie die Wohnung teilt, klang am Telefon jünger als meine Tochter und dümmer als meine Sekretärin, sie quiekte so gereizt, als hätte ich den Fahrplan für die Pflege der Frisur mit großen rosa Lockenwicklern umgestoßen. Meinen Namen nannte ich nicht. (Ich schämte mich zu sehr.)
»Störe ich Sie? Das täte mir leid.«
»Ich hielt Sie für wen anders.«
»Waren Sie gerade beschäftigt?«
»Ja, schon.«
»Haben Sie vielleicht gerade Ihr Haar auf rosa Lockenwickler gerollt?«
»Ich weiß es, und Sie müssen es raten.«
Ich rief Penny an. Sie hatte Gesangsstunde und Gymnastik hinter sich und bat mich, ihr noch anderthalb Stunden zu gönnen; sie wolle baden und aufräumen. Nach einer knappen Stunde war ich bei ihr. Sie dampfte und duftete noch von ihrem Bad.
»Langsam, Liebster«, sagte sie sanft. Ich hatte ihren Bademantel aufgemacht. »Langsam. Ich bekomme immer noch Angst, wenn du so wild bist.«
Penny hat einen Alabasterleib, dessen kraftvolle Schönheit mich jedesmal von neuem in Erstaunen setzt. Ich glaube, ich ziehe hörbar die Luft ein und stiere sie heißhungrig an. Ihr weißer Hals errötet. Ich kam dreimal bei ihr (ich hätte es wohl auch viermal geschafft. Es war wie damals beim Militär) und war vor Mitternacht mit meinen Zeitungen wieder in Red Parkers Wohnung. (Es war ein voller Erfolg.)
Ich verbringe die Nacht nicht gern mit einer Frau, außer mit meiner eigenen. Auch nicht mit Penny. (Aus diesem Grunde nehme ich nie eine Frau auf Dienstreise mit und staune über Männer, die sowas tun.) An meine Frau bin ich wahrscheinlich gewöhnt. Ich wache gern neben ihr auf, lieber als allein. Red Parkers Wohnung mußte ich benutzen, weil ich nicht wußte, wohin. Nach Hause wollte ich nicht. Wahrscheinlich werde ich mir eine kleine Wohnung mieten. Ich muß meine Frau dann belügen. Ich habe Penny belogen, die glaubt, ich säße im letzten Zug

nach Connecticut. Sie ist einmal gekommen (das war beim zweiten Mal, da konnte ich mir Zeit lassen und so wissenschaftlich exakt an ihr arbeiten, wie sie es gern hat – es ist wirklich Arbeit), und mehr verlangt sie nicht. Der blasse Hals und das Gesicht wurden blutrot. Das dritte Mal war allein für mich. Hinterher machte sie Kaffee und ließ durchblicken, daß ich die Nacht über bleiben könnte. (Ich kam mir so zuhause vor, daß ich nicht wollte.) Eine Amazone wie Marie Jencks hätte mich mit einer einzigen Kontraktion in den Uterus gesogen und sodann auf flacher Bahn in die schwammige, rote Katakombe eines Testikels geschossen, Eigentum eines Mannes, der U-Bahn fährt auf der Suche nach einem wohlgeformten Hinterteil, gegen das er mich spritzen könnte. Das nenne ich Zerstückelung. Das ist Rückbildung. (Soweit ich mich erinnere, hat es sich im Skrotum meines Alten gar nicht übel gelebt. Es war warm und feucht, ich hatte reichlich Gesellschaft und ein Ei zum Spielen.)
Vielleicht liebe ich meine Frau. Sicher wäre ich auf der Stelle erblindet und verstummt, hätte mich vom Kopf abwärts in einen baumelnden Betonklumpen oder in durchweichte Pappe verwandelt, wäre ich je genötigt worden, mit Marie zu kopulieren. (Sie war so groß, so despotisch.)
»Ich bat um Nummer sechs.«
Ich fragte nach Marie Jencks.
»Richtig«, erinnerte Ben Zack sich sogleich. »Marie Jencks vergißt man nicht so leicht.«
»Sechs, sagt sie, ist gleich Sex.«
»Ihr Mann ist sehr früh an einer Herzgeschichte gestorben. Damals konnte man das noch nicht operieren. Sie hat dann bald wieder geheiratet und verzog mit ihrem zweiten Mann nach Florida. Sie wollten dort mit Grundstücken spekulieren.«
Ich war damals für Marie Jencks nicht bereit. Ich war für Virginia nicht bereit. Meine Frau hat so schöne braune Nippel, wie man sie sonst nur im Film oder auf Standphotos sieht, dazu ein Nest aus schwarzgelocktem Haar, in dem ich mein Haupt zur Ruhe betten kann. Bei ihr fühle ich mich sicher. Auch bei Penny fühle ich mich sicher. (Warum fällt mir Penny immer als letzte ein?) Ich glaube nicht, daß die menschliche Möse Zähne hat und habe das auch nie geglaubt. Ich habe ein unerwünschtes schwachsinniges Kind, mit dem ich nichts anfangen kann. Er gehört mir, der kleine Derek. (Er weiß nicht einmal, was er ist.) Er ist klein, herzergreifend. Er ist unerträglich. (Er kann nicht ausgetragen werden.) Welche Gefahr für meine Zukunft. Welche Unsicherheit schon jetzt. Was wird man ihm antun? Wer wird sich seiner annehmen, wenn ich es nicht tue? Wie wird er überleben? Was soll aus dem armen kleinen Ding werden, wenn es nicht bald stirbt?

Es führt kein Weg daran vorbei

Ich muß ihn loswerden. Es führt kein Weg daran vorbei. (Er ist so lieb. Alle, die ihn kennenlernen, sagen uns, wie lieb er ist. Es ist lieb von ihnen, daß sie das sagen.)
Ich muß ihn loswerden und weiß nicht wie. Und ich kann niemanden um Rat bitten. Ich darf niemandem sagen, daß ich es möchte, auch meiner Frau nicht, die ihn ebenfalls loswerden will (mir das aber nicht zu sagen wagt). Ganz besonders meiner Frau nicht. Wenn wir ihn uns nicht selber zum Vorwurf machen, machen wir ihn einer dem anderen zum Vorwurf, und das gehört ebenfalls zu den Dingen, die wir bislang nicht auszusprechen gewagt haben:
»Du bist daran schuld, nicht ich.«
Wir müssen uns bemühen so zu tun, als wäre niemand an ihm schuld, als wäre er ein Versehen der Natur, ein Zufallstreffer. Wir alle möchten ihn loswerden, doch nur meine Tochter ist ehrlich genug, es auch zu sagen (und wird deshalb von ihren Eltern behandelt wie eine Aussätzige).
»Muß er denn ewig bei uns bleiben?« heult sie in einem Wutanfall.
»Was geht das dich an?« versetze ich bissig, als habe sie nur aufbegehrt, um mich zu verletzen. »Du gehst doch demnächst aus dem Haus und aufs College.«
(Vielleicht bleibt sie aber auch daheim, einzig um mich zu quälen. Manchmal habe ich den Eindruck, wir würden uns überhaupt nie zanken, wenn Derek nicht wäre. Aber das ist nicht wahr, ich weiß es.)
Er sieht gar nicht aus wie ein Kind von mir. Er könnte ein Kind meiner Frau sein. Soweit ich weiß, gibt es in meiner Familie keinen Fall von Schwachsinn (auch in ihrer nicht). Meine Frau hat mich gebeten, dieses Wort nicht zu gebrauchen (vielleicht tue ich es deshalb. Sie zuckt jedesmal zusammen).
»Wie soll ich es denn nennen?« frage ich mit der hochmütigen Miene bodenloser Toleranz. »Glaubst du, ihm wäre geholfen, wenn ich es als Genie bezeichne?«

»Das ist herzlos.« Sie erschauert, blaß, den Tränen nahe. »Das ist gemein. Mir wird himmelangst, wenn ich dich so kalt sehe.«
Es ist geradezu sündhaft, wie ich ihn für längere Zeit ganz vergessen kann, auch wenn er in der Nähe ist. (Ich lösche ihn aus meinem Bewußtsein und versuche, ihn draußen zu halten.) Ich denke an mich als einen Vater von nur zwei Kindern. Eins davon fragt:
»Was tust du, wenn ich einen schwarzen Freund nach Hause bringe und sage, ich will ihn heiraten?«
Das andere fragt:
»Was würdest du mit mir machen, wenn ich nicht sprechen könnte?«
»Du kannst doch sprechen«, habe ich darauf erwidert.
»Aber wenn ich eines Tages in der Turnhalle vom Kletterseil auf den Kopf falle und Mr. Forgione müßte mich hertragen und ich könnte nicht mehr sprechen?«
»Auch ich habe mich davor gefürchtet, am Seil hochzuklettern und runterzufallen«, versuche ich ihn aufzumuntern. »Auch davor, nackt im Schulbassin zu schwimmen.«
»Davon habe ich nie was gesagt«, protestiert er entschlossen (als ob diese Angst noch nicht in ihm Wurzeln geschlagen hätte und eben erst von mir eingepflanzt worden wäre). »Oder?«
Das ist mir peinlich.
»Angenommen, sobald ich meinen Führerschein habe, lasse ich die Schlüssel zu eurem Wagen nachmachen und benutze ihn, wenn ihr weg seid«, sagt meine Tochter. »Daran könntet ihr mich doch nicht hindern, wie? Oder würdet ihr mich festnehmen lassen?«
Das dritte Kind spricht überhaupt nicht zu mir.
Ich führe Gespräche, die anscheinend nicht meine sind.
Ich fühle, daß ich schwebe (beinlos). Beinlos wandere ich umher, mit Kopfschmerzen, die anscheinend auch nicht meine sind (auf Füßen, die bestimmt meine eigenen sind. Der Spann schmerzt und will zerbrökkeln, an einer Ferse habe ich einen Dorn, an beiden Füßen Hammerzehen, ferner leide ich an einer Verhornung der Zehen, die zu allem Überfluß Hühneraugenpflaster benötigen; das zarte Fleisch an der Unterseite entzündet sich, wenn ich Socken und Schuhe nicht oft genug wechsele, bei Kälte jucken die Fußsohlen, die Haut zwischen den letzten beiden Zehen reißt und schält sich und muß mit Puder behandelt werden. Ich könnte endlos mit meinen Leiden fortfahren). Nicht immer fühle ich mich meinen Beinen oder meiner Vergangenheit fest verbunden. Das Kabel der Kontinuität ist nicht unbeschädigt; es ist weder dick noch stark; es dehnt sich und wird dünn, es nutzt sich stellenweise ab, die anfälligen, ausgefitzelten Strähnen brechen. Vieles, was ich von

mir erinnere, scheint mir nicht zuzugehören, während berghohe Ausschnitte meiner Vergangenheit offensichtlich fehlen. Abgründe klaffen, in die große Portionen von mir hineingefallen sein mögen. Ich weiß nicht immer, wo ich gerade bin. Ich sitze im Büro und glaube daheim zu sein. Ich sitze daheim in meinem Arbeitszimmer und glaube, ich wäre im Büro, kündigte Johnny Brown oder schickte Ed Phelps in Pension; oder ich schlüpfte aus Pennys Unterwäsche; oder ich wäre in einer Bank, einer Hotelhalle oder auf der Polizeiwache und suchte in allen Taschen nach irgendwelchen Ausweisen, die man von mir verlangt. Möglich, daß ich bereits Selbstgespräche führe, ohne es zu merken. Wie erniedrigend. Noch hat niemand etwas dergleichen angedeutet, ich glaube allerdings auch nicht, daß ich in Gegenwart von Leuten, die etwas andeuten könnten, Selbstgespräche führe. Vielleicht bin ich bereits senil und man verschweigt es mir aus Freundlichkeit. Aber so freundlich sind die Leute nicht, sie würden es sagen. (Vielleicht haben sie es schon gesagt, und ich bin so senil, daß ich es vergessen habe. Ha, ha.)
»Was war das? Hast du was gesagt?« hat es schon mehrfach geheißen, wenn ich ganz in Gedanken versunken in meinem Arbeitszimmer saß oder mich im Haus allein und unbeobachtet glaubte.
»Wie? Nein, nichts«, erwidere ich verblüfft und beschämt. »Ich habe nur nachgedacht.«
Oder:
»Ich lese bloß die Zeitung.«
(Vermutlich habe ich wirklich gegrübelt, habe in Gedanken rhythmische, vielsilbige Entgegnungen auf Greens Anwürfe orchestriert, ganz darauf bedacht, weder über Vokale noch Konsonanten zu stolpern.)
»Letzte Nacht hast du im Schlaf wieder gelacht«, sagt meine Frau.
Und ich weiß nicht, hält sie mich zum besten oder nicht. Es ist das eine Bemerkung, mit der ich sie zum besten gehalten hätte, wäre ich als erster darauf verfallen. Nie erinnere ich mich, worüber ich gelacht haben könnte, wenn sie sagt, ich habe im Schlaf gelacht. Ich wollte, es fiele mir ein. Besonders an Tagen, wenn mich die Kopfschmerzen quälen, die nicht meine eigenen zu sein scheinen, hätte ich gern Anlaß zum Lachen.
In meiner freien Zeit ist mir nicht geheuer; ich schlafe meist nicht gut (auch wenn meine Frau das Gegenteil behauptet); ich bin verzagt, Gott sei's geklagt; diese Stimmung geht, wann sie will (entweder ich halte Selbstgespräche oder ich argwöhne, daß ich welche halte); ich bin deprimiert und weiß nicht warum; ich trauere um etwas und weiß nicht worum; ich wandele (beinlos) umher und leide unter Ängsten, Kopfschmerzen und Kümmernissen, die immer größer werden und mir unentwegt zusetzen und doch jemand anderem zu gehören scheinen. Ist

das schon Schizophrenie oder erst eine normale, typische, bekömmliche, logische, allgemein verbreitete schizoide Anlage? (Ich könnte mich auf vorübergehende Unzurechnungsfähigkeit hinausreden. Man würde es Gnadentod nennen. Jemand würde unter Eid aussagen, daß ich es getan habe, um ihn von seinem Elend zu erlösen. Er ist aber nicht elend.)
Ich imaginiere mir präzise Gespräche mit Arthur Baron über Andy Kagle und mit Andy Kagle über Arthur Baron, und ich ertappe mich dabei, daß ich mich während dieser Gespräche frage, was zum Teufel ich eigentlich darin zu suchen habe. (Bin das wirklich ich, der da spricht und zuhört?) Ich entferne mich ein wenig, ich bin jetzt ein Horcher und Beobachter, ich komme mir vor wie ein Zuschauer im pornographischen Marionettentheater, in dem eine mir sehr ähnliche Puppe mitspielt, und ich verstehe ebensowenig warum ich, wenn auch nur als Zuschauer, daran teilnehme, wie ich jene gräßliche Melancholie, die Verkrampfung, die matten Eindrücke von Öde verstehe, die mich nach Lust und Laune in meiner freien Zeit heimsuchen.
»Was soll ich denn machen?« winsele auch ich in meiner freien Zeit.
Ich habe zuviel freie Zeit. Beim Geschlechtsverkehr geht es mir ähnlich. Ich möchte aus unseren Körpern schlüpfen und mir zusehen. Ich erblinde. Ich lasse mich auslöschen und meine Auferstehung läßt dann so lange auf sich warten, daß ich mich nicht leicht erinnern kann, wer ich zu sein glaube, und diese Rolle nicht gleich richtig spiele. (Das Ganze ist so albern, ich kann nicht wirklich beteiligt sein.) Früher konnte ich mir von Anfang bis Ende dabei zusehen. Auch das war nett. Bin ich denn jetzt, da ich mich in den besten Jahren glaube, bereits verblödet? Vielleicht bin ich in Wahrheit jener andere, zu dem Ben Zack mich immer wieder erklärt.
Ich komme mir sonderbar vor.
»Du siehst so sonderbar aus«, sagt meine Frau; sie möchte mich aus meiner Reserve locken.
»Keine Spur.«
»Komisch.«
»Du bist komisch.«
»Du hast diesen ulkigen Gesichtsausdruck, aus dem ich nie schlau werde.«
»Warum lachst du dann nicht?«
»Du siehst deprimiert aus.«
»Ich bin's aber nicht.«
»Stimmt was nicht?«
»Nein.«
»Ich möchte gar zu gerne wissen, was du denkst«, versucht sie es noch einmal mit gerunzelter Stirne und lächelt dabei.

Das würdest du gewiß nicht.
(Ich denke an Tod und Scheidung.)
In der Mittagszeit fiel heute ein Mann in der Halle unseres Bürohauses tot um, als er mir entgegenkam. Es war ein großer, untersetzter, ältlicher Mann mit dichtem weißen Haar, er trug einen grauen Anzug mit Streifen; in einer Hand hielt er einen enggerollten schwarzen Schirm, in der anderen einen braunen Aktenkoffer. Eine eindrucksvolle, imponierende Erscheinung, die ohne weiteres Aufsichtsratsvorsitzender von General Motors hätte sein können, bis sie der Länge nach auf den Steinboden hinschlug. Er war zu alt, um ich zu sein.
Ich glaube nicht, daß ich jetzt anders empfinde als früher. Es ist wohl meine Frau, die sich verändert: wenn ich schweige, wird sie merkbar unruhig und bildet sich gleich ein, ich wäre wütend oder unzufrieden. (Bin ich häufiger schweigsam? Sie fürchtet sich vor mir.) Wenn ich mich nicht wohlfühle, wird sie nervös. (Sie denkt dann, ich verheimliche ihr was. Das stimmt.) Ein Glück, daß ich mich jetzt wieder dem Golfspiel zuwenden kann. Einmal möchte ich ein Loch auf einen Schlag machen, damit ich in alle Ewigkeit darüber reden kann. Ich will weder ins Kino noch ins Theater, und meine Frau schließt daraus, daß ich sie nicht mehr liebe. Auch auf Parties mag ich nicht mehr gehen. Man trifft dort immer die gleichen Leute. Ich wünsche mir einen anregenden Freund. Meine Frau langweilt sich ebenfalls. Meine Frau liebt Bewegung und Abwechslung und möchte unterschiedliche Arten von Langeweile vermischen. Ich hingegen bin zufrieden mit der Langeweile, die ich habe. (Brächte ich meine Frau um, wer würde sich der Kinder annehmen? Brächte ich die Kinder um, könnte meine Frau für sich selber sorgen. Der umsichtige Hausvater muß alle Möglichkeiten bedenken, will er seinen Lieben gerecht werden.) Ich wünsche mir beinahe, meine Frau würde endlich die Ehe brechen, damit ich meine Scheidung bekomme.
(Ohne ihre Mitwirkung schaffe ich es wahrscheinlich nicht.)
Meine Frau ist jetzt in dem Stadium, in dem sie Ehebruch begehen sollte – und es wahrscheinlich auch täte, wenn sie mehr Charakter hätte. Es könnte ihr sehr gut tun. Ich erinnere mich noch meines ersten Ehebruchs. (Der hat mir nicht besonders gut getan.)
»Ich begehe jetzt Ehebruch«, dachte ich dabei.
Es war nicht viel anders als der erste Geschlechtsverkehr mit meiner Frau nach der Trauung.
»Jetzt treibe ich Unzucht mit meiner Frau«, dachte ich dabei. Für sie würde der Ehebruch größere Bedeutung haben als für mich (scheint mir), denn ich heiratete in der Gewißheit, daß ich bei erster Gelegenheit die Ehe brechen würde (das war ein Ziel; geheiratet habe ich unter

anderem, um Ehebruch zu begehen), sie hingegen nicht (und wahrscheinlich hat sie es bis jetzt noch nicht beabsichtigt. Es kann sein, daß ich alle diese Gedanken für sie denke). Ich habe auch erst Monate nach der Heirat mit der Kleinen Schluß gemacht, die ich bis dahin ziemlich regelmäßig bumste. In den ersten beiden Ehejahren habe ich es übrigens mit vier oder fünf anderen Frauen mindestens einmal gemacht, nur um mir zu beweisen, daß es noch ging.

Ich kann mir allerdings vorstellen, daß ich meine Frau gerne umbrächte, triebe sie es mit jemand aus der Firma, den ich kenne. Wenn meine Frau sich auszieht, hat sie rote Druckstellen um Hüften und Brust, die Haut an ihrem Gesäß wirft bereits Falten, und wer dienstlich mit mir in der Firma zu tun hat, soll das nicht wissen. (Die sollen sie nur in bester Verfassung sehen. Ohne diese roten Druckstellen.) Meine Frau ist weder so verderbt noch so ausschweifend wie die meisten jungen Frauen, in deren Gesellschaft wir uns heutzutage finden (und auch das soll nach Möglichkeit niemand in der Firma wissen; niemand soll sich darüber verbreiten können, daß meine Frau rote Druckstellen am Körper hat und daß es raffiniertere Betthäschen gibt als sie). Mir allerdings gefällt das an ihr – ich möchte sie nicht anders haben –, und ich vergelte ihre Tugend und Selbstbeherrschung mit häufigen Zärtlichkeitsbekundungen, Achtungserweisen und guten Taten. (Ich begleite sie in die Kirche.)

Nüchtern ist meine Frau eine Dame (und macht mich stolz). Ganz besonders wenn wir Gäste haben. Da bewährt sie sich aufs Schönste. (Letztes Jahr waren Arthur Baron und seine Frau bei uns zum Essen, und sie hat sich glänzend geschlagen. Alle fanden es reizend.) Dereks wegen sehen wir nicht mehr so häufig Gäste bei uns. (Er erzeugt eine gewisse Beklemmung. Wir müssen so tun, als wäre dies nicht der Fall.) Als ich ihn noch für normal hielt, mochte ich ihn gern. Er gefiel mir gut, und ich spaßte mit ihm. Ich nannte ihn Dirk und Kiddo, auch Dampfwalze, Dinky Boy und Karlchen Kühn. Bis sich herausstellte, was mit ihm los ist. Seither benutze ich die förmliche Anrede Derek. (Du Miesling.)

(Warum läßt du uns nicht in Frieden?)

Meine Frau fühlt sich am wohlsten, wenn ich freundlich und unbefangen bin. Liebevolle Rücksichtnahme vergilt sie mit lebhaftem Dank und erstaunter Heiterkeit. Es ist so einfach, meine Frau glücklich zu machen; daß wir es nicht häufiger tun, ist geradezu ein Verbrechen. (Fühlt sie sich wohl, sieht sie gleich besser aus. Sie strahlt. Sie verbirgt das nicht.) Ich versuche es, sofern ich die Kraft habe. (Es ist nicht immer einfach, sich dazu aufzuraffen.) Gehe ich mit ihr in die Kirche, müssen die Kinder

uns begleiten, und es wird dann meist recht hübsch. (Es ist nicht immer einfach, freundlich zu sein und sie glücklich machen zu wollen, wenn ich an Tod, Mord, Ehebruch und Scheidung denke.)
Ich bin verkrampft, fühle mich jämmerlich, sehe schwarz, habe zu nichts Lust, bin deprimiert (und das findet sie sonderbar). Scharfkantige, verderbliche innere Konflikte raspeln, schneiden, hacken und sägen unbarmherzig an mir wie Instrumente aus Bein, Stein, Glas oder verrostetem, stumpfem Eisen, sie verarbeiten ihre eigene, widerstrebende Muskelmasse, und meiner Frau geht es ebenso (wenn sie das auch nicht zugeben will), einerlei wo wir uns befinden, ausgenommen in der Kirche, was vielleicht erklärt, warum es sie dort hinzieht. (Die Welt funktioniert einfach nicht. Die Ansicht, sie könnte funktionieren, ist überholt.)
Meine Frau ist derzeit eine fröhliche Kongregationalistin (wenn sie sich nicht gerade auf Parties vollaufen läßt und ordinär wird oder sich von mir auf dem Fußboden, auf dem Küchentisch mit der echten Fleischerplatte oder nachts im Freien auf den Gartenmöbeln pimpern läßt). Meine Frau ist derzeit eine hingebungsvolle und heitere Kongregationalistin, weil diese Kirche luftiger und die Gemeinde freundlicher ist als die der Methodisten, Baptisten, Presbyterianer und Episkopalen, die sie reihum besucht hat, seit wir aus der Stadt hierher nach Connecticut gezogen sind.
»Episkopale sind die, die im Kino *pssst* machen«, hat sie mir erzählt, und ich mußte lachen.
(Meine Frau bringt mich oft zum Lachen.) Sie backt Kuchen für wohltätige Zwecke. Stehen kirchliche Veranstaltungen bevor, hört sie lange vorher tagsüber mit dem Trinken auf und wird auch im Bett zurückhaltender. (Ihre abnehmende sexuelle Initiative ist ein fast todsicheres Zeichen dafür, daß größere kirchliche Unternehmungen drohen.)
Ich bin eingeschriebener Republikaner (wähle heimlich die Demokraten) und Gott näher als sie, wie ich meine.
»Der Herr ist mein Hirte, mir wird nichts mangeln«, sagt der neue Pastor, der jetzt ein gutes Jahr bei uns ist und dem es sehr an gesellschaftlichem Umgang und an Einfluß in der Gemeinde mangelt. (Mir kommt er vor wie jemand, der unermüdlich nach einem besseren Job in einer Wachstumsindustrie Ausschau hält.)
Kein eingeschriebener Republikaner wird so weit gehen. Der Herr mag unser Hirte sein, bitte sehr, aber was immer wir auch haben, mangeln soll es uns gleichwohl immer an diesem und jenem. Sonst werfen wir Ihn raus, wir pensionieren Ihn, schieben Ihn beiseite. Bin ich Sonntags besonders gütig und wohlwollend aufgelegt, gestatte ich, daß mei-

ne Frau uns zur Kirche fährt (die Kinder verständigen sich während des Gottesdienstes verstohlen mit kurzen, kaum bemerkbaren Signalen, denn sie wollen meine Frau nicht in Verlegenheit bringen); hinterher habe ich dann oft Lust, ihr den Hals umzudrehen, weil sie mich mitgeschleift hat und mir der Tag verdorben ist. (Ich hätte lange schlafen oder telefonische Verabredungen zum Golf treffen können. Wieviele Jahre mit ihren Sonntagen bleiben mir noch? Dreißig? Zwei?)
»Dein neuer Pastor«, sage ich dann auf der Heimfahrt laut genug, um die Kinder auf dem Rücksitz des offenen Wagens zu Spießgesellen zu machen, »dein neuer Pastor ödet mir Blasen an den Arsch.«
Die Kinder beugen sich entzückt vor.
Meine Frau spitzt die Lippen, lächelt beiseite und flötet. Die Euphorie, die sie an diesem schönen, sonnigen Vormittag dem Umstand verdankt, daß sie sich mit Mann und Kindern in der Kirche hat zeigen dürfen, will sie sich durch die üblichen Frotzeleien nicht vertreiben lassen. In solchen Augenblicken sind wir einander ganz nahe. (Von Dauer sind diese Augenblicke nicht.) Meine Frau verstieg sich vor nicht langer Zeit sogar zu der Hoffnung, sie könne eines Tages mit Derek in der Kirche erscheinen, ohne sich schämen zu müssen. Den Einfall habe ich ihr aber schnell ausgetrieben.
»Was hast du gesagt?« fragt meine Tochter hilfreich, als sie sieht, daß meine Frau nicht zu erwidern gedenkt.
»Ich finde«, tadelt meine Frau mich liebevoll und macht ihrerseits genüßlich und selbstgefällig ihren Gegenzug, »du solltest solche Ausdrücke vor den Kindern nicht in den Mund nehmen.«
»Welche?« frage ich mit gespielter Ahnungslosigkeit.
»Als ob du es nicht wüßtest.«
»Pastor?«
»Nein.«
»Was sonst?«
»Das weißt du sehr gut.«
»Ich habe keine Ahnung.«
»Was?« ruft mein Junge und hopst erwartungsvoll auf seinem Platz herum, während wir drei sie einkesseln.
»Hinterteil!« triumphiert meine Frau, denn sie ist der Schlinge geschickt aus dem Weg gegangen.
»Das ist nicht fair. Hinterteil hat er nicht gesagt.«
»Ich weiß.«
»Arsch hat er gesagt«, sagt meine Tochter.
»Ich weiß doch. Er ist verkommen.«
»Da gebe ich dir recht«, stimme ich sogleich zu, »und seine Redekunst

läßt zu wünschen übrig. Ich finde es ungesund, Kinder in die Kirche zu schicken, damit sie einem verkommenen Pastor zuhören.«
»Vom Pastor war nicht die Rede.«
»Seine Ausdrucksweise ist prätentiös, und sein Satzbau mangelhaft.«
»Von dir war die Rede. Nicht von seiner Ausdrucksweise, sondern von deiner.«
»Na schön.«
»Wir hatten uns doch darauf geeinigt«, sagt meine Frau mit jener übertriebenen Höflichkeit, die mich gelegentlich zum Kochen bringt, »uns in Gegenwart der Kinder nicht mehr zu streiten.«
»A-men«, sagt meine Tochter spöttisch und klatscht in die Hände.
»Solche Bemerkungen«, sage ich gutmütig, denn ich will sie wirklich nicht verärgern, »provozieren den Streit geradezu. Aber ich kapituliere. Ich gebe nach. Der neue Pastor ödet mir *keine* Blasen an den Arsch.«
Die Kinder bersten fast vor Lachen.
»Zeig mir einen einzigen Psychologen«, sagt meine Frau, als sie sich endlich vernehmlich machen kann, »der die Meinung vertritt, es wäre bekömmlich, vor deinem Sohn und deiner Tochter solche Ausdrücke zu gebrauchen.«
»Nenn mir einen einzigen, der nicht dieser Ansicht ist.«
»Ich dachte, ihr hättet euch darauf geeinigt«, wirft meine Tochter zynisch ein, »vor euren Kindern nicht mehr zu streiten?«
»Wir streiten nicht«, entgegnet meine Frau mechanisch.
»O nein«, wirft meine Tochter verächtlich hin, »ich weiß schon. Ihr *diskutiert.*«
»Mit *Emphase*«, steuert mein Sohn freundlich spottend bei. Wir lächeln alle, nur meine Frau nicht; sie nagt an der Lippe und schaut düster und abwesend vor sich hin. Sie wirkt sehr beklommen.
»Was ist denn?« frage ich leise.
Einen Moment bleibt sie stumm. Etwas lastet so schwer auf ihr, daß sie offenbar nicht davon reden mag. »Er kommt zum Essen«, platzt sie schließlich einfältig heraus.
»Wer?«
»Er.«
»Wann?«
Wir übrigen zeigen uns aufs schwerste getroffen.
»Heute.«
»Heute?«
»Ich habe ihn zum Mittagessen eingeladen.«
»Bist du verrückt?«
»Ich steige sofort aus!«

»Der kommt mir nicht ins Haus.«
»Und ich«, verkündet meine Frau mit dem weitausgreifenden Gelächter glühender Selbstbeglückung und sieht uns alle der Reihe nach schadenfroh an, »ich habe mir das ausgedacht! Oder glaubt ihr«, fährt sie in einem bei ihr seltenen Überschwang fort, »ich würde einen ehrenwerten Diener des Herrn dem Umgang mit Idioten wie euch aussetzen?«
»Oh, Mom!« Meine Tochter wirft meiner Frau von hinten die Arme um den Hals. »Mom, Mom, Mom, ich liebe dich richtig, wenn du so ulkig bist. Ihr etwa nicht?«
»Ich ebenfalls.«
Aber das ist nicht von Dauer, nicht am Samstag, am Sonntag, am Feiertag, wenn wir nicht alle schon Pläne gemacht haben, denn Derek erwartet uns daheim.
Er ist immer noch da. Jeden Tag wird er älter.
»Kann sie ihn nicht mal wegbringen?« wehrt sich meine Tochter. »Immer ist er zuhause.«
Und zuhause ist auch seine quakende, schiefgesichtige, übergewichtige Pflegerin mit dem getönten weißen Haar und dem unerträglichen Geruch nach Badepuder, die meine Frau endlich rauswerfen soll, auch wenn wir uns ein Weilchen selber um Derek kümmern müssen. (Das könnte uns nur gut tun.) Und das Dienstmädchen soll meinethalben gleich mit verschwinden. (Ich fühle mich nicht zuhause, wenn sie da herumschleicht.)
»Nimm eine Deutsche!« belle ich meine Frau an. »Importier dir eine Dänin, um Himmels willen!«
»Woher soll ich die nehmen?«
»Wie soll ich das wissen, zum Henker! Andere Leute beschaffen sich doch auch Personal.«
»Es ist mir peinlich, wenn meine Freundinnen kommen.«
(Uns auch.)
»Das ist nicht nötig«, sage ich sanft zu meiner Tochter.
»Ich wußte, daß du das sagen würdest.« Sie schmollt mißbilligend. »Ich wußte, daß du mich nicht verstehen würdest.«
»Du solltest dich schämen, so etwas zu sagen«, tadelt meine Frau sie.
»Laß sie in Ruhe.«
»Sie soll froh sein, daß sie nicht selber so ist.«
»Sie ist ja auch froh darüber.«
»Immer ergreifst du ihre Partei«, beschuldigt mich meine Frau. »Die Ärzte haben das ausdrücklich verboten.«
»Und deine Tochter meint, ich ergreife für dich Partei.«
»Warum muß sie ihn dauernd reinbringen«, protestiert meine Tochter.

»Warum bleibt sie nicht mit ihm auf seinem Zimmer, wenn meine Freundinnen hier sind?«
(Auch wir möchten, daß er ungesehen bleibt wenn Gäste kommen und haben der Pflegerin das mehrfach gesagt. Gleichwohl führt sie ihn vor, sie brabbelt lauthals auf ihn ein, sie deutet auf unsere Gäste, um mit ihm zu prahlen oder um uns zu strafen.)
»Es dürfte dir nicht so viel ausmachen«, mahne ich.
»Euch macht es doch auch was aus.«
»So schlimm ist es nicht.«
»Man fühlt sich aber unbehaglich in seiner Gegenwart.«
(Auch ich fühle mich unbehaglich in seiner Gegenwart.)
»Das solltet ihr nicht«, sage ich. »Keinen von uns trifft eine Schuld daran. Das kann in jeder Familie vorkommen.«
Vorgekommen ist es aber in meiner.
»Wir haben noch ein Kind«, mußte ich wieder und wieder im Laufe ganz gewöhnlicher Unterhaltungen mit flüchtigen Bekannten eingestehen. »Einen Jungen. Mit Hirnschaden. Angeboren. Er ist geistig behindert«, setzte ich hinzu.
»Auch wir haben ein geistig behindertes oder schwer gestörtes Kind«, haben mir Ehepaare anvertraut, die von uns gehört hatten und uns eigens deshalb aufsuchten (als hätten wir etwas, was ich teilen will).
Es ist ein Verein, dem ich nicht beitreten möchte, und diese vereinsfreudigen Eltern stoßen mich ab. (Ihre andeutungsgeladene Intimität widert mich an und ich möchte sie abschütteln wie Flöhe. Vereinsmeierei jeder Art ist mir zuwider. Ich fühle mich eingeschlossen davon bis zur Klaustrophobie. Oder ausgeschlossen. Ich schätze nicht das Gefühl, eingeschlossen zu sein.)
Früher als die anderen sah ich, was mit Derek geschah (und mich mehr und mehr einschloß), ohne etwas verlauten zu lassen. (Als dann später auch anderen dies und das auffiel und sie zögernd furchtsame Bemerkungen machten, bestritt ich alles *mit Emphase*. Ich wollte es nicht wahrhaben. Ich erlebte alptraumhafte Warnungen. Ich sah die Wirklichkeit in festgelegten Phasen sich vor mir zusammenfügen. Das tue ich immer noch. Ich glaubte, wenn niemand es ausspricht, kann es nicht wahr sein. Ich irrte.) Er saß verspätet, stand verspätet, ging verspätet, lief verspätet. Selbst dem liebenden Vaterauge kamen seine Bewegungen unkoordiniert vor. Wenn er stolperte, wankte, fiel, fanden wir ihn anfangs täppisch wie ein Hundejunges oder ein frisches Fohlen. Seinen Bewegungen fehlt jetzt jede Harmonie. Er macht nicht den Mund weit auf, wenn er zu sprechen versucht – er scheint Mund nicht mit Sprache zu assoziieren. Wenn er sprechen möchte, sieht es aus,

als habe er Starrkrampf. (Seine Sehnen treten hervor, verzerren sich, und ich habe nur den Wunsch, er möge es lassen.) Er kann den Mund weit öffnen, wenn er ißt oder lacht oder auch nur lärmen will. Was es allerdings für ihn zu lachen gibt, ahne ich nicht, höchstens wenn ich ihm beim Spielen Dinge hinhalte und wieder wegschnappe. Dann kann es aber auch passieren, daß er weint.

(Nicht einmal Spiele für normale Kleinkinder kann man noch mit ihm spielen. Ich komme mir schlecht vor, wenn ich mit ihm spielen möchte und er weint. Ich schleiche mich abgewiesen von dannen. Ich bin wütend auf mich und auf ihn. Mindestens könnte er doch so anständig sein zu lachen, wenn ich mir schon die Mühe mache, mit ihm zu spielen.)

Meine Tochter fragt halb herausfordernd, halb unterwürfig: »Finde ich jetzt schwerer einen Mann, weil Derek mein Bruder ist?«

»Selbstverständlich nicht«, lügen wir.

»Warum wohl?« erwidert meine Frau streitlustig. Die Unverblümtheit der Frage hat sie erschreckt und zornig gemacht. (Und nun bin ich es, der mein kleines Mädchen vor ihr beschützen muß.)

»Laß sie in Ruhe«, bitte ich leise.

»Also, sag schon«, wendet meine Tochter sich an mich.

»Hast du vor, zu heiraten?« versuche ich es mit einer freundlichen Gegenfrage.

»Siehst du – er weicht mir aus.«

»Schämen solltest du dich«, sagt meine Frau zu ihr, »so etwas auch nur zu denken.«

»Laß sie in Ruhe«, wiederhole ich.

»Wird man glauben, daß meine eigenen Kinder auch so werden?« beharrt meine Tochter.

Meine Frau schnauft hörbar entsetzt. »Wie kannst du nur!« verwahrt sie sich mit Gefühl. »Er ist schließlich dein Bruder.«

»Deshalb mache ich mir ja gerade Gedanken! Kann man denn nicht mal fragen?«

»Laß sie jetzt endlich in Ruhe, verflucht noch mal!« brülle ich und funkele meine Frau böse an. »Ich mache mir doch auch Gedanken deshalb!«

»Aber sie müßte sich schämen.«

»Und du machst dir ebenfalls Gedanken. Hör endlich auf, ihr an Derek die Schuld zu geben.«

»Dann hör du auf, mir die Schuld an ihm zu geben. Immer ergreifst du ihre Partei. Und dabei haben die Ärzte extra gesagt, du sollst nicht.«

»Tu ich ja nicht.«

»Seinetwegen braucht man sich gewiß nicht zu schämen.«

»Wenn man sich seinetwegen nicht schämen muß, weshalb schämen wir uns dann unentwegt?«

»Das tun wir nicht.«
»Doch tun wir's.«
»Immer gibst du mir an ihm die Schuld.«
»Das stimmt nicht, verdammt noch mal!«
»Brüll mich nicht an«, sagt meine Frau überraschend mit einer Miene vornehm gefaßter Empörung, die mir die Sprache verschlägt.
Ich wende mich angewidert ab. »Herr im Himmel«, nuschele ich. »Da kann man ja nur noch lachen.«
»Und fluch nicht«, versetzt sie mechanisch, »wie oft habe ich dir das gesagt. Schon gar nicht vor den Kindern. Offenbar macht es dir Freude, mich zu erniedrigen. Es sieht mir ganz so aus.«
Ich bin sprachlos. Und wieder einmal frage ich mich, was mich eigentlich reitet, mit einer solchen Frau verheiratet zu bleiben. Wenn ich weiter keinen Grund hätte, die Scheidung zu wollen, das idiotische Kind, das sie mir geschenkt hat, wäre schon hinreichend.

Ich wünsche mir die Scheidung.
Ich brauche die Scheidung. Ich sehne mich danach. Ich giere danach. Ich bete darum.
Scheidungen sind nicht zu bewerkstelligen. Sie sind zu mühsam. Unfaßbar, daß wirklich so viele zustandekommen. Wenn ich daran denke, geht es mir wie ein Stich durchs Herz, ich erblasse vor Neid, sehnsüchtige, sentimentale Tränen steigen mir in die Augen. Weniger tüchtige Leute als ich erledigen ihre Scheidungen wie nebenbei, ohne aus dem Schritt zu geraten, ich hingegen bringe nicht einmal einen Fuß vor die Tür.
Ich will auch eine Scheidung.
Immer schon habe ich mir eine gewünscht. Ich träume von Scheidung. Zeitlebens sehne ich mich nach Scheidung. Ich wollte schon geschieden werden, als ich noch nicht verheiratet war. Ich glaube, niemals während meiner Ehe habe ich sechs Monate hintereinander – ach was, sechs Wochen hintereinander – nicht daran gedacht, sie durch Scheidung zu beenden. Daß ich wirklich heiraten wollte, habe ich mehr als einmal bezweifelt, nie aber, daß ich geschieden sein wollte.
»Falls es nicht klappt«, so redete ich mir bis zum Tag der Trauung zu, »kannst du dich immer scheiden lassen.«
Ich kann mich aber nicht immer scheiden lassen.
Ich weiß nicht, wie man es anstellt.
Vielleicht sind meine Hemden mir zu wichtig.
Bestimmt sind nach der Scheidung noch Unterhosen von mir in der Wäsche. Ob ich die dann abholen darf? Oder ob meine Frau sie ver-

brennt, sie versteckt? Ob sie mir vorschwindelt, mein Junge sei ganz durcheinander? Und sie könne ohne mich nicht leben? Bestimmt wird sie sagen, sie wolle sich umbringen. Kurzum, die Hindernisse sind unüberwindlich. Im Sommer sind meine Wintersachen eingemottet; im Winter sind meine Sommersachen weggehängt, meine leichten Schuhe eingepackt. Wie soll ich das alles je zusammenbekommen? Wochen würde mich das kosten. Mir fehlt einfach die Zeit für eine Scheidung. Die Packerei wäre eine Qual (meine Frau würde mir ja nicht helfen), und unentwegt wäre was zu besprechen. (Wie findet man da überhaupt je ein Ende?) Es wird Streit geben, Auseinandersetzungen, wieder Streit. (Wird das denn nie aufhören?) Bankauszüge sind bereits mit der Post unterwegs. Jeden Tag ist mit einem Brief zu rechnen. Der Anzug mit Nadelstreifen, an dem ich besonders hänge, ist gerade in der Reinigung. Bücher müssen in Pappkartons aus dem Supermarkt verpackt werden, je kleiner die Kartons, desto geringer das Gewicht, und je leichter, desto besser. Kein Wunder, daß mir immer wieder ein Grund einfällt, alles aufzuschieben: das Wohl der Kinder (was hat es denen schon genützt, daß wir es solange miteinander ausgehalten haben), Geld, die Firma, die Gesundheit meiner Frau, die Abendeinladung in der kommenden Woche oder die Verabredung ins Theater mit einem anderen Ehepaar, die man dann nicht einhalten könnte. Keiner von uns beiden hätte Lust abzusagen, da bleiben wir schon lieber miteinander verheiratet. Es ist viel einfacher, den Sturm über sich hinziehen zu lassen, bis die Stimmung umschlägt; dann kann ich mir wieder vormachen, daß ich sie im Grunde ja gar nicht verlassen will.

Ich weiß eben nicht, wie man es anstellt.

Schwächlinge bringen es fertig. Wird sie mir die Post nachschicken? Oder muß ich sie deshalb anrufen und auch sonst alles mit ihr bereden? Bestimmt ist es leichter, wenn die Frau sich in einen anderen verliebt und die Scheidung verlangt. Aber meiner Frau fehlt in dieser Hinsicht jeglicher Antrieb, und es kann gut sein, daß sie nie dahinkommt. Im übrigen – packen müßte ich auch dann. Ich habe ganze Regale voller Bücher aus meiner Studienzeit mit handschriftlichen Notizen am Rand. Sehr wahrscheinlich sehe ich die nie wieder an, aber mitnehmen würde ich sie auf alle Fälle wollen. Ich müßte eine Wohnung suchen, sie einrichten, müßte mir entweder abends mein Essen selber machen oder ins Restaurant gehen, ich müßte mich nach erträglichen Freundinnen umsehen und früher oder später eine davon heiraten, damit ich mich wieder auf die Scheidung freuen kann.

Ich würde mir gerne jemanden dingen, der gegen Stundenlohn diese ermüdende Prozedur von Anfang bis Ende für mich übernimmt, der auch

an meiner Statt jene rituellen Schuldgefühle, Skrupel und Bedenken empfindet, ohne die ein Gewissen sich nie wieder gereinigt fühlen kann. Ich hatte mir gelobt: Sobald Derek fünf Jahre alt ist, gehst du. Welche Ironie! (Einmal gefickt, und schon habe ich ihn fürs Leben am Hals!) Er ist nicht schuld daran. Auch wenn er nicht wäre, brächte ich nicht fertig abzuhauen, und wollen würde ich es, selbst wenn er normal wäre. Immer werde ich es wollen.
Ich verzehre mich danach.
Ich träume schon von Scheidung. Ich will mein Haus verlassen, kann aber nicht. Auch wenn man mich ließe. (Immer lassen sie mich. Ich gehe aber nicht. Ich will nicht, daß sie mich ziehen lassen.) Ich kann mich nicht vom Fleck rühren. Ich kann auch nicht sprechen, obschon ich möchte. Leute bitten um meinen Anruf, doch erreiche ich sie nicht. Ich muß eine Prüfung ablegen, bin aber nicht vorbereitet. Das ganze Semester über konnte ich den richtigen Hörsaal nicht entdecken. Die Vorlesungen fanden ohne mich statt. Das Semester geht zu Ende. Den Weg zum Prüfungszimmer finde ich nur mit Mühe. Ich verirre mich in die falschen Gebäude. Die Zeit wird knapp. Ich werde durchfallen.
Wenn man dazu eine ernste Miene aufsetzen muß, kann ich es gleich aufstecken. Bestimmt brächte ich all dies geschwollene Zeug nicht heraus, ohne dabei zu grinsen. Ich würde wahrscheinlich laut herausplatzen. Ein Mensch wie ich müßte, will er das hinter sich bringen, emotionell zum Äußersten getrieben, er müßte für eine oder zwei Stunden zum Berserker werden, der keinen Gedanken an Post, Kinder, Bücher, Unterwäsche und den Anzug mit Nadelstreifen verschwendet. Der Mensch kann schlimmstenfalls auch ohne Nadelstreifen leben. Man müßte nur einmal so sehr in Wut geraten, daß man sich auf ein Köfferchen, Scheckbuch, Paß und Kreditkarten beschränkt und davonstürmt. Aber nicht einmal dann wäre man sicher.
Ich jedenfalls nicht.
Angenommen, eines der Kinder, und sei es Derek (vielleicht gerade Derek) schaute mir beim Packen zu. Könnte ich weitermachen?
Angenommen, meine Frau, die ich jetzt doch schon seit Jahren kenne, käme herein, wenn ich fast fertig wäre, und sagte einfach:
»Bitte, geh nicht.«

Dann könnte ich es aller Voraussicht nach nicht. (Wahrscheinlich würde sie mir fehlen.) Ich soll ihr versichern, daß ich sie liebe. Das tue ich nicht. Ich will nicht. Ich will unter anderem darum nicht, weil sie es von mir verlangt. Dies ist einer der wenigen Trümpfe, die ich noch gegen sie halte, und ich will ihn mir aufheben.

Früher hat sie mich immer dazu gebracht. Daß ein intelligenter Mensch so etwas aussprechen muß, ist eigentlich schändlich – schon gar, wenn es stimmt. Stimmt es nicht, mag es gelegentlich von Nutzen sein. Jetzt bringt sie mich nicht mehr dazu, und das ist meine Rache. Sie bittet auch nicht mehr darum. Zwischen uns tobt jetzt unaufhörlich ein verborgener Kampf wegen irgendwelcher nebulöser Trivialitäten, ein Kampf, der nicht erlahmt und im Gange ist, seit wir einander kennen.
»Ich liebe dich.«
Was für ulkige Wörter man sagen soll. (Sie werden schon handlicher, wenn man vorn und hinten was anfügen darf, sodaß ein humorvoller oder sarkastischer sinnentstellender Schnörkel entsteht. So etwa:
»Ach Schatz, ich liebe dich ja so, wenn du –«
Vervollständigen Sie den Satz unter Benutzung von nicht mehr als fünfzehn Wörtern.)
Seit Arthur Baron mir Kagles Job angetragen hat, habe ich, wenn ich mich recht erinnere, meiner Frau nicht mehr versichert, daß ich sie liebe; es geschah zum letzten Mal bei Nacht im Bett, und die Bedeutung dieser Beteuerung war rein sexueller Natur (also keineswegs, was sie sich wünscht. Meine Frau weiß noch nicht, daß ich Andy Kagle seinen Job wegnehme). Es nagt an ihrer Selbstachtung, zerrt an ihrem Stolz und verletzt ihre Eitelkeit, daß ich nicht sage:
»Ich liebe dich.«
Wie köstlich. Damit bin ich ihr über. Das hat ja mit Liebe nichts zu schaffen. Eher schon mit Haß. Wir horten Kissen. Wir haben jetzt große weiche, flaumige Kissen, und wenn ich schlafe, stiehlt sie meines. Sie schläft übrigens besser als ich, was mich so wütend macht, daß ich manchmal überhaupt nicht schlafen kann, und dann behauptet sie noch, sie habe die ganze Nacht kein Auge zugemacht, wegen Herzschmerzen, Kopfweh oder weil sie sich um das Wohl der Menschheit sorgt. (In Wahrheit war ich es, der wach lag. Sie beschränkt sich nicht auf ihren Bereich des Hauses, wie neuestens mein Sohn und meine Tochter tun. Sie geht auch nicht ans Telefon, wenn es klingelt, obschon die Anrufe meistens für sie sind. Ist einer zufällig für mich, wartet sie ab, bis ich ungefähr eine halbe Minute gesprochen habe, dann nimmt sie den Hörer vom Nebenanschluß auf und schnauft atemlos »Hallo?« hinein. Meist sind auch keine Glühbirnen im Haus.) In diesem Kleinkrieg gilt es das Gesicht zu wahren, und mir liegt sehr daran, meines zu wahren. Diesen Sieg kann sie mir nicht entreißen. Ich bin im Vorteil, denn ob sie es je zu mir sagt oder nicht, ist mir einerlei (es wäre vielleicht anders, wenn ich annehmen müßte, ich sei ihr einerlei).
Sie verlangt, daß ich es genau mit diesen Worten sage: »Ich liebe dich.«

Ich hingegen nähere mich einem solchen Ausspruch lieber auf Schleichwegen.
»Oh, Mom!« rief meine Tochter im Wagen und warf ihr von hinten die Arme um den Hals, »ich liebe dich richtig, wenn du so ulkig bist.«
»Ich ebenfalls«, schlich ich mich ein.
Da hatte sie es. Aber das reicht ihr nicht. Damit ist sie nicht zufrieden. (Ich meinte es aufrichtig.)
Ich habe es auch schon zu ihr gesagt, ganz so, wie sie es möchte, und ich tue es auch wieder. Aber ich weigere mich, wenn sie mich dazu nötigen will. Ich scheue. Es gilt, meine Männlichkeit und meine Selbstachtung vor unsittlichen Eingriffen zu schützen. Ich leiste Widerstand.
Man mag das Trotz nennen. Kindischen Trotz sogar. Man nenne es dann aber auch wollüstigen und befriedigenden Trotz.
»Bliebe ich sonst bei dir?« habe ich schon geantwortet.
»Warum sagst du es mir dann nie?«
»Ich liebe dich – na? Zufrieden?«
»Nie sagst du es mir.«
»Ich hab es doch eben gesagt.«
»Aber ich muß dich erst bitten – nein, du sollst nicht grinsen, nicht reden, nicht wieder Witze darüber machen«, klagt sie (gerade als mir einer einfällt). »Ich verlange wohl zu viel.«
Meine Frau will nicht bloß, daß ich zu ihr sage: »Ich liebe dich.«
Sie verlangt auch, daß ich es sagen *will.*
»Ich liebe dich.«
»Wirklich?«
»Hab' ich es nicht eben gesagt?«
»Ich mußte dich erst drum bitten. Immer muß ich dich bitten, bevor du es sagst.«
Und gelegentlich ließe ich mich aus der abgrundtiefen Güte meines Herzens auch erweichen, es zu sagen, wäre nicht der unablässige Kampf zwischen uns, den ich nicht verlieren will. Allerdings könnte ich mich zu einem Kompromiß verstehen, wenn sie mir die Kissen gäbe, die ich haben möchte, nicht mehr schnarchte und nicht mehr selig schlummernd nasal vor sich hin pustete, während ich wachliege und schlafen möchte.
»Schaff endlich mehr Kissen an, verdammt noch mal! Autos und Fernsehgeräte gibt's in diesem Haus jede Menge, aber für Kissen reicht's nicht.«
Wir haben vier Kissen in unserem übergroßen Bett (das ein schlechter Witz ist. Wir könnten jahrelang in diesem Bett herumfahren, ohne uns je ins Gehege zu kommen, wenn wir nicht wollen. Wir schlafen nicht eng umschlungen). Und ich will, daß sie mindestens vier, vielleicht

fünf weitere Kissen anschafft. Sie vergißt es. Ich will, daß genug Kissen für mich vorhanden sind, das heißt also, mindestens eines oder zwei mehr als für sie. (Glühbirnen legen wir so weg, daß wir sie im Bedarfsfall nicht finden. Das Klopapier geht uns aus. Den Damen gehen die Binden aus. Der Welt gehen die brauchbaren Hausmädchen, die geschickten Büglerinnen, die Schuster und die Schneider aus. Dieses kreiselnde Spielzeug verliert ein Rad nach dem anderen. Es hält dem Zahn der Zeit nicht stand. Ich kriege einfach kein Hausmädchen mehr dazu, frische Handtücher in die Badezimmer zu hängen, wenn es die alten fortgetragen hat. Ich kriege meine Frau nicht dazu, das Essen pünktlich auf den Tisch zu bringen, außer wir haben Gäste). Sehr wichtig ist für mich, an welcher Stelle ich im Bett liege und an welcher sie. Unbedingt will ich mehr Kissen unterm Kopf haben als sie, damit ich auf sie herabsehen kann. Ich stoße mit dem Kopf beinahe gegen das Bettgestell, denn sie soll tiefer liegen als ich. Es ist wichtig, daß meine Frau klein wirkt. Sie ist es in Wahrheit nicht. Wir sind beinahe gleich groß, es sei denn, sie streift die Schuhe ab. Beim Tanzen war das ungeschickt und ist es noch beim Küssen (wir stoßen mit Stirn und Nase aneinander); und ich kann beim Gehen nicht den Arm um ihre Schultern legen, ohne eine Sehne zu zerren. Meine Frau paßt einfach nicht zu mir. Ihr Gesicht soll in Höhe meiner Schulter sein oder auch tiefer, wenn wir schlafen, beischlafen, spazierengehen, essen; ich will nicht, daß sie mir auf meinem eigenen Niveau begegnet. (Vor Publikum allerdings freut es mich, daß sie so stattlich ist und so hübsch. Gut zurechtgemacht ist sie eine blendende Erscheinung und wir bieten einen schönen Anblick, wenn sie nicht gerade betrunken und unleidlich ist.) Sie schnurpst jetzt wieder mit ihrem Kaugummi, wenn wir nebeneinander im Wagen sitzen oder im Kino. Sie greift zu Kaugummi, wenn sie sich das Trinken abgewöhnen will. Ich gerate vor Wut aus dem Häuschen, ich könnte die Wände hochgehen, wenn ich so manche Nacht schlaflos umsonst gegen Sorgen, Kränkungen und Überreizung kämpfe, während sie fest schläft wie ein argloses Kind. (Wenn ich viel getrunken oder intensiv über den Stand der Dinge in der Firma nachgedacht habe, kann ich meine Gedanken oft stundenlang nicht zur Ruhe bringen, ja, auch den freien Fluß unzusammenhängender Einfälle nicht bremsen, die von allen Seiten auf mich eindringen und durch mein Bewußtsein flitzen. Was Angenehmes fällt mir dabei nie ein. Das heißt, manchmal schon.) Dann möchte ich sie beuteln. Ich möchte Vitriol zischen. Dort, in der Dunkelheit des Schlafes, wenn niemand zuschaut, auch wir selber nicht, kommt unsere wahre Natur zum Vorschein. Wie faltige, augenlose Embryonen führen wir einen mörderischen Krieg um Teile der Steppdecke und Zipfel von Kopfkissen; Knie und Hüften sind unsere Waffen, Grunz- und Ächzlaute unsere Flüche und Schlachtrufe. (Wir sind wie Säuglinge, allerdings benähmen wir uns als Säuglinge wohl nicht so.) Es macht mich rasend, wenn sie nicht merkt, daß ich wach liege. Ich erleide ein Martyrium der Vernachlässigung. (Manchmal kann ich schlafen, sie aber nicht; ich spüre dann, wie sie mehrmals ruhelos aufsteht, und schlummere zutiefst befriedigt von diesem Wissen wieder ein.) Ich winde mich in den Klauen unerträglicher Schlaflosigkeit, während sie nur Zentimeter entfernt in mildem Stupor nichtsahnend daliegt. Wie kann sie es wagen, von meinem Jammer und meiner Verzweiflung keinerlei Kenntnis zu nehmen, obwohl sehr wahrscheinlich sie die Schuld daran trifft. Ich möchte sie gern wachrütteln.

»Wach auf, du! Wach auf! Warum sollst du schlafen können, wenn ich nicht schlafen kann, noch dazu deinetwegen!«

Sie würde mich nicht verstehen und denken, ich wäre übergeschnappt.

»Liebst du mich?« würde sie vielleicht fragen.

Jetzt fragt sie nicht mehr. Auch sie weiß, daß wir einen Kampf ausfechten, und ist zu stolz, die weiße Fahne der ruhmlosen Niederlage zu hissen. (Gottseidank. Ich müßte andernfalls Zugeständnisse machen. Wenn es doch nur schon vorüber wäre.)

Ich glaube, ich weiß, wann es vorüber sein wird, wann ich uns aus dieser Sackgasse herausführen und den Konflikt in einer Weise lösen werde, die uns beiden zusagt: auf ihrem Sterbebett.

»Stirb nicht«, werde ich dann sagen können, »ich liebe dich.«

Ich habe damit meine Ehre gerettet. Meine Frau ist beschwichtigt. Ich bin dann einhundertacht Jahre alt. Sie ist einige Jahre jünger. Will ich stets Kaffee und Obstsäfte im Haus haben, muß ich meine Einkäufe selber erledigen. Das Haus werde ich verkaufen und in eine Wohnung ziehen. (Und da wird sie mir fehlen.)

Sie hat schon seit Jahren nicht mehr gefragt. Alter und Selbstachtung haben ihr wohl jedesmal die Sprache verschlagen, wenn sie fragen wollte:

»Liebst du mich noch?«

Diese Frage liegt ihr auf der Zunge. Ich stelle sie mir als eine Skulptur aus Wörtern vor. Sie macht Andeutungen, bietet mir Gelegenheiten. Ich lehne dankend ab. Vielleicht glaubt sie aber, ich liebe sie nicht mehr, und daß auf ihre Frage:

»Liebst du mich?«

meine Antwort lauten würde: »Nein.«

Und dann müßte etwas geschehen. (Aber was?)

Zum Glück fragt sie nicht, wenn sie auch oft kurz davor steht, wie ich

deutlich spüre. Es wäre erniedrigend, sich mit so etwas befassen zu müssen. Ich mag mich darüber mit ihr nicht zanken. Ich wüßte nicht, was ich erwidern sollte, wenn sie mich heute fragte:
»Liebst du mich?«
Ich würde ausweichend reagieren, mit einem Scherz, oder nicht darauf eingehen. Lügen möchte ich nicht, und die Wahrheit sagen auch nicht (egal wie ich gestimmt wäre). Würde sie fragen, während wir einander sexuell verwüsten, wäre die Antwort einfach:
»Dreh dich um, dann zeig ich's dir.«
Aber das möchte sie nicht hören, und wir würden es beide wissen. Und es freut mich so sehr, daß sie nicht fragt, ich bin ihr so dankbar, fühle mich so in ihrer Schuld, daß ich oft am liebsten die Arme ausbreiten und laut rufen möchte:
»Ich liebe dich!«

Und wenn ich diesen Fehler beginge, wäre es wohl aus mit der Scheidung. (Ich glaube, ich begreife jetzt, warum ich mit Frauen so glänzend auskomme, wenn ich es darauf anlege, und warum ich so schwer mit meinen Kindern auskomme. Ich behandele meine Freundinnen wie Kinder und erwarte von meinen Kindern, daß sie sich wie Erwachsene aufführen.) Arthur Baron würde das nicht billigen.
»Nun?« hat er schon gefragt. Sein Lächeln war dabei eine Spur breiter als je zuvor, und seine Miene drückte mehr Herzlichkeit aus.
»Ich habe doch in Wahrheit keine Wahl«, kapituliere ich lächelnd.
»Nicht wahr?«
»Oh, doch.«
»Nicht eigentlich. Ich möchte Kagles Job haben.«
»Das höre ich gern, Bob. Gratuliere.«
»Danke, Art.«
»Wir werden ihn Anfang nächster Woche ins Bild setzen. Sie kennen ihn doch – wie wird er es Ihrer Meinung nach aufnehmen?«
»Nicht gut. Aber er wird das nach Kräften verbergen. Es könnte sein, daß er vorschlägt, mir die Neuigkeit selber zu überbringen.«
»Das darf er.«
»Er wird sich was darauf zugute halten. Es könnte sogar sein, daß er die Hausmitteilung selber verfassen möchte.«
»Das würde alles vereinfachen. Sie müssen von Grund auf Ordnung schaffen.«
»Ich habe schon eine Liste gemacht.«
»Vermutlich gebe ich noch den einen oder anderen Namen dazu, Bob.«
»Von mir aus gern, Art.« Ich lache leise (denn gleich werde ich ihm

einen milden Scherzen andienen), neige den Kopf wie zum Zeichen meiner eigenen Bedeutungslosigkeit, und sage: »Ich gehöre nicht zu den Arbeitnehmern, die den Rat ihrer Vorgesetzten nicht hören wollen.«

»Ha, ha. Das hatte ich auch nicht erwartet, Bob. Die Große Tagung leiten diesmal Sie.«

»Erste Vorarbeiten sind schon im Gange. Ich habe da so meine Ideen.«

»Übrigens habe ich noch etwas über Kagle erfahren, Bob«, sagt Arthur Baron nun. »Er geht Nachmittags zu Prostituierten.«

»Dabei habe ich ihn schon begleitet.«

»Sie hören aber doch auf damit?«

»Ist bereits geschehen.«

»Das freut mich, Bob. Ich habe es nicht anders erwartet. Im übrigen«, er kichert, drückt meinen Unterarm und blinzelt spießgesellenhaft: »Abends sind sie viel schärfer.«

»Ha, ha.«

Fast unmerklich hat meine Beziehung zu Arthur Baron sich in Richtung auf einen vertraulicheren Umgangston verschoben. Diskret, diplomatisch und gewitzt lasse ich mit keinem Wort erkennen, daß diese Verbesserung mir bewußt geworden ist. Bislang habe ich die Begabung gehabt – die Begabung eines Lakaien – zu erahnen, was Arthur Baron und andere Höhergestellte (Green ist mein Vorgesetzter, ein Höhergestellter ist er nicht. Kagle ist keins von beiden) von mir erwarten; es ist der subtile Instinkt des Regisseurs, den anderen sehen zu lassen, daß er das Gewünschte bekommt. (Wie ein Lakai fürchte ich dieses Talent zu verlieren und entlassen zu werden, weil ich mir wie ein Hund anmerken lassen könnte, wie sehr mir daran liegt, Gefallen zu erregen. Holloway aus meiner Abteilung hat einen Rückfall; schon hält er wieder die Leute auf, rennt hinter ihnen her, liebedienert angriffslustig, will auffallen, verlangt Lob oder wohlwollende Ermahnungen. Bald wird er wieder zusammenbrechen. Ich verstehe nicht, warum solche Leute es immer noch einmal versuchen. Man kann Holloway keine wichtigen Vorgänge mehr anvertrauen: ihm fehlt das feinere Talent zur Servilität, das ich besitze.) Ich weiß sehr gut, daß Arthur Baron jetzt nicht bei uns eingeladen werden möchte, meine Frau weiß es aber nicht.

»Bestimmt zählt Barons Frau schon an den Fingern«, sorgt sie sich. »Seit sie bei uns gewesen sind, waren wir schon zweimal bei ihnen. Dreimal sogar, wenn man den Empfang für Horace White mitzählt. Daß wir dazu eingeladen wurden, hätte ich nie geglaubt.«

»Er wartet nicht darauf.«

»Es wäre mir richtig peinlich, ihnen jetzt zu begegnen.«

»Glaub mir.«

»Das freut mich. Ich möchte möglichst bald wieder mal ein paar nette Leute zum Essen einladen. Ich bin froh, wenn ich die beiden nicht dazubitten muß.«
Arthur Baron bewohnt nicht weit entfernt ein viel besseres Haus in einem exklusiveren Teil von Connecticut, obschon unser Teil von Connecticut auch nicht übel ist. Er besitzt mehr Land. (Ich habe einen Hektar, er vier.) Meine Nachbarn scheinen mehr zu verdienen als ich. Ich wohne jetzt durchaus angemessen, und wenn ich nach meiner Gehaltsaufbesserung umziehe, gerate ich wieder zwischen Leute, die mehr verdienen als ich. Man nennt dies *aufwärts gerichtete Mobilität,* und sie stellt im städtischen Leben der USA derzeit eine mächtige Kraft dar, während die *abwärts gerichtete Mobilität* ebenfalls eine mächtige Kraft im derzeitigen städtischen Leben der USA darstellt. So bleibt alles in Bewegung, wir steigen und fallen, wenn wir überhaupt vom Boden loskommen, wie Frisbeescheiben, nur steigen wir langsamer und stürzen schneller. Ich bin auf dem Weg nach oben, Kagle auf dem Weg nach unten. Er bewegt sich rascher. Einzig in Amerika kann man beides gleichzeitig. Ich zum Beispiel. Ich steige wie ein Kondor und falle zugleich auseinander. Vielleicht geschieht in Rußland das gleiche, aber dort wohne ich nun mal nicht. Auf dem Weg zum Meer fließt jeder Strom ausnahmslos von Norden nach Süden. Ausgenommen die, welche es nicht tun, und das Gesetz von der Erhaltung von Energie und Masse sagt unnachsichtig, Energie und Masse könnten entweder (sic) erschaffen oder nicht (sic) beseitigt werden.
Was hat das mit mir zu tun. Das Loch, in dem mein Zahnarzt bohrt, tut mir mehr weh als der Krebs meiner Frau, falls sie daran erkrankt. Am rechten kleinen Zeh, und immer an der gleichen Stelle, bilden sich bei mir Hühneraugen, ganz egal, welche Schuhe ich trage.
In den vergangenen zweieinhalb Jahren sind wir ein halbes Dutzend mal bei Arthur Baron eingeladen gewesen (und haben uns nie satt essen können. Jedesmal sind wir hungrig heimgefahren). Und einmal waren Barons bei uns zu Gast. Bei ihm ist es immer nett. Er bittet meist noch einen Kollegen aus der Firma dazu, den ich kenne oder auch nicht, und dann drei weitere umgängliche Paare aus anderen Berufen. An seinem Eßtisch haben gerade zwölf Personen Platz. Es ist eine kultivierte Geselligkeit, die vor Mitternacht endet. Derek ist dort nie zur Sprache gekommen, und wir wiegen uns in dem Glauben, wir könnten elegant darüber hinweggehen, sollte es doch einmal geschehen. Nie ist von Unerfreulichem die Rede; auch nicht von anderer Leute Mißgeschick. Daß zu wenig Speisen gereicht werden, verdrießt uns freilich, denn wir mögen Arthur Baron und seine Frau, wir besuchen sie gern, auch wenn

uns dort unbehaglich ist. Seine Frau macht nichts von sich her, man kann sich in ihrer Gegenwart beinahe entspannt fühlen.
Vor etwa einem Jahr (wie die Zeit vergeht!) waren Arthur Baron und seine Frau zum Essen bei uns. Und dabei wurde zu reichlich angeboten. Bei uns pflegen die Gäste regelmäßig mehr zu essen, als sie eigentlich wollen. Sie bekommen mehrere Sorten Fleisch zur Auswahl, auch mehrere Nachspeisen. Wir zeigen gern, daß wir Menschen von herzhaftem Appetit sind und großzügige Gastgeber. Meine Frau hat eine Weile befürchtet, Barons könnten das als Kritik auffassen.
»Mach es wie immer, Schatz«, redete ich ihr zu. »Was andere machen, braucht dich nicht zu kümmern.«
Der Abend verlief glänzend. Meine Eingebung hatte mir gesagt, dies sei der richtige Zeitpunkt, Barons einzuladen. (Einmal luden wir Green ein. Er sagte, er wolle nicht zum Essen zu uns kommen, und wir waren erleichtert. Green ist von einer beleidigenden Aufrichtigkeit, die im Nachhinein etwas Erfrischendes hat.) Ich war so gescheit, Arthur Baron nicht zum Mittelpunkt zu machen. (Das Essen hätte auch ohne ihn stattgefunden.)
»Ja bitte, Bob?«
»Ach, Art, Samstag in vierzehn Tagen sehen wir ein paar Gäste zum Abendessen bei uns, und da haben wir gedacht, es wäre doch hübsch, wenn Sie und Lucille kommen könnten.«
»Gerne, Bob. Aber ich muß erst fragen.«
»Wir würden uns freuen, Art.«
Noch am gleichen Vormittag rief seine Frau bei meiner Frau an und sagte, sie wären an jenem Wochenende frei, wie schön, daß wir an sie gedacht hätten.
Barons blieben lange, sie tranken und aßen mehr, als wir für möglich gehalten hatten. (Ich staune immer noch darüber, daß sie ihren Gästen so wenig vorsetzen. Bestimmt haben auch sie schon wieder Hunger, wenn wir daheim ankommen.)
Ich mixte herbe Martinis für alle, und die Stimmung war von Anfang an heiter. Ich kam mir gepflegt vor, als ich mixte und einschenkte. Ich sah mich flüchtig in einem Spiegel: ich war wirklich gepflegt. Ich lächelte gepflegt. (Eitel bin ich wie ein Pfau.) Aus der Firma war weiter niemand eingeladen; außer Barons kamen ein Anwalt für Urheberrecht, ein Fernsehautor, ein Wirtschaftswissenschaftler, ein Computerexperte, der Eigentümer einer kleinen Werbeagentur und ein unterhaltsamer Börsenmakler, der zugleich Schiedsmann war. Von der Tätigkeit eines Schiedsmannes verstanden wir allesamt nichts und interessierten uns sehr dafür (vorübergehend). Die Damen waren ausnahmslos hübsch und leb-

haft. Die Unterhaltung war anregend. Es wurde viel gelacht. Meine Frau gab auf Anfrage Kochrezepte zum besten. Barons gingen fast als letzte.

»Tausend Dank, Bob, es war ganz reizend.«

»Es war reizend, daß Sie gekommen sind, Art.«

Ganz hingerissen von unserem Erfolg gingen meine Frau und ich gleich miteinander ins Bett. Der Abend war wirklich glänzend verlaufen, es lag aber in der Luft – und mein sechster Sinn sagt mir, daran hat sich nichts geändert –, daß wir Barons nicht so bald wieder einladen dürfen, obwohl es damals genau das Richtige war. Meine Frau, eine gewissenhafte Kirchgängerin, versteht das nicht: sie läßt sich von einem gesalbten Diener des Herrn in Fragen der Pflichterfüllung und der Gastlichkeit beraten. Als eingeschriebener Republikaner verstehe ich mehr von Etikette.

»Warum denn nicht?« fragt sie, und in ihrer Hartnäckigkeit schwingt mehr als nur eine Spur Eifer mit. »Stehst du denn nicht mehr gut mit ihm?«

»Wir stehen ausgezeichnet miteinander.«

»Glaubst du, sie hätten keine Lust?«

»Es ist jetzt nicht der richtige Moment.«

»Das verstehe ich nicht.«

»Es liegt in der Luft. Falls du unbedingt Leute einladen willst, bitte, aber nicht Barons.«

Meine Frau wird unsicher. Derek ist jetzt eine schwere Belastung für unser Heim, und das ändert manches. (Begeisterung verkümmert rasch zu Schlaffheit und totgeborenen Wünschen. Pläne für künftige Lustbarkeiten verlieren an Reiz, wenn wir uns ihre Verwirklichung ausmalen. Meiner Frau bleibt nichts zu tun.) Sodann müssen wir uns noch mit unserer Tochter plagen, falls sie nicht selber am festgesetzten Abend eine Verabredung hat, sondern daheim bleibt und zuschauen möchte. Entweder geht sie vertraulicher mit unseren Gästen um, als uns lieb ist, oder sie schreitet stumm zwischen ihnen hindurch mit angeekelter Miene, die jedermann als solche erkennen kann, erwidert den Gruß von Bekannten mit einer denkbar kurzen, abweisenden Kopfbewegung (und wiederholt ihren Auftritt eine Stunde später und dann pünktlich mit dem Glockenschlag jede weitere Stunde, bis meine Frau vor sich hin murmelt: »Ich bringe sie um, wenn sie das nochmal macht«, und es ihr verbietet). Es könnte dahinkommen, daß ich ihr befehlen muß, vor Gästen nicht in Erscheinung zu treten – ganz wie Derek. (Als Gast habe ich es auch nicht gern, wenn Kinder herumwimmeln.) Derek erschwert auch unsere Beziehungen zu seinen Geschwistern, weil wir ihm mehr

Aufmerksamkeit zuwenden und viel Geld für ihn ausgeben. (Bald werde ich für seine künftigen Bedürfnisse regelmäßig Geld beiseite legen müssen.)
»Wie geht es den Kindern?« fühlen die Gäste sich bemüßigt zu fragen, oder umgekehrt die Gastgeber, wenn wir eingeladen sind.
Das ist eine Frage, die ich zu fürchten gelernt habe.
»Gut, sehr gut«, muß ich strahlend antworten (um das Thema so rasch wie möglich wechseln zu können). »Und Ihren?«
Derek ist auch außerhalb des Hauses eine große Belastung, denn meine Frau und ich leiden unter der Angst, eines Abends auf einer munteren Party einem jener zahllosen Ärzte oder Psychologen zu begegnen, die wir Dereks wegen konsultiert haben, die ihn also kennen und Bescheid wissen. Noch ist das nicht passiert. Wir bevorzugen lärmende Parties mit vielen Gästen, wo keine allgemeine Unterhaltung möglich ist; vor kleinen, förmlichen Gesellschaften sind wir auf der Hut, denn das Gespräch könnte dort jederzeit eine unvorhergesehene Wendung in unsere Richtung nehmen. Wir müßten dann ein hastiges Ablenkungsmanöver ausführen oder uns darein schicken, minutenlang ausweichend über ein Thema zu sprechen, das wir auf keinen Fall erörtern wollen. (Wir müssen sofort gestehen. Unser Geständnis mag für andere Eltern bekömmlich sein. Uns bekommt es nicht. Mit einemmal wird sämtlichen Anwesenden unbehaglich.) Doch auch auf größeren Parties haben mich schon Leute, die sich mir näher fühlen als ich mich ihnen, beiseite genommen und verschwörerhaft gefragt:
»Sie haben doch da so einen Sohn. Ihr Jüngster. Wie steht's mit dem?«
»Glänzend. Viel besser, als zu hoffen war«, entgegne ich.
Meine Frau und ich haben jetzt genug – sie stehen uns bis zum Hals – von Psychologen, Psychiatern, Neurologen, Neurochirurgen, Sprachtherapeuten, Sozialberatern und all den anderen, bei denen wir waren und die aufzuzählen ich vergessen habe, genug von ihrer Unfähigkeit uns zu helfen, von ihren herablassenden, leutseligen, platten Tröstungen, uns träfe kein Vorwurf, wir dürften uns keine Schuld einreden, hätten keinen Anlaß, uns zu schämen. Ich bin überzeugt, alle jungen Ärzte möchten sich buschige Brauen wachsen lassen und alle älteren Ärzte haben es geschafft.
»Ihr eingebildeten Stinktiere!« hätte ich sie allesamt ankreischen mögen wie eine Sumpfohreule (keine Ahnung, wie die aussieht), nicht ausgenommen die beiden Kerle, die ich heimlich in eigener Sache konsultierte. Warum nur begreifen diese Tröpfe nicht, daß wir uns schuldig fühlen *wollen,* daß wir Schuld empfinden *müssen,* wenn wir tragen sollen, was uns aufgepackt ist? Völlig unbeeindruckt würden sie gelassen erklären,

mein Geschrei wäre der Versuch, eine Anschuldigung zurückzuweisen, und falls ich meine Beschimpfung wiederholte, würden sie das *Perseveration* nennen.
Und damit hätten sie recht.
Und damit hätten sie unrecht.
Geschichten könnte ich erzählen. Kein Außenstehender würde glauben, wie viele einander widersprechende Beurteilungen wir von Ärzten gehört haben und welch bissige Bemerkungen über die Kollegen dabei unterliefen, aber wir haben ihnen geglaubt. Wir glaubten ihnen allen, den Guten wie den Schlechten. Und dann zweifelten wir (was blieb uns übrig) und mußten wieder ein anderes Orakel suchen, wie wandernde Bittsteller.
»Es ist organisch.«
»Es ist funktionell.«
»Es ist großenteils organisch mit funktionellen Komplikationen.«
»Taub ist er nicht, aber es kann sein, daß er nichts hört.«
»Wenigstens ist er am Leben.«
»Die Prognose ist gut.«
»In welcher Hinsicht?«
»Die Prognose ist schlecht.«
»Zu diesem Zeitpunkt läßt sich unmöglich eine Prognose stellen.«
Nicht einer von ihnen brachte je genug Mut, Aufrichtigkeit, Vernunft oder Charakterstärke auf zu sagen:
»Herr im Himmel – ich weiß auch nicht, was mit ihm los ist.«
Es begann mit:
»Sie nehmen es zu schwer.«
Und jetzt halten wir bei:
»Sprechen können wird er nie.«
»Er wird über die geistige Entwicklung eines Fünfjährigen nicht hinauskommen, falls er es überhaupt soweit bringt. Koordination und Motorik werden unbefriedigend bleiben. Man muß ungeheuer viel Geduld mit ihm haben.«
Wir hassen sie ausnahmslos, wir hassen die, die recht und die, die unrecht hatten. Nach einer Weile kam es schon nicht mehr darauf an. Die Ursache war gleichgültig. Die Prognose unanfechtbar. Die Ursache war keineswegs gleichgültig. Sie war organisch (keramisch. Die Transistoren sind vorhanden). Er funktionierte anders als die anderen. (Ein Radio funktioniert anders als ein Fernsehgerät.) Eine Fehlfunktion lag nicht vor. Er funktionierte genau nach Bauplan (er funktioniert glänzend, wenn man es so betrachtet). Der Grundriß liegt fest. Die Stromkreise können nicht ausgewechselt werden. Nichts ist entzwei; man findet nichts Reparaturbedürftiges.

»Warum kann man nicht operieren?« fragt mich meine Frau.
»Weil man nicht weiß, was man schneiden und zusammenflicken soll.«
Er ist eine leere Hülse.
»Wenn er doch bloß nicht geboren wäre«, jammert meine Frau. »Wieviel besser wäre er dran, wenn er nicht auf die Welt gekommen wäre.«
»Laßt uns das Kerlchen ersäufen«, witzelte ich früher, als ich noch dachte, ich hätte es mit einem geborenen Widerspenst zu tun (ich pflegte Farbphotos meiner drei Kinder in der Brieftasche zu tragen. Jetzt habe ich kein einziges mehr bei mir), bevor mir der Verdacht kam, es könnte etwas nicht mit ihm stimmen.
Das sage ich nicht mehr.
(Der arme Zwerg. Keiner hält zu ihm.)
Er ist ein Produkt meiner Phantasie. Ich schwöre bei Gott, ich habe ihn ins Dasein imaginiert.
Wir fühlen uns schuldig. Wir machen uns Vorwürfe. Wir bereuen, ihn in die Welt gesetzt zu haben. Wir bedauern, daß andere Leute dies von uns wissen. Wir meinen, wir haben reichlich Grund, uns zu schämen. Wir haben Derek.
Mein Kopf ist ein Hexenkessel.
Mein Bewußtsein ist eine autonome Metropole, Tag und Nacht erfüllt von Lichtblitzen, Schatten und Gestalten, von adretten Zwergen und Kurzdramen. Meine Tage sind klarer. Nie denke ich mir Derek in Gefahr, immer nur mich selber oder meinen Jungen.
In meiner Birne laufen Melodramen ab, Operetten und unvergessene Märchen, in denen verirrte kleine Kinder jammernd Anschluß an sich selber oder andere suchen. Sie starren. Sie können sich vor Kummer nicht bewegen. Sie sind so reglos, daß sie nicht weinen können. Es sind unleserliche Geschichten meiner selbst, die übersetzt und entziffert werden müssen. Schmerz ist reichlich da – flüssiger Schmerz. Er wird nicht weniger. Er sammelt sich an. Anders als Hitze oder Energie verflüchtigt er sich nicht. Immer ist er da. Und immer ist mehr da als zuvor. Immer ist genug da, einen kindischen Wutanfall hervorzurufen oder Erinnerungen zu durchtränken. Winzige, unauffällige Dinge – ein Geräusch, ein Geruch, ein Geschmack, zerdrücktes Bonbonpapier – können tief in mir ein zittriges Klimpern auslösen. Der Schmerz gehört mir. Ich habe mehr als genug und kann allen Bekannten davon abgeben. Mir reicht er für ein ganzes Leben; bald, wenn ich fünfzig, sechzig, siebzig, achtzig, neunzig bin und höre zufällig ein Wort wie *Geburtstag, Bruder, Vater, Mutter, Schwester, Sohn, kleiner Junge, Hündchen, Wiener Würstchen* oder *Dauerlutscher,* werden meine Augen in Tränen schwimmen und uralte, unaufgelöste Tragödien, worin ich mitspielte, werden heraufbe-

schworen; jetzt laufen sie bei Dunkelheit hinter heruntergelassenem Vorhang ab. Das wird geschehen. Es geschieht mir jetzt. *Wiener Würstchen.* Verzehrende Sehnsucht überkommt mich. *Karussell.* Ich möchte weinen. *Zuckerwatte.* Mir bricht das Herz. Ich kann unmöglich weitermachen.

Ich will meine Träume behalten.

Rollschuhe mit Kugellagern. Ich schmelze.

Ich will meine Träume behalten, auch die schlimmen, denn ohne meine Träume hätte ich vielleicht die ganze Nacht hindurch nichts.

Man sagte mir, mein Vater habe mir sehr gefehlt. Als ob ich das nicht wüßte. (Jetzt fehlt mir mein Junge. Er zieht sich von mir zurück. Er erledigt ohne meine Hilfe seine Schularbeiten auf dem Zimmer und erzählt mir nicht mehr, was in der Schule mit ihm geschieht. Ich weiß nicht, ist er unglücklicher als früher oder weniger unglücklich?) Man hat mir nichts Neues gesagt. Man konnte es nicht ändern. Man sagte, ich sei völlig normal – etwas Beklagenswerteres habe ich nie hören müssen! Bei richtiger Behandlung würde sich das im Lauf der Zeit legen. Man beneidete mich um mein Sexualleben. (Das tue auch ich.) Nur schade, daß es nicht mehr Spaß macht. Darin waren wir uns einig.

(Die Firma mißbilligt es, wenn ihre leitenden Angestellten sich in psychotherapeutische Behandlung begeben, denn das läßt darauf schließen, daß sie nicht glücklich sind, und Unglücklichsein ist eine soziale Krankheit, die weder gerechtfertigt noch vergeben werden kann. Krebs, Leukämie und Zucker jederzeit, bitte sehr, sogar Leute mit multipler Sklerose und Parkinson'scher Krankheit bringen es weit in der Firma, bis sie überhaupt nicht mehr weiterkönnen, aber Unglücklichsein ist tödlich. Verübten meine Tochter oder mein Sohn Selbstmord, man sähe darüber hinweg, denn Kinder neigen nun mal zu solchen Sachen. Stürzte aber meine Frau sich aus dem Fenster, einfach weil sie unglücklich ist und nicht etwa aktenkundig seelisch erkrankt, ich hätte in der Firma keinerlei Aussichten mehr; ich wäre zugrunde gerichtet.)

Man sagt, ich sei bitter (was auch normal ist. In mir ist mehr Schmerz als Bitterkeit. Mein Bewußtsein ist ein Vorratshaus des Schmerzes, ein unendlich großer, unsichtbarer Stausee des Kummers, so tief wie ich alt bin, jederzeit bereit, von der Erinnerung angezapft und zum Abfließen gebracht zu werden. Bitterkeit kann ich loswerden, Schmerz muß ich erleiden).

Manchmal packt mich eine so erbitterte Feindseligkeit gegen mir nahestehende Menschen, die beruflich oder im Privatleben schwere Schläge haben hinnehmen müssen, daß ich (oder etwas in mir) am liebsten die abscheulichsten Beschimpfungen ausstoßen möchte, für die man mich

schmählich verschwinden lassen würde, ohne jede Möglichkeit, mich zu rechtfertigen oder Verzeihung zu erlangen. (Mißgeschicke, die fernstehenden Menschen zustoßen, berühren mich kaum, wenn überhaupt.)
»Recht geschieht ihnen!« möchte ich höhnen.
(Ich möchte spucken.)
Manchmal habe ich Angst, ich könnte es wirklich tun. (Es ist mir auch schon passiert, daß ich Männern, die ich seit Jahren kenne, die Hände streicheln wollte.)
Nicht ich bin es, der gegen Kagles Bein treten will. In meinem Kopf schlüpfen, ob ich will oder nicht, unentwegt neue Personen aus, und sobald ich Kenntnis von ihnen nehme, schlagen sie dort ihren festen Wohnsitz auf. Oft widerstreiten sich unsere Absichten. Sie haben Zeit. Sie haben Zeit, ohne Unterbrechung an jenen Projekten zu arbeiten, die auszuführen sie hergekommen sind, und sie verschwinden ganz gelassen in Dunkelheiten, die ich nicht zu durchdringen vermag. Sie ziehen in Scharen durch ein Labyrinth, dessen Gänge ich nie gesehen habe. Ich unterhalte dort einen kleinen, schräg angelegten Friedhof, auf dem gleichförmige Grabsteine säuberlich angeordnet sind; vielleicht habe ich mal eine Photographie davon gesehen, vielleicht ist er die verblaßte Erinnerung an einen vor Jahren erschauten Friedhof. Dort mögen Leute begraben liegen. Hin und wieder flattern aufgeschreckte dreidimensionale Gedanken, Einbildungen oder auch eine Folge neu-alter Erinnerungen durch mein Bewußtsein wie Sperlingsschwärme und verschwinden in lichtlosen Löchern unter der Erde. Falls ich nicht vergesse, mir die Mühe zu machen, kann ich sie mir auf Wunsch ins Gedächtnis rufen, aber immer nur einzelweise. Der Mann, der möchte, daß ich gegen Kagles Bein trete, ist ein weltkundiger, gelassener Herr, der schwarzseidene Socken zu einem grauen Anzug mit Nadelstreifen trägt. Er ist in meinem Alter und hat adrett gestutztes weißes Haar. Selbstverständlich ist er klein; er muß ja in meinen Kopf passen. (Überhaupt sind alle drohenden, gigantischen Ungeheuer, die mich zeitlebens in Alpträumen heimsuchen, klein; nur: ich bin eben noch viel kleiner.) Offenbar kennt er sich in den steinernen Arkaden meines Gehirns viel besser aus als ich, denn er erscheint vor immer anderem Hintergrund, häufig eine Zeitung lesend, mit lässig übergeschlagenen Beinen, demonstrativ abwartend. Er glaubt, er hat mehr Zeit als ich (hat er aber nicht). Ich könnte mir denken, daß auch eine Sauna vorhanden ist, denn von den vornehmeren, wohlhabenderen Bewohnern meiner Gedanken sehen manche so aus, als ließen sie sich nach einer Partie Hallentennis gern ein bißchen schmoren. Ferner scheint es einen geheimen Treffpunkt für Homosexuelle zu geben. Überall stößt man auf winzige Ladengeschäfte, wo zwischen

schmierigen, unrasierten Männern, die Bescheid wissen, verruchtes Schmuggelgut getauscht wird. Schmierige, unrasierte Männer exhibitionieren sich vor mir und Kindern beiderlei Geschlechtes und gehen straflos aus. Alle Verbrechen bleiben ungesühnt.

Die schlimmen, schmutzigen Winzlinge, die mein Hirn bevölkern wie lebendige Finger mit Gesichtern und Seelen, sind abgrundtief gemein. Manche tragen Hüte. Man leidet. Ich leide. Kinder gehen in die Irre. Frauen weinen. Mütter liegen im Sterben. Ich fürchte – ich fürchte seit langem –, jeden Moment könne in meinen Ohren ein Schreien, Heulen oder Schluchzen beginnen, von gepeinigten inneren Stimmen aufgenommen werden und nie mehr verstummen. Ich würde dann nicht wissen, ob ich mir das nur einbilde. Es wäre auch einerlei, hören würde ich es doch. Zierpuppen tänzeln, ich spüre sie; dreckige, zynische Greise mit scharfen Krücken und Spitzbärten gehen vorüber, in den grausamen, skrupellosen Augen ein schmeichlerisches Funkeln. Sie tun mir weh. Ugolino verspeist einen Kopf; meinen (der Lump).

Niemand will helfen. (Einzig die Schwester meiner Frau kommt jenem empfindlichen Wahrheitsnerv nahe, den wir bloßgelegt sehen wollen, doch ihr Gesicht ist verhärtet, ihre Motive sind nicht liebenswert und ich möchte sie schlagen.)

»Gebt den Kleinen weg«, kommandiert sie geradezu in ihrer aufreizend zudringlichen Weise, höhnisch und genießerisch; sie nutzt ihren Vorteil, und wir können nur vereint widerstehen.

Ich höre sie mit meiner eigenen Stimme und meinen eigenen Worten gehässig fauchen: »Recht geschieht euch! Es freut mich richtig, daß euch das passiert ist und nicht irgendwelchen Leuten, die weit entfernt wohnen, denn euch kenne ich.«

Ich möchte sie prügeln, weil ich überzeugt bin, sie durchschaut mich, sie stiehlt meine Gedanken und zwingt mich, sie zu verleugnen.

Wir möchten ihn loswerden. Wir wollen ihn weggeben. Angesehene Personen mit Autorität sollen uns dazu drängen. Wir haben nicht den Mut, es auf eigene Faust zu tun. Was werden unsere Bekannten denken?

Fühllos.

Unmenschlich.

Wir wollen ihn weggeben und haben Angst davor.

(Wir hören von Leuten in Connecticut, in New York, in New Jersey und auf Long Island, die ihre behalten wollen. Warum?)

Seit kaum noch Zweifel erlaubt waren (also zu früh), hat meine Schwägerin immer wieder gedrängt: »Los, beeilt euch, seid keine Heuchler. Je länger ihr zuwartet, desto schlimmer wird es für alle Beteiligten.«

Ihr Vorschlag war ungeheuerlich. (Heucheln war leichter.)

»Sag das nicht nochmal!« schreit meine Frau sie bei ihrem letzten Besuch an. »Wenn du diesen Vorschlag noch ein einziges Mal machst, will ich dich hier nicht mehr sehen. Und das ist mein Ernst.«
»Jetzt reicht's mir!« brülle ich hinterher meine Frau an. »Ich möchte nicht, daß sie sich noch weiter mit Derek befaßt. Oder mit den beiden anderen. Sonst schmeiße ich sie raus. Und wenn du es ihr nicht beibringst, tue ich es.«
»Ich hab's ihr doch gesagt. Du warst ja dabei. Glaubst du, es fällt mir leicht?«
»Du reagierst nur so heftig, weil du weißt, daß ich recht habe«, war die selbstgerechte Erwiderung ihrer Schwester gewesen.
»Sie meint es doch nur gut«, fährt meine Frau reumütig fort. »Es tut mir schon leid, daß ich sie angeschrien habe.«
»Sie meint es nicht gut, nicht mal du kannst dir das einbilden. Wenn sie nur endlich zu deiner Mutter nach Arizona ziehen wollte!«
»Sie hat doch den Laden hier.«
Die Schwester repräsentiert das unerfreuliche, dunkle Unterfutter vom Charakter meiner Frau, das diese nie ohne aufsteigende Reue hat anschauen können. Sie repräsentiert auch eine Unterseite meines Charakters (die ich häufig vor Frau und Kindern und vor mir selber in Tagträumen rachsüchtig jauchzend zur Darstellung bringe), so wie auch Derek eine Unterseite repräsentiert, nämlich meinen sporadischen Wunsch, sprachlos und kraftlos und wieder völlig abhängig zu sein von Eltern oder größeren Geschwistern. (Nur in ein Heim möchte ich nicht gegeben werden.) Alle um mich her erinnern mich jetzt an mich. Sogar Kagle erinnert mich an mich. (Green allerdings nicht. Green bewundere ich. Und Arthur Baron auch nicht; ich stelle fest, daß ich mich mit Höhergestellten nicht so leicht identifiziere, auch nicht mit Leuten, die liebenswertere Eigenschaften besitzen als ich. Nur mit solchen, die schlimmer sind als ich, identifiziere ich mich leicht.)
Arthur Baron erwähnt mir gegenüber Derek nie. Aber Andy Kagle, und ich verabscheue ihn dafür. (Am liebsten hätte ich ihn umgebracht, als er Sonntags unangemeldet bei uns auftauchte, um mir salbungsvoll und hochtrabend zu verkünden, es sei Gottes Wille. Geschlagen hätte ich ihn außerdem.) Ich finde es rasend unverschämt, wenn jemand mit mir über Derek spricht (ich möchte den Betreffenden gleich umbringen), hoffe aber, daß sehr bald alle Welt im Chor den Ratschlag erteilt:
»Geben Sie den Jungen lieber weg.«
Aber das geschieht nicht.
Um zu erfahren, was Frau und Kinder dazu meinen, brauche ich keine

Umfrage zu veranstalten. Sogar mein hellhaariger, liebenswerter, gutherziger, empfindsamer Junge, der Alternativen verabscheut, meint es nicht ernst, wenn er fleht:
»Tut es nicht.«
Er meint: »Bitte!«
»Nur schafft ihn doch bitte so rasch fort, daß das Auge nichts sieht und das Gedächtnis sich nicht erinnert.«
Kagle rief von der Tankstelle im Ort an und schwindelte mir vor, er wäre gerade auf der Durchfahrt und wollte nur mal eben guten Tag sagen. Er sah angegriffen aus. Unter den Augen lagen die Schatten der Schlaflosigkeit, und mehr als ein nervöses Lächeln konnte er sich nicht abringen.
»Sie hören doch die Mäuse husten«, fragte er vertraulich. »Diesmal mache ich mir wirklich Sorgen. Redet man über mich?«
»Angeblich waren Sie wieder in Toledo.«
»Bislang habe ich noch kein Wort wegen der Tagung gehört. Sonst hatte ich um diese Zeit immer schon ein Thema zugeteilt bekommen.«
»Vielleicht ist keins da.«
»Horace White und Arthur Baron wollen mich sprechen. Mit Horace White hab' ich noch nie zu tun gehabt.«
»Vielleicht ist dem was eingefallen.«
»Zwei gegen einen.« Kagle kichert, er blinzelt mir zu, kaum daß meine Frau im Haus verschwunden ist.
»Schwarze?«
Er bemerkt meine Ironie nicht.
»Für mich nicht. Nicht in Toledo. Ich habe da Beziehungen. Sie könnten mitkommen. Ich sorge schon für Sie.«
»Soll ich ihn zum Essen einladen?« fragt meine Frau.
»Nein.«
»Er sieht aber so unglücklich aus.«
»Er will bloß ein bißchen spazierenfahren.«
»Im übrigen ist es mir wurscht«, sagt Kagle, fährt mit dem Handrücken über den Mund, trocknet die Lippen. »Nachgerade habe ich es satt, immer das Gleiche zu tun. Wo sind denn die Kinder? Ich will ihnen noch guten Tag sagen, bevor ich fahre.«
»Sie spielen draußen.«
»Und der Kleine? Der mit dem Hirnschaden?«
»Der ruht. Ärztliche Anordnung.«
»Sie sollten sich wegen des Jungen keine Vorwürfe machen«, sagt Kagle, als er sich in den Wagen zwängt. »Ich mache mir meines Beins wegen auch keine. Das ist alles Gottes Wille.«

»Aber gewiß doch, Andy«, versetze ich gemein lächelnd durch die zusammengebissenen Zähne. »Und sorgen Sie sich nicht um Ihren Job. Verlieren Sie ihn, dann war es Gottes Wille.«
»Heh-heh«, macht er hohl.
»Heh-heh.«
»Warum durfte er denn nicht bleiben?« fragt meine Frau.
»Ich will ihn hier nicht haben.«

Es ist Gottes Wille.

Ich habe Kagles Posten bekommen.
»Du warst heute mit Andy Kagle beisammen«, sagt meine Frau.
»Woher weißt du?«
»Du hinkst. Ist sein Bein schlimmer?«
»Nein, warum?«
»Sein Hinken ist schlimmer geworden. Du stolperst schon.«
Ich richte mich aus einer typischen Kagle-Haltung auf und lehne mich auf meine Art gegen den Treppenpfosten im oberen Stockwerk.
»Nein, er ist unverändert.«
Sie schaut mich schief an. Sie hat mit dem Hausmädchen das Abendessen zubereitet und dabei wieder Wein getrunken. Die umwölkten Augen blicken erwartungsvoll, aber geduldig. (Ich kann sie nicht ansehen.) Sie ahnt etwas und tastet sich behutsam heran, mit einem Gemisch aus Neugier und Angst.
»Du mußt längere Zeit bei ihm gewesen sein.«
»Ich habe seinen Posten bekommen.«
»Ach, nein.«
»Ich bin heute befördert worden.«
»Befördert?«
»Auf Kagles Posten.«
»Auf Kagles Posten?«
»Heute war es endlich soweit.«
»Ach – war das dein neuer Job?«
»Du kannst mir gratulieren.«
»Wußtest du, daß es sich um seinen Posten handelt?«
»Nein.«
»Bestimmt hast du es gewußt.«
»Ich habe sowas geahnt.«
»Und was wird aus ihm?«
»Nichts.«
»Sag' schon. Ich weiß doch, wie schlecht er aussieht.«

»Draußen ist er.«
»Gütiger Himmel.«
»Ich habe ihn heute entlassen. Er weiß es noch nicht. Aber im Grunde weiß er's wohl doch.«
»Du hast ihn entlassen?«
»Ich mußte, verdammt noch mal. Er wird nicht rundweg entlassen. Er wird irgendwohin versetzt, und da bleibt er, bis er von selber geht oder die Altersgrenze erreicht. Ich will ihn jedenfalls nicht behalten. Schließlich war er früher der Chef und es wäre für alle Beteiligten peinlich. Außerdem ist er ein Schlamper und würde sich über mich mokieren.«
»Er hat zwei Kinder.«
»Ich auch.«
»Du hast drei.«
»Na und?«
»Du vergißt wieder Derek.«
»Na und?«
»Immer vergißt du Derek.«
»Na und?«
Sie ist angetrunken und widerborstig.
»Was soll ich denn machen?«
»Ich bin ein besserer Mensch als du«, eröffnet sie mir.
»Du willst doch ein neues Haus, oder? Dir hat es doch sehr gefallen, daß ich einen besseren Job in Aussicht hatte, oder?«
»Früher hab ich gedacht, du bist besser«, fährt sie fort. »Aber die Bessere bin ich. Du bildest dir ein, du wärest der bessere Mensch, aber das bist du nicht. Das bin ich.«
»So? Du wärest noch besser, wenn du Nachmittags nicht süffeln würdest.«
»Deine Mutter hatte ganz recht.«
»Laß meine Mutter aus dem Spiel.«
»Du taugst nichts.«
»Hab' ich nicht gesagt, laß meine Mutter aus dem Spiel?«
»Ich bin selber ganz überrascht.«
»Du kommst nie mit dem Geld aus, das stimmt doch.«
»Nein, das stimmt nicht.«
»Ach, sieh mal an.«
»Und die Kinder verlangen auch nicht so viel. Überhaupt liegen wir dir nicht dauernd wegen Geld in den Ohren.«
»Und da wunderst du dich noch darüber, daß ich nicht sage, ich liebe dich!«
»Ich hab' immer geglaubt, mit mir ist nichts los.« Nie zuvor habe ich

solch unverhüllten Abscheu, solche Ruhe, solche gemessene Verachtung an ihr bemerkt. »Und du warst mir keine große Hilfe.«
»Ich möchte mal wissen, warum du wütend auf mich bist. Kagle ist nämlich nicht wütend.«
»So? Er nicht?«
»Nein. Im Gegenteil – er hat mich als seinen Nachfolger empfohlen.«
»Nein, das hat er nicht!« höhnt sie, bleckt die Zähne und schüttelt verächtlich den Kopf. »Du weißt es seit Monaten. Er ist eben erst dahintergekommen.«
»Du kannst es ja schon prächtig.«
»Das habe ich von dir gelernt.«
»Na, das ist wenigstens etwas.«
»Aber jetzt weiß ich, daß ich besser bin von uns beiden.«
»Die Bessere, nicht ›besser‹.«
»Puddipu.«
»Was sagst du da?«
»Puddipu.«
»Woher hast du das?«
»Von dir. Du sagst es im Schlaf.«
»Ich gehe rauf. Ich halte das nicht mehr aus.«
»Puddipu. Kommst du zum Essen?«
»Rechne nicht mit mir. Ich feiere still für mich auf meinem Zimmer. Ich muß mein Referat vorbereiten.«
»Welches Referat?«
»Das große Referat, mit dem ich die Tagung eröffne. Ich bin jetzt Ressortchef. Hier, in diesem Haus, bedeutet das natürlich nichts, aber in der Firma bedeutet es schon eine ganze Menge. Ich leite die gesamte Tagung. Ich habe völlig freie Hand.«
»Kannst du Andy Kagle seinen Posten wiedergeben?«
»Leck mich am Arsch!« bescheide ich sie.
»Du taugst einfach nichts, weißt du das?«
»Ich habe dich gewarnt. Ich will das nicht noch einmal von dir hören.«
»Ich sage, was ich will!« schreit sie erregt zurück. »Vor dir habe ich noch lange keine Angst!«
»Richtig, das behauptest du häufig«, erinnere ich sie. »Aber dann wirst du nüchtern und entdeckst, daß du doch Angst hast vor mir.«
Das wirft sie um. »Du Lump.«
Tränen steigen ihr in die Augen und strömen über ihr Gesicht. »Du hast wieder mal das letzte Wort.«

Ich fühle mich nicht als Sieger. Ich fühle mich besiegt, als ich müde die Treppe hinaufsteige. Im Büro war der Tag anstrengend. Um fünf wurde die Besprechung beendet, damit bis morgen früh die Gerüchte ihren Weg durch die Firma nehmen können. Kagle blieb zurück, um mir verständnistriefend alles zu erläutern.

»Sie sollen wissen, daß ich meinen ganzen Einfluß für Sie geltend gemacht habe«, erzählt er mir. »Arthur Baron wollte von mir hören, wer mir für diesen Posten geeignet erscheint, und ich habe mich Ihretwegen mit ihm gestritten. Man hatte Johnny Brown ins Auge gefaßt oder einen von den Filialdirektoren. Ich aber sagte, Sie verstünden von der Sache mehr als jeder andere. Ich kann mich nun künftig ganz jener Arbeit widmen, an der ich Spaß habe. Machen Sie sich keine Sorgen: ich bin ja da und helfe Ihnen, wo es nötig ist.«

O nein, das wirst du nicht.

»Tausend Dank, Andy. Was haben Sie denn da?«

»Ein Perpetuum mobile. Horace White hat es mir geschenkt. Wenn man nicht weiß, wo die Batterie versteckt ist, kann man sich den Mechanismus gar nicht erklären.«

(Batterien nutzen sich ab. Ungefähr zehn Tage bleiben ihm noch nach der Tagung. Dann muß er ein paar Wochen Urlaub nehmen und sich anschließend versetzen lassen. Oder in Pension gehen. Ich habe da schon einen Plan.)

»Was soll *ich* da erst sagen?« wehre ich Johnny Brown ab, der sich mir skeptisch und mit mühsam gebändigter Streitlust in den Weg stellt, den sehnigen Hals kampfbereit gestrafft (und ich frage mich, ob er nicht vielleicht der Spannung gnädig ein Ende machen sollte, indem er mir gleich anfangs einen Kinnhaken versetzt). »Ich wäre vor Überraschung fast vom Stuhl gefallen.«

»Was für gute Neuigkeiten pfeifen denn die Spatzen von den Dächern?« nuschelt Ed Phelps mir zu, und das sind seine Glückwünsche.

Green gehe ich aus dem Weg. Red sehe ich nicht. Auf dem Heimweg in der Bahn bin ich verkrampft und ganz erschöpft. Jetzt käme mir eine Beruhigungspille meiner Frau gelegen. Schon vor dem Betreten des Hauses tue ich mir leid und weiß nicht warum. Im Bad hole ich mir eine Pille, danach gehe ich in mein Arbeitszimmer und mache die Tür hinter mir zu.

Ich hoffe, daß die Kinder unten ernstlich besorgt fragen: »Was fehlt denn Daddy?« Ich hoffe, Dereks Pflegerin fragt ebenfalls und auch Derek bemerkt irgendwie, daß ich oben bin, in meinem Arbeitszimmer, und die Tür hinter mir zugemacht habe. Ich hoffe, meine Frau sagt unter scharfen Gewissensbissen: »Er fühlt sich nicht wohl.«

Ich möchte mir einreden, die geschlossene Tür meines Arbeitszimmers oder Büros erzeuge in anderen die gleiche bedrohliche, ausschließende Wirkung, welche die geschlossenen Türen gewisser Leute immer noch in mir hervorrufen. (Es kränkt mich nach wie vor, daß meine Tochter die Tür geschlossen hält, wenn sie in ihrem Zimmer ist. Auch mein Junge macht es jetzt so.)
Ich bedauere, meiner Frau je anvertraut zu haben, was meine Mutter, wie ich glaube, zu mir sagte, bevor sie starb. (Ich bedauere ferner, im Schlaf ›Puddipu‹ gesagt zu haben. Das kann sie jetzt auch noch gegen mich ausspielen.) Wie ich je auf den Gedanken kam, ich könnte ihr vertrauen, begreife ich nicht. (Der Mann muß sich fest vornehmen, seiner Frau keine Geständnisse zu machen.) Ich weiß nicht einmal genau, ob meine Mutter es wirklich gesagt hat. Ich glaube, bei meinen letzten Besuchen in jenem Pflegeheim hat sie mich kaum noch erkannt, sie wußte nicht, wer da während jener zwölf oder zehn Minuten, die ich jeweils blieb, schweigend an ihrem Bett saß. Ich brachte kein scharf gewürztes Fleisch mehr mit, keinen Fisch, keine Süßigkeiten; sie konnte nicht mehr essen. Ich brachte keinen Klatsch mit; sie hörte nicht mehr. Ich bezweifle, daß sie jemand an ihrem Bett sitzen sah, wenn ihre Augen auf mich gerichtet waren.
»Du taugst nichts«, sagte sie. Ohne Stimme. Es war mehr ein Formen der Wörter mit den Lippen und ein leise raschelnder Hauch. Ich wurde davon überrascht, ich neigte mich über die Höhle ihres Mundes, die anzusehen ich mich nicht mehr fähig fühlte, und forderte sie auf zu wiederholen, was sie da eben gesagt hatte. »Du taugst einfach nichts.«
Dies sind, soweit ich weiß, ihre letzten an mich gerichteten Worte gewesen. Und wenn ich hundertneunzig Jahre alt werde, etwas anderes kann ich sie nicht sagen hören. Und wenn die Welt noch drei Milliarden Jahre bestehen sollte, es wird nur diese Worte geben.

Spricht so eine sterbende Mutter zu ihrem Kind, selbst wenn das Kind ein Erwachsener mit Frau und drei eigenen Kindern ist? Als ich ihre Worte vernahm, empfand ich mit mir selber mehr Mitleid als mit ihr. Sie lag ja ohnehin im Sterben.
Ich aber mußte weiterleben.
Wie ich darauf verfallen konnte zu glauben, ich dürfe meiner Frau dies anvertrauen, weiß ich nicht. Es verging auch viel Zeit, bevor ich es tat. Ich war so traurig. Die Welt glich einer rostigen Konservenbüchse. Früher zwängten wir uns in weggeworfene Autoreifen und versuchten, die abfallende Straße hinunterzurollen. Das gelang nie. Wir montierten Seifenkisten auf Rollschuhe mit Kugellagern. Gehen war einfacher. Fall' ich einmal in den Dreck, Mama bläst die Schmerzen weg.

Ich hätte das dem Luder nie erzählen dürfen. Die Luder merken sich das.

Meine Gehirnhaut. (Meine Hirnhaut juchhe! Die tut mir so weh!) Meine Gehirnhaut besteht aus drei Schichten, die zusammenfassend *meninges* genannt werden. Sie umhüllen das Gehirn. Die innere Schicht heißt *pia mater*. Es handelt sich dabei um eine empfindliche, fibröse, gefäßreiche Membran (voll von Blutgefäßen und Kapillaren, stelle ich mir vor). Ich spüre, wie es von innen dagegen drängt. Es brodelt und stößt, als ob etwas explodieren wollte. Manchmal muß ich dabei an eine Käsefondue denken. Die *pia mater* hält dem nach außen gerichteten Druck meines Gehirns stand, unterstützt von den beiden anderen Schichten, der *dura mater* und der *Arachnoidea*, und preßt ihrerseits nach innen. Manchmal spüre ich Schmerzen. Die Bezeichnung *pia mater* geht auf eine unkorrekte Übersetzung arabischer Wörter ins Lateinische zurück, die so viel bedeuteten wie (ha, ha) *zärtliche Mutter*.

Mein Junge spricht nicht mehr mit mir

Mein Junge spricht nicht mehr mit mir, und ich glaube, ich halte das nicht aus. (Es scheint, er mag mich nicht.) Er vertraut sich mir nicht mehr an.
Es kommt vor, daß er mich abweist, und dann möchte ich weinen. Ich kann die Abweisung nicht vergessen und sie schneidet mir ins Herz. Warum soll er nicht mehr mit mir sprechen wollen? Ich möchte sein bester Freund sein. Weiß er denn nicht, daß ich wahrscheinlich niemanden auf dieser Welt so liebe wie ihn? Früher träumte ihm, so hat er erzählt, die Tür unseres Zimmers sei verschlossen gewesen und er habe nicht zu uns hinein gekonnt. Jetzt träume ich, die Tür zu seinem Zimmer sei verschlossen, und ich könne nicht hinein zu ihm.
Er geht schlafen, ohne mir Gute Nacht zu sagen, er macht die Tür hinter sich zu.
Der Kopf schwirrt mir, meine Gefühle kreiseln wie ein Mahlstrom. Er fragt mich nicht mehr so oft um Auskunft wie früher, und ich weiß darum nicht mehr, was er denkt, wer seine Freunde sind, welche Spiele ihm am meisten Spaß machen, ob er in der Schule und bei den Hausaufgaben Schwierigkeiten hat. Ich warte gespannt auf Neuigkeiten von Forgione. Er tut, als ärgere er sich über mich. Unmöglich kann man mehr aus ihm herausholen, als er freiwillig erzählt; man müßte zudringlich werden oder heimlich etwas durch Dritte über ihn in Erfahrung bringen. (Ob er wohl meint, ich spioniere ihm nach?)
»Heute bin ich am Seil bis ganz rauf geklettert«, verkündet er eines Abends, als er erst nach Dunkelwerden zum Essen heimkommt, dabei hat er einen warmen Schimmer in den Augen und von der körperlichen Bewegung und der Aufregung sind Wangen und Lippen bekömmlich hell gerötet. »Bis ganz rauf. Ich hätte sogar an die Decke anschlagen können, wenn ich mich getraut hätte, mit einer Hand loszulassen.«
»Hast du schon mal angeschlagen?« frage ich.
»Warum fragst du immer sowas?« bricht es vorwurfsvoll aus ihm heraus und er geht auf sein Zimmer.

Er entfernt sich von mir, und das soll er nicht. Er schließt mich aus. Ich sehe, daß die Türen zu seinem Zimmer und zum Zimmer meiner Tochter geschlossen sind, ich denke an die geschlossenen Türen in der Firma und erinnere mich voller Ekel der geschlossenen und von mir jeden Morgen und jeden Abend pflichtschuldigst geöffneten Schranktüren in unserer Stadtwohnung, hinter denen wir in köderbestückten Fallen Mäuse zu fangen oder zu töten suchten. Das war nicht die gute alte Zeit.

»Weißt du noch«, gedenke ich gemeinsam mit meiner Frau vergangener Tage, »weißt du noch, die Mäuse, damals in der Stadt?«

»Das waren keine Mäuse, sondern Schaben«, sagt meine Frau.

»Schaben hatten wir auch.«

»Mäuse hatten wir nicht.«

»Hast du vergessen, wie ich mich davor fürchtete, eine Maus mit der Zeitschrift zu erschlagen?«

»Ja, ja. Du hattest Angst, sie totzumachen. Drauftreten wolltest du auch nicht. Du mochtest nicht, wenn sie zerplatzten. Meist mußte ich es mit einem alten Pantoffel besorgen. Mir hat es auch keinen Spaß gemacht.«

Vielleicht irrt sie sich.

Mein Gedächtnis läßt in jüngster Zeit nach, Erinnerungen vermengen sich ununterscheidbar mit Einbildungen, und es kostet mich Mühe, den Knäuel zu entwirren. Ich weiß, daß ich als Kind heulend aufwachte, weil mir geträumt hatte, mein Bett wimmele von Schaben, und auch bei brennendem Licht sah ich sie hellwach noch minutenlang durchs Zimmer flüchten und in den Ritzen verschwinden. Mein Bruder kam mich trösten (eben jener, der einen Klumpen Kohle nach mir warf); er leistete mir liebevoll Gesellschaft, bis ich aufhörte zu zittern. Jetzt habe ich keinen großen Bruder mehr. Eines meiner Kinder – welches, weiß ich nicht mehr –, träumte vor Jahren, in seinem Bett wimmele es von schnappenden Fischen, und mir fiel sofort ein, daß auch ich diesen Traum gehabt habe.

»In meinem Bett waren Fische«, schluchzte ich, »sie schwammen zwischen den Decken herum.«

»Es sind keine mehr da«, tröstete mein Bruder mich geduldig. »Schau nach, du wirst nichts finden.«

»Vorher waren auch keine da«, schluchzte ich immer weiter, »aber gesehen habe ich sie doch.«

Ich sehe Dinge, die nicht da sind. Früher lag ich wach und horchte auf die Schritte von Menschen, die mich stehlen wollten. Ich ängstigte mich im Dunkeln. Von anderswo in der Wohnung drang verschlafenes Ächzen, gedämpftes Weinen an mein Ohr. Schlich ich mich aus meinem Zimmer, verstummte es. Ging ich zurück, fing es wieder an und setzte sich in unregelmäßigen Abständen fort, bis ich weggeholt wurde in den Schlaf. Mein Junge hat sich früher auch vor der Dunkelheit gefürchtet, jetzt nicht mehr. (Möglich, daß er mir damals besser gefallen hat. Ich war, glaube ich, glücklicher mit ihm, als er mich mehr brauchte.) Jetzt bleibt er nach Dunkelwerden fort, manchmal wird es so spät, daß ich es mit der Angst bekomme, und wenn wir nicht ausdrücklich danach fragen, sagt er nicht, wo oder mit wem er zusammen war. Ich will nicht, daß er mich ausschließt.

»Beim diesjährigen Elterntag«, verschwöre ich mich mit meiner Frau, »werde ich unauffällig mit Forgione sprechen und auch mit dem Direktor. Ich möchte mich mal umhören.«

»Er will nicht, daß du hingehst. Und ich darf höchstens eine Stunde bleiben.«

»Warum hat er mir davon nichts gesagt?«

»Er hat es eben mir gesagt.«

Und meine Tochter hat mit ihrer Freundin den Wagen an sich gebracht, indem sie meiner Frau sagte, ich hätte es erlaubt; mir gegenüber hat sie sich darauf hinausgeredet, meine Frau hätte sie mißverstanden. Als wir sie beide in die Mangel nahmen, fing sie an zu weinen. Sie behauptete, immer hätten wir an ihr etwas auszusetzen. Sie sagte, ich behandele meinen Jungen viel besser als sie. Sie sagte, sie könne es kaum noch erwarten, von der Schule weg und aufs College zu kommen, einzig, um nicht mehr zuhause sein zu müssen. Sie sagte, es sei ja nicht zu übersehen, daß wir sie nicht mehr haben wollten.

»Wenn ihr mir einen Wagen schenken würdet, brauchte ich keine Lügen zu erfinden, wenn ich mal fahren will«, schniefte sie.

Also werde ich es früher oder später tun müssen (mehr mir zuliebe als ihr zuliebe). Sie macht mich mürbe. Nur gut, daß das Benzin unentwegt teurer wird; die arbeitenden Schichten können sich dann keins mehr leisten, und für Leute wie mich und meine Tochter ist stets reichlich vorhanden.

»Wenigstens hat sie diesen Kerl abgehängt«, sagt meine Frau, »und Drogen nimmt sie auch nicht.«

»Du meinst, man darf ihr das glauben?«

»Sie geht mit ihren Freundinnen aus. Sie kommt zeitig nach Haus. An den Wochenenden ist sie nicht mehr so oft verabredet. Fällt dir denn das nicht auf?« Sie läßt betrübt den Kopf hängen und sagt bekümmert: »Wenn sie doch bloß schon weg wäre. Jetzt weiß sie nicht mehr, was anfangen mit sich.«

Mir ist, als wäre ich in einen aussichtslosen Kampf verstrickt. Vorhersagen bewahrheiten sich. Dieser Tage fühle ich mich im Büro sicherer. Sogar zuhause komme ich mir weniger schutzlos vor (zuhause bin ich schutzlos. Mir ist so, als entzöge sich unerbittlich alles meinem Einfluß. In der Firma ist das nicht so), wenn ich mich in Gedanken ganz und gar auf die Vorgänge im Büro konzentriere, wo Aufgaben unmißverständlich gestellt werden, wo an den Pflichten nicht zu drehen und zu deuteln ist. Ich weiß, was von mir verlangt wird: vorderhand muß ich mich gegen alle hiesigen Mitarbeiter liebenswürdig verhalten, sogar gegen die, auf die wir verzichten können, hingegen kühl und distanziert gegen alle mir untergeordneten Mitarbeiter in den Außenstellen. Niemand soll sich dort unangreifbar fühlen, jeder soll unentwegt in ängstlicher Erwartung neuer Direktiven leben, die hinter verschlossenen Türen auf Konferenzen gefaßt werden, an denen ich nun mitwirke. (Ich bin ein Königsmacher.) Die Vorbereitungen für die Große Tagung gehen zügig voran, weil keiner, der damit befaßt ist, sich unangreifbar fühlen kann. Man betrachtet mich mit Neid, Hoffnung, Ehrgeiz, Mißtrauen und Enttäuschung. Meine kleine Sekretärin wünscht mir Glück; sie hofft, ich nehme sie mit. Das tue ich aber nicht. Ich sage, sie sei viel zu wertvoll auf ihrem gegenwärtigen Platz. Kagles Sekretärin wird mich besser schützen; sie lügt überzeugender, sie ist geschickter im Vertuschen. In meiner alten Abteilung bleiben der neunmalkluge Schwoll, der schwächliche Holloway, ein heller junger Mensch, der bestimmt nicht bleibt, und ein ältlicher Umstandskrämer, der bestimmt nicht geht, samt drei weiteren Hilfskräften, die gewissenhaft erledigen, was man ihnen aufträgt; am Tage des Umzuges lasse ich sie allesamt mit Freuden zurück. Vorübergehend beziehe ich ein fensterloses Zimmer gegenüber von Kagles Büro. Arthur Baron und Horace White haben Kagle versichert, er dürfe sein geräumiges Chefbüro solange benutzen, wie er in der Firma bleibt. (Wie kurz er nur noch bleiben darf, hat man ihm selbstverständlich nicht gesagt.) Green muß Ersatz für mich suchen. Wen er wohl findet? Wie ich mit Green verfahren soll, weiß ich noch nicht. (Noch fürchtet er mich nicht so sehr, wie ich wohl möchte.)
»Wüßten Sie jemanden, dem ich Ihren Posten geben kann?« fragt er mich am Tage meines Umzugs ganz freundlich, doch sein Gehaben stimmt mich mißtrauisch. »Ich hätte gern jemand, der seine Sache besser macht als Sie«, sagt er, noch während ich nicke, mit unverschämter Bosheit.
»Dann werden Sie ihm auch mehr zahlen müssen«, scherze ich.
»Mit Vergnügen. Das wäre er dann auch wert.« Ein Punkt für ihn.
Green hat offenbar bislang überhaupt keine Angst vor mir, folglich werde ich zunächst so mit ihm verfahren, daß ich vor ihm krieche.

»Wie wär's denn mit Kagle?« erkundigt er sich süßlich. »Halten Sie ihn für qualifiziert, Ihren Posten einzunehmen?«
»Den würde er ablehnen. Er würde darin eine unzumutbare Degradierung sehen, fürchte ich.«
»Aber doch wohl nicht, wenn er sich klar macht, was Sie mit ihm vorhaben.«
»Was denn – seine Beraterstelle?«
»Soll er etwa Sie beraten?«
»Selbstverständlich.«
»Tja – dann würde er sich befördert vorkommen, wenn er in meine Abteilung versetzt wird.«
»Jack«, bitte ich in versöhnlichem Ton, »von jetzt an sollen Sie Angst vor mir haben. Mindestens ein bißchen.«
»Als ich Ihnen das letzte Mal drohte, wußten Sie schon Bescheid, wie?«
»Ich durfte aber nichts verlauten lassen.«
»Und trotzdem hatten Sie noch Angst vor mir.«
»Nein, Angst hatte ich nicht.«
»Mein Urteilsvermögen mag ja schlecht sein, aber meine Augen sind gut. In Ihrem Fall kann ich mich nicht geirrt haben.«
»Damals konnten Sie mich nicht riechen.«
»Geschwitzt haben Sie wie in der Sauna. Und Sie haben auch jetzt vor mir Angst, in diesem Moment noch.«
Ich grinse unterwürfig. »Sie können mich immer noch nicht riechen.«
»Sie werden immer Angst vor mir haben.«
»Das weiß ich nicht so genau. Ich brauche nicht mehr mit Ihnen allein zu sein. Ich kann Sie vor anderen kritisieren. Ich kann Ihre Projekte abwürgen und Ihre Vorschläge zurückweisen.«
»Und das wollen Sie tun?«
»Nicht gern. Lieber möchte ich mir von Ihnen helfen lassen. Nur halten Sie mich nicht zum Narren.«
»In einem Fall wie dem Ihren kann man sich das nur schwer verkneifen.«
»Ich verstehe. Sie fühlen sich bereits jetzt versucht. Aber wenn Sie sich gern eine vor den Latz knallen lassen wollen, legen Sie sich mit Lester Black an. Der erledigt das im Handumdrehen.«
Green kann nicht verhindern, daß ihm die Röte des Ärgers in die Wangen steigt. Im Augenblick habe ich die bessere Haltung. »Verkneifen Sie sich's«, sage ich sanft.
»Leicht fällt es mir nicht.«
»Fangen Sie gar nicht erst an.«
»Das fällt mir von Minute zu Minute schwerer. Wie wollen Sie sich zu mir stellen?«

»Ich werde Sie mit Hochachtung behandeln. Besser als Kagle Sie je behandelt hat. Ich werde Angst vor Ihnen haben – noch möchte ich mich nicht mit Ihnen anlegen, dieses Jahr noch nicht. In Anwesenheit anderer werde ich besonders nett zu Ihnen sein, sofern Sie es mir nicht unmöglich machen.«

»Nett wollen Sie zu mir sein? Das ist ja eine unerträgliche Demütigung.«

»Ja. Und ich werde es genießen«, pflichte ich liebenswürdig bei. »Ich lache jetzt, weil ich weiß, daß es stimmt, und nicht, weil ich schon genieße. Eine Veränderung hat stattgefunden, Jack, eine große Veränderung. Ich bin nicht mehr Ihr Untergebener. Von jetzt an müssen Sie sich vor mir fürchten«, rufe ich ihm ins Gedächtnis. »Das wissen Sie doch.«

»Ich fürchte, das kann ich nicht.«

Immer noch kann Green mich nicht riechen! Ich kann auf ihm rumtrampeln, kann ihm ins Auge spucken, ihn in einen bibbernden Dreckhaufen verwandeln, ich kann ihn gekrümmt vor Magenkrämpfen mit seiner spastischen Kolitis ins nächste Hospitalbett schicken; ich bin jünger, stärker, größer, gesünder als er, kann ihm ebenso mühelos einen Kinnhaken versetzen wie Johnny Brown mir, und immer noch kann er mich nicht riechen. Immer noch fürchte ich ihn, und ich schwitze mächtig unter den Achseln. Kein Wunder, daß ich immer häufiger an gespenstischen Visionen und Erlebnissen leide. (Manche kitzeln meine Phantasie. Andere nicht.)

Vorgestern glaubte ich, hinter dem Tresen des Schnellrestaurants, wo ich Roastbeef bestellte, meinen Friseur zu erkennen.

»Was machen Sie denn in dieser Kneipe?« fragte ich.

»Ich bin nicht Ihr Friseur«, entgegnete er.

Ich fürchtete um meinen Verstand.

Vor einer Woche sah ich aus dem Fenster einer fahrenden Taxe Jack Green auf der Straße im Regen betteln; er trug einen nassen, langen Mantel und zerfetzte Schuhe. Er war einen Kopf größer, dünn, blaß, geradezu hager. Es war nicht er. Aber das habe ich jedenfalls gesehen.

Ich glaubte, den Verstand zu verlieren.

Gestern glaubte ich im Bus Charlie Chaplin auf der Straße zu sehen und glaubte ferner, ich wäre mit ihm bekannt. Es war aber nicht Charlie Chaplin, und ich war nicht mit ihm bekannt.

Es mag sein, daß mein Gedächtnis mich im Stich läßt. Namen zu behalten fällt mir schwer, auch bringe ich die Zahlen von Telefonnummern durcheinander, die mir seit Jahren im Gedächtnis sind. Zahlen anderer Anschlüsse drängen sich paarweise ein. Nach all diesen Jahren weiß ich

plötzlich nicht mehr, ob sieben-sieben die erste Gruppe von Pennys Telefonnummer ist und acht-sieben die letzte oder umgekehrt. Jedesmal muß ich überlegen, ob Red Parker zwei-acht-null-zwei hat oder zwei-null-acht-zwei. Ich weiß, Penny ist wieder schwanger – nicht von mir. Ich habe ihr das Geld für die Abtreibung gegeben. Bestimmt wird sie es mir zurückzahlen, sobald sie es sich von dem Betrag abgespart hat, den die Eltern ihr monatlich aus Wilmington überweisen. Früher einmal hatte jede Kellnerin, mit der man ins Gespräch kam, eine Scheidung hinter sich und zwei Kinder irgendwo auf dem Lande bei der Mutter. Heute haben sie stattdessen zwei Abtreibungen hinter sich. Studentinnen in den ersten Semestern, junge Mannequins, Sekretärinnen, Stewardessen und Schauspielschülerinnen haben eine gehabt. Diplomierte Akademikerinnen haben gelegentlich zwei hinter sich, es hängt vom Studienfach ab. Jane und ihre Kollegen werden entlassen. (Sie rentieren sich nicht.)
»Sobald Sie wissen, wo Sie bleiben, rufen Sie mich an. Am besten noch vorher«, sagte ich zu ihr.
Das machte sie auch. Ich sagte, ich sei im Moment beschäftigt, wolle aber zurückrufen. Das habe ich nicht getan. Manchmal versuche ich, aus dem Schlaf aufzuwachen, kann aber nicht. Der Schlaf hält mich in den Klauen, und das träume ich.

Ich bemühe mich, meine Angelegenheiten zu ordnen. Ich habe eine Liste angelegt.
»Wir müssen uns bald einmal gründlich und ernsthaft über Derek unterhalten«, sage ich eines Tages ruhig und entschieden zu meiner Frau. »Du weißt, für immer können wir ihn nicht bei uns behalten.«
»Ich will darüber nicht reden.«
Ich auch nicht.
Ich glaube, ich bin in grausigen Schwulitäten. Ich glaube, ich habe ein Verbrechen begangen. Die Opfer sind seit je Kinder.

»Bist du böse auf mich?« frage ich meinen Jungen sachlich und so neutral wie möglich.
»Nein. Ich bin nicht böse.«
Es hat in seinem Gesicht gezuckt. Meine Frage verstört ihn. Fast habe ich Angst, weiterzusprechen.
»Du redest nicht mehr oft mit mir.«
»Ich rede doch.« Er zuckt die Achseln. »Jetzt zum Beispiel.« Er wuselt unbehaglich herum, eine Mißstimmung verdüstert seine Miene. Er mag mich nicht ansehen.

»Nicht mehr so häufig wie früher. Du bist jetzt immer auf deinem Zimmer.«
Wieder zuckt er die Achseln. »Es gefällt mir dort.«
»Du magst es nicht, wenn ich dir Fragen stelle?«
»Manchmal nicht.«
»Was machst du auf deinem Zimmer?«
»Ich lese. Sehe fern. Mache meine Schulaufgaben. Ich denke nach.«
»Allein?«
»Ja, das gefällt mir.«
»Früher war das anders.«
»Aber jetzt ist es so.«
»Wirst du mit deinen Schularbeiten immer allein fertig?«
»Nicht immer.«
»Und wer hilft dir?«
»Keiner. Wenn was verkehrt ist, schadet es nichts.«
»Wäre es nicht besser, du machtest nichts falsch?«
»Den Lehrern ist das egal. Darf ich jetzt gehen?«
»Wohin?«
Er lächelt schuldbewußt, denn er weiß, daß seine Antwort zu einem Witz wird: »Auf mein Zimmer.«
»Gewiß«, erlaube ich liebevoll, mit einer Herzlichkeit, die gespielt ist. »Ich wollte mich ja nur davon überzeugen, daß du mir nicht böse bist.«
»Du bist auch oft in deinem Zimmer.« Er ist an der Treppe stehen geblieben und wirft mir das als Rechtfertigung über die Schulter hin. »Mommy sitzt auch in ihrem Zimmer. Oder meinst du etwa, bei mir stimmt was nicht?«
»Ich habe dir aber immer erlaubt, in mein Zimmer zu kommen.«
O Gott, da steht er, ein empfindsamer, offener, hellwacher kleiner Junge, kaum größer jetzt, so kommt mir vor, als mit einem Jahr, und ich zanke mit ihm, ich bin den Tränen nahe, habe jenen Kloß in der Kehle und fühle mich wie ein abgewiesener Verehrer. Selbstsüchtig suche ich meinen Vorteil auch im Wortgefecht mit ihm, wie ich es schon bei Frau und Tochter tue.
Wie werde ich sterben? Ich zähle mal die Möglichkeiten auf. (Nein. Lieber nicht.) Diese kindische Aufzählung habe ich bereits erledigt und will meine Zeit daran nicht weiter verschwenden. Keine davon taugt was. Ich kann das Bild jenes lebhaften, wohlhabenden, hochgewachsenen, gutaussehenden Mannes nicht loswerden, der vor ein paar Wochen in der Halle unseres Bürogebäudes tot hinschlug, als wir fast auf gleicher Höhe waren. Ich sah ihn deutlich fallen. Noch als er vornüber kippte, sah er aus wie das Urbild strahlender, unzerstörbarer Robustheit, bis

das Gesicht dumpf auf den Boden klatschte und Blut aus seinem Mund quoll. Ich setzte meinen Weg an ihm vorüber fort, ohne den Schritt zu verhalten. Ich tat, als hätte ich nichts bemerkt. Als ich vom Essen zurückkam, war er nicht mehr da. Man hatte ihn fortgebracht. Ich war enttäuscht. Man hatte, um den glänzenden Schein zu wahren, die Wirklichkeit verfälscht. (Auf meinem Stockwerk ist jetzt alles glänzend organisiert.) Ich ertappe mich immer wieder dabei, daß ich an der Stelle, wo er umfiel, nach ihm Ausschau halte. Heute früh, auf dem Weg ins Büro, sah ich auf den Stufen der St. Patricks Kathedrale einen bewußtlosen Stadtstreicher, der die Treppen mit einer Flüssigkeit befleckte, die Urin gewesen sein mag oder auch Schnaps. Polizisten standen herum und beherrschten die Lage. Sie brauchten meinen Beistand nicht.

Gut, daß sie ihn nicht brauchten.

Wehe, wehe. Meine Frau ist auch wieder unglücklich. Wir haben ein vernünftiges Übereinkommen getroffen: ich bin nicht an allem schuld, und ich kann nicht viel tun, die Dinge zu bessern (allerdings sage ich immer noch nicht, daß ich sie liebe, und sie weigert sich betont, zu fragen). Was aus ihr wird, interessiert niemanden.

»Hätte ich doch nur eine anregende Arbeit.«

»Die könntest du dir noch beschaffen.«

Sie schaut mich fest an. »Es ist dafür zu spät.«

»Ja, selbstverständlich.«

Sie hat sich mit dem Gedanken befreundet, daß Kagle sein Schicksal auch ohne meine Mitwirkung ereilt haben würde, und daß sich mir nie wieder eine Chance geboten hätte, wäre ich nicht bereit gewesen, seinen Posten zu übernehmen.

»Du würdest eine Haushälterin einstellen, nicht wahr?« fragt sie versonnen. »Und Derek würdest du in ein Heim geben. Oder du würdest die Kinder ins Internat schicken und selber in die Stadt ziehen.«

»Wie denn –«

»Falls ich mich umbringe, oder an Krebs sterbe, oder einfach fortginge, allein oder mit einem anderen Mann.«

»Hast du Pläne in dieser Richtung?« frage ich mit wohltuender Nachsicht.

»Ich könnte dir keinen Vorwurf daraus machen. Was aus mir wird, interessiert einfach keinen Menschen.«

»Was aus mir wird, interessiert ebenfalls niemanden«, muß ich ihr jetzt anvertrauen. »Höchstens dich und die Kinder. Nicht mal Derek.«

»Mir würde das genügen. Nein, lüg' mir jetzt nichts vor«, fügt sie mit Würde und ganz leicht bedauernd lächelnd hinzu. »Ich würde dir nicht glauben.«

Meine Frau glaubt, es sei aller Welt egal, was aus ihr wird, und damit hat sie vermutlich recht.
Das Leben ist voller Plage, sogar für sie. Ich muß ein Referat halten. Mein Junge wird wohl ohne mich untergehen (oder ich ohne ihn. Mir kommt vor, daß ich bei ihm schon immer diese Gewißheit gehabt habe). Lieber Gott – wir müssen Qualen ausstehen, lange bevor wir wissen, was Leid ist. Sie werden uns auferlegt, noch ehe wir sehen können. Es gibt so viel innerliche Angst. Man hat mir gesagt, ich sei mit eingedrücktem Gesicht und mit roten und blauen Schrammen von der Zange an Schultern und Armen auf die Welt gekommen, hätte aber keinen Schmerz verspürt, weil ich noch kein Nervensystem besaß, das Schmerz registrieren konnte. Ich wußte aber schon, was Einsamkeit ist. Ich fürchtete mich schon vor der Dunkelheit. Auch vor dem Licht. Hätte ich gewußt, was Frost und Schneeregen sind, ich hätte auch die gefürchtet. (Fürchten wir, was wir nicht sehen können, oder was wir erblicken, wenn wir sehen können?) Ich fürchtete, es könnte immer noch Dunkelheit herrschen, wenn ich die Augen öffnete. (So war es, als mir die Mandeln herausgenommen wurden in jenem Krankenhaus.) Ich fürchte auch jetzt, daß dies geschieht. Dann wird niemand kommen. Angst, Verlust der Liebe, Verlust der geliebten Person, Verlust der Liebe der geliebten Person. Trennung. Wir wollen nicht gehen, sie sollen nicht gehen, wir können nicht abwarten, daß sie gehen, wir wünschen, sie kämen zurück. Es gibt offenbar Konflikte. Ich bedurfte einer Brust, die mich säugte, eines Armes, der mich hob. Namen kannte ich nicht. Ich liebte die Nahrung, die mich nährte – weiter wußte ich nichts –, und die Arme, die mich hielten, mich umfingen, mich umwendeten, mir zu verstehen gaben, daß ich jedenfalls im Augenblick nicht allein war, daß jemand wußte, ich sei da. Ohne sie wäre ich einsam gewesen. Ich fürchte mich auch jetzt vor der Dunkelheit. In fremden Betten und in meinem eigenen erdulde ich Alpträume. Unter meinem Bett liegen Geister auf der Lauer. In den Kleiderschränken hocken Gespenster. Ich fürchte mich wie ein Vierjähriger. Ich habe Angst vor Licht. Ich fürchte, eines Tages wird immer noch Dunkelheit herrschen, wenn ich die Augen öffne. Und dann kommt niemand. (In jener Nacht im Krankenhaus erwachte ich ohne Polypen und Mandeln vielleicht eintausendmal, und immer war es noch dunkel und ich glaubte, es wird nie wieder hell. Und niemand kam.) Worauf soll ich mich noch freuen, wenn eines Morgens Tag wird, ohne daß Licht kommt? Und auf welche Art werde ich senil sein? Werde ich mich Kindern unsittlich nähern, furzen, in den Salon scheißen? Werde ich ›Nigger‹ sagen, Juden verhöhnen? Schon jetzt sage ich gelegentlich ›Nigger‹, es rutscht mir so heraus. Ich könnte Green ver-

höhnen. Wie ich mit Green fertig werde, glaube ich jetzt genau zu wissen:

»Jack«, könnte ich mit einem entwaffnend loyalen Blick sagen, »ich möchte gern einen Juden einstellen. Kennen Sie einen? Gescheit müßte er natürlich sein.«

»Das scheint mir ausgeschlossen«, könnte er mit derselben falschen Liebenswürdigkeit erwidern.

»Gibt es denn keine gescheiten Juden mehr?« könnte ich nun fortfahren.

»O doch«, würde er jetzt antworten, »aber wer gescheit ist, würde nicht Ihr Untergebener sein wollen. Und wenn Sie einen von der anderen Sorte nehmen, stehen Sie sich mit einem Protestanten besser. Den können Sie eher vorzeigen.«

Und dann wüßte ich wieder einmal, daß ich ihm immer noch nicht gewachsen bin. Ich glaube, ich gehöre zu den ganz wenigen Erdbewohnern, die wissen, daß *livid* blau bedeutet und *lurid* blaß. Genützt hat mir dieses Wissen kaum. (Green mag zu den ganz wenigen gehören, die es ebenfalls wissen, und ihm hat es noch weniger genützt.) Mein Junge ist wieder blaß, seine Augen sind sehr blau und liegen tief. Ich wünsche, ich könnte durch sie hindurchsehen und erkennen, was in ihm vorgeht.

»Warum starrst du so?« fragt er beklommen.

»Ich starre nicht.«

»Doch.«

»Entschuldige. Ich habe nachgedacht.« Er will nicht sprechen. »Und falls du fragst, worüber ich nachgedacht habe, was antworte ich da wohl?«

»Was?« fragt er, um mir gefällig zu sein.

»Ich dachte, irgendwann wird er doch fragen, warum ich ihn so anstarre.«

Er lacht und gluckst dabei anerkennend, er drückt mir seinen Beifall aus, geht in sein Zimmer und macht die Tür hinter sich zu.

Ich will nicht, daß er fortgeht. Mein Gedächtnis läßt mich im Stich, meine Blase ist schwach, meine Füße werden platter, Mandeln und Polypen fehlen schon, mein Kieferknochen fault, und jetzt will auch mein Junge mich aussetzen, mich verlassen, aus Gründen, die er nicht nennt. Was bleibt mir dann noch? Mein Job? Mit fünfundfünfzig habe ich nichts mehr vor mir, als Arthur Barons Job und meinen fünfundsechzigsten Geburtstag. Mit fünfundsechzig habe ich nichts mehr vor mir, als den Fünfundsiebzigsten oder vorher den Tod. Mit fünfundsiebzig habe ich weiter nichts vor mir als den Tod vor dem Fünfundachtzigsten oder das Bett im Pflegeheim. Man wird mir Einläufe machen. (Wird man mir strapazierfähige, wasserdichte Unterhosen anziehen, eigens für

Herren angefertigt, die unter sich lassen?) Ich werde unter mich lassen. Älter als fünfundachtzig möchte ich nicht werden, aber vor meinem hundertsechsundachtzigsten Jahr möchte ich nicht sterben.
O mein Vater, warum hast du mir dies angetan?
Ich will ihn wiederhaben.

Auch meinen Jungen will ich wiederhaben.
Ich will ihn nicht verlieren.
Ich verliere ihn.
»Da ist was passiert!« ruft ein Halbwüchsiger aufgeregt seinem Freund zu und rennt hin, um zu sehen, was passiert ist.
Vor dem Einkaufszentrum sammelt sich eine Menge. Ein Autofahrer hat die Herrschaft über seinen Wagen verloren und ist auf den Bürgersteig geraten. Eine Schaufensterscheibe ist zersplittert. Auf der Erde liegt mein Junge. (Er ist nicht enthauptet.) Er schreit vor Schmerz und Entsetzen. Arme und Beine sind verrenkt und gebrochen, Blut sprudelt aus klaffenden Wunden im Gesicht und am Schädel, es strömt aus einem Ärmel hervor über sein Handgelenk. Er erkennt mich, er zuckt, er streckt einen Arm nach mir aus. Er ist irre vor Angst. Ich auch.
»Daddy!«
Er stirbt. Grauen, ein bleicher, ergreifender Schrecken, gräßlicher, als ich mir je ausgemalt habe, steht plötzlich auf seinem Gesicht. Ich ertrage es nicht. Er erträgt es nicht. Er klammert sich an mich. Er sieht mich hilfeflehend an. Seine Schreie sind durchdringend. Ich halte es nicht aus, ihn solche Schmerzen, solche Angst erleiden zu sehen. Ich muß etwas tun. Ich presse sein Gesicht an meine Schulter. Ich umschlinge ihn mit beiden Armen. Ich drücke zu.

»Der Tod ist durch Ersticken eingetreten«, sagt der Arzt. »Der Junge bekam keine Luft mehr. Kopfhaut und Gesicht zeigen oberflächliche Schnittwunden, eine Hüfte ist geprellt, sein Arm weist einen tiefen Schnitt auf. Weiter fehlte ihm nichts. Sogar die Milz ist unverletzt geblieben.«
Krankenschwestern und Polizisten sind ausnahmslos zartfühlend, sie stehen achtungsvoll schweigend dabei, während ich weine. »Möchten Sie lieber allein sein?« murmelt jemand.
Ich habe Angst davor, allein zu sein. Alle sollen bei mir bleiben und sehen, wie ich, von Kummer und Scham vernichtet, Tränen vergieße. Ich weine lange. Als ich mich endlich fähig fühle zu sprechen, hebe ich den Blick ein klein wenig und sage:
»Bitte – meine Frau darf es nicht wissen.«

Niemand weiß,
was ich getan habe

Niemand weiß, was ich getan habe. Alle sind tief beeindruckt davon, wie tapfer ich in den Vorbereitungen für die Große Tagung fortfahre, wie tapfer ich in Kagles Stellung eingerückt bin. Niemand begreift, daß mir nichts leichter fallen konnte, als tapfer weiterzumachen.
Endlich darf ich mein Referat halten. Es gerät hervorragend (und keiner schert sich auch nur einen Deut darum. Ich muß bemerken, daß nicht einer der Anwesenden sich kurz danach erinnert, wovon es handelte. Dabei hatte ich gehofft, man würde mich nicht nur dafür loben, sondern offiziell vorschlagen, das Referat zu vervielfältigen, durch die Public Relations-Abteilung überall in der Firma zu verteilen, sowie an Fachzeitschriften und die Handelskammern zu schicken. Nichts dergleichen passiert). Arthur Barons Anregung folgend hielt ich mein Referat kurz. Genau drei Minuten habe ich gesprochen. Kagle hat die Tagung mit einer Ansprache von fünfzehn Minuten Dauer eröffnet und mich über den grünen Klee gelobt. Green sprach siebenundzwanzig Minuten; er beanspruchte die gesamte, seinem Ressort zugeteilte Zeit für sich allein, er brillierte und langweilte sein Publikum.
»Ihr Referat hat mir sehr gefallen, Jack«, beglückwünsche ich ihn.
»Möchten Sie eine Kopie haben?« erwiderte er. »Ich habe das Manuskript vervielfältigen lassen.«
»Gerade wollte ich darum bitten.«
»Vergessen Sie nicht, nur mit Quellenangabe zu zitieren. Es könnte sein, daß ich die Sache publiziere.«
Schon schaut er an mir vorbei nach lohnenderer Beute aus. (Für ihn bin ich immer noch nicht bedeutend genug – in diesem Jahr noch nicht.) Er desertiert zu Horace White, der ihm die kalte Schulter zeigt und sich Lester Black zugesellt, der aufmerksam Johnny Browns Sticheleien gegen mich lauscht, mit dem ich schon sehr bald ein Wörtchen reden muß und vor dem ich mich fürchte. Offenbar hat es großen Eindruck gemacht, wie rasch und geschickt ich alles in die Hand genommen habe.

Ich ordne meine Angelegenheiten mit System. Ich hake einen Punkt nach dem anderen auf meiner Liste ab.
Ich habe meiner Frau gesagt, daß ich sie liebe.
Wir haben beschlossen, Derek fürs erste zu behalten (vielleicht bessert sein Zustand sich. Die Ärzte können sich geirrt haben. Täglich macht die Medizin Fortschritte), und eine vielversprechende Pflegerin für ihn aufgetrieben (die beiden vor ihr wollten nicht bleiben, dafür hat diese starken Körpergeruch).
Ich habe meiner Tochter einen Wagen geschenkt. Ihre Stimmung scheint sich merklich zu heben. (Meiner Frau kaufte ich das Kabriolett, das sie so hübsch fand, und schickte sie auf Möbelsuche für unser neues Haus. Eine Lebensaufgabe ist das nicht, aber sie kann sich mit der Einrichtung beschäftigen. Ohne mich macht meine Frau keine Ferien. Jetzt haben wir den Drittwagen.) Meine Tochter hat versprochen, in allen Fächern ausreichende Zensuren heimzubringen und will angeblich aufs College gehen. Sie behauptet, sie lüge nicht mehr. (Da könnte sie sogar die Wahrheit sagen.)
Ed Phelps habe ich pensioniert und Red Parker entlassen. (Red Parker weiß von seinem Glück noch nichts. Sooft er mit einem seiner irren Weiber nach St. Thomas fliegt, schreibt er mir von dort eine Ansichtskarte.) Die Besucherberichte der Vertreter treffen pünktlich jeden Freitag ein und sind überdies korrekt.
»Na, ein Gutes hat die Sache jedenfalls«, gestand Brown mir unwillig zu, als wir wieder im Büro waren, »mit diesen blöden Vertreterberichten brauchen wir unsere Zeit nicht mehr zu verschwenden.«
Auf das Schlimmste gefaßt, erhob ich mich und trat ihm mannhaft gegenüber. »Da irren Sie. Jeden Freitag bei Geschäftsschluß erwarte ich ausnahmslos alle Berichte auf meinem Schreibtisch.«
»Sie mieser Penner!«
»Und nennen Sie mich nicht mieser Penner.«
Unsere Blicke tauchten ineinander. Haß waberte zwischen uns. Ich sah, wie er die klobigen Fäuste ballte und erbebte innerlich. Ich glaubte, er werde mir gleich einen Kinnhaken versetzen – bis mir auffiel, daß aus seinem Gesicht ebenfalls alles Blut wich, wahrscheinlich sogar rascher, als aus meinem. Auch er hatte also Angst. Er zerfiel. Um die Mundwinkel und am sehnigen Kiefer zuckte es wie von kleinem Gewürm. Seine kampflustige Kühnheit verrauchte und ich sah, wie er irgendwohin wegrutschte, von wo, wie ich weiß, kein Weg zurückführt.
»Johnny!« hätte ich am liebsten gerufen, »Johnny Brown! Wohin denn nur?«
»Okay«, brummelte er mit niedergeschlagenen Augen.

Er war aber schon nicht mehr da, er hatte sich wie durch Zauberei in einen Kriecher verwandelt, bereit, sich zu unterwerfen, wenn er nur einen Job behalten durfte, dem er nicht mehr gewachsen war. Ich habe ihn in eine Filiale versetzen lassen, und seinen Job hat jetzt der italienische Absolvent einer Handelsschule, der es zu was bringen will und sich vor mir fürchtet.
Ich spiele öfters Golf (Pffffft!). Ich verbessere mein Spiel ständig.
Kagle steht nicht mehr in der Gehaltsliste, er bekommt seine Pension und seine Gewinnbeteiligung und hat im übrigen einen auf zwei Jahre befristeten Beratervertrag, von dem kein Mensch Gebrauch macht.
Es ist mir aber noch immer nicht gelungen, einen Juden einzustellen. Wir gehören zu den nicht diskriminierenden Arbeitgebern, und ich müßte eigentlich einen auftreiben können. (Green hat einen entdeckt; der sitzt auf meinem alten Posten, und Green zahlt ihm mehr, als er mir gezahlt hat. Ich hoffe bloß, er ist nicht zu ehrgeizig.)
Martha, die Schreibkraft, ist nicht mehr da. (Immerhin wurde bislang in jedem Büro, in dem ich gearbeitet habe, zumindest einer langsam aber sicher verrückt, und ich frage mich, wielange Personalabteilung & Vorsehung wohl brauchen, mir den nächsten zu schicken.)
Ein Herr namens Gray ist von einem hohen Posten in der Verwaltung zu uns übergewechselt und hat seinen Platz zwischen Black und White gefunden. Die Grundfarben sind nicht mehr frei, soviel ich weiß, allerdings stecken wahrscheinlich irgendwo ein paar Rote, ha, ha, die meisten von uns haben die Blues, ha, ha, und gelb vor Feigheit sind wir alle.
Wenn ich mal richtig Stuhlgang habe, fängt meine einsame Hämorrhoide an zu bluten. Ich sollte ihr vielleicht einen Spielgefährten besorgen.
Seit ich meine neuen Aufgaben so glänzend bewältige, höre ich auch Stimmen. Ich höre:
»Sie sind ein tüchtiger Administrator, Slocum.«
»Das haben Sie ausgezeichnet gemacht, Slocum.«
»Es hat mir sehr gefallen, wie Sie die Dinge ohne Umstände in die Hand genommen haben, Slocum.«
»Die Abteilung ist jetzt richtig auf Draht, Slocum.«
»Den Kagle haben sie elegant abserviert, was, Slocum? Ha, ha.«
»So geschuftet wurde hier noch nie, Slocum.«
»Sie haben sich glänzend eingearbeitet, Slocum.«
»Sie haben sich gleich durchgesetzt.«
»Sie passen vorzüglich hierher.«
(Ich passe vorzüglich.)
»Wer ist das?«

»Slocum.«
»Ich möchte Ihnen Bob Slocum vorstellen«, machen Arthur Baron und Horace White mich heutzutage bekannt. »Einer unserer Besten.«
Wenn Arthur Baron uns jetzt einlädt, lerne ich bei ihm Manager einer viel höheren Kategorie kennen. Meine neuen Golfpartner sind ebenfalls bedeutendere Persönlichkeiten. (Pffffft.) Horace White hat mich bereits zweimal auf den Platz von Round Hill mitgenommen, einmal spielte ich mit seiner unbedeutenden Schwester und seinem Schwager. Sie machte mir Augen. (Pffffft.) Noch ist mein Schlag nicht ganz perfekt. Als Gast eines Einkäufers habe ich in Washington auf dem Golfplatz Burning Tree gespielt und hörte dort einen stellvertretenden Staatssekretär recht jämmerlich einen uralten Witz erzählen. Ich lachte schallend.
»Slocum mein Name. Bob Slocum.«
»Schauen Sie doch nächstens bei mir herein, wenn Sie wieder hier sind.«
Anläßlich einer bundesweiten Unternehmertagung habe ich auf dem Platz von White Sulphur Springs gespielt. Wer weiß, wenn mein Spiel sich weiter bessert und ich in der Firma weiter aufsteige, werde ich vielleicht eines Tages auf dem Platz von St. Andrews in Schottland zugelassen. (Pffffft.) Mein Junge fehlt mir sehr. Martha, die Schreibkraft, drehte genau im richtigen Augenblick durch, und zwar so, daß ich glänzend damit fertig werden konnte. Ich übernahm die Regie wie ein Ballettmeister.
»Krankenabteilung anrufen!« befahl ich mit geradezu wohlklingender Autorität. »Personalabteilung benachrichtigen. Werkschutz verständigen. Die Fahrbereitschaft stellt sofort Limousine und Fahrer.«
Martha sitzt auf ihrem Schreibmaschinenstuhl wie ein verstocktes Denkmal, reglos und sprachlos. Allem Zureden verschließt sie ihr Ohr, hilfsbereite Hände stößt sie schroff von sich, sie läßt merken, daß sie schreien wird. Ich warte nahebei mit selbstsicherer Miene. Nähert sich ihr jemand, drückt ihr Gesicht Verwirrung und Entsetzen aus. Die Helferinnen von der Krankenstation eilen herzu.
»Wie geht es, meine Gute?« fragt die Ältere besänftigend.
Es ist bereits Publikum versammelt, ich bin der Spielleiter. Martha erhebt sich folgsam lächelnd; ich sehe, es bereitet ihr eine winzige Spur teuflische Befriedigung, daß sie so viele Menschen zu mißtrauischer Wachsamkeit genötigt hat, Menschen, die ängstlich um ihr Wohlergehen besorgt sind.
»Nun, nun, meine Gute.«
»Kommen Sie mit uns, meine Gute.«
»So ist's recht, Sie Gute.«

»Vergessen Sie Ihre Handtasche nicht. Und Ihr Buch.«
»Sie sind gewiß müde, meine Gute.«
»Wohnen Sie mit jemand zusammen? Können wir anrufen?«
»Möchten Sie sich vielleicht etwas legen? Bis der Wagen kommt?«
»So ist es recht, meine Gute.«
»Adieu, Martha.«
»Adieu, Martha, Sie Gute.«
»Auf bald, Martha.«
»Haben Sie etwas vergessen?«
»Keine Sorge, wir schicken es nach.«
»Behandeln Sie sie sanft«, ordne ich an. »Sie ist eine ganz prächtige Mitarbeiterin.«
Als sie fort ist, höre ich, daß man mich für meine Umsicht lobt.
Niemand wurde in Verlegenheit gebracht.
Wie ich die Zügel in die Hand genommen habe, sagt offenbar allen zu.

Inhalt